Cassandra Clare

Clockwork Prince

GOLDMANN

Cassandra Clare

Clockwork Prince

Chroniken der Schattenjäger

BUCH ZWEI

Roman

Deutsch von Franca Fritz
und Heinrich Koop

GOLDMANN

Die Originalausgabe erschien 2011 unter dem Titel
»The Infernal Devices. Book Two. Clockwork Prince«
bei Margaret K. McElderry Books, an imprint of
Simon & Schuster Children's Publishing Division, New York.

Erstmals auf Deutsch erschienen im Jahr 2012.

MIX
Papier | Fördert gute Waldnutzung
FSC® C083411

Penguin Random House Verlagsgruppe FSC® N001967

1. Auflage
Neuausgabe November 2022

Übersetzung aus dem Amerikanischen von Franca Fritz und
Heinrich Koop © 2012 Arena Verlag GmbH, Würzburg, www.arena-verlag.de
Umschlaggestaltung: UNO Werbeagentur, München,
unter Verwendung eines Entwurfs von Russell Gordon
Umschlagmotiv: © Cliff Nielsen
Illustration Buchrücken: © 2015 by Nicolas Delort (Landschaft), Pat Kinsella (Figur)
Karte auf den Umschlaginnenseiten: Drew Willis
TH · Herstellung: ik
Satz: GGP Media GmbH, Pößneck
Druck und Bindung: CPI books GmbH, Leck
Printed in the EU
ISBN: 978-3-442-49323-4

www.goldmann-verlag.de

Für Elka
Chalepa ta kala

Ich wünsche, Sie mögen wissen, dass Sie
der letzte Traum meiner Seele gewesen sind …
Seit ich Sie kennenlernte, quälte mich eine Reue, die mir
sonst als eine Unmöglichkeit erschienen wäre,
und ich hörte in mir alte flüsternde Stimmen mich
aufwärts drängen, die ich für auf immer verstummt hielt.
Es kamen mir längst entschwundene Gedanken von neuem
Streben, einem neuen Anfang – von einem Abschütteln
der Trägheit und Sinnlichkeit – von einer Wiederaufnahme
des aufgegebenen Kampfes. Ein Traum, alles ein Traum,
der mit nichts endet …

CHARLES DICKENS,
»EINE GESCHICHTE AUS ZWEI STÄDTEN«

Prolog

Die geächteten Toten

Dichter Nebel dämpfte jedes Geräusch und verhüllte die Sicht. Nur dort, wo sich die Schwaden gelegentlich lichteten, konnte Will Herondale die dunkle, allmählich ansteigende Straße erkennen; sie glänzte regennass. Und er konnte die Stimmen der Toten hören.

Nicht alle Schattenjäger vermochten das Flüstern der Geister wahrzunehmen – es sei denn, die Geister legten Wert darauf, gehört zu werden –, aber Will zählte zu den wenigen Nephilim, die diese besondere Gabe besaßen. Als er sich dem alten Friedhof näherte, schwollen die Stimmen zu einem rauen Chor an, heulend und flehend, schreiend und knurrend. Diese Begräbnisstätte war alles andere als friedvoll, was Will jedoch nicht weiter beunruhigte – er besuchte den Cross Bones Graveyard in der Nähe der London Bridge schließlich nicht zum ersten Mal. Angestrengt bemühte er sich, das gespenstische Heulen zu ignorieren: Er zog die Schultern hoch, klappte den Mantelkragen über seine Ohren und eilte mit gesenktem Kopf weiter, während der feine Sprühregen seinen schwarzen Haarschopf durchnässte.

Der Eingang zum Friedhof befand sich auf halber Strecke des Straßenzugs: ein doppelflügeliges, schmiedeeisernes Tor in einer hohen Steinmauer. Allerdings war das gesamte Areal vor den Augen irdischer Passanten sorgfältig verborgen – diese sahen nur überwuchertes Brachland, das zu einem nicht näher benannten Baugrundstück gehörte. Als Will sich dem Tor näherte, trat noch etwas aus dem Nebel hervor, das kein Irdischer hätte erkennen können: ein massiver Bronzetürklopfer in Gestalt einer Hand mit knochigen Skelettfingern. Mit spöttischer Miene nahm Will den Türklopfer, hob ihn an und ließ ihn schwer herabfallen – einmal, zweimal und ein drittes Mal, wobei jedes Mal ein hohles, metallisches Klirren durch die Nacht hallte.

Jenseits des Tors stiegen wabernde Schwaden aus dem Boden empor und verdeckten das Schimmern der herumliegenden Gebeine auf dem unwirtlichen Untergrund. Dann verdichtete sich der Dunst allmählich und begann, in einem unheimlichen Blau zu leuchten. Will legte die Hände um die Gitterstäbe des Tors; die Kälte des Metalls sickerte durch seine Handschuhe, drang ihm bis ins Mark und ließ ihn erschaudern. Bei den Frostwogen, die ihn umhüllten, handelte es sich jedoch nicht um eine herkömmliche Kälte: Aufsteigende Geister bedienten sich der Energie ihrer Umgebung, entzogen der Luft sämtliche Wärme. Will richteten sich die Nackenhaare auf, als sich der blaue Dunst langsam formte und die Gestalt einer Frau annahm – eine gebeugte Greisin in einem zerlumpten Kleid mit weißer Schürze.

»Hallo, Molly«, begrüßte Will die Alte. »Sie sehen heute Abend wieder besonders entzückend aus, wenn ich das einmal bemerken darf.«

Die gespenstische Erscheinung hob den Kopf: Die alte Molly war ein starker Geist, einer der stärksten, denen Will je begegnet war. Selbst im fahlen Mondlicht, das durch eine Lücke in der Wolkendecke fiel, erschien die Greisin kaum transparent. Ihr Körper wirkte nahezu massiv; gelblich graue Haare hingen in einem dicken Zopf über ihre Schultern, und sie hatte die rauen, geröteten Hände in die breiten Hüften gestemmt. Nur ihre Augen schienen hohl – zwei blaue Flammen flackerten in ihren Tiefen.

»William Herondale«, keckerte sie. »Schon zurück?« In einer für Geister typischen Weise glitt sie auf das Tor zu. Ihre nackten

Füße starrten vor Dreck, obwohl sie den Boden nicht ein einziges Mal berührten.

Will lehnte sich gegen das Tor. »Ach, Sie wissen doch, wie sehr mir Ihr hübsches Gesicht gefehlt hat.«

Molly grinste, ihre Augen flackerten, und Will konnte den Schädel unter der durchscheinenden Haut erahnen. Die Wolkendecke über ihnen hatte sich nun geschlossen und verdeckte den Mond vollständig.

Gedankenverloren fragte Will sich, was die alte Molly wohl verbrochen haben musste, um hier bestattet zu sein, weit entfernt von geweihter Erde. Ein Großteil des Wehklagens, das um sie herum zu hören war, stammte von Prostituierten, Selbstmördern und Totgeburten – jenen geächteten Toten, die nicht in einem Kirchhof begraben werden durften. Allerdings verstand es Molly, ihre Lage auf recht lukrative Weise für sich zu nutzen, also machte es ihr vermutlich kaum etwas aus.

Die Alte lachte nun leise in sich hinein und fragte: »Was soll's denn heute sein, mein kleiner Schattenjäger? Malphas' Gift? Ich hätt da auch noch 'ne Klaue von Marax, sehr schön poliert, das Gift an der Spitze is' vollkommen unsichtbar …«

»Nein«, unterbrach Will die alte Frau. »Deswegen bin ich nicht hier. Ich benötige Foraii-Dämonenpulver, und zwar fein gemahlen.«

Molly wandte den Kopf zur Seite und spuckte eine blaue Flamme auf den Boden. »Was will ein feiner junger Pinkel wie du mit so einem Zeug?«

Will seufzte innerlich: Mollys Protest war Teil des Handels. Magnus hatte ihn bereits mehrfach für Besorgungen aller Art zu der Alten geschickt: von stinkenden schwarzen Kerzen, die wie Teer an seiner Haut geklebt hatten, über Knochen eines ungeborenen Kindes bis zu einer Tüte mit Feenaugen, deren Blut ihm aufs Hemd getropft war. Im Vergleich dazu kam ihm Foraii-Dämonenpulver fast wie eine Wohltat vor.

»Du hältst mich wohl für 'ne Närrin«, fuhr Molly fort. »Das ist 'ne Falle, oder? Ihr Nephilim erwischt mich dabei, wie ich dieses Zeugs verkaufe – und dann heißt es ›Ab in den Bau mit der alten Molly‹, stimmt's?«

»Sie sind bereits tot«, erwiderte Will bemüht ruhig. »Ich wüsste nicht, was Sie jetzt noch vom Rat zu befürchten hätten.«

»Pah!« Mollys hohle Augen flammten auf. »Im Verlies der Stillen Brüder, tief unter der Erde, können sowohl die Lebenden als auch die Toten eingekerkert werden; das weißt du genau, Schattenjäger.«

Will hielt beide Hände hoch. »Keine Tricks, großes Ehrenwort. Sie haben doch gewiss von den Gerüchten gehört, die in der Schattenwelt umgehen. Der Rat hat zurzeit andere Sorgen als die Verfolgung von Geistern, die mit Dämonenpulver und Feenblut handeln.« Er beugte sich vor und fügte mit gesenkter Stimme hinzu: »Ich zahle auch einen guten Preis.« Mit einer raschen Bewegung zog Will einen Batistbeutel aus der Tasche und wedelte damit durch die Luft, sodass der Inhalt klirrte wie aneinanderklappernde Münzen. »Sie entsprechen alle Ihrer Beschreibung, Molly.«

Ein begieriger Ausdruck huschte über Mollys totes Gesicht, und ihr Körper verdichtete sich hinreichend, dass sie den Beutel entgegennehmen konnte. Dann griff sie tief hinein und brachte eine Handvoll Ringe zum Vorschein: goldene Eheringe, jeder einzelne mit einem komplizierten Liebesknoten verziert. Wie viele Geister war auch die alte Molly ständig auf der Suche nach einem bestimmten Talisman, einem verlorenen Gegenstand aus ihrer Vergangenheit, der ihr endlich zu sterben erlauben würde – dem Anker, der sie noch in der hiesigen Welt gefangen hielt. In ihrem Fall handelte es sich um ihren Trauring.

Magnus hatte Will erzählt, dass man allgemein davon ausging, der Ring sei längst verloren, tief begraben im schlammigen Bett der Themse. Dennoch nahm Molly jeden Beutel mit gefundenen Ringen als Bezahlung entgegen – immer in der Hoffnung, dass sich ihr Ring vielleicht darunter befand.

Nun schob sie die Ringe wieder in den Beutel und ließ diesen irgendwo in den Falten ihres lumpigen Kleids verschwinden; als Gegenleistung überreichte sie Will ein gefaltetes Päckchen mit dem gewünschten Pulver.

Der junge Schattenjäger steckte das Päckchen in die Manteltasche, während die Greisin zu schimmern begann und allmählich verblasste. »Warte, Molly. Das ist noch nicht alles – ich bin aus einem weiteren Grund hier.«

Die gespenstische Erscheinung flackerte, während ihre Gier mit ihrer Ungeduld rang und sie Mühe hatte, sichtbar zu bleiben. Doch schließlich murrte sie: »Na gut. Was willste denn noch?«

Will zögerte. Hier ging es nicht um eine Besorgung, die Magnus ihm aufgetragen hatte – es handelte sich vielmehr um etwas, an dem er selbst großes Interesse besaß. »Einen Liebestrank …«

Die alte Molly brach in keckerndes Gelächter aus. »'nen *Liebestrank*? Für Will Herondale? Normalerweise hab ich gegen Geld nix einzuwenden, aber ein Jüngelchen, das so aussieht wie du, braucht keinen Liebestrank – so viel ist mal sicher.«

»Nein, nein, eigentlich suche ich nach dem genauen Gegenteil«, erwiderte Will, mit einem Anflug von Verzweiflung in der Stimme. »Etwas, das der Liebe ein Ende setzt.«

»'nen Hasstrank?« Molly klang noch immer amüsiert.

»Ich hatte eher gehofft, es gäbe vielleicht ein Mittel, das so etwas wie Gleichgültigkeit bewirkt? Duldsamkeit?«

Molly stieß ein verächtliches Schnauben aus, das für einen Geist erstaunlich menschlich klang. »Ich erklär dir das nur ungern, Nephilim, aber wenn du willst, dass ein Mädchen dich hasst, lässt sich das mühelos und auf mannigfache Weise bewerkstelligen. Aber dazu brauchst du *meine* Hilfe ganz bestimmt nicht – nich' für dieses arme Ding.« Und damit löste sie sich endgültig auf und verschwand wieder im Nebel zwischen den Gräbern.

Will schaute ihr nach und seufzte. »Nicht für sie«, murmelte er, obwohl sich niemand in der Nähe befand, der ihn hätte hören können, »für *mich* …« Dann seufzte er erneut und lehnte resigniert den Kopf gegen die kalten Eisenstäbe des Friedhoftors.

1
Der Sitzungssaal

Gen Himmel strebten, reich verziert,
Gewölbe in vielerlei Bogen,
Und Engel schwebten hinauf und hinab
Mit Gaben, der Erde entzogen.

ALFRED LORD TENNYSON, »THE PALACE OF ART«

»O ja. Sie sieht in der Tat so aus, wie ich sie mir vorgestellt habe«, sagte Tessa und wandte sich mit einem Lächeln dem jungen Mann an ihrer Seite zu. Er hatte ihr gerade über eine Pfütze geholfen, und seine Hand ruhte noch immer höflich auf ihrem Arm, knapp oberhalb ihres Ellbogens.

James Carstairs, in einem eleganten schwarzen Anzug, erwiderte ihr Lächeln, während der Wind sein silberhelles Haar hin und her peitschte. Seine andere Hand ruhte auf dem jadeverzierten Knauf seines Spazierstocks, und falls sich irgendjemand in der großen Menge um sie herum insgeheim über die Tatsache wunderte, dass ein derart junger Mensch eine Gehhilfe benötigte, oder über die Tönung seiner Haut und den Schnitt seiner Augen sinnierte, so hielt doch niemand inne, um ihn unverblümt anzustarren.

»Ich werte das als etwas Positives«, bemerkte Jem. »Ich habe mir allmählich schon Sorgen gemacht, dass sämtliche Attraktionen Londons in deinen Augen nichts weiter wären als eine Enttäuschung.«

Eine Enttäuschung. Tessas Bruder, Nate, hatte ihr einst das Blaue vom Himmel versprochen: London sei wundervoll, ein Neuanfang, ein fantastischer Ort zum Leben, eine Stadt mit großartigen Gebäuden und prachtvollen Parkanlagen. Stattdessen waren Tessa in der britischen Metropole jedoch fast ausschließlich Verrat und Schrecken begegnet und Gefahren jenseits ihrer Vorstellungskraft. Und dennoch …

»Nicht alles war eine Enttäuschung«, erwiderte sie und schaute lächelnd zu Jem auf.

»Das freut mich zu hören.« Sein Tonfall war ernst, nicht mokant.

Tessa wandte den Blick ab und betrachtete das imposante Bauwerk, das vor ihnen aufragte: die Westminster Abbey, deren emporstrebende gotische Formen fast den Himmel zu berühren schienen. Die Sonne hatte sich durch den Dunstschleier der dünnen Wolkendecke hindurchgekämpft und tauchte das Kirchengebäude in ein fahles Licht. »Und hier findet es also wirklich statt?«, fragte Tessa, während Jem sie in Richtung des Haupteingangs führte. »Es erscheint mir so …«

»Irdisch?«

»Ich hatte ›überfüllt‹ sagen wollen.«

Die Abbey war an diesem Tag für Touristen zugänglich, und ganze Gruppen von Besuchern strömten durch das gewaltige Portal, die meisten mit einem *Baedeker-Reiseführer* in der Hand. Eine Reisegruppe aus Amerika – durchgehend Frauen mittleren Alters in altmodischer Kleidung, die mit einem Akzent sprachen, der in Tessa einen Anflug von Heimweh auslöste – eilte an ihnen vorbei die Stufen hinauf, auf den Fersen eines Fremdenführers, der eine Führung durch die ehemalige Klosterkirche anbot. Jem und Tessa schlossen sich ihnen stillschweigend an.

Im Inneren des Kirchengebäudes roch es nach kaltem Stein und Metall. Tessa schaute hinauf zur Decke und dann in die Runde, betrachtete staunend die gewaltigen Dimensionen des Bauwerks.

Im Vergleich dazu wirkte das Institut beinahe wie eine Dorfkapelle.

»Die Dreiteilung des Kirchenschiffs verdient besondere Erwähnung«, leierte der Fremdenführer herunter und erläuterte dann die kleineren Seitenkapellen, die jeweils vom östlichen und westlichen Querschiff abgingen. Eine ehrfürchtige Stille hing in der Luft, obwohl in diesem Moment gar kein Gottesdienst stattfand.

Während Tessa sich von Jem zum Ostflügel der Kirche führen ließ, wurde ihr plötzlich bewusst, dass sie über Steinplatten schritt, in die Namen und Datumsangaben eingraviert waren. Sie hatte zwar gewusst, dass in Westminster Abbey berühmte Mitglieder des britischen Königshauses, Soldaten und Dichter begraben lagen, aber sie hatte nicht damit gerechnet, dass sie buchstäblich auf ihren Köpfen herumlaufen würde.

Nach einer Weile erreichten Jem und sie die südöstliche Ecke der Kirche und verlangsamten ihre Schritte. Blasses Tageslicht fiel durch das Rosettenfenster über ihnen.

»Ich weiß ja, dass wir uns eigentlich sputen sollten, um pünktlich zur Ratsversammlung zu erscheinen«, erklärte Jem, »aber ich wollte dir das hier noch zeigen.« Mit einer weit ausholenden Armbewegung deutete er um sich. »Poets' Corner.«

Natürlich hatte Tessa von diesem Ort bereits gelesen – die Dichterecke war der Bereich der Westminster Abbey, in dem die größten Schriftsteller Englands begraben lagen. Tessas Blick fiel auf Chaucers graues Grabmal mit dem Baldachin und dann auf weitere vertraute Namen. »Edmund Spenser, oh, und Samuel Johnson«, stieß sie atemlos hervor, »und Coleridge und Robert Burns und *Shakespeare ...«*

»Er liegt nicht wirklich hier«, warf Jem rasch ein. »Es handelt sich nur um ein Denkmal. Genau wie bei Milton.«

»Ja, ich weiß, aber ...« Tessa sah ihn an und spürte, wie sie errötete. »Ich kann es nicht erklären. Es scheint mir fast so, als befände ich mich unter Freunden, hier mit all diesen Namen. Töricht, ich weiß …«

»Nein, das ist keineswegs töricht.«

Tessa schenkte ihm ein Lächeln. »Woher hast du gewusst, was ich hier vor allen Dingen sehen wollte?«

»Wie hätte ich das nicht wissen können?«, erwiderte Jem. »Wann immer ich an dich denke, sehe ich dich vor meinem inneren Auge mit einem Buch in der Hand.« Rasch wandte er das Gesicht ab, doch Tessa konnte gerade noch einen Blick auf die verräterische Röte seiner Wangenknochen erhaschen. Er war so blass, dass er nicht einmal das leichteste Erröten verbergen konnte, überlegte Tessa – und stellte überrascht fest, mit welch großer Zuneigung sie dieser Gedanke erfüllte.

Im Laufe der vergangenen zwei Wochen war Jem ihr sehr ans Herz gewachsen. Will hatte sie geflissentlich ignoriert, Charlotte und Henry waren mit Fragen des Rats und der Leitung des Instituts beschäftigt, und selbst Jessamine wirkte in letzter Zeit ständig geistesabwesend. Einzig Jem war immer für sie da. Er schien seine Rolle als persönlicher Fremdenführer sehr ernst zu nehmen und hatte ihr bereits den Hydepark und Kew Gardens gezeigt, die National Gallery, das British Museum sowie den Tower of London mit dem Traitors' Gate. Sie hatten beim Melken der Kühe im St. James's Park zugeschaut und die Obst- und Gemüsehändler in Covent Garden beobachtet, die lauthals ihre Waren anpriesen. Vom Themseufer aus hatten sie Boote und Schiffe betrachtet, die über den sonnenglitzernden Fluss segelten, und sie hatten eine Spezialität gekostet, die als »Türstopper« bezeichnet wurde – was in Tessas Ohren schrecklich klang, sich aber als ein Sandwich mit reichlich Butter und Zucker auf den Weißbrotscheiben entpuppte. Im Laufe der Tage hatte Tessa gespürt, wie sie ihrem stillen, unterdrückten Kummer über die Ereignisse rund um Nate und Will und dem Verlust ihres früheren Lebens langsam entwuchs – wie eine Pflanze, deren erste Triebe gefrorenen Boden durchbrachen. Einmal hatte sie sich sogar dabei ertappt, wie sie lauthals lachte. Und das alles verdankte sie Jem.

»Du bist *wirklich* ein guter Freund«, stieß sie nun hervor, und als er zu ihrer Überraschung schwieg, fügte sie hinzu: »Zumindest hoffe ich, dass wir gute Freunde sind. Du empfindest doch ebenso, nicht wahr, Jem?«

Der junge Schattenjäger wandte sich ihr zu, doch bevor er etwas erwidern konnte, ertönte eine düstere Grabesstimme aus den Schatten:

»Ihr Staubgebornen, bebt und seht,
Wie rasch das Fleisch allhier vergeht.
Manch ein königlich Gebein
Schläft in diesem Haufen Stein.«

Eine dunkle Gestalt trat zwischen zwei Grabdenkmälern hervor. Während Tessa überrascht blinzelte, spottete Jem in leicht resigniertem Ton: »Will. Dann hast du also doch noch beschlossen, uns mit deiner Anwesenheit zu beehren?«

»Ich habe nie behauptet, dass ich nicht zu erscheinen beabsichtige.« Als Will einen Schritt näher trat, erhellte das Licht aus dem Rosettenfenster hoch über ihnen seine Züge. Auch dieses Mal gelang es Tessa nicht, ihn zu betrachten, ohne jenes bedrückende Gefühl in der Brust zu spüren, jenes schmerzhafte Flattern ihres Herzens. Schwarze Haare, blaue Augen, elegant geschwungene Wangenknochen, dichte dunkle Wimpern und volle, sinnliche Lippen – man hätte ihn fast schon als hübsch bezeichnen können, wenn er nicht so groß und muskulös gewesen wäre. Tessa hatte ihre Hände über diese Arme wandern lassen und wusste, wie sie sich anfühlten: wie Eisen, bepackt mit dicken, harten Muskelsträngen. Und seine Hände, die ihren Kopf behutsam umfasst hatten, waren schlank und geschmeidig, mit rauen Schwielen an den Fingern …

Mit einem Ruck riss sie sich aus ihren Erinnerungen. Es tat nicht gut, zu lange in der Vergangenheit zu verweilen – nicht wenn man in der Gegenwart der Wahrheit ins Auge blicken musste: Will war wunderschön, aber er gehörte nicht ihr. Er gehörte niemandem. Irgendetwas tief in seinem Inneren war zerbrochen, und durch diesen Bruch drang eine blinde Zerstörungswut – der unerbittliche Drang, andere zu verletzen und von sich zu stoßen.

»Du bist spät«, bemerkte Jem gutmütig. Er war der einzige Mensch, den Wills maliziöse Spottlust nicht zu treffen schien.

»Ich musste noch eine Besorgung machen«, erklärte Will.

Aus der Nähe konnte Tessa erkennen, wie müde er aussah: Seine Augen waren gerötet, und die dunklen Schatten darunter schimmerten fast violett. Seine zerknitterte Kleidung erweckte den Eindruck, als hätte er darin geschlafen, und seine Haare benötigten dringend einen Friseur. *Aber das geht dich überhaupt nichts an,* ermahnte sie sich streng und wandte den Blick ab, fort von den weichen dunklen Locken, die sich um Ohren und Nacken kräuselten. *Es spielt keine Rolle, was du von seinem Aussehen hältst oder davon, wie und wo er seine Tage und Nächte verbringt. Das hat er schließlich mehr als deutlich gemacht.*

»Und ihr seid auch nicht gerade die Pünktlichkeit in Person.«

»Ich wollte Tessa noch Poets' Corner zeigen«, räumte Jem ein. »Ich dachte, das würde ihr gefallen.« Seine Worte waren so einfach und überzeugend, dass niemand auch nur den geringsten Zweifel daran hegen konnte, Jem würde jemals etwas anderes als die Wahrheit sagen. Angesichts seiner ehrlichen Hilfsbereitschaft und Zuvorkommenheit schien nicht einmal Will zu einer bissigen Bemerkung fähig – er zuckte lediglich die Achseln und eilte ihnen voraus in Richtung East Cloister.

Dort befand sich ein quadratischer Garten, umgeben von einem Kreuzgang, in dem einige Besucher umherwandelten und sich in gedämpftem Ton unterhielten, als wären sie noch immer im Kirchengebäude. Keiner der Touristen schenkte Tessa und ihren Begleitern Beachtung, als sie sich einer doppelflügeligen Eichentür in einer der Mauern näherten.

Will schaute sich kurz um, zückte seine Stele und zog deren Spitze mit einer fließenden Bewegung über das Holz. Die Tür blitzte blau auf und schwang dann nach innen. Rasch schlüpfte Will durch den Türspalt, dicht gefolgt von Jem und Tessa.

Eine Sekunde später fiel die schwere Tür hinter Tessa dröhnend ins Schloss und hätte dabei fast einen ihrer Röcke eingeklemmt; gerade noch rechtzeitig gelang es ihr, ihn herauszuziehen. Als sie sich wieder umdrehte, erwartete sie tiefste Finsternis. »Jem?«, fragte sie leise.

Ein Licht flackerte auf: Will hatte seinen Elbenstein hervorgeholt und hob ihn in die Höhe. Sie befanden sich in einem großen Raum mit Natursteinmauern, niedrigen Gewölbedecken und einem roten Ziegelsteinboden. Am hinteren Ende des Raums stand ein Altar. »Wir sind hier in der Pyx Chamber«, erklärte Will. »Sie diente einst als Schatzkammer … an ihren Wände stapelten sich kistenweise Gold und Silber.«

»Eine Schatzkammer der Schattenjäger?«, fragte Tessa verwirrt.

»Nein, eine Schatzkammer des königlichen Schatzamts – deshalb auch die dicken Mauern und Türen«, erläuterte Jem. »Aber wir Schattenjäger hatten zu allen Zeiten Zugang.« Als er Tessas verwunderten Gesichtsausdruck sah, lächelte er. »Sämtliche Monarchien der vergangenen Jahrhunderte haben den Nephilim heimlich den Zehnt bezahlt, um ihr Königreich vor Dämonen zu schützen.«

»Aber nicht in Amerika«, entgegnete Tessa energisch. »Wir haben keine Monarchie …«

»Sei unbesorgt: Ihr habt stattdessen eine Regierungsabteilung, die mit den Nephilim zusammenarbeitet«, erwiderte Will und marschierte schnurstracks auf den Altar zu. »Früher war das

Kriegsministerium dafür zuständig, doch inzwischen kümmert sich eine Unterabteilung des Justizministeriums um diese Angelegen…«

Der Rest des Satzes wurde von einem lauten Knirschen übertönt, als der Altar zur Seite schwang und den Blick auf eine dunkle, leere Öffnung im Mauerwerk freigab. In den Schatten konnte Tessa einen schwachen Lichtschein ausmachen; dann tauchte Will durch die Maueröffnung hindurch und beleuchtete den Bereich dahinter mit seinem Elbenstein.

Als Tessa ihm folgte, fand sie sich in einem langen, abschüssigen Gang wieder, dessen Boden, Decke und Mauern aus demselben glatten Stein bestanden und dadurch den Eindruck erweckten, als wäre der Weg direkt in das Felsgestein gehauen worden. Alle paar Schritte brannte ein Elbenlicht in einem Wandleuchter, geformt wie eine menschliche Hand, die aus dem Mauerwerk herausragte und eine Fackel hielt.

Hinter ihnen schwang der Altar wieder an seinen ursprünglichen Standort zurück, und sie machten sich daran, dem abschüssigen Gang zu folgen. Die Fackeln an den Wänden erzeugten einen blaugrünlichen Schein, der ein Relief im Gestein hervortreten ließ – wieder und wieder dasselbe Motiv: ein Engel, der aus einem See aufstieg und ein Schwert in der einen und einen Kelch in der anderen Hand hielt.

Schließlich erreichten die drei eine wuchtige Doppelflügeltür aus massivem Silber. Darauf war ein Symbol eingeätzt, das Tessa bereits kannte – viermal der Buchstabe C, Rücken an Rücken.

Jem deutete auf das Motiv. »Die Buchstaben stehen im englischen Sprachraum für *Clave, Council, Covenant* und *Consul,* also Rat, Kongregation, Bündnis und Konsul«, sagte er, bevor Tessa danach fragen konnte.

»Der Konsul … ist er das Oberhaupt des Rats? Wie eine Art König?«

»Ja, das könnte man sagen, allerdings ohne die in den meisten Monarchien verbreitete Inzucht. Er wird gewählt wie der Präsident oder der Premierminister«, erläuterte Will.

»Und die Kongregation?«

»Die lernst du noch früh genug kennen«, sagte Will und drückte schwungvoll die Türen auf.

Vor Erstaunen sperrte Tessa den Mund auf. Als sie ihn hastig schloss, fing sie einen belustigten Blick von Jem auf, der rechts neben ihr stand. Der Saal vor ihnen war der größte, den sie je gesehen hatte: ein gewaltiges Kuppelgewölbe mit prachtvollen Deckenmalereien, welche Himmelskörper und Sternbilder zeigten. Vom Scheitelpunkt der Kuppel hing ein gewaltiger Kronleuchter in Gestalt eines Engels herab, der hell lodernde Fackeln in den Händen hielt. Der Rest des Saals erinnerte an ein Amphitheater mit langen, leicht geschwungenen Bänken, welche bereits zu drei Vierteln besetzt waren. Will, Jem und Tessa standen an der Spitze einer Treppe, die mitten durch die Sitzreihen hinunter in den Saal führte. Am Fuß der Treppe befand sich ein erhöhtes Podium, bestückt mit einer Reihe unbequem wirkender Holzstühle mit hohen Rückenlehnen.

Auf einem dieser Stühle saß Charlotte, flankiert von Henry, der sich nervös umschaute, während seine Frau die Hände ruhig im Schoß gefaltet hielt. Nur wer Charlotte gut kannte, konnte an ihren steifen Schultern und dem fest zusammengepressten Mund ihre innere Anspannung ablesen.

Vor den beiden stand an einer Art Katheder – breiter und höher als ein normales Rednerpult – ein hochgewachsener Mann mit langen hellen Haaren und dichtem blondem Bart. Von seinen breiten Schultern hing eine lange schwarze Robe herab, auf deren Ärmeln eingewebte Runen schimmerten. Neben ihm saß ein älterer Mann in einem niedrigen Polstersessel; graue Strähnen durchzogen sein braunes Haar, und auf seinem glatt rasierten Gesicht zeichneten sich tiefe Sorgenfalten ab. Seine Robe leuchtete in einem dunklen Blau, und an seinen Fingern glitzerten mit Edelsteinen besetzte Ringe. Tessa erkannte ihn sofort wieder: Es handelte sich um den Inquisitor Whitelaw, der mit eisiger Stimme und kalten, harten Augen im Auftrag des Rats Zeugen befragt hatte.

»Mr Herondale«, bemerkte der blonde Mann mit einem Blick zu Will am oberen Ende der Treppe und rang sich ein Lächeln ab. »Wie aufmerksam von Ihnen, sich zu uns zu gesellen. Und Mr Carstairs ist ebenfalls gekommen. Und Ihre Begleiterin ist bestimmt …«

»Miss Gray«, warf Tessa ein, bevor er seinen Satz beenden konnte. »Miss Theresa Gray aus New York.«

Ein Raunen ging durch die Reihen, wie das Geräusch einer zurückschwappenden Welle. Tessa spürte, wie Will sich innerlich anspannte, und sie hörte Jem Luft holen, als wollte er etwas sagen. *Einfach den Konsul zu unterbrechen* … glaubte Tessa aus der Menge aufzuschnappen.

Dann ist das also Konsul Wayland, der Vorsitzende des Rats, überlegte sie. Während sie sich im Raum umschaute, erkannte sie ein paar vertraute Gesichter: Benedict Lightwood, mit den scharfen, kantigen Zügen und der steifen Körperhaltung, und sein Sohn Gabriel, der unter seinem wirren Haarschopf mit steinerner Miene geradeaus starrte; die glutäugige Lilian Highsmith, der freundlich dreinblickende George Penhallow und sogar Charlottes stimmgewaltige Tante Callida, deren graue Haare in Wellen zu einer Hochfrisur aufgetürmt waren. Die vielen anderen Gesichter kannte Tessa nicht, aber sie erinnerten sie an eine Art Bilderbuch mit allen möglichen Völkern der Welt: blonde, wikingerartige Schattenjäger, ein dunkelhäutiger Mann, der wie ein Kalif aus Tessas illustrierter Ausgabe von *Tausendundeine Nacht* aussah, und eine indische Nephilim in einem wunderschönen, mit silberfarbenen Runen durchwirkten Sari.

Neben ihr saß eine weitere Frau, die Tessa, Will und Jem den Kopf zugewandt hatte und sie direkt ansah. Sie trug ein elegantes Seidenkleid, und ihr Gesicht erinnerte Tessa an Jem – die gleichen feinen Züge, die gleichen mandelförmigen Augen und hohen Wangenknochen, allerdings umrahmt von einer Fülle glatter dunkler Haare statt silbrig wie Jems.

»Nun denn: Herzlich willkommen, Miss Tessa Gray aus New York«, sagte der Konsul in leicht belustigtem Ton. »Wir wissen Ihre heutige Anwesenheit durchaus zu schätzen. Wie ich höre, haben Sie der Londoner Brigade bereits eine ganze Reihe von Fragen beantwortet. Und ich hoffe, Sie werden sich bereit erklären, noch ein paar weitere für uns zu erläutern.«

Tessas Augen suchten Charlottes Blick quer durch den gesamten Raum. *Soll ich?*

Charlotte beantwortete ihre stumme Frage mit einem kaum merklichen Kopfnicken. *Bitte.*

Sofort straffte Tessa die Schultern. »Selbstverständlich, wenn Sie das wünschen.«

»Dann treten Sie bitte an die Ratsbank«, forderte der Konsul Tessa auf, und sie begriff, dass er die lange, schmale Holztheke meinen musste, die sich vor dem Rednerpult befand. »Die beiden Gentlemen dürfen Sie gerne begleiten«, fügte er hinzu.

Will murmelte etwas vor sich hin, allerdings so leise, dass nicht einmal Tessa ihn verstehen konnte. Von Will und Jem flankiert, stieg sie die Stufen hinab und trat an die Ratsbank vor dem Rednerpult, wo sie unschlüssig innehielt. Aus der Nähe konnte sie erkennen, dass der Konsul freundliche blaue Augen besaß – ganz im Gegensatz zum Inquisitor, dessen steingraue Augen seltsam trostlos wirkten, wie ein regenverhangener Ozean.

»Inquisitor Whitelaw«, wandte sich der Konsul an den älteren Mann, »das Engelsschwert, wenn ich bitten darf.«

Der Inquisitor erhob sich und zog unter seiner Robe eine gewaltige Klinge hervor.

Tessa erkannte die lange, matt silbern schimmernde Waffe mit dem Heft in Gestalt ausgebreiteter Schwingen sofort wieder: das Schwert aus dem *Codex,* das der Erzengel Raziel bei seinem Aufstieg aus dem See in der Hand gehalten und dem ersten Nephilim überreicht hatte – Jonathan Shadowhunter. »Mellartach«, murmelte sie und nannte das Schwert damit bei seinem Namen.

Der Konsul nahm die Klinge entgegen und warf dabei Tessa erneut einen leicht amüsierten Blick zu. »Sie haben tatsächlich Ihre Hausaufgaben gemacht«, stellte er fest. »Wer von euch beiden hat sie denn unterrichtet? William? James?«

»Tessa schnappt viele Dinge ganz ohne fremde Hilfe auf, Sir.« Wills unbekümmerte Erwiderung stand im krassen Kontrast zur düsteren Stimmung im Saal. »Sie ist ausgesprochen wissbegierig.«

»Ein Grund mehr, warum sie nicht hier sein sollte.«

Tessa brauchte sich nicht umzudrehen – diese Stimme kannte sie: Benedict Lightwood.

»Dies ist der Garnisonsrat. Hierher bringen wir keine Schattenwesen.« Lightwoods Stimme klang angespannt. »Das Engelsschwert kann nicht dazu beitragen, dass sie die Wahrheit und nichts als die Wahrheit sagt; schließlich ist sie keine Schattenjägerin. Also, welchem Zweck sollte ihre Anwesenheit hier wohl dienlich sein?«

»Geduld, Benedict.« Konsul Wayland hielt das Schwert locker in der Hand, als ob es leicht wie eine Feder wäre. Sein Blick dagegen ruhte deutlich schwerer auf Tessa. Sie hatte das Gefühl, als würde er ihr Gesicht erkunden, die Furcht in ihren Augen lesen. »Wir werden Ihnen keinen Schaden zufügen, mein junges Hexenfräulein«, versprach er. »Das verbietet bereits das Abkommen.«

»Sie sollten mich nicht als Hexe bezeichnen«, berichtigte Tessa ihn, »denn ich trage kein Lilithmal.« Es war seltsam, diese Feststellung erneut wiederholen zu müssen, aber bisher war sie immer nur von Mitgliedern der Kongregation befragt worden und nie vom Konsul persönlich.

Konsul Wayland war ein groß gewachsener, breitschultriger Mann, der eine Aura der Macht und Autorität verströmte – genau jene Sorte von Macht und Autorität, die auch Charlotte ausstrahlte und damit Benedict Lightwood extrem gegen sich aufbrachte. »Was sind Sie denn dann?«, fragte Wayland verwundert.

»Sie weiß es nicht«, konstatierte der Inquisitor trocken. »Und auch die Brüder der Stille können diese Frage nicht beantworten.«

»Dennoch darf sie Platz nehmen und eine Aussage machen. Allerdings werden wir ihr Zeugnis nur eingeschränkt werten: Ihr Wort gilt halb so viel wie das eines Nephilim.« Damit wandte sich der Konsul dem Ehepaar Branwell zu. »In der Zwischenzeit bist du vorläufig aus dem Zeugenstand entlassen, Henry. Charlotte, bitte bleibe noch einen Moment.«

Tessa schluckte ihre Verstimmung über Waylands Worte hinunter und begab sich zur ersten Sitzreihe, begleitet von einem ziemlich mitgenommen wirkenden Henry, dessen kupferrote Haare in alle Richtungen abstanden. Dort erwartete sie bereits Jessamine, in einem Kleid aus hellbraunem Alpaka und mit einem gleichermaßen gelangweilten wie verärgerten Gesichtsausdruck. Tessa ließ sich neben ihr nieder, während die beiden jungen Schattenjäger rechts von ihr Platz nahmen. Jem saß so dicht neben ihr, dass Tessa die Wärme seines Oberarms an ihrer Schulter spüren konnte.

Die nächste halbe Stunde der Ratsversammlung verlief im Grunde wie jede andere Sitzung: Charlotte wurde gebeten, den Nephilim von jenem Abend zu berichten, an dem die Brigade de Quinceys Hochburg gestürmt und den Vampiranführer sowie die anwesenden Mitglieder seines Clans getötet hatte. Danach gab sie darüber Auskunft, wie Tessas Bruder Nate das in ihn gesetzte Vertrauen missbraucht und dem Magister, Axel Mortmain, Zutritt zum Institut verschafft hatte, wo dieser zwei der Angestellten umbringen ließ und Tessa beinahe entführt hätte.

Als man Tessa aufrief, erklärte sie genau dasselbe, was sie auch schon zuvor ausgesagt hatte: Sie wisse nicht, wo Nate sich nun aufhielte; sie hätte keinerlei Verdacht gegen ihn gehegt und auch nichts von ihren eigenen Fähigkeiten geahnt, bis zu dem Moment, in dem die Dunklen Schwestern sie ihr gezeigt hatten; und sie habe stets angenommen, dass ihre Eltern ganz normale Sterbliche gewesen waren.

»Zu Richard und Elizabeth Gray wurden umfangreiche Nachforschungen angestellt«, verkündete der Inquisitor. »Und nichts deutet daraufhin, dass sie etwas anderes als herkömmliche Menschen waren. Auch der Junge, ihr Bruder, ist rein menschlicher Natur. Zwar wäre es durchaus denkbar, dass es sich bei dem Vater des Mädchens um einen Dämon handelt, wie Mortmain ja bereits angedeutet hat, aber dann bleibt immer noch die Frage des fehlenden Lilithmals.«

»Wie überaus seltsam … im Grunde alles an Ihnen, meine Liebe, einschließlich Ihrer außergewöhnlichen Fähigkeiten«, bemerkte der Konsul und musterte Tessa ruhig aus seinen hellblauen Augen. »Und Sie haben keine Ahnung hinsichtlich der Grenzen oder Beschaffenheit Ihrer Kraft? Hat man Sie bereits mit einem von Mortmains Gegenständen getestet? Um herauszufinden, ob Sie vielleicht Zugang zu seinen Erinnerungen oder Gedanken erlangen können?«

»Ja, ich … wir haben es versucht. Mit einem Knopf, der von seinem Anzug abgefallen war. Eigentlich hätte es funktionieren müssen.«

»Aber?«

Tessa schüttelte den Kopf. »Es ist mir nicht gelungen. Dem Knopf fehlte jeglicher Lebensfunke. Es gab nichts, zu dem ich eine Verbindung hätte herstellen können.«

»Wie praktisch«, murmelte Benedict gerade so leise, dass Tessa ihn hören konnte und verärgert errötete.

Mit einer Handbewegung bedeutete der Konsul ihr, wieder Platz zu nehmen. Als Tessa der Aufforderung folgte, konnte sie einen kurzen Blick auf Benedict Lightwoods Gesicht werfen: Seine Lippen waren zu einem schmalen, wütend verzerrten Strich zusammengepresst. Verwundert fragte sie sich, was sie wohl gesagt haben könnte, dass er derart aufgebracht reagierte.

»Und seit Miss Grays … Auseinandersetzung mit Mortmain im Sanktuarium ist dieser spurlos verschwunden – sehe ich das richtig?«, fuhr der Konsul fort.

Der Inquisitor blätterte hastig in den Unterlagen, die vor ihm lagen. »Sämtliche seiner Häuser wurden gründlich durchsucht, doch sie waren vollkommen verlassen, regelrecht leer gefegt. Das Gleiche gilt für seine Lagerhäuser: Nirgends fand sich auch nur eine Spur von Mortmains persönlichem Besitz. Sogar unsere Freunde bei Scotland Yard haben Ermittlungen durchgeführt. Doch Mortmain hat sich anscheinend in Luft aufgelöst – im wahrsten Sinne des Wortes, wie unser junger Freund William Herondale zu berichten weiß.«

Will lächelte strahlend, als hätte der Inquisitor ihm ein Kompliment gemacht, aber Tessa sah das spöttische Funkeln in seinen Augen und musste an das Aufblitzen einer scharfen Rasiermesserklinge denken.

»Ich schlage vor, dass Charlotte und Henry Branwell eine Abmahnung erhalten«, verkündete der Konsul, »und dass während der nächsten drei Monate jegliche Amtshandlung, die sie im Auftrag des Rats durchführen, von mir persönlich gebilligt werden muss, ehe sie …«

»Euer Ehren«, meldete sich eine klare, feste Stimme aus der Menge. Sofort wirbelten mehrere Köpfe herum und starrten in die Richtung des Sprechers; Tessa hatte den Eindruck, es geschah nicht oft, dass jemand den Konsul mitten im Satz unterbrach. »Ich bitte ums Wort.«

Skeptisch zog der Konsul eine Augenbraue hoch. »Benedict Lightwood, mir scheint, vorhin während der Zeugenaussagen bestand bereits genügend Gelegenheit, uns etwas mitzuteilen.«

»Gegen die Zeugenaussagen habe ich auch gar nichts einzuwenden«, erwiderte Benedict Lightwood, dessen Profil im Elbenlicht noch schärfer und spitzer wirkte. »Aber in puncto der verhängten Strafe bin ich mit dem Hohen Gericht nicht einverstanden.«

Der Konsul beugte sich vor und stützte sich auf das Pult. Er war groß und kräftig gebaut, und seine gewaltigen Hände erweckten den Eindruck, als könnte er Benedicts Kehle mühelos mit einer Hand umspannen – was Tessa liebend gern gesehen hätte. Nach allem, was sie bisher von Benedict Lightwood mitbekommen hatte, mochte sie ihn nicht sonderlich. »Und warum nicht?«, fragte Wayland.

»Ich denke, dass Sie sich von Ihrer langjährigen Freundschaft mit der Familie Fairchild beeinflussen lassen und Charlottes Unzulänglichkeit als Leiterin des Instituts gegenüber blind sind«, sagte Benedict, und ein empörtes Raunen ging durch den Saal. »Die schweren Fehler, die in der Nacht zum sechsten Juli begangen wurden, haben nicht nur dem Ansehen des Rats geschadet und den Verlust der Pyxis zur Folge gehabt, sondern auch unsere diplomatischen Beziehungen zu Londons Schattenweltlern nachhaltig geschädigt – durch den sinnlosen Angriff auf de Quincey.«

»Es wurden bereits mehrere Beschwerden eingereicht und Anträge auf Entschädigung gestellt. Über diese wird gesetzesmäßig entschieden werden«, knurrte der Konsul. »Aber Wiedergutmachungsleistungen gehen dich nun wirklich nichts an, Benedict …«

»Und das Schlimmste ist …«, fuhr Benedict unbeirrt und mit erhobener Stimme fort, »sie hat einen gefährlichen Verbrecher

entkommen lassen! Einen Verbrecher, der Pläne zur Beeinträchtigung und Vernichtung von Schattenjägern schmiedet und von dem wir nicht wissen, wo er sich in diesem Moment aufhält. Darüber hinaus bin ich der Ansicht, dass die Verantwortung zur Aufspürung dieses Kriminellen allein diejenigen tragen sollten, die sein Verschwinden verschuldet haben!«

Bei diesen Worten geriet der ganze Saal in Aufruhr; Charlotte schaute bestürzt, Henry verwirrt und Will wütend. Nur der Konsul, dessen Augen sich bei Benedicts Bemerkung über die Familie Fairchild – offenbar Charlottes Mädchenname – beunruhigend verdüstert hatten, wartete schweigend, bis sich der Lärm wieder gelegt hatte. Dann erklärte er ruhig: »Deine feindselige Gesinnung gegenüber dem Oberhaupt deiner eigenen Brigade gereicht dir nicht zur Ehre, Benedict.«

»Ich bitte um Verzeihung, Konsul, aber ich bin der Überzeugung, dass es nicht im Interesse der Schattenjägergemeinschaft ist, Charlotte Branwell weiterhin als Leiterin des Instituts einzusetzen. Schließlich wissen wir alle, dass Henry Branwells Beteiligung an der Institutsführung bestenfalls als nominell bezeichnet werden kann. Ich glaube nicht, dass eine Frau dazu fähig ist, ein Institut zu leiten: Das schwache Geschlecht denkt nicht logisch und besonnen, sondern emotional … mit dem Herzen. Zweifelsohne ist Charlotte eine gute und ehrbare Ehefrau, aber kein *Mann* hätte sich von einem solch offensichtlichen Spion wie Nathaniel Gray an der Nase herumführen lassen …«

»Er hat *mich* getäuscht!« Will war aufgesprungen, wirbelte herum und musterte Benedict Lightwood aus wütend funkelnden Augen. »Er hat uns alle getäuscht. Daher wüsste ich gern, welche Unterstellungen Sie gegenüber meiner Person und gegenüber Jem und Henry vorbringen, *Mr* Lightwood?«

»Du und Jem … ihr seid noch Kinder«, schnaubte Benedict. »Und Henry verbringt doch jede Minute in seinem Laboratorium.«

Will schickte sich an, über die Rückenlehne seines Stuhls zu klettern, doch Jem stieß einen unterdrückten Fluch aus und zerrte ihn zurück auf seinen Sitz.

Dagegen klatschte Jessamine begeistert in die Hände, und ihre braunen Augen begannen zu leuchten. »Na endlich geschieht hier einmal etwas Aufregendes«, jubelte sie.

Tessa warf ihr einen angewiderten Blick zu. »Hast du überhaupt zugehört? Benedict Lightwood hat gerade Charlotte zutiefst beleidigt!«, wisperte sie aufgebracht. Doch Jessamine wischte ihren Einwand mit einer abfälligen Handbewegung fort.

»Und wer sollte deiner Meinung nach stattdessen das Institut leiten?«, wandte der Konsul sich mit vor Sarkasmus triefender Stimme an Lightwood. »Du etwa?«

Mit einer bescheidenen Geste breitete Benedict die Hände aus. »Wenn Sie darauf bestehen, Konsul …«

Gleichzeitig erhoben sich drei weitere Nephilim von ihren Plätzen. Zwei von ihnen kannte Tessa vom Sehen: Mitglieder der Londoner Brigade, deren Namen sie allerdings nicht wusste. Und bei der dritten Person handelte es sich um Lilian Highsmith.

Benedict lächelte. Jetzt war ihm die Aufmerksamkeit aller Anwesenden sicher. Neben ihm saß sein jüngster Sohn Gabriel, der aus seinen grünen, unergründlichen Augen zu seinem Vater aufschaute; seine schlanken Finger umklammerten die Lehne der Stuhlreihe vor ihm. »Drei Nephilim, die meinen Anspruch unterstützen«, deklamierte Benedict. »So verlangt es das Gesetz: Hiermit fordere ich offiziell die Absetzung von Charlotte Branwell als Leiterin des Instituts.«

Charlotte schnappte nach Luft, doch sie verharrte reglos auf ihrem Stuhl … sie gönnte Lightwood nicht die Genugtuung, dass sie sich ihm gänzlich zuwandte. Jem hielt Will noch immer am Handgelenk, und Jessamine erweckte weiterhin den Eindruck, als verfolge sie eine besonders spannende Theateraufführung.

»Nein«, sagte der Konsul kühl.

»Sie können mich nicht daran hindern, eine offizielle Absetzung …«

»Benedict, du hast meine Entscheidung, Charlotte zur Institutsleiterin zu ernennen, von Anfang an infrage gestellt. Du hast dieses Amt schon immer selbst bekleiden wollen. Und nun, da die Brigade stärker denn je zusammenhalten muss, bringst du nichts als Zwist und Zwietracht in die Reihen der Nephilim.«

»Veränderungen werden nicht immer auf friedlichem Wege erreicht, aber das macht sie noch lange nicht nachteilig. Mein Antrag steht.« Benedict verschränkte die Hände.

Verstimmt trommelte der Konsul mit den Fingern auf das Rednerpult, flankiert vom Inquisitor, der mit kalten Augen zusah. Schließlich räusperte Wayland sich und meinte: »Du schlägst also vor, Benedict, dass die Verantwortung zur Aufspürung Mortmains diejenigen tragen sollten, die sein Verschwinden deines Erachtens ›verschuldet‹ haben. Dann stimmst du mir sicher zu, dass die Fahndung nach dem Gesuchten oberste Priorität besitzt?«

Benedict nickte kurz angebunden.

»Dann erlasse ich hiermit folgenden Beschluss: Charlotte und Henry Branwell leiten die Ermittlungen zu Mortmains Verbleib. Falls sie ihn am Ende einer Frist von vierzehn Tagen nicht aufgespürt haben oder zumindest überzeugende Hinweise zu seinem derzeitigen Aufenthaltsort vorweisen können, wird das Verfahren zur Absetzung offiziell eingeleitet.«

Charlotte fuhr von ihrem Stuhl hoch. »Mortmain ausfindig machen?«, stieß sie hervor. »Nur Henry und ich, wir zwei ganz allein – ohne die Hilfe der Brigade?«

Der Konsul bedachte sie mit einem Blick, der durchaus nicht unfreundlich, andererseits aber auch nicht nachsichtig war. »In besonderen Fällen dürft ihr die Hilfe anderer Ratsmitglieder in Anspruch nehmen, und selbstverständlich stehen euch weiterhin die Dienste der Stillen Brüder und der Eisernen Schwestern zur

Verfügung«, erklärte er. »Aber was die Ermittlungen betrifft, so müsst ihr diese Aufgabe allein bewältigen.«

»Das gefällt mir nicht«, protestierte Lilian Highsmith. »Sie verwandeln die Suche nach einem Verrückten in einen Machtkampf ...«

»Dann möchtest du deine Unterstützung für Benedicts Vorhaben also zurückziehen?«, fragte der Konsul. »Sein Antrag auf Absetzung wäre damit beendet, und für die Branwells bestünde nicht länger die Verpflichtung, sich zu beweisen.«

Lilian öffnete den Mund, schloss ihn aber nach einem scharfen Blick von Benedict wieder und schüttelte den Kopf.

»Wir haben gerade erst unsere Dienstboten verloren«, gab Charlotte mit gepresster Stimme zu bedenken. »Ohne sie ...«

»Euch werden neue Dienstboten bereitgestellt, so wie es üblich ist«, verkündete der Konsul. »Cyril, der Bruder eures verstorbenen Dieners Thomas, ist bereits auf dem Weg von Brighton hierher, und das Institut in Dublin war so freundlich, euch seine zweite Köchin zu überlassen. Beide sind ausgebildete Kämpfer – was, wie ich anmerken muss, Charlotte, auch bei deinen früheren Angestellten der Fall hätte sein müssen.«

»Sowohl Thomas als auch Agatha waren geschult!«, widersprach Henry.

»Aber ihr habt mehrere Mitglieder in eurem Haushalt, denen es an Training mangelt«, hielt Benedict dagegen. »Nicht nur Miss Lovelace befindet sich beklagenswert im Rückstand mit ihrem Training, sondern auch euer Dienstmädchen Sophie und diese Schattenweltlerin ...« Er zeigte auf Tessa. »Da ihr ja offensichtlich beabsichtigt, sie permanent in euren Haushalt aufzunehmen, dürfte es kaum schaden, wenn sie – und die Magd – wenigstens die Grundzüge der Verteidigung erlernen würden.«

Verwundert warf Tessa Jem einen Blick zu. »Meint er etwa *mich?*«

Jem nickte. Sein Gesicht wirkte düster.

»Das geht nicht – ich würde mir nur den eigenen Fuß abhacken!«, meinte Tessa.

»Wenn du schon irgendjemandes Fuß abhacken willst, dann nimm wenigstens den von Benedict«, murmelte Will.

»Keine Sorge, Tessa, das Training umfasst nichts, wozu du nicht in der Lage wärst ...«, setzte Jem an, doch der Rest seines Satzes ging im Dröhnen von Lightwoods Stimme unter.

»Wenn ich es recht bedenke, werdet ihr alle sicherlich rund um die Uhr mit der Suche nach Mortmains Verbleib beschäftigt sein«, schwadronierte Benedict. »Daher schlage ich vor, ich stelle euch meine beiden Söhne – Gabriel und Gideon, der heute Abend aus Spanien zurückkehrt – als Fechtlehrer zur Verfügung. Beide sind hervorragende Kämpfer und könnten zusätzliche Lehrerfahrung durchaus gebrauchen.«

»Vater!«, protestierte Gabriel mit entsetzter Miene. Ganz offensichtlich hatte Benedict diesen Punkt mit seinem Sohn nicht abgesprochen.

»Wir können unsere Dienstboten selbst schulen«, fauchte Charlotte.

Doch der Konsul schüttelte tadelnd den Kopf. »Benedict Lightwood unterbreitet dir ein großzügiges Angebot. Du solltest es besser akzeptieren.«

Charlotte lief feuerrot an, und es dauerte lange, bis sie schließlich leicht den Kopf neigte und damit der Aufforderung des Konsuls nachkam.

Bei dieser Entwicklung spürte Tessa, wie ihr schwindlig wurde. Sie sollte ein Training erhalten, ein Kampftraining, das das Werfen von Messern und das Schwingen eines Schwertes umfasste? Sicherlich, Capitola aus Emma D.E.N. Southworths Werk *Capitola – Die verborgene Hand* hatte stets zu ihren bevorzugten Romanheldinnen gehört: eine Frau, die wie ein Mann kämpfen konnte und sich auch als solcher kleidete. Aber das bedeutete nicht, dass Tessa wie Capitola *sein* wollte.

»Sehr schön«, konstatierte der Konsul. »Damit ist die heutige Sitzung beendet. Die nächste Versammlung findet in zwei Wochen statt. Ich wünsche allen Anwesenden eine gute Heimreise.«

Natürlich brachen längst nicht alle Schattenjäger sofort auf. Aus den Reihen erhob sich Stimmengewirr, als die Nephilim aufstanden und sich erregt mit ihren Nachbarn unterhielten. Nur Charlotte blieb reglos sitzen, und Henry, der zu ihr gegangen war, erweckte den Eindruck, als suchte er verzweifelt nach ein paar tröstenden Worten, die ihm aber partout nicht einfallen wollten. Einen kurzen Moment lang schwebte seine Hand unsicher über der Schulter seiner Frau, während Will einen wütenden Blick quer durch den Saal zu Gabriel Lightwood warf, der kalt in ihre Richtung schaute.

Schließlich erhob sich Charlotte langsam von ihrem Stuhl; Henry hatte ihr jetzt doch eine Hand auf den Rücken gelegt und redete leise auf sie ein, während Jessamine bereits ungeduldig wartete und dabei ihren neuen Sonnenschirm aus weißer Spitze herumwirbelte – Henry hatte ihren alten Schirm ersetzt, der im Kampf gegen Mortmains Automaten zerbrochen war. Ihre Haare waren zu festen Zöpfen geflochten und über den Ohren hochgesteckt.

Auch Tessa stand nun rasch auf, und die kleine Gruppe marschierte geschlossen durch den Mittelgang. Dabei schnappte Tessa von beiden Seiten Gesprächsfetzen auf, wieder und wieder dieselben Worte: *»Charlotte«*, *»Benedict«*, *»wird den Magister niemals finden«*, *»zwei Wochen«*, *»Absetzung«*, *»Konsul«*, *»Mortmain«*, *»Brigade«*, *»welch eine Demütigung«*.

Charlotte eilte mit kerzengeradem Rücken voran; ihre Wangen glühten, doch sie schaute unverwandt geradeaus, als würde sie das Gerede nicht hören. Dagegen wirkte Will, als würde er sich am liebsten auf die Tratschenden stürzen und ihnen eine Tracht Prügel verpassen, doch Jem hatte ihn fest im Griff und hielt seinen *Parabatai* im Mantelrücken fest.

Jems Beziehung zu Will ähnelte in vielerlei Hinsicht der Beziehung eines Hundebesitzers zu seinem Rassehund, der die Gäste gern ins Bein zwickte – man musste ihn ständig am Halsband festhalten, sinnierte Tessa und schaute dann zu Jessamine, die nun wieder gelangweilt schien. Sie war offensichtlich nicht sonderlich daran interessiert, was die Brigade von ihr oder irgendeinem anderen Mitglied des Instituts dachte.

Als Charlotte die Türen des Sitzungssaals erreichte, war sie so schnell vorangestürmt, dass sie einen Moment innehalten musste, damit der Rest der Gruppe zu ihr aufschließen konnte. Die meisten Versammlungsmitglieder strebten nach links, zum Portal, durch das Tessa, Jem und Will den Saal betreten hatten, aber Charlotte wandte sich nach rechts, marschierte ein paar Meter durch den Gang, bog um eine Ecke und blieb dann abrupt stehen.

»Charlotte?« Henry, der ihr nacheilte, klang besorgt. »Alles in Ordnung, meine Liebe …?«

Ohne jede Warnung holte Charlotte mit dem Fuß aus und trat mit voller Wucht gegen die Wand, so hart sie nur konnte. Da es sich jedoch um grobes Mauerwerk handelte, hinterließ ihr Tritt keinen Schaden; allerdings stieß Charlotte einen unterdrückten Schrei aus.

»Ach du meine Güte«, murmelte Jessamine und wirbelte ihren Schirm.

»Wenn ich einen Vorschlag machen dürfte …«, setzte Will an. »Etwa zwanzig Meter hinter uns, im Sitzungssaal, befindet sich Benedict Lightwood. Falls du also umkehren und *ihn* treten möchtest, würde ich dir empfehlen, nach oben und leicht nach links zu zielen …«

»Charlotte.« Die tiefe, raue Stimme war unverkennbar.

Sofort wirbelte Charlotte herum: Im Gang stand der Konsul. Die mit Silberfäden aufgestickten Runen auf seiner Robe schimmerten, als er sich der kleinen Institutsgruppe näherte und Charlotte dabei unverwandt ansah.

Die junge Schattenjägerin stützte sich mit einer Hand an der Wand ab, rührte sich aber nicht von der Stelle.

»Charlotte«, wiederholte Konsul Wayland, »du weißt doch, was dein Vater immer gesagt hat: ›Zügele dein Temperament.‹«

»Das hat er in der Tat gesagt. Und er hat auch gesagt, dass er gern einen Sohn gehabt hätte«, erwiderte Charlotte bitter. »Wenn ihm dieser Wunsch gewährt worden wäre, wenn ich ein Mann wäre, hätten Sie mich dann auf dieselbe Weise behandelt?«

Besänftigend legte Henry seiner Frau eine Hand auf die Schulter und murmelte ihr etwas zu, doch sie schüttelte ihn ab. Ihre großen, gekränkten braunen Augen fixierten den Konsul.

»Und auf welche Weise habe ich dich behandelt?«, fragte Wayland.

»Als ob ich ein Kind wäre, ein kleines Mädchen, das Schelte verdient hat.«

»Charlotte, ich war es doch, der dich zur Leiterin des Instituts und der Brigade ernannt hat«, konterte der Konsul, am Rande seiner Geduld angelangt. »Und das habe ich nicht nur deshalb getan, weil ich Granville Fairchild mochte und wusste, dass er seine Tochter gern als seine Amtsnachfolgerin gesehen hätte, sondern auch deshalb, weil ich der Ansicht war, dass du diese Aufgabe hervorragend meistern würdest.«

»Sie haben aber auch Henry ernannt«, hielt Charlotte dagegen. »Und damals haben Sie uns sogar den Grund dafür verraten: Die Brigade würde ein Ehepaar als Leitung akzeptieren, nicht aber eine Frau als alleinige Institutsleiterin.«

»Na, dann gratuliere ich ganz herzlich, Charlotte: Ich denke nicht, dass auch nur ein einziges Mitglied der Londoner Brigade den Eindruck hat, in irgendeiner Form von Henry geführt zu werden.«

»Das ist wohl wahr«, räumte Henry ein und schaute betreten auf seine Schuhe. »Sie wissen alle nur zu gut, dass ich vollkommen nutzlos bin. Diese vertrackte Situation ist ausschließlich meine Schuld, Konsul …«

»Nein, ist es nicht«, widersprach Wayland. »Es handelt sich vielmehr um eine Kombination aus allgemeiner Selbstgefälligkeit vonseiten des Rats, Pech, schlechtem Timing und einigen mangelhaften Entscheidungen deinerseits, Charlotte. Ja, ich mache dich dafür verantwortlich …«

»Dann pflichten Sie Benedict also bei!«, empörte sich Charlotte.

»Benedict Lightwood ist ein Lump und ein Heuchler«, erwiderte der Konsul müde. »Das ist allgemein bekannt. Aber er ist auch sehr einflussreich, und es erscheint mir besser, ihn mit diesem Schauspiel zu beschwichtigen, als ihn zu ignorieren und damit weiter aufzubringen.«

»Ein Schauspiel? So nennen Sie das also?«, schnaubte Charlotte bitter. »Sie haben mich vor eine unlösbare Aufgabe gestellt.«

»Ich habe dir die Aufgabe gestellt, den Magister ausfindig zu machen«, entgegnete Konsul Wayland. »Den Mann, der gewaltsam ins Institut eingedrungen ist, der deine Dienstboten getötet und die Pyxis gestohlen hat und der eine Armee von Klockwerk-Monstern zu errichten plant, um uns alle zu vernichten. Mit anderen Worten: ein Mann, der mit allen Mitteln gestoppt werden muss. Als Oberhaupt der Brigade *ist* es deine Aufgabe, ihn aufzuhalten, Charlotte. Falls du dies für unmöglich erachtest, dann solltest du dir vielleicht wirklich die Frage stellen, warum du dieses Amt überhaupt hast bekleiden wollen.«

2
Wiedergutmachung

So vergönne mir diese traurige Erholung,
Teile mir deinen Kummer mit.
Oh! Mehr als teilen, übertrag mir alle deine Leiden.
ALEXANDER POPE, »HELOISE AN ABELARD«

Das Elbenlicht, das die Institutsbibliothek erhellte, schien leicht zu flackern, wie eine tropfende Kerze in ihrer Wandhalterung. Doch Tessa wusste, dass es sich um eine Täuschung ihrer Fantasie handeln musste, denn im Gegensatz zu einer Flamme oder einem Gaslicht brannte das Licht der Elbensteine nicht aus – es leuchtete beständig. Allerdings ermüdeten Tessas Augen allmählich, und dem Anblick ihrer Freunde nach zu urteilen, erging es den anderen ähnlich. Sie saßen um einen der großen Bibliothekstische versammelt: Charlotte am Kopf, Henry zu Tessas Rechten und Will und Jem nebeneinander auf der anderen Seite. Nur Jessamine hatte sich ans weit entfernte Ende des Tischs zurückgezogen, abseits der anderen.

Die Oberfläche des Lesetischs war förmlich übersät mit Papieren und Dokumenten jeglicher Art – alte Zeitungsartikel, Bücher, Pergamentrollen mit feinen, krakeligen Handschriften. Dazu die Ahnentafeln verschiedener Zweige der Familie Mortmain, historische Abhandlungen über die Entwicklung der Automaten, zahlreiche Bücher mit Beschwörungszaubern und Verquickungsformeln sowie jedes Fitzelchen an Informationen, das die Brüder der Stille in ihrem Archiv über den Pandemonium Club hatten finden können.

Tessa war mit der Aufgabe betraut worden, sämtliche Zeitungsartikel durchzugehen, auf der Suche nach Berichten über Mortmain und seine Reederei, und allmählich verschwamm ihr die Sicht, und die Worte schienen auf dem Papier zu tanzen. Erleichtert atmete sie auf, als Jessamine schließlich die Stille durchbrach.

Genervt schob die junge Schattenjägerin ihre Lektüre – *Über die Mechanismen der Hexerei* – von sich weg und meinte düster: »Charlotte, ich denke, wir verschwenden hier nur unsere Zeit.«

Mit einem gequälten Gesichtsausdruck schaute Charlotte auf. »Jessamine, es besteht keine Veranlassung, noch länger hierzubleiben, wenn du das nicht wünschst. Ich muss ohnehin sagen, dass wohl keiner von uns mit deiner Hilfe in dieser Angelegenheit gerechnet hätte, und da du deinen Studien nie sonderlich zugetan warst, frage ich mich wirklich, ob du überhaupt weißt, wonach du suchst. Könntest du eine Verquickungsformel von einem Beschwörungszauber unterscheiden, wenn ich sie hier vor dir auf den Tisch legen würde?«

Überrascht blickte Tessa auf. Nur selten reagierte Charlotte ihnen gegenüber derartig scharf.

»Ich *möchte* aber helfen«, stieß Jessie schmollend hervor. »Diese mechanischen *Dinger* von Mortmain hätten mich fast umgebracht. Ich will, dass er geschnappt und bestraft wird.«

»Nein, willst du nicht«, bemerkte Will, der ein altes, knisterndes Pergament entrollte und die darauf abgebildeten schwarzen Symbole studierte. »Du willst, dass Tessas Bruder geschnappt und bestraft wird, weil er dich glauben machte, er sei in dich verliebt.«

Jessamine errötete. »Das will ich *nicht*. Ich meine, das hat er nicht. Ich meine … ach! Charlotte, Will ist wieder einmal unausstehlich.«

»Und die Erde ist eine Kugel«, sagte Jem zu niemandem im Besonderen.

»Ich will nicht, dass man mich aus dem Institut hinauswirft, wenn wir den Magister nicht finden«, fuhr Jessamine fort. »Ist das denn so schwer zu verstehen?«

»Dich wird man gewiss nicht aus dem Institut werfen. Charlotte dagegen schon. Ich bin mir sicher, dass die Lightwoods dir erlauben werden zu bleiben. Außerdem hat Benedict zwei Söhne im heiratsfähigen Alter. Du solltest eigentlich entzückt sein«, sagte Will spöttisch.

Doch Jessamine verzog das Gesicht. »Schattenjäger. Als ob ich einen von denen heiraten würde.«

»Jessamine, du *bist* eine von denen.«

Bevor Jessamine jedoch auf diesen Einwand reagieren konnte, wurde die Tür zur Bibliothek geöffnet, und Sophie kam herein, den Kopf mit der weißen Haube züchtig gesenkt. Leise wechselte sie ein paar Worte mit Charlotte, die sich daraufhin von ihrem Stuhl erhob.

»Bruder Enoch ist hier«, wandte Charlotte sich an die Gruppe. »Ich muss unbedingt mit ihm sprechen. Will, Jessamine, versucht bitte, euch nicht gegenseitig umzubringen, solange ich nicht da bin. Henry, wenn du freundlicherweise ...« Sie verstummte. Henry starrte gebannt in das Buch, das vor ihm lag – al-Dschazarīs *Buch über die Kunst trickreicher mechanischer Vorrichtungen* –, und bekam überhaupt nicht mit, was um ihn herum vorging. Am Rande ihrer Geduld angelangt, warf Charlotte die Hände in die Höhe und eilte dann zusammen mit Sophie aus dem Raum.

In dem Moment, in dem sich die Tür hinter ihnen schloss, warf Jessamine Will einen giftigen Blick zu. »Wenn du die Ansicht vertrittst, ich besäße nicht genügend Erfahrung, um bei der Suche zu helfen, aus welchem Grund ist *sie* dann hier?« Jessamine zeigte auf Tessa. »Ich möchte keineswegs unhöflich erscheinen, aber glaubst du wirklich, *sie* könnte eine Verquickungsformel von einem Beschwörungszauber unterscheiden?« Skeptisch musterte sie Tessa. »Nun? Was sagst du? Kannst du, oder kannst du nicht? Und was dich betrifft, Will: Du hörst während des Unterrichts so wenig zu, dass ich mich frage, ob *du* eine Verquickungsformel von einem Soufflé-Rezept unterscheiden könntest!«

Will lehnte sich zurück und erwiderte träumerisch: *»›Ich bin nur toll bei Nordnordwest; wenn der Wind südlich ist, kann ich einen Kirchturm von einem Leuchtenpfahl unterscheiden.‹«*

»Jessamine, Tessa hat großzügig ihre Unterstützung angeboten, und im Moment können wir jede Hilfe gebrauchen«, sagte Jem streng. »Will, hör auf, aus *Hamlet* zu zitieren. Und Henry …« Er räusperte sich vernehmlich. »HENRY.«

Ruckartig hob Henry den Kopf und blinzelte. »Ja, meine Liebe?« Dann blinzelte er erneut und schaute sich verwundert um. »Wo ist Charlotte?«

»Sie spricht gerade mit einem der Stillen Brüder«, erklärte Jem, der nicht im Geringsten darüber verstimmt wirkte, dass Henry ihn gerade mit seiner Frau verwechselt hatte. »Im Übrigen muss ich einräumen … dass ich derselben Ansicht bin wie Jessamine.«

»Und die Erde ist eine *Scheibe«*, bemerkte Will, der Jems vorherigen Kommentar offenbar doch gehört hatte.

»Aber warum?«, drängte Tessa. »Wir können doch jetzt nicht einfach aufgeben. Das käme einer Übergabe des Instituts an diesen grässlichen Benedict Lightwood gleich.«

»Bitte versteh mich nicht falsch: Ich schlage ja gar nicht vor, dass wir *nichts* unternehmen. Aber wir versuchen herauszufinden, was Mortmain *plant*. Wir versuchen, die Zukunft vorherzusagen, statt die Vergangenheit zu verstehen.«

»Wir kennen Mortmains Vergangenheit *und* seine Pläne.« Will deutete mit der Hand auf die Zeitungen. »Geboren in Devon, zunächst als Schiffsarzt tätig, dann zu einem wohlhabenden

Geschäftsmann aufgestiegen, in Schwarze Magie verstrickt und nun mithilfe einer gewaltigen Armee mechanischer Kreaturen auf dem Weg, die Weltherrschaft zu übernehmen. Eine nicht ganz untypische Entwicklung für einen entschlossenen jungen Mann ...«

»Ich glaube nicht, dass er jemals davon gesprochen hat, die Weltherrschaft zu übernehmen«, unterbrach Tessa ihn. »Es war immer nur vom Britischen Weltreich die Rede.«

»Bewundernswert wortgetreu«, bemerkte Will. »Doch eigentlich will ich damit nur Folgendes sagen: Wir wissen, aus welchen Verhältnissen Mortmain stammt. Aber es lässt sich wohl kaum als unsere Schuld bezeichnen, dass sein Lebenslauf nicht sonderlich interessant ist.« Er verstummte, runzelte die Stirn und meinte nach einem Moment: »Ah.«

»Was *Ah?*«, fragte Jessamine fordernd und schaute verärgert von Will zu Jem. »Ich muss schon sagen, die Art und Weise, mit der ihr beide die Gedanken des jeweils anderen zu lesen scheint, ist mir unheimlich.«

»Ah«, wiederholte Will. »Jem dachte gerade – und ich bin geneigt, ihm beizupflichten –, dass Mortmains Lebensgeschichte, gelinde gesagt, ziemlicher Kokolores ist. Ein paar Lügen, ein paar Tatsachen, aber höchstwahrscheinlich nichts darunter, was uns irgendwie weiterhelfen würde. Bei alldem handelt es sich nur um Geschichten, die er erfunden hat, damit die Zeitungen etwas über ihn berichten konnten. Außerdem interessiert es uns doch gar nicht, wie viele Schiffe er besitzt – wir wollen vielmehr wissen, wo er in die Kunst der schwarzen Magie eingeführt wurde und von wem.«

»Und warum er Schattenjäger hasst«, fügte Tessa hinzu.

Will bedachte sie mit einem trägen Blick aus seinen blauen Augen. »Hegt er wirklich Hassgefühle?«, fragte er. »Ich bin bisher immer davon ausgegangen, dass es sich in seinem Falle schlicht um Machtgier handelt. Wenn wir erst einmal aus dem

Weg geräumt sind, kann er mit seiner Klockwerk-Armee einfach die Herrschaft an sich reißen.«

Tessa schüttelte den Kopf. »Nein, da steckt mehr dahinter. Es lässt sich nur schwer erklären, aber … er *hasst* die Nephilim. Für ihn ist das Ganze eine sehr persönliche Angelegenheit. Und es hängt irgendwie mit dieser Uhr zusammen. Es … es scheint, als verlange er Sühne für ein Unrecht oder eine Kränkung, welche die Nephilim ihm zugefügt haben.«

»Wiedergutmachung«, stieß Jem plötzlich hervor und legte den Federhalter beiseite, den er in der Hand hielt.

Verwirrt musterte Will seinen Freund. »Ist das jetzt eine Art Spiel? Wir platzen einfach ungeniert mit jedem Wort heraus, das uns gerade in den Sinn kommt? In diesem Falle hätte ich ›Genuphobie‹ anzubieten. Es bezeichnet die unangemessene Angst vor Knien.«

»Und wie heißt noch mal das Wort für die vollkommen angemessene Angst vor nervigen Blödmännern?«, erkundigte Jessamine sich.

»Die Wiedergutmachungsabteilung des Archivs«, murmelte Jem und ignorierte die beiden Streithähne. »Der Konsul hat während der Sitzung davon gesprochen, und seitdem spukt mir der Begriff im Kopf herum. Dort haben wir noch nicht gesucht.«

»Wiedergutmachung?«, fragte Tessa.

»Wenn ein Schattenweltler – oder ein Irdischer – vorbringt, ein Nephilim habe im Umgang mit ihnen gegen das Gesetz verstoßen, dann legt der Schattenweltler beim Dezernat für Reparationsleistungen offiziell Beschwerde ein. Es erfolgt dann ein Gerichtsverfahren, und wenn der Schattenweltler seine Behauptungen beweisen kann, wird ihm eine Wiedergutmachung zuerkannt.«

»Nun, es erscheint mir ein wenig töricht, dort nach nützlichen Informationen zu suchen«, wandte Will ein. »Es ist ja nicht so, als würde Mortmain auf offiziellem Wege eine Beschwerde gegen die Nephilim einreichen. ›Bin sehr verstimmt über die Weigerung aller Schattenjäger zu sterben, wo dies doch mein innigIichster Wunsch war. Verlange Entschädigung. Barscheck bitte an folgende Adresse: A. Mortmain, 18 Kensington Road...‹«

»Genug gespottet«, tadelte Jem. »Vielleicht hat Mortmain die Nephilim ja nicht immer gehasst. Möglicherweise gab es einmal eine Zeit, in der er auf dem Amtsweg eine Kompensation zu erhalten versucht hat, aber enttäuscht wurde. Was kann es schon schaden nachzuhaken? Schlimmstenfalls fördern wir nichts zutage und stehen mit leeren Händen da – also genau dort, wo wir auch jetzt sind.« Jem erhob sich und schob sich die silberhellen Haare aus der Stirn. »Ich versuche, Charlotte noch zu erwischen, bevor Bruder Enoch in die Stadt der Stille zurückkehrt. Sie soll ihn bitten, im dortigen Archiv nachzusehen.«

Sofort sprang auch Tessa auf. Der Gedanke, mit Will und Jessamine allein in der Bibliothek zurückzubleiben, behagte ihr nicht. Die beiden lagen sich ständig in den Haaren. Natürlich war da noch Henry, aber er schien auf einem Stapel Bücher ein kleines Schläfchen zu halten und war selbst unter normalen Umständen kein großer Puffer zwischen den beiden Streithähnen. Und in Wills Gegenwart fühlte sie sich meistens unbehaglich; nur in Jems Gesellschaft ließ er sich einigermaßen ertragen. Irgendwie gelang es Jem, Wills scharfe Ecken und Kanten abzuschwächen und ihn zu einem beinahe normalen Menschen zu machen. »Ich begleite dich, Jem«, sagte Tessa darum. »Ich ... ich wollte ohnehin etwas mit Charlotte besprechen.«

Jem wirkte überrascht, aber erfreut; Will schaute von Tessa zu Jem und schob ruckartig seinen Stuhl nach hinten. »Wir haben schon viel zu lange inmitten dieser modernden, alten Bücher verbracht«, verkündete er. »Meine wunderschönen Augen sind ermattet, und ich habe mir die Finger am Papier geschnitten. Seht ihr?« Er spreizte die Finger. »Ich werde einen Spaziergang machen.«

Tessa konnte sich einfach nicht zurückhalten und schlug vor: »Vielleicht solltest du sie einfach mit einer *Iratze* behandeln.«

Will funkelte sie wütend an. Seine Augen waren tatsächlich wunderschön. »Hilfsbereit wie eh und je, Tessa.«

Sie erwiderte sein Funkeln. »Mein einziges Bestreben ist es, anderen behilflich zu sein.«

Besänftigend legte Jem ihr eine Hand auf die Schulter und meinte besorgt: »Tessa, Will. Ich glaube nicht …«

Doch Will war bereits auf dem Weg zum Ausgang, griff sich seinen Mantel und schlug die Bibliothekstür mit solcher Wucht hinter sich zu, dass der Türrahmen bebte.

Jessamine setzte sich auf und kniff ihre braunen Augen leicht zusammen. »Wie interessant.«

Als Tessa sich eine Locke hinters Ohr schob, zitterte ihre Hand. Sie hasste es, dass Will eine derartige Wirkung auf sie ausübte. Hasste es abgrundtief. Sie hätte es eigentlich besser wissen müssen. Schließlich hatte er keinen Hehl daraus gemacht, was er von ihr hielt: dass sie ein Niemand war, zu nichts nutze. Und dennoch bewirkte nur ein Blick von ihm, dass sie innerlich bebte, mit einer Mischung aus Hass und Sehnsucht. Er war wie ein Gift in ihrem Blut, zu dem Jem das einzige Gegenmittel bildete. Nur in seiner Anwesenheit hatte sie das Gefühl, festen Boden unter den Füßen zu haben.

»Komm.« Jem nahm sie leicht am Arm. Normalerweise würde ein Gentleman eine Dame in der Öffentlichkeit nicht berühren, aber hier im Institut galten andere Regeln, da die Schattenjäger einen vertrauteren Umgang untereinander pflegten als ihre irdischen Zeitgenossen. Als Tessa sich zu ihm umdrehte, lächelte er sie an. Jem legte alles, was er hatte, in jedes Lächeln, sodass er nicht nur mit dem Mund, sondern auch mit den Augen, seinem Herzen, seinem ganzen Wesen zu lächeln schien. »Machen wir uns auf die Suche nach Charlotte«, sagte er.

»Und was soll *ich* in der Zwischenzeit tun?«, murrte Jessamine, als die beiden sich zur Tür begaben.

Jem warf ihr über die Schulter einen Blick zu. »Du könntest zum Beispiel Henry wecken. Allem Anschein nach knabbert er wieder Papier im Schlaf, und du weißt ja, wie sehr Charlotte das hasst.«

»Oh, *zum Kuckuck* mit ihm«, seufzte Jessamine genervt. »Warum bekomme immer ich alle stumpfsinnigen Aufgaben zugeteilt?«

»Weil du die wichtigen nicht übernehmen willst«, konterte Jem, so verärgert, wie Tessa ihn noch nie erlebt hatte. Doch weder sie noch Jem bemerkten den eisigen Blick, den Jessamine ihnen zuwarf, als sie die Bibliothek verließen und durch den Korridor davoneilten.

»Mr Bane erwartet Sie bereits, Sir«, sagte der Lakai und trat beiseite, um Will durchzulassen. Der Name des Dieners lautete Archer – oder Walker oder irgend so etwas, überlegte Will –, und er war einer von Camilles menschlichen Domestiken. Genau wie alle anderen, die auf diese Weise dem Willen eines Vampirs unterworfen waren, wirkte auch er mit seiner Pergamenthaut und den dünnen, strähnigen Haaren seltsam kränklich. Wills Gegenwart schien ihn mit ebensolcher Begeisterung zu erfüllen wie einen Dinnergast der Anblick einer Schnecke auf seinem Salatteller.

In dem Moment, in dem Will das Haus betrat, schlug ihm der Gestank bereits entgegen: der Pesthauch schwarzer Magie, wie Schwefel vermengt mit dem Geruch der Themse an einem heißen Sommertag. Will rümpfte die Nase, worauf der Diener ihn mit einem noch unwilligeren Blick bedachte. »Mr Bane befindet sich im Salon.« Sein Tonfall verriet, dass er auf keinen Fall gedachte, Will dorthin zu begleiten. »Darf ich Ihnen den Mantel abnehmen?«

»Das wird nicht nötig sein.« Will zog den Mantel noch fester um sich und folgte dem Geruch der schwarzen Magie durch den Flur. Der Gestank verschärfte sich, als er sich der Tür zum Salon näherte, die fest verschlossen war. Dünne Rauchschwaden krochen unter dem Türspalt hervor. Will holte noch einmal tief Luft und drückte dann die Klinke herunter. Der Salon wirkte erstaunlich kahl. Nach einem Moment erkannte Will die Ursache dafür: Magnus hatte sämtliche schweren Teakmöbel und sogar das Klavier aus dem Weg geräumt und an die Wände geschoben. An der Decke hing ein kunstvoll verzierter Gaslüster, doch das Licht im Salon stammte von Dutzenden dicker schwarzer Kerzen, die in der Raummitte zu einem großen Kreis angeordnet waren.

Magnus stand neben dem Kreis, ein aufgeschlagenes Buch in der Hand; sein altmodisches Halstuch war gelockert, und seine schwarzen Haare standen in alle Richtungen ab, als knisterten sie vor Elektrizität. Als Will eintrat, schaute er auf und lächelte. »Gerade rechtzeitig!«, rief er. »Ich bin wirklich davon überzeugt, dass wir dieses Mal den Richtigen erwischt haben. Will, darf ich bekannt machen: Thammuz, ein untergeordneter Dämon aus der achten Dimension. Thammuz, darf ich vorstellen: Will, ein untergeordneter Schattenjäger aus … Wales, habe ich recht?«

»Ich werde dir die Augen auskratzen«, zischte das Wesen im Zentrum des brennenden Kreises. Es handelte sich zweifellos um einen Dämon – knapp einen Meter groß, mit hellblauer Haut, drei kohlrabenschwarzen, schwelenden Augen und langen blutroten Krallen an den achtfingrigen Händen. *»Ich werde dir die Haut vom Gesicht reißen.«*

»Sei nicht unhöflich, Thammuz«, tadelte Magnus, doch trotz seines leichten Tons flammte der Kerzenkreis plötzlich hell auf und veranlasste den Dämon zu einem entsetzten Kreischen. »Will hat ein paar ungeklärte Fragen. Und du wirst ihm antworten«, fügte Magnus hinzu.

Will schüttelte den Kopf. »Ich weiß nicht recht, Magnus«, murmelte er skeptisch. »Irgendwie erscheint er mir nicht der Richtige zu sein.«

»Du hast doch *gesagt*, er sei blau gewesen. Und dieser hier ist blau.«

»Wohl wahr, er ist blau«, räumte Will ein und trat näher an den Flammenkreis heran. »Aber der Dämon, den ich suche ... nun ja, er war kobaltblau. Dieser hier ist eher ... veilchenblau.«

»Wie hast du mich gerade genannt?« Der Dämon tobte vor Wut. *»Komm näher, kleiner Schattenjäger, damit ich mich an deiner Leber laben kann! Ich werde sie dir bei lebendigem Leibe herausreißen.«*

Will drehte sich zu Magnus um. »Er *klingt* auch nicht richtig. Die Stimme war anders, genauso wie die Anzahl der Augen.«

»Bist du sicher ...?«

»Ich bin mir absolut sicher«, erwiderte Will in einem Ton, der keinen Widerspruch duldete. »Seine Stimme zählt nicht zu den Dingen, die ich jemals vergessen würde oder könnte.«

Magnus seufzte und wandte sich wieder dem Dämon zu. »Thammuz ...«, setzte er an und las dann laut aus dem Buch vor: »Kraft der Macht von Glocke, Buch und Kerze sowie im Namen von Samael, Abbadon und Moloch befehle ich dir, die Wahrheit zu sagen. Bist du dem Schattenjäger Will Herondale jemals zuvor begegnet? Ihm oder einem seiner Blutsverwandten?«

»Weiß ich nicht«, erwiderte der Dämon bockig. *»Für mich sehen alle Menschen gleich aus.«*

Magnus erhob die Stimme und befahl in scharfem Ton: »Antworte mir!«

»Also gut, von mir aus: Nein, ich habe ihn in meinem ganzen Leben noch nicht gesehen. Und ich würde mich erinnern: Er sieht nämlich so aus, als würde er gut schmecken.« Der Dämon grinste und entblößte seine rasiermesserscharfen Zähne. *»Ich bin seit einer Ewigkeit nicht in dieser Welt gewesen ... bestimmt seit ein-*

hundert Jahren nicht, wahrscheinlich länger. Aus irgendeinem Grund kann ich mir den Unterschied zwischen einhundert und eintausend einfach nicht merken. Na jedenfalls lebten die Menschen bei meinem letzten Besuch allesamt in Lehmhütten und aßen Insekten. Daher bezweifle ich, dass er *schon hier war.«* Der Dämon zeigte mit einem vielgliedrigen Finger auf Will. *»Es sei denn, die Erdlinge leben viel länger, als man mir weismachen wollte.«*

Genervt verdrehte Magnus die Augen. »Du bist fest entschlossen, in keinster Weise behilflich zu sein, habe ich recht?«

Der Dämon zuckte die Achseln – eine typisch menschliche Geste. *»Du hast mich gezwungen, die Wahrheit zu sagen. Und genau das hab ich getan.«*

»Gut, dann frage ich dich: Hast du jemals von einem Dämon *gehört,* auf den meine Beschreibung passen würde?«, warf Will ein, mit einem Hauch von Verzweiflung in der Stimme. »Dunkelblau, mit einem heiseren Krächzen wie Schmirgelpapier und einem langen, stachelbewehrten Schwanz.«

Der Dämon musterte ihn mit einem gelangweilten Gesichtsausdruck. *»Hast du auch nur die leiseste Ahnung, wie viele Arten von Dämonen das endlose Nichts bevölkern, Nephilim? Millionen und Abermillionen. Die noble Dämonenmetropole Pandemonium lässt euer London wie ein Dorf erscheinen. Dämonen jeglicher Gestalt, Größe und Couleur. Manche können ihre äußere Erscheinung ganz nach Wunsch ändern …«*

»Ach, dann sei schon still, wenn du nicht beabsichtigst, dich irgendwie nützlich zu machen«, knurrte Magnus und schlug das Buch zu. Sofort erloschen die Kerzen und der Dämon verschwand mit einem bestürzten Aufschrei, wobei nur eine dünne, übel riechende Rauchfahne zurückblieb. Der Hexenmeister wandte sich an Will: »Und ich war mir so sicher, dass ich diesmal den Richtigen erwischt hatte!«

»Mach dir keine Sorgen: Es ist nicht deine Schuld.« Will warf sich auf einen der Diwane, die Magnus an die Wand geschoben hatte. Ihm war heiß und kalt zugleich, und seine Nerven bebten vor Enttäuschung, die er ziemlich erfolglos zu unterdrücken versuchte. Rastlos zog er seine Handschuhe aus und steckte sie in die Taschen seines noch immer zugeknöpften Mantels. »Du hast es wenigstens versucht. Aber Thammuz hatte recht: Viele Informationen konnte ich dir nicht zur Verfügung stellen.«

»Ich nehme an, dass du mir alles erzählt hast, woran du dich erinnerst«, sagte Magnus leise. »Du hast eine Pyxis geöffnet und einen Dämon auf freien Fuß gesetzt. Und dieser hat dich mit einem Fluch belegt. Und nun möchtest du, dass ich jenen Dämon für dich ausfindig mache und in Erfahrung bringe, ob er diesen Fluch wieder von dir nehmen will. Aber ist das wirklich alles, was du mir erzählen kannst?«

»Das ist wirklich alles«, erwiderte Will. »Es liegt wohl kaum in meinem Interesse, irgendwelche Informationen unnötigerweise zurückzuhalten, zumal ich weiß, was ich von dir verlange: Das Auffinden einer Nadel in einem … du meine Güte, nicht einmal in einem Heuhaufen, sondern in einem Turm, der bis zu den Zinnen mit anderen Nadeln gefüllt ist.«

»Wer seine Hand in einen Turm voller Nadeln taucht, läuft Gefahr, sich daran schwer zu verletzen«, gab Magnus zu bedenken. »Bist du dir sicher, dass du diesen Weg wirklich beschreiten willst?«

»Ich weiß nur eines: Die Alternative ist schlimmer«, sagte Will und starrte auf die schwarz verfärbte Stelle auf dem Boden, wo der Dämon gekauert hatte. Er fühlte sich erschöpft; die Wirkung der Kraftrune, welche er am Morgen vor seinem Aufbruch zur Ratsversammlung aufgetragen hatte, war gegen Mittag bereits schwächer geworden, und mittlerweile plagten ihn bohrende Kopfschmerzen. »Ich habe fünf lange Jahre damit leben müssen. Und die Vorstellung, auch nur ein weiteres Jahr in diesem Zustand zu verbringen, flößt mir mehr Angst ein als der Gedanke an den Tod.«

»Du bist ein Schattenjäger – du fürchtest den Tod nicht.«

»Natürlich fürchte ich mich davor«, widersprach Will. »Ein jeder fürchtet den Tod. Wir mögen zwar von Engeln abstammen, aber wir wissen genauso wenig wie du, was uns nach dem Tod erwartet.«

Magnus trat näher und ließ sich am anderen Ende des Diwans nieder. Seine goldgrünen Augen leuchteten wie die einer Katze in der Dämmerung. »Du weißt doch gar nicht, ob nach dem Tod das ewige Nichts kommt.«

»Und du weißt nicht, ob das ewige Nichts nicht doch kommt, oder? Jem glaubt, dass wir alle wiedergeboren werden, dass das Leben ein endloser Kreislauf ist. Wir sterben, und wir kehren zurück – und zwar als das, was wir verdient haben, basierend auf unseren Taten in der hiesigen Welt.« Will schaute auf seine abgeknabberten Fingernägel. »Ich werde vermutlich als Schnecke wiedergeboren werden, die jemand mit Salz bestreut.«

»Der Kreislauf der Seelenwanderung«, sagte Magnus und lächelte dann. »Nun, betrachte es doch einmal folgendermaßen: Du musst in deinem letzten Leben irgendetwas richtig gemacht haben, um als derjenige wiedergeboren zu werden, der du heute bist … ein Nephilim.«

»O ja«, bestätigte Will mit matter Stimme, »ich hab wirklich Glück gehabt.« Erschöpft ließ er den Kopf gegen die Rückenlehne des Diwans sinken. »Ich nehme an, du brauchst weitere … Zutaten? Die alte Molly wird meines Anblicks auf ihrem Friedhof sicherlich bald überdrüssig werden.«

»Ich habe auch noch andere Beziehungen«, beruhigte Magnus den jungen Schattenjäger, mit dem er offensichtlich Mitleid empfand. »Außerdem muss ich zuerst noch weitere Nachforschungen anstellen. Wenn du mir die Art des Fluchs verraten könntest.«

»Nein.« Will setzte sich ruckartig auf. »Das kann ich nicht. Ich habe es dir doch schon erklärt: Dadurch, dass ich dir von seiner Existenz berichtet habe, bin ich bereits ein enormes Risiko eingegangen. Wenn ich dir auch nur einen Hauch mehr erzählen würde …«

»Was wäre dann? Lass mich raten. Du weißt es nicht, aber du bist dir sicher, dass dann etwas Schlimmes passieren würde.«

»Gib mir bitte nicht das Gefühl, dass es ein Fehler war, mich an dich zu wenden …«

»Diese ganze Geschichte hängt irgendwie mit Tessa zusammen, stimmt's?«

Im Laufe der vorangegangenen fünf Jahre hatte Will sich darin geübt, keinerlei Regung zu zeigen – weder Überraschung noch Zuneigung, Hoffnung oder Freude. Und er war sich ziemlich sicher, dass sich seine Miene nicht verändert hatte, aber er konnte die Anspannung in seiner eigenen Stimme hören, als er beiläufig fragte: »Tessa?«

»Die Belegung mit dem Fluch liegt nun fünf Jahre zurück«, sagte Magnus. »Dennoch ist es dir irgendwie gelungen, in all der Zeit niemandem auch nur ein Wort davon zu erzählen. Welcher Grad an Verzweiflung hat dich zu mir geführt, zu mitternächtlicher Stunde, inmitten eines schweren Sturms? Was hat sich im Institut verändert? Da fällt mir beim besten Willen nur eine einzige Sache ein … eine ziemlich hübsche, mit großen grauen Augen …«

Will sprang abrupt auf. »Das ist sicher nicht die einzige Veränderung«, widersprach er mit bemüht ruhiger Stimme. »Jem liegt im Sterben.«

Doch Magnus musterte ihn nur mit einem kühlen, unverwandten Blick. »Er liegt seit Jahren im Sterben«, stellte er fest. »Kein Fluch, der auf dir lastet, könnte seinen Zustand verschlimmern oder verbessern.«

Will merkte, dass seine Hände zitterten, und er ballte sie zu Fäusten. »Du verstehst das nicht …«

»Ich weiß, dass ihr beide *Parabatai* seid«, sagte Magnus.

»Und ich weiß auch, dass sein Tod ein schwerer Verlust für dich sein wird. Aber was ich nicht weiß …«

»Du weißt alles, was du wissen musst.« Will spürte, wie sich eine Eiseskälte in seinem Körper ausbreitete, obwohl der Raum geheizt war und er noch immer seinen Mantel trug. »Ich kann dir mehr bezahlen – wenn du dann endlich aufhörst, mir Fragen zu stellen.«

Magnus legte die Füße auf den Diwan. »Nichts wird mich dazu bringen, mit dem Fragen aufzuhören«, erklärte er. »Aber ich werde mich bemühen, deine Zurückhaltung zu respektieren.«

Erleichtert entspannte Will seine geballten Hände. »Dann wirst du mir also weiterhin helfen?«

»Ja, ich werde dir auch in Zukunft helfen.« Magnus verschränkte die Hände hinter dem Kopf, lehnte sich zurück und betrachtete Will unter halb gesenkten Lidern. »Obwohl ich dir besser helfen könnte, wenn du mir die Wahrheit sagen würdest, werde ich trotzdem alles in meiner Macht Stehende tun. Auf seltsame Weise interessierst du mich, Will Herondale.«

Will zuckte die Achseln. »Dieser Grund ist so gut wie jeder andere. Wann gedenkst du, den nächsten Versuch zu unternehmen?«

Magnus gähnte. »Vermutlich am Wochenende. Ich werde dir Samstag eine Nachricht zukommen lassen, falls es irgendwelche … Entwicklungen in dieser Hinsicht gibt.«

Entwicklungen. Fluch. Wahrheit. Jem. Tod. Tessa. Tessa, Tessa, Tessa. Ihr Name hallte durch Wills Gedanken wie das Läuten einer Glocke, und er fragte sich, ob wohl irgendein anderer Name auf Erden einen ebenso unentrinnbaren Widerhall besaß. Natürlich hatte man sie nicht auf irgendeinen grässlichen Namen getauft, wie etwa Mildred. Will konnte sich nicht vorstellen, nachts wach zu liegen und an die Decke zu starren, während unsichtbare Stimmen ihm »Mildred« ins Ohr flüsterten.

Aber *Tessa* … »Danke, Magnus«, sagte er abrupt. Plötzlich war ihm nicht mehr eiskalt, sondern viel zu warm. Der Raum erschien ihm nun stickig, die Luft noch immer geschwängert vom schweren Duft der abgebrannten Wachskerzen. »Dann erwarte ich also deine Nachricht.«

»Ja, mach das«, bestätigte Magnus und schloss die Augen. Will vermochte nicht zu sagen, ob der Hexenmeister tatsächlich schlief oder schlichtweg darauf wartete, dass Will sich verabschiedete. Aber wie auch immer: Sein Verhalten ließ eindeutig darauf schließen, dass Wills Anwesenheit nicht länger erwünscht war. Und Will kam dieser Aufforderung nur zu gern nach.

Sophie war gerade auf dem Weg zu Miss Jessamines Zimmer, um dort den Rost des offenen Kamins zu reinigen und die kalte Asche zu entfernen, als sie Stimmen hörte, die ihr aus dem Flur entgegenschallten. Bei ihrer vorherigen Stellung hatte man ihr beigebracht, sich »unsichtbar« zu machen – sich abzuwenden und das Gesicht zur Wand zu drehen, sobald ihre Herrschaften sie passierten, und sich nach Kräften zu bemühen, wie ein Möbelstück zu erscheinen, wie etwas Unbelebtes, das ihre Dienstherren ignorieren konnten. Als Sophie ihre Stelle im Institut angetreten hatte, war sie anfangs bestürzt gewesen, dass man die Dinge hier etwas anders handhabte. Zunächst einmal hatte es sie überrascht, dass es für solch einen großen Haushalt nur so wenig Personal gab. Sophie hatte eine Weile benötigt, bis sie begriff, dass die Schattenjäger viele Tätigkeiten selbst ausführten, die eine herkömmliche Familie von Stand als unter ihrer Würde empfinden würde: Die Nephilim entfachten selbst das Feuer im Kamin, erledigten einen Teil der Einkäufe und hielten solche Räume wie den Fechtsaal und die Waffenkammer tadellos in Ordnung. Außerdem hatte der vertraute Umgang, den Agatha und Thomas mit ihren Herrschaften pflegten, Sophie zutiefst schockiert – schließlich wusste sie nicht, dass ihre Kollegen aus

Familien stammten, die den Schattenjägern bereits seit Generationen dienten oder sogar selbst magische Fähigkeiten besaßen. Sophie stammte dagegen aus einer mittellosen Familie und war in ihrer Anfangszeit als Dienstmagd oft als »dumm« bezeichnet und geschlagen worden – weil sie exquisite Möbel und echtes Silber nicht kannte und noch nie feines Geschirr gesehen hatte, das so dünn war, dass man den dunklen Tee durch das Porzellan schimmern sehen konnte. Aber sie hatte rasch dazugelernt, und als sich abzeichnete, dass sie einmal zu einer echten Schönheit heranwachsen würde, hatte man sie zum Stubenmädchen befördert.

Doch das Schicksal eines Stubenmädchens war nicht ohne Tücken: Sie musste hübsch und attraktiv bleiben, eine Zierde für den Haushalt, und aus diesem Grund war ihr Gehalt gesunken, mit jedem Jahr, das nach ihrem achtzehnten Geburtstag verstrich.

Für Sophie war die Anstellung im Institut eine Erleichterung gewesen, denn hier erinnerte niemand sie ständig daran, dass sie fast zwanzig war, und niemand verlangte von ihr, dass sie an die Wand starrte oder nur dann sprach, wenn sie zuvor angesprochen wurde. Sie fühlte sich hier derart befreit, dass es die Verstümmelung, die ihr früherer Arbeitgeber ihrem hübschen Gesicht zugefügt hatte, fast schon wert schien. Zwar mied sie nach wie vor jeden Blick in den Spiegel, aber der heiße Schmerz angesichts des Verlusts ihrer Schönheit hatte nachgelassen. Während Jessamine sich manchmal über die lange Narbe lustig machte, die Sophies Wange verunstaltete, schienen die anderen sie gar nicht mehr wahrzunehmen. Nur Will ließ gelegentlich eine unerfreuliche Bemerkung fallen – allerdings auf eine fast mechanische Art und Weise, als ob ein solches Verhalten von ihm erwartet wurde, er aber nicht mit dem Herzen dabei war.

Aber das alles war früher gewesen, bevor sie sich in Jem verliebt hatte.

Sie erkannte seine Stimme nun, da er den Flur entlangkam, vergnügt lachend und in ein Gespräch mit Miss Tessa vertieft. Sophie verspürte einen seltsamen kleinen Stich in der Brust. Eifersucht. Sie verachtete sich selbst dafür, konnte aber nichts dagegen tun. Miss Tessa war stets freundlich zu ihr gewesen, und in ihren großen grauen Augen lag ein Ausdruck tiefer Verwundbarkeit – ein derartiges Bedürfnis nach Freundschaft, dass man sie einfach mögen musste. Und dennoch: die Art und Weise, mit der der junge Herr sie anschaute … und Tessa schien es nicht einmal zu bemerken.

Nein, Sophie konnte den Gedanken nicht ertragen, den beiden nun im Flur zu begegnen. Entschlossen drückte sie Eimer und Besen an die Brust, öffnete die nächstbeste Tür und schlüpfte rasch hindurch. Bei dem dahinterliegenden Raum handelte es sich wie bei fast allen Gemächern des Instituts um ein ungenutztes Schlafzimmer, das für Schattenjäger auf der Durchreise bereitgehalten wurde. In der Regel wischte Sophie die Zimmer etwa alle vierzehn Tage, falls eines nicht zwischenzeitlich von einem Gast genutzt wurde. Und dieses hier war recht lange nicht geputzt worden – Staubteilchen tanzten im Licht, das durch das Fenster hereinfiel, und Sophie musste ein Niesen unterdrücken, während sie durch den Türspalt in den Korridor hinausspähte.

Sie hatte sich nicht geirrt: Es waren tatsächlich Jem und Tessa, die durch den Flur in ihre Richtung kamen, offensichtlich sehr in ein Gespräch vertieft. Jem trug etwas auf den Armen, dem Anschein nach eine zusammengefaltete Kampfmontur, und Tessa lachte über irgendetwas, das er gerade gesagt hatte. Dabei schaute sie zu Boden, und Jem betrachtete sie so eingehend und intensiv, wie man einen anderen Menschen nur musterte, wenn man sich unbeobachtet fühlte. Außerdem hatte er wieder jenen Ausdruck im Gesicht, den er normalerweise ausschließlich beim Geigenspiel zeigte – als ginge er vollständig im Glück des Augenblicks auf.

Sophie versetzte es einen Stich ins Herz. Jem war so wunderschön; diese Ansicht hatte sie von Anfang an vertreten. Die meisten Leute schwärmten stundenlang von Will, wie gut er aussähe und so weiter, aber sie hielt Jem für tausendmal attraktiver. Er besaß das entrückte Erscheinungsbild eines Engels in einem Gemälde, und obwohl sie wusste, dass die silberne Tönung seiner Haare und seiner Haut von einem Arzneimittel bewirkt wurde, welches er gegen seine Erkrankung einnehmen musste, machte sie ihn in ihren Augen nur noch attraktiver. Darüber hinaus war er sanft, beständig und freundlich. Der Gedanke an seine Hände, die ihr die Haare aus dem Gesicht strichen, schenkte ihr ein behagliches Gefühl – während ihr normalerweise allein schon die Vorstellung, von einem fremden Mann oder selbst einem Jungen berührt zu werden, Übelkeit bereitete. Jems Hände waren so behutsam, so anmutig …

»Ich kann kaum glauben, dass sie morgen wirklich hierherkommen werden«, sagte Tessa in diesem Moment und schaute zu Jem hoch. »Irgendwie habe ich den Eindruck, dass Sophie und ich Benedict Lightwood zum Fraß vorgeworfen werden, um ihn zu beschwichtigen, so wie man einen Hund mit einem Knochen besänftigt. Es kann ihn doch nicht ernsthaft interessieren, ob wir gut trainiert sind oder nicht. Lightwood will doch nur seine Söhne ins Institut schleusen, um Charlotte eins auszuwischen.«

»Das ist wahr«, räumte Jem ein. »Aber warum solltet ihr das Training nicht nutzen, wenn es schon einmal angeboten wird? Aus diesem Grund versucht Charlotte ja auch, Jessamine zur Teilnahme zu bewegen. Und was dich betrifft: Selbst wenn oder vielmehr *sobald* Mortmain nicht länger eine Bedrohung darstellt, wird es immer Leute geben, die sich von deiner besonderen Begabung und der damit verbundenen Macht angezogen fühlen werden. Da könnte es durchaus nicht schaden, wenn du lernst, sie abzuwehren.«

Tessas Hand griff unwillkürlich zu dem Klockwerk-Engel an ihrer Halskette – eine gewohnheitsmäßige Geste, der sich die junge Gestaltwandlerin wahrscheinlich gar nicht bewusst war, wie Sophie vermutete. »Jessies Antwort kenne ich jetzt schon: ›Ich benötige diese Hilfe nur bei der Abwehr attraktiver Verehrer.‹«

»Hätte sie denn nicht lieber Unterstützung bei der Abwehr der unattraktiven Bewerber?«, fragte Jem.

»Nicht wenn es sich dabei um Irdische handelt.« Tessa lächelte. »Sie würde einen hässlichen Irdischen jederzeit einem attraktiven Nephilim vorziehen.«

»Nun, das wirft mich dann ja wohl direkt aus dem Rennen, oder?«, bemerkte Jem gespielt verdrossen, und Tessa lachte erneut.

»Es ist jammerschade«, sagte sie. »Jemand so Hübsches wie Jessamine müsste doch nun wirklich freie Auswahl haben. Aber sie ist so fest entschlossen, dass ein Schattenjäger auf keinen Fall infrage kommt …«

»Du bist viel hübscher«, warf Jem ein.

Überrascht schaute Tessa ihn an, und ihre Wangen röteten sich.

Erneut verspürte Sophie den Stachel der Eifersucht in ihrer Brust, obwohl sie Jem insgeheim recht geben musste: Jessamine war durchaus eine Schönheit, eine Westentaschenvenus, wie sie im Buche stand – zierlich, aber mit sinnlichen Kurven. Doch die säuerliche Miene, die sie ständig zur Schau stellte, verdarb ihr charmantes Flair. Tessa dagegen besaß eine warmherzige Ausstrahlung und dazu üppige dunkle Locken und ozeangraue Augen, die dem Betrachter immer mehr ans Herz wuchsen, je länger man sie kannte. Aus ihrem Gesicht sprachen Intelligenz und Humor, was man von Jessamine nicht behaupten konnte – oder zumindest zeigte sie es nicht.

Jem hielt vor Miss Jessamines Zimmer inne und klopfte an die Tür. Als niemand reagierte, zuckte er die Achseln, bückte sich und legte das dunkle Stoffbündel – die Schattenjägermontur – vor der Zimmertür ab.

»Die wird sie niemals anziehen«, bemerkte Tessa mit einem verschmitzten Lächeln.

Jem richtete sich wieder auf und erwiderte: »Ich habe Charlotte gegenüber nicht versprochen, Jessamine in die Montur hineinzuzwängen, sondern lediglich eingewilligt, sie ihr zu überbringen.« Und damit setzte er sich wieder in Bewegung, Tessa an seiner Seite.

»Ich weiß nicht, wie Charlotte es ertragen kann, so oft mit Bruder Enoch zu konferieren. Er ist mir nicht geheuer«, erklärte sie.

»Ach, ich weiß nicht. Ich stelle mir immer vor, dass die Brüder der Stille, wenn sie unter sich sind, uns gar nicht so unähnlich sind: Dass sie einander Streiche spielen, überbackene Käsesandwiches zubereiten ...«

»Ich hoffe, sie spielen Scharade«, warf Tessa trocken ein. »Dabei käme ihre natürliche Begabung endlich einmal gebührend zum Einsatz.«

Jem brach in schallendes Gelächter aus, und dann bogen die beiden um eine Ecke und waren außer Sicht.

Sophie sank gegen den Türpfosten. Sie konnte sich nicht erinnern, dass sie Jem jemals derartig zum Lachen gebracht hatte; wahrscheinlich war das noch niemandem zuvor gelungen, außer Will vielleicht. Man musste einen Menschen sehr gut kennen, um ihm ein derartiges Lachen zu entlocken. Sie selbst liebte Jem nun schon so lange – wie konnte es da sein, dass sie ihn überhaupt nicht kannte? Mit einem resignierten Seufzer nahm sie Eimer und Besen und wollte ihr Versteck gerade verlassen, als die Tür von Miss Jessamines Zimmer aufschwang und die junge Schattenjägerin im Türrahmen erschien. Ruckartig zog Sophie sich wieder in die Schatten zurück. Miss Jessamine trug einen langen Reiseumhang aus flaschengrünem Samt, der ihren Körper fast vollständig verhüllte. Sie hatte die Haare im Nacken fest zusammengebunden und hielt einen großen Herrenhut in der Hand.

Überrascht beobachtete Sophie, wie Jessamine zu Boden schaute, die Kampfmontur erblickte und das Gesicht verzog. Mit einem gezielten Tritt beförderte sie die Kleidung in ihr Zimmer – wodurch Sophie einen Blick auf ihren Fuß werfen konnte, der offenbar in Männerstiefeln steckte – und zog die Tür geräuschlos hinter sich ins Schloss. Dann sah sie sich kurz im Flur um, setzte den Hut auf, versenkte das Kinn tief im Kragen ihres Umhangs und schlich leise davon, während Sophie ihr verblüfft hinterherstarrte.

3
Ungerechtfertigter Tod

Ach! Freunde war'n sie in der Jugendzeit,
Doch Missgunst trübt die Ehrlichkeit
Und Treue weilt in himmlischen Sphären.
Das Leben ist dornig, die Jugend ist flüchtig
Und dem zu zürnen, den man liebt in Ehren,
Treibt in den Wahn, macht alles unwichtig.

SAMUEL TAYLOR COLERIDGE, »CHRISTABEL«

Am nächsten Morgen wies Charlotte Tessa und Sophie an, auf ihre Zimmer zu gehen, die neu angeschafften Kampfmonturen anzulegen und sich zu Jem in den Fechtsaal zu begeben, wo sie gemeinsam die Ankunft der Lightwood-Brüder erwarten sollten. Jessamine war nicht zum Frühstück erschienen, da sie angeblich unter Kopfschmerzen litt, und auch Will hatte sich nirgends blicken lassen. Tessa hegte den Verdacht, dass er sich versteckt hielt, um mit Gabriel Lightwood und dessen Bruder keine Höflichkeiten austauschen zu müssen – was sie ihm nur teilweise zum Vorwurf machen konnte.

Als sie sich in ihrem Zimmer umkleidete, verspürte sie ein nervöses Flattern im Bauch: Die Kampfmontur erschien ihr so völlig anders als alles, was sie jemals getragen hatte. Und Sophie war auch nicht da, um ihr mit der neuen Kleidung zu helfen. Denn zum Training gehörte schließlich auch, sich mit der Schattenjägerkluft vertraut zu machen und sie eigenhändig anzulegen:

flache Schuhe, eine weite Hose aus einem schwarzen, robusten Stoff und ein langes, tunikaähnliches Oberteil mit Gürtel, das ihr fast bis zu den Knien reichte. Obwohl Tessa Charlotte in dieser Montur bereits hatte kämpfen sehen und auch Illustrationen im *Codex* entdeckt hatte – schon damals waren sie ihr merkwürdig vorgekommen –, fühlte es sich noch eigenartiger an, diese Kleidung nun tatsächlich selbst zu tragen. Wenn Tante Harriet sie jetzt sehen könnte, würde sie wahrscheinlich in Ohnmacht fallen, überlegte sie.

Kurz darauf traf sie Sophie am Fuß der Treppe, die zum Fechtsaal des Instituts hinaufführte. Weder das Dienstmädchen noch sie selbst verloren ein Wort. Sie tauschten nur ein aufmunterndes Lächeln aus. Dann erklomm Tessa als Erste die Stufen der schmalen Stiege, die so alt war, dass das Holz des Geländers bereits zu splittern begonnen hatte. Sie fand es eigenartig, eine Treppe hinaufzugehen, ohne sich Gedanken darüber machen zu müssen, den Rock zu schürzen und nicht über den Saum zu stolpern. Obwohl ihr Körper vollständig bedeckt war, kam sie sich in ihrer Trainingsmontur seltsam nackt vor.

Allerdings schenkte ihr Sophies Anwesenheit, die sich in ihrer eigenen Schattenjägerkluft ebenfalls sichtlich unwohl zu fühlen schien, ein wenig Trost. Als sie den oberen Treppenabsatz erreichten, drückte Sophie die Tür auf, und die beiden betraten gemeinsam schweigend den Fechtsaal.

Offenbar befanden sie sich oberhalb des Instituts, in einem Raum, der an den Dachboden angrenzte und etwa doppelt so groß sein musste, überlegte Tessa. Der gebohnerte Holzboden war durch schwarze Linien in Segmente und Muster unterteilt – Kreisformen und Quadrate, manche mit Zahlen versehen. Lange, elastische Seile baumelten von hohen Deckenbalken herab, die in den Schatten der Dachspitze zu verschwinden schienen. An den Wänden hingen brennende Elbenlichtfackeln im Wechsel mit Waffen: Streitkolben, Äxte und andere todbringende Objekte.

»Igitt«, murmelte Sophie mit einem schaudernden Blick auf die Waffen. »Wirken sie nicht viel zu schrecklich, um sie auch nur anzufassen?«

»Die ein oder andere Waffe habe ich bereits im *Codex* gesehen«, erklärte Tessa und zeigte auf eine Wand: »Das da ist ein Langschwert, dort drüben hängen ein Rapier und ein Florett, und diese Waffe hier, die so aussieht, als bräuchte man zwei Hände, um sie zu führen, ist ein Schottischer Zweihänder – zumindest nehme ich das an.«

»Beinahe«, drang eine Stimme höchst beunruhigend aus den Schatten über ihren Köpfen. »Es handelt sich um ein Richtschwert. Dient in der Regel zur Enthauptung von Verurteilten. Man erkennt es an der abgerundeten Spitze.«

Sophie stieß einen kleinen überraschten Aufschrei aus und wich zurück, als eines der herabbaumelnden Seile hin und her zu schwingen begann und eine dunkle Gestalt über ihnen auftauchte – Jem, der mit raubtierartiger Anmut das Seil hinabkletterte.

Als er elegant vor den beiden Mädchen auf dem Parkett landete, lächelte er freundlich: »Ich bitte um Verzeihung. Es war nicht meine Absicht, euch zu erschrecken.« Auch er hatte seine Schattenjägerkluft angelegt; allerdings trug er statt der Tunika ein Hemd, das nur bis zur Taille reichte. Ein Ledergurt verlief quer über seine Brust, und das Heft eines Schwertes ragte hinter seiner Schulter auf. Durch den dunklen Farbton der Kampfmontur wirkte seine Haut noch blasser und seine Haare und Augen noch silberheller.

»Du hast uns in der Tat erschreckt«, erwiderte Tessa mit einem kleinen Lächeln, »aber das macht nichts. Ich hatte mich bereits gefragt, ob Sophie und ich hier oben wohl allein bleiben würden, um uns gegenseitig zu trainieren.«

»Ach, die Lightwoods werden schon noch auftauchen«, versicherte Jem ihr. »Die beiden sind nur deshalb zu spät, weil sie uns und sich selbst etwas beweisen wollen: Sie sind nicht verpflichtet, unserem Wunsch nachzukommen oder das zu tun, was ihr Vater von ihnen verlangt.«

»Ich wünschte, *du* würdest uns trainieren«, stieß Tessa impulsiv hervor.

Überrascht schaute Jem auf. »Das könnte ich gar nicht – ich habe meine eigene Kampfausbildung noch nicht beendet.«

Doch im selben Moment trafen sich ihre Blicke, und Tessa hörte in einer Art stummem Monolog, was Jem tatsächlich damit sagen wollte: *Ich bin nicht in der gesundheitlichen Verfassung, um euch regelmäßig und zuverlässig trainieren zu können.* Plötzlich schmerzte ihre Kehle, und sie schaute Jem tief in die Augen, in der Hoffnung, dass er ihre stille Anteilnahme darin lesen konnte. Es fiel ihr schwer, den Blickkontakt zu beenden, und sie fragte sich, ob ihre Frisur wohl furchtbar unvorteilhaft anzusehen war: Sie hatte die Haare streng nach hinten gekämmt und sorgfältig zu einem Knoten hochgesteckt, aus dem sich nicht die kleinste Strähne lösen konnte. Nicht, dass dies überhaupt eine Rolle spielte. Schließlich handelte es sich ja *nur* um Jem.

»Wir werden doch wohl keinen *vollständigen* Trainingskurs absolvieren müssen, oder?«, durchschnitt Sophies besorgte Stimme Tessas Gedanken. »Der Rat hat doch nur verlangt, dass wir lernen müssen, uns selbst zu verteidigen …«

Als Jem in Sophies Richtung schaute, brach der Blickkontakt mit Tessa ruckartig ab. »Es gibt nichts, wovor du dich fürchten müsstest, Sophie«, sagte er mit sanfter Stimme. »Und eines Tages wirst du bestimmt einmal froh darüber sein: Es ist immer nützlich, wenn ein hübsches Mädchen weiß, sich gegen unerwünschte Avancen eines Gentlemans zu wehren.«

Sophies Miene verfinsterte sich, und die dicke Narbe auf ihrer Wange leuchtete plötzlich so rot, als wäre sie aufgemalt worden. »Sie sollten sich nicht lustig machen«, tadelte sie. »Das ist kein feiner Zug.«

Jem wirkte bestürzt. »Sophie, ich hatte nicht die Absicht …«

Doch in der nächsten Sekunde wurde die Tür zum Fechtsaal aufgestoßen, und Tessa drehte sich genau in dem Moment um, als Gabriel Lightwood in den Raum stolzierte, dicht gefolgt von einem jungen Mann, den sie nicht kannte. Während Gabriel schlank und dunkelhaarig war, wirkte sein Bruder muskulös und besaß dichtes rotblondes Haar. Beide trugen ihre Schattenjägermontur, dazu dunkle Handschuhe aus einem teuer wirkenden Material mit Metallnieten über den Knöcheln sowie Silberbänder an den Handgelenken – Messerscheiden, wie Tessa wusste. Auf ihren Ärmelbündchen prangten dieselben kunstvollen weißen Runenmuster. Aber nicht nur die Ähnlichkeit ihrer Kleidung, sondern auch die Form ihrer Gesichter und die hellen leuchtend grünen Pupillen ihrer Augen legten die Vermutung nahe, dass die beiden miteinander verwandt sein mussten. Daher war Tessa nicht im Geringsten überrascht, als Gabriel auf seine typische abrupte Weise verkündete: »Nun, da wären wir – ganz wie vereinbart. James, ich nehme an, du erinnerst dich an meinen Bruder Gideon. Miss Gray, Miss Collins …«

»Sehr erfreut, Ihre Bekanntschaft zu machen«, murmelte Gideon, ohne die beiden Mädchen dabei anzusehen.

Übellaunigkeit schien ein Charakterzug der Familie Lightwood zu sein, dachte Tessa und erinnerte sich an Jems Worte: *Im Vergleich zu seinem älteren Bruder ist Gabriel das reinste Lamm.*

»Keine Sorge: Will ist nicht hier«, versicherte Jem dem jüngeren der Lightwood-Brüder, der sich suchend im Saal umschaute. Gabriel warf ihm einen missmutigen Blick zu, doch Jem hatte sich bereits seinem Bruder Gideon zugewandt. »Wann bist du aus Madrid zurückgekehrt?«, fragte er höflich.

»Unser Vater rief mich vor Kurzem nach London zurück.« Gideons Ton klang neutral. »Familienangelegenheiten.«

»Ich hoffe doch sehr, dass alles in Ordnung ist.«

»Alles ist in bester Ordnung. Danke der Nachfrage, James«, mischte Gabriel sich kurz angebunden ein. »Also, bevor wir zum Trainingsteil dieses Besuchs kommen, solltet ihr zunächst einmal die Bekanntschaft von zwei Personen machen …« Er drehte den Kopf in Richtung Ausgang und rief: »Mr Tanner, Miss Daly! Wenn Sie so freundlich wären.«

Schritte ertönten auf der Treppe, und zwei Fremde betraten den Fechtsaal, allerdings nicht in Kampfmontur, sondern in Dienstbotenkleidung: eine junge Frau, die den Inbegriff des Ausdrucks »hager« verkörperte – ihre Knochen wirkten zu grob für ihre dürre, linkische Gestalt. Ihre feuerroten Haare waren im Nacken zu einem Knoten zusammengefasst, der unter einem bescheidenen Hut herausragte, und ihre nackten Hände wirkten gerötet und rau.

Tessa schätzte sie auf Anfang zwanzig. Neben ihr stand ein junger Mann mit dunkelbraunen Locken und einer großen, kräftigen Statur …

Erschrocken hielt Sophie die Luft an. Sie war kreidebleich im Gesicht. »Thomas …«

Der junge Mann zog eine betretene Miene. »Ich bin Thomas' Bruder, Miss. Cyril. Cyril Tanner.«

»Die beiden sind der Ersatz, den der Rat euch für eure verstorbenen Dienstboten zugesagt hat«, erläuterte Gabriel. »Cyril Tanner und Bridget Daly. Der Konsul hat uns gebeten, sie von King's Cross mit hierherzubringen, und selbstverständlich sind wir seiner Bitte nachgekommen. Cyril wird Thomas ersetzen, und Bridget wird für eure verstorbene Köchin Agatha einspringen. Beide wurden in standesgemäßen Schattenjägerhaushalten ausgebildet und verfügen über ausgezeichnete Referenzen.«

Inzwischen hatten sich rote Flecken auf Sophies Wangen abgemalt. Doch bevor sie irgendetwas sagen konnte, warf Jem rasch ein: »Niemand kann Agatha oder Thomas für uns ersetzen, Gabriel. Sie waren nicht nur unsere Dienstboten, sondern auch unsere Freunde.« Dann nickte er kurz in Bridgets und Cyrils Richtung. »Nichts für ungut.«

Bridget blinzelte nur kurz mit ihren braunen Augen, aber Cyril erwiderte: »Ich verstehe, was Sie meinen.« Selbst seine Stimme klang wie die von Thomas – es war fast schon unheimlich. »Thomas war mein Bruder. Auch für mich kann ihn niemand ersetzen.«

Daraufhin breitete sich eine unangenehme Stille im Raum aus. Gideon lehnte sich mit verschränkten Armen und einem missmutigen Ausdruck im Gesicht an eine der Wände. Eigentlich war er ein gut aussehender Mann, genau wie sein Bruder, dachte Tessa, aber die finstere Miene verdarb sein Erscheinungsbild.

»Nun denn«, sagte Gabriel schließlich. »Charlotte hatte uns gebeten, die beiden hierherzubringen, damit ihr sie kennenlernen könnt. Jem, wenn du so gütig wärst, sie wieder hinunterzubegleiten – Charlotte erwartet sie im Salon mit weiteren Anweisungen …«

»Dann benötigt also keiner der beiden zusätzliches Training?«, fragte Jem. »Da ihr Tessa und Sophie ohnehin unterrichten werdet, könnten Bridget oder Cyril …«

»Wie der Konsul uns versicherte, erhielten beide ein recht umfassendes Training bei ihren vorherigen Arbeitsstellen«, unterbrach Gideon ihn. »Hättest du gern eine kleine Demonstration ihres Könnens?«

»Ich denke, das wird nicht nötig sein«, entgegnete Jem.

Doch Gabriel grinste. »Komm schon, Carstairs. Dann können die jungen Damen gleich einmal sehen, dass ein Irdischer fast so gut wie ein Schattenjäger kämpfen kann, sofern er die *richtige* Ausbildung genossen hat. Cyril?« Gabriel stolzierte zur Wand, wählte zwei Langschwerter aus und warf Cyril eines zu. Der Dienstbote fing die Waffe geschickt in der Luft auf und schritt zur Saalmitte, wo ein schwarzer Kreis auf den Holzdielen aufgetragen war.

»Das wissen wir bereits«, murmelte Sophie mit gesenkter Stimme, sodass nur Tessa sie hören konnte. »Thomas und Agatha waren beide gut geschult.«

»Gabriel versucht nur, dich zu ärgern«, erklärte Tessa, ebenfalls im Flüsterton. »Lass dir bloß nicht anmerken, dass er dich in Rage bringt.«

Sophie presste die Kiefer zusammen, als Gabriel und Cyril mit gezückten Schwertern in der Mitte des Saals aufeinandertrafen. Insgeheim musste Tessa sich eingestehen, dass der Kampf der beiden etwas Faszinierendes hatte: die Art und Weise, wie sie einander umkreisten und ihre Waffen durch die Luft sausen ließen, in einem verschwommenen Wirbel aus Schwarz und Blau; das Klirren von Metall auf Metall; ihre rasanten Bewegungsabläufe, die so schnell waren, dass Tessa ihnen kaum folgen konnte. Und dennoch war Gabriel deutlich besser – selbst ihr ungeschultes Auge vermochte dies zweifellos zu erkennen. Seine Reflexe wirkten schneller, seine Drehungen eleganter. Der Kampf war alles andere als fair: Cyril, dessen dunkle Haare ihm an der schweißfeuchten Stirn klebten, gab offensichtlich sein Bestes, während Gabriel sich kaum anzustrengen schien. Und als Gabriel Cyril nach einer Weile mit einer geschickten Bewegung seines Handgelenks entwaffnete und dessen Schwert in einem hohen Bogen durch die Luft beförderte, sodass es klirrend auf dem Boden auftraf, konnte Tessa nicht umhin, sich über Gabriels Verhalten zu entrüsten. Kein gewöhnlicher Mensch war in der Lage, einen Nephilim zu übertreffen. Also was wollte er hier eigentlich beweisen?

Die Spitze von Gabriels Klinge verharrte nur wenige Zentimeter von Cyrils Kehle entfernt in der Luft. Kapitulierend hob der junge Dienstbote die Hände, und ein Lächeln – fast wie das freundliche Grinsen seines verstorbenen Bruders – breitete sich auf seinem Gesicht aus. »Ich ergebe mich …«

Doch einen Sekundenbruchteil später sauste etwas durch die

Luft; Gabriel schrie auf, verlor das Gleichgewicht, und das Schwert rutschte ihm aus der Hand. Als sein Körper auf dem Boden auftraf, drückte Bridget ihm ihr Knie auf die Brust und fletschte die Zähne. Sie hatte sich hinter ihn geschlichen und ihn zu Fall gebracht, als gerade niemand zuschaute. Nun zog sie einen kleinen Dolch aus ihrem Mieder und hielt es ihm an die Kehle.

Einen Augenblick lang starrte Gabriel sie blinzelnd und verwirrt an. Dann begann er zu lachen.

In diesem Moment empfand Tessa mehr Sympathie für ihn als je zuvor – was allerdings nicht viel zu bedeuten hatte.

»Sehr beeindruckend«, näselte eine vertraute Stimme vom Eingang des Saals.

Ruckartig drehte Tessa sich um: Im Türrahmen stand Will, in einem Zustand, den ihre Tante als desolat bezeichnet hätte. Er sah aus, als hätte man ihn rückwärts durch eine Dornenhecke gezogen: das Hemd zerrissen, die Haare zerzaust und die blauen Augen stark gerötet.

Mit aufreizender Langsamkeit bückte er sich, hob Gabriels Schwert auf und deutete mit einem amüsierten Ausdruck auf dem Gesicht in Bridgets Richtung. »Aber kann sie auch *kochen?*«

Hastig rappelte Bridget sich auf, und ihre Wangen liefen feuerrot an. Sie starrte Will auf dieselbe Weise an wie die meisten Mädchen, die ihn zum ersten Mal erblickten – mit leicht geöffnetem Mund, als traute sie ihren Augen kaum angesichts der Erscheinung, die vor ihr Gestalt angenommen hatte.

Gern hätte Tessa ihr gesagt, dass Will weniger zerzaust noch besser aussah und dass es gefährlich und töricht war, sich von seiner Schönheit faszinieren zu lassen – so wie es gefährlich und töricht war, sich vom Glitzern einer rasiermesserscharfen Klinge betören zu lassen. Doch wozu sollte sie sich die Mühe machen? Die junge Frau würde es schon früh genug selbst herausfinden.

»Ich bin eine gute Köchin«, erwiderte Bridget in einem singenden Tonfall, der ihre irische Herkunft verriet. »Meine vorherigen Herrschaften hatten nicht ein einziges Mal Grund zur Klage.«

»Gütiger Himmel, du kommst aus Irland«, stellte Will fest. »Kannst du dann auch irgendetwas zubereiten, das keine Kartoffeln enthält? Als ich klein war, hatten wir eine Weile lang eine irische Köchin: Kartoffelpastete, Kartoffeltörtchen, Kartoffeln mit Kartoffelsoße …«

Bridget starrte ihn verwirrt an. In der Zwischenzeit hatte Jem den Saal durchquert und ergriff Will nun am Arm. »Charlotte wünscht, Cyril und Bridget im Salon zu sprechen. Sollen wir ihnen den Weg dorthin zeigen?«, forderte er ihn freundlich auf.

Doch Will zögerte. Er schaute Tessa an, und diese musste schlucken, weil ihre Kehle plötzlich ganz trocken war. Irgendwie erweckte er den Eindruck, als wollte er ihr etwas mitteilen. Gabriel, dessen Blick von Will zu Tessa und wieder zurück gewandert war, begann hämisch zu grinsen. Daraufhin verfinsterten sich Wills Augen, aber er wandte sich ab und ließ sich von Jem aus dem Raum führen. Und nach einer Schrecksekunde folgten Bridget und Cyril den beiden zur Treppe.

Als Tessa sich wieder zur Saalmitte umdrehte, sah sie, dass Gabriel eine der Klingen aufgehoben hatte und seinem Bruder reichte.

»Also dann«, sagte er. »Es wird Zeit, mit dem Training zu beginnen, finden Sie nicht auch, meine Damen?«

Gideon nahm die Waffe entgegen. *»Esta es la idea más estúpida que nuestro padre ha tenido«*, bemerkte er. *»Nunca.«*

Sophie und Tessa tauschten einen Blick. Tessa war sich nicht sicher, was Gideon genau gesagt hatte, aber *»estúpida«* besaß eine große Ähnlichkeit mit »stupide«. Dieser Tag versprach, sehr lang zu werden …

Die nächsten Stunden verbrachten sie mit Gleichgewichts- und Parierübungen. Gabriel fühlte sich dazu berufen, Tessas Ausbildung persönlich in die Hand zu nehmen, während Gideon Sophie zugeteilt war. Tessa hegte den Verdacht, dass Gabriel sie ausgewählt hatte, um Will auf irgendeine hintergründige Art und Weise zu verärgern – ob Will nun davon wusste oder nicht. Dabei war der junge Lightwood gar kein so übler Lehrer: recht geduldig und durchaus gewillt, Tessas Waffe wieder und wieder aufzuheben, bis er ihr schließlich beigebracht hatte, das Heft auf korrekte Weise zu halten. Und er sparte nicht mit Lob, wenn sie etwas richtig gemacht hatte. Tessa konzentrierte ihre Aufmerksamkeit derart auf die Übungen, dass sie nicht sagen konnte, ob Gideon Sophie ähnlich intensiv schulte; allerdings hörte sie ihn von Zeit zu Zeit unterdrückt auf Spanisch fluchen.

Als der Unterricht endlich beendet war und Tessa sich frisch gemacht und für das Abendessen umgekleidet hatte, knurrte ihr Magen schon fast undamenhaft. Wills Befürchtungen zum Trotz konnte Bridget glücklicherweise tatsächlich kochen, und zwar ziemlich gut. Sie servierte Henry, Will, Tessa und Jem einen knusprigen Braten mit Gemüse und als Nachspeise Erdbeertörtchen mit Vanillepudding. Jessamine dagegen weilte noch immer kopfschmerzgeplagt auf ihrem Zimmer, und Charlotte war zur Gebeinstadt gefahren, um das Archiv mit den Reparationsanträgen persönlich zu durchforsten.

Die Tatsache, dass Sophie und Cyril mit schwer beladenen Servierplatten im Speisezimmer ein und aus gingen und Cyril den Braten wie selbstverständlich aufschnitt – genau wie Thomas es getan hätte –, während Sophie ihm schweigend half, bereitete Tessa ein leicht unbehagliches Gefühl. Sie konnte nicht umhin, Mitgefühl mit Sophie zu empfinden: Es musste sehr schwer für das Dienstmädchen sein, deren engste Freunde im Institut – Agatha und Thomas – nun durch anderes Personal ersetzt worden waren. Aber jedes Mal, wenn sie versuchte, Blickkontakt zu Sophie aufzunehmen, schaute diese rasch weg.

Tessa erinnerte sich noch gut an den Ausdruck auf Sophies Gesicht, als es Jem das letzte Mal gesundheitlich besonders schlecht erging, und daran, wie nervös sie ihre Haube in den Händen gedreht und Tessa um Neuigkeiten über seinen Zustand angefleht hatte. Liebend gern hätte Tessa mit ihr danach noch einmal über diesen Vorfall gesprochen, doch sie wusste, dass sich dies nicht ziemte. Liebesbeziehungen zwischen Irdischen und Schattenjägern waren untersagt: Wills Mutter war eine Irdische, und sein Vater hatte sich genötigt gesehen, die Schattenjägergemeinschaft zu verlassen, nur um mit ihr zusammen sein zu können. Er musste sie sehr geliebt haben, um diesen Schritt zu wagen – aber Tessa hatte nie den Eindruck gehabt, dass Jem ähnlich starke Gefühle für Sophie hegte. Ganz zu schweigen von seiner Krankheit …

»Tessa«, sprach Jem sie mit gesenkter Stimme an, »ist alles in Ordnung? Du siehst aus, als wärst du mit deinen Gedanken meilenweit entfernt.«

Beruhigend lächelte Tessa ihn an. »Ich bin nur ein wenig müde. Das Training … daran bin ich überhaupt nicht gewöhnt.« Und das entsprach durchaus der Wahrheit: Ihre Arme schmerzten vom stundenlangen Halten und Heben des schweren Trainingsschwerts, und obwohl Sophie und sie im Grunde nur Gleichgewichts- und Parierübungen durchgeführt hatten, machten auch ihre Beine ihr stark zu schaffen.

»Die Brüder der Stille haben eine Salbe gegen Muskelkater entwickelt. Klopf einfach kurz an meine Tür, bevor du zu Bett gehst; ich habe noch einen Tiegel in meinem Zimmer.«

Bei Jems Worten schoss Tessa das Blut in die Wangen, aber dann fragte sie sich, warum sie überhaupt errötete: Die Schattenjäger pflegten nun einmal einen ungezwungenen Umgang untereinander. Außerdem war sie schon einmal in Jems Schlafzimmer gewesen, sogar ganz allein mit ihm, noch dazu in ihrem Nachthemd, und niemand hatte daran Anstoß genommen. Auch jetzt bot er ihr nichts weiter als ein Arzneimittel an, und doch konnte sie spüren, wie ihre Wangen geradezu glühten. Er schien es ebenfalls zu bemerken und errötete seinerseits: Die kräftige Tönung zeichnete sich deutlich von seiner blassen Haut ab. Hastig schaute Tessa weg und erblickte Will, der sie beide beobachtete; seine blauen Augen schauten ruhig und unergründlich. Nur Henry, der mit seiner Gabel ein paar Erbsen auf seinem Teller jagte, schien von alldem überhaupt nichts mitzubekommen.

»Vielen Dank«, murmelte Tessa. »Darauf werde ich gern …«

Im selben Moment platzte Charlotte ins Speisezimmer. Ihre langen dunklen Locken hatten sich aus der Hochsteckfrisur gelöst, und sie hielt triumphierend eine Schriftrolle in der Hand. »Ich hab's gefunden!«, rief sie. Dann warf sie sich atemlos auf den Stuhl neben Henry, wobei ihr sonst so blasses Gesicht vor Anstrengung und Aufregung rosig glühte. Lächelnd wandte sie sich an Jem: »Du hattest recht … die Wiedergutmachungsabteilung des Archivs … nach nur wenigen Stunden Recherche hab ich es gefunden.«

»Lass mich mal sehen«, forderte Will und legte die Gabel beiseite. Er hatte sein Essen kaum angerührt, wie Tessa mit einem Blick auf seinen Teller bemerkte. Der Silberring mit der Vogelgravur blitzte an seinem Finger auf, als er nach der Schriftrolle in Charlottes Hand griff.

Doch Charlotte verpasste ihm gutmütig einen Klaps auf die Finger. »Nein. Wir werden uns das Dokument alle gemeinsam ansehen. Schließlich war es Jems Idee, oder etwa nicht?«

Will runzelte die Stirn, schwieg aber. Rasch breitete Charlotte die Schriftrolle auf dem Tisch aus und schob dabei Teetassen und leere Teller zur Seite, um Platz zu schaffen. Die anderen standen auf, versammelten sich um sie und betrachteten neugierig das Dokument. Die dunkelrote Tusche auf dem dicken, fast pergamentartigen Papier erinnerte an die Farbe der Runen auf den Roben der Stillen Brüder. Obwohl das Dokument in englischer Sprache verfasst war, wurde Tessa einfach nicht schlau daraus, weil der Schreiber es mit einer sehr engen Handschrift aufgesetzt und mit zahlreichen Abkürzungen versehen hatte.

Jem beugte sich vor; sein Arm streifte Tessas, als er über ihre Schulter hinweg las. Mit nachdenklicher Miene studierte er das Geschriebene.

Langsam wandte Tessa ihm ihr Gesicht zu; dabei kitzelte eine seiner hellen Locken ihre Wange. »Was steht in dem Dokument?«, wisperte sie.

»Es handelt sich um einen Antrag auf Entschädigung«, erklärte Will, wobei er die Tatsache, dass sie ihre Frage an Jem gerichtet hatte, absichtlich ignorierte. »Im Jahr 1825 an das Institut in York geschickt, im Namen von Axel Hollingworth Mortmain, der Wiedergutmachung verlangt für den ungerechtfertigten Tod seiner Eltern, John Thaddeus und Anne Evelyn Shade, etwa ein Jahrzehnt zuvor.«

»John Thaddeus Shade«, sagte Tessa. *»J.T.S.,* die Initialen auf Mortmains Taschenuhr. Aber wenn er ihr Sohn ist, warum trägt er dann nicht denselben Nachnamen?«

»Die Shades waren Hexenwesen«, erläuterte Jem, der bereits weitergelesen hatte. »Und zwar alle beide. Mortmain kann also nicht ihr leiblicher Sohn gewesen sein; sie müssen ihn adoptiert haben, allerdings ohne seinen irdischen Namen zu ändern. So etwas kommt von Zeit zu Zeit durchaus vor.« Er warf ihr einen raschen Blick zu und schaute dann schnell wieder auf das Dokument.

Tessa fragte sich, ob er sich wohl ebenfalls an ihr Gespräch im Musikzimmer erinnerte … und daran, dass Hexenwesen keine eigenen Kinder haben konnten.

»Mortmain hat uns gegenüber behauptet, er wäre erst auf seinen Reisen mit den Dunklen Künsten in Berührung gekommen«, überlegte Charlotte laut und lehnte sich zurück, während die anderen wieder Platz nahmen. »Aber wenn seine Eltern Hexenwesen waren …«

»Seine Adoptiveltern«, berichtigte Will. »Ja, ich bin mir ziemlich sicher, dass er ganz genau wusste, wen er in der Schattenwelt kontaktieren musste, um sich in den Dunklen Künsten unterrichten zu lassen.«

»Ungerechtfertigter Tod«, sagte Tessa mit dünner Stimme. »Was genau hat das zu bedeuten?«

»Es bedeutet, Mortmain glaubt, Nephilim hätten seine Eltern getötet – obwohl diese *nicht* gegen das Gesetz verstoßen hatten«, legte Charlotte dar.

»Und gegen welches Gesetz sollen sie verstoßen haben?«

Charlotte runzelte die Stirn. »In diesem Dokument steht etwas über widernatürliche und illegale Machenschaften mit Dämonen – das könnte alles Mögliche sein – und dass sie eine Waffe entwickelt haben sollen, die Schattenjäger vernichten kann. Und auf ein derartiges Verhalten steht die Todesstrafe. Aber bitte vergiss nicht, dass sich dies alles lange vor der Unterzeichnung des Abkommens abgespielt hat. Damals konnten Nephilim einen Schattenweltler allein schon bei Verdacht auf verbrecherische Aktivitäten töten. Vermutlich ist das auch der Grund, warum diese Unterlagen hier keine genaueren Angaben enthalten. Mortmain hat den Antrag auf Entschädigung beim Yorker Institut eingereicht, das unter der Leitung von Aloysius Starkweather steht. Allerdings wollte er kein Geld, sondern verlangte, dass die Schuldigen – Schattenjäger – verurteilt und bestraft werden sollten. Hier in London hat man dann ein entsprechendes Gerichtsverfahren abgelehnt, mit der Begründung, dass die Shades ›ohne jeden Zweifel‹ schuldig waren. Und das ist auch schon alles. Bei diesem Dokument handelt es sich lediglich um einen Auszug und nicht um die vollständige Akte. Diese dürfte sich nach wie vor im Institut in York befinden.« Charlotte schob sich die feuchten Haare aus der Stirn. »Und dennoch würde dieser Vorfall Mortmains Hass auf die Nephilim erklären. Du hattest recht, Tessa. Das Ganze war – *ist* – persönlich.«

»Und es gibt uns einen Anhaltspunkt: das Institut in York«, meinte Henry und schaute von seinem Teller auf. »Es wird doch noch immer von den Starkweathers geleitet, oder nicht? Dort müsste man die vollständigen Unterlagen archiviert haben ...«

»Und Aloysius Starkweather ist neunundachtzig«, fügte Charlotte hinzu. »Als das Ehepaar Shade getötet wurde, muss er noch ein junger Mann gewesen sein. Möglicherweise erinnert er sich ja, was damals genau vorgefallen ist.« Sie seufzte. »Ich sollte ihm wohl besser eine Nachricht zukommen lassen. Oje. Das wird nicht leicht.«

»Und wieso, meine Liebe?«, fragte Henry auf seine sanfte, geistesabwesende Weise.

»Starkweather und mein Vater waren einst gute Freunde, aber dann kam es vor vielen, vielen Jahren zu einem schweren Zerwürfnis zwischen den beiden – aus irgendeinem schrecklichen Grund. Danach haben sie nie wieder ein Wort miteinander gewechselt.«

»Wie heißt es gleich wieder in diesem Gedicht?«, setzte Will an, der bis dahin seine leere Teetasse am Zeigefinger herumgewirbelt hatte, sich nun aber aufrichtete und theatralisch vortrug:

»Beide sprachen voll tiefer Verachtung,
zu kränken das Herz des liebsten Freund' ...«

»Beim Erzengel, Will, sei wenigstens einmal taktvoll«, stöhnte Charlotte, während sie aufstand. »Ich muss einen Brief an Aloysius Starkweather aufsetzen, der vor Reumütigkeit und dringenden Bitten nur so trieft. Da musst *du* mich nicht auch noch verspotten.« Damit raffte sie ihre Röcke und eilte aus dem Raum.

»Keine Achtung für die Kunst!«, murmelte Will und stellte seine Teetasse ab. Dann schaute er auf, und Tessa wurde bewusst, dass sie ihn angestarrt hatte. Natürlich kannte sie das Gedicht; es stammte von Samuel Taylor Coleridge, einem ihrer Lieblingspoeten. Das Gedicht ging noch weiter … da war irgendetwas mit Liebe und Tod und Wahn, aber sie konnte sich die Zeilen einfach nicht ins Gedächtnis rufen – jedenfalls nicht in diesem Moment, da Wills blaue Augen auf ihr ruhten.

»Wie nicht anders zu erwarten, hat Charlotte wieder keinen Bissen zu sich genommen«, stellte Henry fest und stand auf. »Ich werde einmal nachsehen, ob Bridget ihr nicht einen Teller mit kaltem Hühnchen herrichten kann. Und was euch drei anbelangt …« Er hielt einen Moment inne, als wollte er ihnen eine Anweisung geben – sie womöglich zu Bett schicken oder zurück in die Bibliothek, um weitere Nachforschungen anzustellen. Doch der Augenblick verstrich, und ein verwirrter Ausdruck breitete sich auf seinem Gesicht aus. »Verflixt, ich kann mich wahrhaftig nicht mehr erinnern, was ich gerade sagen wollte«, verkündete er und verschwand kopfschüttelnd in Richtung Küche.

Kaum dass Henry das Zimmer verlassen hatte, vertieften Will und Jem sich in ein ernsthaftes Gespräch über Reparationsleistungen, Schattenweltler, Abkommen, Bündnisverträge und Gesetze. Das sorgte dafür, dass sich Tessa der Kopf drehte. Leise stand sie auf, verließ das Speisezimmer und begab sich in die Bibliothek. Trotz seiner enormen Größe und der Tatsache, dass nur wenige der Bücher in den deckenhohen Regalen in englischer Sprache verfasst waren, zählte dieser Raum zu Tessas Lieblingsplätzen im gesamten Institut. Irgendwie hatte er etwas Besonderes an sich – mit seinem Geruch nach alten Büchern, einer Mischung aus Tinte, Papier und Leder. Sogar der Staub schien sich in der Bibliothek anders zu verhalten als in anderen Räumen: Tanzende Staubpartikel schimmerten golden im Schein der Elbenlichtkerzen und setzten sich wie Blütenpollen auf den polierten Oberflächen der langen Holztische ab.

Auf einem der hohen Lesepulte lag Church und schlief, den Schwanz um den Kopf gekringelt. Tessa machte einen weiten Bogen um den Kater, während sie auf die kleine Sammlung von Gedichtbänden an der rechten Wand zusteuerte. Church mochte Jem zwar anbeten, war aber dafür bekannt, dass er alle anderen gern mal biss, noch dazu häufig ohne jede Vorwarnung.

Nach einem Moment fand Tessa den Band, den sie gesucht hatte, kniete sich vor das Bücherregal und blätterte die Seiten durch, bis sie die richtige Stelle im Gedicht *Christabel* gefunden hatte: die Szene, in der der alte Baron erkennt, dass das junge Mädchen vor ihm die Tochter des Mannes ist, der einst sein Freund war und nun sein zutiefst verhasster Feind – der Mann, den er niemals vergessen kann.

Ach! Freunde war'n sie in der Jugendzeit,
Doch Missgunst trübt die Ehrlichkeit
Und Treue weilt in himmlischen Sphären.
Das Leben ist dornig, die Jugend ist flüchtig
Und dem zu zürnen, den man liebt in Ehren,
Treibt in den Wahn, macht alles unwichtig.
[…]
Beide sprachen voll tiefer Verachtung,
Zu kränken das Herz des liebsten Freund':
Im Streit sie schieden – war'n nie mehr vereint!

Die Stimme, die über Tessas Kopf ertönte, klang leicht und schleppend zugleich – und war unverkennbar: »Überprüfst du, ob ich auch sorgfältig zitiert habe?«

Tessa zuckte derart erschrocken zusammen, dass ihr das Buch aus der Hand rutschte und auf dem Boden aufschlug. Sie fuhr hoch und sah erstarrt zu, wie Will sich bückte, den Gedichtband aufhob und ihr entgegenhielt, in einer Geste ausgesuchter Höflichkeit.

»Ich versichere dir, mein Erinnerungsvermögen ist tadellos«, verkündete er.

Genau wie das meine, dachte Tessa. Seit Wochen war dies das erste Mal, dass sie sich mit ihm allein in einem Raum befand … seit jener schrecklichen Begebenheit auf dem Dach, als er ihr zu verstehen gegeben hatte, dass er sie für kaum mehr als eine Dirne hielt und noch dazu für unfruchtbar. Beide hatten über diesen Vorfall kein Wort mehr verloren. Stattdessen hatten sie so getan, als wäre alles in bester Ordnung: ein höflicher Umgang in Gesellschaft anderer, doch keine Sekunde allein zu zweit. Irgendwie war es Tessa in Gegenwart von Dritten gelungen, den Vorfall aus ihren Gedanken zu verdrängen, das Ganze einen Moment zu vergessen. Doch nun, da sie Will von Angesicht zu Angesicht gegenüberstand – er so wunderschön wie immer, mit geöffnetem Hemdkragen, unter dem die schwarzen Runenmale auf seinem Schlüsselbein und der weißen Haut seines Halses deutlich zum Vorschein kamen, während das flackernde Elbenlicht sich in den eleganten Flächen und kantigen Konturen seines Gesichts spiegelte –, stieg die Erinnerung an ihre Beschämung heiß in ihrer Kehle auf. Vor Wut darüber brachte sie keinen Ton heraus.

Will warf einen Blick auf seine Hand, die noch immer den schmalen, in grünes Leder gebundenen Gedichtband hielt. »Hast du vor, Coleridges Werk wieder an dich zu nehmen, oder soll ich hier bis in alle Ewigkeit stehen, in dieser ziemlich lächerlichen Haltung?«

Schweigend nahm Tessa das Buch entgegen. »Falls du die Bibliothek zu nutzen wünschst«, setzte sie an und machte Anstalten zu gehen, »lass dich bitte nicht stören. Ich habe gefunden, wonach ich suchte, und da es bereits ziemlich spät ist …«

»Tessa«, stieß Will hervor und hielt eine Hand hoch, um sie aufzuhalten.

Finster musterte Tessa den jungen Schattenjäger und wünschte, sie könnte ihn auffordern, sie wieder mit »Miss Gray« anzureden.

Denn allein die Art und Weise, wie er ihren Namen gesagt hatte, brach ihr fast das Herz, löste einen harten Knoten tief in ihrem Brustkorb und raubte ihr förmlich den Atem. Sie wünschte, er würde sie nicht bei ihrem Vornamen nennen, wusste aber andererseits, wie lächerlich eine derartige Aufforderung klingen musste. Das hätte all ihre Bemühungen zunichtegemacht, ihm gegenüber eine kühle Gleichgültigkeit an den Tag zu legen. »Ja?«, fragte sie.

Ein leicht wehmütiger Ausdruck zeichnete sich auf Wills Gesicht ab, während er sie betrachtete. Es kostete Tessa größte Mühe, ihn nicht anzustarren. Will und wehmütig? Das konnte nur vorgetäuscht sein.

»Ach, nichts. Ich …« Er schüttelte den Kopf; eine dunkle Strähne fiel ihm in die Stirn, und er strich die Haare ungeduldig beiseite. »Es ist nichts«, sagte er erneut, fügte dann aber hinzu: »Als ich dir die Bibliothek zum ersten Mal gezeigt habe, da hast du mir gesagt, *Die weite, weite Welt* sei dein Lieblingsbuch. Ich dachte, es würde dich vielleicht interessieren, dass ich … dass ich es daraufhin gelesen habe.« Er hielt den Kopf leicht gesenkt und blickte sie mit seinen blauen Augen unter dichten dunklen Wimpern an.

Tessa fragte sich, wie oft er wohl schon mit dieser lausbübischen Art Erfolg gehabt haben mochte, und zwang sich zu einem höflich-kühlen Ton: »Und, hat es dir gefallen?«

»Nicht im Geringsten«, erwiderte Will. »Zu weitschweifig und gefühlsduselig, wenn du mich fragst.«

»Nun ja, über Geschmack lässt sich bekanntlich nicht streiten«, säuselte Tessa honigsüß, wohl wissend, dass er sie in Rage zu bringen versuchte. Aber sie dachte gar nicht daran, den Köder zu schlucken. »Des einen Freud ist des anderen Leid, findest du nicht auch?« Bildete sie sich das ein, oder schaute er tatsächlich enttäuscht?

»Könntest du mir vielleicht ein anderes Buch von einem amerikanischen Schriftsteller empfehlen?«

»Warum sollten Sie das wollen, wo Sie meinen Geschmack doch so gering schätzen? Ich denke, Sie werden akzeptieren müssen, dass wir in Bezug auf unsere Lektüre recht verschieden sind – genau wie in vielerlei anderer Hinsicht. Und in Zukunft sollten Sie jemand anderes um Empfehlungen ersuchen, Mr Herondale.« Kaum waren ihr die Worte über die Lippen gekommen, biss Tessa sich auch schon auf die Zunge. Jetzt hatte sie übertrieben, das wusste sie genau.

Und tatsächlich stürzte Will sich darauf – wie eine Spinne auf eine besonders schmackhafte Fliege. *»Mr Herondale?«*, fragte er in forderndem Ton. »Tessa, ich dachte …?«

»Ja bitte?«, konterte Tessa in eisigem Ton.

»Dass wir uns zumindest noch über Bücher unterhalten könnten.«

»Das haben wir. Und Sie haben meinen Geschmack beleidigt«, erwiderte Tessa. »Außerdem sollten Sie wissen, dass *Die weite, weite Welt* keineswegs mein Lieblingsbuch ist. Es handelt sich lediglich um eine Erzählung, deren Lektüre ich genossen habe, genau wie *Capitola – Die verborgene Hand* oder … Wissen Sie, was? Vielleicht sollten *Sie* mir ja ein Buch empfehlen, damit ich *Ihren* Geschmack beurteilen kann. Alles andere wäre kaum als fair zu bezeichnen.«

Will hockte sich auf den nächsten Tisch, ließ die Beine baumeln und schien darüber nachzudenken. *»Die Burg von Otranto …«*

»Ist das nicht dieser Schauerroman, in dem der Sohn des Helden von einem Riesenhelm erschlagen wird, der vom Himmel herabfällt? Und da behaupten Sie, *Eine Geschichte aus zwei Städten* wäre albern!«, empörte sich Tessa, die eher gestorben wäre als zuzugeben, dass sie *Otranto* gelesen und sehr gemocht hatte.

»Eine Geschichte aus zwei Städten«, wiederholte Will. »Ich habe diese Erzählung noch einmal gelesen … weil wir darüber

gesprochen hatten. Ich muss dir recht geben. Sie ist überhaupt nicht albern.«

»Ach nein?«

»Nein«, sagte er, »dazu spricht zu viel Hoffnungslosigkeit aus ihr.«

Tessas Blick traf sich mit Wills: Seine Augen schimmerten so blau wie ein See, und sie hatte das Gefühl, in ihnen zu versinken. »Hoffnungslosigkeit?«

Ruhig erklärte er: »Für Sydney gibt es keine Zukunft, ob mit oder ohne Liebe. Er weiß, dass er ohne Lucie nicht existieren kann, aber sie in seine Nähe zu lassen, würde bedeuten, sie zu entwürdigen.«

Doch Tessa schüttelte den Kopf. »Das habe ich ganz anders in Erinnerung. Das Opfer, das er bringt, ist edelmütig.«

»Es ist alles, was ihm noch geblieben ist«, erwiderte Will. »Weißt du denn nicht mehr, was er zu Lucie sagt? *›Wenn es möglich gewesen wäre, dass Sie die Liebe des Mannes hätten erwidern können, den Sie vor sich sehen – eines armseligen, missbrauchten, dem Trunk ergebenen Geschöpfs, wie Sie es vor sich sehen –, so würde er doch selbst am Tag und in der Stunde seines Glücks sich bewusst geblieben sein, dass er nur Elend, Leid und Reue über Sie bringen könnte – dass er Sie entehren und mit sich in den Staub ziehen würde …‹*«

Ein glühendes Holzscheit verrutschte im Kaminfeuer und sandte einen Funkenregen in die Höhe. Beide fuhren erschrocken zusammen, und Will verstummte.

Tessas Herz machte einen Satz, und sie zwang sich, den Blick von Will abzuwenden. *Dumm,* schimpfte sie aufgebracht mit sich selbst, *ich bin ja so dumm.* Einerseits erinnerte sie sich noch ganz genau, wie er sie behandelt und mit welchen Worten er sie bedacht hatte, andererseits ließ sie zu, dass ihre Knie beim Hören einer Zeile von Dickens weich wie Pudding wurden. »Nun, Sie haben sich diesen Teil der Erzählung in der Tat richtig eingeprägt«, sagte sie. »Sehr beeindruckend.«

Will zog seinen Hemdkragen beiseite, wodurch sein elegant geschwungenes Schlüsselbein vollständig zum Vorschein kam. Doch es dauerte einen Moment, bis Tessa erkannte, dass er ihr ein Runenmal zeigen wollte, welches sich wenige Zentimeter über seinem Herzen befand. *»Mnemosyne* – die Rune der Gedächtniskunst«, erläuterte er. »Eines der permanenten Male.«

Hastig schaute Tessa weg. »Es ist schon spät. Höchste Zeit, mich zurückzuziehen – ich bin sehr müde.« Mit erhobenem Kopf rauschte sie an ihm vorbei in Richtung Tür. Dabei fragte sie sich einen Moment lang, ob es sein konnte, dass er tatsächlich verletzt wirkte. Doch dann schob sie den Gedanken resolut beiseite. Schließlich hatte sie es hier mit Will zu tun: So sprunghaft und flüchtig seine Launen auch sein mochten, so charmant er auch sein konnte, wenn er sich in guter Stimmung fühlte – er war Gift für sie … für sie und für alle anderen.

»Vathek«, sagte er in diesem Augenblick und rutschte vom Tisch herunter.

Abrupt blieb Tessa mitten in der Tür stehen und bemerkte, dass sie den Coleridge-Gedichtband noch immer in der Hand hielt. Doch dann beschloss sie, dass sie das Buch genauso gut mit auf ihr Zimmer nehmen konnte; es würde eine angenehme Abwechslung zum *Codex* bieten. »Wie bitte?«, fragte sie.

»Vathek«, sagte Will erneut, »von William Beckford. Falls du also an *Otranto* Gefallen gefunden hast …«

Das hab ich doch gar nicht zugegeben, schoss es Tessa durch den Kopf.

» … denke ich, wird dir *Vathek* ebenfalls zusagen.«

»Oh«, murmelte Tessa. »Gut. Danke. Ich werde darauf zurückkommen.«

Will schwieg. Er stand noch immer dort, wo sie ihn zurückgelassen hatte, in der Nähe des Tischs. Da er den Kopf gesenkt hatte, verdeckten die dunklen Haare sein Gesicht.

Der Anblick ließ Tessas Herz ein wenig auftauen, und ehe sie sich zurückhalten konnte, meinte sie: »Gute Nacht, Will.«

Sofort schaute er auf. »Gute Nacht, Tessa.« Erneut schwang ein Hauch von Wehmut in seiner Stimme mit, aber er klang nicht mehr so trostlos wie zuvor. Gedankenverloren streckte er die Hand aus, um Church zu streicheln, der das gesamte Gespräch und sogar das Herabfallen des Holzscheits im Kamin verschlafen hatte. Noch immer lag er entspannt auf dem Lesepult, die Pfoten in die Luft gereckt.

»Will …«, setzte Tessa an, doch es war bereits zu spät. Rüde aus dem Schlaf gerissen, stieß Church ein wütendes Miauen aus und schlug mit seinen Krallen nach Will, der daraufhin unterdrückt zu fluchen begann. Als Tessa die Tür leise hinter sich ins Schloss zog, konnte sie das feine Lächeln, das ihre Lippen umspielte, einfach nicht länger unterdrücken.

4
Eine Reise

Freundschaft ist eine Seele
in zwei Körpern.
MENZIUS

Mit einem wütenden Schnauben knallte Charlotte den Brief auf den Schreibtisch. »Aloysius Starkweather ist der starrköpfigste, scheinheiligste, eigensinnigste, verkommenste …« Sie verstummte und rang sichtlich bemüht um Beherrschung. Tessa hatte Charlottes Lippen noch nie so fest aufeinandergepresst gesehen.

»Möchtest du vielleicht ein Synonymwörterbuch?«, erkundigte sich Will. Er lümmelte in einem der Ohrensessel am offenen Kamin, die Stiefel auf dem Polsterschemel. Sie waren schlammverkrustet – und das Gleiche galt inzwischen auch für den Schemel. Normalerweise hätte Charlotte ihm deswegen die Leviten gelesen, doch das Schreiben, das sie an diesem Morgen von Aloysius erhalten und dazu bewogen hatte, alle Bewohner des Instituts im Salon zusammenzurufen, nahm offenbar ihre gesamte Aufmerksamkeit in Anspruch. »Es scheint, als würden dir die passenden Worte fehlen«, fügte Will hinzu.

»Und ist er wirklich *verkommen?*«, fragte Jem gleichmütig aus den Tiefen des anderen Sessels. »Ich meine, der alte Kauz ist fast neunzig – bestimmt ist er zu wirklich abartigem Verhalten gar nicht mehr fähig.«

»Ach, ich weiß nicht recht«, widersprach Will. »Ihr wärt überrascht, was manche der alten Knacker in der *Devil Tavern* so alles anstellen.«

»Nichts, was jemand aus *deinem* Bekanntenkreis anstellen könnte, vermag uns noch zu überraschen, Will«, sagte Jessamine, die auf der Chaiselongue lag, einen feuchten Umschlag auf der Stirn. Offensichtlich hatte sie immer noch Kopfschmerzen.

»Alles in Ordnung, meine Liebe?«, wandte Henry sich aufrichtig besorgt an seine Frau und trat an ihren Schreibtisch. »Du wirkst ein wenig … fleckig.« Tatsächlich hatten sich rote Wutflecken auf Charlottes Gesicht und Hals ausgebreitet.

»Ich halte das ja für charmant«, bemerkte Will. »Meines Wissens sind Tupfen in dieser Saison der letzte Schrei.«

Besorgt tätschelte Henry Charlottes Schulter. »Möchtest du vielleicht einen kühlen Umschlag? Oder kann ich sonst etwas für dich tun?«

»Du könntest nach Yorkshire reisen und diesem alten Bock den Kopf abschlagen«, erwiderte Charlotte aufgebracht.

»Aber würde das dein Verhältnis zum Rat nicht zusätzlich trüben?«, hakte Henry nach. »Dort ist man gegenüber Enthauptungen und dergleichen nicht sonderlich aufgeschlossen.«

»Oh, natürlich! Das ist alles meine Schuld, nicht wahr?«, stieß Charlotte wütend hervor. »Ich weiß wahrhaftig nicht, wie ich auch nur auf den Gedanken gekommen bin, Starkweather für unsere Seite gewinnen zu können. Der Alte ist ein Albtraum.«

»Was hat er denn *genau* gesagt?«, fragte Will. »In seinem Brief, meine ich.«

»Er lehnt es ab, mich oder Henry zu empfangen«, erklärte Charlotte. »Und er schreibt, er würde meiner Familie das, was mein Vater getan habe, niemals verzeihen. Mein Vater …« Charlotte seufzte. »Er war ein schwieriger Mann. Absolut gesetzestreu, während die Familie Starkweather die Vorschriften schon immer etwas freier interpretiert hat. Er vertrat die Ansicht, dass sich Leute wie die Starkweathers dort oben im Norden wie die Wilden aufführten, wie Barbaren, und er zögerte auch nicht, seine Abneigung kundzutun. Ich weiß nicht, was er sonst noch getan hat, aber der alte Aloysius scheint sich noch immer persönlich in seiner Ehre gekränkt zu fühlen. Nicht zu vergessen sein Vorwurf: Wenn ich mich wirklich für seine Meinung interessieren würde, hätte ich ihn zur letzten Ratsversammlung eingeladen. Als ob ich in derlei Dingen irgendetwas zu sagen hätte!«

»Warum war er denn nicht eingeladen?«, erkundigte Jem sich.

»Er ist zu alt … sollte eigentlich überhaupt kein Institut mehr führen. Trotzdem weigert er sich abzutreten. Konsul Wayland hat ihn zwar noch nicht dazu gezwungen, lädt ihn aber auch nicht länger zu den Versammlungen ein. Ich denke, er hofft darauf, dass Aloysius entweder diesen Wink mit dem Zaunpfahl versteht oder aufgrund von Altersschwäche das Zeitliche segnet. Aber Aloysius' Vater ist einhundertvier Jahre alt geworden. Es könnte also durchaus sein, dass wir noch weitere fünfzehn Jahre mit ihm auskommen müssen.« Entmutigt schüttelte Charlotte den Kopf.

»Wenn er weder dich noch Henry empfangen will, kannst du dann nicht einfach jemand anderen entsenden?«, fragte Jessamine mit gelangweilter Stimme. »Schließlich leitest du das Institut, und die Mitglieder der Brigade sind verpflichtet, deinem Wunsch nachzukommen.«

»Aber so viele der Schattenjäger stehen auf Benedicts Seite«, gab Charlotte zu bedenken. »Sie *wollen,* dass ich versage. Ich weiß einfach nicht mehr, wem ich noch vertrauen kann.«

»Uns kannst du vertrauen«, verkündete Will. »Schick mich nach York. Und Jem.«

»Und was ist mit mir?«, fragte Jessamine entrüstet.

»Ja, was ist mit dir? Du möchtest doch nicht ernsthaft diese Reise antreten, oder?«

Jessamine hob eine Ecke des feuchten Tuchs über ihren Augen und funkelte Will an. »In irgendeinem muffigen Zug den ganzen Weg nach Norden ins sterbenslangweilige Yorkshire? Nein, selbstverständlich nicht. Ich wollte Charlotte nur zeigen, dass sie auch mir vertrauen kann.«

»Ich kann dir vertrauen, Jessie, aber du bist ganz offensichtlich noch zu unpässlich für die lange Fahrt. Was wirklich höchst bedauerlich ist, da Aloysius schon immer eine Schwäche für ein hübsches Gesicht hatte.«

»Ein Grund mehr, weshalb *ich* nach York reisen sollte«, meinte Will.

»Will, Jem …« Charlotte biss sich auf die Lippe. »Seid ihr euch auch ganz sicher? Der Rat war von eurem eigenmächtigen Vorgehen im Fall von Mrs Dark nicht sehr angetan.«

»Das sollte er aber. Immerhin haben wir einen gefährlichen Dämon getötet!«, protestierte Will.

»Und wir haben Church gerettet«, fügte Jem hinzu.

»Irgendwie bezweifle ich, dass man uns Letzteres zugutehalten wird«, wandte Will ein. »Dieser verflixte Kater hat mich neulich doch dreimal gebissen.«

»O doch! Bestimmt wird man euch das hoch anrechnen«, erklärte Tessa. »Oder zumindest Jem.«

Will schnitt ihr eine Grimasse, wirkte aber nicht verärgert – genauso hätte er auch reagiert, wenn Jem ihn aufgezogen hätte.

Vielleicht konnten sie ja tatsächlich höflich miteinander umgehen, überlegte Tessa. Bei ihrer Begegnung vor zwei Tagen in der Bibliothek war er wirklich nett zu ihr gewesen.

»Ich fürchte, euch loszuschicken, wäre zwecklos«, räumte Charlotte ein. Die roten Flecken auf ihrer Haut verblassten allmählich, aber sie zog eine bedenkliche Miene. »Es scheint nicht sehr wahrscheinlich, dass der alte Aloysius euch beiden auch nur irgendetwas erzählen wird, wenn er weiß, dass ich euch geschickt habe. Schön wär's …«

»Charlotte, es *gibt* einen Weg, wie wir ihn dazu bringen können«, sagte Tessa.

Verwirrt schaute Charlotte auf. »Tessa, was meinst du …?« Dann verstummte sie, als ihr plötzlich ein Licht aufging: »Oh, ich verstehe. Welch eine hervorragende Idee.«

»Was?«, fragte Jessamine fordernd von ihrer Liege. »Was für eine Idee?«

»Wenn es möglich wäre, mir etwas Privates von Starkweather zur Verfügung zu stellen, könnte ich es dazu nutzen, mich in ihn zu verwandeln«, erklärte Tessa. »Und vielleicht erhalte ich ja Zugang zu seinem Gedächtnis. Dann könnte ich euch verraten, welche Erinnerungen er mit Mortmain und dem Ehepaar Shade verbindet – falls er überhaupt welche besitzt.«

»In diesem Fall wirst du uns also nach Yorkshire begleiten«, stellte Jem fest.

Plötzlich ruhten alle Augen auf Tessa. Aufrichtig überrascht schwieg sie einen Moment.

»Sie braucht doch nicht mitzukommen«, wandte Will ein. »Wir können schließlich einfach einen Gegenstand aus dem Yorker Institut entwenden und hierherbringen.«

»Aber Tessa hat zuvor einmal erwähnt, dass sie ein Objekt benötigt, das eine starke Verbindung zu seinem Besitzer aufweist«, entgegnete Jem. »Falls wir also etwas auswählen, das sich als unzureichend entpuppt …«

»Sie hat aber auch gesagt, sie könnte einen abgeschnittenen Fingernagel verwenden oder eine Locke …«

»Dann schlägst du also vor, wir reisen mit dem Zug nach York, stürzen uns auf einen fast Neunzigjährigen und reißen ihm ein Büschel Haare aus? O ja, ich bin mir sicher, der Rat wird begeistert sein.«

»Man wird nur zu dem Schluss kommen, dass ihr verrückt seid«, meinte Jessamine. »Und da man das ohnehin schon tut, macht das auch keinen Unterschied mehr, oder?«

»Letztendlich liegt es bei Tessa«, sagte Charlotte. »Es ist ihre Fähigkeit, von der wir Gebrauch machen wollen – also sollte es auch ihre Entscheidung sein.«

»Hast du eben gesagt, dass wir mit dem Zug reisen würden?«, wandte Tessa sich an Jem.

Der junge Nephilim nickte, und seine silbernen Augen funkelten vergnügt. »Great Northern Railway bietet täglich mehrere Zugverbindungen von King's Cross an«, erläuterte er. »Nach York sind es nur ein paar Stunden.«

»Wenn das so ist, komme ich mit«, verkündete Tessa. »Ich bin noch nie mit dem Zug gefahren.«

Gereizt warf Will die Hände hoch. »Das ist alles? Du begleitest uns, weil du noch nie mit dem Zug gereist bist?«

»Genau«, bestätigte Tessa, wohl wissend, wie sehr ihr ruhiges Auftreten ihn aus der Fassung brachte. »Ich würde gern einmal mit der Eisenbahn fahren.«

»Eisenbahnen sind große, schmutzige, qualmende Kolosse«, erklärte Will. »Sie werden dir nicht gefallen.«

Doch Tessa ließ sich davon nicht beirren. »Ob mir eine Zugfahrt gefällt oder nicht, weiß ich erst, wenn ich es ausprobiert habe, richtig?«

»Und ich bin noch nie nackt in der Themse geschwommen, aber ich weiß genau, dass mir das nicht gefallen würde.«

»Aber bedenk doch einmal, wie amüsant das für auswärtige Sommergäste wäre!«, erwiderte Tessa und sah, wie Jem rasch den Kopf senkte, um sein Lachen zu verbergen. »Nun, wie dem auch sei, eigentlich spielt es keine Rolle: Denn ich will und werde nach York fahren. Wann reisen wir ab?«

Will verdrehte die Augen, aber Jem grinste noch immer. »Morgen früh. So treffen wir dort noch vor Anbruch der Dunkelheit ein.«

»Ich werde Aloysius eine Nachricht zukommen lassen, dass er euch erwarten soll«, sagte Charlotte und griff nach ihrem Federhalter. Doch dann hielt sie inne, und ihr Blick wanderte über die Gesichter der Anwesenden. »Ist das wirklich eine gute Idee? Ich … ich bin mir wirklich nicht ganz sicher.«

Beunruhigt betrachtete Tessa die Institutsleiterin – die Tatsache, dass Charlotte ihrem eigenen Instinkt nicht mehr vertraute, sorgte dafür, dass Tessa Benedict Lightwood und seine Kumpane noch mehr hasste als zuvor.

Schließlich trat Henry näher und legte seiner Frau sanft eine Hand auf die Schulter. »Die einzige Alternative bestünde darin, nichts zu unternehmen, meine Liebe«, gab er zu bedenken. »Und ich habe oft feststellen müssen, dass gar nichts zu unternehmen, selten etwas Positives bewirkt. Außerdem, was könnte schon schiefgehen?«

»Oh, beim Erzengel, ich wünschte, du hättest das nicht gesagt«, erwiderte Charlotte inbrünstig, beugte sich dann aber über den Papierbogen und begann zu schreiben.

Tessas und Sophies zweite Unterrichtsstunde mit den Lightwood-Brüdern war für den Nachmittag angesetzt. Nachdem Tessa ihre Trainingskleidung angelegt hatte, schlüpfte sie aus ihrem Zimmer und fand Sophie im Korridor vor. Das Dienstmädchen erwartete sie bereits, ebenfalls in Trainingsmontur, die Haare zu einem festen Knoten hochgesteckt und mit einem finsteren Ausdruck auf dem Gesicht.

»Sophie, was bedrückt dich?«, erkundigte sich Tessa, während sie gemeinsam in Richtung Fechtsaal gingen. »Du wirkst ziemlich aufgebracht.«

»Nun gut, wenn Sie so fragen.« Sophie senkte ihre Stimme. »Es geht um Bridget.«

»Bridget?« Die junge Irin hatte sich seit ihrer Ankunft kaum aus der Küche bewegt – ganz im Gegensatz zu Cyril, der sich überall im und um das Haus herum nützlich machte und genau wie Sophie allerlei Botengänge erledigte. Tessa hatte Bridget zuletzt im Fechtsaal gesehen, ein Knie auf Gabriel Lightwoods Brust und ein Messer an seiner Kehle. Sie gestattete sich nun, einen Moment bei dieser angenehmen Erinnerung zu verweilen. »Was hat Bridget angestellt?«, fragte sie schließlich.

»Ach, sie …«, setzte Sophie an und stieß einen schweren Seufzer aus. »Sie ist nicht sehr umgänglich. Agatha war meine Freundin, aber Bridget … nun ja, wir Dienstboten reden schon mal gern, so ganz unter uns, Sie verstehen schon. Sie will sich aber nicht unterhalten. Cyril ist recht freundlich, doch Bridget zieht es vor, allein für sich in der Küche zu bleiben und diese schauerlichen irischen Balladen zu singen. Ich wette, sie gibt auch jetzt wieder eine zum Besten.«

Da sich die beiden gerade in der Nähe der Spülküche befanden, bedeutete Sophie Tessa, ihr zu folgen. Gemeinsam schlichen sie näher und warfen vorsichtig einen Blick durch die halb geöffnete Tür. Die Spülküche grenzte an die Vorratskammer und die eigentliche Küche an, und Tessa konnte auf der Anrichte Schüsseln mit Lebensmitteln erkennen, die bereits für das Abendessen vorbereitet waren: frisch geputztes Gemüse und filetierter Fisch. Bridget lehnte über dem Becken und spülte, wobei ihre roten Locken aufgrund der hohen Feuchtigkeit im Raum wild in alle Richtungen abstanden. Und sie sang tatsächlich. Ihre Stimme übertönte hoch und lieblich das Plätschern des Wassers:

»Ihr Vater geleitet' sie durch die Hall,
Schöne Blumen im Tal –
Ihr Mütterlein tanzte vor ihnen all.
Rot', grün' und gelbe zumal.

Ihre Schwestern sie küssten im Burghof fein,
Schöne Blumen im Tal –
Ihr Bruder hob sie aufs Graurösselein.
Rot', grün' und gelbe zumal.

Du bist hoch und niedrig bin ich,
Schöne Blumen im Tal –
Gib mir einen Kuss, so entlass ich dich!
Rot', grün' und gelbe zumal.

Sie beugt sich hernieder und küsst ihn fein,
Schöne Blumen im Tal –
Er stieß ihr ins Herze sein Messerlein.
Rot', grün' und gelbe zumal.«

Plötzlich tauchte Nates Gesicht vor Tessas innerem Auge auf, und ein kalter Schauer fuhr ihr über den Rücken.

Sophie, die an Tessa vorbei in die Küche spähte, schien ihr Schaudern nicht zu bemerken. »Das ist das Einzige, wovon sie die ganze Zeit singt: Mord und Verrat, Blut und Schmerz. Einfach grässlich«, wisperte sie und übertönte damit glücklicherweise das Ende der Ballade.

Bridget trocknete inzwischen das Geschirr ab und setzte zu einem anderen Volkslied an, dessen Melodie noch melancholischer klang als die der ersten Ballade:

»Dein Schwert, wie ist's von Blut so rot?
Edward, Edward!
Dein Schwert, wie ist's von Blut so rot?
Und gehst so traurig her? – Oh!«

»Genug davon!« Sophie machte auf dem Absatz kehrt und eilte durch den Korridor, dicht gefolgt von Tessa. »Verstehen Sie jetzt, was ich meine? Bridget scheint so schrecklich trübsinnig, und es ist gar nicht schön, ein Zimmer mit ihr zu teilen. Weder morgens nach dem Aufstehen noch abends vor dem Schlafengehen hat sie auch nur ein freundliches Wort übrig; stattdessen klagt sie die ganze Zeit …«

»Du teilst dir ein Zimmer mit ihr?«, fragte Tessa verwundert. »Aber das Institut verfügt doch über so viele Räume …«

»Ja, für durchreisende Schattenjäger. Nicht für Dienstboten«, sagte Sophie sachlich, als wäre ihr noch nie der Gedanke gekommen, sich über die Tatsache zu beschweren, dass Dutzende großer Gemächer leer standen, während sie sich eine Kammer mit Bridget, der Sängerin mordlustiger Balladen, teilen musste.

»Ich könnte ja mal mit Charlotte reden …«, setzte Tessa an.

»O nein, bitte tun Sie das nicht!«, fiel Sophie ihr ins Wort. Inzwischen standen sie vor der Tür zum Fechtsaal, und Sophie drehte sich mit bestürzter Miene zu Tessa um. »Ich möchte nicht, dass sie denkt, ich würde mich über die anderen Dienstboten beschweren, Miss Tessa. Das möchte ich wirklich nicht.«

Tessa wollte Sophie gerade versichern, dass sie Charlotte gegenüber kein Wort verlieren würde, wenn dies ihr Wunsch sei, als plötzlich erhobene Stimmen durch die Tür des Fechtsaals drangen. Rasch bedeutete sie dem Dienstmädchen zu schweigen, dann beugte sie sich vor und lauschte angestrengt.

Bei den Stimmen handelte es sich eindeutig um die der Lightwood-Brüder. Tessa erkannte Gideons tiefere, rauere Tonlage, als er verkündete: »Eines nicht allzu fernen Tages wird der Moment der Abrechnung kommen, Gabriel. Darauf kannst du dich verlassen. Und das Einzige, was dann zählt, ist die Frage, wo wir beide stehen.«

»Wir werden selbstverständlich an Vaters Seite stehen«, erwiderte Gabriel mit angespannter Stimme. »Wo auch sonst?«

Nach langem Schweigen erklärte Gideon schließlich: »Du weißt längst nicht alles über ihn, Gabriel. Du weißt nicht, was er alles getan hat.«

»Aber ich weiß, dass wir beide Lightwoods sind und dass er unser Vater ist. Und ich weiß, dass er nach dem Tod von Granville Fairchild fest damit gerechnet hatte, zum Leiter des Instituts ernannt zu werden …«

»Vielleicht weiß der Konsul ja mehr über ihn als du. Und auch mehr über Charlotte Branwell. Sie ist keineswegs die Närrin, für die du sie hältst.«

»Ach wirklich?« Gabriels Stimme triefte vor Hohn. »Und die Tatsache, dass sie uns hierherkommen und ihre heiß geliebten kleinen Mädchen trainieren lässt, macht sie also nicht zur Närrin? Müsste sie denn nicht längst in Betracht gezogen haben, dass wir für unseren Vater spionieren könnten?«

Sophie und Tessa sahen einander mit großen Augen an.

»Sie hat nur eingewilligt, weil der Konsul sie regelrecht dazu gezwungen hat. Davon abgesehen werden wir bei jeder Ankunft an der Tür empfangen, hierher zum Fechtsaal geführt und auch wieder hinausbegleitet. Und Miss Collins und Miss Gray wissen ohnehin nichts, was von Bedeutung wäre. Was meinst du also, welchen Schaden unsere Anwesenheit hier dem Institut Charlotte Branwell tatsächlich zufügt?«

Einen Moment lang herrschte Stille, während der Tessa fast hören konnte, wie Gabriel schmollte. Schließlich konterte er: »Wenn du Vater so sehr verachtest, warum bist du dann überhaupt aus Spanien zurückgekehrt?«

»Ich bin deinetwegen zurückgekehrt«, schnaubte Gideon aufgebracht. »Nur *deinetwegen* …«

Sophie und Tessa hatten die ganze Zeit an der Tür gehorcht, jede ein Ohr an das Holz gepresst. Doch in diesem Moment gab die nur angelehnte Tür nach und schwang auf. Hastig richteten sich die beiden Mädchen auf, und Tessa hoffte inständig, dass man ihren Gesichtern nicht ansah, dass sie gelauscht hatten.

Gabriel und Gideon standen in einem Lichtkegel in der Mitte des Raumes und starrten einander aufgebracht an. Und Tessa bemerkte etwas, das ihr zuvor nicht aufgefallen war: Obwohl Gabriel jünger war, überragte er seinen Bruder um ein paar Zentimeter. Gideon wirkte dagegen muskulöser, mit breiteren Schultern. Nun fuhr er sich mit der Hand durch die rotblonden

Haare und nickte den beiden Mädchen nur kurz zu, als diese in der Tür erschienen: »Guten Tag.«

Dagegen steuerte Gabriel Lightwood unverzüglich auf sie zu. Er war wirklich ziemlich stattlich, dachte Tessa und legte den Kopf in den Nacken, um ihm ins Gesicht blicken zu können. Da sie selbst ziemlich groß war, sah sie sich nur selten genötigt, zu einem Mann aufsehen zu müssen – auch wenn Will und Jem beide deutlich größer waren als sie selbst.

»Miss Lovelace beehrt uns bedauerlicherweise noch immer nicht mit ihrer Anwesenheit?«, fragte Gabriel, ohne sich die Mühe zu machen, die beiden Mädchen zu begrüßen. Sein Gesicht wirkte ruhig, und lediglich der hämmernde Pulsschlag an seinem Hals – den an dieser Stelle eine Rune für Tapferkeit im Kampf zierte – verriet seine vorherige Gemütsbewegung.

»Sie leidet noch immer an Kopfschmerzen«, erklärte Tessa und folgte ihm in den Fechtsaal. »Wir wissen nicht, wie lange sie noch unpässlich sein wird.«

»Vermutlich so lange, bis diese Unterrichtsstunden vorüber sind«, bemerkte Gideon so trocken, dass Sophie laut losprustete, woraufhin Tessa überrascht aufschaute. Natürlich fing das Dienstmädchen sich sofort wieder. Doch Gideon warf ihr einen erstaunten, fast anerkennenden Blick zu, als wäre er es nicht gewohnt, jemanden über seine Scherze lachen zu hören.

Seufzend nahm Gabriel zwei lange Stöcke aus ihren Wandhalterungen und reichte einen davon Tessa. »Heute werden wir uns mit ›Parieren und Abwehren‹ beschäftigen …«

Wie üblich lag Tessa an diesem Abend noch lange wach, ehe sich endlich ein unruhiger Schlaf einstellte. Seit einiger Zeit quälten sie Albträume – in der Regel von Mortmain, seinen kalten grauen Augen und seiner noch kälteren Stimme, mit der er verkündete, sie erschaffen zu haben: *Es gibt keine* wahre *Tessa Gray.*

Diesem Mann, den sie zu finden suchten, hatte sie von Angesicht zu Angesicht gegenübergestanden, und dennoch wusste sie noch immer nicht, was er tatsächlich von ihr wollte. Er beabsichtigte, sie zu heiraten, aber warum? Er gedachte, ihre Fähigkeit für sich in Anspruch zu nehmen, doch zu welchem Zweck? Die Erinnerung an seine kalten, echsenartigen Augen ließ Tessa erschaudern, aber der Gedanke, dass er möglicherweise etwas mit ihrer Zeugung zu tun hatte, war noch viel schlimmer. Tessa konnte sich nicht vorstellen, dass irgendjemand – nicht einmal Jem, der wundervolle, verständnisvolle Jem – auch nur ansatzweise nachzuvollziehen vermochte, wie heiß der Wunsch in ihr brannte, endlich herauszufinden, *was* sie war. Oder wie groß ihre Angst war, eine Art Monster zu sein – eine Angst, die sie mitten in der Nacht hochschrecken und keuchend über ihre eigene Haut kratzen ließ, als ob sie sie abziehen könnte, um das Teufelsfell darunter zum Vorschein zu bringen.

Plötzlich hörte Tessa ein Rascheln im Flur und dann ein leises Knistern – irgendetwas wurde behutsam an ihre Zimmertür gelehnt. Nach einem kurzen Moment schlüpfte Tessa aus dem Bett und huschte zur Tür. Doch als sie sie vorsichtig öffnete, fand sie den Korridor verlassen vor. Lediglich die lieblichen Töne von Jems Geige drangen aus seinem Zimmer durch den Gang. Erst als Tessa nach unten schaute, entdeckte sie ein dünnes grünes Buch zu ihren Füßen. Sie hob es auf und warf einen Blick auf die Worte, die in Goldlettern auf den Buchrücken geprägt waren: »*Vathek,* von William Beckford.«

Tessa schloss die Tür hinter sich, trug das Buch zu ihrem Bett und ließ sich auf die Bettkante sinken, um es in Ruhe inspizieren zu können. Will musste es vor ihre Tür gestellt haben – jemand anderes kam dafür nicht infrage. Aber *warum?* Warum diese seltsamen kleinen Gefälligkeiten im Schutze der Dunkelheit, die angeregten Gespräche über Bücher, aber diese völlige Gleichgültigkeit den Rest des Tages über?

Nachdenklich schlug Tessa das Buch auf. Will hatte eine Widmung für sie auf dem Titelblatt hinterlassen, genau genommen nicht nur eine Widmung, sondern ein Gedicht.

Für Tessa Gray, anlässlich der Überreichung
einer Ausgabe von Vathek:

Kalif Vathek und seine Bande
fahr'n zur Hölle durch Wüstensande.
Dein Glaube an mich kommt wieder zustande!
Sofern du nicht hältst für eine Schande
mein kleines Präsent am Hosenbande.
Will

Tessa brach unwillkürlich in lautes Gelächter aus und schlug sich dann eine Hand vor den Mund. *Dieser verflixte Will!* Er schaffte es doch immer wieder, sie zum Lachen zu bringen – und das, obwohl sie es gar nicht wollte. Denn eines wusste sie genau: Wenn sie ihm ihr Herz öffnete, und sei es auch nur einen winzigen Spalt, konnte sie ebenso gut eine Prise einer hochgradig gefährlichen Droge nehmen. Langsam ließ sie das Buch mit Wills absichtlich grauenhaft gereimtem Gedicht auf ihr Nachttischchen sinken, warf sich dann ins Bett und vergrub ihr Gesicht in den Kissen. Während Jems Violinspiel, eine melancholisch-liebliche Melodie, unter Tessas Zimmertür hindurch an ihr Ohr drang, versuchte sie mit aller Macht, jeden Gedanken an Will zu verdrängen. Und tatsächlich: Als sie endlich einschlief, tauchte er zum ersten Mal nicht in ihren Träumen auf.

Am darauffolgenden Tag regnete es, während sie, Jem und Will von der Kutsche in die Bahnhofshalle der King's Cross Station eilten und Cyril ihnen mit dem Gepäck folgte. Tessa konnte spüren, wie der elegante Hut, den sie sich von Jessamine geliehen hatte, trotz des Regenschirms allmählich in sich zusammensackte wie das Gefieder eines durchnässten Vogels. Durch den grauen Regenvorhang hindurch nahm Tessa nur ein großes, imposantes Gebäude mit einem Uhrturm wahr, der über dem Haupteingang aufragte. Der Wetterhahn hoch oben auf dem Turm zeigte, dass der Wind schnurgerade in Richtung Norden blies – keineswegs sanft, sondern in kräftigen Böen, die Tessa eiskalte Regentropfen ins Gesicht spritzten.

In der großen Bahnhofshalle herrschte das reinste Chaos: Reisende hasteten hierhin und dorthin, Zeitungsjungen priesen lautstark die neueste Ausgabe der verschiedenen Lokalblätter an und Plakatträger mit Papptafeln auf Brust und Rücken warben für alles Mögliche – von Haarwasser bis hin zu feinen Seifen. Ein kleiner Junge in einer Tweedjacke flitzte durch die Menge, dicht gefolgt von seiner Mutter, die ihm hinterherhetzte.

Will sah sich kurz um und verschwand dann ohne jedes weitere Wort im Getümmel.

»Er hat uns einfach so stehen lassen«, bemerkte Tessa, während sie mit ihrem Regenschirm kämpfte, der sich hartnäckig ihren Bemühungen widersetzte, ihn zu schließen.

»Lass mich mal«, forderte Jem, griff nach Tessas Schirm und betätigte geschickt den Mechanismus, worauf dieser mit einem deutlich hörbaren Klicken zuklappte.

Tessa schob sich die feuchten Locken aus den Augen und schenkte ihm ein dankbares Lächeln. Im selben Moment kehrte Will zurück, einen beleidigt dreinschauenden Kofferträger im Schlepptau. Der Mann nahm Cyril das Gepäck ab und fuhr sie mürrisch an, sich gefälligst zu beeilen, der Zug könne schließlich nicht den ganzen Tag warten.

Will warf einen vielsagenden Blick auf Jems Spazierstock, und seine blauen Augen verengten sich zu Schlitzen. »Auf *uns* wird er ganz gewiss warten«, erwiderte er mit einem diabolischen Lächeln.

Der Gepäckträger musterte ihn verwirrt, reagierte dann jedoch mit einem deutlich höflicheren »Sehr wohl, Sir« und führte sie zum Abfahrtsgleis. Menschenmassen drängten an Tessa vorbei, während sie sich einen Weg durch die Menge bahnte, dabei mit einer Hand Jems Finger umklammerte und die andere Hand auf Jessamines Hut presste. Am hinteren Ende der Bahnhofshalle, dort wo die Gleise hinaus ins Freie führten, konnte sie einen raschen Blick auf den stahlgrauen, rußverhangenen Himmel erhaschen.

Zuvorkommend half Jem Tessa in das Abteil. Dann wurden die Koffer verstaut, und Will gab dem Gepäckträger ein Trinkgeld, während laute Rufe und Pfiffe die baldige Abfahrt ankündigten. Schließlich schwang die Tür hinter ihnen zu, und im selben Moment setzte sich der Zug langsam in Bewegung. Weiße Dampfwolken zogen an den Abteilfenstern vorbei, und die Räder ruckelten munter los.

»Hast du dir eine Reiselektüre für die Fahrt eingepackt?«, fragte Will und ließ sich gegenüber von Tessa auf der gepolsterten Bank nieder. Jem saß neben ihr, den Spazierstock an die Wand gelehnt.

Sofort musste Tessa an die Ausgabe von *Vathek* denken und an das darin enthaltene Gedicht. Sie hatte das Buch absichtlich im Institut zurückgelassen, um jeglicher Versuchung aus dem Weg zu gehen – so wie jemand, der sich gerade einer Abmagerungskur unterzieht, eine Schachtel Pralinen aus seinem Gesichtsfeld verbannen würde. »Nein«, erklärte sie ruhig. »In letzter Zeit ist mir nichts Interessantes untergekommen.«

Will presste die Kiefer aufeinander, schwieg jedoch.

»Der Beginn einer Reise hat immer etwas Aufregendes an sich, findest du nicht auch?«, fuhr Tessa fort und drückte die Nase an die Fensterscheibe – durch die sie allerdings kaum mehr als Rauch, Ruß und graue Regenschwaden erkennen konnte. London war nur schemenhaft im Nebel auszumachen.

»Nein«, erwiderte Will, lehnte sich zurück und zog sich den Hut bis über die Augen.

Tessa schaute unverwandt aus dem Fenster, während sie die graue Silhouette der Stadt hinter sich ließen und damit auch den Regen. Schon bald ratterten sie durch grüne Felder, auf denen weiße Schafe standen. Am Horizont tauchte hin und wieder eine Kirchturmspitze auf. Das Stahlgrau des Himmels hatte sich in ein verwaschenes Blau verwandelt, nur durchbrochen von kleinen dunklen Dampfwolken, die über ihre Köpfe hinwegjagten. Fasziniert beobachtete Tessa die vorbeifliegende Landschaft.

»Warst du noch nie auf dem Land?«, fragte Jem, wobei aufrichtiges Interesse in seiner Frage mitschwang.

Tessa schüttelte den Kopf. »Ich kann mich nicht erinnern, dass ich New York jemals verlassen hätte, abgesehen von einem Ausflug nach Coney Island, aber das kann man nicht ernsthaft als ländliche Umgebung bezeichnen. Und auf meinem Weg von Southampton nach London muss ich natürlich den einen oder anderen Landstrich durchquert haben, aber damals war es schon dämmerig, und die Dunklen Schwestern bestanden darauf, die Vorhänge der Kutsche geschlossen zu halten.« Nachdenklich nahm Tessa den tropfnassen Hut von ihrem Kopf und legte ihn auf einen freien Sitzplatz, damit er trocknen konnte. »Aber ich habe den Eindruck, als hätte ich die Landschaft schon vorher einmal gesehen. In Büchern. So stelle ich mir beispielsweise vor, jeden Moment würde ›Thornfield Hall‹ aus Charlotte Brontës Roman *Jane Eyre* zwischen den Bäumen auftauchen oder der Gutshof ›Wuthering Heights‹ auf einer windumtosten Anhöhe, du weißt schon, aus Emily Brontës Schauerroman *Sturmhöhe* …«

»›Wuthering Heights‹ liegt in Yorkshire«, ließ Will sich unter seinem Hut vernehmen, »und wir sind noch Stunden davon entfernt. Um genau zu sein, haben wir noch nicht einmal Grantham passiert. Außerdem gibt es kaum etwas Interessantes über Yorkshire zu berichten: nur Hügel und Täler, keine richtigen Berge, wie wir sie in Wales haben.«

»Vermisst du Wales?«, hakte Tessa nach. Sie war sich nicht ganz sicher, warum sie ihn fragte; schließlich wusste sie doch, wie gereizt Will auf Erkundigungen nach seiner Vergangenheit reagierte. Aber sie konnte sich die Frage einfach nicht verkneifen.

Will zuckte die Achseln. »Was gibt es da schon zu vermissen? Schafe und Gesang«, erwiderte er. »Und diese lächerliche Sprache. *Fe hoffwn i fod mor feddw, fyddai ddim yn cofio fy enw.*«

»Was bedeutet das?«

»Es bedeutet: ›Ich wünsche, mich derartig zu betrinken, dass ich mich nicht einmal mehr an meinen eigenen Namen erinnern kann.‹ Ziemlich nützlich, diese Formulierung.«

»Das klingt nicht sehr patriotisch«, bemerkte Tessa. »Hast du nicht gerade noch in Erinnerungen über eure Berge geschwelgt?«

»Patriotisch?« Will lächelte spöttisch. »Ich werd dir sagen, was patriotisch ist«, erklärte er. »Zu Ehren meines Geburtsortes trage ich den walisischen Drachen als Tätowierung auf meinem ...«

»Du bist heute wirklich *ausnehmend* guter Laune, nicht wahr, William?«, mischte Jem sich ein, allerdings ohne Schärfe im Ton. Trotzdem wusste Tessa, dass es etwas zu bedeuten hatte, wenn sie sich mit ihrem vollen Namen ansprachen statt nur mit ihrem vertrauten Spitznamen. »Vergiss nicht: Starkweather kann Charlotte nicht ausstehen. Falls du also in dieser Stimmung dort ankommst ...«

»Ich verspreche, ich werde ihn nach allen Regeln der Kunst bezirzen«, verkündete Will, setzte sich aufrecht und richtete seinen zerdrückten Hut. »Ich werde ihn derartig mit meinem Charme bezaubern, dass er sich anschließend kraftlos auf dem

Boden winden und an seinen eigenen Namen zu erinnern versuchen wird.«

»Der Mann ist neunundachtzig«, murmelte Jem. »Dieses Problem dürfte ihm möglicherweise längst vertraut sein.«

»Aber im Moment sparst du dir deinen ganzen Charme vermutlich für später auf, stimmt's?«, fragte Tessa. »Um nicht ein Quäntchen an uns zu verschwenden?«

»Das trifft es haargenau.« Will klang sehr zufrieden. »Ach übrigens: Der alte Starkweather verabscheut nicht Charlotte, Jem – er hasst vielmehr ihren Vater.«

»Die Sünden der Väter«, sinnierte Jem. »Die Starkweathers werden kaum geneigt sein, irgendein Mitglied der Familie Fairchild zu mögen oder sonst jemanden, der mit ihnen Umgang pflegt. Charlotte wollte nicht einmal Henry nach York schicken ...«

»Das liegt daran, dass man Henry nicht allein aus dem Haus lassen kann, ohne gleich einen diplomatischen Zwischenfall zu riskieren«, erklärte Will. »Aber um deine unausgesprochene Frage zu beantworten: Ja, ich verstehe vollkommen, dass Charlotte großes Vertrauen in uns setzt, und ich beabsichtige durchaus, mich zu benehmen. Schließlich will ich diesen schielenden Benedict Lightwood und seine hässlichen Söhne genauso wenig auf dem Posten des Institutsleiters sehen wie alle anderen.«

»Sie sind nicht hässlich«, wandte Tessa ein.

Will blinzelte sie verwundert an. »Wie bitte?«

»Gideon und Gabriel ... sie sind nicht hässlich«, wiederholte Tessa. »Genau genommen sehen sie sogar ziemlich gut aus.«

»Ich sprach von den pechschwarzen Tiefen ihrer Seelen«, erwiderte Will mit Grabesstimme.

Tessa schnaubte verächtlich. »Und welche Farbe mögen wohl die Tiefen *deiner* Seele aufweisen, Will Herondale?«

»Lavendelblau«, sagte Will prompt.

Hilfe suchend schaute Tessa zu Jem, doch der lächelte nur. »Vielleicht sollten wir jetzt einmal unsere Taktik besprechen«, schlug er vor. »Starkweather hasst Charlotte, und er weiß genau, dass sie uns geschickt hat. Also, wie wollen wir uns in seine Gunst einschmeicheln?«

»Tessa könnte ihre weiblichen Reize einsetzen«, überlegte Will. »Schließlich hat Charlotte gesagt, dass der Alte dem Anblick eines hübschen Gesichts nicht abgeneigt ist.«

»Wie hat Charlotte überhaupt meine Anwesenheit erklärt?«, erkundigte Tessa sich, wobei ihr plötzlich bewusst wurde, dass sie diese Frage schon viel früher hätte stellen müssen.

»Im Grunde genommen gar nicht. Sie hat lediglich unsere Namen durchgegeben; ihr Schreiben war ziemlich kurz und schroff«, räumte Will ein. »Ich fürchte, es ist an uns, eine glaubwürdige Geschichte zu erfinden.«

»Wir können mich auf keinen Fall als Schattenjägerin ausgeben – Starkweather würde sofort erkennen, dass ich das nicht bin. Mir fehlen die entsprechenden Runenmale.«

»Und du trägst auch kein Lilithmal. Vermutlich wird er dich für eine Irdische halten«, sagte Jem. »Du könntest dich zwar verwandeln, aber …«

Will musterte sie abwägend.

Obwohl Tessa wusste, dass dies nichts zu bedeuten hatte – eigentlich sogar noch weniger als nichts –, spürte sie seine Augen über ihre Gestalt gleiten, fühlte sie wie eine sanfte Berührung im Nacken, die sie innerlich erbeben ließ. Hastig zwang sie sich, seinen Blick mit steinerner Miene zu erwidern.

»Vielleicht könnten wir ja behaupten, sie sei eine schrullige, unverheiratete Tante, die darauf beharrt, uns als Anstandsdame überallhin zu begleiten«, sinnierte Will.

»Meine oder deine Tante?«, hakte Jem nach.

»Stimmt, sie sieht eigentlich keinem von uns beiden ähnlich. Wie wäre es damit: Sie ist ein Mädchen, das sich unsterblich in mich verliebt und es sich in den Kopf gesetzt hat, mir auf Schritt und Tritt zu folgen.«

»Meine besondere Gabe ist die Gestaltwandlung, Will, nicht die Schauspielkunst«, hielt Tessa ihm entgegen, woraufhin Jem in schallendes Gelächter ausbrach.

Wütend funkelte Will seinen Freund an.

»Da hat sie dich eindeutig übertrumpft, Will«, grinste Jem. »Das kommt schon mal vor, oder? Vielleicht sollte ich Tessa einfach als meine Verlobte vorstellen. Wir könnten dem alten Aloysius doch erzählen, ihre Aszension sei bereits in die Wege geleitet.«

»Aszension?« Tessa konnte sich nicht erinnern, diesen Begriff im *Codex* gelesen zu haben.

Bereitwillig setzte Jem an: »Wenn ein Schattenjäger sich mit einer Irdischen zu vermählen wünscht …«

»Aber ich dachte, das sei verboten?«, warf Tessa ein, während der Zug im selben Moment in einen Tunnel fuhr. Plötzlich wurde das Abteil in tiefe Dunkelheit getaucht, und Tessa hatte erneut das überwältigende Gefühl, dass Will sie beobachtete und sein Blick wieder auf ihr ruhte.

»Stimmt, in der Regel ist es auch verboten. *Es sei denn,* der Engelskelch wird dazu verwendet, die betreffende Irdische in eine Nephilim zu verwandeln. Das kommt zwar nicht oft vor, ist aber auch nicht vollkommen ausgeschlossen. Wenn der fragliche Schattenjäger eine Aszension für seine Auserwählte beantragt, ist der Rat verpflichtet, nach frühestens drei Monaten Bedenkzeit über diesen Antrag eine Entscheidung zu fällen. In der Zwischenzeit unterzieht sich die Irdische einem intensiven Studium, um die Schattenjägerkultur besser kennenzulernen.« Jems Stimme wurde vom schrillen Pfiff der Dampfpfeife übertönt, als die Lokomotive wieder aus dem Tunnel hinausfuhr.

Tessa warf Will einen raschen Blick zu, doch er schaute unverwandt aus dem Fenster – überhaupt nicht in ihre Richtung.

Offenbar hatte sie sich das alles nur eingebildet ... »Vermutlich ist das keine schlechte Idee«, wandte sie sich nun an Jem. »Ich weiß inzwischen eine ganze Menge, da ich den *Codex* fast vollständig durchgelesen habe.«

»Es wäre durchaus angemessen, dich auf eine solche Reise mitzunehmen«, fuhr Jem fort. »Als angehende Aszendierende würdest du sicherlich auch gern etwas über andere Institute außerhalb Londons erfahren.« Gespannt wandte er sich an Will: »Was hältst du davon?«

»Diese Idee scheint mir so gut wie jede andere.« Will schaute noch immer aus dem Fenster. Die Landschaft jenseits der Scheibe wirkte inzwischen weniger grün, eher kahl und öde. Weit und breit waren keine Dörfer mehr zu erkennen, nur noch endlose Weiten mit graugrünem Grasbewuchs und schwarzem Felsgestein.

»Wie viele Institute gibt es denn, ich meine außerhalb Londons?«, fragte Tessa.

Jem begann, die einzelnen Institute an den Fingern abzuzählen: »In Großbritannien? London, York, eines in Cornwall in der Nähe von Tintagel, eines in Cardiff und eines in Edinburgh. Allerdings sind sie alle viel kleiner und dem Londoner Institut unterstellt, das wiederum Idris untersteht.«

»Gideon Lightwood hat gesagt, er sei am Madrider Institut gewesen. Was um alles in der Welt hat er denn da gemacht?«

»Höchstwahrscheinlich herumgefaulenzt«, spöttelte Will.

»Sobald wir mit Vollendung des achtzehnten Lebensjahres unsere Schattenjägerausbildung abgeschlossen haben, sind wir dazu aufgefordert, auf Reisen zu gehen, eine Weile in anderen Instituten zu verbringen, Kultur und Sitten anderer Schattenjäger in fremden Ländern kennenzulernen«, erklärte Jem unbeirrt, als hätte er Wills Bemerkung überhaupt nicht gehört. »Auf der ganzen Welt gibt es Institute mit unterschiedlichen Kampftechniken und regionalen Kniffen und Tricks, die man lernen kann. Gideon war gerade mal ein paar Monate im Ausland. Wenn Benedict ihn so früh zurückgerufen hat, muss er fest davon überzeugt sein, dass ihm die Leitung des Instituts bald übertragen wird.« Jem zog eine besorgte Miene.

»Aber da irrt er sich«, erwiderte Tessa fest, und weil der kummervolle Ausdruck in Jems Augen nicht weichen wollte, versuchte sie schnell, das Thema zu wechseln: »Wo liegt denn das Institut in New York?«

»Wir können nicht alle Adressen von allen Instituten im Kopf haben, Tessa.« Ein seltsamer, gefährlicher Unterton schwang in Wills Stimme mit.

Jem warf ihm einen prüfenden Blick zu und fragte: »Ist alles in Ordnung?«

Langsam nahm Will den Hut ab und legte ihn auf den Sitz neben sich. Dann schaute er Jem und Tessa einen Moment ruhig an.

Er war wunderschön – wie immer, überlegte Tessa, aber irgendein grauer blasser Schatten lag über seinen Zügen. Für jemanden, der so oft innerlich zu brennen schien, wirkten seine Augen eigenartig gedämpft, erschöpft, als hätte er wie Sisyphos einen Felsblock einen steilen Hügel hinaufgewälzt.

»Zu viel Alkohol letzte Nacht«, sagte Will schließlich.

Tatsächlich, Will? Warum machst du dir überhaupt die Mühe? Ist dir denn nicht klar, dass wir längst im Bilde darüber sind, dass du lügst?!, hätte Tessa beinahe gesagt, doch ein Blick auf Jem ließ sie innehalten: Er musterte seinen Freund besorgt – sehr besorgt sogar, obwohl Tessa wusste, dass er Will diese Geschichte genauso wenig abnahm wie sie selbst.

Nach einem Moment bemerkte Jem lediglich: »Ach, wenn es doch nur eine Rune der Nüchternheit gäbe.«

»Wie wahr, wie wahr.« Will erwiderte seinen Blick, und die Anspannung in seinem Gesicht ließ ein wenig nach. »Aber lass uns wieder auf deinen Plan zurückkommen, James. Er sagt mir durchaus zu, bis auf einen einzigen Punkt …« Will beugte sich vor. »Wenn Tessa mit dir verlobt sein soll, braucht sie einen Ring.«

»Auch daran habe ich gedacht«, erklärte Jem und verwirrte damit Tessa, die angenommen hatte, ihr angebliches Verlöbnis und ihre Aszension seien spontan ersonnen. Dann schob er eine Hand in die Westentasche und zog einen Silberring hervor, den er Tessa auf dem Handteller präsentierte. Der Ring ähnelte dem, den Will oft trug, allerdings besaß er statt der Gravur mit den schwebenden Vögeln eine kunstvolle Darstellung der Zinnen eines Burgturms. »Das ist der Ring meiner Familie, der Carstairs«, fügte er hinzu. »Wenn du so freundlich wärst …«

Tessa nahm den schmalen Silberreif entgegen und schob ihn auf ihren linken Ringfinger, wo er sich wie von Zauberhand an ihre Haut anpasste. Einen Augenblick lang fühlte sie sich verpflichtet, etwas zu sagen, wie etwa *Der Ring ist reizend* oder *Vielen Dank*. Aber natürlich handelte es sich hierbei nicht um einen Heiratsantrag oder ein Geschenk. Der Ring war schlicht und einfach ein Requisit. »Charlotte trägt keinen Ehering«, stellte sie fest. »Ich wusste gar nicht, dass Schattenjäger bei der Vermählung Ringe tauschen.«

»Das tun wir auch nicht«, erwiderte Will. »Es entspricht dem Brauch, seiner Zukünftigen bei der Verlobung den Familienring zu überreichen, aber die eigentliche Hochzeitszeremonie beinhaltet das gegenseitige Auftragen von permanenten Runenmalen. Runen der Liebe und Hingabe: eine auf den Arm und eine mitten auf das Herz.«

»›*Setze mich wie ein Siegel auf dein Herz und wie ein Siegel auf deinen Arm. Denn Liebe ist stark wie der Tod, und ihr Eifer ist fest wie die Hölle*‹«, zitierte Jem. »Aus dem Hohelied Salomos.«

»›*Ihr Eifer ist fest wie die Hölle*‹?« Skeptisch runzelte Tessa die Stirn. »Das klingt nicht sehr … romantisch.«

»›*Ihre Glut ist feurig und eine Flamme des HERRN*‹«, ergänzte Will und zog dann eine Augenbraue hoch. »Ich war immer der

Annahme, Frauen fänden die Vorstellung von Leidenschaft und Eifersucht romantisch: Zwei Männer, die sich im Kampf um die Angebetete gegenseitig zerfleischen …«

»Nun, bei irdischen Hochzeitszeremonien gibt es jedenfalls keine *Hölle*«, entgegnete Tessa. »Obwohl es wirklich beeindruckend ist, wie gut ihr aus der Bibel zitieren könnt. Sogar besser als meine Tante Harriet.«

»Hast du das gehört, James? Sie hat uns doch tatsächlich mit ihrer Tante Harriet verglichen.«

Jem reagierte wie immer mit unerschütterlicher Ruhe: »Als Schattenjäger müssen wir uns mit allen religiösen Schriften vertraut machen. Für uns sind sie wie Bedienungsanleitungen«, erläuterte er.

»Demnach lernt ihr die Texte also in der Schule auswendig?«, hakte Tessa nach. Dann wurde ihr jedoch bewusst, dass sie weder Will noch Jem jemals eine Schulbank hatte drücken sehen, und berichtigte sich: »Ich meine, während des Privatunterrichts?«

»Ja«, bestätigte Will, »obwohl Charlotte ihre Pflichten als unsere Tutorin in letzter Zeit ein wenig vernachlässigt hat, wie du dir sicher vorstellen kannst. Die Schulausbildung der Nephilim erfolgt entweder zu Hause mit einem Privatlehrer oder im Internat in Idris – das heißt, bis man mit Vollendung des achtzehnten Lebensjahres die Volljährigkeit erlangt. Was glücklicherweise für uns beide bald der Fall sein wird.«

»Wer von euch beiden ist denn der Ältere?«

»Jem«, sagte Will, während Jem gleichzeitig »ich« antwortete. Daraufhin lachten beide, und Will fügte hinzu: »Allerdings nur um drei Monate.«

»Ich wusste, dass du dich verpflichtet fühlen würdest, darauf hinzuweisen«, bemerkte Jem mit spöttischem Grinsen.

Tessa schaute von Jem zu Will und wieder zurück. Es gab wohl kaum zwei junge Männer, die einander unähnlicher oder von unterschiedlicherer Wesensart sein konnten als diese beiden.

Und dennoch … »Versteht man das darunter, wenn man von *Parabatai* spricht?«, fragte sie. »Dass man den Satz des jeweils anderen beendet und dergleichen? Im *Codex* habe ich nicht viel darüber finden können.«

Die beiden Nephilim sahen einander an. Will zuckte als Erster leichthin die Achseln. »Es ist nicht ganz einfach zu erklären«, verkündete er, ein wenig von oben herab, »wenn man es nicht selbst erlebt hat …«

»Ich meinte, ob ihr … wie soll ich es sagen? Ihr könnt nicht die Gedanken des jeweils anderen lesen, oder?«, hakte Tessa nach.

Jem brachte nur einen unartikulierten Laut hervor, während Wills funkelnde blaue Augen sich entsetzt weiteten. »Gegenseitig unsere Gedanken lesen? Gott behüte, nein!«

»Und wozu dann das Ganze? Ich verstehe, dass ihr einen Eid ablegt, euch gegenseitig zu schützen, aber sollten nicht ohnehin alle Nephilim sich so verhalten?«

»Es geht um mehr als das«, legte Jem dar, der sich wieder gefasst hatte und nun mit ernster Stimme fortfuhr: »Der Gedanke der *Parabatai* stammt von einer alten Legende, der Geschichte von Jonathan und David. ›*Und da … verband sich das Herz Jonathans mit dem Herzen Davids, und Jonathan gewann ihn lieb wie sein eigen Herz … Und Jonathan und David machten einen Bund miteinander; denn er hatte ihn lieb wie sein eigen Herz.*‹ Die beiden waren Krieger, und ihre Seelen wurden vom Himmel miteinander verwoben. Von dieser Begebenheit übernahm Jonathan Shadowhunter die Idee der *Parabatai* und verankerte die Zeremonie im Gesetz.«

»Aber es müssen nicht notwendigerweise zwei Männer sein, oder? Es können auch ein Mann und eine Frau oder zwei Frauen zu *Parabatai* werden?«

»Selbstverständlich.« Jem nickte. »Allerdings hat man nur achtzehn Jahre Zeit, um einen *Parabatai* zu finden und auszuwählen. Sobald ein Nephilim die Volljährigkeit erlangt hat, steht ihm oder ihr dieses Ritual nicht länger offen. Und es geht dabei nicht nur darum, einander zu geloben, den anderen stets zu schützen. Man muss vielmehr vor den Rat treten und einen Eid darauf ablegen, im Notfall sein Leben für das des *Parabatai* hinzugeben. Ihn auf Schritt und Tritt zu begleiten, im Leben wie auch im Tod. Wenn also jetzt ein Pfeil auf Will abgeschossen würde, wäre ich durch meinen Eid verpflichtet, mich schützend vor ihn zu werfen.«

»Ziemlich praktische Sache«, bemerkte Will.

»Natürlich wäre er seinerseits verpflichtet, dasselbe für mich zu tun«, fuhr Jem fort. »Und was Will auch immer Gegenteiliges behaupten mag – er würde weder seinen Eid brechen noch gegen das Gesetz verstoßen«, fügte er hinzu und warf seinem Freund einen scharfen Blick zu, während dieser nur matt lächelte und aus dem Fenster schaute.

»Du meine Güte«, sagte Tessa. »Das ist ja alles sehr ergreifend, aber ich verstehe nicht ganz, worin da ein Vorteil liegen soll.«

»Nicht jeder Nephilim hat einen *Parabatai*«, erklärte Jem. »Genau genommen finden nur wenige von uns innerhalb des gestatteten Zeitraums einen derartigen Freund. Doch diejenigen, denen dieses Glück beschieden ist, können im Kampf zusätzliche Kraft aus der Anwesenheit ihres *Parabatai* schöpfen. Eine vom jeweiligen *Parabatai* aufgebrachte Rune ist stets viel wirksamer als ein Mal, das man selbst oder jemand anderes aufgetragen hat. Außerdem stehen uns ein paar Runen zur Verfügung, die anderen Schattenjägern verwehrt sind, weil sie auf unserer gemeinsamen doppelten Kraft beruhen.«

»Aber was passiert, wenn jemand beschließt, nicht länger *Parabatai* bleiben zu wollen?«, fragte Tessa neugierig. »Kann das Ritual aufgehoben werden?«

»Gütiger Gott, Weib«, stöhnte Will. »Gibt es irgendwelche Fragen, auf die du *keine* Antwort zu erhalten wünschst?«

»Ich habe nichts dagegen, es ihr zu erklären«, warf Jem ein, dessen Hände auf dem Knauf seines Spazierstocks ruhten. »Je mehr sie weiß, desto besser wird sie vorgeben können, eine Aszension anzustreben.« Dann wandte er sich Tessa zu. »Das Ritual kann nur in wenigen Ausnahmefällen aufgehoben werden. Falls sich einer von uns zum Beispiel in einen Schattenweltler verwandeln würde oder in einen Irdischen, würde der Bund durchtrennt. Und natürlich auch im Falle des Todes – der andere wäre dann frei. Allerdings könnte er keinen weiteren *Parabatai* erwählen. Jeder Nephilim kann in seinem Leben nur ein einziges Mal an diesem Ritual teilhaben.«

»Es erinnert mich ein wenig an das Ehegelöbnis in der katholischen Kirche«, meinte Tessa ruhig. »Oder an Heinrich den Achten, der sogar eine neue Religion stiften musste, nur um von seinem eigenen Versprechen entbunden zu werden.«

»Bis dass der Tod uns scheidet«, sagte Will, den Blick fest auf die vorbeirauschende Landschaft jenseits der Fensterscheibe geheftet.

»Nun, Will wird jedenfalls keine neue Religion gründen müssen, nur um mich loszuwerden«, sinnierte Jem. »Er wird schon bald frei sein.«

Will warf seinem Freund einen scharfen Blick zu, doch Tessa fand als Erste ihre Sprache wieder. »Sag doch nicht so etwas«, tadelte sie Jem. »Es kann doch noch immer ein Heilmittel gefunden werden. Ich wüsste keinen Grund, alle Hoffnung aufzugeben.«

Doch die Art und Weise, wie Will sie in diesem Moment anfunkelte, mit wütend blitzenden blauen Augen, ließ sie beinahe zusammenzucken.

Jem schien von alldem nichts zu bemerken und erwiderte ruhig und gefasst: »Ich habe die Hoffnung nicht aufgegeben, Tessa Gray. Ich erhoffe mir lediglich etwas anderes als du.«

Die darauffolgenden Stunden zogen sich sehr in die Länge. Irgendwann nickte Tessa ein, den Kopf auf eine Hand gestützt, während das gedämpfte Rattern der Räder bis in ihre Träume vordrang. Sie erwachte erst mit einem Ruck, als Jem sie sanft an der Schulter rüttelte, die Dampfpfeife ertönte und der Schaffner den Namen der nächsten Bahnstation ausrief: Die Stadt York war erreicht. In fliegender Eile und umgeben von Koffern, Hüten und Gepäckträgern kletterten die drei aus dem Zug hinunter auf den Bahnsteig. Der Yorker Bahnhof war nicht annähernd so überfüllt wie King's Cross und mit einer wesentlich imposanteren gewölbten Dachkonstruktion aus Eisenträgern und Glas versehen, durch deren Scheiben Tessa einen Blick auf den grauschwarzen Himmel erhaschte.

Die Gleise erstreckten sich, so weit das Auge reichte. Tessa, Jem und Will befanden sich auf dem Bahnsteig, der dem eigentlichen Bahnhofsgebäude am nächsten gelegen war. Große Bahnhofsuhren mit goldenen Zifferblättern verkündeten hier die Uhrzeit: sechs Uhr abends. Aufgrund des schlechten Wetters schien es, als hätte die Abenddämmerung bereits eingesetzt.

Die drei Reisenden hatten sich kaum unter einer der Uhren versammelt, als auch schon ein Mann aus den Schatten hervortrat. Bei seinem Anblick konnte Tessa einen Aufschrei gerade noch unterdrücken. Er trug einen dicken Mantel, einen breiten Hut aus schwarzem Ölzeug und Stiefel wie ein alter Seebär. Sein langer Bart schimmerte grauweiß, und seine Augen wurden von buschigen weißen Augenbrauen überschattet. Ohne Zögern legte er Will eine Hand auf die Schulter. »Nephilim?«, fragte er mit rauer Stimme und ausgeprägtem nordenglischem Akzent. »Seid ihr das?«

»Gütiger Gott«, entgegnete Will und schlug sich theatralisch eine Hand aufs Herz. »'s ist der Seemann mit grauem Bart, hält einen von drei Gästen an.«

»Ich bin im Auftrag von Aloysius Starkweather hier. Seid ihr nun die drei, die ich zu ihm bringen soll oder nich'? Hab schließlich nich' die ganze Nacht Zeit, hier rumzutrödeln.«

»Vermutlich noch eine wichtige Verabredung mit einem Albatros?«, erkundigte Will sich. »Lassen Sie sich von uns nicht aufhalten.«

»Mit seiner launigen Coleridge-Bemerkung wollte mein übermütiger Freund eigentlich Folgendes sagen: Wir sind in der Tat Schattenjäger vom Londoner Institut«, warf Jem hastig ein. »Charlotte Branwell schickt uns. Und Sie sind …?«

»Gottshall«, erwiderte der Mann schroff. »Meine Familie dient den Nephilim vom Yorker Institut seit fast dreihundert Jahren. Ich kann durch euren Zauberglanz sehn, ihr Grünschnäbel. Aber nicht durch den von ihr hier«, fügte er hinzu und richtete seinen Blick auf Tessa. »Falls das Mädchen irgendwie getarnt ist, muss das ein Glanz sein, den ich nich' kenn.«

»Sie ist eine Irdische – eine Aszendierende«, erklärte Jem eilig. »Und meine zukünftige Gemahlin.« Beschützend nahm er Tessas Hand und drehte sie so, dass Gottshall den Ring an ihrem Finger sehen konnte. »Der Rat vertrat die Ansicht, es könnte für sie von Vorteil sein, einmal ein anderes Institut kennenzulernen als nur das in London.«

»Weiß Mr Starkweather davon?«, fragte Gottshall, dessen schwarze Augen unter der Krempe seines Huts funkelten.

»Das hängt davon ab, was Mrs Branwell ihm mitgeteilt hat«, erwiderte Jem ausweichend.

»Na, da kann ich nur für euch hoffen, dass sie es nich' vergessen hat«, meinte der alte Diener mit erhobenen Augenbrauen. »Der Mistk… Mann, der Überraschungen noch weniger leiden kann als Aloysius Starkweather, muss erst noch geboren werden. Verzeihung, Miss.«

Tessa lächelte und neigte den Kopf ein wenig, doch tief in ihrem Inneren war ihr mulmig zumute. Ihr Blick wanderte von

Jem zu Will, aber beide wirkten ruhig und gelassen. Offensicht lich waren sie daran gewöhnt, zu einer derartigen List zu greifen, überlegte Tessa – was man von ihr jedoch nicht behaupten konnte. Zwar hatte sie sich zuvor schon als jemand anderes ausgegeben, aber noch nie in ihrer eigenen Gestalt und mit ihrem eigenen Gesicht. Aus irgendeinem Grund beängstigte sie der Gedanke, jemandem eine Lüge aufzutischen, ohne sich dabei hinter einer Maske zu verstecken. Sie konnte nur hoffen, dass Gottshall übertrieb, aber irgendetwas – vielleicht das Funkeln in seinen Augen, mit dem er sie betrachtete – verriet ihr, dass dies sehr wahrscheinlich nicht der Fall war.

5
Die Schatten der Vergangenheit

Doch Dämonen, schwarze Sorgen,
Stürzten roh des Königs Thron. –
Trauert, Freunde, denn kein Morgen
Wird ein Schloss wie dies umlohn!
Was da blühte, was da glühte
– Herrlichkeit! –
Eine welke Märchenblüte
Ist's aus längst begrab'ner Zeit.

EDGAR ALLAN POE, »DAS GEISTERSCHLOSS«

Tessa nahm das großzügige Innere des Bahnhofs kaum wahr, als sie Starkweathers altem Diener durch die Eingangshalle folgten. Hier drängten sich deutlich mehr Reisende. Tessa wurde ein paarmal versehentlich angestoßen, während ihr gleichzeitig der Geruch von Kohlenfeuer und Essen in die Nase drang und sie aus dem Augenwinkel die Hinweisschilder für die Zugverbindungen der »Great Northern Railway Company« und der »York and North Midland Railway Company« sah. Doch schon bald standen sie auf dem Bahnhofsvorplatz, unter einem bleigrauen, regenschweren Himmel. Gottshall führte sie eilig zu einem Grandhotel am anderen Ende des Bahnhofsgebäudes, wo bereits eine schwarze Kutsche mit dem Emblem der Nephilim – viermal der Buchstabe C – auf sie wartete. Nachdem sie das Gepäck verstaut hatten und eingestiegen waren, fuhr die elegante

Equipage los und fädelte sich kurz darauf in den Verkehr auf der Tanner Row ein.

Will schwieg fast während der gesamten Fahrt, trommelte lediglich unruhig mit seinen schlanken Fingern auf den Knien und schaute gedankenverloren aus dem Fenster. Dagegen bemühte Jem sich, Tessa zu unterhalten: Er zog die Vorhänge auf ihrer Seite der Kutsche zurück und zeigte ihr die verschiedenen Sehenswürdigkeiten am Rande der Strecke: der Friedhof, auf dem die Opfer einer Choleraepidemie bestattet lagen, und die alte graue Stadtmauer, die sich vor ihnen erhob und deren Zinnen an das Muster auf seinem Ring erinnerten. Nachdem sie die Mauer passiert hatten, wurden die Gassen enger. Der Anblick erinnerte Tessa an London, allerdings in einem kleineren Maßstab. Selbst die Geschäfte, an denen sie vorbeifuhren – eine Metzgerei und ein Tuchhändler – wirkten fast wie Puppenhäuser. Zudem waren die Passanten – hauptsächlich Männer, die über die Gehwege eilten, das Kinn gegen den einsetzenden Nieselregen tief im Kragen verborgen – weniger modisch gekleidet. Sie erschienen Tessa »ländlicher«, so wie die Farmer, die gelegentlich nach Manhattan kamen und die sich an der geröteten Haut ihrer großen Hände und den wettergegerbten Gesichtern leicht erkennen ließen.

Die Kutsche bog aus einer schmalen Gasse auf einen großen Platz, und Tessa hielt bewundernd den Atem an. Vor ihnen erhob sich eine prächtige Kathedrale, deren gotische Ecktürme den grauen Himmel durchbohrten wie Pfeile einst den heiligen Sebastian. Ein wuchtiger Kalksteinturm überragte das Kirchengebäude, und in den Nischen des Eingangsportals standen hohe Steinfiguren, jede von Hand gemeißelt.

»Ist das das Institut? Du meine Güte, es ist so viel imposanter als das Institut in London …«, setzte Tessa an.

Will lachte. »Manchmal ist eine Kirche einfach nur eine Kirche, Tess.«

»Das hier ist York Minster. Der Stolz der ganzen Stadt«, erklärte Jem. »Aber es ist nicht das Institut, denn das befindet sich in der Goodramgate Street.« Wie zur Bestätigung seiner Worte entfernte sich die Kutsche im nächsten Moment von der Kathedrale, ratterte durch die Deangate und bog dann in eine schmale Kopfsteingasse – Goodramgate – ein, wo sie nach wenigen Metern unter einem Eisentor zwischen zwei Häusern im Tudorstil hindurchfuhren.

Als sie das Tor passierten, erkannte Tessa, warum Will gelacht hatte. Vor ihnen tauchte eine hübsche kleine Kirche auf, umgeben von hohen Mauern und saftigem Gras, aber nicht im Geringsten mit der Pracht der Yorker Kathedrale zu vergleichen. Als Gottshall vom Kutschbock kletterte, den Schlag aufriss und Tessa aus der Kutsche half, sah sie vereinzelte Grabsteine aus der regennassen Wiese aufragen – als hätte jemand den halbherzigen Versuch unternommen, einen Friedhof zu errichten, nach einer Weile aber das Interesse verloren.

Über den inzwischen fast schwarzen Himmel zogen silberhelle Wolken, die vor den Sternen beinahe durchscheinend wirkten. Hinter sich hörte Tessa die vertrauten Stimmen von Jem und Will, die sich gedämpft unterhielten, und direkt vor ihr befand sich das weit geöffnete Kirchenportal, durch das sie flackernde Kerzen erkennen konnte. Plötzlich fühlte sie sich fast körperlos, wie ihr eigener Geist, der in diesem alten Gemäuer umging, unendlich weit entfernt von ihrem früheren Leben in New York. Tessa erschauderte, nicht nur aufgrund der Kälte. Dann spürte sie, wie eine Hand ihren Arm streifte und ein warmer Atem ihre Haare bewegte. Auch ohne sich umzudrehen, wusste sie instinktiv, wer sich ihr genähert hatte.

»Bist du bereit, meine Anverlobte?«, murmelte Jem ihr ins Ohr.

Tessa konnte fühlen, wie er leise in sich hineinlachte und wie sich sein Lachen durch das leichte Vibrieren seines Körpers auf sie übertrug. Fast musste sie lächeln.

»Dann wollen wir uns mal in die Höhle des Löwen wagen«, fügte er hinzu.

Beherzt hakte Tessa sich bei ihm unter, und Seite an Seite stiegen sie die Stufen zum Portal hinauf. Am oberen Ende der Treppe blickte Tessa sich kurz um und sah, dass Will zu ihnen hinaufschaute, äußerlich völlig ungerührt, als Gottshall ihm auf die Schulter tippte und ihm irgendetwas zuraunte. Plötzlich trafen sich ihre Blicke, aber Tessa wandte hastig die Augen ab – ein Blickkontakt mit Will war in den besten Momenten verwirrend, aber unter diesen Umständen fast schwindelerregend.

Im Vergleich zum Londoner Institut erschien ihr das Innere der Yorker Nephilimniederlassung klein und düster. Altersdunkle Kirchenbänke erstreckten sich entlang der Wände, an denen Elbenlichtkerzen in Halterungen aus rußgeschwärztem Eisen flackerten. Am Eingang zum Kirchenschiff, direkt vor einem stufenartigen Ständer mit brennenden Kerzen, stand ein alter Mann in schwarzer Schattenjägerkleidung. Ein dichter eisgrauer Bart und graue Haare umkränzten sein Gesicht, in dem das Alter seine Spuren hinterlassen hatte, während seine grauschwarzen Augen halb verborgen unter buschigen Brauen hervorschauten. Tessa wusste, dass er fast neunzig war, aber sein Rücken wirkte noch immer kerzengerade, und sein Brustkorb war so breit wie ein mächtiger Baumstamm.

»Der junge Herondale, stimmt's?«, blaffte er Will an, als dieser vortrat, um sich vorzustellen. »Halb Irdischer, halb Waliser, und wie ich höre, von beiden Seiten nur die übelsten Charaktereigenschaften geerbt.«

Will lächelte höflich. *»Diolch.«*

Starkweather schnaubte erbost. »Verdammte Bastardsprache«, knurrte er und wandte sich dann Jem zu. »James Carstairs. Noch so ein Institutsbengel«, kläffte er. »Ich hätt nicht übel Lust, euch alle zum Teufel zu schicken. Diese emporgekommene Göre, diese Charlotte Fairchild, hat doch tatsächlich die Unverfrorenheit besessen, euch mir einfach aufzudrängen, ohne auch nur zu fragen.« Starkweather sprach mit einem deutlichen Yorkshire-Akzent, der jedoch nicht ganz so ausgeprägt war wie bei seinem Diener. »Kein einziges Mitglied dieser ganzen verdammten Familie hat auch nur einen Funken Anstand im Leib. Ich hab auf ihren Vater verzichten können, und ich kann jetzt auch ...« Seine blitzenden Augen wanderten zu Tessa, und er hielt abrupt inne, mit offenem Mund, als hätte ihm jemand mitten in seiner Tirade eine Ohrfeige verpasst.

Tessa warf Jem einen verstohlenen Blick zu – Starkweathers plötzliches Schweigen schien ihn genauso zu verwirren wie sie selbst. Doch in dem Moment sprang Will in die Bresche. »Darf ich vorstellen: Tessa Gray, Sir«, erklärte er. »Sie ist eine Irdische, aber die Verlobte von unserem Carstairs hier und eine Aszendierende.«

»Eine *Irdische,* sagst du?«, hakte Starkweather mit großen Augen nach.

»Eine Aszendierende«, säuselte Will mit besänftigender, seidenweicher Stimme. »Sie ist eine treue Verbündete des Londoner Instituts, und wir hoffen, sie bald in unsere Reihen aufnehmen zu können.«

»Eine Irdische«, wiederholte der alte Mann und hüstelte verlegen. »Nun ja, die Zeiten haben sich ... ja, ich vermute, unter diesen Umständen.« Seine Augen wanderten erneut über Tessas Züge, ehe er sich Gottshall zuwandte, der unter dem ganzen Gepäck eine gequälte Miene zog. »Cedric und Andrew sollen dir helfen, die Koffer unserer Gäste auf ihre Zimmer zu bringen«, befahl er seinem Diener. »Und sag Ellen, sie soll die Köchin beauftragen, heute Abend drei weitere Teller aufzudecken. Möglicherweise hab ich vergessen, sie daran zu erinnern, dass wir Gäste erwarten.«

Gottshall starrte seinen Dienstherrn verwundert an, nickte dann aber benommen – was Tessa ihm nicht verübeln konnte.

Es war offensichtlich, dass Starkweather beabsichtigt hatte, sie umgehend nach London zurückzuschicken, sich im letzten Moment aber eines Besseren besonnen hatte. Erneut schaute Tessa zu Jem, der genauso verwirrt aussah, wie sie sich selbst fühlte; dagegen erweckte Will mit seinen großen blauen Augen und der Unschuldsmiene eines Chorknaben den Eindruck, als hätte er nichts anderes erwartet.

»Nun kommt schon«, forderte Starkweather die drei schroff auf, ohne Tessa dabei anzusehen. »Ihr braucht hier nicht rumzustehen wie die Ölgötzen. Folgt mir. Ich bring euch zu euren Zimmern.«

»Beim Erzengel!«, stieß Will hervor und stocherte mit seiner Gabel in der bräunlichen Pampe auf seinem Teller. »Was um alles in der Welt *ist* das?«

Tessa musste einräumen, dass es sich wirklich schwer sagen ließ. Starkweathers Bedienstete – hauptsächlich altersgebeugte Männer und Frauen und eine griesgrämig dreinblickende Haushälterin – waren seinen Befehlen nachgekommen und hatten drei weitere Teller für das Abendessen aufgedeckt. Dieses wurde in einer silbernen Suppenterrine serviert, bestand aber aus einem dunkelbraunen, klumpigen Eintopf, den eine Hausdame in schwarzem Kleid und weißer Haube auf ihre Teller löffelte. Die Frau war derart alt und gebeugt, dass Tessa sich regelrecht zwingen musste, nicht aufzuspringen und ihr beim Auftragen zu helfen. Als alle Teller gefüllt waren, machte die Hausdame kehrt und schlurfte hinaus, sodass Jem, Tessa und Will allein im Esszimmer zurückblieben und sich über den Tisch hinweg verwundert anschauten.

Natürlich hatte man auch für Starkweather ein Gedeck platziert, aber er war nicht da. Nach einem Blick auf ihren Teller musste Tessa sich eingestehen, dass sie es an seiner Stelle auch nicht eilig gehabt hätte, zum Abendessen zu erscheinen. Der aus zerkochtem Gemüse und zähem Fleisch komponierte Eintopf wirkte im schummrigen Licht des Esszimmers nicht sehr appetitlich. Nur wenige Elbenlichtkerzen erhellten den beengten Raum, dessen Tapeten sich im Laufe der Jahre dunkel verfärbt hatten und dessen Spiegel über dem nicht angezündeten Kamin blind und fleckig wirkte. Noch dazu fühlte sich Tessa furchtbar unbehaglich in ihrer Abendrobe – ein steifes Kleid aus blauem Taft, das sie sich von Jessamine geliehen und von Sophie hatte umschneidern lassen und das im fahlen Licht nun in den Farben eines Blutergusses schillerte.

Aber trotz der wenig einladenden Speise war es ein höchst eigenartiges Benehmen ihres Gastgebers, darauf zu bestehen, ihm beim Dinner Gesellschaft zu leisten, und dann selbst nicht zu erscheinen. Etwa eine halbe Stunde zuvor hatte ein Diener, der mindestens so gebrechlich und alt war wie die Hausdame, Tessa zu ihrem Zimmer geführt, einem großen, dämmrigen Gemach, das mit schweren Möbeln vollgestopft war. Auch hier brannte nur eine trübe Funzel, als versuchte Starkweather, beim Petroleum oder bei den Kerzen Geld zu sparen – obwohl Tessas Wissen nach Elbenlicht doch gar nichts kostete. Aber vielleicht schätzte er auch einfach nur die Dunkelheit.

Ihr Zimmer war kalt, düster und mehr als nur ein bisschen unheimlich. Das schwache Feuer, das im Kamin brannte, hatte kaum dazu beigetragen, den Raum zu erwärmen. Tessas Blick fiel auf die Kaminumfassung, die auf beiden Seiten mit einem gezackten Blitz versehen war – ein Symbol, das Tessa auch auf dem weißen Krug mit eiskaltem Wasser entdeckte, mit dem sie sich schnell Hände und Gesicht wusch. Während sie sich abtrocknete, fragte sie sich, warum ihr dieses Symbol nicht bereits im *Codex* aufgefallen war. Es musste doch irgendeine besondere Bedeutung besitzen. Schließlich war auch das Londoner Institut über und über mit Sinnbildern der Schattenjäger dekoriert – wie etwa der Engel, der aus einem See aufstieg, oder das Symbol mit dem vierfachen Buchstaben C.

Nachdem Tessa in ihre Abendrobe geschlüpft und der Gong zum Abendessen ertönt war, machte sie sich auf den Weg zum Treppenhaus, einer dunklen Ungeheuerlichkeit mit üppigem Holzschnitzwerk aus dem siebzehnten Jahrhundert. Genau wie in ihrem Zimmer hingen auch hier wuchtige Porträts. Auf dem Treppenabsatz hielt Tessa kurz vor einem Bildnis inne, das ein sehr junges Mädchen in einem altmodischen Kinderkleidchen zeigte, mit langen blonden Haaren und einer gewaltigen Schleife auf dem kleinen Kopf. Das schmale Gesicht des Mädchens wirkte blass und kränklich, aber seine Augen strahlten hell – das einzig Leuchtende in diesem ganzen dunklen Haus, dachte Tessa.

»Adele Starkweather«, erklang plötzlich eine Stimme auf Höhe von Tessas Ellbogen und las die Inschrift auf dem vergoldeten Bilderrahmen: »1842.«

Tessa wirbelte herum und entdeckte Will, der mit leicht gespreizten Beinen und hinter dem Rücken verschränkten Händen stirnrunzelnd das Porträt betrachtete. »Was stört dich denn?«, fragte sie. »Du erweckst den Eindruck, als würdest du sie nicht mögen. Aber mir gefällt sie. Adele muss Starkweathers Tochter … nein, warte, seine Enkelin sein.«

Will schüttelte den Kopf und schaute von dem Bildnis zu Tessa und wieder zurück. »Zweifellos. Dieses Institut ist wie das Zuhause einer Familie dekoriert. Es liegt auf der Hand, dass das Yorker Institut seit Generationen von Mitgliedern des Starkweather-Clans geleitet wird. Hast du die gezackten Blitze gesehen, die auf allem und jedem angebracht sind?«

Tessa nickte.

»Das ist das Symbol der Familie Starkweather. Überhaupt finden sich hier ebenso viele Dinge der Starkweathers wie der Nephilim. Es zeugt von schlechtem Stil, sich so zu benehmen, als würde einem das Haus gehören. Ein Institut kann nicht vererbt werden; seine Leitung wird vom Konsul persönlich ernannt. Und das Gebäude gehört der Gemeinschaft der Schattenjäger.«

»Auch Charlottes Eltern haben das Institut in London schon vor ihr geführt.«

»Einer der Gründe, warum der alte Lightwood so hitzköpfig bezüglich dieser Angelegenheit reagiert«, erwiderte Will. »Die Leitung eines Instituts sollte nicht notwendigerweise innerhalb einer Familie weitergegeben werden. Aber der Konsul hätte Charlotte nicht auf den Posten berufen, wenn er nicht davon überzeugt gewesen wäre, dass sie die richtige Person für diese Position ist. Außerdem handelt es sich im Fall der Fairchilds nur um eine einzige Generation. Aber das hier …« Er schwenkte den Arm, als wollte er die Porträts, das Bildnis auf dem Treppenabsatz und den kauzigen, einsamen Aloysius Starkweather mit einer einzigen Bewegung erfassen. »Nun ja, kein Wunder, dass der alte Mann glaubt, er habe das Recht, uns vor die Tür zu setzen.«

»›Von allen guten Geistern verlassen‹, wie meine Tante zu sagen pflegte. Wollen wir nach unten gehen?«

Mit einem seltenen Anflug von Höflichkeit bot Will Tessa seinen Arm, woraufhin sie sich bei ihm unterhakte, ohne ihn jedoch anzusehen. Denn der Anblick von Will in festlicher Abendgarderobe reichte bereits, um ihr den Atem zu verschlagen, und sie hatte das untrügliche Gefühl, dass sie besser einen klaren Kopf behalten sollte.

Jem erwartete sie bereits im Esszimmer, und Tessa ließ sich neben ihm nieder, um gemeinsam die Ankunft ihres Gastgebers abzuwarten. Sein Platz war gedeckt, der Teller gefüllt, sogar der Wein eingeschenkt, aber von ihm selbst fehlte jede Spur. Nach einer Weile zuckte Will die Achseln, nahm sein Besteck und begann zu essen; allerdings erweckte er schon kurz darauf den Eindruck, als bereute er dies zutiefst.

»Und was um alles in der Welt ist *das* hier?«, fuhr er nun fort, spießte ein unglückseliges Objekt auf und hob die Gabel auf Augenhöhe. »Dieses … dieses … *Ding*?«

»Eine Pastinake?«, mutmaßte Jem.

»Eine Pastinake aus Teufels Küche«, erklärte Will und schaute sich dann suchend um. »Vermutlich gibt's hier keinen Hund, an den ich dieses Ding verfüttern könnte, oder?«

»Es scheint hier überhaupt keine Haustiere zu geben«, bemerkte Jem, der ein Herz für alle Tiere besaß, sogar für den unmöglichen und übellaunigen Kater Church.

»Wahrscheinlich allesamt durch Pastinaken vergiftet«, schnaubte Will.

»Oje«, seufzte Tessa traurig und legte ihre Gabel ab. »Dabei war ich so hungrig.«

»Du kannst immer noch zu den Brötchen greifen«, schlug Will vor und zeigte auf ein Körbchen, das mit einem Tuch abgedeckt war. »Allerdings sollte ich dich warnen: Die Dinger sind steinhart. Du könntest damit auch Küchenschaben erledigen, falls dich welche zu mitternächtlicher Stunde belästigen sollten.«

Tessa schnitt ihm eine Grimasse und nippte an ihrem Glas. Der Rotwein war so sauer wie Essig.

Amüsiert legte Will seine Gabel beiseite und setzte vergnügt zu einem Limerick an:

»Da war mal 'ne Maid aus New York,
Die Hunger verspürte in York.
Doch das Brot schrie zum Himmel,
Die Pastinaken war'n wie …«

»Du kannst nicht ›York‹ auf ›York‹ reimen«, unterbrach Tessa ihn. »Das ist geschummelt.«

»Sie hat recht«, wandte auch Jem sich an Will, während seine eleganten Finger mit dem Stiel seines Weinglases spielten. »Zumal ›Kork‹ ja offensichtlich eine viel passendere Wahl wäre …«

»Guten Abend.« Der massige Schatten von Aloysius Starkweather ragte plötzlich im Türrahmen auf; Tessa errötete betreten und fragte sich, wie lange er wohl dort schon gestanden haben mochte. »Mr Herondale, Mr Carstairs, Miss … äh …«

»Gray«, sagte Tessa. »Theresa Gray.«

»Ganz recht.« Starkweather verzichtete auf jede Entschuldigung für seine Verspätung und ließ sich schwerfällig am Kopf des Tischs nieder. Unter dem Arm trug er eine flache Schachtel, wie Bankiers sie zur Aufbewahrung von Dokumenten verwendeten, und platzierte sie neben seinem Teller.

Aufgeregt registrierte Tessa, dass die Schachtel mit der Jahreszahl 1825 und drei Initialen versehen war: *JTS, AES, AHM.*

»Eure junge Herrin wird zweifellos mit Freude zur Kenntnis nehmen, dass ich ihrem Wunsch nachgekommen bin und mir den ganzen Tag und die halbe Nacht um die Ohren geschlagen habe, um das Archiv zu durchsuchen«, setzte Starkweather in gekränktem Ton an. Tessa brauchte einen Moment, ehe sie begriff, dass mit »junger Herrin« in diesem Fall Charlotte gemeint war. »Sie kann sich glücklich schätzen, dass mein Vater in all den Jahren nichts weggeworfen hat. Und als ich die Unterlagen sah, erinnerte auch ich mich wieder an den Vorfall.« Er tippte sich an die Schläfe. »Neunundachtzig Jahre alt, aber nicht die geringste Kleinigkeit vergessen. Erzählt das mal dem alten Wayland, wenn er wieder davon anfängt, mich ersetzen zu wollen.«

»Das werden wir, Sir, ganz gewiss«, versicherte Jem mit funkelnden Augen.

Starkweather nahm einen kräftigen Schluck Wein und verzog dann angeekelt das Gesicht. »Beim Erzengel, dieses Gesöff ist einfach widerwärtig.« Er stellte das Glas ab und zog ein paar Papierbogen aus der Schachtel. »Hier haben wir einen Antrag auf Entschädigung im Namen zweier Hexenwesen. John und Anne Shade. Ein Ehepaar. Aber jetzt kommt das Merkwürdige daran«, fuhr der alte Mann fort. »Der Antrag wurde von ihrem Sohn eingereicht, Axel Hollingworth Mortmain, zweiundzwanzig Jahre alt. Nun, wie wir alle wissen, sind Hexenwesen natürlich unfruchtbar …«

Will rutschte unbehaglich auf seinem Stuhl hin und her und mied jeden Blickkontakt mit Tessa.

»Es handelt sich um den Adoptivsohn der beiden«, stellte Jem ruhig fest.

»Sollte nicht erlaubt sein, so was«, brummte Starkweather und nahm einen weiteren Schluck von dem Rotwein, den er kurz zuvor noch als widerwärtig bezeichnet hatte. Seine Wangen röteten sich allmählich. »Das ist so, als würde man ein Menschenkind zu einem Rudel Wölfe geben, damit sie es großziehen. Vor dem Abkommen wäre so was …«

»Finden sich in den Unterlagen vielleicht irgendwelche Hinweise auf seinen Verbleib?«, warf Jem freundlich ein, im Versuch, das Gespräch wieder auf das eigentliche Thema zu lenken. »Uns bleibt leider nicht sehr viel Zeit …«

»Schon gut, schon gut«, knurrte Starkweather. »Über euren hochverehrten Mortmain stehen hier kaum Informationen. Über die Eltern dafür umso mehr. Allem Anschein nach haben sie Verdacht erweckt, als herauskam, dass der Hexenmeister, John Shade, im Besitz des Weißen Buchs war. Ist ein ziemlich mächtiges Zauberbuch; war bereits 1752 unter mysteriösen Umständen aus der Bibliothek des Londoner Instituts verschwunden. Das Buch beschäftigt sich vorrangig mit Ver- und Entquickungsformeln, also damit, wie man eine Seele mit einem Leib verbindet oder von ihm loslöst, je nachdem. Bei den durchgeführten Nachforschungen hat sich dann herausgestellt, dass der Hexenmeister versucht hat, unbeseelte Körper mit Leben zu erfüllen. So hat er beispielsweise Leichen ausgegraben oder sie Medizinstudenten abgekauft und die beschädigten Körperpartien durch mechanische Teile ersetzt. Anschließend hat er dann versucht, sie zum Leben zu erwecken. Nekromantie – ein sehr schwerer Verstoß gegen das Gesetz. Aber damals gab es das

Abkommen noch nicht. Also ist eine Truppe der Brigade in das Haus der Shades eingedrungen und hat die beiden Hexenwesen niedergemetzelt.«

»Und das Kind?«, fragte Will. »Was ist mit Mortmain passiert?«

»Weit und breit keine Spur von ihm«, erklärte Starkweather. »Wir haben alles abgesucht, aber vergebens. Schließlich sind wir davon ausgegangen, dass er tot ist – bis dann dieser Antrag hier auftauchte, frech wie Oskar, und Wiedergutmachung verlangte. Selbst seine Adresse …«

»Seine *Adresse?*«, hakte Will sofort nach, denn diese Information hatte sich auf dem Auszug, den sie im Londoner Institut gesehen hatten, nicht befunden. »In London?«

»Nein. Hier in Yorkshire.« Starkweather tippte mit einem runzligen Finger auf das Papier. »Ravenscar Manor. Ein riesiger alter Kasten nördlich von hier. Steht seit Jahrzehnten leer … Jetzt, da ich darüber nachdenke, versteh ich gar nicht, wie er sich das Anwesen überhaupt hat leisten können. Es war jedenfalls nicht sein Elternhaus.«

»Trotzdem wäre das für unsere Suche ein hervorragender Ausgangspunkt«, sagte Jem. »Wenn das Gebäude seit seinem Auszug leer steht, lassen sich eventuell noch ein paar Spuren finden. Gegenstände, die er zurückgelassen hat. Und womöglich nutzt er das Haus ja sogar noch.«

»Hm, wäre denkbar.« Starkweather klang wenig begeistert. »Die meisten Besitztümer der Familie Shade wurden als Trophäen konfisziert.«

»Trophäen«, wiederholte Tessa matt. Im *Codex* hatte sie etwas über diesen Begriff gelesen: Wenn ein Schattenweltler gegen das Gesetz verstoßen hatte, konnte sein gesamter Besitz beschlagnahmt werden – als Trophäen oder auch Kriegsbeute. Tessa schaute quer über den Tisch zu Jem und Will; Jems sanfter Blick ruhte besorgt auf ihr, während Wills gequälte blaue Augen nichts von ihren Geheimnissen preisgaben. Zählte sie wirklich zu einer Gruppe von Lebewesen, die sich im Krieg mit denjenigen befand, denen Jem und Will angehörten?

»Ja, Kriegsbeute«, bestätigte Starkweather. Er hatte inzwischen sein Glas geleert und machte sich nun über Wills unangetasteten Wein her. »Interessierst du dich dafür, Mädchen? Wir haben hier im Institut eine ganz ordentliche Sammlung zusammengetragen. Stellt die des Londoner Instituts bei Weitem in den Schatten, wie ich mir hab sagen lassen.« Er erhob sich und stieß dabei fast seinen Stuhl um. »Kommt, ich zeig sie euch. Dann kann ich euch unterwegs den Rest dieser jämmerlichen Geschichte erzählen, obwohl es eigentlich nicht mehr viel zu erzählen gibt.«

Tessa warf Will und Jem einen fragenden Blick zu, doch die beiden waren bereits aufgestanden und folgten dem alten Mann aus dem Raum hinaus in den Flur.

Starkweather redete die ganze Zeit, während er mit großen Schritten vorausging. Seine Stimme schwebte undeutlich über seine Schulter zu Tessa, sodass sie sich beeilen musste, um nicht hinter Jem und Will zurückzubleiben.

»Habe von diesen Entschädigungsgeschichten nie viel gehalten«, verkündete Starkweather, während sie einen weiteren schlecht beleuchteten Flur durchquerten, der gar kein Ende zu nehmen schien. »Das sorgt nur dafür, dass die Schattenweltler anmaßend werden und glauben, sie hätten Anspruch darauf, dass wir ihnen was zahlen. Die ganze viele Arbeit, die wir leisten, und nie das kleinste Dankeschön; immer nur die Hand aufhalten für mehr, mehr, mehr! Seid ihr nicht auch meiner Meinung, Gentlemen?«

»Mistkerle, alle wie sie da sind«, sagte Will, der aber mit seinen Gedanken meilenweit entfernt schien. Jem warf ihm einen Seitenblick zu.

»Genau!«, blaffte Starkweather, offensichtlich erfreut. »Obwohl man solche Worte natürlich nicht in Gegenwart einer

Dame verwenden sollte … Wie gesagt, dieser freche Mortmain legte Beschwerde gegen die Tötung von Anne Shade ein, der Frau des Hexenmeisters. Er behauptete doch tatsächlich, sie hätte mit den Machenschaften ihres Mannes nichts zu tun gehabt, ja hätte nicht mal davon gewusst. Ihr Tod wäre ungerechtfertigt. Und er verlangte, dass diejenigen, die sich des ›Mordes‹ schuldig gemacht hätten, wie er es formulierte, dass diese Schattenjäger vor Gericht gestellt würden. Außerdem forderte er die Rückgabe aller Besitztümer seiner Eltern.«

»Befand sich unter den Objekten, die er zurückverlangte, vielleicht auch das Weiße Buch?«, fragte Jem. »Ich weiß, dass der Besitz dieses Werkes für Hexenwesen als Straftat gewertet wird …«

»In der Tat. Das Buch wurde zurückgeholt und wieder in die Bibliothek des Londoner Instituts überführt, wo es sich zweifellos noch immer befindet. Mortmain hätte man das Buch jedenfalls ganz gewiss nicht wieder ausgehändigt.«

Tessa überschlug rasch im Kopf, wie alt Starkweather damals gewesen war: Wenn er jetzt neunundachtzig war, musste er zu der Zeit, als das Ehepaar Shade umkam, sechsundzwanzig Jahre alt gewesen sein. »Waren Sie damals dabei?«, erkundigte sie sich.

Seine blutunterlaufenen Augen zuckten zu ihr herüber; selbst in seinem angetrunkenen Zustand schien er sie nicht direkt ansehen zu wollen. »War ich *wo* dabei?«

»Sie haben erzählt, dass eine Brigadetruppe ausgesandt wurde, um sich um die Shades zu ›kümmern‹. Waren Sie damals bei dieser Truppe?«

Starkweather zögerte und zuckte dann die Achseln. »Aye«, sagte er, wobei sein Yorkshire-Akzent einen Moment stärker durchklang. »Hat nich' lang gedauert, sie zu schnappen. Die beiden hatten nich' mit uns gerechnet. Ich hab heut noch das Bild vor Augen, wie sie in ihrem eigenen Blut dalagen. Als ich zum ersten Mal ein totes Hexenwesen gesehen hab, war ich vollkommen überrascht, dass ihr Blut ebenfalls rot ist. Ich hätte einen heiligen Eid darauf geschworn, dass es eine andere Farbe besitzen würde: Blau, Grün oder was auch immer.« Erneut zuckte er die Achseln. »Na jedenfalls haben wir ihnen die Umhänge abgenommen, so wie man einem Tiger das Fell abzieht. Ich – oder genauer gesagt, mein Vater – wurde damit beauftragt, sie in sicheren Gewahrsam zu nehmen. Junge, Junge, das waren noch Zeiten.« Starkweather verzog das Gesicht zu einem Grinsen, sodass es einem Totenkopf ähnelte.

Tessa musste unwillkürlich an Blaubarts Kammer denken, in der er die Überreste seiner von ihm ermordeten Ehefrauen aufbewahrte. Plötzlich wurde ihr heiß und kalt zugleich. »Mortmain hatte nicht den Hauch einer Chance, oder?«, bemerkte sie leise. »Sein Antrag war von vornherein zum Scheitern verurteilt – auf eine Entschädigung durfte er nicht hoffen.«

»Selbstverständlich nicht!«, blaffte Starkweather. »Der reinste Unsinn, diese ganze Geschichte – einfach zu behaupten, die Ehefrau des Hexenmeisters sei vollkommen unbeteiligt gewesen. Welche Frau ist denn nicht bis zum Hals in die Machenschaften ihres Mannes verwickelt? Außerdem war Mortmain überhaupt nicht ihr leiblicher Sohn … kann es gar nicht gewesen sein. Wahrscheinlich war er für die beiden sowieso nur so was wie ein Schoßhündchen. Jede Wette, dass der Vater ihn als Ersatzteillager genutzt hätte, wenn es hart auf hart gekommen wäre. Ohne die beiden war er mit Sicherheit besser dran. Eigentlich hätte er uns danken sollen, statt ein Gerichtsverfahren zu fordern.« Der alte Mann verstummte, als er eine schwere Tür am Ende des Ganges erreichte und sich mit der Schulter dagegenlehnte. Dann zwinkerte er ihnen unter seinen buschigen Augenbrauen zu. »Schon mal im Crystal Palace in London gewesen? Nun, das hier ist sogar noch besser.« Grinsend stemmte er die Tür auf.

Im nächsten Moment strahlte ihnen ein gleißendes Licht entgegen, das aus dem dahinterliegenden Saal kam – ganz offensichtlich der einzige hell erleuchtete Bereich im gesamten Institut. Der Raum war bis zum Rand mit Glasvitrinen gefüllt, und über jedem dieser Schaukästen hing eine Elbenlichtlampe, die den ausgestellten Inhalt beleuchtete. Tessa sah, wie sich Wills Nacken verspannte, und im selben Augenblick nahm Jem ihren Arm und umklammerte ihn mit beinahe eisenhartem Griff. »Nicht …«, setzte er an, doch sie schob sich an ihm vorbei und starrte auf die Exponate in den Glaskästen.

Trophäen. Ein geöffnetes goldenes Medaillon, das die Daguerreotypie eines lachenden Kindes zeigte. Das Metall war mit getrockneten Blutspritzern übersät. Hinter Tessa schwafelte Starkweather davon, wie Silberkugeln aus den Leichnamen frisch getöteter Werwölfe herausgepult und eingeschmolzen wurden, um sie ein weiteres Mal zu verwenden. Und tatsächlich: In einer der Vitrinen stand eine Schale mit derartigen blutbefleckten Kugeln. Daneben lagen Reihe um Reihe Vampirzähne und etwas, das aussah wie Spinnweben oder feines Gewebe, das unter Glas gepresst war. Erst bei näherer Betrachtung erkannte Tessa, dass es sich um Feenflügel handelte. Und dann schwebte da noch ein Kobold, vergleichbar dem Exemplar, dem sie zusammen mit Jessamine im Hydepark begegnet war, mit weit geöffneten Augen in einem großen Glas mit Konservierungsmittel.

Eine andere Vitrine enthielt die Überreste von Hexenwesen. Mumifizierte krallenbewehrte Hände, wie die von Mrs Black. Ein skalpierter Kopf, der wie ein menschlicher Totenschädel aussah, aber statt normalen Eckzähnen riesige Hauer besaß. Eine Reihe weiter standen Phiolen mit trübem Blut. Starkweather protzte inzwischen damit, dass Körperteile von Hexenwesen, vor allem ihr »Lilithmal«, auf dem Schattenweltschwarzmarkt horrende Preise erzielten.

Tessa wurde immer heißer und schwindliger zumute; ihre Augen brannten, und sie drehte sich mit zittrigen Händen zu Jem und Will um, die Starkweather mit einem Ausdruck stummen Entsetzens anstarrten.

Der alte Mann hielt gerade eine weitere Jagdtrophäe hoch – einen menschlichen Kopf, auf einer Holzunterlage montiert. Die Haut war verschrumpelt und grau und ließ die darunterliegenden Knochen deutlich hervortreten. Spiralförmige Hörner ragten aus der Schädeldecke heraus. »Das hier stammt von einem Hexenmeister, den ich in der Nähe von Leeds erlegt hab«, prahlte er. »Ihr könnt euch nich' vorstellen, wie der sich mit Zähnen und Klauen zur Wehr gesetzt hat …«

Starkweathers Worte dröhnten wie aus weiter Ferne an Tessas Ohr. Plötzlich fühlte sie sich schwerelos, als würde sie schweben. Eine Sekunde später wurde ihr schwarz vor Augen, und sie spürte, wie zwei starke Arme sie umfingen, begleitet von Jems Stimme. Satzfetzen hallten durch den Saal. »Meine Verlobte … nie zuvor Kriegsbeute erblickt … kann kein Blut sehen … sehr empfindsam …«

Liebend gern hätte Tessa sich aus Jems Griff befreit, um sich auf Starkweather zu stürzen, aber sie wusste, dass sie damit alles ruiniert hätte. Deshalb presste sie die Augen zusammen und drückte ihr Gesicht an Jems Brust, atmete seinen Geruch ein. Er duftete nach Seife und Sandelholz. Kurz darauf fühlte sie andere Hände an ihren Armen – Hände, die sie von Jem fortzogen. Starkweathers Hausmädchen. Tessa hörte, wie der alte Mann ihnen auftrug, sie nach oben auf ihr Zimmer zu bringen und ihr beim Auskleiden zu helfen, damit sie sich erholen konnte. Als sie die Augen aufschlug, sah sie Jems besorgtes Gesicht, der ihr nachschaute, bis sich die Tür der Trophäensammlung zwischen ihnen schloss.

An diesem Abend dauerte es sehr lange, bis Tessa einschlafen konnte. Als der Schlaf sie endlich übermannte, wurde sie von Albträumen geplagt: Sie lag im Haus der Dunklen Schwestern, mit Handschellen an ihr Messingbett gefesselt …

Mattes Licht wie eine graue, dünne Suppe drang durch das

Fenster in den Raum. Die Tür flog auf, und Mrs Dark stampfte herein, dicht gefolgt von ihrer enthaupteten Schwester, aus deren blutigem Halsstummel nur die weißen Wirbel des durchtrennten Rückgrats herausragten.

»Da ist sie ja, unsere hübsche kleine Prinzessin«, säuselte Mrs Dark und klatschte in die Hände. »Denk doch nur, wie viel wir für all ihre Körperteile auf dem Schwarzmarkt erzielen können. Je einhundert für ihre niedlichen weißen Patschehändchen und eintausend für ihre großen Augen. Natürlich würden wir mehr bekommen, wenn sie blau wären, aber man kann schließlich nicht alles haben.«

Sie kicherte boshaft, und dann begann sich das Bett zu drehen, während Tessa in der Dunkelheit schrie und strampelte. Gesichter tauchten über ihr auf: Mortmain, dessen schmale, fast spitze Züge zu einer belustigten Miene verzogen waren. »Und in der Bibel steht geschrieben, der Wert eines wackeren Weibes stünde weit über dem von Korallen«, sagte er. »Aber was ist mit dem Wert einer Hexe?«

»Sperrt sie in einen Käfig, sage ich, damit das Publikum auf den billigen Plätzen sie begaffen kann«, tönte Nate. Plötzlich schossen um Tessa herum Gitterstäbe aus dem Boden, und Nate winkte ihr von der anderen Seite des Käfigs zu, die attraktiven Züge zu einem höhnischen Lachen verzogen.

Henry war ebenfalls dort und musterte sie kopfschüttelnd. »Ich habe sie in alle Teile zerlegt«, klagte er, »aber ich kann einfach nicht herausfinden, was ihr Herz zum Schlagen bringt. Trotzdem ist es eine ziemliche Kuriosität, nicht wahr?« Er öffnete die Hand, und zwischen seinen Fingern kam etwas Rotes und Fleischiges zum Vorschein, das pulsierte und zuckte wie ein an Land gespülter, nach Luft schnappender Fisch. »Seht doch nur, wie es in nahezu gleich große Hälften unterteilt ist …«

»Tess«, drang eine eindringliche Stimme an ihr Ohr. »Tess, du träumst. Wach auf. Komm schon, wach auf!« Zwei Hände packten sie an den Schultern und schüttelten sie.

Ruckartig riss Tessa die Augen auf und holte keuchend Luft. Sie befand sich in ihrem unansehnlichen, schlecht beleuchteten Gästezimmer im Yorker Institut. Die Bettdecke hatte sich heillos um ihren Körper gewickelt, und das Nachthemd klebte schweißfeucht an ihrem Rücken. Ihre Haut fühlte sich glühend heiß an, und sie sah noch immer die Dunklen Schwestern vor sich und Nate, der sie verhöhnte, und Henry, der ihr Herz sezierte. »Das war nur ein Traum?«, fragte sie. »Es hat sich so real angefühlt, so unglaublich real …« Sie verstummte und wisperte dann: »Will.«

Seine schwarzen Haare waren zerzaust, und er trug noch immer seine Abendgarderobe, die so zerknittert wirkte, als wäre er darin eingeschlafen. Seine Hände ruhten weiterhin auf Tessas Schultern und wärmten ihre vom Schweiß kalte Haut durch das Material ihres Nachthemds hindurch. »Wovon hast du denn geträumt?«, erkundigte er sich in ruhigem, fast beiläufigem Ton, als wäre nichts Ungewöhnliches daran, dass er mitten in der Nacht auf ihrer Bettkante saß.

Beim Gedanken an den Albtraum erschauderte Tessa. »Ich hab geträumt, dass man mich sezieren würde … dass Teile von mir ausgestellt und dem Spott wildfremder Schattenjäger preisgegeben würden …«

»Tess.« Sanft berührte Will ihr Haar und schob ihr eine herabhängende Locke hinters Ohr.

Plötzlich fühlte Tessa sich unwiderstehlich zu ihm hingezogen, wie Eisenspäne zu einem Magneten. Sie sehnte sich danach, die Arme um ihn zu schlingen und ihren Kopf an seine Schulter zu legen.

»Dieser verdammte Starkweather – soll der Teufel ihn dafür holen, dass er dir die Trophäen gezeigt hat. Aber du musst wissen, dass sich die Zeiten geändert haben. Das Abkommen untersagt heute jegliche Kriegsbeute. Es war nur ein schlimmer Traum.«

Nein, dachte Tessa, *das hier ist der Traum.* Ihre Augen hatten sich inzwischen an die Dunkelheit gewöhnt, und im grauen Dämmerlicht leuchteten Wills Pupillen fast gespenstisch blau, wie die Augen einer Katze. Als Tessa, immer noch leicht zitternd, tief Luft holte, füllte sich ihre Lunge mit seinem Duft: Will und Salz und Lokomotive und Rauch und Regen. Und Tessa fragte sich, ob er wohl im Freien gewesen und unruhig durch die nächtlichen Straßen von York gewandert war – so wie in London. »Wo bist du gewesen?«, flüsterte sie. »Du riechst nach Nachtluft.«

»Ich war draußen und hab wie immer über die Stränge geschlagen. Das Übliche halt.« Will streichelte ihre Wangen mit seinen warmen, schwieligen Fingern. »Meinst du, du kannst wieder einschlafen? Wir müssen morgen früh raus. Starkweather stellt uns seine Kutsche zur Verfügung, damit wir uns Ravenscar Manor einmal näher ansehen. Aber es steht dir natürlich frei hierzubleiben – du brauchst uns nicht zu begleiten.«

Beim Gedanken daran schauderte Tessa erneut. »Ohne euch? Ganz allein in diesem großen düsteren Haus? Lieber nicht! Ich würde es vorziehen, euch zu begleiten.«

»Tess.« Wills Stimme klang sanft, fast zärtlich. »Das muss ja wirklich ein schlimmer Albtraum gewesen sein, dass dir so der Mut gesunken ist. Normalerweise fürchtest du dich doch vor kaum etwas.«

»Es war einfach schrecklich. Sogar Henry ist in dem Albtraum aufgetaucht. Er wollte mein Herz auseinandernehmen, so als wäre es ein Uhrwerk.«

»Nun, damit wäre der Fall ja wohl geklärt«, grinste Will. »Das Ganze war nur ein Hirngespinst. Als ob Henry für irgendjemanden eine Gefahr darstellen würde als für sich selbst.« Da Tessa noch immer nicht lächelte, fügte er in leidenschaftlichem Ton hinzu: »Ich würde niemals zulassen, dass man dir auch nur ein Haar krümmt. Das weißt du doch, oder, Tess?«

Ihre Blicke trafen sich, und Tessa musste an die Woge denken, die sie in Wills Nähe offenbar jedes Mal erfasste – zuerst auf dem Speicher und dann auf dem Dach des Instituts: das Gefühl, den Boden unter den Füßen zu verlieren und von einer Kraft zu ihm hingezogen zu werden, die jenseits ihrer Gewalt zu liegen schien.

Im nächsten Moment beugte Will sich zu ihr hinunter, als würde er von derselben Kraft angezogen.

Es erschien Tessa vollkommen natürlich, so selbstverständlich wie zu atmen, dass sie den Kopf hob, um sich mit ihrem Mund seinen Lippen zu nähern. Sie spürte seinen weichen Atem auf ihren Lippen – er seufzte erleichtert, als wäre eine schwere Last von ihm genommen, und seine Hände legten sich um ihr Gesicht. Aber als er die Augen schloss, hörte Tessa wieder seine Stimme in ihrem Kopf, die ungebeten wiederholte: *Für Schattenjäger, die mit Hexenwesen herumtändeln, gibt es keine Zukunft.* Ruckartig drehte Tessa das Gesicht weg, sodass Wills Lippen anstelle ihres Mundes nur ihre Wange streiften.

Verwundert schlug Will die Lider auf und zog sich dann zurück – tief getroffen, das konnte Tessa in seinen blauen Augen lesen.

»Nein«, sagte sie. »Nein, das weiß ich nicht, Will.« Mit gesenkter Stimme fügte sie hinzu: »Du hast mir ziemlich deutlich zu verstehen gegeben, wofür du mich gebrauchen kannst. Du hältst mich für ein Spielzeug zu deiner Belustigung. Du hättest nicht herkommen sollen; so etwas ziemt sich nicht.«

Enttäuscht ließ Will die Hände in den Schoß sinken. »Aber du hast aufgeschrien und laut gerufen …«

»Nicht nach dir.«

Betreten schwieg er, aber sein Atem ging schwer.

»Bedauerst du, was du mir an jenem Abend auf dem Institutsdach gesagt hast, Will? Am Tag von Thomas' und Agathas Begräbnis?« Es war das erste Mal, dass dieser unschöne Zwischenfall seit jenem Abend angesprochen wurde. »Kannst du mir versichern, dass du es nicht so gemeint hast?«

Will senkte den Kopf; seine Haare fielen ihm in die Stirn, verdeckten seine Züge.

Tessa musste sich zwingen, ihre Hände zu Fäusten zu ballen und an sich zu pressen, um ihm nicht mit einem Finger die Strähnen aus dem Gesicht zu streichen.

»Nein«, brachte er sehr leise hervor. »Nein, der Erzengel möge mir verzeihen, aber das kann ich nicht.«

Sofort wich Tessa zurück, krümmte sich zusammen und wandte das Gesicht ab. »Bitte geh, Will.«

»Tessa …«

»Bitte.«

Einen langen Moment herrschte Stille. Dann stand Will auf, wobei das Bett leise quietschte, als er sich erhob.

Tessa hörte, wie sich seine leichten Schritte von ihr entfernten und wie er schließlich die Tür hinter sich ins Schloss zog. Es schien, als hätte dieses Geräusch eine Art Schnur durchtrennt, die Tessa bis dahin aufrecht gehalten hatte, denn sie sank sofort zurück in ihre Kissen. Eine ganze Weile starrte sie an die Decke und kämpfte vergebens gegen die vielen Fragen an, die ihr durch den Kopf wirbelten: Was hatte Will sich dabei gedacht, einfach so in ihr Zimmer zu kommen? Warum hatte er sich ihr gegenüber so liebenswürdig gezeigt, wo sie doch wusste, wie sehr er sie verachtete? Und warum erschien es ihr als ein schrecklicher Fehler, dass sie ihn fortgeschickt hatte, obwohl überhaupt kein Zweifel daran bestand, dass er nicht gut für sie war?

Der nächste Morgen brach mit einem unerwartet blauen, wolkenlosen Himmel an – Balsam für Tessas schmerzenden Kopf und erschöpften Körper. Nachdem sie mühsam aus dem Bett geklettert war, in dem sie sich den Rest der Nacht in unruhigem Schlaf hin und her gewälzt hatte, kleidete sie sich rasch selbst an – sie konnte den Gedanken nicht ertragen, sich von einer der altersgebeugten, halb blinden Hausangestellten helfen zu lassen. Während sie die Knöpfe ihres Oberteils schloss, betrachtete sich Tessa in dem alten, fleckigen Spiegel: Dunkle Ringe zeichneten sich unter ihren Augen ab, wie mit Kreide verwischt.

Als sie kurz darauf den Salon betrat, saßen Will und Jem schon am Tisch, auf dem bereits das Frühstück wartete: halb verbranntes Toastbrot, dünner Tee, Marmelade, aber keine Butter. Jems benutzte Serviette lag schon wieder neben seinem Teller, während Will eine Toastscheibe eifrig in schmale Streifen schnitt und zu anstößigen Piktogrammen legte.

»Was soll *das* denn sein?«, fragte Jem in diesem Moment neugierig. »Sieht fast aus wie ein …« Als er Tessa erblickte, verstummte er und grinste dann. »Guten Morgen.«

»Guten Morgen.« Tessa setzte sich auf den Stuhl gegenüber von Will, der kurz aufschaute. Aber weder in seinen Augen noch in seiner Miene deutete irgendetwas darauf hin, dass er sich an die mitternächtliche Begebenheit in ihrem Zimmer erinnerte.

Dagegen warf Jem Tessa einen besorgten Blick zu. »Wie fühlst du dich heute? Nach gestern Abend …« Erneut verstummte er und fuhr dann mit erhobener Stimme fort: »Guten Morgen, Mr Starkweather.« Hastig stieß er Will mit der Schulter an, sodass diesem die Gabel aus der Hand rutschte und sich die sorgfältig arrangierten Toaststücke über den gesamten Teller verteilten.

Aloysius Starkweather kam in den Raum gestampft, noch immer in den dunklen Umhang gehüllt, den er am Abend zuvor getragen hatte, und musterte ihn finster. »Die Kutsche wartet bereits im Hof«, stieß er abgehackt wie immer hervor. »Ihr solltet jetzt besser aufbrechen, damit ihr rechtzeitig vor Anbruch der Dunkelheit zurück seid, denn ich brauche die Kutsche heute Abend selbst. Ich hab Gottshall angewiesen, euch direkt am Bahnhof abzusetzen, sodass ihr gar nicht mehr herzukommen braucht. Ich darf wohl davon ausgehen, dass ihr alles habt, was ihr wolltet.« Der letzte Satz war keine Frage, sondern eine klare Feststellung.

Jem nickte. »Ja, Sir. Sie waren wirklich sehr entgegenkommend.«

Starkweathers Blick streifte ein letztes Mal über Tessa, dann wandte er sich ab und stolzierte aus dem Raum, wobei sein Umhang hinter ihm herflatterte.

Tessa musste unwillkürlich an einen großen schwarzen Raubvogel – etwa einen Geier – denken und erinnerte sich schaudernd an die Vitrinen mit den »Trophäen«.

»Iss schnell etwas, Tessa, ehe Starkweather es sich mit der Kutsche anders überlegt«, riet Will.

Doch Tessa schüttelte den Kopf. »Ich habe keinen Hunger.«

»Dann trink wenigstens einen Tee.« Will schenkte ihr eine Tasse ein und häufte Milch und Zucker hinein.

Das heiße Getränk war viel zu süß für Tessas Geschmack, aber da Will sich selten von solch einer liebenswürdigen Seite zeigte – wenn auch nur, um sie zur Eile anzutreiben –, trank sie den Tee trotzdem und nahm sogar ein paar Bissen Toast.

Kurz darauf holten Will und Jem ihre Mäntel und ihr Gepäck; Tessas Reiseumhang, Hut und Handschuhe fanden sich ebenfalls, und wenige Minuten später standen sie zu dritt auf den Eingangsstufen des Yorker Instituts und blinzelten in die fahle Sonne.

Starkweather hatte Wort gehalten: Seine Kutsche wartete im Hof auf sie. Der alte Kutscher mit dem langen weißen Bart hatte sich bereits auf den Kutschbock gehievt und rauchte eine Zigarre. Als er die drei erblickte, warf er den Stumpen beiseite und rutschte noch tiefer in seinen Sitz. Seine schwarzen Augen funkelten ihnen unter den hängenden Lidern mürrisch entgegen.

»Du meine Güte! Schon wieder der Seemann mit grauem Bart …«, bemerkte Will, allerdings eher belustigt. Dann schwang er sich in die Kutsche und half Tessa beim Einsteigen. Eine Sekunde später folgte Jem ihnen, zog die Tür hinter sich zu und beugte sich aus dem Fenster, um dem Kutscher das Zeichen zur Abfahrt zu geben.

Als Tessa sich neben Will auf dem schmalen Sitz niederließ, streifte sie versehentlich seine Schulter, woraufhin Will sich sofort versteifte und Tessa hastig beiseiterutschte. Verstimmt biss sie sich auf die Lippe. Es schien, als hätte das Gespräch in der Nacht zuvor nie stattgefunden, denn er verhielt sich wieder so, als sei sie Gift für ihn.

Die Kutsche fuhr mit einem Ruck an, und Tessa wäre beinahe erneut gegen Will gestoßen, aber sie konnte sich gerade noch rechtzeitig am Fenster abstützen. Während das Gefährt durch eine schmale kopfsteingepflasterte Gasse namens Stonegate rollte und dabei unter einem Schild hindurchfuhr, das Werbung für das Gasthaus *Ye Olde Starre Inne* machte, schwiegen die beiden jungen Männer. Nur einmal verkündete Will mit fast makabrer Freude, dass sie gerade das alte Stadttor von York passierten, wo einst die abgetrennten Köpfe von Verrätern aufgespießt und zur Schau gestellt wurden.

Tessa schnitt ihm eine Grimasse, erwiderte jedoch nichts. Nachdem sie die Stadtmauer hinter sich gelassen hatten, wich die Bebauung sehr schnell einer ländlichen Umgebung, die jedoch nicht lieblich, sondern rau und unwirtlich aussah. Grüne Hügel mit grauen Stechginsterbüschen endeten in schroffen dunklen Felsklippen. Lange Natursteinmauern aus mörtellos aufeinandergestapelten Steinen, die zum Einpferchen von Schafen gedacht waren, durchzogen kreuz und quer die Felder, und gelegentlich ragte ein vereinzeltes Cottage aus der Landschaft auf. Der Himmel wirkte wie eine endlose blaue Weite, von feinen grauen Wolkenfetzen durchzogen.

Tessa hätte nicht sagen können, wie lange sie schon mit der Kutsche unterwegs waren, als in der Ferne plötzlich die Schornsteine eines großen Herrenhauses auftauchten.

Erneut streckte Jem den Kopf aus dem Fenster und rief dem Kutscher etwas zu, woraufhin die Equipage langsam zum Stehen kam.

»Aber wir sind doch noch gar nicht da«, protestierte Tessa verwundert. »Wenn das dort hinten Ravenscar Manor ist …«

»Wir können nicht einfach bis zur Haustür vorfahren, Tess«, erwiderte Will, während Jem aus der Kutsche sprang und Tessa seine Hand entgegenhielt, um ihr beim Aussteigen behilflich zu sein. Als ihre Stiefel den Boden berührten, rutschte sie auf der feuchten, matschigen Erde fast aus; dagegen landete Will hinter ihr leichtfüßig auf dem Weg. »Wir müssen uns das Anwesen erst genauer ansehen … und Henrys Gerät zum Aufspüren von Dämonenenergie einsetzen, um sicherzugehen, dass wir nicht in eine Falle tappen.«

»Funktioniert Henrys Erfindung denn überhaupt?«, fragte Tessa skeptisch und schürzte ihre Röcke, damit der Saum nicht durch den Matsch schleifte, während sie der Straße folgten. Als Tessa sich kurz umschaute, sah sie, dass der Kutscher offenbar bereits ein Nickerchen machte, denn er lehnte reglos gegen den Sitz, den Hut tief in die Stirn gezogen. Die gesamte Landschaft um sie herum erschien Tessa wie ein Flickenteppich aus grauen und grünen Tönen: steil aufragende Hügel, mit grauem Schiefer durchsetzt; flaches, von Schafen kurz gehaltenes Gras; und hier und dort ein Hain mit knorrigen, verwunschenen Bäumen. Das Ganze strahlte zwar eine herbe Schönheit aus, aber Tessa schüttelte sich bei dem Gedanken, hier leben zu müssen, so weit von jeglicher Zivilisation entfernt.

Jem, der sie schaudern sah, schenkte ihr ein schiefes Lächeln. »Großstadtpflanze.«

Tessa lachte. »Ich habe in der Tat gerade darüber nachgedacht, wie es sein muss, an solch einem Ort aufzuwachsen, so weit entfernt von anderen Menschen.«

»Die Region, in der ich aufgewachsen bin, unterscheidet sich nicht sehr von dieser Gegend hier«, sagte Will unerwartet und überraschte sie damit beide. »Und es ist gar nicht *so* einsam, wie man meinen sollte. Hier draußen auf dem Land stattet man einander regelmäßig Besuche ab, das kann ich euch versichern. Die Leute müssen lediglich größere Strecken zurücklegen als in London. Und wenn sie sich schon einmal aufgemacht haben, dann bleiben sie meist auch länger. Denn warum sollte man eine solch beschwerliche Reise nur für ein oder zwei Nächte auf sich nehmen? Zu Hause haben wir oft Gäste gehabt, die wochenlang geblieben sind.«

Mit großen Augen starrte Tessa Will stumm an. Es kam so selten vor, dass er etwas von seinem früheren Leben preisgab, dass sie ihn gelegentlich für einen Mann ohne Vergangenheit hielt.

Auch Jem schaute seinen Freund einen Moment verwundert an, fing sich dann aber wieder. »Ich teile Tessas Ansicht. Da ich mein ganzes Leben lang immer nur in Großstädten verbracht habe, wüsste ich gar nicht, wie ich nachts schlafen sollte, ohne die Gewissheit, von tausend anderen schlafenden und träumenden Menschenseelen umgeben zu sein.«

»Ja und umgeben von dem ganzen Dreck und der Enge«, konterte Will. »Nach meiner Ankunft in London hat mich die ständige Anwesenheit derart vieler Menschen so mürbe gemacht, dass ich mich nur mit größter Mühe zurückhalten konnte, den nächstbesten, der das Pech hatte, mir über den Weg zu laufen, am Kragen zu packen und ihm gegenüber handgreiflich zu werden.«

»Manche würden behaupten, dass du dieses Problem noch immer hast«, bemerkte Tessa spitz.

Doch Will lachte nur – ein kurzes, fast überrascht klingendes Lachen – und hielt dann inne, um einen Blick auf Ravenscar Manor zu werfen, das vor ihnen aufgetaucht war.

Auch Jem stieß einen leisen, anerkennenden Pfiff aus, während Tessa nun verstand, warum sie zuvor nur die Schornsteine hatte sehen können: Das Anwesen befand sich in der Talmitte dreier Hügel. Die steil aufragenden Hänge schienen das Gebäude wie mit einer riesigen Hand zu umschließen. Tessa, Jem und Will standen am Rand eines jener Hügel und blickten auf das Herrenhaus hinab – ein weitläufiger, imposanter Bau aus grauem Mauerwerk, das den Eindruck erweckte, als stünde es schon seit Jahrhunderten an diesem Ort. Eine breite, kreisförmige Auffahrt führte zu einer gewaltigen Eingangstür. Aber nichts deutete darauf hin, dass das Anwesen verlassen war oder vernachlässigt wurde – weder die Auffahrt noch die Wege zu den Nebengebäuden des Hauses waren von Unkraut überwuchert, und den Kreuzfenstern fehlte keine einzige Glasscheibe.

»Hier wohnt jemand«, stellte Jem fest und sprach damit Tessas Gedanken laut aus. Dann setzte er sich in Bewegung und stieg langsam den Hügel hinab; das Gras wuchs hier sehr hoch und reichte ihm fast bis zur Hüfte. »Vielleicht können wir …« Im nächsten Moment verstummte er jedoch abrupt, als das Rattern von Rädern näher kam.

Einen Augenblick lang dachte Tessa, ihre eigene Equipage wäre ihnen gefolgt. Doch dann erkannte sie, dass es sich um ein vollkommen anderes Fuhrwerk handelte: eine robust wirkende Kutsche, die nun durch das Tor bog und auf das Herrenhaus zufuhr.

Sofort duckte Jem sich in das hohe Gras, und Will und Tessa folgten seinem Beispiel. Gemeinsam beobachteten sie, wie der Zweispänner vor dem Haus anhielt und der Kutscher vom Bock sprang, um den Schlag aufzureißen.

Ein junges Mädchen kletterte aus dem Gefährt. Tessa schätzte ihr Alter auf vierzehn oder fünfzehn Jahre. Jedenfalls war sie noch nicht alt genug, um eine Hochsteckfrisur zu tragen, denn ihre langen schwarzen Haare wehten im Wind wie ein dunkler Seidenvorhang. Ihr blaues Kleid war schlicht, aber geschmackvoll. Das Mädchen nickte dem Kutscher zu, stieg die Stufen zur

Eingangstür hinauf und hielt plötzlich inne. Langsam drehte sie sich um und schaute dann direkt in die Richtung, wo Jem, Will und Tessa kauerten. Es schien fast, als würde das Mädchen sie sehen, obwohl Tessa keinen Zweifel daran hatte, dass ihnen das hohe Gras genügend Schutz bot.

Die Entfernung war jedoch zu groß, um die Züge des Mädchens zu erkennen – Tessa konnte lediglich ein blasses, ovales Gesicht unter den dunklen Haaren ausmachen. Sie wollte Jem gerade nach seinem Fernrohr fragen, als Will ein unterdrücktes Geräusch ausstieß – ein Geräusch, das Tessa noch nie zuvor gehört hatte, ein mattes, grässliches Keuchen, als hätte ihm jemand mit einem fürchterlichen Schlag auf die Rippen jegliche Luft genommen.

Doch dann wurde ihr klar, dass es kein Keuchen war. Es war ein Wort. Aber nicht irgendein Wort, sondern ein Name. Und nicht irgendein Name, sondern einer, den sie bereits einmal aus seinem Munde vernommen hatte.

»Cecily.«

6
Unter der Stille Siegel

Des Menschen Herz birgt heil'ge Schätze
Unter der Stille Siegel zart versteckt
Freuden, Träume und der Hoffnung Netze
Ihr Zauber bräche, würden sie entdeckt
CHARLOTTE BRONTË, »TROST FÜR DIE ABENDSTUNDEN«

Die Tür des Herrenhauses schwang auf, und das Mädchen verschwand im Inneren des Gebäudes. Gleichzeitig setzte die Kutsche sich wieder in Bewegung und ratterte um die Ecke, in Richtung Remise.

Taumelnd kam Will auf die Beine; sein Gesicht hatte eine fahle graue Tönung angenommen, wie die Asche eines verloschenen Feuers. »Cecily«, stieß er erneut hervor, wobei in seiner Stimme eine Mischung aus Verwunderung und Entsetzen mitschwang.

»Wer um alles in der Welt ist Cecily?«, fragte Tessa, richtete sich auf und wischte sich Gras und Disteln vom Kleid. »Will …«

Jem stand bereits neben seinem Freund und legte ihm eine Hand auf die Schulter. »Will, nun red doch endlich. Du siehst aus, als hättest du ein Gespenst gesehen.«

Will holte gequält Luft. »Cecily …«

»Ja, das sagtest du bereits«, bemerkte Tessa spitz. Als sie den scharfen Unterton in ihrer Stimme hörte, nahm sie sich vor, sich etwas zurückzuhalten. Es war nicht sehr nett, so mit jemandem zu reden, der offensichtlich völlig aus der Fassung gebracht war – selbst wenn derjenige darauf bestand, gedankenverloren in die Ferne zu blicken und in regelmäßigen Abständen »Cecily« zu murmeln.

Aber es schien im Grunde keine Rolle zu spielen – Will hatte sie offenbar gar nicht gehört. »Meine Schwester«, erklärte er. »Cecily. Sie war damals … du lieber Himmel, sie war neun, als ich mein Elternhaus verließ.«

»Deine Schwester«, sagte Jem.

Tessa spürte, wie das bedrückende Gefühl verschwand, das bis eben schwer auf ihrem Herzen gelastet hatte, und gleichzeitig verfluchte sie sich innerlich dafür. Welchen Unterschied machte es schon, ob Cecily Wills Schwester war oder ein Mädchen, das er liebte? Das Ganze betraf sie schließlich nicht im Geringsten.

Im nächsten Moment setzte Will sich in Bewegung und stürmte blindlings den Hügel hinunter, quer durch Heide und Ginster.

Sofort setzte Jem ihm nach und hielt ihn am Ärmel fest. »Will, nicht …«

Doch Will versuchte, seinen Arm aus Jems Griff zu befreien. »Wenn Cecily dort unten ist, müssen die anderen, muss der Rest meiner Familie auch dort sein.«

Tessa beeilte sich, zu den beiden aufzuschließen, und zuckte heftig zusammen, als sie über einen losen Geröllbrocken strauchelte und sich fast den Knöchel verstauchte. »Aber es ergibt doch gar keinen Sinn, dass deine Familie hier ist, Will. Dieses Anwesen hat einst Mortmain gehört. Das hat Starkweather erzählt, und es stand auch in dem Dokument …«, versuchte Tessa zu erklären.

»Das *weiß* ich«, fauchte Will.

»Cecily könnte möglicherweise bei jemandem zu Besuch sein …«

Will warf ihr einen zweifelnden Blick zu. »Hier, im tiefsten Yorkshire, ganz allein? Außerdem war das eben unsere Kutsche. Ich habe sie wiedererkannt. Und in der Remise steht kein anderes Gefährt. Nein, du kannst sagen, was du willst, aber ich bin mir sicher, dass meine Familie irgendwie in die Sache verstrickt ist. Man hat sie in diese ganze Geschichte hineingezogen, und ich … ich muss sie warnen.« Erneut stapfte er mit großen Schritten den Hügel hinunter.

»Will!«, rief Jem, folgte ihm und packte ihn von hinten am Mantel. Doch der junge Schattenjäger wirbelte herum und stieß Jem von sich, wenn auch nicht besonders hart. Tessa hörte, wie Jem eindringlich auf seinen Freund einredete – dass Will sich die ganzen Jahre zurückgehalten habe und nun nicht alles verderben solle –, und dann schien alles in einem grauen Wirbel zu verschwimmen: Will fluchte, und Jem riss ihn zurück, woraufhin Will auf dem feuchten Untergrund ausrutschte, beide zu Boden gingen und gemeinsam den Hang hinunterrollten, ein wirres Knäuel aus Armen und Beinen. Schließlich schlugen sie gegen einen großen Felsblock, und Jem drückte Will auf den Boden, den Ellbogen gegen dessen Kehle gepresst.

»Lass mich los!«, stieß Will hervor und versuchte, Jem wegzuschieben. »Du verstehst das nicht. *Deine* Familie ist tot …«

»Will.« Jem packte seinen Freund am Kragen und schüttelte ihn. »Ich verstehe es verdammt gut. Und falls du nicht willst, dass auch deine Familie bald nicht mehr lebt, solltest du mir zuhören.«

Sofort gab Will seinen Widerstand auf und lag einen Moment wie versteinert da. Dann brachte er mit gepresster Stimme hervor: »James, du kannst unmöglich wissen … ich hab dir doch nie …«

»Da oben … schau mal nach da oben.« Jem zeigte mit der freien Hand den Hügel hinauf.

Auch Tessa blickte in die Richtung, in die er deutete – und

spürte, wie sie ein eisiger Schauer erfasste. Sie befanden sich etwa auf halber Höhe des Hangs, und über ihnen, auf der Hügelkuppe, stand wie eine Art Wachposten ein metallisch glänzendes Geschöpf. Tessa wusste sofort, worum es sich dabei handelte, auch wenn das Wesen nicht ganz so aussah wie die Klockwerk-Automaten, die Mortmain zuvor auf sie gehetzt hatte und die zumindest eine oberflächliche Ähnlichkeit mit einer menschenartigen Gestalt besessen hatten. Im Gegensatz dazu wartete dort oben eine hohe, dürre Metallkreatur, mit langen, mehrgliedrigen Beinen, einem gekrümmten Rumpf und sägeblattartigen Armen. Die Gestalt stand vollkommen stumm und reglos da – und wirkte dadurch noch furchteinflößender. Tessa vermochte nicht zu sagen, ob der Klockwerk-Automat sie überhaupt beobachtete, denn obwohl er sich ihnen zugewandt hatte, besaß sein schimmernder Schädel weder Augen noch andere menschliche Züge. Lediglich ein paar Metallzähne glänzten hinter einem Schlitz, der offenbar als Mund diente. Mühsam unterdrückte Tessa den Schrei, der ihr bereits in der Kehle steckte. Das dort oben war nur ein Automat. Sie war diesen Kreaturen bereits begegnet, und sie würde *nicht* schreien.

Will stützte sich auf einen Ellbogen und starrte zur Hügelkuppe. »Beim Erzengel …«

»Dieses Ding verfolgt uns schon eine ganze Weile«, stellte Jem leise und eindringlich fest. »Von der Kutsche aus hatte ich bereits etwas Metallisches aufblitzen sehen, war mir aber nicht sicher gewesen. Doch jetzt besteht nicht mehr der geringste Zweifel. Wenn du nun den Hügel hinunterstürmst, Will, gehst du das Risiko ein, diese Kreatur direkt zu deiner Familie zu führen.«

»Verstehe.« Will nickte. Seine Stimme hatte ihren fast schon hysterischen Tonfall verloren. »Ich werde mich nicht einmal in die Nähe des Hauses begeben. Und jetzt lass mich aufstehen.«

Jem zögerte.

»Ich schwöre es beim Erzengel Raziel«, stieß Will zwischen zusammengebissenen Zähnen hervor. »Jetzt lass mich endlich los.«

Schweigend rollte Jem sich auf die Seite und rappelte sich auf; gleichzeitig kam Will mit einem Sprung auf die Beine, stieß Jem aus dem Weg und rannte los, ohne Tessa auch nur eines Blickes zu würdigen. Allerdings stürmte er dieses Mal nicht auf das Haus zu, sondern direkt in Richtung der Metallkreatur auf der Hügelkuppe.

Jem taumelte einen Moment, schaute Will mit offenem Mund nach, fluchte dann unterdrückt und sprintete ihm nach.

»Jem!«, rief Tessa. Doch der befand sich schon außer Hörweite, Will dicht auf den Fersen. Auch der Klockwerk-Automat hatte sich inzwischen ihrer Sicht entzogen. Tessa knurrte ein sehr undamenhaftes Wort, raffte die Röcke und folgte ihren Freunden.

Das Erklimmen des rutschigen Hangs in ihren schweren Röcken war alles andere als leicht. Brombeersträucher rissen an ihren Säumen, während Tessa sich beschwerlich den Hügel hinaufkämpfte. Wegen des Fechtunterrichts in der leichten Trainingskleidung verstand sie nun, warum Männer so viel schneller laufen und sich müheloser bewegen konnten. Dagegen wog der Stoff ihres Kleides bestimmt eine halbe Tonne; die Absätze ihrer Stiefel verfingen sich andauernd an irgendwelchen Steinen, und das Korsett schnürte ihr derart die Taille ein, dass sie nur kurzatmig nach Luft schnappen konnte.

Als sie endlich die Hügelkuppe erreichte, sah sie gerade noch, wie Jem weit vor ihr in einem dunklen Wäldchen verschwand. Hektisch schaute Tessa sich um, aber sie konnte weder die Straße noch Starkweathers Kutsche ausmachen. Mit wild klopfendem Herzen nahm sie die Verfolgung auf.

Das Waldstück war breiter als erwartet und erstreckte sich entlang der Kuppe. Als Tessa zwischen den Bäumen eintauchte, schwand das Licht, und dicke, verschlungene Äste über ihr versperrten den Blick auf die fahle Sonne. Einen Moment lang fühlte sie sich an Schneewittchens Flucht in den tiefen Wald erinnert und schaute sich ratlos um, auf der Suche nach Anzeichen dafür, welche Richtung Jem und Will wohl eingeschlagen hatten – abgebrochene Zweige, niedergetrampelte Blätter. Stattdessen sah sie aus dem Augenwinkel plötzlich ein metallisches Schimmern, als der Klockwerk-Automat aus dem Schatten zweier Bäume angestürmt kam und sich auf sie stürzte.

Entsetzt kreischte Tessa auf, machte einen Satz und stolperte dabei prompt über ihre Röcke, sodass sie rückwärtstaumelte und mit einem schmerzhaften Aufprall auf dem matschigen Boden landete. Mit einem Ruck streckte die Kreatur einen der langen, insektenartigen Arme nach ihr aus, doch sie rollte sich rasch zur Seite, und der Metallarm bohrte sich in die feuchte Erde neben ihr. Verzweifelt schaute Tessa sich um: Nicht weit von ihr lag ein abgebrochener Ast. Sie streckte ihre Finger aus, schloss sie um das raue Holz und hob den Knüppel genau in dem Moment, in dem der Klockwerk-Automat seinen anderen Arm auf sie herabsausen ließ. Blitzschnell riss Tessa den Ast vor ihren Körper, zwischen sich und die Kreatur, und konzentrierte sich darauf, was sie während der Trainingsstunden mit Gabriel übers Parieren und Abwehren gelernt hatte. Aber ihre »Waffe« bestand nur aus morschem Holz, das der Greifarm des Automaten mühelos in der Mitte durchtrennte. Dann öffnete sich das Ende des Arms zu einer vielgliedrigen Metallklaue, die nach Tessas Kehle griff. Doch noch bevor einer der Metallfinger ihre Haut berühren konnte, verspürte Tessa plötzlich ein heftiges Flattern an ihrem Schlüsselbein. Ihr Engel. Einen Augenblick lang lag sie wie erstarrt da, während der Automat seine Klaue zurückriss. Dunkle Flüssigkeit strömte aus einem seiner »Finger«. Einen Sekundenbruchteil später stieß er ein hohes Pfeifen aus und fiel rückwärts, wobei ein ganzer Schwall dunkler Brühe aus seiner Brust schoss.

Tessa setzte sich auf, starrte auf das tiefe Loch im Rumpf des Automaten und schaute auf.

Will stand mit erhobenem Schwert da, das Heft mit schwarzer Flüssigkeit verschmiert. Er hatte seinen Hut verloren, und sein dichtes dunkles Haar war zerzaust; Blätter und Grashalme hatten sich darin verfangen. Jem befand sich an seiner Seite; das Licht seines Elbensteins strahlte hell zwischen seinen Fingern hindurch. Während Tessa atemlos zusah, holte Will erneut mit dem Schwert aus und durchtrennte den Klockwerk-Automaten fast vollständig in der Mitte. Die Metallteile prasselten auf den matschigen Boden, und seine Innereien kamen zum Vorschein – ein unansehnliches und beunruhigend lebendig wirkendes Durcheinander aus Schläuchen und Kabeln.

Jem schaute auf, und sein Blick traf sich mit Tessas. Seine Augen funkelten silbern wie helle Spiegel.

Dagegen schien Will – ungeachtet der Tatsache, dass er ihr das Leben gerettet hatte – Tessa gar nicht wahrzunehmen; er holte mit dem Fuß aus und versetzte dem mechanischen Ding einen bösen Tritt in die Seite, woraufhin ein dumpfes, metallisches Dröhnen erklang. »Los, verrate uns, was du hier zu suchen hast!«, stieß er zwischen zusammengebissenen Zähnen hervor. »Warum bist du uns gefolgt?«

Langsam öffnete sich der rasierklingenartige Mund des Automaten, und seine Stimme knirschte und leierte wie ein defektes Räderwerk. *»Ich … bin … eine … Warnung … vom Magister.«*

»Eine Warnung? Für wen? Für die Familie in diesem Herrenhaus? Los, sag schon!« Will sah aus, als wollte er die Kreatur erneut treten.

Beruhigend legte Jem ihm eine Hand auf die Schulter. »Dieses Wesen spürt keinen Schmerz, Will«, raunte er mit gesenkter Stimme. »Und es sagt, es habe eine Warnung. Also lass es seine Nachricht auch überbringen.«

»Eine Warnung … an dich, Will Herondale … und alle anderen Nephilim …«, presste der Automat mit brüchiger Stimme hervor. *»Der Magister sagt … du sollst deine Nachforschungen einstellen. Die Vergangenheit … ist die Vergangenheit. Lass Mortmains Vergangenheit ruhen … oder deine Familie wird dafür bezahlen. Wage es nicht, sie zu kontaktieren oder zu warnen … andernfalls wird der Magister sie vernichten.«*

Jem warf Will einen raschen Blick zu. Sein Freund war noch immer aschfahl um die Nase, aber seine Wangen leuchteten rot vor Wut.

»Wie hat Mortmain meine Familie hierhergebracht? Hat er sie bedroht? Was hat er ihnen angetan?«

Die Kreatur ratterte und knackte und setzte dann erneut an: *»Ich … bin … eine … Warnung … vom …«*

Will knurrte wie ein Tier und ließ sein Schwert herabsausen. Tessa musste unwillkürlich an Jessamine denken, wie sie im Hydepark einen Kobold mit ihrem zarten Sonnenschirm förmlich in der Luft zerfetzt hatte. Auch Will hieb nun ähnlich wild auf den Automaten ein, bis nur noch schmale Metallstreifen übrig blieben.

Nach einem kurzen Moment schlang Jem seinem Freund von hinten die Arme um den Körper und riss ihn zurück. »Will«, rief er. »Will, das reicht!« Dann schaute er bedeutungsvoll zur Straße, und Will und Tessa folgten seinem Blick. In der Ferne bewegten sich metallisch glänzende Gestalten zwischen den Bäumen – weitere Klockwerk-Automaten. »Wir müssen hier weg«, stellte Jem klar. »Wenn wir sie von deiner Familie fernhalten wollen, müssen wir sofort aufbrechen.«

Doch Will zögerte.

»Will, du weißt doch, dass du dich deiner Familie nicht nähern darfst«, drängte Jem verzweifelt. »Und sei es auch nur, weil das Gesetz es so verlangt. Wenn wir deine Familie in Gefahr bringen, wird der Rat keinen Finger krümmen, um ihr zu helfen. Deine Eltern sind keine Schattenjäger mehr. *Will.*«

Langsam ließ Will sein Schwert sinken. Reglos stand er da, Jems Arm noch immer um seine Schultern, und starrte auf den Metallhaufen zu seinen Füßen. Schwarze Flüssigkeit tropfte von der Klinge seines Schwerts und versengte das Gras.

Erleichtert atmete Tessa aus. Bis zu diesem Moment war ihr gar nicht bewusst gewesen, dass sie den Atem angehalten hatte.

Will musste sie gehört haben, denn er hob den Kopf, und ihre Blicke trafen sich. Irgendetwas in seinen Pupillen veranlasste Tessa jedoch wegzuschauen: eine abgrundtiefe Seelenqual, die nicht für ihre Augen bestimmt war.

In Windeseile bargen sie die Überreste des zerstörten Automaten und vergruben sie in der weichen Erde unter einem verrottenden Baumstamm. Tessa half, so gut sie konnte, wurde allerdings ständig von ihren Röcken behindert. Während der ganzen Zeit fiel kein einziges Wort; sie arbeiteten schweigend vor sich hin. Als sie endlich alle Spuren beseitigt hatten, starrten Tessas Finger vor Dreck, genau wie Wills und Jems Hände.

Schließlich führte Will sie aus dem Wäldchen hinaus, wobei Jems Elbenlichtstein ihnen den Weg leuchtete. Kurz darauf brachen sie an einer Stelle aus dem Unterholz hervor, die nahe der Straße war, wo Starkweathers Kutsche wartete. Gottshall döste noch immer auf dem Kutschbock, als seien seit ihrer Ankunft nur wenige Minuten verstrichen.

Falls den alten Mann ihr Erscheinungsbild – schmutzig, schlammbespritzt und mit Blättern in den Haaren – überhaupt überraschte, so ließ er sich jedoch nichts anmerken. Und er stellte auch keine Fragen, ob sie gefunden hatten, wonach sie suchten. Stattdessen brummte er nur kurz zur Begrüßung, ließ sie in die Kutsche steigen und schnalzte dann mit der Zunge, damit die Pferde das Gefährt wendeten und sie sich auf den langen Weg zurück nach York machen konnten.

Dunkle Wolken hingen tief am Himmel und drückten auf den Horizont. »Es wird bald regnen«, stellte Jem nach einem Blick durch das Kutschfenster fest und wischte sich die silberhellen Haare aus der Stirn.

Will schwieg und starrte gedankenverloren in die Ferne. Seine Augen schimmerten in der Farbe des nächtlichen Atlantiks.

»Cecily ... «, setzte Tessa in einem viel sanfteren Ton an, als sie ihn während der vergangenen Tage Will gegenüber angeschlagen hatte. Er wirkte so elend – bleich und trist wie die Moorlandschaft, die sie passierten. »Deine Schwester ... sie sieht dir sehr ähnlich.«

Doch Will blieb stumm.

Tessa, die neben Jem auf der harten Sitzbank saß, zitterte leicht. Ihre Kleidung war vom Schlamm durchnässt, und ein kalter Wind pfiff durch die Fugen und Ritzen der Kutsche.

Jem bückte sich, griff unter den Sitz und holte eine ausgefranste Wolldecke hervor, die er über Tessas und seine Beine ausbreitete.

Tessa konnte die Wärme spüren, die von seinem Körper abstrahlte, als hätte er einen Fieberanfall. Sie unterdrückte das Bedürfnis, näher an ihn heranzurücken, um sich an ihm zu wärmen. »Ist dir nicht kalt, Will?«, fragte sie, doch Will schüttelte nur den Kopf, den Blick unverwandt auf die vorbeiziehende Moorlandschaft gerichtet. Tessa seufzte und schaute Hilfe suchend zu Jem.

Jem verstand und wandte sich mit klarer, fester Stimme an seinen Freund: »Will, ich dachte ... ich dachte, deine Schwester sei tot.«

Langsam drehte Will den Kopf vom Fenster weg und sah die beiden an. Dann lächelte er – ein fast gespenstisches Grinsen. »Meine Schwester *ist* tot«, erklärte er, und das war alles, was er zu diesem Thema zu sagen hatte.

Den Rest der Strecke nach York legten sie schweigend zurück. Da Tessa in der Nacht zuvor kaum geschlafen hatte, fielen ihr immer wieder die Augen zu, und sie versank in einen unruhigen Dämmerzustand, bis sie schließlich den Yorker Bahnhof erreichten. Wie in Trance kletterte sie aus der Kutsche und folgte den anderen zu dem Bahnsteig, von dem die Züge nach London abfuhren. Sie waren verspätet und hätten beinahe ihre Verbindung verpasst. Jem hielt Will und Tessa die Tür auf, während beide die Stufen hinaufstolperten, ehe er ihnen ins Abteil folgte. Später sollte Tessa sich daran erinnern, wie er ausgesehen hatte, als er sich mit einer Hand an der Tür festgehalten und ihnen zugerufen hatte, sich zu beeilen. Und auch daran, wie sie aus dem Fenster gestarrt hatte, während der Zug losruckelte und Gottshall auf dem Bahnsteig in Sicht kam, der ihnen mit seinen beunruhigend dunklen Augen nachschaute, den Hut tief in die Stirn gezogen. Alles andere verschwamm jedoch zu einer nebulösen Bilderfolge.

Während der Zug durch die hügelige Landschaft ratterte und die Wolken den Himmel zunehmend verdunkelten, wollte sich kein Gespräch einstellen; stattdessen herrschte eine erschöpfte Stille. Tessa stützte das Kinn auf die Handfläche und lehnte den Kopf gegen die harte, kalte Glasscheibe. Grüne Hügel zogen am Fenster vorbei, dazwischen Ortschaften und Dörfer mit adretten kleinen Bahnstationen, deren Namen in goldenen Lettern auf roten Schildern prangten. Kirchturmspitzen erhoben sich in der Ferne; Städte durchbrachen die Landschaft und verschwanden bald darauf wieder aus dem Blickfeld – das Ganze flog wie im Rausch dahin. Verschwommen nahm Tessa wahr, dass Jem seinem Freund etwas zuflüsterte – auf Lateinisch, wie sie vermutete: *»Me specta, me specta!«* Doch Will reagierte nicht darauf. Einige Zeit später wurde ihr bewusst, dass Jem das Abteil verlassen hatte, und sie warf Will einen Blick zu. Die Sonne, die in diesem Moment noch ein letztes Mal durch die dunkle Wolkendecke blitzte, verschwand nun hinter dem Horizont und verlieh dabei seiner Haut einen rosigen Ton, der so gar nicht zu dem leeren Ausdruck in seinen Augen passen wollte.

»Will«, murmelte Tessa mit leiser, schläfriger Stimme. »Vergangene Nacht …« *Warst du sehr nett zu mir. Vielen Dank,* wollte sie fortfahren, doch das harte Funkeln seiner blauen Augen versetzte ihr einen Stich.

»Die vergangene Nacht hat es nie gegeben«, stieß er zwischen zusammengebissenen Zähnen hervor.

Bei diesen Worten setzte Tessa sich auf, beinahe hellwach. »Ach wirklich? Wir sind also direkt vom Nachmittag zum nächsten Morgen übergegangen? Wie eigenartig, dass niemand sonst das bemerkt hat. Man sollte doch meinen, dass es sich um eine Art Wunder handelt – ein Tag ohne Nacht …«

»Stell meine Geduld nicht auf die Probe, Tessa.« Wills Hände, die auf seinen Knien lagen, waren zu Fäusten geballt, und seine Fingernägel, unter denen noch immer dunkle Erde klebte, krallten sich in den Stoff seiner Hose.

»Deine Schwester lebt«, sagte Tessa, wohl wissend, dass sie ihn damit provozierte. »Solltest du dich da nicht glücklich schätzen?«

Will erbleichte. *»Tessa …«*, setzte er an und beugte sich vor, als beabsichtigte er … Ja, was eigentlich? Gegen die Fensterscheibe zu schlagen und diese zu zertrümmern? Oder sie bei den Schultern zu packen und zu schütteln? Oder sie fest in die Arme zu nehmen – so fest, als wollte er sie nie wieder loslassen? Tessa vermochte es nicht zu sagen. Bei Will konnte man sich nie sicher sein.

Dann schwang die Tür des Seitengangs auf, und Jem kehrte ins Abteil zurück, ein feuchtes Tuch in den Händen. Er schaute von Will zu Tessa und hob eine seiner silberhellen Augenbrauen. »Ein Wunder«, kommentierte er, »du hast ihn wahrhaftig zum Reden gebracht.«

»Aber nur, damit er mich anknurren kann«, erwiderte Tessa. »An das Wunder der Speisung der Fünftausend kommt es nicht ganz heran.«

Will hatte erneut den Kopf abgewandt und starrte wieder aus dem Fenster, während Jem und Tessa sich unterhielten.

»Zumindest ist es ein Anfang«, stellte Jem fest und ließ sich neben ihr nieder. »Reich mir mal deine Hände«, bat er sie.

Überrascht streckte Tessa ihm die Hände entgegen – und warf einen bestürzten Blick darauf: Ihre Finger starrten vor Dreck, und ihre Nägel waren eingerissen und besaßen dunkle Trauerränder von der Yorkshire-Erde, die sie mit bloßen Händen zusammengeklaubt hatte. Über einem ihrer Knöchel verlief sogar eine blutige Schürfwunde, aber sie konnte sich nicht erinnern, wann sie sich diese zugezogen hatte. Jedenfalls waren das nicht die Hände einer Dame. Tessa musste unwillkürlich an Jessamines perfekt gepflegte, vornehm blasse Hände denken. »Jessie wäre entsetzt«, bemerkte sie wehmütig. »Sie würde meine Hände als Pranken einer Putzfrau bezeichnen.«

»Und was ist daran schlimm, wenn ich mir die Frage gestatten darf?«, erwiderte Jem, während er sanft den Schmutz von Tessas zerkratzten Fingern wischte. »Ich habe gesehen, wie du uns und dieser Klockwerk-Kreatur nachgesetzt bist. Falls Jessamine noch immer nicht weiß, dass Blut und Schmutz jedem Krieger zur Ehre gereichen, wird sie es niemals verstehen.«

Die Kühle des feuchten Tuchs war eine Wohltat für Tessas Hände. Sie schaute zu Jem auf, der sich intensiv seiner Aufgabe widmete, wobei seine gesenkten Wimpern wie ein Saum aus mattem Silber wirkten. »Danke«, sagte Tessa. »Ich bezweifle zwar, dass ich euch überhaupt eine Hilfe war – und nicht eher eine Bürde –, aber trotzdem vielen Dank.«

Jem schenkte ihr ein Lächeln, das so strahlend wirkte wie die Sonne, die hinter dunklen Wolken hervorbrach. »Dafür trainieren wir dich schließlich, oder nicht?«

»Hast du irgendeine Idee, was vorgefallen sein könnte? Warum Wills Familie in einem Haus wohnt, das einst Mortmain gehörte?«, fragte Tessa mit gesenkter Stimme.

Jem warf seinem Freund einen verstohlenen Blick zu, der noch immer mit versteinerter Miene aus dem Fenster starrte. Inzwischen hatte der Zug den Stadtrand von London erreicht, und graue Gebäude erhoben sich auf beiden Seiten der Gleise. Der Ausdruck, mit dem Jem Will betrachtete, hatte etwas Erschöpftes, aber auch Liebevolles an sich – es war ein vertrauter Blick, und Tessa erkannte, dass sie zwar immer Will für den älteren der beiden Waffenbrüder gehalten hatte, für denjenigen, der sich um den anderen kümmerte, dass das Verhältnis der beiden in Wahrheit aber deutlich komplizierter war.

»Nein, ich habe keine Ahnung«, räumte Jem ein. »Allerdings drängt sich mir der Gedanke auf, dass Mortmain das Spiel, das er treibt, von langer Hand geplant hat. Aus irgendeinem Grund wusste er genau über unsere Ermittlungen Bescheid und auch, wohin sie uns führen würden. Und er hat diese … diese Begegnung arrangiert, um uns einen möglichst großen Schrecken einzujagen. Damit möchte er erreichen, dass wir nie vergessen, wer hier die Macht besitzt.«

Tessa erschauderte. »Ich verstehe nicht, was er von mir will, Jem«, seufzte sie leise. »Als er mir erzählt hat, er habe mich erschaffen, erschien mir das so, als wolle er damit sagen, dass er meine Existenz mit derselben Leichtigkeit auch wieder rückgängig machen könne.«

Behutsam berührte Jem ihren Arm. »Du kannst nicht rückgängig gemacht werden«, erklärte er mindestens ebenso leise. »Und Mortmain unterschätzt dich. Ich habe gesehen, wie du diesen Ast gegen den Klockwerk-Automaten eingesetzt hast …«

»Aber das hat nicht gereicht. Wenn mein Engel nicht gewesen wäre …« Nachdenklich umfasste Tessa den Anhänger an ihrer Kehle. »Der Automat hat ihn berührt und ist dann zurückgeschreckt. Ein weiteres Rätsel, das ich nicht lösen kann. Der Engel hat mich schon zuvor beschützt und nun erneut, aber in anderen Situationen scheint er vollkommen inaktiv. Das Ganze ist mir mindestens so unerklärlich wie meine besondere Fähigkeit.«

»Die du zum Glück nicht einsetzen musstest. Starkweather war offenbar vollkommen zufrieden damit, uns die Akte der Familie Shade ohne Schwierigkeiten herauszugeben.«

»Gott sei Dank«, seufzte Tessa erleichtert. »Die Aussicht darauf, mich in ihn verwandeln zu müssen, erschien mir nicht sehr verlockend. Denn er macht einen wirklich unangenehmen, verbitterten Eindruck. Aber falls es sich eines Tages doch als erforderlich herausstellen sollte …« Tessa fischte einen Gegenstand aus ihrer Tasche und hielt ihn in die Höhe, sodass er im Dämmerlicht des Abteils sanft schimmerte. »Ein Ärmelknopf«, bemerkte sie zufrieden. »Er ist ihm heute Morgen von seinem Gehrock abgefallen, und ich habe ihn unbemerkt eingesteckt.«

Jem lächelte. »Sehr schlau, Tessa. Ich wusste, dass es ein kluger Schachzug war, dich mitzunehmen …« Im nächsten Moment unterbrach ihn ein heftiger Hustenanfall.

Beunruhigt betrachtete Tessa sein Gesicht, und selbst Will erwachte aus seinem Zustand stummer Hoffnungslosigkeit und musterte Jem aus zusammengekniffenen Augen. Ein weiterer Hustenanfall schüttelte den jungen Schattenjäger, und er presste eine Hand gegen den Mund, doch als er sie fortnahm, war kein Blut daran zu erkennen. Tessa beobachtete, wie Wills Schultern sich entspannten.

»Nur eine trockene Kehle«, versicherte Jem ihnen. Und er wirkte auch nicht krank, sondern lediglich sehr müde. Allerdings betonte die Erschöpfung die feine Eleganz seiner Züge noch zusätzlich. Jem strahlte zwar nicht in solch feurig siedenden Farben wie Will, aber er besaß eine ganz eigene, gedämpfte Schönheit, wie wirbelnde Schneeflocken vor einem silbergrauen Winterhimmel.

»Dein Ring!«, stieß Tessa plötzlich hervor, als sie sich erinnerte, dass sie ihn noch immer trug. Rasch steckte sie den Ärmelknopf wieder ein und streifte dann den Ring der Familie Carstairs von ihrem Finger. »Eigentlich wollte ich ihn dir schon früher zurückgeben«, sagte sie und legte den silbernen Reif in Jems Hand, »aber ich hatte es ganz vergessen …«

Sanft schloss Jem seine Finger um ihre. Trotz Tessas Gedanken an Schnee und graue Winterhimmel fühlte sich seine Hand überraschend warm an. »Ach, das ist schon in Ordnung«, versicherte er mit gesenkter Stimme. »Mir gefällt der Anblick des Rings an deiner Hand.«

Tessa spürte, wie ihre Wangen rot anliefen. Doch ehe sie etwas erwidern konnte, ertönte die Dampfpfeife, und laute Stimmen verkündeten, dass sie King's Cross Station erreicht hatten. Als der Bahnsteig in Sicht kam, verringerte der Zug seine Geschwindigkeit, und kurz darauf drang der Lärm des geschäftigen Bahnhofstreibens an Tessas Ohren, zusammen mit dem fast schmerzhaften Quietschen der Bremsen. Jem sagte irgendetwas zu Will, aber obwohl seine Worte im Dröhnen untergingen, glaubte Tessa, einen warnenden Ton in seiner Stimme zu hören.

Doch Will war bereits auf den Beinen. Er packte den Griff der Abteiltür, schwang sie auf und sprang im nächsten Moment aus dem noch rollenden Zug auf den Bahnsteig.

Wenn er kein Schattenjäger wäre, überlegte Tessa, wäre er bestimmt gestürzt und hätte sich böse verletzt. Doch so landete er mühelos auf den Füßen und bahnte sich einen Weg durch die dichte Menge aus Gepäckträgern, Pendlern und Mitgliedern des Landadels auf dem Bahnsteig, die mit wuchtigen Koffern und nervösen Jagdhunden Richtung Norden reisten, um das Wochenende auf dem eigenen Landsitz zu verbringen. Zuletzt drängte Will durch das Gewimmel von Zeitungsjungen, Taschendieben, Straßenhändlern und allen anderen, die den imposanten Bahnhof bevölkerten.

Auch Jem war aufgesprungen und griff nach der Tür. Doch dann drehte er sich zu Tessa um, und der Ausdruck auf seinem

Gesicht verriet ihr, dass ihm bewusst war: Wenn er Will nun nachsetzte, würde sie ihnen nicht folgen können. Jem warf ihr einen weiteren Blick zu, schloss die Tür dann wieder und sank auf die gegenüberliegende Sitzbank, während der Zug schließlich zum Stehen kam.

»Was ist mit Will …?«, setzte Tessa an.

»Er wird schon zurechtkommen«, versicherte Jem ihr nachdrücklich. »Du weißt ja, wie er ist. Manchmal will er einfach nur allein sein. Und ich bezweifle, dass er Wert darauf legen würde, anwesend zu sein, wenn wir Charlotte und den anderen die Ereignisse des heutigen Tages berichten.« Als Tessa ihn weiterhin unverwandt anschaute, fügte er sanft hinzu: »Will kann gut auf sich selbst aufpassen, Tessa.«

Skeptisch dachte Tessa an den leeren Ausdruck in Wills Augen, der ihr trostloser erschien als die kahle Moorlandschaft Yorkshires, die sie hinter sich gelassen hatten. Und sie hoffte inständig, dass Jem recht behalten würde.

7
Der Fluch

Einer Waise Fluch kann die Seele doch,
Die zum Himmel strebt, verderben.
Aber ach! viel furchtbarer noch
Ist der Fluch aus den Augenscherben
Von Toten, wie er mich traf 'ne ganze Woch' –
ich wollte und konnte nicht sterben.

SAMUEL TAYLOR COLERIDGE,
»BALLADE VOM ALTEN SEEMANN«

Magnus hörte, wie die Haustür geöffnet wurde, unmittelbar gefolgt von lautem Stimmengewirr, und dachte sofort: *Will.* Und dann musste er über sich selbst lächeln. Der junge Schattenjäger entwickelte sich allmählich zu einer regelrechten Landplage, überlegte er und knickte eine kleine Ecke in die Seite des Buches, in dem er gerade las – Lukian von Samosatas *Göttergespräche.* Camille würde toben vor Wut, wenn sie wüsste, dass er ihre Ausgabe dieses Werks mit einem Eselsohr markiert hatte … Will erinnerte ihn ein wenig an einen lästigen Verwandten: jemand, dessen Gepflogenheiten man gut kannte, aber nicht ändern konnte. Jemand, dessen Anwesenheit man bereits am Klang seiner Schritte in der Eingangshalle erkennen konnte. Jemand, der unbekümmert mit dem Lakaien um Einlass stritt, obwohl dieser die Anweisung hatte, allen potenziellen Besuchern mitzuteilen, dass die Herrschaft nicht zugegen sei.

Einen Moment später flog die Tür zum Salon auf, und Will erschien im Türrahmen, einen Ausdruck im Gesicht, der halb triumphierend und halb verzweifelt wirkte – eine beachtliche Leistung. »Wusst ich's doch: Du bist sehr wohl zu Hause!«, verkündete er, während Magnus sich auf dem Sofa aufsetzte und die gestiefelten Beine auf den Boden schwang. »Hättest du jetzt bitte die Güte, diesem … diesem zu groß geratenen Fledermäuserich mitzuteilen, er soll mich nicht länger belästigen?« Will zeigte auf Archer, Camilles menschlichen Domestiken und Magnus' einstweiligen Diener, der dem Schattenjäger in der Tat nicht von der Seite gewichen war, das Gesicht zu einer missbilligenden Miene verzogen. Andererseits trug Archer ständig eine missbilligende Miene zur Schau. »Sag ihm, dass du mich empfangen willst«, forderte Will.

Magnus legte seine Lektüre auf den kleinen Beistelltisch neben dem Sofa. »Aber möglicherweise möchte ich dich ja gar nicht empfangen«, hielt er trocken entgegen. »Ich habe Archer aufgetragen, *niemanden* vorzulassen – und nicht, niemanden außer dir.«

»Er hat mir gedroht«, stieß Archer mit seiner zischenden, fast unmenschlichen Stimme hervor. »Das werde ich meiner Gebieterin mitteilen.«

»Mach das«, riet Will ihm, doch seine Augen waren auf Magnus geheftet, tiefblau und flehentlich. »Bitte. Ich muss unbedingt mit dir reden.«

Dieser verflixte Junge!, dachte Magnus. Nach einem anstrengenden Tag, den er damit zugebracht hatte, bei einem Mitglied der Familie Penhallow einen Gedächtnisblockadezauber aufzuheben, hatte er sich eigentlich etwas Ruhe und Erholung erhofft. Er hatte sich schon vor einiger Zeit abgewöhnt, auf Camilles Schritte in der Eingangshalle zu lauschen oder auf eine Nachricht von ihr zu warten; dennoch zog er den Salon inzwischen allen anderen Räumen im Haus vor – ein Raum, der eindeutig Camilles Handschrift trug, mit burgunderroten Wänden und einem schwachen Rosenduft, der in den schweren, bodenlangen Samtvorhängen hing. Magnus hatte sich auf einen geruhsamen Abend am Kamin gefreut – ein Glas Wein, ein gutes Buch und absolut keine Besucher.

Aber nun stand Will Herondale vor ihm, mit hoffnungsloser, verzweifelter Miene, und bat ihn um Hilfe. Er musste wirklich einmal etwas gegen sein weiches Herz und diesen lästigen Drang unternehmen, ständig den Ausweglosen beistehen zu wollen, sinnierte Magnus. Und natürlich gegen seine Schwäche für blaue Augen … »Also gut«, willigte er mit einem märtyrerhaften Seufzer ein. »Du darfst bleiben und mit mir reden. Aber ich warne dich: Ich werde keinen Dämon heraufbeschwören. Jedenfalls nicht vor dem Abendessen. Es sei denn, du hast irgendwelche neuen Informationen oder handfeste Beweise …«

»Nein, hab ich nicht.« Eilig betrat Will den Salon und schlug Archer förmlich die Tür vor der Nase zu. Dann schob er sicherheitshalber noch den Riegel vor und marschierte mit großen Schritten zum Kamin, um sich zu wärmen. Auf den Straßen Londons war es wirklich kalt gewesen. Durch einen Spalt in den Vorhängen konnte er nach draußen schauen: Die Dämmerung hatte den Platz vor dem Haus bereits in ein dunkelgraues Licht getaucht, und eine steife Brise fegte ein paar raschelnde Blätter über den Gehweg. Will streifte die Handschuhe ab, platzierte sie auf dem Kaminsims und hielt die kalten Hände über das wärmende Feuer. »Ich möchte auch gar nicht, dass du einen Dämon heraufbeschwörst«, sagte er.

»Aha.« Magnus legte seine Füße, die noch immer in ihren Stiefeln steckten, auf einen kleinen Rosenholztisch vor dem Sofa – eine weitere Angewohnheit, die Camille zur Weißglut getrieben hätte. »Nun, das freut mich zu hören …«

»Ich möchte, dass du mich teleportierst. Direkt in das Reich der Dämonen.«

Magnus rang nach Luft. »Ich soll *was?*«

Vor dem flackernden Feuer zeichnete sich Wills Profil wie eine schwarze Silhouette ab. »Ein Portal zu den Dämonenwelten öffnen und mich dann direkt dorthin senden. Das kannst du doch, oder nicht?«

»So etwas ist Schwarze Magie«, sagte Magnus. »Nicht ganz so verwerflich wie Nekromantie, aber nichtsdestoweniger …«

»Es bräuchte doch niemand davon zu erfahren.«

»Ach wirklich?«, entgegnete Magnus in einem beißenden Ton. »Bedauerlicherweise haben derartige Dinge aber nun einmal die dumme Eigenschaft, schneller ans Licht zu kommen, als einem lieb ist. Und wenn der Rat herausfindet, dass ich einen der ihren, noch dazu den vielversprechendsten Schattenjäger der jüngeren Generation, in eine andere Dimension teleportiert habe, um dort von Dämonen zerfetzt zu werden …«

»Der Rat hält mich nicht für vielversprechend«, konterte Will mit kalter Stimme. »Ich bin nicht vielversprechend. Ich bin nie etwas Besonderes gewesen und werde es auch niemals sein. Jedenfalls nicht ohne deine Hilfe.«

»Allmählich frage ich mich, ob man dich vielleicht geschickt hat, um mich auf die Probe zu stellen, Will Herondale.«

Will stieß ein raues, unfrohes Lachen aus. »Wer soll mich denn geschickt haben? Gott etwa?«

»Nein, der Rat – was im Grunde auf dasselbe hinausläuft. Möglicherweise will man ja einfach nur herausfinden, ob ich bereit bin, gegen das Gesetz zu verstoßen.«

Will wirbelte herum und starrte den Hexenmeister an. »Ich meine es todernst«, erklärte er. »Das hier ist kein Test. Ich kann so nicht weiterleben: wahllos irgendwelche Dämonen heraufbeschwören, niemals den richtigen erwischen, ewiges Hoffen, ewige Enttäuschung. Jeder neue Tag bricht dunkler und dunkler an, und ich werde sie für immer verlieren, wenn du nicht …«

»*Sie* verlieren?« Magnus konzentrierte seine Aufmerksamkeit auf das Wörtchen »sie«; er setzte sich auf und musterte Will mit zusammengekniffenen Augen. »Dann geht es also sehr wohl um Tessa. Ich hab's doch gleich gewusst!«

Will errötete – ein Hauch Farbe in seinem bleichen Gesicht. »Nicht nur um sie.«

»Aber du liebst sie.«

Einen Moment lang starrte Will Magnus schweigend an. »Selbstverständlich liebe ich sie«, sagte er schließlich. »Ich war schon zu der Überzeugung gelangt, niemals irgendjemanden lieben zu können, aber sie liebe ich.«

»Und geht es bei diesem Fluch vielleicht darum, dass er dir angeblich die Fähigkeit zum Lieben nimmt? Denn das wäre der größte Unsinn, den ich je gehört habe. Jem ist dein *Parabatai*. Ich habe dich in seiner Gegenwart erlebt. Du liebst ihn doch wie einen Bruder, oder etwa nicht?«

»Jem ist mein schweres Vergehen«, erwiderte Will. »Ich will nicht über ihn reden.«

»Du willst nicht über Jem reden, und du willst nicht über Tessa reden. Aber von mir verlangst du, dass ich ein Portal zum Reich der Dämonen öffne, ohne mir zu verraten, warum und wieso! Das kannst du getrost vergessen, Will.« Magnus verschränkte die Arme vor der Brust.

Bedächtig legte Will eine Hand auf den Kaminsims. Einen Moment lang stand er vollkommen reglos da – die Flammen zeichneten seine Umrisse nach, die klaren Konturen seines Profils, die Anmut seiner langen, schlanken Hände. »Ich habe heute meine Familie wiedergesehen«, setzte er schließlich an und fügte dann rasch hinzu: »Meine Schwester. Ich habe meine jüngere Schwester gesehen. Cecily. Ich wusste zwar, dass meine Familie noch lebt, hätte aber nicht gedacht, dass ich sie jemals wiedersehen würde. Keiner von ihnen darf in meine Nähe kommen.«

»Warum nicht?«, fragte Magnus mit sanfter Stimme; er hatte den Eindruck, kurz vor einem Durchbruch zu stehen, einen

Weg zu diesem seltsamen, aufreizenden, verletzten, am Boden zerstörten Jungen zu finden. »Was haben sie denn so Schreckliches getan?«

»Was *sie* getan haben?«, schnaubte Will mit erhobener Stimme. »Nichts. Sie haben gar nichts getan. Ich bin derjenige. Ich bin das Gift. Gift für sie. Gift für jeden, der mich liebt.«

»Will …«

»Ich habe dich angelogen«, sagte Will und wandte sich ruckartig vom Feuer ab.

»Ich bin schockiert«, murmelte Magnus spöttisch.

Doch Will war bereits vollkommen in Erinnerungen versunken, was vermutlich zu seinem Besten war. Er lief unstet auf und ab und schlurfte mit seinen schweren Stiefeln über Camilles empfindlichen Perserteppich. »Das meiste habe ich dir schon erzählt – aber damals, in Wales, ist noch mehr passiert: An jenem verregneten Nachmittag trieb ich mich in der Bibliothek meiner Eltern herum. Ich langweilte mich und durchstöberte die alten Schattenjägerbesitztümer meines Vaters. Er hatte ein paar Dinge aus seinem früheren Leben als Nephilim behalten, Dinge, die er vermutlich aus sentimentalen Gründen nicht hatte wegwerfen wollen. Eine alte Stele – obwohl ich damals nicht wusste, worum es sich dabei handelte – und ein kleines Kästchen mit einem eingravierten Muster. Beides fand ich in einem Geheimfach seines Schreibtischs. Vermutlich ging er davon aus, dass dies reichen würde, um seine Erinnerungsstücke kindersicher aufzubewahren, aber nichts auf der Welt kann neugierige Kinder aufhalten. Und nachdem ich das Kästchen gefunden hatte, habe ich es selbstverständlich sofort geöffnet. Blauer Nebel strömte in einem Schwall heraus und verdichtete sich fast augenblicklich zu einem leibhaftigen Dämon. In dem Moment, in dem ich die Kreatur erblickte, begann ich auch schon laut zu schreien. Ich war erst zwölf. Und etwas Derartiges hatte ich noch nie gesehen: ein riesiges Wesen, mit gefährlich blitzenden Zähnen und einem stachelbewehrten Schwanz – und ich hatte nichts, womit ich mich hätte verteidigen können. Keine Waffen, rein gar nichts. Als der Dämon zu brüllen begann, erschrak ich mich und fiel zu Boden, woraufhin er sich auf mich stürzte und zischend über mir schwebte. Und dann kam meine Schwester hereingestürmt.«

»Cecily?«

»Ella. Meine ältere Schwester. Sie hielt etwas in der Hand, das strahlend leuchtete. Heute weiß ich natürlich, was das war: eine Seraphklinge. Aber damals hatte ich keine Ahnung. Ich schrie ihr zu, sie solle sich in Sicherheit bringen, doch sie stellte sich einfach zwischen mich und diese Kreatur. Meine Schwester war absolut furchtlos … schon immer gewesen. Sie hatte keine Scheu, auf die höchsten Bäume zu klettern oder die wildesten Pferde zu reiten – und auch damals in der Bibliothek kannte sie keine Angst. Sie forderte den Dämon auf, sofort zu verschwinden. Dieser schwebte wie ein großes, hässliches Insekt in der Luft. Ella rief: ›Ich verbanne dich!‹ Doch der Dämon lachte nur.«

Natürlich, etwas anderes war auch nicht zu erwarten gewesen, dachte Magnus. Er verspürte eine seltsame Mischung aus Mitleid und Sympathie für das junge Mädchen, das ohne jedes Wissen um Dämonen, deren Heraufbeschwörung und Verbannung, aufgewachsen war und sich dennoch furchtlos behauptete.

»Der Dämon lachte nur, ließ seinen Schwanz peitschend durch die Luft sausen und riss Ella von den Füßen. Dann heftete er seine glühenden Augen auf mich, sie leuchteten durch und durch rot, ohne jedes Weiß. ›Eigentlich wollte ich deinen Vater vernichten‹, zischte er, ›aber da er nicht hier ist, musst du statt seiner herhalten.‹ Ich war so geschockt, dass ich ihn nur stumm anstarren konnte. Ella kroch inzwischen über den Teppich, um nach dem Engelsschwert zu greifen. ›Ich verfluche dich‹, verkündete der Dämon. ›Ein jeder, der dich liebt, wird sterben. Die Liebe zu dir wird jeden Einzelnen vernichten. Es mag nur

Momente dauern oder Jahre, aber alle, die dich mit Liebe betrachten, werden daran vergehen – es sei denn, du hältst dich für immer von ihnen fern. Und mit *ihr* werde ich anfangen‹, knurrte der Dämon in Ellas Richtung. Dann verschwand er.«

Trotz der Tragik der Situation verspürte Magnus eine gewisse Faszination. »Und, ist sie tot umgefallen?«

»Nein.« Will lief noch immer rastlos auf und ab. Er zog seinen Gehrock aus und warf ihn über einen Stuhl. Die Wärme, die von seinem Körper abstrahlte, und die Glut des Kaminfeuers bewirkten, dass sein langes dunkles Haar sich zu kringeln begann und ihm im Nacken klebte. »Nein, Ella war unverletzt. Sie nahm mich in den Arm, und *sie* war diejenige, die *mich* tröstete. Die Worte des Dämons hätten nichts zu bedeuten, versicherte sie mir. Und dann gestand sie, dass sie einige der verbotenen Bücher in der Bibliothek gelesen hatte und aus diesem Grund wusste, was eine Seraphklinge war und wie man sie einsetzte. Und das Kästchen, das ich geöffnet hatte, bezeichnete man als Pyxis, erläuterte sie; allerdings konnte sie sich nicht vorstellen, warum unser Vater so etwas aufbewahrt haben sollte. Ella nahm mir das Versprechen ab, von den persönlichen Dingen unserer Eltern nichts mehr anzurühren, solange sie nicht mit dabei war. Dann brachte sie mich in mein Zimmer, setzte sich auf mein Bett und las mir vor, bis ich einschlief. Der Schreck hatte mich vollkommen erschöpft, nehme ich an. Ich erinnere mich, dass Ella leise mit meiner Mutter sprach: Sie murmelte irgendetwas von einem Fieber, das mich während der Abwesenheit meiner Eltern befallen hätte. Zu diesem Zeitpunkt genoss ich allerdings auch die ganze Aufmerksamkeit, die mir zuteilwurde, und die Begegnung mit dem Dämon entwickelte sich allmählich zu einem aufregenden Erlebnis. Ich entsinne mich noch, dass ich Pläne schmiedete, Cecily am nächsten Morgen davon zu erzählen – natürlich ohne dabei zu verraten, dass Ella mich gerettet hatte, während ich wie ein kleines Kind geschrien hatte …«

»Aber du *warst* damals noch ein kleines Kind«, bemerkte Magnus.

»Ich war alt genug«, widersprach Will. »Alt genug, um zu wissen, was es zu bedeuten hatte, als ich am nächsten Morgen vom lauten Wehklagen meiner Mutter geweckt wurde. Sie stand in Ellas Zimmer, und Ella lag tot in ihrem Bett. Die anderen haben noch versucht, mich von ihr fernzuhalten, aber der kurze Blick, den ich auf sie werfen konnte, genügte: Der Leib meiner Schwester war aufgequollen und schimmerte grünlich schwarz, als hätte etwas sie von innen zersetzt. Sie sah überhaupt nicht mehr wie meine Ella aus – sie sah nicht einmal mehr wie ein *Mensch* aus.

Ich wusste sofort, was mit ihr passiert war, auch wenn die anderen keine Ahnung hatten. ›*Ein jeder, der dich liebt, wird vergehen. Und mit* ihr *werde ich anfangen.*‹ Der Fluch, der auf mir lastete, hatte ihren Tod bewirkt. In dem Moment war mir klar, dass ich meine Familie verlassen musste, meine gesamte Familie, ehe ich dasselbe Unheil auch über sie bringen würde. Noch am selben Abend machte ich mich auf den Weg und folgte der Straße, die nach London führte.«

Magnus öffnete den Mund, schloss ihn dann aber wieder. Ausnahmsweise wusste er einmal nicht, was er sagen sollte.

»Du siehst also, dass man meinen Fluch wohl kaum als Unsinn bezeichnen kann. Ich habe seine Wirkung hautnah miterlebt«, fuhr Will fort. »Und seit jenem Tag habe ich alles darangesetzt, um zu verhindern, dass das, was Ella widerfahren ist, noch einmal jemand anderem in meinem Leben zustoßen wird. Kannst du dir das vorstellen?« Er fuhr sich mit beiden Händen durch die schwarzen Haare, die ihm jedoch sofort wieder in die Augen fielen. »Kannst du dir wirklich vorstellen, was es bedeutet, niemanden in deine Nähe zu lassen? Und alles dafür zu tun, dass jeder, der womöglich Zuneigung zu dir empfinden würde, dich auf jeden Fall hasst? Ich habe meine Familie verlassen, um einen sicheren Abstand zwischen uns zu bringen, in der Hoffnung, dass sie mich vielleicht vergisst. Und jeden Tag muss ich mich aufs Neue grausam gegenüber jenen zeigen, mit denen ich unter einem Dach lebe, damit sie keine allzu großen Gefühle für mich entwickeln.«

»Tessa …« Magnus sah vor seinem inneren Auge plötzlich das Bild des Mädchens mit dem ernsten Gesicht und den grauen Augen, das Will auf eine Weise angeschaut hatte, als wäre er ein neuer, aufgehender Stern am Horizont. »Glaubst du denn, dass sie dich nicht liebt?«, fragte er.

»Ich hoffe es. Schließlich habe ich mich ihr gegenüber schändlich genug aufgeführt.« In Wills Stimme schwang eine Mischung aus Elend, Unglück und Selbstverachtung. »Es hat einmal einen Moment gegeben, wo sie fast … damals dachte ich, sie sei tot, und da habe ich … da habe ich sie sehen lassen, was ich für sie empfinde. Ich glaube, danach hat sie meine Gefühle erwidert. Aber ich habe diese Gefühle gründlich zerstört, so brutal ich nur konnte. Ich vermute, dass sie mich jetzt schlichtweg hasst.«

»Und was ist mit Jem?«, fragte Magnus, obwohl er die Antwort kannte und sich davor fürchtete, sie aus Wills Mund zu hören.

»Jem stirbt ohnehin bald«, erklärte Will mit erstickter Stimme. »Jem ist der einzige Mensch, den ich mir selbst gestattet habe. Denn ich sage mir immer wieder: Wenn er stirbt, ist das nicht meine Schuld. Er stirbt ohnehin einen schleichenden, qualvollen Tod. Dagegen war Ellas Hinscheiden wenigstens schnell. Vielleicht kann ich ja auf diese Weise dazu beitragen, dass er nicht allzu lange leiden muss.« Gepeinigt schaute Will auf, und seine Augen begegneten Magnus' vorwurfsvollem Blick. »Niemand kann ohne jede Hoffnung leben«, wisperte er. »Jem ist alles, was ich habe.«

»Du hättest es ihm sagen müssen«, tadelte Magnus. »Ich bin mir sicher, er hätte dich trotzdem zu seinem *Parabatai* erwählt, trotz des Risikos.«

»Diese Last kann ich Jem nicht aufbürden! Er würde es zwar für sich behalten, wenn ich ihn darum bäte, aber allein das Wissen um den Fluch würde ihn sehr schmerzen – und der Kummer, den ich anderen zufügen muss, würde ihn noch härter treffen. Wenn ich jedoch Charlotte und Henry und den anderen gestehe, dass mein Verhalten nur vorgetäuscht ist … dass jedes grausame Wort, das ich ihnen gegenüber geäußert habe, eine glatte Lüge war, dass ich nachts durch die Straßen wandere, nur um den Eindruck zu erwecken, ich wäre von Schenke zu Schenke gezogen und von Freudenhaus zu Freudenhaus, während ich in Wahrheit nicht das geringste Bedürfnis danach verspüre … wenn ich ihnen das anvertrauen würde, wäre ich nicht länger in der Lage, sie von mir zu stoßen.«

»Und folglich hast du keiner Menschenseele je von deinem Fluch erzählt? Niemandem außer mir? Seit deinem zwölften Lebensjahr?«

»Das konnte ich doch nicht«, sagte Will. »Wie hätte ich sichergehen wollen, dass man nicht doch eine gewisse Zuneigung zu mir entwickeln würde, sobald einmal die Wahrheit ans Licht gekommen wäre? Eine Geschichte wie diese könnte Mitleid erwecken, aus Mitleid könnte Liebe erwachsen und dann …«

Nachdenklich zog Magnus eine Augenbraue hoch. »Machst du dir eigentlich keine Sorgen um mich?«

»Dass du mich möglicherweise *lieben* könntest?« Will klang aufrichtig verwundert. »Nein, denn du hasst alle Nephilim, oder etwa nicht? Außerdem könnte ich mir vorstellen, dass Hexenwesen ihre eigenen Methoden haben, um sich vor unliebsamen Gefühlen zu schützen. Aber was Charlotte und Henry und die anderen betrifft … wenn sie wüssten, dass die Person, die zu sein ich vorgebe, nur Schein ist … wenn sie den wahren Grund meines Verhaltens erführen … dann könnte es passieren, dass ich ihnen nicht länger gleichgültig bin.«

»Und dann müssten sie vergehen«, schloss Magnus.

Langsam hob Charlotte das Gesicht aus den Händen. »Und ihr habt wirklich keine Ahnung, wo er ist?«, fragte sie nun schon zum dritten Mal. »Will ist einfach … verschwunden?«

»Charlotte.« Jems Stimme hatte einen beruhigenden Unterton.

Sie befanden sich im Salon, dessen Wände mit Blumen- und Rankentapeten bekleidet waren. Sophie hockte vor dem offenen Kamin und stocherte mit dem Schürhaken im Feuer, um den Kohlenbrocken höhere Flammen zu entlocken. Henry saß am Schreibtisch und spielte mit einer Reihe kupferner Instrumente herum. Jessamine hatte die Chaiselongue mit Beschlag belegt, und Charlotte thronte in einem Sessel am Kamin. Dagegen saßen Tessa und Jem ein wenig steif nebeneinander auf dem Sofa, wodurch Tessa sich auf merkwürdige Weise wie ein Gast fühlte. Ihr Magen war bis zum Rand mit Sandwiches gefüllt, die Bridget auf einem Tablett hereingebracht hatte, und dank einer Tasse heißen Tees taute sie langsam auch von innen wieder auf.

»Es ist doch nichts Ungewöhnliches«, fügte Jem hinzu. »Wann haben wir denn je gewusst, wo Will die Nächte verbringt?«

»Aber dieses Mal handelt es sich um eine völlig andere Situation. Will hat seine Familie wiedergesehen … oder zumindest seine Schwester. Ach, der arme Junge.« Die Sorge ließ Charlottes Stimme leicht zittern. »Ich hatte gedacht, dass er sie vielleicht endlich vergessen könnte …«

»Niemand vergisst jemals seine Familie«, warf Jessamine in scharfem Ton ein. Sie saß auf der Chaiselongue, eine Staffelei vor sich. Nur wenige Tage zuvor war sie zu dem Beschluss gekommen, dass sie ihre jungferlichen Pflichten sträflich vernachlässigt habe, und nun übte sie sich eifrig in den diversen Künsten: Aquarellmalerei, Scherenschnitt sowie das Sammeln und Pressen von Blumen. Außerdem spielte sie auch wieder auf dem Spinett im Musikraum, obwohl Will die Ansicht vertrat, ihr Gesang erinnere ihn immer an Church, wenn dieser in besonders jämmerlicher Stimmung war.

»Nein, natürlich nicht«, räumte Charlotte hastig ein. »Ich meinte damit, dass er möglicherweise einen Punkt erreicht hat, an dem er nicht ständig an sie denken muss und die Erinnerung nicht wie eine schwere Bürde auf ihm lastet.«

»Wir wüssten doch gar nicht, was wir mit Will anfangen sollten, wenn er einmal nicht mit düsterer Miene durch die Gegend liefe«, entgegnete Jessamine. »Außerdem kann ihm ohnehin nicht viel an seiner Familie gelegen haben, denn sonst hätte er sie erst gar nicht verlassen.«

Bestürzt schnappte Tessa nach Luft: »Wie kannst du nur so etwas sagen! Du weißt doch gar nicht, warum er fortgegangen ist. Und du hast auch sein Gesicht nicht gesehen, dort draußen vor Ravenscar Manor ...«

»Ravenscar Manor.« Charlotte starrte blind ins flackernde Kaminfeuer. »Ich hätte nicht gedacht, dass sie ausgerechnet dorthin ziehen würden ...«

»Papperlapapp!«, schnaubte Jessamine und funkelte Tessa aufgebracht an. »Seine Familie lebt wenigstens noch. Außerdem wette ich, dass er kein bisschen betrübt war – seine Trauer war unter Garantie nur vorgetäuscht. Er schwindelt doch ständig.«

Hilfe suchend schaute Tessa zu Jem, doch der musterte Charlotte mit einem harten, eindringlichen Blick.

»Was meinst du mit ›ausgerechnet dorthin‹?«, fragte er scharf. »Hast du gewusst, dass Wills Familie den Wohnort gewechselt hat?«

Schuldbewusst zuckte Charlotte zusammen und seufzte. »Jem, ich ...«

»Es ist wichtig, Charlotte.«

Charlotte warf einen Blick auf die kleine Blechdose auf ihrem Schreibtisch, in der sie ihre heiß geliebten Zitronenbonbons aufbewahrte. »Als Wills Eltern vor fünf Jahren hierherkamen, um ihn zu sprechen, und er sie fortschicken ließ … Damals habe ich mit Engelszungen auf ihn eingeredet, damit er herunterkommt und ihnen zuhört, wenigstens für ein paar Minuten, aber er hat sich schlichtweg geweigert. Ich versuchte, ihm begreiflich zu machen, dass er sie nie wiedersehen durfte, wenn er sie nun gehen ließe. Und außerdem sagte ich ihm, dass ich ihm keine Nachrichten über ihr Geschick überbringen dürfe. Daraufhin nahm Will meine Hand und sagte: ›Bitte versprich mir nur eines, Charlotte: Versprich mir, dass du es mir mitteilst, wenn sie tot sind.‹« Charlotte blickte auf ihre Hände in ihrem Schoß; ihre Finger hatten sich in den Stoff ihres Kleides gekrallt. »Es war eine solch merkwürdige Bitte für einen Zwölfjährigen, dass ich … einfach einwilligen musste.«

»Also hast du Erkundigungen über das Wohlergehen von Wills Familie eingezogen?«, hakte Jem nach.

»Ich habe Ragnor Fell damit beauftragt«, erklärte Charlotte. »Drei Jahre lang tat sich nichts Ungewöhnliches, aber im vierten Jahr kam er zu mir und teilte mir mit, die Familie Herondale sei umgezogen. Edmund Herondale, Wills Vater, hatte sein Haus beim Kartenspiel verloren. Das war alles, was Ragnor hatte herausfinden können. Die Herondales hatten ihr Haus verlassen müssen und waren ausgezogen, aber danach verlor sich ihre Spur.«

»Hast du Will davon erzählt?«, fragte Tessa.

»Nein.« Charlotte schüttelte den Kopf. »Er hatte mir das Versprechen abgenommen, ihn im Falle ihres Todes sofort in Kenntnis zu setzen, aber das war auch schon alles. Warum sollte ich seinen Kummer noch verschlimmern mit dem Wissen, dass seine Familie ihr Heim verloren hatte? In all den Jahren hat er sie auch nicht einmal mehr erwähnt. Daher nährte ich im Laufe der Zeit allmählich die Hoffnung, er hätte sie vergessen …«

»Er hat seine Familie nicht eine Sekunde lang vergessen.« Aus Jems Worten sprach eine derartige Gewissheit, dass Charlotte aufschaute und auch ihre Finger nicht länger nervös zuckten.

»Ich hätte es nie tun dürfen«, murmelte sie. »Ich hätte ihm dieses Versprechen niemals geben dürfen. Es verstieß zudem gegen die Vorschriften …«

»Wenn Will sich etwas in den Kopf gesetzt hat … wenn er sich etwas inniglich wünscht, dann kann er einem das Herz brechen«, bemerkte Jem leise.

Einen Moment lang herrschte Stille. Charlottes Lippen waren fest zusammengepresst, und ihre Augen schimmerten verdächtig. »Hat er denn wirklich nichts darüber gesagt, wohin er wollte, als er euch in King's Cross allein zurückließ?«, fragte sie schließlich.

»Nein«, erklärte Tessa. »Als wir am Bahnhof ankamen, ist er wortlos aufgesprungen und hat sich aus dem Staub gemacht … äh, Entschuldigung, ist *weggelaufen*«, berichtigte sie sich, als sie die verständnislosen Blicke der anderen sah.

»›Aus dem Staub gemacht‹ …«, wiederholte Jem. »Dieser Ausdruck gefällt mir. Das klingt so, als hätte er eine riesige Staubwolke hinter sich aufgewirbelt. Aber um auf die eigentliche Frage zurückzukommen: Nein, Will hat nichts gesagt. Er hat sich lediglich einen Weg durch die Menge gebahnt und ist dann verschwunden. Fast hätte er noch Cyril umgerannt, der uns abholen kam.«

»Das Ganze ergibt doch überhaupt keinen Sinn«, stöhnte Charlotte. »Warum um alles in der Welt sollte Wills Familie in einem Haus wohnen, das einst Mortmain gehört hat? Noch dazu in Yorkshire? Unsere Ermittlungen führen keineswegs in die Richtung, die ich mir erhofft hatte: Wir suchen nach Mortmain und finden die Familie Shade; wir suchen ein weiteres Mal nach ihm und finden Wills Familie. Er umzingelt uns, umkreist uns, so wie dieser verflixte *Ouroboros,* den er als sein Symbol benutzt.«

»Du hast Ragnor Fell doch schon einmal gebeten, Erkundigungen über Wills Familie einzuholen. Kannst du ihn nicht erneut beauftragen?«, fragte Jem. »Falls Mortmain irgendwie mit ihrem Geschick verknüpft ist … aus welchen Gründen auch immer …«

»Jaja, natürlich!« Charlotte nickte. »Ich werde ihm sofort eine Nachricht zukommen lassen.«

»Eines verstehe ich aber noch immer nicht«, warf Tessa ein. »Der Antrag auf Entschädigung wurde 1825 eingereicht, und das Alter des Klägers wurde mit ›zweiundzwanzig‹ angegeben. Wenn Mortmain damals zweiundzwanzig Jahre alt war, müsste er jetzt fünfundsiebzig sein – aber so alt wirkte er gar nicht. Ich würde ihn vielleicht auf Anfang vierzig schätzen …«

»Für Irdische, die sich in Schwarzer Magie auskennen, gibt es Mittel und Wege, ihr Leben auf Erden zu verlängern«, erklärte Charlotte gedehnt. »Übrigens genau die Sorte von Zauberformeln, die man im Weißen Buch findet. Daher ist auch sein Besitz für Unberechtigte streng verboten und wird als schweres Delikt gewertet.«

»Diese ganzen Zeitungsartikel über Mortmain und die Reederei, die er von seinem Vater geerbt hat«, sinnierte Jem. »Meinst du, er hat den Vampirtrick angewandt?«

»Den Vampirtrick?«, wiederholte Tessa, die sich nicht erinnern konnte, etwas Derartiges im *Codex* gelesen zu haben.

»Dabei handelt es sich um eine Methode unter Vampiren, um ihr Vermögen über viele Jahre zu erhalten«, erläuterte Charlotte. »Immer wenn sie sich zu lange an einem Ort aufgehalten haben und die Nachbarschaft allmählich darauf aufmerksam wird, dass sie nicht altern, täuschen sie ihren eigenen Tod vor und hinterlassen ihr Vermögen einem ›verloren geglaubten‹ Sohn oder Neffen. *Et voilà* – der Erbe taucht auf und weist eine geradezu unheimliche Ähnlichkeit mit seinem Vater oder Onkel auf. Aber er existiert nun einmal und erhält folglich das Geld. Manche Vampire gehen generationenlang nach dieser Methode vor. Mortmain könnte sich sein Unternehmen also mühelos selbst vermacht haben, um die Tatsache zu verschleiern, dass er nicht altert.«

»Demnach hätte er sich als sein eigener Sohn ausgegeben«, überlegte Tessa. »Was auch erklären würde, warum er nach außen hin seinem Unternehmen eine andere Richtung gegeben hat, nach Großbritannien zurückgekehrt ist und sich mit der Herstellung von Zahnrädern und Uhrwerken beschäftigt hat.«

»Das ist vermutlich auch der Grund, warum er das Haus in Yorkshire aufgegeben hat«, bemerkte Henry.

»Allerdings erklärt das nicht, wieso das Anwesen nun von Wills Familie bewohnt wird«, gab Jem zu bedenken.

»Und es klärt auch nicht die Frage, wo Will sich gerade aufhält«, fügte Tessa hinzu.

»Oder *Mortmain«,* warf Jessamine mit einer gewissen Schadenfreude ein. »Nur noch neun Tage, Charlotte …«

Resigniert ließ Charlotte den Kopf wieder in die Hände sinken. »Tessa«, murmelte sie, »es missfällt mir zutiefst, dich darum bitten zu müssen, aber schließlich war das der Grund, warum wir dich überhaupt nach Yorkshire geschickt haben. Und wir dürfen nichts unversucht lassen. Du hast doch noch den Ärmelknopf von Starkweathers Gehrock, nicht wahr?«

Wortlos holte Tessa den runden Knopf aus der Tasche. Er war aus Perlmutt und Silber gefertigt und fühlte sich in ihrer Hand seltsam kalt an. »Du willst, dass ich mich in Starkweather verwandle?«

»Tessa«, mischte Jem sich hastig ein. »Wenn du das nicht möchtest, würde Charlotte … würden *wir* das niemals von dir verlangen.«

»Ich weiß.« Tessa nickte. »Aber ich habe es selbst angeboten. Und was ich versprochen habe, halte ich auch.«

»Danke, Tessa.« Charlotte wirkte erleichtert. »Wir müssen unbedingt herausfinden, ob Starkweather irgendetwas vor uns verbirgt, ob er bei dieser Geschichte vielleicht gelogen hat … vor allem, was seine Beteiligung am Schicksal der Familie Shade betrifft.«

Henry runzelte die Stirn. »Es wäre ein düsterer Tag, wenn man seinen Nephilimbrüdern und -schwestern nicht mehr trauen könnte, Lottie.«

»Der Tag ist ohnehin schon düster, mein lieber Henry«, erwiderte Charlotte, ohne ihn jedoch anzuschauen.

»Dann wirst du mir also nicht helfen«, sagte Will tonlos.

Magnus hatte das Feuer im Kamin mithilfe von etwas Magie zum Lodern gebracht. Im Schein der tanzenden Flammen konnte er seinen Gast nun deutlicher sehen, mehr Details erkennen: die dunklen Haare, die sich im Nacken kräuselten, die feinen Wangenknochen, die kräftige Kinnpartie, der Schattenwurf seiner Wimpern. Will erinnerte ihn an jemanden, aber es wollte ihm partout nicht einfallen, sosehr er sich auch bemühte. Nach so vielen Jahren fiel es ihm manchmal schwer, sich einzelne Bilder ins Gedächtnis zu rufen, selbst wenn es sich um Erinnerungen an Personen handelte, die er einst geliebt hatte. So konnte er sich beispielsweise nicht mehr an das Gesicht seiner Mutter entsinnen, obwohl er wusste, dass er ähnliche Züge besaß wie sie – eine Mischung aus niederländischem Großvater und indonesischer Großmutter. »Wenn deine Definition von ›Hilfe‹ darin besteht, dass ich dich in das Reich der Dämonen katapultieren soll wie eine Ratte in eine Kampfgrube voller Terrier, dann hast du recht: Nein, ich werde dir nicht helfen«, entgegnete Magnus. »Allein der Gedanke ist schon völliger Irrsinn. Geh nach Hause. Schlaf deinen Rausch aus.«

»Ich bin nicht betrunken.«

»Das macht keinen großen Unterschied, wenn du mich fragst.« Magnus fuhr sich mit beiden Händen durch das dichte Haar. Unverhofft musste er an Camille denken – und das erfüllte ihn mit Genugtuung: Denn hier in diesem Raum, zusammen mit Will, hatte er fast zwei Stunden lang nicht an sie gedacht. Wenn das kein Fortschritt war … »Glaubst du ernsthaft, du wärst der Einzige auf Erden, der jemals einen geliebten Menschen verloren hat?«

Will verzog betroffen das Gesicht. »Tu das nicht – tu nicht so, als handelte es sich um irgendeinen gewöhnlichen Liebeskummer. Damit lässt sich das überhaupt nicht vergleichen. Es heißt zwar, die Zeit heilt alle Wunden, doch das setzt voraus, dass die Quelle des Leids endlich ist, dass sie irgendwann einmal versiegt. Aber das hier … das ist eine Wunde, die jeden Tag von Neuem geschlagen wird.«

»Ja«, bestätigte Magnus und lehnte sich gegen die Sofakissen. »Das ist ja gerade das Vertrackte an Verwünschungen, nicht wahr?«

»Es wäre eine Sache, wenn der Fluch darin bestünde, dass jeder stirbt, den *ich* liebe«, fuhr Will fort. »Ich könnte mein Herz im Zaum halten. Aber andere daran zu hindern, mich zu lieben, das ist ein merkwürdiger, erschöpfender Kraftakt.«

Er klingt wirklich erschöpft, dachte Magnus, *erschöpft und theatralisch – so theatralisch wie nur ein Siebzehnjähriger sein kann.* Überdies bezweifelte er den Wahrheitsgehalt von Wills Behauptung, er könnte sein Herz im Zaum halten. Dabei verstand Magnus durchaus, warum der Junge sich das einreden wollte.

»Ich muss jeden Tag aufs Neue die Rolle eines vollkommen anderen Menschen spielen – jemanden, der verbittert, verderbt und grausam ist …«

»Ehrlich gesagt hast du mir so ganz gut gefallen. Und erzähl mir nicht, es würde dir nicht auch ein klitzekleines bisschen Spaß machen, den Teufel in Person zu spielen, Will Herondale.«

»Es heißt, es läge einem im Blut … diese Art von Galgenhumor«, murmelte Will und starrte in die Flammen. »Ella hatte diesen Humor und auch Cecily. Von mir hatte ich das eigentlich nicht angenommen, bis ich feststellte, dass ich ihn dringend brauchte. Im Laufe der Jahre habe ich manche Lektion gelernt und weiß, wie man sich schnell verhasst macht. Aber mittlerweile habe ich das Gefühl, mich selbst zu verlieren …« Ratlos suchte er nach den richtigen Worten. »Ich spüre, wie ich dahinschwinde, wie Teile von mir in die Dunkelheit zu stürzen drohen … alles, was gut und aufrichtig und wahrhaftig ist … wenn man diese Dinge lange genug von sich stößt, verliert man sie dann nicht eines Tages vollständig? Wenn sich auf der ganzen Welt niemand für einen interessiert, existiert man dann überhaupt noch?«

Den letzten Satz hatte er so leise gemurmelt, dass Magnus sich anstrengen musste, um ihn zu verstehen. »Was hast du gesagt?«

»Nichts. Das war nur ein Zitat, etwas, das ich irgendwo mal gelesen habe.« Will wandte sich Magnus zu: »Du würdest mir wirklich einen großen Gefallen erweisen, wenn du mich in die Dämonenwelt schickst. Möglicherweise finde ich dort ja, wonach ich suche. Das ist meine einzige Chance – und wenn mir diese Chance nicht gewährt wird, hat mein Leben ohnehin jeden Sinn verloren.«

»Mit siebzehn sagt sich so etwas sehr leicht«, entgegnete Magnus mit beträchtlicher Kälte in der Stimme. »Du bist verliebt und glaubst, dass nichts anderes auf der Welt zählt. Aber die Welt ist größer als du, Will, und sie hat möglicherweise noch eine Aufgabe für dich. Du bist ein Schattenjäger – du dienst einem höheren Zweck. Es steht dir nicht zu, dein Leben einfach so wegzuwerfen.«

»Dann bleibt mir überhaupt nichts mehr«, sagte Will düster, drückte sich vom Kaminsims ab und taumelte leicht, als wäre er tatsächlich betrunken. »Wenn ich nicht einmal mehr über mein eigenes Leben bestimmen kann …«

»Wer hat je behauptet, dass die Welt uns Glück und Zufriedenheit schuldig sei?«, murmelte Magnus leise. Vor seinem inneren Auge sah er das Haus, in dem er seine Kindheit verbracht hatte, und seine Mutter, wie sie mit ängstlichen Augen vor ihm zurückschreckte, und deren Ehemann, der nicht sein Vater war, wie er in lodernden Flammen aufging. »Was ist mit den Dingen, die wir anderen schuldig sind?«

»Ich habe bereits alles gegeben, was ich besitze«, erwiderte Will und griff nach seinem Mantel auf der Stuhllehne. »Sie haben schon genug von mir bekommen, und wenn das deine endgültige Antwort ist, gilt für dich dasselbe – *Hexenmeister.*« Die Anrede stieß er wie eine Verwünschung aus.

Magnus, der seine scharfen Worte bereits bedauerte, machte Anstalten, sich zu erheben, doch Will drängte an ihm vorbei, riss die Tür auf und schlug sie mit einem Knall hinter sich zu. Sekunden später sah Magnus, wie der junge Schattenjäger an seinem Fenster vorbeistürmte, beim Gehen mühsam den Mantel überstreifte und sich gegen den Wind stemmte.

Tessa saß an ihrer Frisierkommode, in ihren Schlafrock gehüllt, und rollte den kleinen Knopf in ihrer Handfläche hin und her. Sie hatte darum gebeten, dass man sie allein ließ, während sie Charlottes Bitte nachkam.

Es war nicht das erste Mal, dass sie sich in einen Mann verwandelte; die Dunklen Schwestern hatten sie mehr als nur einmal dazu gezwungen. Und obwohl eine derartige Verwandlung immer ein seltsames Gefühl hinterließ, war dies nicht die eigentliche Ursache für ihr Zögern. Vielmehr ließen sie die Finsternis zaudern, die sie in Starkweathers Augen gesehen hatte, und der leichte Anklang von Wahnsinn in seiner Stimme, als er von seinen Trophäen gesprochen hatte. Tessa verspürte nicht das geringste Bedürfnis, sich mit diesem Verstand noch näher vertraut zu machen.

Eigentlich brauchte sie sich nicht wirklich zu verwandeln, überlegte sie. Genauso gut konnte sie einfach nach unten spazieren und den anderen erzählen, sie habe es versucht, aber leider vergebens. Doch selbst in dem kurzen Moment, in dem ihr dieser Gedanke durch den Kopf ging, wusste Tessa, dass sie dazu nicht in der Lage war. Aus irgendeinem Grund sah sie sich den Schattenjägern des Instituts auf loyale Weise verbunden. Die Nephilim hatten sie beschützt, sie freundlich behandelt, ihr geholfen, vieles über ihre wahre Natur in Erfahrung zu bringen, und sie verfolgten dasselbe Ziel wie sie: Mortmain finden und ihn vernichten. Tessa dachte an Jems silberne Augen, die ruhig und voller Vertrauen auf ihr geruht hatten. Mit einem tiefen Seufzer schloss sie die Finger um den Knopf.

Im nächsten Moment brach die Dunkelheit über sie herein und hüllte sie in ihre kühle Stille. Das leise Knistern und Knacken des Feuers im Kamin und der Wind, der an den Scheiben rüttelte, all das verschwand. Zurück blieben nur Dunkelheit und Stille. Tessa spürte, wie sich ihr Körper verwandelte: Ihre Hände wuchsen zu großen Pranken, mit arthritisgeplagten Gelenken. Ihr Rücken sendete heiße Stiche, der Kopf fühlte sich bleischwer an, die geschwollenen Füße schmerzten unerträglich, und sie hatte einen bitteren Geschmack im Mund. Verfaulende Zähne, überlegte sie, und fühlte sich am ganzen Körper krank – so elend, dass sie sich zwingen musste, sich auf die Dunkelheit um sie herum zu konzentrieren und das Licht zu finden, die Verbindung, die sie mit dem anderen Geist untrennbar verknüpfte.

Und tatsächlich: Das Licht tauchte auf, allerdings nicht wie üblich als beständiger Leitstrahl, sondern in bruchstückhaften Blitzen – als würde sie zusehen, wie ein Spiegel in tausend Stücke brach. Jedes Fragment zeigte ein Bild, das jedoch an ihr vorbeirauschte, manchmal mit erschreckender Geschwindigkeit. Tessa sah das Bildnis eines scheuenden Pferdes, einen dunklen, schneebedeckten Hügel, den mit schwarzem Basalt verkleideten Sitzungssaal des Rats, einen rissigen Grabstein. Es fiel ihr schwer, ein einzelnes Bild zu erfassen und festzuhalten. Endlich erwischte sie eines – eine Erinnerung: Starkweather, der mit einer lachenden Frau in einem weit fallenden Ballkleid tanzte. Tessa verwarf das Bild und tastete nach einem anderen.

Das Haus war klein und tief in die Schatten zwischen zwei Hügeln geduckt. Starkweather beobachtete die Szenerie aus dem Dämmerlicht einer Baumgruppe heraus: Die Haustür schwang auf, und ein Mann trat ins Freie. Tessa konnte spüren, wie selbst in der Erinnerung Starkweathers Herz schneller zu schlagen begann. Der Mann war groß, breitschultrig – und grünhäutig wie eine Echse. Seine Haare schimmerten tiefschwarz. Dagegen wirkte das Kind, das er an der Hand hielt, vollkommen normal – klein, mit winzigen Pummelhändchen und rosiger Haut.

Tessa wusste den Namen des Mannes, weil Starkweather ihn kannte.

John Shade.

Shade hievte sich das Kind auf die Schultern, als eine Reihe merkwürdig aussehender Metallkreaturen durch die Haustür ins Freie drängte. Die gesichtslosen Gestalten erinnerten an Gliederpuppen, allerdings lebensgroß und aus glänzendem Metall gefertigt. Seltsamerweise waren sie bekleidet – manche trugen den groben Overall der Landarbeiter, andere ein schlichtes Musselinkleid. Die Klockwerk-Automaten reichten einander die Hände und begannen, sich im Kreis zu drehen, wie bei einem Volkstanz. Das Kind lachte und klatschte in die Hände.

»Sieh sie dir genau an, mein Sohn«, sagte der grünhäutige Mann, »eines Tages werde ich ein Königreich dieser Klockwerk-Kreaturen regieren, und du wirst sein Prinz sein.«

»John!«, drang eine Stimme aus dem Inneren des Hauses, und eine Frau lehnte sich aus dem Fenster. Sie besaß lange Haare, die in der Farbe eines wolkenlosen blauen Himmels glänzten. »John, komm wieder rein. Sonst sieht euch noch jemand! Und außerdem jagst du dem Jungen Angst ein!«

»Er hat kein bisschen Angst, Anne.« Der Mann lachte, setzte den Jungen auf dem Boden ab und fuhr ihm liebevoll durch die Haare. »Mein kleiner Klockwerk-Prinz …«

Eine Woge des Hasses erfasste Starkweathers Herz bei der Erinnerung an diese Szene – ein solch ungestümer Hass, dass Tessa losgerissen wurde und wieder durch die Dunkelheit wirbelte. Langsam dämmerte ihr, was hier vorging: Starkweather wurde allmählich senil und verlor zunehmend den Faden, der seinen Verstand mit seinen Erinnerungen verband. Die Bilder überfluteten scheinbar wahllos sein Gehirn. Angestrengt versuchte Tessa, sich die Familie Shade wieder vor Augen zu rufen, und erwischte schließlich einen Zipfel einer Erinnerung: ein verwüstetes Zimmer, überall zerbrochene Zahnräder, Riemen, Getriebe und Metallteile, eine langsam sickernde Flüssigkeit, so schwarz wie Blut, und dann der grünhäutige Mann und die blauhaarige Frau … tot inmitten der Trümmer. Einen Sekundenbruchteil später war auch dieser Erinnerungsfetzen verschwunden, und Tessa bekam wieder und wieder das Gesicht des jungen Mädchens zu sehen, dessen Porträt im Treppenhaus des Yorker Instituts gehangen hatte: das kleine Kind mit den blonden Haaren und dem unbeugsamen Ausdruck in den Augen. Tessa sah, wie das Mädchen mit entschlossener Miene auf einem kleinen Pony ritt, sah, wie ihr Haar im Wind wehte, sah, wie sie vor Schmerz kreischte und zappelte, als eine Stele auf ihren Arm aufgesetzt wurde und schwarze Male ihre makellos weiße Haut befleckten. Und schließlich sah Tessa ihr eigenes Gesicht, das aus den Schatten des düsteren Kirchenschiffs im Yorker Institut auftauchte. Und sie spürte, wie der Schock, den Starkweather bei ihrem Anblick erlitten hatte, auch sie selbst erfasste – eine solch heftige Sinneswahrnehmung, dass es sie förmlich aus dem Leib des alten Mannes herauskatapultierte, zurück in ihren eigenen Körper.

Der Knopf rutschte ihr aus der Hand und traf mit einem dumpfen Schlag auf dem Boden auf. Tessa hob den Kopf und schaute in den Spiegel über ihrer Frisierkommode: Sie war wieder sie selbst, und der bittere Geschmack im Mund stammte von dem Blut, das aus ihrer aufgebissenen Lippe quoll.

Schwerfällig stand sie auf, wankte mit zittrigen Beinen zum Fenster und stieß es auf, um die kühle Nachtluft auf ihrer schweißfeuchten Haut zu spüren. Tiefe Schatten lagen über der Stadt; es war nahezu windstill, und das schwarze schmiedeeiserne Tor des Instituts ragte bedrohlich vor ihr auf – das darin eingearbeitete Motto sprach mehr denn je von Vergänglichkeit und Tod.

Plötzlich bemerkte Tessa aus dem Augenwinkel eine Bewegung. Sie schaute hinunter und sah einen weißen Schemen, der vom schwarzen Pflaster des Innenhofs zu ihr hinaufstarrte. Ein Gesicht, zwar verzerrt, aber durchaus erkennbar. Mrs Dark.

Entsetzt rang Tessa nach Luft und zog instinktiv den Kopf zurück, außer Sichtweite des Fensters. Ein überwältigendes Schwindelgefühl erfasste sie. Aber im nächsten Moment setzte sie sich entschlossen dagegen zur Wehr, hielt sich am Fensterbrett fest, zog sich wieder näher heran und spähte furchterfüllt hinunter …

Doch der Innenhof lag leer und verlassen da, und nichts bewegte sich außer den Schatten der umliegenden Sträucher. Tessa schloss einen Moment die Augen, öffnete sie dann wieder und griff nach dem tickenden Engel an ihrer Kehle. Dort unten war niemand, versicherte sie sich, nur die Hirngespinste ihrer blühenden Fantasie. Aber sie tat gut daran, ihre Tagträumereien zu zügeln, überlegte sie. Oder sie würde noch so enden wie der alte Starkweather – mehr oder weniger wirr im Kopf.

8
Ein Schatten auf der Seele

Oh gerechtes, wunderbares und mächtiges Opium!
Das du gleichmäßig den Herzen der Armen wie der Reichen,
gegen Wunden, die nimmer heilen, gegen Qualen,
die die Seele aufbrüllen lassen, lindernden Balsam reichst.
Beredtes Opium! Das du mit gewaltiger Überzeugungskraft
die Auswirkungen des Zornes fortnimmst, das du dem
schuldbeladenen Manne für eine Nacht die Hoffnungen
seiner Jugend wiederschenkest und das Blut
von seinen Händen fortwäschest.

THOMAS DE QUINCEY,
»BEKENNTNISSE EINES ENGLISCHEN OPIUMESSERS«

Als Tessa am nächsten Morgen in den Speisesaal kam, musste sie zu ihrer Überraschung feststellen, dass Will nicht am Frühstückstisch saß. Ihr war gar nicht bewusst gewesen, wie sehr sie mit seiner Rückkehr im Lauf der vergangenen Nacht gerechnet hatte, und nun stand sie einen Moment schweigend in der Tür und sondierte die einzelnen Plätze am Tisch, als hätte sie ihn möglicherweise übersehen. Erst als ihr Blick an Jem haften blieb, der ihre unausgesprochene Frage mit einem wehmütigen und besorgten Ausdruck erwiderte, verstand sie: Es stimmte also – Will hatte sich noch immer nicht im Institut eingefunden.

»Ach, er wird schon nach Hause kommen, Herrgott noch mal«, fauchte Jessamine verärgert und stellte ihre Teetasse klirrend auf den Unterteller. »Bisher ist er noch jedes Mal zurückgekrochen gekommen. Jetzt seht euch beide doch nur an: Ihr tut ja gerade so, als wäre euch euer Lieblingshündchen entlaufen.«

Tessa warf Jem einen fast schuldbewussten, verschwörerischen Blick zu, während sie sich ihm gegenüber am Tisch niederließ und schweigend eine Scheibe Toast nahm.

Henry war nicht anwesend, und Charlotte, die am Kopf des Tischs saß, bemühte sich nach Kräften, nicht nervös und besorgt zu wirken – allerdings vergebens. »Natürlich wird er zurückkommen«, murmelte sie. »Will kann gut auf sich aufpassen.«

»Meinst du, er könnte vielleicht nach Yorkshire zurückgereist sein?«, fragte Tessa. »Um seine Familie zu warnen?«

»Nein, das … das glaube ich nicht«, erwiderte Charlotte. »Will hat jahrelang jeden Kontakt mit seiner Familie gemieden. Er kennt das Gesetz: Ihm ist bewusst, dass er nicht mit ihnen reden darf. Und er weiß, was er damit riskieren würde.« Sie warf Jem einen kurzen Blick zu, der sich jedoch eingehend mit seinem Löffel beschäftigte.

»Als er Cecily sah, an der Tür des Herrenhauses, lief er geradewegs in ihre Richtung …«, gab Jem zu bedenken.

»Ja, vielleicht im Eifer des Gefechts«, räumte Charlotte ein. »Aber er ist mit euch beiden nach London zurückgekehrt, und ich bin mir sicher, dass er auch zum Institut zurückkommen wird. Schließlich weiß er, dass du Starkweathers Knopf eingesteckt hast, Tessa. Er wird wissen wollen, was der alte Mann weiß.«

»Herzlich wenig, um ehrlich zu sein«, sagte Tessa. Sie verspürte noch immer ein vages Schuldgefühl, weil sie Starkweathers Gedächtnis nicht mehr nützliche Informationen hatte entlocken können. Natürlich hatte sie zu erklären versucht, wie es sich anfühlte, den Verstand eines Menschen zu durchforsten, der allmählich senil wurde, aber es war ihr schwergefallen, die richtigen Worte zu finden. Und der enttäuschte Ausdruck auf Charlottes Gesicht, als Tessa ihr erklärte, sie habe nichts Brauchbares über Ravenscar Manor entdecken können, stand ihr noch immer deutlich vor Augen. Selbstverständlich hatte sie ihnen von sämtlichen Erinnerungen berichtet, die Starkweather noch an die Familie Shade besaß. Und falls der Tod des Hexenwesenpaars den Anstoß zu Mortmains Bedürfnis nach Gerechtigkeit und Wiedergutmachung gegeben hatte, mussten sie in der Tat mit einem brennenden Verlangen nach Vergeltung rechnen. Dagegen hatte Tessa den Schock, den Starkweather bei ihrem Anblick empfunden hatte, für sich behalten – das Ganze verwunderte sie noch immer und erschien ihr irgendwie zu persönlich.

»Was wäre, wenn Will beschließt, die Reihen der Nephilim für immer zu verlassen?«, fragte sie nun. »Würde er zu seiner Familie zurückkehren, um sie zu beschützen?«

»Nein«, erwiderte Charlotte äußerst knapp. »Nein, ich glaube nicht, dass er das tun wird.«

Will würde mir fehlen, falls er fortginge, dachte Tessa überrascht. Er war immer so unwirsch – und häufig auch gegenüber Charlotte –, dass Tessa manchmal vergaß, welch störrische Zuneigung die junge Institutsleiterin allen entgegenzubringen schien, die ihrer Obhut anvertraut waren. »Aber wenn Wills Familie doch in Gefahr schwebt …«, setzte Tessa zu einem Protest an, verstummte jedoch, als Sophie den Raum mit einer Kanne heißem Wasser betrat und diese auf den Tisch stellte.

Beim Anblick des Dienstmädchens hellte sich Charlottes Miene sichtlich auf. »Tessa, Sophie, Jessamine – vergesst bitte nicht, dass ihr heute Vormittag wieder Kampfunterricht bei Gabriel und Gideon Lightwood habt.«

»Ich kann nicht daran teilnehmen«, erwiderte Jessamine wie aus der Pistole geschossen.

»Warum denn nicht? Ich dachte, du hättest dich von deinen Kopfschmerzen erholt …«

»Ja, schon, aber wir möchten schließlich nicht, dass sie zurückkehren, nicht wahr?« Hastig erhob Jessamine sich von ihrem Stuhl. »Ich würde es vorziehen, dir behilflich zu sein, Charlotte.«

»Ich brauche deine Hilfe nicht, wenn ich den Brief an Ragnor Fell aufsetze, Jessie. Mir wäre es viel lieber, wenn du von dem angebotenen Training Gebrauch machen würdest …«

»Aber in der Bibliothek stapeln sich die Antworten von Schattenweltlern, die wir zu Mortmains möglichem Verbleib befragt haben«, hielt Jessamine entgegen. »Ich könnte dir dabei helfen, sie zu sichten.«

Charlotte seufzte. »Na schön.« Dann wandte sie sich an Tessa und Sophie: »In der Zwischenzeit werdet ihr den Lightwood-Brüdern bitte nichts von unseren Nachforschungen in Yorkshire und Wills Verschwinden erzählen, ja? Mir ist die Anwesenheit der beiden im Institut momentan auch nicht sehr recht, aber es lässt sich nun mal nicht ändern. Die Tatsache, dass wir das Training fortsetzen, soll nach außen hin dokumentieren, dass alles in bester Ordnung ist. Und auch euer Verhalten muss das widerspiegeln. Seid ihr dazu in der Lage?«

»Selbstverständlich, Mrs Branwell«, bestätigte Sophie umgehend. Ihre Augen leuchteten, und sie lächelte strahlend.

Tessa seufzte innerlich; sie war sich nicht sicher, was sie von der ganzen Sache halten sollte. Sophie verehrte Charlotte und würde alles tun, um sie zufriedenzustellen. Außerdem verabscheute sie Will und würde sich über seine Abwesenheit wohl kaum Sorgen machen. Rasch schaute Tessa quer über den Tisch zu Jem hinüber. Sie verspürte ein seltsam hohles Gefühl im Magen, eine nagende Unruhe, weil sie nicht wusste, wo Will war; und sie fragte sich, ob es Jem wohl ähnlich erging. Sein sonst so ausdrucksstarkes Gesicht wirkte reglos und unergründlich, obwohl er ihr ein sanftes, ermutigendes Lächeln schenkte, als er ihren Blick auffing. Jem war Wills *Parabatai,* sein Blutsbruder –

falls wirklich Grund zur Sorge um Wills Wohlergehen bestand, würde er das doch sicherlich nicht verbergen können, oder? Im selben Moment trällerte Bridget mit hoher Stimme in der Küche:

»Muss ich gehn in Ketten – doch du bist frei …
Den Mann zu lieben, der mir nicht hold.
Muss ich hier verharren in Fantasterei,
Den Mann zu lieben, der mein Herz brechen wollt?«

Mit einem Ruck schob Tessa ihren Stuhl nach hinten. »Ich denke, ich ziehe mich jetzt besser um.«

Nachdem Tessa rasch aus ihrem Kleid und in ihre Trainingsmontur geschlüpft war, setzte sie sich auf den Rand ihres Betts und blätterte in der Ausgabe von *Vathek*, die Will ihr gegeben hatte. Dabei sah sie vor ihrem inneren Auge jedoch nicht Will, der sie anlächelte, sondern andere Bilder des jungen Schattenjägers: Will, der sich im Sanktuarium blutbeschmiert über sie beugte; Will, der auf dem Dach des Instituts in die untergehende Sonne blinzelte; Will, der mit Jem diesen nassen Hügel in Yorkshire hinunterrollte, sich dabei von Kopf bis Fuß mit Schlamm bespritzte, aber nicht den geringsten Gedanken daran verschwendete; Will, der im Speisesaal vom Tisch stürzte; Will, der sie in der Dunkelheit festhielt. *Will, Will, Will.*

Genervt schleuderte Tessa das Buch von sich, sodass es gegen den Kaminsims prallte und dann zu Boden fiel. Wenn es doch nur eine Möglichkeit gäbe, Wills Bild aus ihrem Gedächtnis zu schaben, so wie man sich Dreck vom Schuh schabte! Wenn sie doch nur wüsste, wo er steckte! Die Sorge machte das Ganze nur noch schlimmer, und Tessa konnte einfach nicht aufhören, sich Sorgen zu machen: Sie konnte den Ausdruck auf seinem Gesicht, als er seine Schwester erblickt hatte, einfach nicht vergessen.

Ihre innere Unruhe ließ sie die Zeit vergessen, sodass sie zu spät zum Training erschien. Glücklicherweise stand die Tür zum Fechtsaal noch immer weit offen, als sie die Stufen hinaufeilte. Und außer dem Dienstmädchen war weit und breit niemand zu sehen.

Sophie hielt ein langes Messer in der Hand und betrachtete es nachdenklich, fast wie einen Staubwedel, von dem sie nicht wusste, ob er wohl noch zu gebrauchen war oder ob man ihn lieber wegwerfen sollte. Als Tessa den Fechtsaal betrat, schaute sie auf. »Du meine Güte, Sie machen ja ein Gesicht wie drei Tage Regenwetter, Miss«, sagte sie lächelnd. »Ist alles in Ordnung?« Als Tessa stumm nickte, neigte Sophie den Kopf leicht zur Seite und fragte: »Grämen Sie sich wegen des jungen Herrn Will? Er ist auch zuvor schon mehrere Tage weggeblieben. Gewiss kehrt er bald zurück. Machen Sie sich keine Sorgen.«

»Das ist wirklich sehr nett von dir, Sophie, so etwas zu sagen – zumal ich ja weiß, dass du ihm nicht allzu sehr zugetan bist.«

»Ich hätte gedacht, *Sie* auch nicht«, bemerkte Sophie spitz. »Zumindest *nicht mehr* …«

Tessa warf ihr einen scharfen Blick zu. Seit dem Vorfall auf dem Dach hatte sie sich mit ihr nicht mehr über Will unterhalten, überlegte sie, und außerdem hatte Sophie sie eindringlich vor ihm gewarnt und ihn mit einer giftigen Schlange verglichen. Doch bevor Tessa etwas erwidern konnte, schwang die Tür weit auf, und Gabriel und Gideon Lightwood betraten den Fechtsaal, dicht gefolgt von Jem. Er zwinkerte Tessa kurz zu, ehe er umkehrte und die Tür hinter sich zuzog.

Gideon marschierte direkt zu Sophie. »Eine ausgezeichnete Wahl, dieses Messer …«, lobte er, mit einem leicht erstaunten Unterton.

Sophie errötete geschmeichelt.

»Also dann«, sagte Gabriel, dem es gelungen war, sich unbemerkt hinter Tessa zu stellen. Nachdem er die Waffen an der

Wand einen Moment gemustert hatte, zog er einen Dolch aus einer Halterung und reichte ihn ihr. »Fühlen Sie einmal das Gewicht der Klinge.«

Angestrengt versuchte Tessa, seiner Aufforderung nachzukommen; gleichzeitig fiel es ihr schwer, sich an seine frühere Lektion zu erinnern, wo und wie die Waffe in ihrer Handfläche liegen sollte.

»Was meinen Sie?«, fragte Gabriel.

Tessa schaute zu ihm hoch. Von den beiden Brüdern besaß er die größere Ähnlichkeit mit dem gemeinsamen Vater – die gleichen hageren, adlerartigen Gesichtszüge und eine Spur von Arroganz in den Augen.

Ein spöttisches Grinsen umspielte seine schmalen Lippen. »Oder sorgen Sie sich vielleicht zu sehr um Herondales Verbleib, um heute trainieren zu können?«

Beinahe hätte Tessa den Dolch fallen lassen. »Wie bitte?«

»Ich habe beim Heraufkommen gehört, wie Sie und Miss Collins sich unterhalten haben. Er ist einfach verschwunden, hab ich recht? Nicht weiter verwunderlich, wenn man bedenkt, dass Will Herondale nicht einen Hauch von Verantwortungsgefühl besitzt.«

Entschlossen hob Tessa das Kinn. Trotz der zwiespältigen Gefühle, die sie für Will empfand, wollte sie nicht dulden, dass ein Außenstehender – jemand außerhalb der kleinen Institutsgemeinschaft – es wagte, ihn zu kritisieren. »Das ist durchaus nichts Ungewöhnliches und gewiss kein Anlass zur Sorge«, beschied sie Gabriel von oben herab. »Will ist ein … ein freier Geist. Er wird bestimmt bald zurückkehren.«

»Das hoffe ich nicht«, erwiderte Gabriel. »Ich hoffe, er ist tot.«

Tessas Hand schloss sich fester um das Heft des Dolches. »Das ist Ihr Ernst, nicht wahr? Was hat Will Ihrer Schwester denn angetan, dass Sie ihn derart hassen?«

»Warum fragen Sie ihn nicht selbst?«

»Gabriel!« Gideons Stimme hallte scharf durch den Fechtsaal. »Könnten wir nun bitte mit dem Unterricht fortfahren, statt hier länger wertvolle Zeit zu verschwenden?«

Wütend funkelte Gabriel seinen älteren Bruder an, der ruhig neben Sophie stand. Doch dann konzentrierte er sich gehorsam auf den Unterricht und verlor kein Wort mehr über Will.

Das Training beschäftigte sich an diesem Tag mit dem Halten einer Waffe und der richtigen Balance der Klinge. Die Spitze durfte beim schwungvollen Ausführen des Hiebs nicht nach unten sinken, und natürlich durfte die Waffe auch nicht aus der Hand gleiten. Das Ganze entpuppte sich als schwieriger, als es aussah, und Gabriel war dieses Mal nicht sehr geduldig.

Tessa beneidete Sophie, die von Gideon unterrichtet wurde, einem stets bedachtsamen, methodisch vorgehenden Lehrer – auch wenn er jedes Mal ins Spanische verfiel, sobald Sophie etwas falsch machte. *»Ay Dios mio«*, murmelte er in der Regel und zog die Waffe, die mit der Spitze im Fußboden steckte, wieder aus den Holzdielen. »Wollen wir es noch einmal versuchen?«

»Gerade stehen!«, forderte Gabriel Tessa in der Zwischenzeit ungeduldig auf. »Nein, *gerade.* So wie ich!«, knurrte er und demonstrierte die gewünschte Haltung.

Am liebsten hätte Tessa ihn angefaucht: Im Gegensatz zu ihm habe sie schließlich kein lebenslanges Training in korrekter Haltung und richtigen Bewegungsabläufen genossen; außerdem waren alle Nephilim geborene Akrobaten, was auf sie aber nun leider nicht zutraf. »Pah!«, erwiderte sie aufgebracht. »Ich würde gern einmal sehen, wie Sie in Korsett, tonnenschweren Unterröcken und Kleidern mit meterlanger Schleppe versuchen, gerade zu sitzen und zu stehen!«

»Das würde ich auch gern!«, rief Gideon von der anderen Seite des Fechtsaals.

»Ach, beim Erzengel!«, schnaubte Gabriel, packte Tessa an

den Schultern und wirbelte sie herum, sodass sie mit dem Rücken zu ihm stand. Dann legte er die Arme um sie, drückte ihre Wirbelsäule gerade und drehte den Dolch in ihrer Hand in die richtige Position.

Tessa konnte seinen Atem im Nacken spüren. Das Gefühl jagte ihr einen unangenehmen Schauer durch den Körper – und ärgerte sie maßlos. Er berührte sie, weil er glaubte, sich diese Freiheit einfach herausnehmen zu können, und weil er annahm, Will damit zu reizen, auch wenn dieser gar nicht anwesend war. »Lassen Sie mich los!«, knurrte Tessa leise.

»Auch das ist Teil des Trainings«, erwiderte Gabriel in gelangweiltem Ton. »Davon abgesehen schauen Sie sich doch einmal meinen Bruder und Miss Collins an. Sie beschwert sich kein bisschen.«

Tessa warf einen raschen Blick zu Sophie hinüber, die vollkommen in ihre Unterrichtsstunde mit Gideon vertieft zu sein schien. Dieser stand direkt hinter ihr, einen Arm um sie gelegt, und zeigte ihr, wie sie ein spitzes Wurfmesser halten musste. Seine Hand war behutsam um die von Sophie gewölbt, und es wirkte, als würde er zu ihrem Nacken sprechen, dort, wo sich eine dunkle Strähne aus dem Haarknoten gelöst hatte und sich einladend kringelte. Als er Tessas Blick bemerkte, errötete er.

Verblüfft riss Tessa die Augen auf. Wer hätte das gedacht: Gideon Lightwood war doch tatsächlich rot angelaufen! Hatte er Sophie etwa *bewundert*? Von ihrer Narbe einmal abgesehen, die Tessa ohnehin kaum noch wahrnahm, war das Mädchen in der Tat sehr hübsch. Aber sie war auch eine Irdische und eine Bedienstete, und die Lightwoods hatten sich bisher immer als schreckliche Snobs aufgeführt. Plötzlich verspürte Tessa ein beklemmendes Gefühl im Magen: Sophie war von ihrem vorherigen Dienstherrn abscheulich behandelt worden – und das Letzte, was sie gebrauchen konnte, war irgendein dahergelaufener, hübscher Schattenjägerknabe, der sie nur ausnutzen würde.

Eifrig drehte Tessa sich um und wollte gerade mit dem Jungen reden, der noch immer die Arme um sie gelegt hatte, als sie ruckartig innehielt: Sie hatte völlig vergessen, dass Gabriel hinter ihr stand und nicht Jem. Im Laufe der vergangenen Wochen hatte sie sich sehr an Jems Anwesenheit gewöhnt – an die Leichtigkeit, mit der sie sich mit ihm unterhalten konnte, an das beruhigende Gefühl seiner Hand an ihrem Arm, wenn sie zusammen spazieren gingen, und an die Tatsache, dass er der einzige Mensch auf Erden war, dem sie wirklich alles anvertrauen konnte. Und plötzlich erkannte sie verwundert: Obwohl sie ihn noch beim Frühstück und kurz an der Tür des Fechtsaals gesehen hatte, fehlte er ihr bereits. Sie vermisste ihn so sehr, dass es sie innerlich fast schmerzte.

Diese Verwirrung der Gefühle – die Sehnsucht nach Jem und ihr überwältigender Beschützerinstinkt gegenüber Sophie – führte dazu, dass ihr nächster Wurf weit danebenging. Der Dolch flog an Gideons Kopf vorbei und prallte vom Fensterbrett ab.

Gelassen schaute Gideon von der Klinge auf dem Boden zu seinem Bruder. Nichts schien ihn aus der Ruhe bringen zu können – nicht einmal die Tatsache, dass er beinahe enthauptet worden wäre. »Gabriel, worin liegt denn das Problem?«

Gabriel heftete seinen Blick auf Tessa. »Sie will einfach nicht zuhören«, stieß er gehässig hervor. »Und ich kann niemanden unterrichten, der nicht zuhören will.«

»Vielleicht würde sie besser zuhören, wenn du ein besserer Lehrer wärst.«

»Und vielleicht hättest du den Dolch kommen sehen, wenn du dich mehr auf deine Umgebung statt auf den Nacken von Miss Collins konzentrieren würdest«, konterte Gabriel.

Dann war also selbst Gabriel das Verhalten seines Bruders aufgefallen, überlegte Tessa, während Sophie errötete.

Gideon bedachte seinen Bruder mit einem langen, harten Blick – die beiden würden wohl auf dem Heimweg noch ein

Wörtchen miteinander zu reden haben. Dann drehte er sich wieder zu Sophie um und raunte ihr etwas zu, das Tessa jedoch nicht verstand.

»Was ist denn heute in Sie gefahren?«, wandte Tessa sich leise an Gabriel und spürte, wie er sich versteifte.

»Was meinen Sie?«

»Normalerweise sind Sie recht geduldig«, erklärte Tessa. »Sie sind ein guter Lehrer, Gabriel, zumindest die meiste Zeit, aber heute erscheinen Sie mir reizbar und unduldsam und …« Sie warf einen vielsagenden Blick auf seine Hand, die sich noch immer auf ihrem Arm befand. »Unschicklich.«

Gabriel besaß immerhin den Anstand, sie sofort loszulassen und eine beschämte Miene zu ziehen. »Meine tausendfache Entschuldigung! Ich hätte Sie so nicht berühren dürfen.«

»In der Tat, das hätten Sie nicht. Zumal Sie Will für seine Manieren kritisiert haben …«

Der junge Lightwood lief knallrot an. »Ich habe mich doch entschuldigt, Miss Gray. Was erwarten Sie denn noch von mir?«

»Vielleicht ein etwas anderes Verhalten. Oder eine Erklärung für Ihre Abneigung gegenüber Will …«

»Das habe ich Ihnen bereits gesagt: Wenn Sie unbedingt erfahren wollen, warum ich ihn verabscheue, dann sollten Sie ihn selbst fragen!«, blaffte Gabriel, machte auf dem Absatz kehrt und marschierte aus dem Saal.

Resigniert betrachtete Tessa die Waffen an der Wand und seufzte: »Das war's dann wohl mit meinem Unterricht.«

»Versuchen Sie, es nicht allzu persönlich zu nehmen«, riet Gideon, der gemeinsam mit Sophie auf sie zutrat.

Wie seltsam, überlegte Tessa: Im Allgemeinen schien Sophie sich in der Gegenwart eines Mannes unwohl zu fühlen – eigentlich in Gegenwart aller Männer, selbst wenn es sich nur um den sanftmütigen Henry handelte. Gegenüber Will verhielt sie sich wie von der Tarantel gestochen, und bei Jem wirkte sie verlegen und auf der Hut, aber in Gideons Nähe erschien sie. Nun, es ließ sich schwer in Worte fassen, aber es war auf jeden Fall äußerst merkwürdig.

»Es ist nicht Ihre Schuld, dass er sich heute so unausstehlich verhält«, fuhr Gideon fort und betrachtete Tessa ruhig.

Aus dieser Nähe konnte Tessa erkennen, dass seine Augen nicht exakt denselben Farbton besaßen wie die seines Bruders: Sie schimmerten eher graugrün, wie die Farbe des Ozeans unter einem bewölkten Himmel. »Die Situation zu Hause … mit unserem Vater … ist ein wenig angespannt, und Gabriel lässt seinen Zorn an Ihnen aus – oder genau genommen an jedem, der in seine Nähe kommt.«

»Es tut mir leid, das zu hören. Ich hoffe, Ihr verehrter Herr Vater ist wohlauf?«, murmelte Tessa und betete inständig, dass sie für diese offensichtliche Lüge nicht umgehend der Schlag traf.

»Vermutlich sollte ich nun lieber aufbrechen und meinem Bruder nacheilen«, erwiderte Gideon, ohne auf ihre Frage einzugehen. »Anderenfalls schnappt er sich noch die Kutsche und lässt mich hier sitzen. Ich hoffe, ich werde ihn zur nächsten Unterrichtsstunde in besserer Laune zu Ihnen zurückbringen können.« Dann verbeugte er sich vor Sophie und schließlich vor Tessa. »Miss Collins, Miss Gray.« Und damit verschwand er und ließ die beiden Mädchen, die ihm mit einer Mischung aus Verwirrung und Überraschung nachschauten, allein zurück.

Nach dem glücklicherweise vorzeitigen Ende des Trainings beeilte Tessa sich mit dem Umkleiden und hastete hinunter zum Mittagessen, um sich zu vergewissern, ob Will nicht inzwischen zurückgekehrt war. Aber das war nicht der Fall. Sein Stuhl, der zwischen Jessamine und Henry stand, war noch immer leer. Doch dafür hatte sich ein neues Gesicht im Speisesaal eingefunden, jemand, der Tessa in der Tür innehalten ließ: ein groß gewachsener Mann, der neben Charlotte am oberen Ende des Tischs saß – und grün war. Wenn auch kein sehr intensives Grün: Seine Haut besaß eher einen grünlichen Schimmer, wie von der Meeresoberfläche reflektiertes Licht. Seine Haare glänzten schneeweiß, und auf seiner Stirn wuchsen zwei kleine elegant gezwirbelte Hörner. Tessa musste sich Mühe geben, ihn nicht mit offenem Mund anzustarren.

»Miss Tessa Gray«, stellte Charlotte vor. »Dies ist Ragnor Fell, der Oberste Hexenmeister von London. Mr Fell, Miss Gray.«

»Erfreut, Ihre Bekanntschaft zu machen«, murmelte Tessa und ließ sich schräg gegenüber von Fell neben Jem nieder, angestrengt darum bemüht, den Hexenmeister nicht aus dem Augenwinkel zu beobachten. Wenn Magnus' Katzenaugen ihn als Hexenwesen kennzeichneten, dann ließ Fell sich an den Hörnern und der grünlichen Haut identifizieren. Tessa konnte nicht umhin, eine gewisse Faszination für Schattenweltler im Allgemeinen und Hexenwesen im Besonderen zu empfinden. Warum trugen sie alle ein Lilithmal, nur sie selbst nicht?

»Was steht denn auf der Tagesordnung, Charlotte?«, fragte Ragnor in diesem Moment. »Haben Sie mich wirklich hierherbestellt, um über dunkle Machenschaften in den Yorkshire-Mooren zu sprechen? Ich war bisher immer der Auffassung, dass in Yorkshire kaum jemals etwas von Bedeutung passieren würde. Genau genommen hatte ich immer den Eindruck, als gäbe es dort überhaupt nichts außer Schafen und Bergwerken.«

»Dann sind Sie dem Ehepaar Shade also nie begegnet?«, erkundigte Charlotte sich interessiert. »Die Hexengemeinschaft in Großbritannien ist doch gar nicht so groß …«

»Doch, ich habe sie gekannt.«

Während Fell den Schinken auf seinem Teller in Stücke schnitt, sah Tessa, dass er an jedem Finger ein zusätzliches Glied besaß. Unwillkürlich musste sie an Mrs Black mit den langen, krallenbewehrten Händen denken und unterdrückte ein Frösteln.

»Shade war ein wenig exzentrisch, mit seiner Manie für Uhrwerksmechanismen. Der Tod der beiden traf die Schattenwelt wie ein Schlag – ein Schock, der in der gesamten Gemeinde hohe Wellen schlug. Wenn ich mich recht entsinne, gab es auch Diskussionen und Pläne für Vergeltungsmaßnahmen, von denen meines Wissens allerdings keiner zur Reife gelangte.«

Charlotte beugte sich angespannt nach vorn. »Erinnern Sie sich auch an den Sohn der Shades? Ihr Adoptivkind?«

»Ich hatte von ihm gehört. Ein verheiratetes Hexenwesenpaar ist schon eine Rarität, aber eines, das ein Menschenkind aus einem Waisenhaus adoptiert, kommt noch seltener vor. Aber ich bin dem Jungen nie persönlich begegnet. Wir Hexenwesen … leben nun einmal sehr lange. Da ist ein Abstand von dreißig oder sogar fünfzig Jahren zwischen zwei Treffen nichts Ungewöhnliches. Jetzt, da ich weiß, zu welcher Person der Junge herangewachsen ist, wünschte ich natürlich, ich hätte ihn kennengelernt. Glauben Sie, es wäre sinnvoll, einen Versuch zu unternehmen, die leiblichen Eltern ausfindig zu machen?«

»Gewiss, falls sich das noch feststellen lässt. Jede Information, die wir über Mortmain in Erfahrung bringen, könnte sich als nützlich erweisen.«

»Ich kann Ihnen zumindest versichern, dass er sich diesen Namen selbst zugelegt hat«, erklärte Fell. »Er soll wie der eines Schattenjägers klingen. Genau die Art von Name, die jemand mit einem Groll gegen Nephilim wählen würde – und einem Sinn für schwarzen Humor. *Mort main …«*

»Die Hand des Todes«, steuerte Jessamine bei, die stolz auf ihre Französischkenntnisse war.

»Das wirft allerdings die Frage auf: Wenn der Rat Mortmain damals die Wiedergutmachung zugesprochen hätte, die er verlangte, hätte er sich dann immer noch zu dem entwickelt, der er heute ist? Und hätte es wohl jemals einen Pandemonium Club gegeben?«, bemerkte Tessa nachdenklich.

»Tessa …«, setzte Charlotte an.

Doch Ragnor Fell winkte ihren Protest ab. Amüsiert musterte er Tessa quer über den Tisch. »Sie sind die junge Gestaltwandlerin, nicht wahr?«, fragte er. »Magnus Bane hat mir von Ihnen erzählt. Es heißt, Sie trügen keinerlei Lilithmal.«

Tessa schluckte, erwiderte dann aber den eindringlichen Blick des Hexenmeisters. Er besaß unpassenderweise menschliche Augen – gewöhnliche Merkmale in einem außergewöhnlichen Gesicht. »Nein, kein Lilithmal«, bestätigte sie.

Mit einem belustigten Grinsen blickte er von der Gabel in seiner erhobenen Hand zu Tessa. »Ich nehme an, man hat *überall* danach geschaut?«

»Ich bin mir sicher, dass Will es zumindest versucht hat«, warf Jessamine gelangweilt ein.

Tessas Silberbesteck fiel klirrend auf ihren Teller.

Jessamine, die damit beschäftigt war, ihre Erbsen mit der breiten Klinge ihres Messers zu zerdrücken, schaute auf, als Charlotte entgeistert *»Jessamine!«* ausstieß, doch die junge Schattenjägerin zuckte nur die Achseln: »Na ja, so ist er doch nun mal.«

Mit einem feinen Lächeln um die Lippen wandte Fell sich wieder seinem Teller zu. »Ich erinnere mich noch gut an Wills Vater. War ein ziemlicher Charmeur. Die Damen konnten ihm einfach nicht widerstehen. Bis er Wills Mutter kennenlernte. Ab dem Moment gab er alles auf und zog nach Wales, nur um mit ihr zusammen sein zu können. Was für ein komischer Kauz!«

»Er hatte sich verliebt«, sagte Jem. »Das ist doch nicht so ungewöhnlich.«

»Einfach nur ›verliebt‹ trifft es nicht ganz«, erwiderte der Hexenmeister, noch immer mit jenem leichten Lächeln im Gesicht. »Ich würde eher sagen: Er hatte Feuer gefangen, war regelrecht in Liebe entbrannt. Aber natürlich gibt es solche Männer, für die nur noch eine einzige Frau infrage kommt – sie und keine andere.«

Charlotte warf Henry einen Blick zu, doch der schien vollkommen in Gedanken verloren und zählte irgendetwas an seinen Fingern ab – wobei jedoch niemand hätte sagen können, was genau. Er trug an diesem Tag eine rosa-violett gestreifte Weste und hatte Soßenflecken auf dem Ärmel. Charlottes Schultern sackten sichtbar herab, und sie seufzte. »Nun, nach allem, was man so hört, waren sie sehr glücklich …«, sagte sie.

»Ja, bis sie zwei ihrer drei Kinder verloren und Edmund Herondale alles verspielte, was er besaß«, erwiderte Fell. »Aber ich könnte mir vorstellen, das haben Sie dem kleinen Will sicher nicht erzählt.«

Tessa tauschte einen kurzen Blick mit Jem. *Meine Schwester ist tot,* hatte Will gesagt. »Dann haben die Herondales also drei Kinder gehabt? Und Will hatte zwei Schwestern?«, fragte sie.

»Tessa. Bitte.« Charlotte sah aus, als ob sie sich unbehaglich fühlte. »Ragnor … ich habe Sie nicht beauftragt, um für mich in der Privatsphäre der Herondales herumzuschnüffeln. Das war nie meine Absicht. Aber mir blieb keine andere Wahl, weil ich Will versprochen hatte, ihn zu informieren, falls seiner Familie etwas zustoßen sollte.«

Tessa dachte an Will – an den zwölfjährigen Jungen, der sich an Charlottes Hand geklammert und sie angefleht hatte, sie möge es ihm sagen, falls seine Familie tot sei. *Warum ist er weggelaufen?*, fragte Tessa sich zum hundertsten Mal. *Warum hat er seine Familie verlassen?* Eine Weile hatte sie angenommen, dass ihm vielleicht nichts an ihnen gelegen hatte, aber das war eindeutig nicht der Fall. Seine Familie hatte ihm immer etwas bedeutet, und das tat sie auch jetzt noch. Erneut verspürte Tessa einen Stich im Herzen, als sie daran dachte, wie er den Namen seiner Schwester gerufen hatte. Wenn er Cecily auf die gleiche Weise geliebt hatte wie sie selbst einst ihren Bruder Nate …

Mortmain musste Wills Familie irgendetwas angetan haben, überlegte Tessa weiter. Genau wie er ihrer Familie etwas angetan hatte. Und das verband sie beide, sie und Will, auf eine ganz eigene Weise – ob er nun davon wusste oder nicht.

»Was Mortmain auch immer vorhaben mag«, hörte sie sich im nächsten Moment laut aussprechen, »er hat es von langer Hand geplant. Schon vor meiner Geburt, als er meine Eltern mit einem Trick oder mit Gewalt dazu gebracht hat, mich zu ›erschaffen‹. Und jetzt wissen wir, dass er sich vor Jahren an Wills Familie herangemacht und sie nach Ravenscar Manor umgesiedelt hat. Ich fürchte, wir sind wie Schachfiguren, die er über das Spielbrett schiebt – und der Ausgang des Spiels ist ihm längst bekannt.«

»Er will, dass wir das denken, Tessa«, wandte Jem ein. »Aber er ist nur ein Mensch. Und jedes Detail, das wir über ihn in Erfahrung bringen, macht ihn verwundbarer. Wenn wir keine Bedrohung für ihn darstellen würden, hätte er gewiss nicht diesen Klockwerk-Automaten geschickt, um uns abzuschrecken.«

»Aber er hat genau gewusst, wann wir wo sein würden …«

»Es gibt kaum etwas Gefährlicheres als einen Mann, der auf Rache sinnt«, bemerkte Ragnor. »Ein Mann, der seit fast sechs Jahrzehnten auf Vergeltung aus ist, ein Mann, der den Gedanken gehegt und gepflegt hat, von einem kleinen giftigen Samenkorn zu einer voll erblühten, alles erstickenden Pflanze. Er wird seinen Plan bis zum Schluss durchführen – es sei denn, ihr Nephilim setzt ihm vorher ein Ende.«

»Dann werden wir ihm eben ein Ende setzen«, sagte Jem kurz angebunden. Tessa hatte ihn noch nie eine Drohung aussprechen hören, aber seine Worte ließen keinen Zweifel an seinen Absichten.

Nachdenklich schaute Tessa auf ihre Hände. Sie waren blasser als zu der Zeit, als sie noch in New York gelebt hatte, aber es waren ihre Hände, unendlich vertraut – beide Zeigefinger etwas länger als die Mittelfinger, die Nagelmonde deutlich ausgeprägt. *Ich könnte sie verwandeln,* überlegte sie. *Ich könnte jede Gestalt annehmen, mich in jeden beliebigen Menschen verwandeln.* Nie zuvor hatte sie sich wandelbarer oder veränderlicher gefühlt – und verlorener.

»In der Tat«, sagte Charlotte entschlossen. »Ragnor, ich muss wissen, warum die Familie Herondale in Ravenscar Manor lebt … diesem Haus, das einst Mortmain gehörte. Außerdem möchte ich dafür sorgen, dass sie dort in Sicherheit sind. Und das alles muss auf eine Weise geschehen, sodass weder Benedict Lightwood noch der Rest der Schattenjägergemeinschaft etwas davon erfährt.«

»Ich verstehe. Sie wollen also, dass ich möglichst unauffällig auf die Herondales achtgebe, während ich gleichzeitig diskrete Nachforschungen über Mortmain anstelle. Wenn er sie in diese Region umgesiedelt hat, muss er dafür einen Grund gehabt haben.«

Charlotte holte tief Luft. »Ganz genau.«

Ragnor spielte mit der Gabel in seiner Hand. »Das wird teuer.«

»Ja.« Charlotte nickte. »Und ich bin bereit, dafür zu zahlen.«

Ein breites Grinsen zeichnete sich auf Fells Gesicht ab. »In diesem Falle bin ich bereit, die vielen Schafe dort zu ertragen.«

Während des restlichen Mittagessens herrschte eine angespannte Stimmung: Jessamine zerdrückte übellaunig ihr Essen, ohne auch nur einen Bissen davon anzurühren, Jem war ungewöhnlich schweigsam, Henry murmelte irgendwelche mathematischen Gleichungen vor sich hin, und Charlotte und Fell feilten an ihrem Plan zum Schutz von Wills Familie. So sehr Tessa dieses Vorhaben auch begrüßte, hatte der Hexenmeister dennoch etwas an sich, das ihr auf eine Weise Unbehagen bereitete, wie sie es in Magnus' Gegenwart nie verspürt hatte. Deshalb war sie froh, als das Essen endlich vorüber war und sie sich mit einer Ausgabe von *Die Herrin von Wildfell Hall* auf ihr Zimmer zurückziehen konnte.

Zwar zählte dieses Werk nicht zu ihren Lieblingsbüchern der Geschwister Brontë – diese Ehre gebührte *Jane Eyre*, gefolgt von

Sturmhöhe –, aber sie hatte die beiden anderen Romane derart häufig gelesen, dass sie keine Überraschungen mehr boten. Viele Sätze und Formulierungen waren ihr inzwischen so vertraut, dass sie ihr fast wie alte Freunde erschienen. Eigentlich hätte Tessa gern *Eine Geschichte aus zwei Städten* gelesen, doch Will hatte Sydney Carton so oft zitiert, dass sie fürchtete, die Lektüre würde nur weitere Gedanken an ihn wecken und ihre nervöse Anspannung noch verschlimmern. Denn schließlich zitierte Will nie Charles Darnay, sondern immer nur Sydney, den ewig betrunkenen, gescheiterten und zügellosen tragischen Helden der Geschichte. Sydney, der für die Liebe in den Tod gegangen war.

Draußen herrschte düsteres, ungemütliches Wetter, und der Wind peitschte immer wieder Regenschauer gegen die Fensterscheiben, als Tessa plötzlich ein leises Klopfen an ihrer Tür hörte.

Im nächsten Moment betrat Sophie das Zimmer und hielt ihr ein Silbertablett entgegen. »Ein Brief für Sie, Miss.«

Verwundert legte Tessa ihre Lektüre beiseite. »Post für *mich?*«

Sophie nickte, trat näher und reichte ihr das Tablett. »Ja, aber es steht kein Absender darauf. Beinahe hätte Miss Lovelace sich den Brief geschnappt, aber ich konnte sie gerade noch daran hindern, diese Jungfer Naseweis.«

Tessa nahm den Umschlag vom Tablett. Er bestand aus dickem cremefarbenem Papier und war in der Tat an sie adressiert, in einer schrägen, ihr nicht bekannten Handschrift. Nachdenklich drehte Tessa den Brief einmal um und wollte sich gerade daranmachen, ihn zu öffnen, als sie Sophies große, neugierige Augen in der Spiegelung der Fensterscheibe sah. Langsam wandte sie sich ihr zu und sagte lächelnd: »Das wäre dann alles, Sophie.« Auf diese Weise entließen Romanheldinnen immer ihre Dienstboten, wusste Tessa, und es erschien ihr in diesem Moment durchaus passend.

Mit enttäuschter Miene nahm Sophie das Tablett und rauschte aus dem Raum.

Tessa sah ihr nach, faltete dann den Brief auseinander und strich ihn auf dem Schoß glatt.

Meine verehrte Miss Gray,
ich schreibe Ihnen, um mich für einen gemeinsamen Freund bei Ihnen zu verwenden – ein gewisser William Herondale. Es ist mir durchaus bekannt, dass es zu seinen Gepflogenheiten zählt, das Institut ganz nach Belieben zu betreten und zu verlassen – meistens zu verlassen –, und dass aus diesem Grund möglicherweise einige Zeit verstreichen wird, ehe seine Abwesenheit für Aufregung sorgt. Aber als jemand, der Ihren gesunden Menschenverstand sehr zu schätzen weiß, bitte ich Sie, seine diesmalige Abwesenheit nicht als gewöhnlich und vernachlässigenswert zu betrachten. Denn ich habe ihn gestern Abend persönlich gesehen, und er war, gelinde gesagt, recht verstört, als er mein Haus verließ. Ich habe Grund zu der Annahme, dass er sich möglicherweise ein Leid antun könnte, und deshalb schlage ich vor, dass man seinen derzeitigen Aufenthaltsort ausfindig macht und sich seines Wohlergehens vergewissert. Unser gemeinsamer junger Freund macht es einem nicht leicht, ihn zu mögen, aber ich glaube, dass auch Sie das Gute in ihm sehen, so wie ich es tue, Miss Gray, und genau aus diesem Grund richte ich mein Schreiben an Sie …

Ihr ergebener Diener
Magnus Bane

Postskriptum: An Ihrer Stelle würde ich Mrs Branwell über den Inhalt dieses Schreibens nicht in Kenntnis setzen. Nur eine Empfehlung …
M. B.

Obwohl Magnus' Brief in Tessa ein Gefühl nagender Unruhe auslöste, das wie flüssiges Feuer durch ihre Adern zu strömen schien, gelang es ihr irgendwie, den restlichen Nachmittag und sogar das Abendessen zu überstehen, ohne nach außen hin verdächtige Anzeichen ihrer inneren Qualen preiszugeben – zumindest hoffte sie das. Und Sophie erschien ihr an diesem Abend quälend langsam: Sie benötigte eine halbe Ewigkeit, um ihr beim Entkleiden zu helfen, die Haare zu bürsten, das Feuer im Kamin zu schüren und ihr den neuesten Klatsch zu erzählen. (Cyrils Cousin arbeitete im Haushalt der Familie Lightwood und wusste zu berichten, dass Tatiana – Gabriels und Gideons frisch vermählte Schwester – jeden Moment mit ihrem Ehemann aus den Flitterwochen zurückkehren würde, die sie auf dem Kontinent verbracht hatten. Die gesamte Dienerschaft war in Aufruhr, da sie, Gerüchten zufolge, ein höchst unangenehmes Wesen besaß.)

Daraufhin murmelte Tessa, dass Tatiana offenbar ganz nach ihrem Vater schlug. Doch die innere Ungeduld ließ ihre Stimme krächzen, und sie konnte Sophie nur mit sehr viel Mühe daran hindern, nach unten in die Küche zu laufen und ihr einen Pfefferminztee zu holen. Tessa musste ihr beharrlich versichern, sie sei nur furchtbar erschöpft und brauche ihren Schlaf jetzt dringender als einen Kräuteraufguss.

In dem Moment, in dem sich die Tür hinter Sophie schloss, war Tessa auch schon wieder auf den Beinen. Sie schlüpfte aus ihrem Nachthemd und in ihr Kleid, wobei sie ihr Korsett nach bestem Vermögen selbst schnürte, und warf sich dann eine kurze Jacke über. Nach einem vorsichtigen Blick in den Flur schlich sie aus ihrem Zimmer und huschte quer über den Gang zu Jems Zimmer, wo sie leise anklopfte. Einen Moment lang geschah gar nichts, und Tessa fürchtete schon, dass er bereits zu Bett gegangen sei, doch dann wurde die Tür aufgerissen, und Jem erschien im Rahmen.

Er war ganz offensichtlich gerade dabei gewesen, sich für die Nachtruhe vorzubereiten: Er hatte Schuhe und Gehrock abgelegt, sein Hemdkragen stand offen, und seine silbernen Haare waren anbetungswürdig zerzaust. Am liebsten hätte Tessa die Hand ausgestreckt und sie ihm glatt gestrichen. Verwundert blinzelte er sie an. »Tessa?«

Wortlos überreichte sie ihm das Schreiben. Jem schaute rasch in beide Richtungen des Flurs und winkte sie dann herein, woraufhin Tessa die Tür hinter sich schloss und zusah, wie er Magnus' Brief las. Erst flüchtig, dann ein zweites Mal. Schließlich zerknüllte er ihn in der Hand, und das Papier knisterte laut im ansonsten stillen Zimmer. »Ich hab's doch *gewusst!«*, stieß er hervor.

Dieses Mal blinzelte Tessa verwundert. »Was hast du gewusst?«

»Dass es sich nicht um eine von Wills üblichen Eskapaden handelt.« Rasch setzte er sich auf die Truhe am Fuß des Betts und schlüpfte in seine Schuhe. »Ich habe es gespürt. Hier.« Er legte sich eine Hand auf die Brust. »Ich wusste, dass irgendetwas anders war als sonst. Das habe ich wie einen Schatten auf meiner Seele gespürt.«

»Du glaubst doch nicht wirklich, er könnte sich ein Leid antun, oder?«

»Sich selbst ein Leid antun, hm, nein, vermutlich nicht. Aber sich in eine Situation bringen, wo man *ihm* möglicherweise ein Leid antut …« Jem sprang auf. »Ich muss gehen.«

»Wolltest du nicht ›wir‹ sagen? Du hast doch nicht ernsthaft vorgehabt, ohne mich nach Will zu suchen, oder?«, fragte Tessa schelmisch, und als Jem schwieg, fügte sie hinzu: »Dieser Brief war an mich adressiert, James. Ich hätte ihn dir überhaupt nicht zu zeigen brauchen.«

Einen Moment lang senkte Jem die Lider, aber als er sie wieder aufschlug, grinste er schief. *»James«*, sagte er. »Normalerweise nennt nur Will mich so.«

»Tut mir leid …«

»Nein, nein, das muss dir nicht leidtun. Mir gefällt der Klang meines Namens auf deinen Lippen.«

Lippen. Dieses Wort hatte etwas Eigentümliches, geradezu delikat Unschickliches an sich, fast wie ein Kuss. Und es schien zwischen ihnen im Raum zu schweben, während beide zögerten. *Aber das hier ist doch Jem,* dachte Tessa verwirrt. Jem. Und nicht Will, der ihr allein durch einen Blick das Gefühl geben konnte, seine Finger würden über ihre nackte Haut gleiten …

»Du hast recht«, räumte Jem ein und räusperte sich. »Magnus hätte diesen Brief bestimmt nicht an dich geschickt, wenn er nicht gewollt hätte, dass du dich an der Suche nach Will beteiligst. Vielleicht glaubt er ja, deine besondere Fähigkeit könnte uns dabei irgendwie von Nutzen sein. Aber wie auch immer …« Er wandte sich ab, ging zu seinem Kleiderschrank und riss die Türen weit auf. »Warte bitte in deinem Zimmer auf mich. Ich brauche nur eine Minute.«

Tessa war sich nicht sicher, ob sie genickt hatte – sie nahm es jedenfalls an –, aber wenige Augenblicke später fand sie sich in ihrem Zimmer wieder und lehnte sich von innen gegen die geschlossene Tür. Ihr Gesicht glühte, als hätte sie zu nahe am Kaminfeuer gestanden. Verwundert schaute sie sich um. Seit wann betrachtete sie diesen Raum eigentlich als *ihr* Zimmer? Dieses große, fast fürstliche Gemach mit den hohen Kreuzfenstern und den sanft leuchtenden Elbenlichtkerzen hatte so wenig mit dem winzigen Kämmerchen gemein, in dem sie in New York geschlafen hatte – mit dem armseligen Holzbett und den fadenscheinigen Decken, den dicken Wachsflecken auf dem Nachttisch, die von ihrer mitternächtlichen Lektüre im Kerzenschein zeugten, und den dünnen, schlecht gerahmten Fensterscheiben, an denen im Winter immer der Wind gerüttelt hatte.

Ein leises Pochen riss Tessa aus ihren Erinnerungen. Sie drehte sich um, öffnete die Tür und entdeckte Jem, der direkt vor ihr stand. Er trug seine Schattenjägermontur – schwarze Hose und langer Mantel aus jenem dicken, lederartigen Stoff, dazu schwere Stiefel. Rasch legte er einen Finger an die Lippen und bedeutete Tessa, ihm zu folgen.

Inzwischen musste die Uhr zehn geschlagen haben, schätzte Tessa, während sie durch eine ungewohnte Abfolge von Gängen mit schwach brennenden Elbenlichtkerzen eilten. Dies war nicht der übliche Weg zur Institutstür … Ihre Verwirrung legte sich erst, als sie eine Tür am Ende eines langen Flurs erreichten. Der Vorraum, in dem sie standen, besaß leicht gerundete Mauern; daher nahm Tessa an, dass sie sich im Inneren eines der gotischen Spitztürme befanden, die jede Ecke des Institutsgebäudes einfassten.

Jem drückte die Tür auf und winkte Tessa ins Zimmer; anschließend verriegelte er die Tür hinter ihnen und steckte den Schlüssel, den er zum Öffnen verwendet hatte, wieder in die Hosentasche. »Dies ist Wills Zimmer«, sagte er.

»Du meine Güte«, stieß Tessa hervor. »Hier bin ich noch nie gewesen. Ich war fast schon zu der Überzeugung gelangt, dass er kopfüber schlafen würde, wie eine Fledermaus an einem Balken.«

Jem lachte kurz, ging dann an ihr vorbei zu einem Sekretär und begann, das Wirrwarr auf der Schreibauflage zu durchwühlen.

Währenddessen schaute Tessa sich um. Ihr Herz schlug wie wild, als würde sie etwas sehen, was eigentlich nicht für ihre Augen bestimmt war – einen geheimen, verborgenen Teil von Will. Aber dann ermahnte sie sich, nicht albern zu sein. Schließlich war dies nur ein Zimmer, mit den gleichen schweren dunklen Möbeln wie in allen anderen Institutsräumen. Noch dazu herrschte das reinste Chaos: Die Bettdecke lag zerwühlt am Fußende des Betts, Kleidungsstücke hingen wahllos über der Stuhllehne, halb volle Teetassen balancierten gefährlich am Rand des

Nachttischs. Und überall lagen Bücher – Bücher auf den Beistelltischen, Bücher auf dem Bett, Bücher in hohen Stapeln auf dem Fußboden, Bücher in Zweierreihen auf den Regalen entlang der Wände. Während Jem weiterhin die Schubladen durchsuchte, schlenderte Tessa zu den Bücherregalen und warf einen neugierigen Blick auf die Titel.

Es überraschte sie nicht, dass sie fast ausschließlich Romane und Gedichtbände vorfand. Einige Titel waren in Sprachen verfasst, die sie nicht lesen konnte, auch wenn sie erkannte, dass es sich um Latein und Griechisch handeln musste. Des Weiteren entdeckte sie mehrere Märchensammlungen, *Tausendundeine Nacht,* die Werke von James Payn, Anthony Trollopes *Der Vikar von Bullhampton,* Thomas Hardys *Verzweifelte Maßnahmen,* einen Stapel mit Erzählungen von Wilkie Collins – *Die neue Magdalena, Gesetz und Frau, Zwei Schicksalswege* – und den neuen Roman von Jules Verne mit dem Titel *Die Stadt unter der Erde,* den zu lesen Tessa kaum erwarten konnte. Und dann fiel ihr Blick auf ein besonderes Buch. Da war es ja: *Eine Geschichte aus zwei Städten.* Mit einem wehmütigen Lächeln griff sie danach, um es aus dem Regal zu ziehen. Doch als sie es anhob, fiel ein dünner Stapel Papier heraus, der zwischen dem Buchdeckel und der ersten Seite eingeklemmt gewesen war, und flatterte zu Boden. Tessa bückte sich, um die Blätter aufzuheben, und erstarrte – sie erkannte die Handschrift auf den ersten Blick. Es handelte sich um ihre eigene …

Ein beklemmendes Gefühl schnürte ihr die Kehle zu, während sie die Seiten überflog. *Lieber Nate,* las sie. *Heute habe ich versucht, mich zu verwandeln, doch vergebens. Die Dunklen Schwestern hatten mir eine Münze gegeben, aber ich konnte ihr keinerlei Informationen entlocken. Entweder war die Münze nie im Besitz eines Menschen, oder aber meine Kräfte lassen nach. Im Grunde würde mich das nicht kümmern, aber sie haben mich ausgepeitscht … Bist du jemals ausgepeitscht worden? Nein, was für eine dumme Frage, natürlich nicht. Es fühlt sich an, als würden sich Flammenspuren kreuz und quer in deine Haut fressen. Es beschämt mich, gestehen zu müssen, dass ich in Tränen ausgebrochen bin, und du weißt ja, wie sehr ich es hasse zu weinen …* Ihr Blick fiel auf die nächsten Zeilen: *Lieber Nate, heute hast du mir so sehr gefehlt, dass ich dachte, ich müsste sterben. Wenn du nicht mehr existierst, gibt es niemanden mehr auf der Welt, den es kümmert, ob ich lebe oder tot bin. Ich habe das Gefühl, als würde ich mich auflösen, im Nichts verschwinden. Denn wenn sich auf der ganzen Welt niemand für einen interessiert, existiert man dann überhaupt noch?*

Dies waren die Briefe, die sie ihrem Bruder vom Dunklen Haus aus geschrieben hatte. Damals hatte sie allerdings nicht erwartet, dass Nate sie zu Gesicht bekommen würde – oder sonst irgendjemand. Eigentlich handelte es sich auch eher um eine Art Tagebuch, der einzige Ort, an dem sie all ihre Qualen, ihre Trauer und ihre Angst loswerden konnte. Tessa wusste, dass man die Briefe gefunden und dass Charlotte sie gelesen hatte, aber was machten sie ausgerechnet hier in *Wills* Zimmer, versteckt zwischen den Seiten eines Buchs?

»Tessa«, räusperte Jem sich hinter ihr.

Rasch drehte sie sich um und ließ dabei die Briefe unbemerkt in ihre Manteltasche gleiten.

Jem stand noch immer vor dem Sekretär und hielt ein silbernes Messer in der Hand. »Beim Erzengel, dieses Zimmer ist die reinste Müllhalde. Ich hatte schon befürchtet, ich würde es nie finden.« Nachdenklich drehte er die Klinge in den Händen. »Als Will hierher ins Institut kam, hat er nicht viele Dinge von zu Hause mitgebracht … soweit ich weiß, nur das hier: einen Dolch, den sein Vater ihm gegeben hat. Das Emblem der Familie Herondale, mehrere Vögel im Flug, ist in das Heft eingraviert. Das müsste reichen, um Will damit zu orten.« Doch trotz seiner ermutigenden Worte runzelte er die Stirn.

»Was ist los?«, fragte Tessa und kam zu ihm.

»Ich habe noch etwas anderes gefunden«, erklärte Jem. »Will war immer derjenige, der für mich meine ... meine Arznei besorgt hat. Er weiß, wie sehr ich diesen ganzen Vorgang verabscheue – jedes Mal Schattenweltler aufzutreiben, die bereit sind, das Mittel zu verkaufen, und sie anschließend entsprechend zu entlohnen ...« Seine Brust hob und senkte sich stoßweise, als würde es ihm schon Übelkeit bereiten, nur darüber zu sprechen. »Ich gebe ihm dann immer das Geld, und er macht sich auf den Weg. Aber jetzt habe ich eine Rechnung gefunden ... für die letzte Transaktion. Allem Anschein nach kostet das Mittel – die Arznei – nicht den Betrag, den ich immer angenommen hatte.«

»Du meinst, Will hat dich um Geld betrogen?«, fragte Tessa überrascht. Will konnte wirklich scheußlich und grausam sein, überlegte sie, aber irgendwie hatte sie gedacht, seine Ruchlosigkeit wäre raffinierter. Nicht so billig. Und das ausgerechnet gegenüber Jem ...

»Ganz im Gegenteil. Die Substanz kostet deutlich mehr, als Will mir immer gesagt hat. Er muss die Differenz irgendwie aus eigener Tasche beglichen haben.« Kopfschüttelnd steckte Jem den Dolch in seinen Gürtel. »Ich kenne Will besser als jeder andere auf dieser Welt«, sagte er sachlich. »Aber dennoch muss ich oft feststellen, dass er es versteht, mich immer wieder zu überraschen.«

Tessa dachte an ihre Briefe, die in dem Werk von Dickens verborgen gewesen waren, und daran, was sie Will diesbezüglich sagen würde, sobald sie ihn sah. »In der Tat«, bestätigte sie. »Aber andererseits ist das Ganze auch wieder kein so großes Rätsel, oder? Will würde alles für dich tun ...«

»Ich glaube nicht, dass ich so weit gehen würde, das zu behaupten«, bemerkte Jem ironisch.

»Selbstverständlich würde Will alles für dich tun«, widersprach Tessa. »Jeder würde das. Du bist immer so freundlich und gütig …« Sie verstummte, doch Jem musterte sie bereits mit großen Augen. Er wirkte überrascht, als wäre er so viel Lob gar nicht gewohnt, aber das konnte natürlich nicht stimmen, dachte Tessa verwirrt. Alle, die ihn kannten, waren sich doch sicher bewusst, wie glücklich sie sich schätzen mussten. Erneut spürte Tessa, wie sich ihre Wangen röteten, und verwünschte sich dafür. *Was* ging hier vor?

Ein schwaches Rattern drang durch das Fenster zu ihnen in den Raum. Nach kurzem Zögern drehte Jem sich um und meinte: »Das … das dürfte Cyril sein.« Ein kaum hörbarer rauer Ton schwang in seiner Stimme mit. »Ich … habe ihn gebeten, die Kutsche vorzufahren. Wir sollten besser aufbrechen.«

Tessa nickte stumm und folgte ihm dann aus dem Zimmer.

Als Jem und Tessa das Institutsgebäude verließen, fegte der Wind noch immer durch den Innenhof und wirbelte getrocknetes Laub auf, das sich wie tanzende Feen im Kreis drehte. Den dunklen Himmel verdeckten gelbliche Nebelschwaden, durch die der Mond gelegentlich wie eine golden schimmernde Scheibe hervorbrach und die lateinische Inschrift im schmiedeeisernen Tor des Instituts aufglühen ließ: *Staub und Schatten sind wir.*

Cyril, der neben der Kutsche und den beiden Pferden Balios und Xanthos wartete, wirkte erleichtert, sie zu sehen. Rasch half er Tessa beim Einsteigen und schwang sich dann auf den Kutschbock, während Jem Tessa in die Kutsche folgte.

Fasziniert beobachtete Tessa, wie Jem auf der gegenüberliegenden Sitzbank Wills Dolch und eine Stele aus seinem Gürtel zog. Er nahm die Waffe in die rechte Hand und zeichnete mit der Spitze der Stele ein Runenmal auf seinen Handrücken. Die Rune sah in Tessas Augen genau wie alle anderen Runen aus: fließende, nicht zu entziffernde Wellenlinien, die einander umwirbelten und sich zu kräftigen schwarzen Mustern verbanden.

Einen Moment lang schaute Jem auf seine Hand, dann schloss er die Augen, sein Gesicht vor Konzentration vollkommen reglos. Und genau in der Sekunde, als Tessas Nerven vor Ungeduld förmlich zu sirren begannen, schlug er die Lider wieder auf. »Brick Lane, in der Nähe der Whitechapel High Street«, murmelte er fast wie zu sich selbst. Dann steckte er Dolch und Stele wieder ein und beugte sich aus dem Fenster, um Cyril dieselben Worte zuzurufen. Einen Augenblick später saß er wieder in der Kutsche und schloss das Fenster gegen die eisige Luft, während die Kutsche sich in Bewegung setzte und über das Pflaster rumpelte.

Tessa holte tief Luft. Den ganzen Tag hatte sie nach Will Ausschau gehalten, sich Sorgen um ihn gemacht, sich gefragt, wo er wohl steckte – doch nun, da sie durch die dunklen Gassen in das düstere Zentrum der Stadt rollten, verspürte sie nichts als Angst.

9
Blinde Mitternacht

Blinde Mitternacht, Morgen in Schauer
Und Liebe, verflucht und begehrt,
Alle Freuden des Fleischs, alle Trauer,
Die Seelen versehrt.

ALGERNON CHARLES SWINBURNE, »DOLORES«

Tessa ließ den Vorhang auf ihrer Seite der Kutsche zurückgeschoben und heftete den Blick auf die Fensterscheibe, während sie durch die Fleet Street in Richtung Ludgate Hill fuhren. Der Nebel war noch dichter geworden, und sie konnte nur wenig in den gelblichen Schwaden ausmachen – die dunklen Schemen hin und her eilender Passanten, die unscharfen Buchstaben von aufgemalten Werbesprüchen an den Hausmauern. Von Zeit zu Zeit lichteten sich die Schwaden und gaben kurz den Blick frei auf Gestalten und Gegenstände, die sich auf dem Gehweg befanden: ein kleines Mädchen, das einen Korb mit verwelkenden Lavendelsträußchen hielt und erschöpft an einer Mauer lehnte; ein Scherenschleifer, der seinen Karren müde heimwärts zog; eine Werbetafel für Schwefelhölzer der Marke Bryant and May, die plötzlich aus der Dunkelheit auftauchte.

»Wegwerfware«, sagte Jem. Er lehnte an der Rückbank, und seine Augen leuchteten im Dämmerlicht.

Tessa fragte sich, ob er vor ihrem Aufbruch wohl etwas von

seiner Arznei genommen hatte, und wenn ja, wie viel. »Was meinst du, bitte?«, fragte sie nun verwundert.

Pantomimisch stellte Jem dar, wie er ein Streichholz entzündete, es ausblies und anschließend über die Schulter warf. »So nennt man hier in London Schwefelhölzer: ›Wegwerfware‹, weil man sie nach einmaligem Gebrauch wegwirft. Und genauso bezeichnet man auch die Mädchen, die in den Schwefelholzfabriken arbeiten.«

Tessa musste an Sophie denken, die auch als »Wegwerfware« hätte enden können, wenn Charlotte sie nicht gefunden hätte. »Das ist grausam und unbarmherzig.«

»Der gesamte Stadtteil, zu dem wir gerade fahren, ist grausam und unbarmherzig. Das East End. Das Elendsquartier.« Jem beugte sich vor. »Ich möchte, dass du gleich, wenn wir dort ankommen, vorsichtig bist und dich immer in meiner Nähe aufhältst.«

»Weißt du, was Will in Whitechapel treibt?«, fragte Tessa, obwohl sie sich vor der Antwort fast fürchtete. Im selben Augenblick passierten sie das imposante Gebäude der St. Paul's Cathedral, die über ihnen auftauchte wie der schimmernde Marmorgrabstein eines Riesen.

Jem schüttelte den Kopf. »Ich kann es dir nicht sagen. Die Ortungsrune gibt mir nur eine vage Ahnung – ein flüchtiges Bild einer Straße. Ich muss allerdings dazu sagen, dass es nach Anbruch der Dunkelheit nur wenige *harmlose* Gründe für einen Gentleman gibt, sich nach ›Chapel‹ zu begeben …«

»Er könnte sich beim Kartenspiel vergnügen …«

»Natürlich, das könnte er.« Jem nickte, aber seine Stimme klang, als hätte er seine Zweifel.

»Du hast gesagt, du würdest es spüren. Hier.« Tessa berührte die Stelle über ihrem Herzen. »Du würdest es fühlen, wenn ihm etwas zugestoßen wäre. Hängt das damit zusammen, dass ihr *Parabatai* seid?«

»Ja.«

»Dann ist damit also mehr verbunden, als nur einen Eid abzulegen und zu schwören, aufeinander aufzupassen. Das Ganze hat also auch eine … eine mystische Komponente.«

Jem schenkte Tessa ein Lächeln – jenes Lächeln, das warm und einladend wirkte wie ein hell erleuchtetes Haus in der Dunkelheit. »Wir sind Nephilim. Jeder Übergang zu einem neuen Abschnitt in unserem Leben besitzt eine mystische, symbolische Komponente: Geburt, Tod, Heirat … all diese Dinge sind mit einer Zeremonie verbunden. Und auch wenn man der *Parabatai* eines anderen Schattenjägers werden möchte, erwartet einen ein besonderes Ritual. Aber selbstverständlich muss man den anderen zuerst einmal fragen. Schließlich geht man damit nicht gerade eine leichte Verpflichtung ein …«

»Du hast Will gefragt«, mutmaßte Tessa.

Noch immer lächelnd schüttelte Jem den Kopf. »Nein, er hat mich gefragt«, erläuterte er. »Oder besser gesagt, er hat es mir mitgeteilt. Wir waren gerade im Fechtsaal, beim Training mit dem Langschwert. Will hat mich gefragt, und ich habe abgelehnt, denn er verdiente jemanden, der nicht bald sterben würde … der ein Leben lang auf ihn aufpassen konnte. Daraufhin hat Will mir eine Wette vorgeschlagen: Wenn er es schaffen würde, mir das Schwert abzunehmen, müsste ich im Gegenzug einwilligen, sein Blutsbruder zu werden.«

»Und hat er es geschafft?«

»In sage und schreibe neun Sekunden stand ich mit dem Rücken zur Wand, ohne mein Schwert«, lachte Jem. »Er musste damals heimlich trainiert haben, denn ich hätte mich niemals auf die Wette eingelassen, wenn ich geahnt hätte, wie gut er im Umgang mit dem Langschwert ist. Schließlich waren bis dahin immer Wurfmesser die Waffen seiner Wahl.« Er zuckte die Achseln. »Wir waren damals dreizehn, und die Zeremonie fand ein Jahr später statt, mit vierzehn. Inzwischen sind drei Jahre vergangen, und ich kann mir überhaupt nicht mehr vorstellen, ohne *Parabatai* zu leben.«

»Warum wolltest du zuerst nicht … als er dich gefragt hat?«, erkundigte Tessa sich zögernd.

Jem fuhr sich mit einer Hand durch die silberhellen Haare. »Die Zeremonie bindet die beiden Partner«, sagte er. »Sie macht sie stärker – beide *Parabatai* können aus der Kraft des jeweils anderen schöpfen. Und man weiß wesentlich genauer, wo sich der andere gerade befindet, sodass man im Kampf nahtloser zusammenarbeiten kann. Außerdem stehen den *Parabatai* zusätzliche Runen zur Verfügung, die man sonst nicht nutzen könnte. Aber … man kann in seinem Leben nur ein einziges Mal einen anderen Schattenjäger zu seinem *Parabatai* erwählen. Eine zweite Chance gibt es nicht, selbst wenn der erste gestorben sein sollte. Und angesichts meiner Umstände hielt ich mich nicht für die beste Wahl.«

»Das erscheint mir als eine harte Regel.«

Jem schaute sie an und sagte etwas in einer Sprache, die Tessa nicht verstand. Es klang wie *»Chalepa ta kala«*.

Verwundert runzelte Tessa die Stirn. »Das ist kein Latein, oder?«

»Griechisch«, erläuterte Jem. »Und es hat zwei Bedeutungen. Zum einen besagt es, dass alles Erstrebenswerte – das Gute, Feine, Ehrenwerte – nur schwer zu erreichen ist.« Dann beugte er sich vor, näher zu Tessa, sodass sie den süßlichen Duft des Dämonengifts, seiner Arznei, wahrnehmen konnte und darunter den leicht salzigen Geruch seiner Haut. »Aber es bedeutet auch noch etwas anderes«, fügte er hinzu.

Tessa musste schlucken. »Und das wäre?«

»Es bedeutet ›Schönheit ist hart‹.«

Rasch warf Tessa einen Blick auf Jems Hände: schlanke, feingliedrige, geschickte Hände, mit kurz geschnittenen Nägeln und Narben auf den Knöcheln. War eigentlich kein einziger der Nephilim *nicht* von früheren Wunden gezeichnet?, wunderte sie sich. »Diese Worte sprechen dich auf eine besondere Weise an, nicht wahr?«, fragte sie leise. »Diese toten Sprachen. Wie kommt das?«

Jem hatte sich inzwischen so weit zu ihr vorgebeugt, dass sie seinen warmen Atem auf ihrer Wange spüren konnte. »Ich bin mir nicht ganz sicher, denke aber, dass es möglicherweise mit der Klarheit dieser Sprachen zusammenhängt. Griechisch, Latein, Sanskrit … sie alle enthielten reine Wahrheiten … lange bevor wir unsere heutigen Sprachen mit so vielen sinnlosen Wörtern überfrachtet haben.«

»Und was ist mit deiner eigenen Sprache?«, hakte Tessa sanft nach. »Die Sprache, mit der du aufgewachsen bist?«

Jems Mundwinkel zuckten. »Ich bin mit Englisch und Mandarin, also Hochchinesisch, aufgewachsen«, führte er aus. »Mein Vater sprach Englisch, aber Chinesisch mehr schlecht als recht. Und als wir nach Shanghai umzogen, wurde es sogar noch schlimmer. Der dort gesprochene Dialekt ist für jemanden, der nur Hochchinesisch beherrscht, kaum zu verstehen.«

»Bitte sag etwas auf Mandarin«, bat Tessa lächelnd.

Daraufhin erwiderte Jem etwas, das wie eine schnelle und melodische Abfolge von gehauchten Vokalen und Konsonanten klang: *»Ni hen piao liang.«*

»Und was hast du nun gesagt?«

»Ich sagte, dein Haarknoten löst sich auf. Augenblick …«, murmelte Jem und schob eine widerspenstige Locke hinter Tessas Ohr.

Tessa spürte, wie ihr das Blut in die Wangen schoss, und war dankbar für das schummrige Licht in der Kutsche.

»Du musst damit vorsichtig sein«, fuhr Jem fort und zog seine Hand langsam zurück, wobei seine Finger einen Moment an Tessas Wange verweilten. »Du willst einem potenziellen Gegner doch keine Angriffsfläche bieten – etwas, woran er dich packen kann.«

»Oh … ja … natürlich.« Hastig wandte Tessa den Blick ab, schaute aus dem Fenster – und riss bestürzt die Augen auf. Die gelblichen Nebelschwaden hingen noch immer über den Straßen, aber dazwischen konnte man nun deutlich mehr erkennen. Sie befanden sich in einer schmalen Durchgangsstraße, obwohl man diese für Londoner Verhältnisse vielleicht sogar als breit bezeichnen musste. Die Luft war erfüllt von rußigem Kohlenstaub und Dreck, und zahllose Menschen säumten die Straßen. Gekleidet in schmutzstarrende Lumpen, lehnten sie an den Mauern windschiefer Häuser und verfolgten die Kutsche mit ihren Blicken wie eine Meute hungriger Hunde einen Knochen.

Tessa sah eine Frau mit einem löchrigen Umhängetuch, einen Blumenkorb in der schlaffen Hand und einen Säugling in eine Ecke des Tuchs geschlagen und gegen ihre Schulter gedrückt. Das Kind hatte die Augen geschlossen; sein Gesicht wirkte bleich, und es hatte den Anschein, als sei es sehr krank – oder sogar schon tot. Barfüßige Kinder, so schmutzig wie streunende Katzen, spielten auf der Straße; Frauen hockten in Gruppen auf den Stufen heruntergekommener Häuser, lehnten offensichtlich betrunken gegeneinander. Aber am schlimmsten waren die Männer: In ihren dreckigen, geflickten Mänteln und Hüten hingen sie zusammengesackt in den düsteren Gassen zwischen den Häusern, einen Ausdruck unendlicher Hoffnungslosigkeit so tief in die hageren Gesichter gemeißelt wie die Inschriften auf einem Grabstein.

»Reiche Londoner aus Mayfair und Chelsea unternehmen gern mitternächtliche Besichtigungstouren in Viertel wie dieses«, sagte Jem. Seine Stimme klang ungewöhnlich bitter für seine Verhältnisse. »Das nennen sie dann ›sich unter das Volk mischen‹.«

»Und halten sie auch an, um … um irgendwie zu helfen?«

»Nein, nur die wenigsten. In der Regel wollen sie das Elend einfach nur begaffen, damit sie sich dann auf ihrer nächsten Teegesellschaft brüsten können, sie hätten echte ›Wegelagerer‹ und ›Bordsteinschwalben‹ oder einen ›Zitterhannes‹ gesehen. Die meisten steigen nicht einmal aus ihren Kutschen oder Omnibussen.«

»Was ist ein Zitterhannes?«

Jem betrachtete sie mit ruhigen silbernen Augen. »Ein bibbernder, dürftig bekleideter Bettler«, erklärte er. »Jemand, der mit hoher Wahrscheinlichkeit erfrieren wird.«

Tessa musste an die dicken Papierschichten denken, die über den Rissen in den Fensterscheiben ihrer New Yorker Wohnung geklebt hatten. Aber sie hatte zumindest ein Schlafzimmer gehabt, einen Ort, an dem sie sich hinlegen konnte, und Tante Harriet, die auf dem kleinen Küchenherd immer heißen Tee oder dampfende Suppe zubereitet hatte. Sie hatte großes Glück gehabt.

Die Kutsche kam an einer wenig einladenden Ecke abrupt zum Stehen. Auf der gegenüberliegenden Straßenseite ergoss sich Licht aus den Fenstern eines Gasthauses auf den Gehweg, zusammen mit einem beständigen Strom Betrunkener – manche flankiert von freizügig gekleideten, grell geschminkten Frauen, die sich schwankend am Arm ihres Begleiters festhielten. In der Ferne lallte jemand: »Vernehmt, o Leut, die Moritat, die einst sich zugetragen hat …«

Jem tastete nach Tessas Hand. »Ich kann dich nicht mithilfe von Zauberglanz vor den Blicken der Irdischen schützen. Also halt den Kopf gesenkt und bleib immer dicht in meiner Nähe«, mahnte er.

Tessa lächelte verschmitzt, zog ihre Hand aber nicht fort. »Das sagtest du bereits.«

Als Jem sich zu ihr vorbeugte und ihr ins Ohr wisperte, jagte sein warmer Atem ihr einen Schauer durch den Körper: »Und das meine ich *sehr* ernst.« Damit griff er an ihr vorbei zur Türklinke, schwang den Schlag auf und sprang auf den Gehweg.

Dann half er Tessa beim Aussteigen und zog sie fest an seine Seite.

Ein wenig nervös schaute Tessa in beide Richtungen der Straße. Zwar ernteten sie ein paar gleichgültige Blicke, doch die meisten schenkten Jem und ihr keinerlei Beachtung. Gemeinsam eilten sie zu einem schäbigen Haus. Mehrere Stufen führten zu einer schmalen, rot lackierten Haustür, auf denen aber im Gegensatz zu den umliegenden Treppen niemand herumlungerte.

Rasch stieg Jem die Stufen hinauf, zog Tessa dabei hinter sich her und klopfte laut an die Tür, die kurz darauf von einer Frau geöffnet wurde. Diese trug ein langes rotes Kleid, das sich derart eng an ihren Körper schmiegte, dass Tessa große Augen bekam. Ihre langen schwarzen Haare waren hochgesteckt und mit zwei goldenen Stäbchen fixiert. Dunkle, mit Kajal betonte Augen schimmerten in einem sehr blassen Gesicht, doch bei näherem Hinsehen stellte Tessa fest, dass es sich nicht um eine Asiatin, sondern eine Europäerin handelte.

Ihr kleiner roter Schmollmund verzog sich ablehnend, als ihr Blick auf Jem fiel. »Nein. Keine Nephilim«, stieß sie hervor und machte einen Schritt zur Seite, um die Tür wieder zu schließen.

Doch Jem kam ihr zuvor: Er hob seinen Spazierstock und ließ die Klinge aus der Spitze hervorschnellen, wodurch die Tür weit aufgesperrt blieb. »Keine Sorge«, sagte er. »Wir sind nicht im Auftrag des Rats hier. Es handelt sich um eine Privatangelegenheit.«

Die Frau kniff skeptisch die Augen zu Schlitzen.

»Wir suchen nach jemandem«, fuhr Jem fort. »Ein Freund. Wenn Sie uns zu ihm bringen, werden wir Sie nicht länger belästigen.«

In dem Moment warf die Frau den Kopf in den Nacken und lachte. »Ich weiß schon, nach wem ihr sucht«, sagte sie. »Von eurer Sorte ist zurzeit nur einer hier.« Dann wandte sie sich mit einem verächtlichen Achselzucken von der Tür ab.

Jems Klinge kehrte zischend in ihr Gehäuse zurück, während der junge Schattenjäger sich bückte, unter dem niedrigen Türsturz hindurchtauchte und Tessa hinter sich herzog.

Auf der anderen Seite der Tür befand sich ein schmaler Flur. Ein schwerer, süßlicher Duft hing in der Luft, genau wie der Geruch, der an Jems Kleidung haftete, wenn er seine Arznei eingenommen hatte. Unwillkürlich klammerte Tessa sich fester an seine Hand.

»Hierher kommt Will immer, wenn er das … das Mittel kauft, das ich benötige«, wisperte Jem und neigte dabei den Kopf zu ihr hinunter, sodass seine Lippen fast Tessas Ohr berührten. »Allerdings wüsste ich nicht, was er jetzt hier zu suchen hätte …«

Die Frau, die ihnen die Tür geöffnet hatte, warf einen kurzen Blick über ihre Schulter und stolzierte dann durch den Flur. Ein langer Schlitz auf der Rückseite ihres Kleides legte einen Großteil ihrer Beine frei – und die Spitze eines langen, schlanken, gegabelten Schwanzes, der wie eine Schlangenhaut mit schwarzen und weißen Zeichnungen versehen war.

Sie ist eine Hexe, schoss es Tessa durch den Kopf, und ihr Herz machte einen schmerzhaften Satz. Ragnor, die Dunklen Schwestern und nun diese Frau hier – wie kam es nur, dass alle Hexenwesen immer so … so zwielichtig wirkten? Alle, mit Ausnahme von Magnus, überlegte Tessa. Aber sie hatte den Eindruck, dass Magnus in vielerlei Hinsicht eine Ausnahme von der Regel darstellte.

Der Flur endete in einem großen Raum mit dunkelrot gestrichenen Mauern. Von der hohen Decke hingen wuchtige Holzlaternen, durch deren elegantes, fein geschnitztes Flechtwerk gelbes Licht fiel und filigrane Muster auf alle Oberflächen warf. Die Wände waren von Stockbetten gesäumt, wie Kojen im dunklen Bauch eines Schiffs, und ein großer runder Tisch beherrschte die Mitte des Raums. Daran saß eine Reihe von Männern, deren Haut im selben Ton schimmerte wie die Farbe der Mauern. Ihre schwarzen Haare waren extrem kurz geschoren. Statt Finger besaßen sie blauschwarze Krallen, die ebenfalls kurz geschnitten waren, vermutlich für ein leichteres Hantieren und Wiegen der verschiedenen Pulver und Mischungen, die vor ihnen auf dem Tisch lagen. Die Substanzen schienen im Licht der Laternen zu schimmern und zu glänzen, wie pulverisierte Edelsteine.

»Ist das hier eine Opiumhöhle?«, wisperte Tessa Jem ins Ohr.

Doch Jem sondierte nervös den Raum; Tessa konnte seine Anspannung spüren, ein Zittern unter seiner Haut, wie das schnell pulsierende Herz eines Kolibris. »Nein«, erwiderte er leicht abgelenkt, »keine *Opiumhöhle* – eher Dämonengifte und Feenpulver. Die Männer dort an dem Tisch … das sind Ifrit: Hexenmeister ohne Zauberkräfte.«

Die Frau in dem roten Kleid hatte sich über die Schulter eines der Ifrit gebeugt. Gemeinsam schauten sie nun auf und zu Tessa und Jem hinüber, wobei ihre Augen einen Moment lang auf dem jungen Schattenjäger verweilten. Tessa gefiel es nicht, wie sie ihn ansahen: Den Mund der Hexe umspielte ein zynisches Lächeln, und der Ifrit musterte Jem mit einem berechnenden Blick. Dann richtete die Frau sich auf und kam zu ihnen herüber, wobei sich ihre Hüften in dem engen Satinkleid wie ein Metronom hin und her wiegten. »Madran meint, wir haben, was du suchst, mein kleiner Silberjunge«, hauchte sie mit rauchiger Stimme und fuhr Jem mit einem langen blutroten Fingernagel über die Wange. »Nicht nötig, sich länger zu verstellen.«

Bei ihrer Berührung zuckte Jem schlagartig zurück. Nie zuvor hatte Tessa ihn derartig aus der Fassung gebracht erlebt. »Ich sagte doch bereits, dass wir auf der Suche nach einem Freund sind«, fauchte er. »Ein Nephilim. Blaue Augen, schwarzes Haar.« Und dann fragte er mit erhobener Stimme: *»Ta xian zai zai na li?«*

Die Frau sah ihn einen Moment an und schüttelte schließlich den Kopf. »Du bist ein Narr«, erwiderte sie. »Auf dem Markt ist nur noch wenig *Yin Fen* zu bekommen, und wenn die letzten Reserven aufgebraucht sind, wirst du sterben. Natürlich versuchen wir, neue Quellen zu erschließen, aber die Nachfrage ist in letzter Zeit ...«

»Ersparen Sie uns Ihre Versuche, Ihre Waren feilzubieten«, unterbrach Tessa sie plötzlich aufgebracht. Sie konnte den Ausdruck auf Jems Gesicht nicht ertragen, den jedes Wort wie ein Messerstich zu treffen schien. Kein Wunder, dass Will die Substanz immer für ihn besorgte. »Wo ist unser Freund?«

Die Hexe reagierte mit einem bösen Zischen und zeigte dann achselzuckend auf die Kojen an den Wänden. »Dahinten.«

Jem erbleichte, während Tessa in die angedeutete Richtung starrte. Sie hatte angenommen, die Betten seien leer, weil sich während der ganzen Zeit nichts darin gerührt hatte. Doch bei näherem Hinsehen wurde ihr bewusst, dass jede der Schlafstätten von einer reglosen Gestalt belegt war. Einige lagen auf der Seite, einen Arm über der Bettkante, die Finger schlaff gespreizt; aber die meisten ruhten auf dem Rücken und starrten an die Decke oder die Koje über ihnen.

Wortlos durchquerte Jem den Raum, dicht gefolgt von Tessa. Als sie sich den Betten näherten, erkannte Tessa, dass es sich nicht bei allen Besuchern um Menschen handelte. Im Vorbeigehen streifte ihr Blick blaue, violette, rote und grüne Gesichter; grüne Haare – so lang und verworren wie ein Nest aus Seegras – auf einem schmutzigen Kopfkissen; krallenbewehrte Finger, die den Bettrahmen umklammerten, während die Gestalt in der Koje gequält aufstöhnte. Ein paar Meter weiter kicherte jemand leise und hoffnungslos, ein Geräusch, das trauriger war als jedes Wimmern. Und eine andere Stimme sang wieder und wieder dasselbe Kinderlied:

»Das Geld musst du bringen,
St. Clements Glocken klingen.
Wann wirst du endlich löhnen?,
Hört man Old Bailey dröhnen.
Sobald ich hab die Flocken,
Bimmeln die Shoreditch-Glocken …«

»Will«, wisperte Jem. Er hatte vor einem Bett etwa in der Mitte der Wand innegehalten und lehnte nun dagegen, als würden ihm seine Beine jeden Moment den Dienst versagen.

In der Koje lag Will, in ein dunkles, fadenscheiniges Laken gehüllt, das sich teilweise um seine Hüften gewickelt hatte. Er trug nur seine Hose und ein Hemd; sein Waffengürtel hing an einem Haken im Inneren der Koje. Seine nackten Füße schauten unter der verdrehten Decke hervor, und er hatte die Lider halb geschlossen, sodass man das Blau der Pupillen unter den dichten dunklen Wimpern nur ahnen konnte. Seine Haare waren schweißfeucht und klebten ihm an der Stirn; seine Wangen wirkten fiebrig gerötet, und seine Brust hob und senkte sich stoßweise, als habe er Probleme beim Atmen.

Tessa streckte einen Arm aus und legte den Handrücken an seine Stirn. Sie war glühend heiß. »Jem«, sagte sie leise. »Jem, wir müssen ihn sofort hier rausbringen.«

Der Mann in der benachbarten Koje, bei dem es sich eigentlich nicht um einen Irdischen, sondern vielmehr um ein Wesen mit kurzem, gekrümmtem Rumpf und Hufen statt Füßen handelte, sang noch immer:

»Und wann wird das sein?,
Fällt Stepney lautstark ein.
Ich zahl's dir morgen schon,
Dröhnt Bow mit dumpfem Ton.«

Jem stand weiterhin da und blickte auf Will herab, vollkommen reglos. Er schien wie erstarrt. Nur auf seinem kreideweißen Gesicht zeichneten sich inzwischen hektische rote Flecken ab.

»Jem!«, flüsterte Tessa eindringlich. »Bitte! Hilf mir, ihn auf die Beine zu bekommen.« Als Jem noch immer nicht reagierte, beugte sie sich zu Will vor, packte ihn an der Schulter und schüttelte ihn. »Will. Will, wach auf, bitte.«

Doch Will stöhnte nur und drehte sich von ihr weg, wobei er den Kopf unter seinem Arm begrub.

Er war ein Schattenjäger, überlegte Tessa, fast achtzig Kilo Muskeln und Knochen – viel zu schwer, als dass sie ihn hätte hochhieven können. Es sei denn … »Wenn du mir nicht hilfst«, wandte Tessa sich an Jem, »dann schwöre ich, werde ich mich in dich verwandeln und ihn allein hochheben. Und dann sieht jeder, wie du in Frauenkleidern aussiehst.« Tessa fixierte ihn mit einem scharfen Blick. »Verstehst du das?«

Quälend langsam schaute Jem zu ihr hinüber. Er machte nicht den Eindruck, als ob es ihn kümmerte, dass irgendwelche Ifrit ihn in einem Kleid sehen könnten; genau genommen machte er nicht den Eindruck, als ob er Tessa überhaupt wahrnahm. Es war das erste Mal, dass sie seine silbernen Augen ohne jedes Licht sah. »Verstehst du es denn?«, entgegnete er, bückte sich in die Koje, packte Will am Arm und zog ihn seitlich heraus, wobei er nicht allzu sanft mit ihm umging, sodass Wills Kopf hart gegen das Seitenteil des Betts schlug.

Will stöhnte und öffnete die Augen. »Lasst mich …«

»Hilf mir, ihn auf die Beine zu bringen«, forderte Jem Tessa auf, ohne sie dabei anzublicken. Und dann mühten sie sich gemeinsam ab, Will aus der Koje zu hieven. Dabei wäre dieser fast gestürzt – es gelang ihm gerade noch, den Arm um Tessas Schultern zu schlingen, um das Gleichgewicht zu bewahren, während Jem den Waffengurt seines Freundes vom Haken nahm.

»Sag mir, dass das kein Traum ist«, wisperte Will und schmiegte sein Gesicht an Tessas Hals.

Erschrocken zuckte Tessa zusammen. Seine Wangen fühlten sich fiebrig heiß auf ihrer Haut an. Und dann streiften seine Lippen ihre Wangenknochen – immer noch so weich, wie sie sie in Erinnerung hatte. »Jem!«, flüsterte Tessa verzweifelt.

Dieses Mal schaute Jem sofort auf; er war damit beschäftigt, sich Wills Waffengurt über seinen eigenen zu schnallen, und hatte eindeutig nichts von dem gehört, was Will gemurmelt hatte. Rasch bückte er sich, um Wills Füße in dessen Stiefel zu stopfen, und dann richtete er sich auf und legte sich den Arm seines *Parabatai* um die Schultern.

Will schien höchst erfreut darüber. »Na, wunderbar«, nuschelte er. »Jetzt sind wir alle drei zusammen.«

»Halt den Mund«, erwiderte Jem.

Aber Will kicherte: »Hör mal, Carstairs, du hast nicht zufällig etwas Zaster dabei, oder? Normalerweise würde ich ja blechen, aber ich hab mich vollkommen verausgabt.«

»Was hat er gerade gesagt?«, fragte Tessa verwirrt.

»Er möchte, dass ich seine Rechnung bezahle.« Jem klang angespannt. »Komm. Schaffen wir ihn in die Kutsche. Dann geh ich anschließend noch mal zurück und begleiche seine Schulden.«

Während sie sich zur Tür vorkämpften, hörte Tessa die Stimme des pferdefüßigen Mannes, die ihnen folgte, hoch und dünn wie Musik aus einer Rohrflöte, und die in einem schrillen Kichern endete:

»Aber zu Hause, da wartet dein Mädel,
Schnappt sich ein Hackbeil
Und kappt dir den Schädel!«

Selbst die rußige Luft von Whitechapel erschien Tessa klar und frisch im Vergleich zu dem süßlichen, beißenden Geruch der

Schattendrogenhöhle. Sie taumelte beinahe die Stufen hinunter.

Glücklicherweise stand die Kutsche noch immer am Straßenrand, und Cyril schwang sich sofort vom Kutschbock herunter und eilte mit besorgter Miene auf sie zu. »Alles in Ordnung mit ihm?«, fragte er, nahm Wills Arm, der über Tessas Schulter lag, und hievte ihn hoch.

Dankbar wand Tessa sich aus Wills Griff; ihr Rücken hatte unter der Last bereits zu schmerzen begonnen.

Wie nicht anders zu erwarten, schien Will davon jedoch überhaupt nicht angetan. »Lasst mich«, knurrte er plötzlich gereizt. »Ich kann alleine stehen.«

Jem und Cyril tauschten einen Blick und traten dann beiseite.

Will schwankte, hielt sich aber aufrecht und hob den Kopf. Der kalte Wind fegte ihm die verschwitzten Haare aus Nacken und Stirn und blies sie ihm in die Augen.

Unwillkürlich musste Tessa an jenen Abend zurückdenken, an dem Will auf dem Dach des Instituts gestanden hatte: *Und ich erblicke London, ein menschliches, Furcht einflößendes Wunder Gottes.*

Will heftete seine Augen, die blauer als blau funkelten, nun auf Jem. Seine Wangen waren gerötet, seine Züge engelsgleich. »Du hättest nicht hierherzukommen brauchen, um mich wie ein kleines Kind abzuholen«, sagte er. »Ich hatte mich eigentlich ganz prima amüsiert.«

Jem erwiderte seinen Blick. »Hol dich der Teufel«, knurrte er und schlug seinen *Parabatai* so fest ins Gesicht, dass dessen Kopf zur Seite flog.

Will konnte sich gerade noch auf den Beinen halten und stützte sich an der Kutschtür ab, eine Hand an der geröteten Wange. Seine Lippen bluteten. Vollkommen verwirrt starrte er Jem an.

»Schaff ihn in die Kutsche«, befahl Jem Cyril, machte dann auf dem Absatz kehrt und marschierte zurück durch die rote Tür. *Vermutlich um das zu bezahlen, was Will konsumiert hatte,* dachte Tessa.

Will schaute ihm noch immer hinterher; das Blut färbte seinen Mund rot. »James?«, fragte er.

»Na, dann wollen wir mal«, sagte Cyril, keineswegs unfreundlich. Er besaß wirklich eine erstaunliche Ähnlichkeit mit Thomas, überlegte Tessa, als er den Kutschschlag öffnete, Will hineinbugsierte und Tessa beim Einsteigen half. Dann zog er wortlos ein Taschentuch aus seiner Hosentasche; es fühlte sich warm an und roch nach billigem Rasierwasser.

Tessa lächelte und dankte ihm, während er die Kutschtür schloss.

Will saß zusammengesackt in einer Ecke, die Arme verschränkt, die Augen nur halb geöffnet. Das Blut war ihm inzwischen am Kinn herabgelaufen. Als Tessa sich vorbeugte und ihm das Taschentuch auf die Lippe drückte, schnellte seine Hand hoch, legte sich über ihre und hielt sie dort fest. »Da hab ich ja was Schönes angerichtet, nicht wahr?«, bemerkte er.

»Ich fürchte, das stimmt«, bestätigte Tessa und versuchte gleichzeitig, die Wärme seiner Hand auf ihren Fingern zu ignorieren. Selbst im schummrigen Licht der Kutsche schienen seine Augen noch immer blau zu leuchten. Was hatte Jem noch einmal gesagt? *Schönheit ist hart.* Würde man Will die Dinge, die er tat, auch dann vergeben, wenn er unansehnlich wäre? Und half es ihm letztendlich, dass man ihm vergab? Allerdings wurde Tessa das Gefühl nicht los, dass er all dies nicht tat, weil er sich selbst zu sehr liebte, sondern weil er sich hasste. Und sie wusste einfach nicht, warum.

Erschöpft schloss Will die Augen. »Ich bin so furchtbar müde, Tess«, murmelte er. »Und ich wollte doch nur ein einziges Mal einen schönen Traum haben.«

»Aber auf diese Weise erreicht man das nicht, Will«, sagte sie leise. »Geld, Drogen oder Träume werden dir deinen Schmerz niemals völlig nehmen können.«

Betroffen verspannte sich Wills Hand über Tessas. Doch im nächsten Moment wurde die Kutschtür aufgerissen, und Tessa rückte hastig von Will ab.

Jem platzte mit zornrotem Gesicht ins Kutscheninnere. Er warf Will einen kurzen Blick zu, ließ sich dann auf die Sitzbank fallen und klopfte mit seinem Spazierstock an den Kutschhimmel. »Cyril, nach Hause!«, rief er nach vorn. Einen Moment später setzten sie sich in Bewegung und ratterten in die Nacht, während Jem den Arm ausstreckte und die Vorhänge vor die Fenster zog. Tessa nutzte die Dunkelheit, um das Taschentuch unbemerkt in ihren Ärmel zu stecken – es war noch feucht von Wills Blut.

Auf dem gesamten Heimweg sagte Jem kein einziges Wort; stattdessen starrte er mit steinerner Miene und verschränkten Armen vor sich hin, während Will in seiner Ecke der Kutsche schlief, den Hauch eines Lächelns um die Lippen. Tessa, die den beiden gegenübersaß, wollte einfach nichts einfallen, wie sie Jems brütendes Schweigen brechen konnte. Dieses Verhalten war vollkommen untypisch für ihn – Jem, der sonst immer liebenswert, immer freundlich, immer optimistisch schien. Der leere Ausdruck auf seinem Gesicht erschreckte Tessa, und sie beobachtete mit Bestürzung, wie sich seine Nägel in den Stoff seiner Schattenjägermontur gruben und seine Schultern vor unterdrücktem Zorn ganz steif und kantig wurden.

In dem Moment, in dem die Kutsche vor dem Institut vorfuhr, warf er den Schlag auf und sprang hinaus. Tessa hörte, wie er Cyril zurief, er solle Will auf sein Zimmer helfen. Dann stakste er davon, die Stufen hinauf – ohne Tessa noch eines Wortes zu würdigen.

Tessa war derartig geschockt, dass sie ihm nur stumm hinterherschauen konnte. Nach einem kurzen Augenblick rutschte sie zur Kutschtür, wo Cyril bereits stand, eine Hand ausgestreckt, um ihr beim Aussteigen behilflich zu sein. Tessa hatte kaum einen Fuß auf das Pflaster gesetzt, als sie Jem auch schon nacheilte und seinen Namen rief, doch er war bereits im Institutsgebäude verschwunden. Er hatte die Tür sperrangelweit offen gelassen, und Tessa stürmte ihm nach, wobei sie nur einen kurzen Blick über die Schulter warf, um sich zu vergewissern, dass Cyril Will aus der Kutsche half. Sie hastete die Treppe hinauf, rief erneut nach Jem und senkte dann die Stimme, als ihr bewusst wurde, dass die anderen Bewohner des Instituts natürlich längst schliefen.

Durch die nur schwach beleuchteten Flure eilte sie zuerst zu Jems Zimmer. Als sie auf ihr Klopfen keine Antwort erhielt, kehrte sie um und suchte einige seiner Lieblingsorte auf, doch Jem war weder im Musikzimmer noch in der Bibliothek zu finden. Schließlich gab sie bekümmert auf und ging auf ihr eigenes Zimmer. Nachdem sie aus ihrem Kleid geschlüpft war und es ausgebürstet und aufgehängt hatte, streifte sie ihr Nachthemd über, kletterte ins Bett und starrte an die Decke. Sie hob sogar Wills Exemplar von Beckfords *Vathek* vom Boden auf, aber zum ersten Mal war das Gedicht, das er für sie auf der ersten Seite notiert hatte, nicht in der Lage, ihr ein Lächeln aufs Gesicht zu zaubern, und es gelang ihr einfach nicht, sich auf die Erzählung zu konzentrieren.

Dabei war sie über ihren Kummer selbst verwundert. Schließlich hatte Jem sich über Wills Verhalten aufgeregt, nicht über sie. Und dennoch war es das erste Mal, dass er in ihrer Gegenwart die Beherrschung verloren hatte, überlegte sie – das erste Mal, dass er ihr gegenüber kurz angebunden gewesen war, nicht mit Freundlichkeit auf ihre Worte reagiert und nicht zuerst an sie statt an sich selbst gedacht hatte …

Auf einmal wurde ihr schmerzlich bewusst, dass sie Jems Güte die ganze Zeit als selbstverständlich hingenommen hatte, und sie errötete schamvoll, während sie in das Licht der flackernden Kerze starrte. Sie hatte sein freundliches Wesen immer für so natürlich und angeboren gehalten, dass sie sich nie gefragt hatte, ob es ihn überhaupt Mühe kostete – Mühe, ständig zwischen Will und der Welt zu stehen und beide voreinander zu schützen. Oder den Verlust seiner Familie mit Gleichmut zu ertragen. Oder selbst im Angesicht des eigenen nahenden Todes stets ruhig und heiter zu bleiben.

Plötzlich zerriss ein markerschütterndes Quietschen die Stille – so als ob irgendetwas mit Macht auseinandergerissen wurde. Tessa setzte sich ruckartig auf. Was war das? Das Geräusch schien von der anderen Seite ihrer Tür zu kommen, aus dem Gang …

Jem?

Mit einem Satz war Tessa auf den Beinen, schnappte sich ihren Morgenmantel vom Türhaken, streifte ihn hastig über und stürmte hinaus in den Flur.

Sie hatte sich nicht geirrt: Das Geräusch kam tatsächlich aus Jems Zimmer. Unwillkürlich musste sie an jenen ersten Abend im Institut zurückdenken, an dem sie ihn kennengelernt hatte, und an seine liebliche Geigenmusik, die wie Wasser durch die Tür geperlt war. Doch das Geräusch, das nun aus seinem Zimmer drang, hatte nichts mit seinem üblichen Violinspiel gemein. Zwar konnte Tessa hören, wie der Bogen über die Saiten fuhr, aber es klang eher wie ein Kreischen, wie ein Mensch, der vor Schmerz aufschrie. Zögernd verharrte Tessa vor Jems Zimmer – sie sehnte sich danach, sofort zu ihm zu eilen, und fürchtete sich gleichzeitig davor. Schließlich fasste sie sich ein Herz, öffnete die Tür einen Spalt, schlüpfte hindurch und drückte sie rasch hinter sich ins Schloss.

»Jem«, wisperte sie.

Die Elbenlichtkerzen an den Wänden flackerten nur schwach. Jem saß in Hemd und Hose auf der Truhe am Fuß seines Betts; seine silbernen Haare standen wirr in alle Richtungen ab. Er hatte sich seine Geige an die Schulter gedrückt, sägte mit dem Bogen brutal über die Saiten und entlockte ihnen schreckliche Töne. Es klang, als würde das Instrument kreischen.

Während Tessa betroffen zusah, riss eine der Saiten mit einem schrillen Jaulen. *»Jem!«*, rief Tessa erneut, und als er noch immer nicht aufschaute, marschierte sie zu ihm und nahm ihm den Bogen entschlossen aus der Hand. »Jem, *hör auf!* Deine Geige … deine wundervolle Geige … du machst sie noch kaputt.«

In diesem Moment hob er den Kopf und sah Tessa an. Seine Pupillen waren riesengroß, die silberfarbene Iris bildete nur einen schmalen Ring um die schwarze Mitte. Sein Atem ging schwer, sein Hemdkragen stand weit auf, und Schweißperlen glänzten auf den Schlüsselbeinen. Seine Wangen waren fiebrig gerötet. »Welche Rolle spielt das schon?«, stieß er so leise hervor, dass es fast wie ein Zischen klang. »Welche Rolle spielt es? Ich werde sterben. Wahrscheinlich werde ich nicht mal das Ende dieses Jahrzehnts erleben. Wen kümmert es da noch, ob die Geige vor mir das Zeitliche segnet?«

Tessa war entsetzt. Auf diese Weise hatte er noch nie über seine Krankheit gesprochen, noch nicht ein einziges Mal.

Jem stand auf und wandte sich von ihr ab, in Richtung Fenster. Nur ein dünner Mondstrahl fand einen Weg durch den weißen Nebel, in dem Gestalten zu schweben und sich an die Fensterscheibe zu pressen schienen – Geister, Schatten, spöttisch verzerrte Fratzen. »Du weißt, dass das der Wahrheit entspricht«, fügte er hinzu.

»Aber das ist doch noch längst nicht entschieden«, widersprach Tessa mit zitternder Stimme. »Das muss nicht zwangsläufig so bleiben. Vielleicht findet man ein Heilmittel …«

»Es gibt kein Heilmittel«, sagte Jem. Allerdings klang er nicht länger wütend eher gleichgültig, was fast noch schlimmer war. »Ich werde sterben, und du weißt das auch, Tessa. Vermutlich innerhalb des nächsten Jahres. Meine Tage sind gezählt, und ich habe keinerlei Familie mehr auf dieser Welt. Und der einzige Mensch, dem ich mehr als jedem anderen vertraut habe, macht sich ausgerechnet über das lustig, was mich umbringt.«

»Aber Jem, ich glaube nicht, dass Will das auch nur im Entferntesten beabsichtigt hat.« Tessa lehnte den Bogen gegen das Fußbrett von Jems Bett und trat zögernd näher, vorsichtig, als sei er ein scheues Tier, das sie nicht verschrecken wollte. »Will hat nur zu flüchten versucht. Er flieht vor etwas, irgendetwas Dunklem und Schrecklichem. Du weißt, dass das stimmt, Jem. Du hast ihn selbst gesehen, nach … nach der Begegnung mit Cecily.« Sie stand nun direkt hinter ihm, nahe genug, dass sie die Hand hätte ausstrecken und ihn zaghaft am Arm hätte berühren können. Doch sie hielt sich zurück. Ihr Blick fiel auf sein weißes Hemd, das schweißfeucht an seinen Schulterblättern klebte, und sie konnte durch das Gewebe hindurch die schwarzen Runenmale auf seinem Rücken erkennen.

Beinahe achtlos legte Jem seine Geige auf der Truhe ab und drehte sich zu Tessa um. »Will weiß genau, was das für mich bedeutet … zusehen zu müssen, wie er mit etwas herumspielt, das mein Leben zerstört hat …«

»Aber dabei hat er doch gar nicht an dich gedacht …«

»Das weiß ich.« Jems Augen schimmerten inzwischen fast durchgehend schwarz. »Ich sage mir ja selbst, dass er ein besserer Mensch ist, als er uns glauben machen will. Aber was ist, wenn das gar nicht stimmt, Tessa? Ich habe immer gedacht, wenn mir schon nichts anderes in der Welt bleibt, dann habe ich wenigstens noch Will. Und wenn ich in meinem Leben schon nichts Sinnvolles erreicht habe, dann habe ich wenigstens immer an seiner Seite gestanden. Aber vielleicht sollte ich das gar nicht.«

Seine Brust hob und senkte sich jetzt so schnell, dass es Tessa langsam mit der Angst zu tun bekam. Besorgt legte sie ihm eine Hand an die Stirn und schnappte nach Luft. »Du glühst ja förmlich. Es wäre besser, wenn du dich hinlegst …« Ruckartig zuckte Jem vor ihr zurück, und Tessa ließ gekränkt die Hand sinken. »Jem, was hast du? Möchtest du nicht, dass ich dich anfasse?«

»Nicht auf diese Weise!«, brauste er auf, und dann röteten sich seine Wangen noch stärker als zuvor.

»Auf welche Weise?« Tessa musterte ihn aufrichtig verwirrt; ein derartiges Benehmen hätte sie vielleicht von Will erwartet, aber nicht von Jem … diese Rätselhaftigkeit, dieser Zorn.

»So als ob du eine Krankenschwester wärst und ich dein Patient«, erwiderte er mit leiser, aber fester Stimme. »Du denkst, nur weil ich krank bin, könnte ich nicht auch …« Er verstummte und holte gequält Luft. »Glaubst du, ich wüsste nicht, dass du meine Hand nur deshalb nimmst, damit du meinen Puls fühlen kannst? Und dass du mir nur deshalb in die Augen schaust, damit du überprüfen kannst, ob und wie viel ich von meiner Arznei genommen habe? Wenn ich ein anderer Mann wäre … ein normaler Mann … dann würde ich mir vielleicht Hoffnungen machen oder sogar Erwartungen hegen. Ich würde …« Er verstummte; seine Worte schienen ihm im Hals stecken zu bleiben – entweder weil ihm bewusst wurde, dass er bereits zu viel gesagt hatte, oder weil ihm der Atem ausgegangen war. Jedenfalls rang er nach Luft, und seine Wangen leuchteten flammend rot.

Tessa schüttelte den Kopf und spürte, wie ihre Zöpfe sie am Hals kitzelten. »Das ist das Fieber, das aus dir spricht; das bist nicht du.«

Im nächsten Moment verfinsterten sich Jems Augen, und er wandte sich von ihr ab. »Du kommst ja nicht einmal auf die Idee, dass ich dich vielleicht begehren könnte«, sagte er leise, fast flüsternd. »Dass ich lebendig genug … gesund genug bin …«

»Nein …« Ohne lange darüber nachzudenken, ergriff Tessa Jems Arm und spürte, wie er sich innerlich versteifte. »James, so habe ich das überhaupt nicht gemeint …«

Jem krümmte seine Finger um ihre Hand, die auf seinem Arm lag, und seine Wärme schien ihre Haut zu versengen: Seine Finger waren glühend heiß. Dann drehte er sich um und zog Tessa an sich.

Reglos standen sie da, von Angesicht zu Angesicht, einander so nahe, dass sein warmer Atem ihre Haare bewegte. Tessa spürte das Fieber von seinem Körper aufsteigen wie Nebel von der Themse, spürte sein Blut unter der Haut pulsieren. Und mit einer eigenartigen Klarheit nahm sie den Herzschlag an seiner Kehle wahr und die Lichtreflexe auf seinen blassen Haaren, die sich an seine noch blassere Haut schmiegten. Ein heißes Prickeln lief ihr in Wogen durch den Körper, verwirrte sie. Das hier war doch Jem – ihr Freund, so beständig und zuverlässig wie ihr eigener Herzschlag. Jem war doch gar nicht derjenige, der normalerweise ihre Haut zum Glühen und das Blut in ihren Adern in Wallung brachte, bis ihr schwindlig wurde.

»Tessa«, sagte er leise.

Langsam schaute sie zu ihm hoch: Der Ausdruck auf seinem Gesicht hatte nichts Beständiges oder Zuverlässiges an sich. Seine Augen waren dunkel, seine Wangen gerötet. Als Tessa ihr Gesicht anhob, näherte sich seines, und sein Mund senkte sich auf ihren. Und gerade als Tessa vor Überraschung erstarrte, küssten sie einander. *Jem.* Sie küsste Jem. Während Wills Küsse heiß wie Feuer waren, erschien ihr Jems Kuss wie klare, reine Luft nach einem langen Aufenthalt in dunkler, stickiger Enge. Sein Mund war weich und fest; seine linke Hand umfasste behutsam ihren Nacken, führte ihre Lippen an seine. Seine andere Hand umfing sanft ihr Gesicht, und sein Daumen streichelte sacht über ihre Wangenknochen. Seine Lippen schmeckten nach karamellisiertem Zucker – die Süße des Dämonengifts, vermutete Tessa. Seine Berührungen, seine Lippen, waren vorsichtig, zaghaft, und Tessa wusste auch genau, wieso. Denn im Gegensatz zu Will war Jem sich durchaus der Tatsache bewusst, dass dies den Gipfel der Unschicklichkeit darstellte, dass er sie nicht berühren, sie nicht küssen sollte – und dass sie sich eigentlich losreißen müsste.

Aber sie wollte sich gar nicht von ihm losreißen. Und noch während sie sich darüber wunderte, dass sie Jem küsste, *ausgerechnet Jem,* und dass Jem derjenige war, der dafür sorgte, dass ihr schwindlig wurde und ihr das Blut in den Ohren rauschte, spürte sie, wie sich ihre Arme wie von selbst hoben, sich um seinen Hals legten und ihn näher zogen.

Und sie fühlte, wie er einen Moment erstaunt die Luft anhielt. Er musste so sicher damit gerechnet haben, dass sie ihn fortstoßen würde, dass er reglos verharrte. Tessa ließ ihre Hände über seine Schultern wandern, drängte ihn mit sanften Berührungen, mit einem gehauchten Raunen an seinen Lippen, jetzt nicht aufzuhören.

Zögernd erwiderte er ihre Liebkosungen, und dann küsste er sie, wieder und wieder, mit jedem Kuss drängender und fordernder, während seine glühenden Hände ihr Gesicht umfingen, seine schlanken Violinistenfinger ihre Haut streichelten und ihr einen heißen Schauer durch den Körper jagten. Seine Hände glitten ihren Rücken hinunter bis zu ihrer Taille, pressten sie an sich. Tessas nackte Füße verloren den Halt auf dem Teppich, und gemeinsam taumelten sie rückwärts auf das Bett.

Tessa krallte ihre Finger in Jems Hemd und zog ihn zu sich herab, spürte sein Gewicht auf ihrem Körper. Es schien, als würde sie etwas zurückerhalten, das ihr schon immer gehört hatte – einen Teil von ihr, der ihr gefehlt hatte, ohne dass es ihr bewusst gewesen wäre. Jem war leicht, federleicht wie ein Vogel, mit demselben rasend schnell schlagenden Herzen. Vorsichtig fuhr sie ihm mit den Fingern durchs Haar – es war so weich, wie sie es sich in ihren geheimsten Träumen immer ausgemalt hatte, weich wie Flaum. Und auch Jem schien nicht aufhören zu können, seine Hände voller Staunen über ihren Körper wandern zu lassen. Sie zeichneten eine heiße Spur über Tessas Haut, und sein Atem ging stoßweise an ihrem Ohr, als seine Finger die Schleife fanden, die ihren Morgenmantel zusammenhielt, und dort bebend verweilten.

Seine Unsicherheit ließ Tessas Herz vor Zuneigung anschwellen und erfüllte sie mit einer überwältigenden Zärtlichkeit, die sie beide zu umfassen schien. Sie wollte, dass Jem sie *sah,* so wie sie war, als sie selbst, als Tessa Gray – unverwandelt. Langsam griff sie zu der Schleife, zog sie auf und ließ den Morgenmantel von ihren Schultern gleiten, sodass sie nur mit ihrem dünnen Batistnachthemd bekleidet seinen Blicken preisgegeben war. Dann schaute sie atemlos zu ihm hoch und schüttelte sich die Haare, die sich teilweise aus ihren Zöpfen gelöst hatten, aus dem Gesicht.

Vorsichtig stützte Jem sich mit dem Ellbogen neben ihr auf das Bett, schaute an ihrem Körper herab und wiederholte dann mit heiserer Stimme, was er in der Kutsche zu ihr gesagt hatte: *»Ni hen piao liang.«*

»Was heißt das?«, wisperte Tessa.

Und dieses Mal lächelte er und erwiderte: »Es bedeutet: Du bist wunderschön. Ich wollte es dir vorher nicht sagen … weil ich nicht wollte, dass du denkst, ich würde mir Freiheiten herausnehmen.«

Tessa hob ihre Hand und berührte seine Wange, die dicht über ihr schwebte, und die empfindliche Stelle an seiner Kehle, wo das Blut dicht unter der Haut pulsierte. Seine Wimpern senkten sich wie ein silberner Regenvorhang, während er jede Bewegung ihrer Finger mit den Augen verfolgte. »Dann nimm sie dir jetzt heraus«, erwiderte Tessa flüsternd.

Jem beugte sich zu ihr herab, ihre Lippen trafen sich erneut, und dieses Mal war das Gefühl so intensiv, so überwältigend, dass Tessa instinktiv die Augen schloss, als könnte sie sich in der Dunkelheit verbergen. Jem murmelte leise und zog sie an sich. Dann rollte er sie beide auf die Seite, Tessas Beine um seine gelegt, und ihre Körper pressten sich fester und fester aneinander, bis sie kaum noch Luft bekamen – und dennoch konnten und wollten sie nicht aufhören.

Tessa fand die Knöpfe an seinem Hemd, aber obwohl sie die Augen aufschlug, zitterten ihre Hände so sehr, dass sie sie kaum öffnen konnte. Ungeschickt fummelte sie daran herum, zerriss dabei Teile des Stoffs.

Als Jem sein Hemd von den Schultern gleiten ließ, sah Tessa, dass seine Augen wieder in einem klaren Silberton aufleuchteten. Allerdings blieb ihr nur ein Moment, um diesen Anblick zu bewundern – der Rest seines wundervollen Körpers beanspruchte nämlich ebenfalls ihre Aufmerksamkeit. Er war sehr hager, ohne die kräftigen Muskelstränge, die für Will so typisch waren, aber seine Zerbrechlichkeit hatte etwas Liebenswertes an sich, wie die freien Verse eines Gedichts. *Wie Gold gehämmert wird zu Hauch.* Obwohl Jems Brust noch immer eine dünne Schicht Muskelgewebe bedeckte, konnte Tessa die Schatten zwischen seinen Rippen erkennen. Der Jadeanhänger, den Will ihm geschenkt hatte, ruhte unterhalb seines deutlich hervorstehenden Schlüsselbeins.

»Ich weiß«, murmelte er und schaute verlegen an sich herab. »Ich bin nicht … ich meine, du musst denken, ich bin …«

»Wunderschön«, sagte sie und meinte es von ganzem Herzen. »Du bist wunderschön, James Carstairs.«

Seine Augen weiteten sich überrascht, als sie ihn berührte: Ihre Hände zitterten nicht länger, erkundeten seinen Körper nun forschend, fasziniert. Tessa erinnerte sich an ein sehr altes Buch, das ihre Mutter einst besessen hatte und dessen Seiten so empfindlich waren, dass sie bei jedem Umblättern zu Staub zu zerfallen drohten. Und den gleichen Drang zu äußerster Vorsicht empfand sie auch jetzt, als sie mit den Fingern über die Runenmale auf seiner Brust fuhr, die Vertiefungen zwischen seinen Rippen und die leicht abfallende Ebene seines Oberbauchs erkundete, die unter ihrer Berührung erbebte – hier hatte sie etwas vor sich, das so zerbrechlich wie liebenswert war.

Auch Jem schien nicht in der Lage, die Finger von ihr zu lassen. Seine Musikerhände ertasteten Tessas Hüften, glitten unter ihr Nachthemd, über ihre nackten Beine. Er berührte sie auf eine Weise wie sonst nur seine geliebte Geige – mit einer sanften, drängenden Anmut, die Tessa den Atem raubte. Inzwischen schien sie sein Fieber zu teilen; ihre Körper glühten, und ihre schweißfeuchten Haare klebten ihnen in Nacken und Stirn.

Doch das kümmerte Tessa nicht – sie wollte diese Hitze, dieses fast schmerzhafte Verlangen spüren. Dies hier war nicht sie selbst, die sich so verhielt, dies war eine andere Tessa, eine erträumte Tessa … Plötzlich erinnerte sie sich wieder an ihren Traum, in dem sie Jem in einem von Flammen umgebenen Bett gesehen hatte. Allerdings hätte sie sich niemals träumen lassen, dass sie mit ihm zusammen entbrennen würde. Und sie wollte mehr von diesem Gefühl, mehr von diesem Feuer. Aber keiner der vielen Romane, die sie gelesen hatte, verriet ihr, wie es nun weiterging. Wusste *Jem* es? Will hätte es gewusst, überlegte sie, aber Jem musste – genau wie sie – einem Instinkt gefolgt sein, einem Instinkt, der so alt war wie die Welt.

Seine Finger schoben sich in den nicht vorhandenen Raum zwischen ihren Körpern und fanden die Knöpfe, die Tessas Nachthemd zusammenhielten; und als das zarte Gewebe beiseiteglitt, beugte er sich herab und küsste ihre entblößte Schulter.

Nie zuvor hatte jemand Tessas nackte Haut geküsst. Das Gefühl war so überraschend, so überwältigend, dass sie eine Hand ausstreckte, um sich abzustützen, und dabei versehentlich ein Kissen vom Bett stieß. Das Kissen fiel gegen den kleinen Nachttisch, und im nächsten Moment ertönte ein lautes Krachen, und ein süßlicher, betörender Duft, wie von exotischen Gewürzen, erfüllte den Raum.

Ruckartig zog Jem seine Hände zurück, einen entsetzten Ausdruck auf dem Gesicht.

Auch Tessa setzte sich auf und nahm, plötzlich verlegen, den Ausschnitt ihres Nachthemds zusammen. Jem starrte über die Bettkante, und Tessa folgte seinem Blick: Das aus Silber gefertigte Kästchen, in dem er seine Arznei aufbewahrte, war zu Boden gestürzt und aufgesprungen. Eine dicke Schicht aus schimmerndem Pulver hatte sich über die Holzdielen verteilt, von denen nun ein feiner silbriger Dunst aufzusteigen schien und den süßen, würzigen Duft verströmte.

Im nächsten Moment zog Jem Tessa zurück, schlang seinen Arm um sie, doch aus der Umarmung sprach eher Furcht als Leidenschaft. »Tess«, sagte er leise und eindringlich, »du darfst diese Substanz nicht berühren. Wenn deine Haut damit in Kontakt käme, wäre das … gefährlich. Du darfst es nicht einmal einatmen – Tessa, du musst sofort gehen.«

Tessa dachte unwillkürlich an Will und daran, wie er sie vom Dachboden weggeschickt hatte. Würde es immer so enden? Würde es immer so sein, dass ein Junge sie küsste und ihr dann zu gehen befahl, als wäre sie ein unerwünschtes Dienstmädchen? »Nein, ich bleibe hier!«, brauste sie auf. »Jem, ich kann dir beim Aufräumen helfen. Wir sind doch …«

Freunde, wollte sie sagen, hielt dann aber inne. Denn das, was sie gerade getan hatten, war nichts, was Freunde miteinander taten. Also *was* war sie für ihn?

»Bitte«, beschwor er sie leise. Tessa erkannte das Gefühl, das aus seiner heiseren Stimme sprach – Scham. »Ich möchte nicht, dass du mich so siehst … wie ich auf den Knien hocke und hastig die Substanz vom Boden aufsammle, die ich zum Überleben brauche. Kein Mann möchte auf diese Weise von dem Mädchen gesehen werden, das er …« Er verstummte und holte gequält Luft. »Es tut mir leid, Tessa.«

Von dem Mädchen, das er …? Doch Tessa brachte es nicht fertig, diese Frage laut zu stellen. Sie fühlte sich überwältigt von miteinander streitenden Gefühlen – Mitleid, Sympathie und Schock angesichts dessen, was sie eben getan hatten. Stumm beugte sie sich vor und küsste Jem auf die Wange. Doch er blieb reglos sitzen, während sie aus dem Bett stieg, ihren Morgenmantel vom Boden raffte und leise das Zimmer verließ.

Der Korridor wirkte noch genauso wie zu dem Zeitpunkt, als Tessa ihn Momente – Minuten – Stunden? – zuvor durchquert hatte: nur schwach vom flackernden Elbenlicht beleuchtet, das sich in beide Richtungen entlang der Wände erstreckte. Rasch schlüpfte Tessa in ihr Zimmer und wollte gerade die Tür hinter sich schließen, als sie aus dem Augenwinkel eine Bewegung am Ende des Ganges wahrnahm. Irgendein Reflex ließ sie innehalten, die Tür fast geschlossen, ein Auge an den winzigen Spalt gepresst.

Die Bewegung entpuppte sich als ein Schemen, der durch den Flur schlich. *Ein blonder Mann*, dachte Tessa einen Moment verwirrt, erkannte dann aber: Es handelte sich um *Jessamine*, Jessamine in Männerkleidung. Sie trug eine dunkle Hose und einen Gehrock, unter dem eine Weste zum Vorschein kam; ihre langen blonden Haare hatte sie fest nach hinten gesteckt, und sie hielt einen Herrenhut in der Hand. Nach einem verstohlenen Blick über die Schulter hastete sie durch den Gang, als fürchtete sie, jemand würde ihr folgen. Und wenige Sekunden später war sie auch schon um eine Ecke verschwunden.

Leise schloss Tessa die Zimmertür. Ihre Gedanken überschlugen sich förmlich: Was um alles in der Welt ging hier vor? Was hatte Jessamine dazu veranlasst, zu mitternächtlicher Stunde durch das Institut zu geistern, noch dazu gekleidet wie ein Mann?

Nachdenklich hängte Tessa ihren Morgenmantel auf und schlüpfte unter die Bettdecke. Sie fühlte sich ausgelaugt, abgrundtief erschöpft – jene Art von Erschöpfung, wie sie sie in der Todesnacht ihrer Tante empfunden hatte – als wäre ihrem Körper jede Fähigkeit zum Fühlen genommen. Tessa schloss die Augen, sah Jems Gesicht vor sich … und dann Wills Antlitz, eine Hand an seiner blutenden Lippe. Gedanken an die beiden wirbelten ihr durch den Kopf und vermischten sich, bis sie endlich einschlief, nicht sicher, ob sie davon träumte, wie sie den einen Jungen küsste oder den anderen …

10
Die Tugend der Engel

Die Tugend der Engel: Sie können nicht vergehen,
und ihr Makel: Sie können sich nicht verbessern.
Des Menschen Makel: Er kann vergehen,
und seine Tugend: Er kann sich verbessern.
CHASSIDISCHE WEISHEIT, TALMUD

»Ich darf wohl annehmen, dass ihr es inzwischen alle wisst«, bemerkte Will am nächsten Morgen beim Frühstück. »Ich habe letzte Nacht eine Opiumhöhle aufgesucht.«

Der Tag war regnerisch und grau angebrochen, und im Institut herrschte eine gedämpfte Stimmung, als würde der Himmel bleiern schwer auf dem Gebäude lasten. Sophie lief mit großen, dampfenden Schüsseln zwischen Küche und Speisezimmer hin und her; ihr Gesicht wirkte erschöpft und verkniffen. Jessamine hockte müde auf ihrem Stuhl und starrte in ihren Tee. Charlotte war abgespannt von den langen Stunden, die sie am Abend zuvor in der Bibliothek verbracht hatte. Und Will hatte rot geränderte Augen; außerdem schimmerte seine Wange dort, wo Jem ihn geschlagen hatte, bläulich. Nur Henry schien noch einen Funken Energie zu besitzen: Während er in der einen Hand die Morgenzeitung hielt und darin las, stocherte er gleichzeitig mit seiner Gabel in seinem Rührei.

Jem glänzte vor allem durch Abwesenheit. Als Tessa an diesem Morgen aufgewacht war, hatten sie einen Moment in einem

Zustand seliger Geistesabwesenheit geschwebt – die Ereignisse der Nacht zuvor waren nur eine verschwommene Erinnerung gewesen. Doch dann war sie ruckartig hochgefahren, und ein Gefühl abgrundtiefen Entsetzens hatte sie wie ein Schwall siedend heißes Wasser überspült.

Hatte sie wirklich all diese Dinge getan – mit Jem? Sein Bett … seine Hände auf ihrem Körper … seine Arznei, auf dem Boden verstreut. Tessa griff sich an den Kopf und tastete nach ihren Zöpfen. Doch sie fielen lose um ihre Schultern – Jem hatte die Flechten gelöst. *O Gott*, dachte Tessa. *Ich habe das wirklich alles getan; das war tatsächlich ich.* Bestürzt schlug sie die Hände vors Gesicht, überwältigt von einer seltsamen Mischung aus Verwirrung, angsterfülltem Glücksgefühl (denn sie konnte nicht umhin, sich einzugestehen, dass die Nacht auf eine ganze eigene Weise wundervoll gewesen war), Entsetzen über ihr Verhalten sowie schwerster Demütigung.

Jem musste denken, dass sie jegliche Selbstbeherrschung verloren hatte, überlegte Tessa nun am Frühstückstisch. Kein Wunder, dass er es nicht über sich brachte, ihr ins Gesicht zu sehen. Vor dem Spiegel hatte sie sich ja selbst kaum in die Augen schauen können.

»Habt ihr gehört, was ich gesagt habe?«, hakte Will nach, sichtlich enttäuscht über die Reaktion auf seine Bemerkung. »Ich habe gesagt, dass ich gestern Nacht in einer Opiumhöhle war.«

Charlotte schaute ruhig von ihrem Toast auf, faltete langsam die Zeitung, legte diese neben sich auf den Tisch und rückte die Lesebrille auf ihrer Stupsnase gerade. »Nein, das wussten wir nicht«, sagte sie gedehnt. »Dieser zweifellos ruhmvolle Aspekt deiner jüngsten Aktivitäten war uns in der Tat bisher entgangen.«

»Dann warst du also dort die ganze Zeit?«, fragte Jessamine teilnahmslos, nahm ein Stück Würfelzucker aus der Dose und knabberte daran. »Bist du jetzt rauschgiftsüchtig? Ein hoffnungsloser Fall? Es heißt, es bedarf nur einer oder zwei Dosen.«

»Eigentlich war es gar keine *Opiumhöhle*«, protestierte Tessa, ehe sie sich beherrschen konnte. »Ich glaube, man handelte dort eher mit magischen Pulvern und derlei.«

»Also gut, dann war es vielleicht keine Opiumhöhle«, räumte Will ein. »Aber zumindest doch eine Höhle – eine Lasterhöhle!«, fügte er hinzu und betonte die beiden letzten Worte, indem er mit dem Zeigefinger in die Luft stach.

»Ach herrje – doch nicht eine dieser Spelunken, die von Ifrit betrieben werden«, seufzte Charlotte. »Also wirklich, Will …«

»Doch, genau solch eine Spelunke«, bestätigte Jem, der in diesem Moment den Frühstücksraum betrat und sich auf dem Stuhl neben Charlotte niederließ – der am weitesten von Tessa entfernte Platz, wie diese mit einem dumpfen Stich im Herzen feststellte. Und er schaute sie auch nicht an. »In der Nähe der Whitechapel High Street.«

»Und wie kommt es, dass du und Tessa so viel darüber wisst?«, fragte Jessamine, die entweder durch die Zuckerzufuhr oder die Aussicht auf interessanten Klatsch – oder beides – zu neuem Leben erwacht schien.

»Ich habe gestern Abend eine Ortungsrune angewendet, um Wills Aufenthaltsort zu bestimmen«, erklärte Jem. »Seine Abwesenheit hatte mich zunehmend beunruhigt. Ich dachte, dass er vielleicht den Weg zum Institut vergessen hätte.«

»Du machst dir zu viele Sorgen. Das ist töricht«, tadelte Jessamine.

»Du hast vollkommen recht. Diesen Fehler werde ich gewiss nicht wieder begehen«, pflichtete Jem ihr bei und griff nach einer dampfenden Schüssel mit *Kedgeree,* einem indischen Reisgericht. »Denn wie sich herausstellte, benötigte Will meine Hilfe überhaupt nicht.«

Will warf Jem einen nachdenklichen Blick zu. »Als ich heute Morgen aufgewacht bin, musste ich feststellen, dass ich mir wohl ein, wie es so schön heißt, ›Veilchen‹ zugezogen habe«, sagte er und zeigte auf die blau angelaufene Stelle unter seinem Auge. »Irgendeine Idee, wie ich darangekommen bin?«

»Keine Ahnung.« Jem schenkte sich seelenruhig eine Tasse Tee ein.

»Eier«, säuselte Henry und schaute verträumt auf seinen Teller. »Ich *liebe* Eier. Könnte sie den ganzen Tag lang verputzen.«

»War es wirklich nötig, Tessa nach Whitechapel mitzunehmen?«, wandte Charlotte sich an Jem, während sie ihre Brille abnahm und auf die Zeitung legte. Ein vorwurfsvoller Ausdruck lag in ihren braunen Augen.

»Tessa ist kein Porzellanpüppchen«, erwiderte Jem. »So schnell wird sie nicht zerbrechen.«

Obwohl Jem weiterhin jeden Blickkontakt mied, lösten seine Worte bei Tessa eine Flut von Erinnerungen aus, Bilder von der Nacht zuvor – wie sie sich in den Schatten seines Betts an ihn geklammert hatte; seine Hände auf ihren entblößten Schultern; ihre Lippen, die einander fieberhaft suchten. Nein, in diesen Stunden hatte er sie gewiss nicht so behandelt, als wäre sie leicht zerbrechlich. Eine siedende Hitzewoge schoss Tessa in die Wangen, und sie schaute rasch zu Boden, inständig betend, dass die verräterische Röte schnell wieder abebbte.

»Vermutlich wird es euch überraschen«, bemerkte Will, »aber ich habe in dieser Lasterhöhle etwas recht Interessantes gesehen.«

»Das kann ich mir denken«, entgegnete Charlotte streng.

»War es vielleicht ein Ei?«, erkundigte Henry sich.

»Schattenweltler«, erläuterte Will. »Fast ausschließlich Werwölfe.«

»Werwölfe haben nichts, aber auch rein gar nichts Interessantes an sich.« Jessamine klang enttäuscht. »Wir versuchen hier, uns auf die Suche nach Mortmain zu konzentrieren, falls du das vergessen haben solltest, Will. Irgendwelche drogenbenebelten Schattenweltler spielen da keine Rolle.«

»Diese Werwölfe haben *Yin Fen* gekauft«, fuhr Will unbeirrt fort. »Und zwar kiloweise.«

Bei diesen Worten hob Jem ruckartig den Kopf und schaute Will direkt an.

»Die ersten Farbveränderungen hatten bereits eingesetzt«, sagte Will. »Ziemlich viele besaßen silberne Haare oder Augen. Und bei einigen hatte sogar schon die Haut einen silbernen Ton angenommen.«

»Das ist äußerst beunruhigend«, bestätigte Charlotte stirnrunzelnd. »Sobald diese Geschichte mit Mortmain geklärt ist, müssen wir unbedingt mit Woolsey Scott reden. Falls es in seinem Rudel Probleme mit Hexenrauschgiften gibt, wird er bestimmt davon erfahren wollen.«

»Meinst du nicht, er weiß es längst?«, winkte Will ab und lehnte sich gegen den Stuhlrücken. Er wirkte sehr zufrieden darüber, dass er endlich eine Reaktion auf seine Mitteilung erhielt. »Immerhin ist es sein Rudel.«

»Sein Rudel umfasst sämtliche Werwölfe Londons«, warf Jem ein. »Er kann unmöglich über jeden einzelnen von ihnen Buch führen.«

»Ich bin mir nicht sicher, ob du wirklich so lange warten solltest, Charlotte«, sagte Will. »Wenn du Scott erreichen kannst, würde ich so bald wie möglich mit ihm reden.«

Charlotte neigte den Kopf leicht zur Seite. »Und warum?«

»Weil ich gehört habe, wie einer der Ifrit sich bei einem Werwolf nach dem Grund für die plötzlich gestiegene Nachfrage nach *Yin Fen* erkundigt hat. Anscheinend entfaltet die Substanz bei Werwölfen eine belebende Wirkung. Jedenfalls lautete seine Antwort: Es sei dem Magister sehr recht, dass sie dank des Rauschmittels die ganze Nacht durcharbeiten könnten.«

Mit einem Klirren setzte Charlotte ihre Tasse auf dem Unterteller ab. »*Woran* können sie die ganze Nacht arbeiten?«

Will grinste, sichtlich zufrieden über den Effekt, den seine Worte erzielten. »Ich habe keine Ahnung. Denn ungefähr zu diesem Zeitpunkt habe ich das Bewusstsein verloren. Dafür hatte ich einen äußerst angenehmen Traum von einer jungen Dame, die aus Versehen fast all ihre Kleidungsstücke verlegt hatte …«

Charlotte war kreidebleich geworden. »Gütiger Gott, ich kann nur hoffen, dass Scott nicht in irgendwelche Machenschaften mit dem Magister verstrickt ist. Zuerst de Quincey und jetzt auch noch die Werwölfe – all unsere Verbündeten. Das Abkommen …«

»Ich bin sicher, es wird sich alles in Wohlgefallen auflösen, Charlotte«, meinte Henry sanft. »Scott scheint mir nicht die Sorte von Schattenweltler, die sich mit Mortmain und seinesgleichen einlässt.«

»Vielleicht solltest du dabei sein, wenn ich mit ihm rede«, sagte Charlotte. »Offiziell bist *du* schließlich der Leiter des Instituts.«

»O nein, nicht doch!«, protestierte Henry entsetzt. »Ich weiß, du wirst auch ohne mich ganz hervorragend zurechtkommen, meine Liebe. Du bist immer solch ein Verhandlungsgenie, und das kann man von mir nun einmal nicht behaupten. Und außerdem könnte die Erfindung, an der ich gerade arbeite, die gesamte Klockwerk-Armee in alle Winde zerstreuen – sofern es mir gelingt, die richtige Rezeptur auszutüfteln!« Henry strahlte übers ganze Gesicht und schaute stolz in die Runde.

Charlotte musterte ihn einen Moment lang, schob dann ruckartig ihren Stuhl zurück, erhob sich und rauschte wortlos aus dem Speisezimmer.

Unter halb gesenkten Lidern warf Will Henry einen prüfenden Blick zu. »Nichts kann jemals deine Kreise stören, hab ich recht, Henry?«

Verwundert blinzelte Henry Will an. »Was meinst du damit?«

»Archimedes«, warf Jem ein, der wie üblich genau wusste, was Will meinte, ohne ihn dabei auch nur ansehen zu müssen. »Der Legende nach war er gerade damit beschäftigt, ein mathematisches Diagramm in den Sand zu zeichnen, als seine Heimatstadt von den Römern angegriffen wurde. Und er war derart in seine Aufgabe vertieft, dass er den Soldaten nicht bemerkte, der sich ihm von hinten näherte. Seine letzten Worte lauteten angeblich: ›Störe meine Kreise nicht!‹ Natürlich war er damals schon ein alter Mann.«

»Und vermutlich auch nie verheiratet«, bemerkte Will und schenkte seinem *Parabatai* über den Tisch hinweg ein breites Grinsen.

Doch Jem erwiderte das Lächeln nicht. Ohne Will oder Tessa oder sonst jemanden anzusehen, stand er auf und verließ nach Charlotte den Speisesaal.

»O verflixt«, stöhnte Jessamine. »Ist das hier vielleicht einer jener Tage, an denen wir der Reihe nach aufgebracht aus dem Zimmer stürmen? Denn dafür hab ich heute einfach nicht die Energie.« Und wie zur Unterstreichung ihrer Worte legte sie den Kopf auf die Arme und schloss die Augen.

Verwirrt schaute Henry von Will zu Tessa. »Was ist los? Was hab ich falsch gemacht?«

Tessa seufzte. »Nichts Dramatisches, Henry. Es ist nur so … ich glaube, Charlotte hätte dich bei dem Gespräch gern dabeigehabt.«

»Ja, warum hat sie das denn nicht gesagt?« Henrys Augen hatten einen kläglichen Ausdruck angenommen. Die Freude über seine Eierspeise und seine Erfindung schien wie weggeblasen.

Vielleicht hätte er Charlotte nicht heiraten sollen, überlegte Tessa, deren Stimmung nun so düster und trist war wie das Wetter an diesem Morgen. Vielleicht wäre er glücklicher gewesen, wenn er, genau wie Archimedes, einfach nur Kreise in den Sand hätte malen können.

»Weil Frauen nie sagen, was sie wirklich denken«, erwiderte Will. Sein Blick schweifte in Richtung Küche, wo Bridget die Reste des Frühstücks wegräumte. Ihr trauriger Gesang schwebte unheilvoll in den Speisesaal:

»›Ich fürcht, man gab Gift dir, Söhnlein mein,
Ich fürcht, man gab Gift dir, Sonnenschein!‹
›O ja, ich trank Gift hier, vermischt mit Wein,
Nun richte das Bett mir, lieb' Mütterlein,
Hab Schmerzen im Herzen und große Pein.‹«

»Ich könnte schwören, dass diese Frau früher als Verkäuferin von Hinrichtungsflugblättern durch die Straßen gezogen ist und um Seven Dials herum tragische Balladen feilgeboten hat«, meinte Will. »Und ich wünschte, sie würde nicht vom Vergiften singen, wo wir gerade erst gefrühstückt haben.« Nachdenklich schaute er zu Tessa hinüber. »Solltest du nicht auf dein Zimmer gehen und deine Trainingsmontur anziehen? Ich dachte, du hättest heute wieder Unterricht bei den idiotischen Lightwoods?«

»Das stimmt, aber ich brauche mich nicht umzuziehen, da wir heute nur Messerwerfen üben«, erklärte Tessa, leicht überrascht, dass sie nach den Ereignissen der vergangenen Nacht in der Lage war, mit Will ein derart ruhiges und höfliches Gespräch zu führen. Schließlich lag in einer Schublade ihrer Frisierkommode noch immer Cyrils Taschentuch mit Wills Blut darauf … Und als sie sich wieder an die Wärme seiner Lippen auf ihren Fingern erinnerte, wandte sie rasch den Blick ab.

»Welch glückliche Fügung, dass ich zufälligerweise ein Ass im Messerwurf bin.« Will stand auf und hielt Tessa seinen Arm entgegen. »Komm, ich begleite dich. Es wird Gideon und Gabriel in den Wahnsinn treiben, wenn ich beim Training zuschaue – und ein wenig Wahnsinn kommt mir heute sehr gelegen.«

Will sollte recht behalten: Seine Anwesenheit während des Trainings schien zumindest Gabriel wahnsinnig aufzuregen, wohingegen Gideon das Ganze – wie scheinbar jede Situation – mit stoischer Gelassenheit ertrug. Will hatte sich auf einer der niedrigen Holzbänke niedergelassen, die entlang der Wände standen, und aß genüsslich einen Apfel, die langen Beine weit von sich gestreckt.

Gelegentlich gab er kluge Ratschläge von sich, die Gideon ignorierte und die Gabriel wie einen persönlichen Angriff wertete.

»*Muss* er unbedingt dabei sein?«, knurrte Gabriel, als er zum zweiten Mal fast das Messer fallen ließ, das er Tessa gerade hatte reichen wollen. Wie selbstverständlich legte er ihr eine Hand auf die Schulter und zeigte ihr die Sichtlinie zur Zielscheibe – ein schwarzer, auf die Wand gemalter Kreis. Tessa wusste genau, dass er sich insgeheim wünschte, sie würde statt auf die Wand lieber auf Will zielen. »Können Sie ihm nicht sagen, dass er verschwinden soll?«, fügte Gabriel hinzu.

»Warum sollte ich das tun?«, entgegnete Tessa ruhig. »Will ist mein Freund, dagegen kann ich Sie nicht einmal leiden.« Dann holte sie aus und warf das Messer, das sein Ziel jedoch um mehrere Meter verfehlte und knapp oberhalb des Fußbodens von der Wand abprallte.

»Nein, nein, nein, Sie halten es noch immer zu sehr an der Spitze – und was meinen Sie mit *Sie können mich nicht leiden?*«, fragte Gabriel in forderndem Ton und mit äußerst überraschter Miene, während er ihr reflexartig ein weiteres Messer reichte.

»Nun ja«, sagte Tessa und visierte die Sichtlinie an, »Sie verhalten sich, als könnten Sie *mich* nicht leiden. Genau genommen verhalten Sie sich, als ob Sie uns *alle* nicht leiden könnten.«

»Das stimmt nicht«, widersprach Gabriel. »Ich kann nur *ihn* da nicht leiden.« Er zeigte auf Will.

»Wie entsetzlich!«, spöttelte Will und biss erneut in seinen Apfel. »Liegt es vielleicht daran, dass ich besser aussehe als du?«

»Hört auf – alle beide!«, rief Gideon von der anderen Seite des Fechtsaals. »Wir sollten hier trainieren und uns nicht gegenseitig anfahren wegen irgendwelcher unbedeutender Meinungsverschiedenheiten, die bereits Jahre zurückliegen.«

»Unbedeutend?«, fauchte Gabriel. »Er hat mir *den Arm gebrochen.«*

Will biss ein weiteres Mal in seinen Apfel. »Ich kann kaum glauben, dass du deswegen noch immer aufgebracht bist.«

Wieder warf Tessa ihr Messer. Dieser Wurf gelang ihr besser: Die Klinge landete im schwarzen Kreis, wenn auch nicht mitten im Zentrum. Gabriel schaute sich nach einem weiteren Messer um und stieß ein verärgertes Schnauben aus, als er keines entdecken konnte. »Wenn *wir* das Institut führen …«, setzte er so laut an, dass Will ihn auf jeden Fall hörte, »dann wird dieser Fechtsaal wesentlich besser geordnet und ausgestattet werden.«

Tessa musterte ihn finster. »Und da wundert es Sie, dass ich Sie nicht leiden kann?«

Gabriels im Grunde ansehnliche Züge verzogen sich zu einer hässlichen, verächtlichen Miene. »Ich wüsste nicht, was das mit Ihnen zu tun hat, kleine Hexe. Dieses Institut ist nicht Ihr Zuhause; Sie gehören nicht hierher. Und glauben Sie mir: Es wäre für Sie von großem Vorteil, wenn meine Familie hier die Leitung hätte – wir könnten eine sinnvolle Verwendung für Ihre … Ihre Begabung finden. Ihnen eine Anstellung bieten, die Sie reich machen würde. Dann könnten Sie wohnen, wo immer Sie wollen. Und Charlotte könnte das Institut in York leiten, wo sie bedeutend weniger Schaden anrichten würde.«

Bei diesen Worten hatte Will sich aufrecht hingesetzt; der Apfel ruhte vergessen in seiner Hand. Auch Gideon und Sophie hatten ihr Training unterbrochen und verfolgten die Unterhaltung auf der anderen Seite des Saals – Sophie mit großen Augen und Gideon mit wachsamem Blick. »Falls du es noch nicht bemerkt haben solltest: Das Yorker Institut hat bereits einen Leiter«, wandte Will sich an Gabriel.

»Aloysius Starkweather ist ein seniler alter Mann«, winkte Gabriel verächtlich ab. »Und er hat keine Nachkommen, mit denen er dem Konsul lästig werden könnte, damit der sie zu seinen Nachfolgern ernennt. Nach dieser Geschichte mit seiner Enkelin haben sein Sohn und seine Schwiegertochter ihre Siebensachen gepackt und sind nach Idris gezogen. Die beiden werden nicht für Geld und gute Worte nach England zurückkehren.«

»Welche Geschichte mit seiner Enkelin?«, hakte Tessa nach, die sich wieder an das Porträt des kleinen blassen Mädchens im Treppenhaus des Yorker Instituts erinnerte.

»Das Mädchen ist nur zehn oder elf Jahre alt geworden«, sagte Gabriel. »Nach allem, was man hört, war sie stets kränklich, und als man sie dann mit ihrem ersten Runenmal versah … nun ja, sie muss wohl unzureichend vorbereitet gewesen sein. Jedenfalls hat sie den Verstand verloren und sich in eine Forsaken verwandelt und ist dann gestorben. Der Schock hat Starkweathers alte Frau regelrecht umgebracht und seine Kinder dazu veranlasst, Hals über Kopf nach Idris zu flüchten. Es dürfte nicht viel Mühe kosten, den Alten durch Charlotte ersetzen zu lassen. Der Konsul muss doch sehen, dass er zu nichts mehr taugt – er ist viel zu sehr den alten Traditionen verhaftet.«

Ungläubig starrte Tessa Gabriel an. Während er die Geschichte der Familie Starkweather erzählte, hatte seine Stimme ihren kühlen, gleichgültigen Ton behalten, als würde er nur irgendein Märchen erzählen. Dagegen konnte Tessa einfach nicht umhin, Mitleid zu empfinden, obwohl sie den alten Mann mit dem verschlagenen Blick und seinem schrecklichen Raum voller Überreste toter Schattenwesen eigentlich nicht bedauern wollte. Entschlossen schob sie jeden Gedanken an Aloysius Starkweather beiseite. »Charlotte leitet *dieses* Institut«, erwiderte sie.

»Und daran wird auch Ihr Vater nichts ändern – er wird die Leitung nicht übernehmen.«

»Charlotte verdient es, dass man ihr das Institut wegnimmt.«

Will warf das übrig gebliebene Kerngehäuse seines Apfels in die Luft, zog gleichzeitig ein Messer aus dem Gürtel und schleuderte es hinterher. Das Wurfmesser und der Apfel flogen gemeinsam durch den Saal und trafen unmittelbar neben Gabriels Kopf auf die Wand – die Spitze des Messers bohrte sich sauber durch das Gehäuse in das Holz der Wandvertäfelung. »Sag das noch mal«, knurrte Will, »und ich werde dir für immer das Augenlicht verdunkeln.«

Gabriels Unterkiefer mahlte. »Du hast ja keine Ahnung, wovon du redest.«

Sofort trat Gideon einen Schritt vor – seine gesamte Haltung eine unausgesprochene Warnung. »Gabriel …«

Doch sein Bruder ignorierte ihn. »Du weißt ja nicht einmal, was der Vater deiner ach so geschätzten Charlotte meinem Vater angetan hat, oder? Ich hab selbst erst vor ein paar Tagen davon erfahren. Mein Vater hat endlich sein Schweigen gebrochen und uns alles erzählt. Bis dahin hatte er die Fairchilds immer geschützt.«

»Dein Vater?«, fragte Will skeptisch. »Die *Fairchilds* geschützt?«

»Er hat auch uns dabei geschützt …« Gabriel sprudelten die Worte nun förmlich über die Lippen: »Der Bruder meiner Mutter, mein Onkel Silas, war einer von Granville Fairchilds engsten Freunden. Doch dann hat Onkel Silas gegen das Gesetz verstoßen – eine Lappalie, eine unbedeutende Zuwiderhandlung –, und Fairchild hat es entdeckt. Aber das Einzige, wofür er sich interessiert hat, war das Gesetz – nicht Freundschaft und auch nicht Loyalität. Und er ist direkt zum Rat marschiert.« Gabriels Stimme bekam nun einen lauten, schrillen Ton: »Mein Onkel hat sich aus Scham das Leben genommen, und meine Mutter ist vor Gram gestorben. Die Fairchilds interessieren sich für nichts und niemanden, außer für sich selbst und das Gesetz!«

Einen Moment lang herrschte Stille im Fechtsaal; selbst Will war sprachlos und schaute äußerst verblüfft. Tessa fing sich als Erste wieder und entgegnete: »Aber das ist nicht Charlottes Fehler, sondern der ihres Vaters.«

Gabriel war inzwischen bleich vor Wut, und seine grünen Augen hoben sich deutlich von seiner blassen Haut ab. »Du begreifst das nicht«, zischte er böse, »du bist keine Schattenjägerin. Du verstehst nichts von Familienstolz, Familienehre. Granville Fairchild wollte, dass das Institut an seine Tochter übergeben wird, und der Konsul hat seinen Wunsch erfüllt. Aber obwohl der alte Fairchild längst tot ist, können wir ihm zumindest das noch nehmen. Er war ein verhasster Mann – derart verhasst, dass niemand Charlotte zur Frau genommen hätte, wenn der Alte den Branwells nicht viel Geld dafür gezahlt hätte, Henry rauszurücken. Das wissen alle. Jeder weiß, dass er sie nicht wirklich liebt. Wie könnte er auch …«

Im nächsten Moment ertönte ein Knall wie von einem Gewehrschuss, und Gabriel verstummte. Sophie hatte sich vor ihm aufgebaut und ihm eine schallende Ohrfeige verpasst, sodass seine blasse Haut sich bereits rötlich verfärbte. Heftig atmend blieb Sophie vor ihm stehen und starrte ihn an, einen ungläubigen Ausdruck im Gesicht, als könnte sie nicht fassen, was sie gerade getan hatte.

Gabriel ballte die Hände zu Fäusten, rührte sich aber nicht von der Stelle. Er konnte nicht, wusste Tessa. Es war ihm einfach nicht möglich, ein Mädchen zu schlagen – ein Mädchen, das nicht einmal eine Nephilim oder Schattenweltlerin war, sondern nur eine Irdische. Wütend schaute er zu seinem Bruder, doch Gideon hielt seinem Blick mit ausdrucksloser Miene stand und schüttelte dann langsam den Kopf. Mit einem unterdrückten Knurren wirbelte Gabriel herum und stolzierte aus dem Saal.

»Sophie!«, stieß Tessa hervor und streckte den Arm nach ihr aus. »Ist alles in Ordnung?«

Doch Sophie schaute ängstlich zu Gideon auf. »Es tut mir so leid«, stammelte sie. »Es gibt keine Entschuldigung für mein Verhalten … Ich habe einfach die Beherrschung verloren und …«

»Das war ein gut platzierter Schlag«, sagte Gideon gelassen. »Wie ich sehe, haben Sie bei meinem Unterricht gut aufgepasst.«

Will hatte sich inzwischen wieder auf die Holzbank gesetzt, und seine blauen Augen funkelten vor Wissbegierde. »Aber stimmt das denn auch? Die Geschichte, die Gabriel uns gerade erzählt hat?«, fragte er.

Gideon zuckte die Achseln. »Gabriel betet unseren Vater an. Alles, was Benedict sagt, ist für ihn wie ein Fingerzeig des Himmels. Ich wusste zwar, dass mein Onkel sich umgebracht hat, kannte aber die näheren Umstände nicht … bis zu jenem Tag, als wir nach der ersten Unterrichtsstunde mit euch nach Hause zurückkehrten. Vater fragte uns, wie das Institut unserer Meinung nach geführt würde, und ich erklärte ihm, dass meines Erachtens alles in Ordnung sei und kein Unterschied zum Institut in Madrid bestünde. Ich habe ihm sogar mitgeteilt, ich könnte keinerlei Anzeichen dafür erkennen, dass Charlotte ihre Aufgabe nicht tadellos erledigen würde. Daraufhin hat er uns dann diese Geschichte erzählt.«

»Ich hoffe, Sie haben nichts dagegen, wenn ich frage, aber was genau hatte Ihr Onkel denn verbrochen?«, erkundigte Tessa sich.

»Silas? Er hat sich in seinen *Parabatai* verliebt – wobei es sich entgegen Gabriels Worten nicht um einen unbedeutenden Verstoß handelt, sondern um ein schweres Vergehen. Liebesbeziehungen zwischen *Parabatai* sind strengstens untersagt … obwohl selbst die bestausgebildeten Nephilim gelegentlich nicht vor Gefühlen gefeit sind. Natürlich hätte der Rat die beiden sofort getrennt, und diese Vorstellung konnte Silas nicht ertragen.

Aus diesem Grund hat er sich das Leben genommen. Die Wut und der Kummer darüber haben meine Mutter förmlich aufgefressen. Ich kann mir durchaus vorstellen, dass sie sich auf dem Sterbebett gewünscht hat, wir mögen den Fairchilds das Institut abnehmen. Gabriel war damals erst fünf Jahre alt … hing im Grunde noch an Mutters Rockzipfel … und ich habe den Eindruck, dass seine Gefühle von damals auch heute noch zu überwältigend für ihn sind, um sie richtig verstehen zu können. Wohingegen ich … die Ansicht vertrete, dass die Sünden der Väter nicht den Söhnen angelastet werden sollten.«

»Oder den Töchtern«, ergänzte Will.

Gideon warf ihm einen Blick zu und grinste dann schief. Aus seiner Miene sprach keinerlei Abneigung; es schien vielmehr, als verstünde er Will und auch die Gründe für sein Verhalten. Selbst Will hatte eine derartige Reaktion offenbar nicht erwartet und schaute leicht überrascht. »Aber jetzt stehen wir vor dem Problem, dass Gabriel nicht zu bewegen sein wird, noch einmal einen Fuß in dieses Institut zu setzen«, gab Gideon zu bedenken. »Jedenfalls nicht nach dem heutigen Vorfall.«

Sophie, in deren Gesicht allmählich wieder etwas Farbe zurückgekehrt war, erbleichte erneut. »Mrs Branwell wird furchtbar wütend sein, wenn sie erfährt …«

»Keine Sorge, Sophie«, wiegelte Tessa ab. »Ich werde Gabriel nachgehen und um Verzeihung bitten. Du wirst sehen, es kommt alles wieder in Ordnung.« Und damit setzte sie sich auch schon in Bewegung. Sie hörte zwar noch, wie Gideon ihr nachrief, aber sie war bereits durch die Tür. Obwohl sie es sich nur ungern eingestand, hatte sie dennoch einen Funken Mitgefühl für Gabriel empfunden, als Gideon seine Geschichte erzählte. Denn so früh die Mutter zu verlieren, sodass man sich später kaum noch an sie erinnern konnte, war ihr nicht vollkommen unbekannt. Und wenn ihr jemand erzählt hätte, ihre Mutter habe auf dem Sterbebett noch einen letzten Wunsch geäußert, dann hätte sie nicht sagen können, ob sie nicht alles in ihrer Macht Stehende unternommen hätte, um diesen Wunsch zu erfüllen … ob dieser nun einen Sinn ergab oder nicht.

»Tessa!«

Sie hatte schon die Hälfte der Strecke zurückgelegt, als sie Will rufen hörte. Tessa wirbelte herum und sah, wie er mit großen Schritten durch den Korridor auf sie zukam, ein leichtes Lächeln um die Lippen. Doch ihre nächsten Worte fegten ihm das Lächeln vom Gesicht: *»Warum* bist du mir gefolgt? Du hättest sie nicht allein lassen dürfen, Will! Geh wieder zurück zum Fechtsaal, sofort!«

Will baute sich vor ihr auf. »Und warum?«

Verzweifelt riss Tessa die Hände hoch. »Merken Männer denn gar nichts? Gideon hegt gewisse Absichten gegenüber Sophie …«

»Gegenüber *Sophie?«*

»Sie ist ein sehr hübsches Mädchen«, fauchte Tessa. »Du bist ein Narr, falls du nicht bemerkt hast, wie er sie ansieht. Aber ich will nicht, dass er sie nur ausnutzt. Sie hat in ihrem Leben schon genug Kummer gehabt. Und außerdem: Wenn du mich begleitest, wird Gabriel nicht mit mir reden. Das weißt du doch genau.«

Will murmelte irgendetwas in sich hinein und ergriff dann Tessas Handgelenk. »Komm mal mit.«

Die Wärme seiner Finger auf ihrer Haut jagte Tessa ein elektrisierendes Kribbeln durch den Arm. Im nächsten Moment zog Will sie in den Salon und schnurstracks zu dem großen Fenster, das auf den Innenhof hinausging. Dann ließ er ihr Handgelenk los, gerade noch rechtzeitig, sodass Tessa sich vorbeugen und sehen konnte, wie die Kutsche der Lightwoods über das Pflaster preschte und ratternd unter dem Eisentor hindurchfuhr.

»Da bitte«, sagte Will. »Gabriel ist bereits über alle Berge – es sei denn, du möchtest seiner Kutsche nachjagen. Und Sophie ist ein sehr vernünftiges Mädchen. Sie wird nicht zulassen, dass

Gideon Lightwood bekommt, was er von ihr will. Und davon abgesehen hat er ungefähr so viel Charme wie ein Briefkasten.«

Zu ihrer eigenen Überraschung musste Tessa plötzlich laut auflachen. Rasch schlug sie sich eine Hand vor den Mund, doch es war bereits zu spät – sie konnte das Lachen schon nicht mehr unterdrücken und lehnte sich Halt suchend ans Fenster.

Will betrachtete sie verwundert, dann zeichnete sich ein leichtes Grinsen auf seinem Gesicht ab. »Ich muss ja amüsanter sein, als ich dachte – was mich in der Tat sehr amüsant machen würde.«

»Ich lache nicht über deine Bemerkung«, beschied Tessa ihm zwischen zwei Lachanfällen. »Aber … der Ausdruck auf Gabriels Gesicht, nachdem Sophie ihn geohrfeigt hatte – oh, du meine Güte!« Langsam schob sie sich eine Strähne aus dem Gesicht und meinte dann: »Im Grunde sollte ich ja nicht lachen. Er hat sich nicht zuletzt deshalb so furchtbar verhalten, weil du ihn aufgestachelt hast. Eigentlich sollte ich dir böse sein.«

»Sollte, sollte«, sagte Will und schlenderte zum offenen Kamin. Dort ließ er sich in einem der Sessel nieder und streckte die langen Beine in Richtung der Flammen aus.

Wie jeder Raum in ganz England war auch dieser hier ziemlich eisig – bis auf den Bereich direkt vor dem Feuer, überlegte Tessa. Vorne geröstet und hinten halb gefroren, wie ein schlecht zubereiteter Truthahn.

»Kein guter Satz enthielt je das Wörtchen ›sollen‹. Ich hätte meine Wirtshausrechnung begleichen *sollen* – jetzt sind sie hinter mir her, um mir die Beine zu brechen. Ich hätte nicht mit der Frau meines besten Freundes durchbrennen *sollen* – jetzt schikaniert sie mich Tag und Nacht. Ich hätte …«

»Du hättest darüber nachdenken *sollen,* welche Wirkung deine Taten auf Jem haben«, warf Tessa leise ein.

Will lehnte den Kopf gegen den ledernen Sesselrücken und musterte Tessa. Er wirkte schläfrig und abgespannt und wunderschön – er hätte mühelos ein präraffaelitischer Apoll sein können. »Wird das nun ein ernsthaftes Gespräch, Tess?«, fragte er. In seiner Stimme schwang noch immer etwas Humor, aber auch eine gewisse Schärfe, wie ein goldenes Schwert mit rasiermesserscharfer Klinge.

Tessa löste sich vom Fenster und setzte sich in den anderen Sessel vor dem Feuer. »Beunruhigt es dich denn nicht, dass er über dich verärgert ist? Wir reden hier von deinem *Parabatai*. Von Jem … den sonst nie etwas aus der Ruhe bringt.«

»Vielleicht ist es ja besser so, dass er wütend auf mich ist«, meinte Will. »Eine derart engelsgleiche Geduld kann für niemanden gut sein.«

»Hör auf, ihn zu verspotten«, erwiderte Tessa in scharfem Ton.

»Nichts und niemand ist vor Spott gefeit, Tess.«

»Doch, Jem schon. Er war immer gut zu dir. Er ist die Güte in Person. Und die Tatsache, dass er dich vergangene Nacht geohrfeigt hat, zeigt nur, wie mühelos es dir gelingt, selbst einen Heiligen zur Raserei zu treiben.«

»Jem hat mich geschlagen?« Vorsichtig betastete Will seine Wange und zog eine erstaunte Miene. »Ich muss gestehen, dass ich mir nur sehr wenige Augenblicke der letzten Nacht ins Gedächtnis rufen kann. Ich weiß lediglich, dass ihr beide mich geweckt habt, obwohl ich viel lieber weitergeschlafen hätte. Und ich erinnere mich, dass Jem mich angebrüllt hat und dass du mich festgehalten hast. Ich wusste gleich, dass du es warst: Du duftest immer nach Lavendel.«

Tessa ignorierte diese Bemerkung. »Na jedenfalls hat Jem dich geschlagen, und du hattest es dir wahrlich verdient.«

»Du hast ja *wirklich* einen Ausdruck der Verachtung in den Augen – fast wie Raziel, der auf all den Gemälden den Eindruck erweckt, als hätte er nichts als Verachtung für uns übrig. Also dann erzähl doch mal, mein verächtlicher Engel: Was habe ich denn getan, dass ich es verdiente, von James geohrfeigt zu werden?«

Einen Moment lang suchte Tessa nach den richtigen Worten, doch sie wollten ihr nicht einfallen. Schließlich griff sie auf die Sprache zurück, die Will und sie verband – Dichtung. »Erinnerst du dich, was Donne in einem seiner Essays sagt …«

»›Lass meine Hände schweifen, dich erkunden‹?«, zitierte Will und betrachtete Tessa eingehend.

»Ich meinte das *Essay*, in dem er sagt: ›Niemand ist eine Insel.‹ Alles, was du tust oder lässt, wirkt sich auch auf andere aus. Aber darüber denkst du nie nach. Du verhältst dich, als würdest du auf einer Art … einer Art ›Will-Insel‹ leben, wo keine deiner Handlungen jemals irgendwelche Konsequenzen hat. Aber das stimmt nicht.«

»Inwiefern wirkt sich mein Besuch in einer Schattendrogenhöhle denn auf Jem aus?«, hakte Will nach. »Sicher, er musste sich auf den Weg machen und mich dort rausholen, aber er hat in der Vergangenheit schon wesentlich gefährlichere Dinge für mich getan. Wir beschützen einander …«

»Nein, das tust *du* nicht«, rief Tessa frustriert und aufgebracht. »Glaubst du denn, die *Gefahr* hätte ihn auch nur eine Sekunde interessiert? Glaubst du das ernsthaft? Dieses Rauschmittel, dieses *Yin Fen*, hat sein ganzes Leben zerstört, und da spazierst du einfach in eine Schattendrogenhöhle und füllst dich bis zur Halskrause mit diesem Zeug ab, als wäre das gar nichts … als wäre das für dich nur ein Spiel. Jem muss dieses miese Mittel jeden Tag nehmen, um zu überleben, doch gleichzeitig bringt ihn die Substanz langsam, aber sicher um. Er hasst es, davon abhängig zu sein. Er kann sich ja nicht einmal dazu überwinden, es selbst zu kaufen – dafür hat er *dich*.«

Will setzte zu einem Protest an, doch Tessa hielt eine Hand hoch und brachte ihn zum Schweigen. »Und dann ziehst du los und wirfst dein Geld ausgerechnet den Leuten in den Rachen, die diese Rauschmittel herstellen und andere davon abhängig machen – so als wäre das Ganze für dich nur ein Spaziergang. Was hast du dir nur dabei gedacht?«

»Aber das hatte mit Jem doch überhaupt nichts zu tun.«

»Du hast dabei nicht an ihn gedacht, aber das hättest du vielleicht einmal tun sollen. Verstehst du denn nicht: Er glaubt, du hättest dich über das, was ihn umbringt, lustig gemacht! Und dabei bist du doch sein Blutsbruder.«

Bei diesen Worten erbleichte Will. »Das kann er unmöglich glauben.«

»Doch, genau das glaubt er«, erwiderte Tessa. »Er weiß, dass es dich nicht interessiert, was andere von dir halten. Aber meines Erachtens ist er immer davon ausgegangen, dass du dich sehr wohl dafür interessierst, was *er* denkt. Was *er* fühlt.«

Will beugte sich vor. Der Feuerschein warf seltsame Muster auf seine Haut und ließ den Bluterguss auf seiner Wange fast schwarz erscheinen. »Ich interessiere mich sehr wohl dafür, was andere Leute denken«, stieß er mit überraschender Heftigkeit aus und starrte in die Flammen. »Das ist das Einzige, woran ich ständig denke: was andere von mir halten, was sie mir gegenüber empfinden und ich ihnen gegenüber. Und das treibt mich noch in den Wahnsinn. Ich wollte dem doch nur einmal für fünf Minuten entkommen …«

»Das kann nicht dein Ernst sein – Will Herondale kümmert es, was andere von ihm halten?« Tessa versuchte, ihren Worten einen Anflug von Leichtigkeit zu verleihen, doch der Ausdruck in seinen Augen ließ sie stutzen. Sein Gesicht wirkte nicht verschlossen, sondern offen, als hätte er einen Gedanken im Kopf, den er unbedingt mitteilen wollte, es dann aber doch nicht über sich brachte. *Dies ist der Junge, der meine vertraulichen Briefe an sich genommen und in seinem Zimmer versteckt hat,* überlegte Tessa, brachte aber nicht mehr die Energie auf, sich darüber zu ärgern. Sie hatte angenommen, dass sie bei ihrer nächsten Begegnung schrecklich wütend auf ihn sein würde, aber das war nicht der Fall; sie empfand nur Verwirrung und Verwunderung. Schließlich hatte Will die Briefe an sich genommen, um sie zu lesen – und das zeugte doch von einem Interesse an anderen Menschen, das sehr untypisch für ihn war, oder nicht?

Wills Reaktion auf ihre Bemerkung ließ Tessa vermuten, dass sie ihn an einer empfindlichen Stelle getroffen hatte. »Tess«, sagte er. »Das ist das *Einzige,* woran ich denke. Ich kann dich nicht einmal anschauen, ohne gleichzeitig darüber nachzudenken, was du für mich empfindest, und zu befürchten, dass …« Er verstummte abrupt, als sich die Tür öffnete und Charlotte den Salon betrat. Sie war in Begleitung eines groß gewachsenen Mannes, dessen hellblonde Haare im dämmrigen Licht strahlten wie eine Sonnenblume. Rasch wandte Will sich ab; seine Kiefermuskeln zuckten.

Fragend starrte Tessa ihn an. *Was* hatte er gerade sagen wollen?

»Oh!« Charlotte war sichtlich überrascht, die beiden zu sehen. »Tessa, Will – ich hatte nicht damit gerechnet, euch hier vorzufinden.«

Wills Hände waren zu Fäusten geballt, und sein Gesicht lag im Schatten, aber seine Stimme klang gleichmütig und ruhig, als er erklärte: »Wir haben das Feuer im Kamin gesehen und die Gelegenheit ergriffen, uns zu wärmen. Im Rest des Hauses ist es ja eiskalt.«

Tessa erhob sich aus ihrem Sessel. »Wir sind gerade dabei, uns zurückzuziehen …«

»Will Herondale, es freut mich, Sie in bester Verfassung zu sehen. Und Tessa Gray!« Der blonde Mann löste sich von Charlottes Seite und marschierte direkt auf Tessa zu, strahlend lächelnd, als würde er sie kennen. »Die Gestaltwandlerin, habe ich recht? Entzückend, endlich Ihre Bekanntschaft zu machen. Welch ein Kuriosum.«

Charlotte seufzte. »Mr Woolsey Scott, dies ist Miss Tessa Gray. Tessa, dies ist Mr Woolsey Scott, Anführer des Londoner Werwolfrudels und ein alter Freund des Rats.«

»Nun denn«, sagte Gideon, als die Tür hinter Tessa und Will ins Schloss fiel, und drehte sich zu Sophie um, die sich plötzlich in dem riesigen Raum ziemlich klein vorkam. »Wollen wir dann unser Training fortsetzen?« Er hielt ihr ein Messer entgegen, das im schummrigen Licht des Fechtsaals wie ein silberner Zauberstab schimmerte. Seine grünen Augen wirkten ruhig und unerschütterlich, wie eigentlich *alles* an ihm: sein Blick, seine Stimme, seine gesamte Haltung.

Sophie erinnerte sich an das Gefühl, als diese ruhigen, unerschütterlichen Arme sich beim Training um sie gelegt hatten, und bekam eine Gänsehaut. Sie war zuvor nicht ein einziges Mal mit Gideon allein gewesen, und die Vorstellung jagte ihr etwas Angst ein. »Ich glaube nicht, dass ich mit dem Herzen bei der Sache wäre, Mr Lightwood«, gab sie zu bedenken. »Selbstverständlich weiß ich das Angebot sehr zu schätzen, aber …«

Langsam ließ Gideon den Arm mit dem Messer sinken. »Sie denken also, dass ich Ihr Training nicht ernst nehme?«

»Ich denke, Sie sind sehr großzügig. Aber wir sollten besser den Tatsachen ins Auge sehen, nicht wahr? Bei diesem Unterricht ging es nie um Tessa oder mich, sondern um Ihren Vater und das Institut. Und nun, da ich Ihren Bruder geohrfeigt habe …« Sophie spürte, wie es ihr die Kehle zuschnürte. »Mrs Branwell wäre sehr enttäuscht von mir, wenn sie davon erfahren würde.«

»Unsinn. Gabriel hatte es verdient. Außerdem fällt mir da noch die unbedeutende Kleinigkeit der *Blutrache* zwischen unseren Familien ein.« Achtlos wirbelte Gideon das silberne Messer zwischen seinen Fingern herum und schob es dann in seinen Gürtel zurück. »Charlotte würde Ihnen wahrscheinlich den Lohn erhöhen, wenn sie davon wüsste.«

Doch Sophie schüttelte den Kopf. Sie stand nur wenige Schritte von einer Bank entfernt, auf die sie sich nun erschöpft niederließ. »Da kennen Sie Charlotte schlecht. Sie würde sich moralisch verpflichtet fühlen, mich zu maßregeln.«

Auch Gideon setzte sich auf die Bank – allerdings nicht direkt neben Sophie, sondern ans andere Ende, so weit entfernt von ihr wie nur möglich. Sophie schwankte, ob sie darüber erfreut sein sollte oder nicht. »Miss Collins …«, setzte er an. »Es gibt da etwas, das Sie wissen sollten.«

Sophie verschränkte die Hände im Schoß. »Und das wäre?«

Gideon beugte sich ein wenig vor, die breiten Schultern leicht gekrümmt. Sophie konnte die grauen Sprenkel in seinen Augen erkennen. »Als mein Vater mich aus Madrid abberufen hat, wollte ich eigentlich nicht nach Hause zurückkehren«, erklärte er. »In London war ich nie wirklich glücklich. Nach dem Tod meiner Mutter war mein Elternhaus ein sehr trübsinniger Ort.«

Schweigend schaute Sophie ihn mit großen Augen an. Ihr fiel nichts ein, was sie darauf hätte antworten können. Gideon war ein Schattenjäger und dazu ein Mann von Stand, aber dennoch schien er ihr sein Herz auszuschütten. Nicht einmal Jem mit seiner grundfreundlichen Wesensart hatte jemals etwas Derartiges getan.

»Als ich das erste Mal von diesen Trainingsstunden erfuhr, hielt ich das Ganze für eine furchtbare Zeitverschwendung. Im Geiste sah ich mich schon zwei sehr albernen Mädchen gegenüber, die sich nicht im Geringsten für Unterricht welcher Art auch immer interessierten. Aber diese Beschreibung trifft weder auf Miss Gray noch auf Sie zu. Sie müssen wissen, dass ich in Madrid regelmäßig junge Schattenjäger trainiert habe. Und darunter befanden sich auch einige, die nicht annähernd die natürliche Begabung besaßen, welche Sie auszeichnet. Sie sind eine sehr talentierte Schülerin, und es ist mir ein Vergnügen, Sie zu unterrichten.«

Sophie spürte, wie ihre Wangen hochrot anliefen. »Das können Sie doch nicht ernst meinen.«

»Doch, doch. Als ich das erste Mal hierherkam, war ich angenehm überrascht. Und genauso erging es mir auch beim zweiten Treffen und beim Mal danach. Ich stellte fest, dass ich mich auf das Training freute. Ehrlich gesagt muss ich gestehen, dass ich seit meiner Rückkehr alles an London gehasst habe – mit Ausnahme der Stunden im Institut, hier mit Ihnen.«

»Aber Sie haben doch jedes Mal, wenn ich meinen Dolch fallen ließ, *›ay Dios mio‹* gemurmelt …«

Gideon begann zu lächeln, und dieses Lächeln ließ sein Gesicht aufleuchten und veränderte es.

Sophie schaute ihn mit großen Augen an. Er war zwar nicht so wunderschön wie Jem, aber dennoch sehr attraktiv, vor allem wenn er lächelte. Das Lächeln schien sich auf sie zu übertragen und ihr Herz zu berühren und seinen Schlag zu beschleunigen. *Er ist ein Schattenjäger. Und ein Gentleman,* ermahnte sie sich. *Solche Gedanken ihm gegenüber schicken sich nicht. Also hör sofort damit auf.* Doch sie konnte nicht einfach damit aufhören – genauso wenig wie sie Jem aus ihren Gedanken hatte verbannen können. Aber während sie sich in Jems Gegenwart einfach nur sicher fühlte, verspürte sie bei Gideon ein aufgeregtes Kribbeln, das wie ein Blitz durch ihre Adern zuckte und sie gleichzeitig bestürzte. Und dennoch wollte sie nicht darauf verzichten.

»Ich spreche Spanisch, wenn ich gut gelaunt bin«, erklärte Gideon. »Das sollten Sie über mich wissen.«

»Das bedeutet also, Sie waren meiner Ungeschicklichkeit gar nicht derartig überdrüssig, dass Sie sich am liebsten vom Dach gestürzt hätten?«

»Ganz im Gegenteil.« Gideon beugte sich noch weiter zu Sophie vor. Seine graugrünen Augen schimmerten im Farbton einer rauen, stürmischen See. »Sophie, darf ich Sie etwas fragen?«

Sophie wusste, dass sie ihn eigentlich ermahnen und darauf bestehen sollte, sie weiterhin mit »Miss Collins« anzusprechen, doch sie schwieg dazu. »Äh … ja?«

»Ganz gleich ob dieser Unterricht fortgeführt wird oder nicht – darf ich Sie trotzdem wiedersehen?«

Will hatte sich aus seinem Sessel erhoben, doch Woolsey Scott betrachtete noch immer Tessa: Eine Hand unter das Kinn gestützt, studierte er sie, als wäre sie ein Ausstellungsobjekt in der Vitrine eines naturkundlichen Museums.

Scott entsprach keineswegs dem Bild, das Tessa sich vom Anführer eines Werwolfrudels gemacht hatte. Sie schätzte sein Alter auf Anfang zwanzig. Er war groß und so schlank, dass es beinahe schon an Hagerkeit grenzte, und seine blonden Haare fielen ihm bis fast auf die Schultern. Mit seinem samtenen Gehrock, den Kniebundhosen, dem nachlässig gebundenen Paisley-Schal und dem getönten Monokel vor seinem hellgrünen Auge wirkte er wie eine der Zeichnungen, die Tessa in der satirischen Zeitschrift *Punch* gesehen hatte – Illustrationen von Leuten, die sich selbst als »Ästheten« bezeichneten.

»Zauberhaft«, verkündete er abschließend. »Charlotte, ich bestehe darauf, dass die beiden hierbleiben, während wir uns unterhalten. Welch ein entzückendes Pärchen! Sehen Sie doch nur, wie seine dunklen Haare ihre helle Haut vorteilhaft zur Geltung bringen …«

»Vielen Dank, Mr Scott«, stieß Tessa hervor, deren Stimme plötzlich drei Oktaven höher klang, »das ist wirklich sehr freundlich von Ihnen, aber ich kann Ihnen versichern, zwischen Will und mir gibt es keine romantische Verbindung. Ich weiß ja nicht, was Sie gehört haben …«

»Nichts!«, beteuerte Scott, warf sich in einen der Sessel am Kamin und drapierte sich den Schal um Hals und Schultern. »Nicht das Geringste, meine Liebe. Obwohl ich ja sagen muss, dass Ihr Erröten Sie der Unwahrheit überführt. Kommen Sie, setzen Sie sich zu mir, Sie alle. Lassen Sie sich nicht von mir einschüchtern. Charlotte, bitte seien Sie so gut und lassen Sie eine Kanne Tee bringen. Meine Kehle ist wie ausgetrocknet.«

Tessa warf Charlotte einen Blick zu, die jedoch nur die Achseln zuckte, als wollte sie sagen, man könne ja doch nichts dagegen machen. Langsam ließ Tessa sich in einen Sessel sinken, neben Will, der ebenfalls wieder Platz genommen hatte. Aber sie vermied jeden Blickkontakt; sie konnte ihn einfach nicht ansehen, während Woolsey Scott dasaß und sie beide angrinste, als wäre ihm etwas bekannt, das sie nicht wusste.

»Und wo ist denn der junge Mr Carstairs?«, erkundigte er sich nun. »Dieser entzückende Junge. Welch eine interessante Tönung der Augen und Haare. Und so talentiert im Umgang mit der Geige. Natürlich muss ich gestehen, nachdem ich Jules Garcin persönlich an der Pariser Oper habe spielen hören, klingt alles andere danach nur noch wie, nun ja, wie kratziger Kohlenstaub, der das Trommelfell reizt. Ein Jammer, dass der Junge so krank ist.«

Charlotte, die inzwischen nach Bridget geläutet hatte, kehrte von der Tür zurück, ließ sich in einem der Sessel nieder und strich ihren Rock glatt. »In gewisser Hinsicht betrifft dies ein Thema, worüber ich gerade mit Ihnen sprechen wollte …«

»O nein, nein, nein.« Scott zauberte wie aus dem Nichts ein Majolika-Kästchen hervor, eine farbig bemalte zinnglasierte Keramik, und wedelte damit in Charlottes Richtung. »Bitte keine ernsthaften Diskussionen, bis ich etwas Tee und Tabak genossen habe. Zigarre gefällig?« Er hielt Charlotte das Kästchen entgegen. »Ägyptische – die besten weit und breit.«

»Nein, danke.« Charlotte wirkte leicht entsetzt bei dem Gedanken, eine Zigarre zu rauchen. Auch Tessa musste sich eingestehen, dass sie sich die junge Institutsleiterin tatsächlich nicht mit einer Zigarre vorstellen konnte, und sie bemerkte, wie Will ebenfalls leise in sich hineinlachte.

Dagegen zuckte Scott nur die Achseln und widmete sich wieder seinen Vorbereitungen.

Bei dem Majolika-Kästchen handelte es sich um ein raffiniertes kleines Utensil, mit Fächern für die von einem Seidenband zusammengehaltenen Zigarren, für neue und abgebrannte Streichhölzer und mit einem Bereich zum Abklopfen der Asche. Schweigend sahen die anderen zu, wie der Werwolf seine Zigarre mit sichtlichem Genuss anzündete und sich der Raum mit süßlichem Tabakduft füllte.

»Also«, sagte er, nachdem er den Rauch in die Luft geblasen hatte, »erzählen Sie mal, liebe Charlotte: Wie geht es Ihnen? Ihnen und Ihrem zerstreuten Gatten. Geistert er noch immer durch die Krypta und erfindet Dinge, die dann einfach explodieren?«

»Manchmal *sollen* sie ja sogar explodieren«, warf Will ein.

Im selben Moment ertönte ein leises Klirren, und Bridget erschien mit dem Tee, wodurch Charlotte eine Antwort auf Scotts Frage erspart blieb. Die Köchin stellte das Tablett auf den kleinen Einlegetisch zwischen den Sesseln und schaute nervös in die Runde. »Bitte entschuldigen Sie, Mrs Branwell. Ich dachte, ich sollte nur für zwei Tee bringen …«

»Ist schon in Ordnung, Bridget«, erwiderte Charlotte in festem Ton, der kein längeres Verweilen der Köchin duldete. »Ich werde dann läuten, falls wir noch etwas benötigen.«

Bridget machte einen kurzen Knicks und verließ das Zimmer, wobei sie rasch noch einen neugierigen Blick über die Schulter warf – auf Woolsey Scott, der jedoch keinerlei Notiz von ihr nahm. Er hatte sich bereits Milch in seine Teetasse gegossen und bedachte seine Gastgeberin mit einem vorwurfsvollen Blick. »Oh, Charlotte.«

Verwundert sah Charlotte ihn an. »Ja?«

»Die Zange – die Zuckerzange«, klagte Scott betrübt, im Tonfall eines Mannes, der den tragischen Tod eines Bekannten betrauert. »Sie ist aus Silber.«

»Oh!« Charlotte schaute bestürzt. Und Tessa erinnerte sich daran, dass Silber für Werwölfe gefährlich war. »Oh, das tut mir furchtbar leid …«

Scott seufzte. »Ach, ist schon in Ordnung. Wie gut, dass ich immer mit meinem eigenen Set reise.« Dann griff er in eine andere Tasche seines Samtgehrocks – unter dem eine Seidenweste mit einem Seerosenmuster aufblitzte, die Henrys Westen bei Weitem in den Schatten stellte – und holte ein zusammengerolltes Seidentuch hervor. Als er es auseinanderfaltete, kam darin ein Set aus einer goldenen Zuckerzange und einem goldenen Teelöffel zum Vorschein, das er auf den Tisch legte. Dann nahm er den Deckel von der Teekanne, warf einen prüfenden Blick auf den dampfenden Aufguss und wirkte sehr erfreut. »Gunpowder-Tee! Vermutlich aus Ceylon? Haben Sie jemals den Tee in Marrakesch gekostet? Dort tränkt man die Blätter in Zucker oder Honig …«

»Gunpowder? *Schießpulver?*«, wiederholte Tessa, die sich noch nie davon hatte abhalten können, eine Frage zum falschen Zeitpunkt zu stellen. »Dieser Tee enthält doch nicht tatsächlich *Schießpulver*, oder?«

Scott lachte und platzierte den Deckel wieder auf die Kanne. Dann lehnte er sich zurück, während Charlotte ihm Tee einschenkte, die Lippen zu einem dünnen Strich zusammengepresst. »Wie entzückend! Nein, nein, man bezeichnet diesen Tee nur so, weil die Blätter zu kleinen Kügelchen zusammengerollt werden, deren Äußeres an Schießpulver erinnert.«

»Mr Scott«, warf Charlotte mit angespannter Stimme ein, »wir müssen jetzt wirklich über diese dringliche Angelegenheit sprechen.«

»Jaja, ich habe Ihren Brief gelesen.« Er seufzte. »Schattenweltpolitik. Furchtbar langweilig. Habe ich Ihnen eigentlich schon erzählt, dass ich mich von Lawrence Alma-Tadema habe porträtieren lassen? Ich war als römischer Soldat gekleidet …«

»Will«, unterbrach Charlotte den Werwolf resolut, »vielleicht könntest du Mr Scott kurz berichten, was du vergangene Nacht in Whitechapel beobachtet hast.«

Zu Tessas Überraschung kam Will dieser Aufforderung gewissenhaft nach und beschränkte dabei seine sarkastischen Bemerkungen auf ein Minimum. Während er erzählte, beobachtete Scott ihn die ganze Zeit über den Rand seiner Teetasse hinweg – seine Augen leuchteten in einem derart hellen Grünton, dass sie Tessa fast schon gelblich erschienen.

»Tut mir leid, mein junger Freund«, sagte er, nachdem Will seinen Bericht abgeschlossen hatte. »Aber ich wüsste nicht, warum dies eine Dringlichkeitssitzung erfordert. Wir sind uns alle der Existenz dieser Schattendrogenhöhlen bewusst, und ich kann nicht jede Bewegung aller Mitglieder meines Rudels überwachen. Falls also einige von ihnen beschließen, einem Laster zu frönen …« Er beugte sich vor. »Wussten Sie eigentlich, dass Ihre Augen fast exakt denselben Farbton besitzen wie Stiefmütterchen? Nicht direkt Blau, aber auch nicht Violett. Außergewöhnlich, wirklich außergewöhnlich.«

Will riss seine außergewöhnlichen Augen auf und grinste. »Ich denke, es war eher die Erwähnung des Magisters, die Charlotte Kopfzerbrechen bereitet.«

»Ah.« Scott wandte sich der Institutsleiterin zu. »Sie sorgen sich, ich würde Sie auf dieselbe Weise verraten, wie Sie es von de Quincey angenommen haben. Und ich würde mit dem Magister – nennen wir ihn doch einmal beim Namen, einverstanden? –, mit *Mortmain* unter einer Decke stecken und ihm erlauben, die Mitglieder meines Rudels für seine Zwecke zu missbrauchen.«

»Ich hatte mir überlegt …«, setzte Charlotte stockend an, »dass sich Londons Schattenweltler vielleicht vom Institut hintergangen fühlen könnten … nach dem, was mit de Quincey geschehen ist. Sein Tod …«

Scott korrigierte den Sitz seines Monokels; dabei fiel Licht auf einen goldenen Ring an seinem Zeigefinger und ließ den eingravierten Wahlspruch *L'art pour l'art* aufblitzen. »Sein Tod war die angenehmste Überraschung, seit ich das Türkische Bad in der Jermyn Street entdeckt habe. Ich habe de Quincey verabscheut. Ihn mit jeder Faser meines Körpers gehasst.«

»Nun ja, die Nachtkinder und die Kinder des Mondes haben sich ja nie sonderlich …«, setzte Charlotte an.

»De Quincey hat einen Werwolf getötet … eigenhändig«, unterbrach Tessa plötzlich, als sich ihre Erinnerungen mit denen von Camille Belcourt vermischten und ihr das Bild eines gelbgrünlichen Augenpaars ins Gedächtnis riefen – genau wie Scotts Augen. »Aufgrund seiner … romantischen Verbindung mit Lady Belcourt.«

Woolsey Scott warf Tessa einen langen, interessierten Blick zu. »Das war mein Bruder«, erklärte er. »Mein *älterer* Bruder. Sie müssen wissen, dass er das Londoner Rudel vor mir angeführt hat und ich diese Position von ihm ›geerbt‹ habe. Normalerweise muss man den amtierenden Leitwolf töten, um seine Nachfolge antreten zu können. Aber in meinem Fall wurde eine Abstimmung durchgeführt, und mir fiel die Aufgabe zu, im Namen meines Rudels Vergeltung für meinen Bruder zu üben. Doch jetzt …« Er gestikulierte mit seiner eleganten Hand. »Doch jetzt haben Sie sich für mich um de Quincey gekümmert. Sie ahnen ja gar nicht, wie dankbar ich Ihnen bin, meine Liebe.« Nachdenklich neigte er den Kopf leicht zur Seite. »Und, ist er anständig aus dem Leben geschieden?«

»Er starb schreiend vor Schmerz.« Charlottes Unverblümtheit bestürzte Tessa.

»Welch wundervolle Nachricht.« Scott stellte seine Teetasse ab. »Dafür schulde ich Ihnen einen Gefallen. Ich werde Ihnen alles erzählen, was ich weiß, obwohl es nicht gerade viel ist. Mortmain ist damals zu mir gekommen und hat mich aufgefordert, dem Pandemonium Club beizutreten. Ich habe das abgelehnt, weil de Quincey dem Club bereits angehörte und ich nicht Teil eines Unterfangens sein wollte, an dem er beteiligt war. Mortmain ließ mich wissen, dass für mich immer ein Platz im Club frei wäre, falls ich jemals meine Meinung ändern sollte …«

»Hat er Ihnen von seinen Absichten erzählt?«, unterbrach Will den Werwolf. »Hat er Ihnen das eigentliche Ziel des Clubs verraten?«

»Die Vernichtung aller Nephilim«, erklärte Scott. »Ich hatte eigentlich angenommen, Sie wüssten das. Schließlich ist der Pandemonium Club keine Versammlung von Freizeitgärtnern.«

»Wir glauben, Mortmain hegt einen Groll gegen den Rat«, sagte Charlotte. »Vor Jahren haben Schattenjäger seine Eltern getötet. Die beiden waren Hexenwesen und tief in Schwarze Magie verstrickt.«

»Ich würde es weniger als Groll bezeichnen – eher als Manie«, erwiderte Scott. »Als Obsession. Mortmain würde gern dafür sorgen, die gesamte Schattenjägergemeinschaft auszulöschen – obwohl er für den Moment damit zufrieden scheint, in England anzufangen, um sich dann von hier aus weiter vorzuarbeiten. Ein geduldiger, methodisch vorgehender Irrer. Die schlimmste Sorte, die es gibt.« Der Werwolf lehnte sich zurück und seufzte. »In jüngster Zeit sind mir in der Tat Berichte von einer Gruppe junger Wölfe zu Ohren gekommen, die keinem Rudel angehören, irgendwelche zwielichtigen Arbeiten leisten und dafür fürstlich entlohnt werden. Mit dem vielen Geld prahlen sie gegenüber den Rudelwölfen und sorgen damit für Feindseligkeiten. Von dem Rauschmittel habe ich allerdings bisher nichts gewusst.«

»Die Substanz bewirkt, dass die Wölfe pausenlos weiterarbeiten können, Tag und Nacht, bis sie vor Erschöpfung umfallen oder durch das Rauschmittel sterben«, erläuterte Will. »Eine

Abhängigkeit tritt sehr rasch ein und lässt sich auch nicht mehr heilen. Der Konsum von *Yin Fen* führt unweigerlich zum Tod.«

Scott warf Will einen skeptischen Blick zu. »Dieses *Yin Fen*, dieses silberne Pulver ... ist das nicht die Substanz, von der auch Ihr Freund James Carstairs abhängig ist? Und er scheint mir sehr lebendig.«

»Jem lebt nur noch, weil er ein Schattenjäger ist und weil er so wenig wie nötig und so selten wie möglich davon einnimmt. Und selbst dann wird ihn die Substanz letztendlich das Leben kosten.« Wills Stimme klang vollkommen ausdruckslos. »Ihr Entzug würde dasselbe bedeuten.«

»So, so«, sagte Woolsey leichthin. »Na, dann kann ich nur hoffen, dass der massive Erwerb des Mittels vonseiten des Magisters nicht zu einer rapiden Verknappung führt.«

Bei diesen Worten wurde Will kreidebleich – ganz offensichtlich war ihm dieser Gedanke noch gar nicht gekommen. Tessa wandte sich ihm zu, doch er war bereits aufgesprungen und stürmte zur Tür, die eine Sekunde später mit einem Knall hinter ihm ins Schloss fiel.

Stirnrunzelnd schaute Charlotte ihm nach. »Gütiger Himmel, er ist bestimmt wieder auf dem Weg nach Whitechapel«, stöhnte sie und wandte sich dann an den Werwolf: »War das wirklich nötig, Woolsey? Ich denke, Sie haben dem armen Jungen gerade einen riesigen Schrecken eingejagt, und wahrscheinlich vollkommen ungerechtfertigt.«

»Ein wenig Voraussicht kann nicht schaden«, erwiderte Scott. »Ich habe meinen eigenen Bruder immer für selbstverständlich gehalten – bis de Quincey ihn umgebracht hat.«

»De Quincey und der Magister sind vom selben Schlag: skrupellos«, sagte Charlotte. »Wenn Sie uns helfen könnten ...«

»Gewiss, das Ganze ist eine üble Angelegenheit«, bemerkte Scott. »Aber bedauerlicherweise fallen Lykanthropen außerhalb meines Rudels nicht in meinen Zuständigkeitsbereich.«

»Aber vielleicht könnten Sie ja einmal Ihre Fühler ausstrecken, Mr Scott. Jede noch so kleine Information darüber, wo diese Werwölfe arbeiten oder womit sie sich beschäftigen, könnte von unschätzbarem Wert sein. Der Rat wäre Ihnen dafür sehr dankbar.«

»Ach, der *Rat*«, winkte Scott tödlich gelangweilt ab. »Na schön. Doch nun zu uns, liebe Charlotte. Reden wir doch lieber über Sie.«

»Über mich? Ach, aber ich bin *furchtbar* langweilig«, erwiderte Charlotte und stieß – mit Absicht, da war Tessa sich ziemlich sicher – gegen die Teekanne, die daraufhin mit einem lauten Klirren umkippte und heißen Tee über den Tisch schwappte.

Mit einem Aufschrei sprang Scott auf und riss seinen Schal aus der Gefahrenzone.

Auch Charlotte erhob sich rasch, wobei sie ob ihrer Ungeschicklichkeit tadelnd mit der Zunge schnalzte. »Woolsey, mein Verehrtester«, säuselte sie und legte ihm ihre Hand auf den Arm, »Sie waren mir ja *solch* eine Hilfe. Kommen Sie, ich werde Sie zur Tür begleiten. Das Institut in Bombay hat uns vor ein paar Tagen einen antiken Dolch – einen *Keris* – zukommen lassen, den ich Ihnen *unbedingt* noch zeigen muss …«

11
Voll wilder Hoffnung

Und euer Scheitern, nicht dass ich's verhehle,
Reißt mich mitleidig in den Untergang.
Also durchforschte ich die Welt in allen Teilen
Voll wilder Hoffnung, euch zwar nicht zu heilen,
Doch Trost zu finden oder einen Linderungstrank.
JAMES THOMSON, »NACHTSTADT«

Meine liebe Mrs Branwell,

Sie werden vielleicht überrascht sein, schon so bald nach meiner Abreise aus London einen Brief von mir zu erhalten, aber obwohl diese ländliche Region im Grunde recht verschlafen ist, scheinen sich die Ereignisse hier zu überschlagen, und ich hielt es für das Beste, Sie umgehend zu unterrichten.

Da sich das hiesige Wetter weiterhin von seiner besten Seite zeigt, bin ich in der Lage, ausgedehnte Spaziergänge zu unternehmen, vor allem in der Gegend von Ravenscar Manor, bei dem es sich wirklich um ein sehr schönes altes Anwesen handelt. Allem Anschein nach bewohnt die Familie Herondale das Gebäude allein: nur der Vater, Edmund, die Mutter sowie die jüngste Tochter, Cecily, die fast fünfzehn Jahre alt ist und ihrem Bruder sehr ähnelt – im Hinblick auf ihre Rastlosigkeit, ihr Verhalten und ihr Erscheinungsbild. Ich werde gleich darauf zu sprechen kommen, woher ich dies alles weiß, doch lassen Sie mich Ihnen zuerst noch ein paar andere Dinge berichten:

Ravenscar Manor liegt in der Nähe eines kleinen Dorfes, wo ich im örtlichen Gasthof, dem Black Swan, Quartier bezogen habe. Ich gebe mich hier als ein Gentleman aus, der am Erwerb von Land und Immobilien in der umliegenden Region interessiert ist. Die hiesige Bevölkerung hat sich als sehr entgegenkommend erwiesen, was Informationen anbelangt – und im Falle derjenigen, die nicht sofort mit der Sprache herausrücken wollten, hat der eine oder andere Überredungszauber ein wenig nachgeholfen, die Dinge aus meiner Sicht zu sehen.

Es hat den Anschein, dass die Familie Herondale nur sehr wenig Kontakt zu den Dorfbewohnern unterhält. Trotz – oder vielleicht gerade wegen – dieser Zurückhaltung kursieren zahlreiche Gerüchte über sie. Anscheinend gehört ihnen Ravenscar Manor nicht; sie verwalten das Anwesen nur für seinen wahren Eigentümer – Axel Mortmain natürlich. Auf Mortmain angesprochen, erzählten mir die Dorfbewohner, dass es sich um einen wohlhabenden Industriellen handelt, der einen Landsitz erworben hat, welchen er nur selten besucht. Niemand hier scheint etwas anderes in ihm zu sehen. Mir sind auch keinerlei Gerüchte über eine mögliche Verbindung zwischen Mortmain und dem Ehepaar Shade zu Ohren gekommen, deren Andenken in dieser Region auch längst vergessen scheint.

Dagegen sind die Herondales Gegenstand wildester Spekulationen. Es ist allgemein bekannt, dass das Ehepaar ein Kind verloren hat und dass Edmund, den ich einst kannte, sich dem Alkohol und dem Glücksspiel zugewandt hat. Nachdem Edmund den Familiensitz in Wales verspielt hatte, unterbreitete der Besitzer dieses Anwesens hier in Yorkshire den nun mittellosen Herondales den Vorschlag, den Landsitz für ihn zu verwalten. Das liegt nun zwei Jahre zurück.

All diese Informationen wurden mir heute Nachmittag bestätigt, als ich das Herrenhaus aus einiger Entfernung beobachtete und plötzlich ein junges Mädchen vor mir stand. Ich wusste natürlich sofort, wer dieses Mädchen war. Schließlich hatte ich sie in dem Herrenhaus ein und aus gehen sehen, und ihre Ähnlichkeit mit ihrem Bruder Will ist, wie schon gesagt, verblüffend. Sie hat mich direkt angesprochen und zu erfahren verlangt, warum ich ihrer Familie nachspionieren würde. Dabei erschien sie zunächst nicht verärgert, sondern eher hoffnungsvoll. »Hat mein Bruder Sie geschickt?«, fragte sie. »Haben Sie eine Nachricht von ihm?«

Es war wirklich herzzerreißend, aber ich kenne natürlich das Gesetz und konnte ihr daher nur mitteilen, dass ihr Bruder wohlauf sei und sich vergewissern wolle, dass die Familie sich in Sicherheit befinde. An diesem Punkt wurde das Mädchen jedoch sehr wütend und meinte spitz, Will könne die Sicherheit der Familie am besten dadurch gewährleisten, dass er zu ihnen zurückkehre. Des Weiteren verkündete sie, dass nicht der Tod der Schwester (Wussten Sie von dieser Schwester?) den Vater zugrunde gerichtet habe, sondern vielmehr Wills Flucht aus dem Elternhaus. Ich überlasse es Ihrem Ermessen, ob Sie diese Information an den jungen Herrn Herondale weiterleiten möchten; allerdings scheint es mir, dass diese Nachricht mehr schaden als nützen würde.

Als ich Mortmain der jungen Dame gegenüber erwähnte, plauderte sie ganz ungezwungen über ihn – ein Freund der Familie, wie sie erklärte, der ihnen zur Seite gestanden und dieses Haus angeboten habe, als sie vollkommen mittellos waren. Während das Mädchen erzählte, bekam ich allmählich ein Gespür dafür, wie Mortmain denkt. Er weiß, dass es für Nephilim einen Verstoß gegen das Gesetz bedeutet, Kontakte zu Schattenjägern zu unterhalten, die aus der Nephilimgemeinschaft ausgeschieden sind. Aus diesem Grund braucht Ravenscar Manor keinen unerwarteten Besuch zu fürchten. Mortmain weiß außerdem, dass durch den Einzug der Herondales alle in dem Gebäude befindlichen Objekte sozusagen in deren Besitz übergegangen sind und daher nicht mehr dazu genutzt werden können, seinen Aufenthaltsort mithilfe einer Ortungsrune zu bestimmen. Und nicht zuletzt weiß er natürlich auch, dass Macht über die Herondales in gewissem Maße Macht über Will bedeutet. Erstrebt er denn Macht über Will? Möglicherweise nicht im Moment, doch es mag der Zeitpunkt kommen, an dem er eine solche Macht auszuüben wünscht – und wenn dieser Augenblick gekommen ist, werden ihm die nötigen Mittel dafür zur Verfügung stehen. Mortmain ist ein gut vorbereiteter Mann, und solche Männer sind im Allgemeinen gefährlich.

Wäre ich an Ihrer Stelle, und das bin ich natürlich nicht, dann würde ich dem jungen Herrn Will versichern, dass seine Familie sich in Sicherheit befindet und Sie über sie wachen. Es wäre gut, jede Erwähnung des Namens Mortmain zu vermeiden, bis ich weitere Informationen zusammengetragen habe. Wie ich Cecilys Worten entnehmen konnte, wissen die Herondales nicht, wo Mortmain sich tatsächlich aufhält. Die junge Dame meinte, er sei in Shanghai, denn gelegentlich erhielten sie Post von seinem dortigen Unternehmen, alle Briefumschläge mit höchst eigenartigen Briefmarken frankiert. Aber meines Wissens ist das Institut in Shanghai der Auffassung, dass Mortmain nicht in der Stadt weilt.

Ich habe Miss Herondale erzählt, dass ihr Bruder sie

vermisst; es schien mir als das Wenigste, was ich tun konnte. Diese Auskunft stimmte sie allem Anschein nach zufrieden. Ich denke, ich werde noch ein Weilchen hier in der Gegend bleiben; es interessiert mich inzwischen selbst herauszufinden, auf welche Weise das Schicksal der Familie Herondale mit Mortmains Plänen verknüpft ist. Offenbar ruhen noch einige ungelöste Rätsel unter den friedlichen grünen Hügeln Yorkshires – und ich bin fest entschlossen, sie zu lösen.

Ragnor Fell

Charlotte las den Brief zweimal, um sich alle Einzelheiten einzuprägen, dann faltete sie den Bogen mehrfach und warf ihn in das Feuer, das im Kamin des Salons brannte. Müde stand sie da, lehnte sich an den Kaminsims und beobachtete, wie die Flammen das Papier in goldenen und schwarzen Linien verzehrten.

Sie war sich nicht sicher, ob sie über den Inhalt des Schreibens überrascht oder beunruhigt sein sollte oder einfach nur unendlich müde. Mortmain zu suchen, war, wie nach einer Spinne zu schlagen, nur um dann festzustellen, dass man sich rettungslos in den klebrigen Fäden ihres Netzes verstrickt hatte. Und was Will betraf… Charlotte hasste den Gedanken, mit ihm über diese ganze Angelegenheit sprechen zu müssen. Blind starrte sie in die Flammen. Manchmal hegte sie den Verdacht, der Erzengel hatte Will nur deshalb zu ihr geschickt, um ihre Geduld auf die Probe zu stellen. Der Junge war verbittert, besaß eine scharfe Zunge, die wie ein Peitschenhieb treffen konnte, und er reagierte auf jeden ihrer Versuche, ihm Liebe und Zuneigung entgegenzubringen, mit beißendem Spott oder Verachtung. Und dennoch: Wenn sie ihn betrachtete, sah sie immer noch den kleinen Zwölfjährigen, zusammengekauert in einer Ecke seines Zimmers, die Hände auf die Ohren gepresst, während seine Eltern auf den Stufen des Instituts standen, seinen Namen riefen und ihn anflehten, herunterzukommen und mit ihnen nach Hause zurückzukehren.

Nachdem die Herondales schließlich aufgegeben hatten und gegangen waren, hatte Charlotte sich neben ihn gekniet. Und sie erinnerte sich noch daran, wie er das kleine Gesichtchen gehoben und sie angesehen hatte – mit bleicher, angespannter Miene und diesen blauen Augen unter dunklen Wimpern. Damals war er so hübsch wie ein Mädchen gewesen, dünn und feingliedrig, bis er sich mit solch eiserner Beharrlichkeit auf das Schattenjägertraining konzentriert hatte, dass seine einst zierliche Gestalt innerhalb von zwei Jahren von harten Muskelsträngen, Narben und Runenmalen verdrängt worden war. Als sie gemeinsam in seinem Zimmer saßen, hatte Charlotte seine Hand genommen, die er in ihrer Handfläche hatte ruhen lassen wie ein lebloses, totes Ding. Er hatte sich wohl auf die Unterlippe gebissen, offenbar aber nichts davon bemerkt, denn das Blut rann an seinem Kinn herab und tropfte auf sein Hemd. *Charlotte, du wirst es mir sagen, nicht wahr? Du wirst es mir sagen, wenn ihnen irgendetwas zustößt?*

Will, ich kann nicht …

Ich kenne das Gesetz. Aber ich möchte einfach nur wissen, ob sie noch am Leben sind. Seine Augen hatten sie angefleht. *Charlotte, bitte …*

»Charlotte?«

Ruckartig schaute Charlotte vom Feuer auf. Jem stand im Türrahmen. Noch halb in Erinnerungen versunken, starrte sie ihn einen Moment verwundert an. Als Jem aus Shanghai zum Londoner Institut gekommen war, hatten seine Haare und Augen so schwarz wie Tusche geschimmert. Doch im Laufe der Jahre hatten sie einen silbernen Ton angenommen – wie Kupfer, das durch Kontakt mit Sauerstoff Grünspan ansetzt –, während sich das Rauschmittel durch seinen Körper fraß, ihn veränderte und langsam umbrachte. »James«, sagte Charlotte. »Es ist schon spät, nicht wahr?«

»Gleich elf.« Jem neigte den Kopf zur Seite und musterte sie. »Ist alles in Ordnung? Du wirkst so bekümmert.«

»Nein, ich …« Charlotte machte eine vage Handbewegung. »Diese ganze Geschichte mit Mortmain geht mir einfach nicht aus dem Kopf.«

»Ich hätte da mal eine Frage«, setzte Jem an, trat näher an den Kamin und senkte die Stimme. »Eine Frage, die nicht gänzlich aus dem Kontext fällt. Gabriel hat heute eine Bemerkung gemacht, während des Trainings …«

»Du warst dort?«

Jem schüttelte den Kopf. »Sophie hat mir später davon berichtet. Normalerweise erzählt sie nicht gern irgendwelche Geschichten herum, aber sie war aufgewühlt – was ich ihr nicht verübeln kann. Gabriel hat behauptet, sein Onkel habe Selbstmord begangen und seine Mutter sei vor Gram gestorben, weil … nun ja, wegen deines Vaters.«

»Wegen meines Vaters?«, fragte Charlotte verständnislos.

»Offenbar hat Gabriels Onkel Silas einen Gesetzesverstoß begangen, und dein Vater hat die Sache entdeckt. Daraufhin soll dein Vater zum Rat marschiert sein, infolgedessen sich der Onkel aus Scham das Leben nahm und Mrs Lightwood vor Kummer starb. Gabriel meinte wörtlich: ›Die Fairchilds interessieren sich für nichts und niemanden, außer für sich selbst und das Gesetz!‹«

»Und du erzählst mir das alles, weil …?«

»Weil ich mich frage, ob die Geschichte stimmt«, erklärte Jem. »Und falls ja, wäre es möglicherweise sinnvoll, den Konsul darüber zu informieren, dass Benedict das Institut aus persönlichen Gründen, aus Rache, an sich reißen will und nicht aus dem selbstlosen Wunsch heraus, es unter einer besseren Leitung zu sehen.«

»Aber die Geschichte entspricht nicht der Wahrheit. Sie kann gar nicht stimmen.« Charlotte schüttelte den Kopf. »Silas Lightwood hat sich umgebracht, weil er sich in seinen *Parabatai* verliebt hatte – und nicht, weil mein Vater sich an den Rat gewendet hatte. Der Rat erfuhr erst aus dem Abschiedsbrief, den Silas hinterließ, von dem ganzen Vorfall. Tatsächlich hat sein Vater meinen Vater sogar gebeten, ihm beim Verfassen von Silas' Grabrede zu helfen. Klingt das für dich nach einem Mann, der meinem Vater die Schuld am Tod seines Sohnes gab?«

Jems Augen verdüsterten sich. »Das ist ja interessant.«

»Meinst du, Gabriel ist einfach nur gehässig? Oder glaubst du, sein Vater hat ihn vielleicht angelogen, um …«, setzte Charlotte an, konnte ihre Frage aber nicht beenden.

Denn plötzlich krümmte Jem sich zusammen, als hätte er einen Schlag in den Magen erhalten. Er erlitt einen solch heftigen Hustenanfall, dass seine schmächtigen Schultern bebten. Hellrote Blutspritzer verteilten sich auf seinem Ärmel, als er den Arm vors Gesicht riss.

»Jem …« Charlotte eilte besorgt auf ihn zu.

Doch Jem rappelte sich auf und taumelte von ihr fort, eine Hand abwehrend ausgestreckt, als wollte er Charlotte von sich fernhalten. »Alles in Ordnung«, keuchte er. »Mir geht es gut.« Dann wischte er sich mit dem Ärmel das Blut aus dem Gesicht. »Bitte, Charlotte«, fügte er mit resignierter Stimme hinzu, als sie dennoch auf ihn zukam. »Bitte nicht.«

Abrupt hielt Charlotte inne, obwohl ihr das Herz blutete. »Gibt es denn nichts, was ich tun könnte …«

»Du weißt, dass es nichts gibt.« Jem senkte den Arm, auf dem das Blut hell leuchtete, und schenkte ihr ein liebevolles Lächeln. »Meine liebe Charlotte«, sagte er. »Du warst für mich immer wie eine ältere Schwester … die beste ältere Schwester, die ich mir nur wünschen konnte. Das weißt du doch, oder?«

Charlotte schaute ihn nur mit großen Augen an. Seine Worte klangen derartig nach einem Abschied, dass sie keine Antwort über die Lippen bringen konnte. Jem machte auf dem Absatz kehrt und verließ leise den Salon. Stumm sah Charlotte ihm nach und versuchte, sich einzureden, dass seine Worte nichts zu bedeuten hatten, dass es ihm nicht schlechter ging als zuvor, dass er noch immer viel Zeit hatte. Sie liebte Jem, genau wie sie Will liebte – und im Grunde alle, die ihr anvertraut waren –, und der Gedanke, den Jungen zu verlieren, brach ihr fast das Herz. Nicht nur aufgrund des Verlustes, den *sie* dadurch erleiden würde; sie dachte dabei auch an Will. Denn sie konnte regelrecht fühlen, dass Jem bei seinem Tod alles, was an Will noch menschlich war, mit sich ins Grab nehmen würde.

Es war bereits kurz vor Mitternacht, als Will ins Institut zurückkehrte. In der Threadneedle Street hatte eisiger Regen eingesetzt, woraufhin Will sich unter der Markise des Verlagshauses Dean and Son Publishers untergestellt hatte, um seinen Mantel zuzuknöpfen und den Schal festzuziehen. Doch der Regen war ihm bereits über das Gesicht gelaufen – dicke, kalte Tropfen, die nach Kohle und salzigem Schlick schmeckten. In gebückter Haltung wagte er sich aus dem Schutz der Markise und eilte dann am Gebäude der Bank of England vorbei, in Richtung des Instituts.

Trotz der vielen Jahre, die er nun schon in London lebte, erinnerte ihn ein solcher Schauer immer an seine alte Heimat … daran, wie der Landregen in Wales geschmeckt hatte, grün und frisch, und daran, wie er als Junge die feuchten Hügel hinuntergekullert war, über und über mit nassem Gras bedeckt. Wenn er die Augen schloss, konnte er noch immer die Stimmen seiner Schwestern hören, die ihn lachend tadelten: *Will, du ruinierst dir noch die Kleidung; Will, Mutter wird sehr ungehalten sein …*

Will fragte sich, ob man wohl jemals ein richtiger Londoner werden konnte, wenn man die Erinnerung an weite, offene Landschaften, an einen hohen, bis zum Horizont reichenden Himmel und an frische, klare Luft in sich trug – im Gegensatz zu diesen engen Gassen voller Menschen, dem Londoner Staub, der sich gnadenlos auf Kleidung, Haut und Haare legte, und dem Geruch des dreckigen Flusses.

Inzwischen befand er sich in der Fleet Street. Durch den Nebel konnte er in der Ferne Temple Bar erkennen. Die Straße war schlammig und rutschig, und als eine Kutsche vorbeiratterte, deren Räder schmutziges Regenwasser gegen den Gehweg spritzten, tauchte Will in eine schmale Gasse zwischen zwei Gebäuden ein.

Nun konnte er den Turm des Instituts ausmachen. Wahrscheinlich waren sie längst mit dem Abendessen fertig, überlegte Will, und alles stand wieder ordentlich verstaut und aufgeräumt an seinem Platz. Bridget lag bestimmt schon im Bett; das bedeutete, dass er sich in die Küche stehlen und sich aus Brot, Käse und kalter Pastete einen schnellen Mitternachtssnack zusammenstellen konnte. In letzter Zeit hatte er ziemlich viele Mahlzeiten versäumt, und wenn er ehrlich mit sich war, dann gab es dafür nur einen Grund: Er versuchte, Tessa aus dem Weg zu gehen.

Dabei wollte er das eigentlich gar nicht – und tatsächlich hatte er am Vormittag insofern kläglich versagt, als dass er Tessa nicht nur zum Training begleitet hatte, sondern danach auch noch in den Salon. Manchmal fragte er sich, ob er dies alles vielleicht tat, um sich selbst auf die Probe zu stellen. Um zu überprüfen, ob seine Gefühle für sie vielleicht nachgelassen hatten. Doch das war nicht der Fall. Jedes Mal, wenn er sie sah, wollte er in ihrer Nähe sein; wenn er in ihrer Nähe war, sehnte er sich danach, sie zu berühren; und wenn er auch nur ihre Hand berührte, wollte er sie umarmen. Er wollte sie an sich drücken und sie so eng an seinem Körper spüren wie an jenem Tag auf dem Dachboden. Er wollte den Geschmack ihrer Haut und den Geruch ihrer Haare wahrnehmen. Er wollte sie zum Lachen bringen. Er wollte einfach nur dasitzen und ihr zuhören … ihr zuhören, wie sie über Bücher redete, bis ihm die Ohren abfielen. Doch all diese Dinge durfte er sich nicht wünschen, weil er sie nicht haben konnte. Und sich etwas zu wünschen, was man nicht haben konnte, führte nur zu Trübsinn und Tollheit.

Mittlerweile hatte er das Institut erreicht, dessen Tür unter seiner Berührung aufschwang und den Blick auf den Vorraum mit den flackernden Elbenlichtfackeln freigab. Unwillkürlich musste er an das dämmrige Licht in der Schattendrogenhöhle denken und an den Rausch des Dämonengifts – ein Zustand paradiesischer Erlösung: endlich einmal das Gefühl, nichts zu wollen und nichts zu brauchen. Er hatte geträumt, er läge auf einem Hügel in Wales unter einem hohen blauen Himmel. Und Tessa war zu ihm heraufspaziert und hatte sich neben ihm ins Gras gesetzt. *Ich liebe dich,* hatte er gesagt und sie geküsst, als wäre es das Natürlichste auf der Welt. *Liebst du mich auch?*

Und Tessa hatte ihn angelächelt. *Du wirst immer den wichtigsten Platz in meinem Herzen einnehmen,* hatte sie erwidert.

Sag mir, dass das kein Traum ist, hatte er gewispert, als sie die Arme um ihn schlang, und dann hatte er nicht länger zwischen Wachen und Träumen unterscheiden können.

Während er nun die Stufen hinaufstieg, streifte er den Mantel ab und schüttelte die nassen Haare aus. Kalte Tropfen sickerten ihm in den Hemdkragen, liefen seinen Rücken hinunter und ließen ihn schaudern. Das wertvolle Päckchen, das er von den Ifrit erworben hatte, steckte in seiner Hose. Rasch schob er die Hand in die Tasche und berührte es mit den Fingern, nur um sich zu vergewissern.

Die Elbenlichtfackeln in den Fluren brannten ruhig und schenkten ein gedämpftes Licht. Will befand sich etwa in der Mitte des Korridors, als er abrupt innehielt. Dort hinten lag Tessas Zimmer, schräg gegenüber von Jems. Und dort, vor ihrer Tür, stand Jem – wobei das Wort »stand« nicht ganz angebracht war: Er marschierte unruhig auf und ab, »lief ein Loch in den Teppich«, wie Charlotte es formuliert hätte.

»James«, sagte Will, ziemlich überrascht.

Ruckartig hob Jem den Kopf und rückte sofort von Tessas Tür ab. Hastig zog er sich bis zu seiner eigenen Zimmertür zurück und musterte Will mit ausdrucksloser Miene. »Vermutlich sollte es mich nicht überraschen, dich zu jeder Tages- und Nachtzeit im Flur vorzufinden.«

»Ich denke, wir stimmen beide darin überein, dass das Gegenteil für mich untypischer wäre«, bemerkte Will. »Warum bist du noch wach? Ist alles in Ordnung?«

Jem warf einen letzten Blick auf Tessas Tür und wandte sich dann wieder Will zu. »Ich wollte mich bei Tessa entschuldigen«, sagte er. »Mein Violinspiel hat sie, glaube ich, am Schlafen gehindert. Wo bist du gewesen? Ein weiteres Stelldichein mit ›Sechs-Finger-Nigel‹?«

Will grinste, aber als Jem sein Lächeln nicht erwiderte, meinte er: »Ich habe etwas für dich. Komm, lass uns in dein Zimmer gehen. Ich hab keine Lust, die ganze Nacht hier im Flur herumzustehen.«

Jem zögerte einen Moment, zuckte dann die Achseln und marschierte in sein Zimmer, dicht gefolgt von Will, der hinter ihnen die Tür verriegelte, während Jem sich in einen Sessel fallen ließ. Das Feuer im Kamin war zu einer rotgoldenen Glut heruntergebrannt. Jem betrachtete Will mit einem fragenden Blick. »Was ist es denn …?«, setzte er an, doch dann krümmte er sich röchelnd zusammen. Der Hustenanfall verschwand zwar so schnell, wie er gekommen war, aber als Jem sich wieder aufrichtete und mit dem Handrücken über die Lippen wischte, blieb eine breite Blutspur darauf zurück. Mit ausdrucksloser Miene musterte er die rötliche Flüssigkeit.

Will spürte, wie ihm der Anblick einen Stich versetzte. Langsam näherte er sich seinem *Parabatai* und kramte ein Taschentuch hervor, das Jem dankbar entgegennahm. Anschließend holte er das Päckchen mit dem silbernen Pulver aus seiner Tasche, das er in Whitechapel erworben hatte. »Hier, bitte«, murmelte er unbehaglich. Seit fünf Jahren hatte er sich in Jems Gegenwart nicht ein einziges Mal unbehaglich gefühlt, aber jetzt konnte er einfach nichts dagegen machen. »Ich bin noch einmal nach Whitechapel zurückgekehrt, um dir das hier zu besorgen.«

Jem, der sich inzwischen mit Wills Taschentuch das Blut von der Hand gewischt hatte, nahm das Päckchen entgegen und starrte auf das darin enthaltene *Yin Fen.* »Eigentlich hab ich noch genug davon«, sagte er. »Mein Vorrat reicht noch für mindestens einen Monat.« Doch dann schaute er ruckartig auf. »Oder hat Tessa dir erzählt ...«

»*Was* soll sie mir erzählt haben?«

»Nichts. Ich habe nur letztens etwas von dem Pulver verschüttet. Allerdings konnte ich das meiste wieder aufsammeln.« Vorsichtig legte Jem das Päckchen auf den Tisch neben ihm. »Das wäre wirklich nicht nötig gewesen.«

Umständlich ließ Will sich auf der Truhe am Fußende von Jems Bett nieder. Er nahm nur äußerst ungern auf diesem Möbelstück Platz – seine Beine waren so lang, dass er sich immer wie ein Erwachsener vorkam, der versuchte, sich in eine Schulbank zu quetschen –, aber er wollte unbedingt auf Augenhöhe mit Jem sitzen. »Mortmains Lakaien sind dabei, im gesamten East End alle *Yin-Fen*-Vorräte aufzukaufen«, erklärte er. »Ich habe mich selbst davon überzeugt. Wenn du also kein Pulver mehr gehabt hättest und Mortmain die einzige Bezugsquelle gewesen wäre ...«

» ... dann wären wir von ihm abhängig geworden und hätten uns in seiner Macht befunden«, beendete Jem den Satz. »Es sei denn, du wärst bereit, mich sterben zu lassen – was das einzig Vernünftige wäre.«

»Dazu wäre ich *keineswegs* bereit«, erwiderte Will in scharfem Ton. »Du bist mein Blutsbruder. Ich habe einen Eid geschworen, nicht zuzulassen, dass dir etwas zustößt ...«

»Mal abgesehen von Eiden und potenziellen Machtspielchen, hatte das hier irgendetwas mit mir zu tun?«, fragte Jem.

»Ich weiß nicht, was du meinst …«

»Ich hatte schon begonnen, mich zu fragen, ob du überhaupt in der Lage bist, anderen Menschen Qualen ersparen zu wollen.«

Will wich leicht zurück, als hätte Jem ihm einen Stoß versetzt. »Ich …«, setzte er an, musste dann aber schlucken, auf der Suche nach einer passenden Antwort. Es lag nun schon so lange zurück, dass er nach Worten gesucht hatte, für die er Vergebung statt Hass erntete. Und es war auch schon lange her, dass er sich einmal nicht im denkbar schlechtesten Licht präsentiert hatte … Einen panikerfüllten Moment lang fragte er sich, ob er dazu überhaupt noch in der Lage war. »Ich habe heute mit Tessa gesprochen«, sagte er schließlich, wobei ihm allerdings entging, dass Jem noch stärker erbleichte. »Sie hat mir verständlich gemacht, dass mein Verhalten letzte Nacht unverzeihlich war. Obwohl«, fügte er hastig hinzu, »obwohl ich natürlich hoffe, dass du mir trotzdem vergibst.« *Beim Erzengel, das ist wirklich nicht meine stärkste Seite.*

Jem hob eine Augenbraue. »Was soll ich dir vergeben?«

»Ich habe diese Schattendrogenhöhle aufgesucht, weil ich nicht aufhören konnte, an meine Familie zu denken. Aber ich wollte … ich *musste* unbedingt damit aufhören«, erklärte Will. »Dabei ist es mir allerdings überhaupt nicht in den Sinn gekommen, dass ich mit meinem Verhalten deine Krankheit verspotten könnte. Ich schätze, ich bitte dich deshalb um Vergebung für meine Rücksichtslosigkeit.« Dann senkte er die Stimme und murmelte: »Jeder macht einmal einen Fehler, Jem.«

»Ja«, bestätigte Jem. »Nur dass du mehr Fehler machst als die meisten anderen Menschen.«

»Ich …«

»Du verletzt jeden«, fuhr Jem fort. »Jeden, mit dessen Leben du in Berührung kommst.«

»Dich nicht«, flüsterte Will. »Ich verletze jeden … bis auf dich. Ich habe dir nie wehtun wollen.«

Jem hob die Hände und drückte seine Handflächen auf die Augen. »Will.«

»Wenn du mir nicht vergeben kannst …«, stieß Will hervor und hörte die Panik in seiner eigenen Stimme, »dann wäre ich für immer …«

»Allein?« Jem ließ die Hände wieder sinken, und ein schiefes Grinsen umspielte seine Lippen. »Und wessen Fehler wäre das dann wohl?« Langsam lehnte er sich gegen den Sesselrücken, die Lider vor Erschöpfung bleischwer. »Ich hätte dir immer vergeben«, sagte er. »Ich hätte dir auch dann verziehen, wenn du dich nicht entschuldigt hättest. Genau genommen hatte ich nicht einmal mit einer Entschuldigung gerechnet. Ich kann nur vermuten, das ist Tessas Einfluss.«

»Nein, ich bin nicht hier, weil sie mich darum gebeten hat. James, du bist die einzige Familie, die ich noch habe.« Wills Stimme bebte. »Ich würde für dich sterben. Und das weißt du. Ich würde *ohne dich* sterben. Wenn du nicht wärst, hätte ich im Laufe der vergangenen fünf Jahre schon Hunderte Male mein Leben verloren. Ich verdanke dir alles, was ich habe und was ich bin. Und wenn du nicht glauben kannst, dass ich Einfühlungsvermögen besitze, dann könntest du ja vielleicht wenigstens glauben, dass ich weiß, was Ehre bedeutet – Ehre und Schuld …«

Jem wirkte nun aufrichtig besorgt. »Will, deine Seelennot ist größer, als meine Verärgerung überhaupt berechtigen würde. Meine Wut hat sich wieder gelegt; du weißt, dass ich mich ohnehin nie sehr aufrege.«

Sein Ton klang besänftigend, aber irgendetwas in Will wollte sich nicht besänftigen lassen. »Ich bin noch einmal aufgebrochen und habe dir deine Arznei besorgt, weil ich den Gedanken nicht ertrage, du könntest sterben oder Schmerzen leiden – vor allem dann nicht, wenn ich etwas dagegen hätte unternehmen konnen. Und ich habe es noch aus einem weiteren Grund getan: Ich hatte Angst. Wenn Mortmain zu uns käme und verkündete, er sei der Einzige in ganz London mit Zugang zu dem Rauschmittel, das dich am Leben hält, dann … dann solltest du wissen, dass ich bereit wäre, ihm alles zu geben, was auch immer er verlangt, um das Mittel für dich zu besorgen. Ich habe meine Familie schon einmal im Stich gelassen, James. Und diesen Fehler werde ich bei dir nicht wiederholen …«

»*Will.*« Jem erhob sich. Er ging zu Will, hockte sich vor ihn und schaute seinem Freund ins Gesicht. »Allmählich machst du mir ernsthafte Sorgen. Dein Bedauern ist wirklich ehrenwert, aber du musst wissen …«

Fragend schaute Will zu Jem hinunter. Er erinnerte sich an den Jungen, der vor fünf Jahren frisch aus Shanghai im Institut eingetroffen war. Damals hatten seine großen dunklen Augen das blasse, angespannte Gesichtchen vollkommen beherrscht. Es war nicht leicht gewesen, ihn zum Lachen zu bringen, aber Will hatte nicht aufgehört, es immer wieder zu versuchen. »Ich muss *was* wissen?«

»Dass ich sterben werde«, erklärte Jem. Seine Augen leuchteten fiebrig glänzend, in einem Mundwinkel klebte noch Blut, und die Schatten unter seinen Augen schimmerten fast violett.

Will umklammerte Jems Handgelenk und grub dabei seine Finger in den Stoff von Jems Hemd. Doch Jem zuckte nicht mit der Wimper. »Du hast geschworen, bei mir zu bleiben«, stieß Will hervor. »Als wir unseren Eid als *Parabatai* abgelegt haben. Unsere Seelen sind miteinander verwoben. Wir sind eins, James.«

»Nein, das sind wir nicht«, sagte Jem ruhig. »Wir sind zwei. Zwei Menschen, die miteinander einen Bund eingegangen sind.«

Will wusste, dass er wie ein kleines Kind klang, konnte aber nichts dagegen machen. »Ein Bund, der besagt, dass du nicht dorthin gehen sollst, wohin ich dich nicht begleiten kann.«

»Bis zum Tode«, erwiderte Jem sanft. »So lautet der Eid: ›Nur der Tod soll mich und dich scheiden.‹ Eines Tages, Will, werde ich an einen Ort gehen, wohin niemand mir folgen kann, und ich denke, dieser Moment wird in nicht allzu ferner Zukunft eintreffen. Hast du dich jemals gefragt, warum ich damals eingewilligt habe, dein *Parabatai* zu werden?«

»Weil du keine besseren Angebote in Aussicht hattest?« Will versuchte zu scherzen, doch seine Stimme brach dabei wie Glas.

»Ich dachte, du würdest mich brauchen«, erklärte Jem. »Du hast um dich herum eine Mauer errichtet, Will, und ich habe dich nie nach dem Grund dafür gefragt. Aber niemand sollte seine Bürden allein tragen. Ich dachte, du würdest mich an dich heranlassen, wenn ich dein *Parabatai* wäre, und dann hättest du wenigstens einen Menschen gehabt, auf den du dich stützen kannst. Natürlich habe ich mich gefragt, was mein Tod für dich bedeuten würde. Der Gedanke hat mir Angst eingejagt, um deinetwillen. Ich fürchtete, du würdest dann ganz allein hinter deiner Mauer zurückbleiben. Doch nun ... irgendetwas hat sich verändert. Ich weiß nicht, wieso. Aber ich weiß, dass es der Wahrheit entspricht.«

»Dass *was* der Wahrheit entspricht?« Wills Finger gruben sich noch immer in Jems Handgelenk.

»Dass die Mauer allmählich Risse bekommt.«

Tessa konnte einfach nicht einschlafen. Sie lag reglos auf dem Rücken und starrte zur Decke, an der ein Riss im Putz manchmal wie eine Wolke aussah und manchmal wie ein Rasiermesser – je nachdem, wie die Elbenlichtkerzen flackerten.

Während des Abendessens hatte eine angespannte Atmosphäre geherrscht. Offenbar war Gabriel zu Charlotte marschiert und hatte ihr mitgeteilt, dass er es ablehnte, zu Trainingszwecken jemals wieder einen Fuß in das Institut zu setzen. Gideon würde den Unterricht von nun an allein bestreiten müssen. Einen

Grund für seine Weigerung hatte er Charlotte nicht genannt, doch es war offensichtlich, dass sie Will die Schuld daran gab. Als Tessa sah, wie erschöpft Charlotte bei der Aussicht auf weiteren Ärger mit Benedict wirkte, verspürte sie schreckliche Gewissensbisse, weil sie Will zum Training mitgenommen und sich über Gabriel lustig gemacht hatte.

Die Tatsache, dass Jem nicht zum Abendessen erschienen war, trug auch nicht dazu bei, Tessas Laune zu heben. Dabei hatte sie ihn unbedingt sprechen wollen. Nachdem er ihr beim Frühstück ausgewichen und dann am Abend zu »unpässlich« war, um herunterzukommen, war Tessa von Panik erfasst worden. Hatte ihn das, was zwischen ihnen beiden in der Nacht zuvor geschehen war, so sehr entsetzt – oder schlimmer noch, krank gemacht? Vielleicht empfand er ja tief in seinem Herzen genau dasselbe wie Will: dass Hexenwesen unter seiner Würde waren. Andererseits hatte es vielleicht überhaupt nichts damit zu tun. Möglicherweise fühlte er sich ja nur von ihrer Schamlosigkeit abgestoßen – schließlich hatte sie seine Umarmung erwidert, statt ihn resolut wegzuschieben. Und hatte Tante Harriet nicht immer betont, Männer seien das schwache Geschlecht, wenn es um Begierden ging, und die Frauen diejenigen, die Zurückhaltung üben müssten?

Letzte Nacht war sie nicht gerade ein Musterbeispiel an Zurückhaltung gewesen, überlegte Tessa und erinnerte sich daran, wie sie neben Jem gelegen und wie seine sanften Hände sie berührt hatten. Und obwohl es schmerzte, war sie ehrlich genug, sich einzugestehen: Wenn sich die Situation weiterentwickelt hätte, wäre sie zu allem bereit gewesen – was auch immer Jem verlangt hätte. Selbst jetzt noch, während sie darüber nachdachte, fühlte sich ihr Körper heiß und rastlos an. Unruhig verlagerte sie ihre Position und boxte eines der Kissen in eine andere Lage. Sie würde es sich niemals verzeihen, falls sie durch ihr Verhalten in der Nacht zuvor die Nähe zwischen Jem und ihr zerstört haben sollte.

Tessa wollte gerade das Gesicht in den Kissen vergraben, als sie ein Geräusch hörte: Jemand klopfte leise an die Tür. Sie erstarrte und lauschte angestrengt. Da war es wieder – leise, aber beharrlich. *Jem.* Augenblicklich sprang Tessa aus dem Bett, lief zur Tür und riss sie mit zitternden Händen auf.

Vor ihr stand Sophie. Sie trug ihre schwarze Dienstmädchenkleidung, aber die weiße Haube saß schief, und ihre dunklen Locken hatten sich aus dem Haarknoten gelöst. Ein entsetzter Ausdruck lag auf ihrem kreidebleichen Gesicht, und an ihrem Kragen klebte Blut.

»Sophie«, stieß Tessa überrascht hervor. »Was ist passiert?«

Ängstlich schaute Sophie sich um und bat: »Darf ich eintreten, Miss?«

Tessa nickte und hielt ihr die Tür auf. Als Sophie ins Zimmer geschlüpft war, schob Tessa den Riegel vor und ließ sich auf der Bettkante nieder – eine böse Vorahnung lastete wie ein schweres Gewicht auf ihrer Brust.

Statt sich hinzusetzen, blieb Sophie vor Tessa stehen und rang rastlos die Hände.

»Sophie, bitte, was ist passiert?«

»Es geht um Miss Jessamine«, platzte Sophie heraus.

»Was ist mit Jessamine?«

»Sie ... ich wollte nur sagen ... ich habe sie beobachtet ...« Sophie verstummte und zog eine unglückliche Miene. »Sie hat sich des Öfteren nachts fortgeschlichen, Miss.«

»Tatsächlich? Auch ich habe sie gestern Nacht gesehen, allerdings nur auf dem Flur. Sie war wie ein Mann gekleidet und wirkte ziemlich heimlichtuerisch ...«

Sophie schaute erleichtert. Sie konnte Jessamine zwar nicht besonders leiden, das wusste Tessa genau, aber sie war auch ein gut ausgebildetes Dienstmädchen. Und gut ausgebildete Dienstmädchen tratschten nicht über ihre Herrschaften. »Ja«, bestätigte sie eifrig, »ich beobachte das jetzt schon seit Tagen.

Manchmal ist ihr Bett vollkommen unberührt, oder morgens liegt Dreck auf ihrem Teppich, der abends noch nicht dort war. Eigentlich wollte ich Mrs Branwell davon erzählen, aber sie hat im Moment so viel um die Ohren, dass ich es einfach nicht fertiggebracht habe.«

»Und aus welchem Grund erzählst du es nun mir?«, fragte Tessa. »Allem Anschein nach hat Jessamine einen Verehrer gefunden. Ich kann zwar nicht behaupten, dass ich ihr Benehmen gutheißen würde, aber …« Tessa musste schlucken, als sie an ihr eigenes Verhalten in der Nacht zuvor dachte. »Aber keiner von uns trägt dafür die Verantwortung. Und möglicherweise gibt es ja eine ganz harmlose Erklärung …«

»Aber, Miss, ich …« Sophie schob ihre Hand in die Tasche ihrer Dienstmädchenuniform und zog eine steife cremegelbe Karte hervor. »Heute Abend habe ich das hier gefunden. In Miss Jessamines neuer Samtjacke – Sie wissen schon, die mit dem naturfarbenen Streifenmuster.«

Tessa interessierte sich nicht für das Streifenmuster; ihr Blick war auf die Karte geheftet. Langsam streckte sie die Hand aus, nahm sie entgegen und drehte sie um. Es handelte sich um eine Einladung zu einem Ball:

20. Juli 1878
MR BENEDICT LIGHTWOOD
gibt sich die Ehre,
MISS JESSAMINE LOVELACE
zu einem Maskenball einzuladen,
der am nächsten Dienstag,
den 27. Juli stattfindet.
U. A. w. g.

Die Einladung enthielt noch weitere Angaben dazu, wo und ab wie viel Uhr der Ball veranstaltet wurde, aber die kurze Nachricht auf der Rückseite der Karte ließ Tessa das Blut in den Adern gefrieren. Dort waren in einer flüchtigen Handschrift, die ihr so vertraut war wie ihre eigene, ein paar hastige Zeilen niedergeschrieben:

Meine liebe Jessie,
Mein Herz platzt beinahe vor Freude bei dem Gedanken, Dich morgen Abend beim »großen Ball« wiederzusehen. Aber so großartig diese Feier auch sein mag, ich werde nur Augen für Dich haben – für nichts und niemand sonst. Bitte sei so gütig und trage das weiße Kleid, mein Schatz, da Du doch weißt, wie sehr es mir an Dir gefällt – »Im Perlenschimmer und im Atlasglanz«, wie der Dichter zu sagen pflegte.
Auf ewig der Deine
N.G.

»Nate«, murmelte Tessa wie betäubt und starrte auf die Zeilen. »*Nate* hat das geschrieben. Und er hat *Tennyson* zitiert.«

Sophie zog scharf die Luft ein. »Das hatte ich schon befürchtet … aber ich dachte, das wäre nicht möglich. Nicht nach allem, was er getan hat.«

»Ich erkenne die Handschrift meines Bruders.« Tessas Stimme bekam einen grimmigen Ton. »Er will sich heute Abend mit ihr treffen, auf diesem … diesem geheimen Ball. Sophie, wo steckt Jessamine? Ich muss sofort mit ihr sprechen.«

Sophie rang jetzt noch nervöser die Hände. »Nun ja, genau das ist das Problem, Miss.«

»O Gott, hat sie sich bereits auf den Weg gemacht? Wir werden Charlotte wecken müssen. Ich sehe keine andere Möglichkeit.«

»Miss Jessamine ist noch nicht aufgebrochen. Sie befindet sich auf ihrem Zimmer«, unterbrach Sophie sie.

»Dann weiß sie also nicht, dass du das hier gefunden hast?«, fragte Tessa und wedelte mit der Einladung.

Sophie schluckte sichtbar. »Ich … sie hat mich mit dem Umschlag in der Hand erwischt, Miss. Ich habe noch versucht, ihn zu verstecken, aber sie hatte ihn bereits erspäht. Als sie daraufhin auf mich zukam, um mir die Einladung abzunehmen, hatte sie einen solch bösen Ausdruck auf dem Gesicht, dass ich einfach nicht anders konnte. All die Übungsstunden mit dem jungen Mr Lightwood, da konnte ich gar nicht anders und dann … nun ja …«

»Und *was* dann? Sophie …«

»Ich habe mich gewehrt und sie mit dem Frisierspiegel am Kopf getroffen«, räumte Sophie niedergeschlagen ein. »Einer dieser silberbeschlagenen Handspiegel, die ziemlich schwer sind. Sie fiel um wie ein gefällter Baum. Also hab ich … sie ans Bett gefesselt und mich dann auf die Suche nach Ihnen gemacht, Miss.«

Einen Moment lang schaute Tessa das Dienstmädchen sprachlos an. Dann meinte sie: »Mal sehen, ob ich das richtig verstanden habe: Jessamine hat dich mit der Einladung in der Hand entdeckt, und deshalb hast du ihr einen Spiegel über den Kopf gezogen und sie anschließend ans Bett gefesselt?«

Sophie nickte.

»Gütiger Gott«, murmelte Tessa. »Sophie, wir werden jemanden zu Hilfe holen müssen. Dieser Ball darf kein Geheimnis bleiben, und Jessamine …«

»Bitte nicht Mrs Branwell«, jammerte Sophie. »Sie wird mich sofort entlassen. Ihr bleibt gar keine andere Wahl.«

»Dann Jem …«

»Nein!« Bestürzt griff Sophie sich an den Kragen, wo die Blutspritzer noch immer feucht schimmerten. *Jessamines* Blut, wurde Tessa mit einem Schlag klar. »Ich könnte es nicht ertragen, wenn er wüsste, dass ich zu etwas Derartigem fähig bin. Er ist immer so sanft. Bitte zwingen Sie mich nicht, es ihm zu sagen, Miss.«

Natürlich, dachte Tessa, *Sophie liebt Jem.* Nach all dem Durcheinander der vergangenen Tage hatte sie das beinahe völlig vergessen. Ein heißes Schamgefühl erfasste sie bei der Erinnerung an die Nacht zuvor, doch dann schob sie den Gedanken energisch zur Seite und meinte resolut: »In diesem Fall bleibt nur ein Mensch übrig, an den wir uns wenden können, Sophie. Das ist dir doch wohl bewusst?«

»Der junge Mr Herondale«, erwiderte Sophie gequält und seufzte dann. »Sehr wohl, wie Sie wünschen, Miss. Ich schätze, es ist mir egal, was *er* von mir hält.«

Entschlossen stand Tessa auf, nahm ihren Morgenmantel und streifte ihn über. »Betrachte es einmal von der positiven Seite, Sophie: Will wird wenigstens nicht schockiert sein. Denn ich bezweifle, dass Jessamine das erste ohnmächtige weibliche Wesen ist, um das er sich kümmern muss – und wahrscheinlich wird sie auch nicht das letzte bleiben.«

Doch in einem Punkt sollte Tessa sich täuschen: Will war durchaus geschockt.

»Sophie hat das getan?«, fragte er verwundert – und nicht zum ersten Mal, während sie am Fuß von Jessamines Bett standen. Die junge Schattenjägerin lag ausgestreckt auf der Decke; ihre Brust hob und senkte sich langsam, wie bei der berühmten schlafenden Gestalt der Comtesse du Barry in Madame Tussauds Wachsfigurenkabinett. Ihre blonden Haare waren auf dem Kissen ausgebreitet, und über ihre Stirn verlief eine breite blutige Schramme. Beide Handgelenke waren an die Pfosten des Bettgestells gebunden. *»Unsere* Sophie?«, wiederholte er ungläubig.

Tessa warf einen raschen Blick auf das Dienstmädchen, das auf einem Stuhl neben der Tür saß. Sophie hatte den Kopf gesenkt, starrte auf ihre Hände und vermied sorgsam jeden Blickkontakt zu Tessa oder Will. »Ja«, bestätigte Tessa, »und du brauchst es nicht ständig zu wiederholen.«

»Ich glaube, ich entdecke gerade meine Liebe zu dir, Sophie«, flötete Will. »Spätere Heirat nicht ausgeschlossen.«

Sophie wimmerte unwillkürlich.

»Lass das, Will«, zischte Tessa. »Du verängstigst das arme Mädchen nur noch mehr.«

»Wovor sollte sie denn Angst haben? Vor Jessamine? Allem Anschein nach hat Sophie diese kleine Auseinandersetzung mühelos für sich entschieden.« Will musste sich anstrengen, um nicht breit zu grinsen. »Sophie, meine Liebe, du hast nichts zu befürchten. Ich habe selbst so manches Mal den Wunsch verspürt, Jessamine eins über den Schädel zu ziehen. Das kann dir wohl niemand zum Vorwurf machen.«

»Sie hat Angst, Charlotte würde sie entlassen«, erklärte Tessa.

»Weil sie Jessamine geschlagen hat?« Will lächelte nachgiebig. »Tess, wenn diese Einladung das ist, wonach es aussieht, und Jessamine sich in der Tat heimlich mit deinem Bruder trifft, dann hat sie möglicherweise uns alle verraten. Ganz zu schweigen von der Frage, wieso Benedict Lightwood Bälle veranstaltet, von denen niemand von uns etwas erfährt. Bälle, zu denen Nate eingeladen ist! Nein, nein, was Sophie getan hat, war heldenhaft. Und Charlotte wird ihr dafür danken.«

Bei diesen Worten hob Sophie zaghaft den Kopf. »Meinen Sie wirklich?«

»Ich *weiß* es«, sagte Will fest. Einen Moment trafen sich ihre Blicke quer durch den Raum, und obwohl Sophie als Erste wegschaute, bestand kein Zweifel daran: Zum ersten Mal seit Beginn ihrer Tätigkeit im Institut sprach aus ihren Augen keine Abneigung gegenüber Will.

Rasch zog Will die Stele aus seinem Gürtel. Dann setzte er sich auf die Bettkante und strich Jessamine behutsam die Haare aus der Stirn.

Tessa biss sich auf die Lippe und unterdrückte den Drang, ihn zu fragen, was er da machte.

Will platzierte die Stele auf Jessamines Kehle und trug mit geschickter Hand zwei Runenmale auf. »Eine *Iratze*«, erläuterte er, da er Tessas fragenden Blick aufgefangen hatte. »Also eine Heilrune, und die zweite ist eine Schlafrune. Das sollte sie bis mindestens morgen früh ruhigstellen. Deine Künste im Umgang mit dem Spiegel sind zwar bewunderungswürdig, Sophie, aber deine Fertigkeiten im Knotenknüpfen bedürfen noch einiger Verbesserung.«

Statt einer Antwort murmelte Sophie etwas vor sich hin. Ihre Abneigung gegenüber Will schien wieder zurückgekehrt zu sein.

»Bleibt die Frage: Was tun wir nun?«, bemerkte Will.

»Wir müssen Charlotte informieren …«

»Nein«, entgegnete Will fest. »Genau das sollten wir *nicht* tun.«

Verwundert starrte Tessa ihn an. »Warum nicht?«

»Aus exakt zwei Gründen: Erstens wäre sie verpflichtet, den Rat von der Sache in Kenntnis zu setzen. Und da Benedict Lightwood allem Anschein nach diesen Ball veranstaltet, würde ich vermuten, dass auch einige seiner Anhänger dort sein werden. Aber möglicherweise eben nicht alle. Wenn der Rat also informiert wird, könnten sie Benedict eine Nachricht zukommen lassen und ihn warnen, ehe irgendjemand von offizieller Seite dort auftauchen und beobachten kann, was tatsächlich vor sich geht. Und zweitens hat der Ball bereits vor einer Stunde begonnen. Wir wissen nicht, wann Nate dort eintreffen und sich auf die Suche nach Jessamine machen wird. Und wenn er sie nicht findet, bricht er möglicherweise direkt wieder auf. Nate ist die einzige Verbindung zu Mortmain, die wir im Moment haben. Wir dürfen also keine Zeit vergeuden – und wenn wir Charlotte wecken, um sie zu informieren, würde genau das passieren. Wir würden kostbare Zeit verlieren!«

»Was ist mit Jem?«

Irgendetwas in Wills Augen flackerte kurz auf. »Nein. Nicht heute Nacht. Jem ist nicht in bester Verfassung, er würde aber darauf bestehen, uns zu begleiten. Nach letzter Nacht bin ich es ihm einfach schuldig, ihn aus dieser Sache herauszuhalten.«

Tessa musterte Will scharf. »Und was schlägst du dann vor?«

Ein feines Lächeln breitete sich um Wills Mundwinkel aus. »Miss Gray«, sagte er, »hätten Sie wohl die Güte, mich zu einem Ball zu begleiten?«

»Erinnerst du dich noch, was bei dem *letzten* Ball passiert ist, den wir gemeinsam besucht haben?«, konterte Tessa.

Wills Lächeln schwankte nicht eine Sekunde. Aus seiner gesamten Haltung sprach jene erhöhte Konzentration, die ihn immer dann auszeichnete, wenn er einen Plan schmiedete. »Erzähl mir nicht, dass du nicht dasselbe gedacht hast, Tessa.«

Tessa seufzte. »Doch, das hab ich«, räumte sie ein. »Ich werde mich in Jessamine verwandeln und an ihrer Stelle zu diesem Ball gehen. Das ist der einzige Plan, der überhaupt einen Sinn ergibt.« Rasch wandte sie sich an Sophie: »Weißt du, von welchem Kleid Nate gesprochen hat? Eines von Jessamines Ballkleidern, ein weißes …?«

Sophie nickte.

»Bitte bürste es auf und bereite alles vor«, trug Tessa ihr auf. »Und du wirst mir auch die Haare machen müssen, Sophie. Fühlst du dich dazu in der Lage?«

»Ja, Miss.« Sophie sprang auf, huschte zu Jessamines Kleiderschrank und riss die Türen auf.

Dagegen war Wills Blick noch immer auf Tessa geheftet, und sein Lächeln wurde immer breiter.

Tessa senkte die Stimme. »Will, ist dir eigentlich schon einmal der Gedanke gekommen, dass Mortmain auf dem Ball sein könnte?«

Schlagartig verschwand das Lächeln von Wills Gesicht. »Falls er dort ist, wirst du dich von ihm fernhalten. Du wirst nicht einmal in seine Nähe kommen.«

»Du kannst mir nicht vorschreiben, was ich zu tun oder zu lassen habe.«

Will runzelte die Stirn und musterte Tessa scharf.

Er reagierte überhaupt nicht so, wie Tessa es für angebracht gehalten hätte. Als die Heldin aus *Capitola – Die verborgene Hand* sich als Mann verkleidete und es mit dem Wegelagerer Black Donald aufgenommen hatte, um ihre Tapferkeit unter Beweis zu stellen, da hatte *ihr* niemand Vorschriften gemacht.

»Deine Fähigkeiten sind beeindruckend, Tessa, aber du bist nicht in der Lage, einen so mächtigen und erfahrenen Praktiker der schwarzen Magie wie Mortmain zu überwältigen. Das wirst du gefälligst mir überlassen«, beschied Will ihr.

Tessa zog eine finstere Miene. »Und wie gedenkst du zu verhindern, dass man *dich* auf dem Ball erkennt? Benedict weiß, wie du aussiehst, genau wie etliche andere …«

Will schnappte sich die Einladung und wedelte damit vor Tessas Nase herum. »Bei dieser Veranstaltung handelt es sich um einen *Maskenball.*«

»Und zufälligerweise hast du eine Maske zur Hand«, spottete Tessa.

»Ganz recht, das habe ich tatsächlich«, erwiderte Will. »Unsere letzte Weihnachtsfeier stand unter dem Motto ›Karneval in Venedig‹.« Er grinste. »Erzähl's ihr, Sophie.«

Das Dienstmädchen, das sich auf der Bürstenablage gerade mit etwas abmühte, das an ein wirres Durcheinander aus Spinnweben und Mondlicht erinnerte, seufzte schwer. »Das stimmt, Miss. Und Sie werden Mortmain schön Mr Herondale überlassen, hören Sie? Alles andere wäre viel zu gefährlich. Noch dazu sind Sie in Chiswick, meilenweit von hier entfernt!«

Will warf Tessa einen triumphierenden Blick zu. »Wenn sogar

Sophie mir beipflichtet, kannst du wohl kaum noch Nein sagen.«

»Ich könnte schon ...«, erwiderte Tessa rebellisch. »Also gut, von mir aus. Aber du musst mir versprechen, dass du dich von Nate fernhältst, während ich mit ihm rede. Er ist nicht dumm. Wenn er uns beide zusammen sieht, wird er eins und eins zusammenzählen. Denn ich entnehme seiner Nachricht auf der Einladung nicht, dass er Jessamine in Begleitung erwartet.«

»Und ich entnehme seiner Nachricht nichts außer der Tatsache, dass er aus Tennysons weniger bedeutender Dichtung zitieren kann«, bemerkte Will und erhob sich. »Sophie, wie lange benötigst du, um Tessa ausgehfertig zu machen?«

»Eine halbe Stunde«, erklärte Sophie, ohne von dem Kleid in ihrer Hand aufzuschauen.

»Dann erwarte ich dich in einer halben Stunde im Innenhof«, wandte Will sich wieder an Tessa. »Ich werde jetzt Cyril wecken gehen. Und übrigens: Mach dich darauf gefasst, bei meinem Anblick in festlichem Ornat ins Schwärmen zu geraten.«

Die Nacht war recht kühl, und Tessa zitterte, als sie aus dem Institut hinaustrat und am oberen Absatz der Treppe einen Moment verharrte. Hier hatte sie gehockt, überlegte sie, in jener Nacht, als Jem und sie zur Blackfriars Bridge spaziert waren und die Klockwerk-Kreaturen sie angegriffen hatten. Trotz des regnerischen Tages war der Himmel an diesem Abend klarer als damals; der Mond kam immer wieder hinter Wolkenfetzen hervor, die der Wind über den nachtschwarzen Himmel jagte. Am Fuß der Treppe wartete bereits die Kutsche, vor der Will auf und ab ging. Als die Tür des Instituts hinter Tessa ins Schloss fiel, schaute er auf, und einen Augenblick standen beide nur da und blickten einander an.

Tessa wusste, was er sah – sie hatte es selbst gesehen, im Spiegel in Jessamines Zimmer. Sie *war* Jessamine, von Kopf bis Fuß in ein Ballkleid aus feiner elfenbeinweißer Seide gehüllt. Die kurzen Ärmel boten nur wenig Schutz vor der kühlen Nachtluft, und der tiefe Ausschnitt des Kleides gab einen Großteil von Jessamines schneeweißem Dekolleté preis, während das abgesetzte Seidenband die eleganten Konturen ihres Halses betonte. Aber selbst wenn der Ausschnitt weniger offenherzig gewesen wäre, hätte Tessa sich ohne ihren Engel irgendwie nackt gefühlt – doch sie konnte ihn nicht tragen, denn Nate hätte ihn mit Sicherheit wiedererkannt. Das geschnürte Mieder, das sich eng um ihre Taille schmiegte, ging in einen weit schwingenden Rock mit langer Schleppe über; ihr Haar war zu einer eleganten Frisur hochgesteckt und mit einer Perlenkette verziert, die Sophie mit Perlenhaarnadeln befestigt hatte. Dazu trug sie eine goldene venezianische Halbmaske, die Jessamines hellblondes Haar hervorragend zur Geltung brachte. *Ich wirke so zierlich,* hatte sie seltsam losgelöst überlegt, während Sophie vor dem Spiegel in Jessamines Zimmer noch letzte Hand an ihr Kleid legte. *Wie eine Feenprinzessin.* Solche Gedanken fielen leicht, wenn das Spiegelbild nicht tatsächlich dem eigenen entsprach.

Aber Will … Er hatte zwar gesagt, sie solle sich darauf vorbereiten, bei seinem Anblick ins Schwärmen zu geraten – woraufhin sie nur mit den Augen gerollt hatte –, aber in seinem schwarzen Frack mit der weißen Weste und dem weißen Hemd sah er einfach atemberaubend aus, besser als sie sich jemals hätte vorstellen können. Die kontrastreichen, eleganten Farben unterstrichen seine kantigen, makellosen Gesichtszüge; und seine dunklen Haare ragten leicht über den Rand einer schwarzen Halbmaske, die den Blauton seiner Augen noch deutlicher hervortreten ließ.

Tessa spürte, wie ihr Herz einen Satz machte, und hasste sich umgehend dafür. Rasch wandte sie den Blick ab und schaute zu Cyril, der auf dem Kutschbock saß. Als er sie entdeckte, riss er verwirrt die Augen auf und schaute von ihr zu Will und wieder zurück. Doch dann zuckte er die Achseln. Tessa fragte sich, was Will ihm wohl erzählt haben mochte, um den Umstand zu erklären, dass er mit Jessamine mitten in der Nacht nach Chiswick fuhr. Das musste eine ziemlich abenteuerliche Geschichte gewesen sein, die er Cyril aufgetischt hatte, überlegte sie.

»Ah«, sagte Will nur, als Tessa die Stufen hinabschritt und ihre elegante Stola fester um die Schultern wickelte. Sie hoffte inständig, dass er den unwillkürlichen Schauer, der sie erbeben ließ, als er ihre Hand nahm, auf die kalte Nachtluft zurückführte. »Ich verstehe nun, warum dein Bruder aus diesem schrecklichen Gedicht zitiert hat. Du sollst *Maud* sein, nicht wahr? *›Königin Rose … der Mädchenrosenknospen Königin‹.*«

»Ich weiß.« Tessa nickte, als Will ihr beim Einsteigen half. »Ich kann mich für dieses Gedicht auch nicht begeistern.«

Will schwang sich hinter ihr in die Kutsche und zog den Schlag zu. »Jessamine liebt es über alles.« Die Kutsche setzte sich rumpelnd in Bewegung und fuhr dann durch das weit geöffnete Tor.

Zu ihrer Verwunderung musste Tessa feststellen, dass ihr Herz wie wild schlug – aus Furcht davor, von Charlotte und Henry erwischt zu werden, versuchte sie, sich einzureden. Es hatte nicht das Geringste damit zu tun, dass sie mit Will allein in einer Kutsche saß. »Ich bin aber nicht Jessamine«, teilte sie ihm mit.

Ruhig schaute er zu ihr hinüber. In seinem Blick lag irgendetwas … eine Art spöttische Anerkennung; Tessa fragte sich, ob es sich dabei vielleicht schlicht und einfach um Bewunderung für Jessamines Äußeres handeln mochte. »Nein«, erwiderte er. »Nein, denn obwohl du ihr perfektes Ebenbild bist, kann ich dein wahres Ich irgendwie dahinter erkennen – als müsste ich nur eine Farbschicht entfernen, damit darunter meine Tessa zum Vorschein kommt.«

»Und ich bin auch nicht *deine* Tessa.«

Das Licht, das in seinen Augen funkelte, verlor ein wenig an Leuchtkraft. »Nun gut«, räumte er ein. »Vermutlich bist du das nicht. Wie fühlt es sich denn an, in Jessamines Haut zu stecken? Kannst du ihre Gedanken wahrnehmen? Ihre Gefühle deuten?«

Tessa schluckte und schob mit ihrer behandschuhten Hand den Samtvorhang vor dem Kutschfenster leicht zur Seite. Auf dem Gehweg rauschten die Gaslaternen als verschwommene gelbe Lichtinseln vorbei; zwei Kinder kauerten in einem Torbogen, schlafend aneinandergelehnt. Kurz darauf passierten sie Temple Bar. »Ich habe es versucht«, sagte sie schließlich. »Oben in ihrem Zimmer. Aber mit Jessamine stimmt irgendetwas nicht. Ich … ich konnte nicht das Geringste aufschnappen, keinen einzigen ihrer Gedanken.«

»Nun ja, es ist vermutlich nicht einfach, im Hirn einer anderen Person herumzuwühlen, vor allem wenn diese kein bisschen Hirn besitzt.«

Tessa schnitt Will eine Grimasse. »Von mir aus kannst du das Ganze leichtfertig abtun, aber ich sage dir, mit Jessamine ist irgendetwas nicht in Ordnung. Jeder Versuch, ihre Gedanken zu fassen, ist so, als würde man in ein Schlangennest greifen oder eine giftige Wolke berühren. Ich kann zwar einen Teil ihrer Gefühle spüren – beträchtliche Wut, Sehnsucht und Verbitterung –, aber ich kann keinen Gedanken isolieren, einzeln erwischen. Es erscheint mir fast wie der Versuch, Wasser festhalten zu wollen.«

»Wie merkwürdig. Hast du etwas Ähnliches schon einmal zuvor erlebt?«

Nachdenklich schüttelte Tessa den Kopf. »Nein, und es beunruhigt mich sehr. Denn ich fürchte, Nate wird von mir erwarten, dass ich bestimmte Dinge weiß – aber dieses Wissen fehlt mir. Ich werde ihm nicht die richtigen Antworten auf seine Fragen geben können.«

Will beugte sich vor. An regnerischen Tagen – also in London fast täglich – wellten sich seine normalerweise glatten Haare.

Und der Anblick der leicht feuchten Strähnen, die sich an seinen Schläfen zu kräuseln begannen, hatte etwas derart Liebenswertes, Verwundbares an sich, dass es Tessa einen Stich ins Herz versetzte. »Du bist eine gute Schauspielerin, und du kennst deinen Bruder«, sagte er. »Ich habe vollstes Vertrauen in dich und deine Fähigkeiten.«

Verwundert schaute Tessa ihn an. »Wirklich?«

»Und außerdem«, fuhr Will fort, ohne auf ihre Frage einzugehen, »falls irgendetwas Unerwartetes passieren sollte, bin ich ja auch noch da. Selbst wenn du mich nicht sehen solltest, werde ich immer in deiner Nähe sein, Tess. Vergiss das nicht.«

»In Ordnung.« Tessa neigte den Kopf leicht zur Seite. »Will?«

»Ja?«

»Es gab doch noch einen dritten Grund, weshalb du Charlotte nicht wecken und ihr von unserem Plan erzählen wolltest, habe ich recht?«

Will musterte Tessa aus leicht zusammengekniffenen Augen. »Und der wäre?«

»Du hast gezögert, weil wir noch immer nicht wissen, ob es sich bei Jessamines Verhalten nur um einen törichten Flirt oder etwas Tiefgehenderes, Finsteres handelt. Eine ernsthafte Verbindung zu meinem Bruder und Mortmain. Und dir ist bewusst: Sollte sich Letzteres als wahr herausstellen, würde das Charlotte das Herz brechen.«

Ein Muskel zuckte an Wills Unterkiefer. »Und warum sollte mich das interessieren? Wenn sie dumm genug ist, Zuneigung zu Jessamine zu entwickeln …«

»Tief in deinem Inneren kümmert es dich sehr wohl«, stellte Tessa fest. »Du bist kein herzloser Eisblock, Will. Ich habe dich im Umgang mit Jem erlebt … Ich habe dein Gesicht gesehen, als du Cecily erblickt hast. Und du hast noch eine weitere Schwester gehabt, nicht wahr?«

Will warf ihr einen scharfen Blick zu. »Wie kommst du auf die

Idee, dass ich mehr als nur eine Schwester gehabt habe … gehabt hätte?«

»Als Jem meinte, er habe immer angenommen, deine Schwester sei tot, hast du geantwortet: ›Meine Schwester *ist* tot‹«, erklärte Tessa. »Aber Cecily weilt ganz eindeutig unter den Lebenden – was die Vermutung nahelegt, dass du eine weitere Schwester gehabt haben musst, die tatsächlich gestorben ist.«

Langsam ließ Will den angehaltenen Atem entweichen. »Du bist schlau.«

»Mag sein, aber habe ich nun auch recht, oder liege ich falsch mit meiner Annahme?«

Will erschien einen Moment sehr dankbar für die Maske, die seinen Gesichtsausdruck verbarg. »Ella«, sagte er schließlich. »Zwei Jahre älter als ich. Und Cecily, drei Jahre jünger. Meine beiden Schwestern.«

»Und Ella …?« Obwohl Will rasch den Blick abwandte, hatte Tessa den Schmerz in seinen Augen bemerkt. Das bedeutete also, dass sie tot war. »Was für ein Mensch war Ella?«, fragte Tessa, da sie sich erinnerte, wie dankbar sie gewesen war, als Jem ihr diese Frage im Zusammenhang mit Nate gestellt hatte. »Und Cecily, welche Sorte von Mädchen ist sie?«

»Ella war fürsorglich«, erklärte Will. »Wie eine Mutter. Sie hätte alles für mich getan. Und Cecily war ein verrücktes kleines Huhn. Als ich von zu Hause fortging, war sie gerade mal neun Jahre alt. Ich weiß nicht, ob sie heute noch immer so ist, aber damals hatte sie etwas von … Cathy in *Sturmhöhe*. Sie hat sich vor nichts und niemandem gefürchtet, konnte kämpfen wie ein Löwe und fluchen wie die Fischweiber vom Billingsgate Market.« Aus Wills Stimme sprach Belustigung und Bewunderung und … Liebe.

Nie zuvor hatte Tessa ihn auf diese Weise über jemand anderen reden hören, mit Ausnahme von Jem vielleicht. »Falls ich mir die Frage erlauben darf …«, setzte sie an.

Will seufzte. »Du wirst sie ja ohnehin stellen, ob ich nun damit einverstanden bin oder nicht.«

»Du hast selbst eine jüngere Schwester. Also was genau hast du *Gabriels* Schwester angetan, dass er dich derartig hasst?«

Erstaunt setzte Will sich auf. »Ist das dein Ernst?«

»Ja«, bestätigte Tessa. »Ich bin gezwungen, viel Zeit mit den Lightwoods zu verbringen, und Gabriel verabscheut dich offensichtlich aus tiefstem Herzen. Außerdem hast du ihm den Arm gebrochen. Es würde mich tatsächlich beruhigen, wenn ich den Grund für all das erfahren würde.«

Kopfschüttelnd fuhr Will sich mit den Fingern durch die Haare. »Du lieber Himmel«, murmelte er. »Gabriels und Gideons Schwester – ihr Name lautet übrigens Tatiana, benannt nach der besten Freundin ihrer Mutter, einer Russin. Tatiana war damals zwölf Jahre alt, glaube ich.«

»Zwölf?«, wiederholte Tessa entsetzt.

Will schnaubte. »Wie ich sehe, hast du dir bereits selbst ein Bild gemacht, was seinerzeit vorgefallen ist«, spottete er. »Würde es zu deiner Beruhigung beitragen, wenn ich dir versichere, dass ich ebenfalls zwölf Jahre alt war? Tatiana … sie … glaubte, sie sei in mich verliebt. Auf diese typische Art und Weise, wie nur kleine Mädchen für jemanden schwärmen können. Sie ist mir auf Schritt und Tritt gefolgt und hat sich kichernd hinter Säulen und Ecken versteckt, nur um mich anzustarren.«

»Man begeht eine Menge Dummheiten, wenn man zwölf ist.«

»In jenen Tagen fand gerade die erste Weihnachtsfeier im Institut statt, an der ich teilnehmen konnte«, erzählte Will weiter. »Die gesamte Familie Lightwood war zugegen, alle in Festtagskleidung … Tatiana mit silbernen Bändern im Haar. Außerdem hatte sie ein kleines Buch bei sich, das sie überallhin mitschleppte. Im Laufe des Abends muss es ihr aus der Tasche gefallen sein, denn ich fand es eingeklemmt im Spalt zwischen der

Sitzfläche und Rückenlehne eines der Sofas. Es handelte sich um ihr Tagebuch. Bis zum Rand gefüllt mit Gedichten über mich – die Farbe meiner Augen, unsere gemeinsame Hochzeitsfeier und so weiter. Und überall stand ›Tatiana Herondale‹.«

»Das klingt doch eigentlich ganz rührend.«

Aber Will fuhr unbeirrt fort: »Also schnappte ich mir das Tagebuch, das ich im Salon gefunden hatte, und marschierte damit in den Ballsaal. Elise Penhallow hatte gerade ihre musikalische Darbietung auf dem Spinett beendet. Ich platzierte mich neben sie auf dem Podium und begann, aus Tatianas Tagebuch vorzulesen.«

»Oh, Will – das hast du doch nicht ernsthaft getan?!«

»Doch«, erklärte er. »Sie hatte ›Herz‹ mit ›Schmerz‹ gereimt: ›Oh, William, mein Herz / wie sehr es mich schmerz' / dass dir ich verschwieg / du bist doch mein Lieb.‹ Ich musste dem Ganzen ein Ende bereiten.«

»Und was ist dann passiert?«

»Tatiana stürmte, in Tränen aufgelöst, aus dem Ballsaal, und Gabriel sprang auf das Podium und versuchte, mich zu erwürgen, während Gideon nur mit verschränkten Armen dastand und zusah. Es dürfte dir nicht entgangen sein, dass er sich selten zu mehr hinreißen lässt.«

»Anscheinend war Gabriel nicht sehr erfolgreich. Mit seinem Versuch, dich zu würgen, meine ich«, bemerkte Tessa.

»Nein … ich hab mich gewehrt und ihm dabei den Arm gebrochen«, erinnerte Will sich mit einer gewissen Genugtuung in der Stimme. »So, jetzt weißt du's. Das ist der Grund, warum Gabriel mich hasst. Ich habe seine Schwester öffentlich gedemütigt, aber dabei vergisst er gern zu erwähnen, dass ich auch ihn gedemütigt habe. Er glaubte, er könne mich mühelos besiegen. Damals hatte ich erst wenige Trainingsstunden absolviert und hörte, wie er mich hinter meinem Rücken ›fast ein Irdischer‹ nannte. Stattdessen hab ich ihn windelweich geprügelt und ihm den Arm gebrochen; das Knacken der Elle war deutlich zu hören. Ein bedeutend angenehmeres Geräusch als Elises Geklimper auf dem Spinett, wenn du mich fragst.«

Tessa seufzte und rieb ihre behandschuhten Hände, um ihre Finger zu wärmen. Sie wusste nicht so recht, was sie von der Sache halten sollte. Zwar handelte es sich keineswegs um die tragische Geschichte von Verführung und Verrat, die sie erwartet hatte, aber anderseits zeigte sie Will auch nicht gerade in bestem Licht. »Sophie hat mir erzählt, Tatiana sei inzwischen vermählt und kehre gerade mit ihrem frisch angetrauten Ehemann von der gemeinsamen Hochzeitsreise zurück«, sagte Tessa schließlich.

»Ich bin mir sicher, sie ist auch heute noch genauso langweilig und töricht wie damals.« Will klang, als würde er jeden Augenblick einschlafen. Träge zog er den Vorhang zu, und im nächsten Moment saßen sie beide in tiefe Dunkelheit gehüllt.

Tessa konnte seinen ruhigen Atem hören und die Wärme seines Körpers spüren, obwohl er auf der gegenüberliegenden Sitzbank Platz genommen hatte. Sie verstand nun, warum eine wohlerzogene junge Dame niemals einwilligen würde, allein in einer Kutsche mit einem Gentleman zu reisen, der nicht mit ihr verwandt war. Das Ganze hatte etwas eigenartig Intimes an sich. Aber natürlich hatte sie selbst längst alle Anstandsregeln für junge Damen gebrochen – und zwar in der Nacht zuvor, auch wenn es ihr schien, als ob diese eine halbe Ewigkeit zurückliegen würde. »Will …«, setzte sie erneut an.

»Die Dame quält eine weitere Frage … Ich kann es deinem Tonfall anhören. Wirst du denn nie müde, mich zu löchern, Tess?«

»Nicht, bis ich alle gewünschten Antworten erhalten habe«, entgegnete sie. »Will, wenn Hexenwesen aus der Verbindung eines Dämons mit einem Menschen entstehen, was würde passieren, wenn es sich bei einem der Elternteile um einen Nephilim handelt?«

»Ein Nephilim würde niemals zulassen, dass es überhaupt so weit kommt«, erklärte Will kategorisch.

»Aber im *Codex* steht, dass die meisten Hexenwesen das Ergebnis einer … *Schändung* sind«, wandte Tessa ein, wobei ihre Stimme einen Moment über dieses hässliche Wort stolperte. »Oder ein Gestaltwandlerdämon hat die äußere Hülle eines geliebten Menschen angenommen und den Partner durch einen Trick verführt. Jem hat mir erzählt, dass das Blut der Nephilim immer dominant ist. Und auch im *Codex* habe ich gelesen, dass die gemeinsamen Nachkommen von Schattenjägern und Werwölfen oder Feenwesen immer Schattenjäger sind. Wäre es dann nicht auch möglich, dass das Engelsblut in einem Nephilim den Dämonenanteil neutralisiert und dazu führt …«

»Es würde zu gar nichts führen.« Will zog den Vorhang einen Spalt auf. »Der Nachwuchs käme tot zur Welt. Sämtliche diese Kinder sind Totgeburten. Das Ergebnis einer Verbindung zwischen einem Dämon und einem Nephilim ist der Tod.« Im schwachen Lichtschein, der in die Kutsche fiel, warf Will Tessa einen skeptischen Blick zu. »Warum willst du das alles wissen?«

»Ich möchte wissen, wer oder was *ich* bin«, erläuterte Tessa. »Ich glaube nämlich, bei mir handelt es sich um eine … Kombination, die es so noch nicht gegeben hat. Halbelfe oder was weiß ich …«

»Hast du je daran gedacht, dich einmal in einen deiner beiden Elternteile zu verwandeln?«, fragte Will. »In deine Mutter oder deinen Vater? Dann hättest du doch Zugriff auf ihre Erinnerungen, oder?«

»Ja, ich habe daran gedacht. Natürlich habe ich das. Aber ich besitze nichts mehr, was einst meinem Vater oder meiner Mutter gehört hat. Alles, was ich noch hatte und auf die Reise nach England mitgenommen habe, wurde mir von den Dunklen Schwestern abgenommen und weggeworfen.«

»Und was ist mit deinem Klockwerk-Engel?«, hakte Will nach. »Hat er nicht deiner Mutter gehört?«

»Ja, schon, aber …« Tessa schüttelte den Kopf. »Ich habe es versucht, konnte jedoch nichts mehr von ihr darin aufspüren. Der Engel ist schon so lange in meinem Besitz, dass sich die Spuren meiner Mutter vollkommen aufgelöst haben, vermute ich.«

Wills Augen funkelten in der Dunkelheit. »Vielleicht bist du ja ein Klockwerk-Mädchen. Möglicherweise hat Mortmains Vater, dieser Hexenmeister, dich zusammengebaut, und jetzt will Mortmain sein Geheimnis herausfinden … das Geheimnis, wie es seinem Vater gelungen ist, solch ein perfektes Lebensabbild zu schaffen, während Mortmain nur diese hässlichen Monstrositäten basteln kann. Womöglich schlägt in deiner Brust ja ein Herz aus Metall.«

Tessa hielt erschrocken die Luft an, und einen Moment wurde ihr schwindlig. Seine leise Stimme klang so überzeugend … und dennoch … »Nein«, widersprach sie scharf. »Du vergisst, dass ich mich an meine Kindheit erinnere. Aber mechanische Kreaturen verändern und entwickeln sich nicht. Außerdem würde das auch nicht meine besondere Gabe erklären.«

»Ich weiß«, räumte Will grinsend ein, wobei seine Zähne in der Dunkelheit kurz aufleuchteten. »Ich wollte nur sehen, ob ich *dich* überzeugen kann.«

Tessa musterte ihn ruhig. »Ich bin nicht diejenige von uns beiden, die kein Herz besitzt.« Obwohl sie Wills Gesicht im Dämmerlicht nicht gut erkennen konnte, spürte sie, dass er feuerrot anlief. Doch bevor er etwas erwidern konnte, kam die Kutsche abrupt zum Stehen. Sie hatten ihr Ziel erreicht.

12
Der Ball

Nun senk' ich ins Grab hinunter
Den toten Hass; mich bindet der Eid.
So froh und hell ist all mein Sinn,
Von jener Leichenlast befreit,
Dass ich schier unbesonnen bin
Und ausgelassen munter.
Indes – ihr Bruder kommt: Ein Mehltau fällt
Auf meine hoffnungsgrüne Welt.

ALFRED LORD TENNYSON, »MAUD«

Cyril hatte die Kutsche vor der Zufahrt zum Anwesen im Schatten einer großen Eiche abgestellt. Der Landsitz der Familie Lightwood befand sich in Chiswick, am Rande der Londoner Stadtgrenze: ein imposantes Bauwerk im palladianischen Stil, mit hoch aufragenden Säulen und mehreren Freitreppen. Im Mondlicht schimmerte die gesamte Szenerie perlmuttfarben wie das Innere einer Auster. Das Mauerwerk des Hauses wirkte fast silbern, während das schmiedeeiserne Tor in der Mauer, die den Landsitz umgab, dunkel schillerte wie schwarzes Öl. Im Haus brannte kein einziges Licht – das gesamte Anwesen lag dunkel und totenstill da, bis hinab zum Ufer des alten Themsearms, unbeleuchtet und verlassen. Tessa fragte sich, ob es vielleicht ein Fehler gewesen war hierherzukommen.

Doch als Will aus der Kutsche kletterte und ihr beim Aussteigen half, drehte er den Kopf, und sein fein geschnittener Mund bekam einen harten Zug. »Riechst du das?«, fragte er. »Hier stinkt's förmlich nach Dämonen und Hexerei.«

Tessa verzog das Gesicht – sie konnte nichts Ungewöhnliches wahrnehmen. Genau genommen erschien ihr die Luft hier draußen, so weit vom Stadtzentrum entfernt, deutlich sauberer als in der Umgebung des Instituts. Außer feuchtem Laub und nasser Erde konnte sie absolut nichts riechen. Verwundert schaute sie Will an, dessen Gesicht dem Mond zugewandt war, und fragte sich, welche Waffen er wohl unter dem eng geschneiderten Frack am Körper tragen mochte. Seine weißen Handschuhe und das gestärkte Hemd schimmerten hell im Mondschein, und mit seiner Maske hätte er einer Illustration in einem billigen Groschenroman entsprungen sein können: der attraktive Wegelagerer. Tessa biss sich auf die Lippe. »Bist du dir auch ganz sicher? Das Haus sieht so verlassen aus. Als wäre niemand da. Haben wir uns vielleicht geirrt?«

Will schüttelte den Kopf. »Nein, hier ist ein mächtiger Dämonenzauber am Werk … etwas, das viel stärker ist als Zauberglanz. Ein regelrechter Schutzschild. Irgendjemand legt großen Wert darauf, dass niemand erfährt, was hier heute Nacht vor sich geht.« Nachdenklich warf er einen Blick auf die Einladung in Tessas Hand, zuckte dann die Achseln und marschierte zum Tor. Und eine Sekunde später hatte er auch schon die Torglocke betätigt.

Das laute Bimmeln ließ Tessas ohnehin angespannte Nerven nur noch stärker zittern. Sie zuckte zusammen und funkelte Will aufgebracht an.

Doch Will grinste nur. *»Caelum denique,* mein Engel«, raunte er und verschmolz in genau dem Augenblick mit den Schatten, als das Tor vor Tessa aufschwang.

Einen Sekundenbruchteil später tauchte eine Gestalt mit einer Kapuze auf. Im ersten Moment dachte Tessa an die Brüder der Stille, doch deren Roben besaßen die Farbe von Pergament, während der Schemen vor ihr in ein Gewand gehüllt war, das wie schwarzer Rauch waberte. Wortlos streckte Tessa ihm die Einladung entgegen.

Die Hand, die ihr die Karte abnahm, steckte in einem dunklen Handschuh. Stumm betrachtete die Gestalt, deren Gesicht in den Schatten der Kapuze verborgen lag, das bedruckte Papier.

Das Warten ließ Tessa unruhig werden; sie konnte einfach nichts dagegen tun. Unter normalen Umständen galt es für eine junge Dame als höchst unschicklich, ja fast schon skandalös, ohne Begleitung einen Ball zu besuchen. Doch dies waren keine normalen Umstände.

Endlich drang eine Stimme unter der Kapuze hervor, eine kratzige Stimme, wie Haut, die über eine raue, rissige Oberfläche schabte: »Willkommen, Miss Lovelace.«

Tessa stellten sich die Nackenhaare auf, und sie war froh, dass sie nicht unter die Kapuze schauen konnte. Die Gestalt reichte ihr die Einladung zurück, trat einen Schritt beiseite und bedeutete ihr einzutreten. Mit einem unbehaglichen Gefühl kam Tessa der Aufforderung nach; sie musste sich zwingen, nicht über die Schulter zu schauen und zu überprüfen, ob Will ebenfalls folgte.

Sie wurde über einen schmalen Pfad am Haus vorbeigeführt. Die Gartenflächen, die das gesamte Gebäude umgaben und sich bis zum Fluss erstreckten, schimmerten silbergrün im Mondschein. Nicht weit entfernt lag ein kreisrunder Zierteich mit einer weißen Marmorbank davor und niedrigen, sorgfältig gestutzten Hecken, hinter denen weitere Pfade verliefen. Der Weg, dem Tessa folgte, endete vor einer hohen, schmalen Pforte, die in die Seite des Hauses eingelassen war. Und darauf prangte ein seltsames Symbol. Als Tessa es betrachtete, schienen die schwarzen Linien, die in das Holz eingeschnitzt waren, so stark zu schimmern und zu changieren, dass ihr die Augen brannten. Rasch wandte sie den Blick ab, während die Kapuzengestalt die Pforte öffnete und sie hineinwinkte.

Zögernd betrat Tessa das Haus, und im nächsten Moment schlug die Tür hinter ihr mit einem Knall zu. Es gelang ihr gerade noch, einen schnellen Blick auf das Gesicht unter der Kapuze zu werfen, ehe die Gestalt verschwand. Tessa war sich nicht sicher, glaubte aber, eine Reihe roter Augen in der Mitte eines dunklen Ovals erspäht zu haben – wie die Punktaugen einer Spinne.

Als die Tür ins Schloss fiel und sie in tiefste Dunkelheit hüllte, hielt Tessa erschrocken die Luft an und tastete blind nach dem Türgriff. Doch dann flammte grelles Licht um sie herum auf. Sie befand sich am Fuß einer langen, schmalen Holzstiege, an deren Wänden Fackeln mit einer grünlichen Flamme brannten – kein Elbenlicht, wie Tessa sofort erkannte. Am oberen Ende der Treppe erwartete sie eine zweite Tür mit einem weiteren Symbol. Tessa spürte, wie ihr Mund noch trockener wurde. Bei diesem Zeichen handelte es sich um den *Ouroboros,* die Doppelschlange – das Emblem des Pandemonium Clubs.

Einen Moment lang war Tessa starr vor Angst. Das Symbol weckte düstere Erinnerungen: das Dunkle Haus; die Dunklen Schwestern, die sie gefoltert und gezwungen hatten, sich zu verwandeln; Nates Verrat. Plötzlich fielen Tessa wieder Wills Worte kurz vor seinem Verschwinden am Tor ein, und sie fragte sich, was sie wohl zu bedeuten hatten. Bestimmt »Nur Mut!« oder etwas Ähnliches. Als Nächstes dachte sie an Jane Eyre, die sich tapfer dem wütenden Mr Rochester entgegengestellt hatte, und an Catherine Earnshaw, die keinen Ton von sich gegeben hatte, als sie von einer Bulldogge am Fußknöchel gepackt worden war: *»Sie schrie nicht, nein! Sie hätte nicht geschrien, selbst wenn sie von einem wilden Stier auf die Hörner gespießt worden wäre.«* Und schließlich dachte Tessa an Boadicea: »Sie war mutiger als alle Männer«, hatte Will ihr erzählt.

Es ist nur ein Ball, ermahnte sie sich und griff nach dem Türknauf.

Nur ein Fest. Natürlich hatte sie noch nie zuvor einen Ball besucht und kaum Kenntnis darüber, was sie dort erwartete – und das wenige Wissen, das sie besaß, stammte allesamt aus Büchern. In Jane Austens Werken waren die Romanfiguren ständig damit beschäftigt, auf einen Ball zu warten oder selbst einen zu geben, und häufig schien das gesamte umliegende Dorf bei der Planung und Durchführung dieser Veranstaltung beteiligt zu sein. Dagegen bildeten derartige Festivitäten in anderen Büchern wie *Jahrmarkt der Eitelkeit* einen großartigen Hintergrund für Ränke und Intrigen. Tessa wusste, dass ein Ankleidezimmer für die Damen zur Verfügung stehen würde, wo sie ihre Stola ablegen konnte, und eine Garderobe für die Gentlemen, wo diese ihre Hüte, Mäntel und Spazierstöcke deponierten. Des Weiteren würde man ihr am Eingang eine Tanzkarte überreichen, auf der sie die Namen der Herren eintragen konnte, die sie um einen Tanz gebeten hatten. Es galt als sehr unhöflich, mehr als einoder zweimal nacheinander mit demselben Gentleman zu tanzen. Bei dem eigentlichen Ballsaal würde es sich um einen imposanten, festlich geschmückten Raum handeln, erweitert um einen kleineren Erfrischungsbereich, in dem eisgekühlte Getränke, Sandwiches, Gebäck und *tipsy cake,* ein mit Alkohol getränkter Kuchen, gereicht wurde …

Doch diese Veranstaltung hier im Haus der Familie Lightwood war nicht mit den üblichen Bällen zu vergleichen: Als sich die Tür hinter ihr schloss, wartete Tessa vergebens auf herbeieilende Dienstboten, die sie begrüßten und in das Damenankleidezimmer führten, die ihr freundlich die Stola abnahmen oder bei einem fehlenden Knopf hilfsbereit das Nähzeug zückten. Stattdessen schlug ihr eine Mischung aus Stimmengewirr, Musik und Licht entgegen, die sie wie eine Woge überspülte. Sie befand sich am Eingang eines derartig großen Saals, dass sie kaum glauben mochte, dass er tatsächlich in das Haus der Lightwoods hineinpasste. Ein gewaltiger Kristalllüster hing von der Decke, und

Tessa benötigte einen Moment, bis sie erkannte, dass der Leuchter wie eine Spinne gestaltet war, mit acht herabbaumelnden »Beinen«, die jeweils eine ganze Reihe dicker Kerzen trugen. Drei Seiten des Saals schimmerten in einem sehr dunklen Blau, während die vierte Wand von Terrassentüren durchbrochen war, durch die eine frische Brise vom Fluss heraufwehte und für etwas Kühlung sorgte. Denn trotz des kalten Wetters war es im Saal heiß und stickig. Die deckenhohen Türen führten auf kleine geschwungene Steinbalkone hinaus, von denen aus sich ein hervorragender Blick auf die Themse und die Lichter der Stadt bot. Breite Stoffbahnen verdeckten die Mauern, und über den Fenstern hingen üppige Draperien, die sich im Windzug leicht bauschten und deren Gewebe mit goldgewirkten Mustern versehen war: das gleiche changierende, schillernde Muster, das Tessa bereits auf dem Emblem am Fuß der Treppe hatte blinzeln lassen.

Eine gewaltige Menschenmenge drängte sich im Saal – nun ja, nicht direkt *Menschen,* überlegte Tessa, auch wenn viele auf den ersten Blick so aussahen. Denn sie entdeckte unter den Gästen auch die totenbleichen Gesichter von Vampiren und ein paar violett- und rothäutige Ifrit, allesamt nach der neuesten Mode gekleidet. Die meisten Besucher trugen Masken – kunstvolle goldene und schwarze Halblarven, Pestarzt-Schnabelmasken mit winzigen Brillengläsern oder rote Teufelsfratzen mitsamt Hörnern. Einige der Geladenen waren jedoch unmaskiert erschienen, darunter eine Gruppe von Frauen, deren Haare in Lavendelblau, Grün und Violett schimmerten. Allerdings erweckte es nicht den Eindruck, als ob sie gefärbt wären. Sie trugen die Haare außerdem nicht hochgesteckt, sondern offen, wie Nymphen in Gemälden. Auch ihre Kleidung war skandalträchtig: Die Damen hatten eindeutig kein Korsett angelegt und sich in weite Gewänder aus locker fallenden Stoffen wie Samt, Tüll und Satin gehüllt. Zwischen diesen Ballbesuchern bewegten sich weitere Gäste in allen möglichen Gestalten und Größen. Tessas Blick fiel auf einen Mann, der viel zu hochgeschossen und dünn war, um tatsächlich ein *Mann* sein zu können; er trug Zylinder und Frack und ragte über einer jungen Frau in einem grünen Umhang auf, deren rote Haare wie Kupfer glänzten. Mehrere hundeartige Wesen mit gelblichen, wachsamen Augen und Stacheln auf dem Rücken, die Tessa an Buchillustrationen exotischer Tiere erinnerten, stolzierten an ihr vorbei, und ein gutes Dutzend kleiner Kobolde quiekte und schnatterte miteinander in einer ihr vollkommen unverständlichen Sprache. Sie schienen sich über eines der dargebotenen Häppchen zu streiten – allem Anschein nach einen zerstückelten Frosch. Tessa musste schlucken, drehte sich um – und dann sah sie sie plötzlich.

Gestalten, die sie vorher nicht bemerkt hatte. Möglicherweise hatte ihr Verstand sie nur als Dekoration wahrgenommen, als Ritterrüstungen oder dergleichen, doch darum handelte es sich ganz eindeutig nicht. Klockwerk-Automaten säumten die Wände, reglos und stumm, in Menschengestalt, so wie der Kutscher, der zu den Dunklen Schwestern gehört hatte. Die Metallkreaturen trugen die Livree der Lightwoods, jeweils mit einem gestickten *Ouroboros* auf der linken Brust. Die leeren, ausdruckslosen Gesichtsflächen erinnerten an Kinderzeichnungen, die noch nicht mit Gesichtszügen versehen waren.

Plötzlich berührte sie jemand an der Schulter. Tessas Herz machte vor Angst einen Satz: *Man hatte sie entdeckt, ihre Verkleidung enttarnt!* Jeder Muskel in ihrem Körper verspannte sich.

Doch dann sagte eine helle, vertraute Stimme: »Ich dachte schon, du würdest nie mehr herfinden, Jessie, meine Liebe.«

Tessa drehte sich um und schaute ihrem Bruder direkt ins Gesicht.

Bei ihrer letzten Begegnung im Flur des Instituts war Nathaniel verwundet und blutüberströmt gewesen und hatte sie mit einem

Messer in der Hand bedroht und verhöhnt – eine beängstigende Jammergestalt, Furcht einflößend und erbärmlich zugleich. Doch dieser Nate hier wirkte vollkommen anders. Er schaute aus seinen leuchtend blauen Augen lächelnd zu ihr hinab – da Jessamine so viel kleiner war als Tessa, ging sie ihm nur bis zur Brust statt wie sonst bis zum Kinn. Sein blondes Haar war gekämmt und gepflegt, seine Haut ohne Kratzer oder Narben. Er trug einen eleganten Abendanzug mit einem schwarzen Hemd, der seine attraktiven Züge besonders gut zur Geltung brachte, und dazu makellos weiße Handschuhe.

Dies war der Nate seiner eigenen Wunschvorstellung, so wie er sich in seinen Träumen schon immer gesehen hatte: wohlhabend, elegant und kultiviert. Er strahlte eine gewisse Zufriedenheit aus – oder besser gesagt *Selbstgefälligkeit*, wie Tessa bei näherem Hinsehen einräumen musste. Ihr Bruder erinnerte sie an Church … nachdem dieser eine Maus getötet hatte.

Nate lachte leise. »Was hast du, Jess? Du siehst aus, als hättest du ein Gespenst gesehen.«

Das habe ich auch, das Gespenst des Bruders, den ich einst geliebt habe. Tessa suchte nach Jessamine, nach Jessamines Spuren in ihrem Verstand. Doch auch dieses Mal fühlte es sich wieder so an, als griffen ihre Hände in vergiftetes Wasser. Erneut bekam sie keinen von Jessamines Gedanken zu fassen. »Ich … hatte plötzlich Angst, mein Verehrer würde vielleicht nicht erscheinen«, log sie hastig.

Bei diesen Worten lachte Nate zärtlich. »Du glaubst doch nicht, dass ich mir eine Gelegenheit entgehen lasse, dich zu sehen, oder? Ach, mein törichtes kleines Mädchen.« Lächelnd schaute er in die Runde. »Lightwood sollte sich öfter bemühen, den Magister zu beeindrucken.« Damit streckte er ihr eine Hand entgegen. »Würdest du mir die Ehre erweisen, mit mir zu tanzen, Jessie?«

Jessie. Nicht »Miss Lovelace«. Tessa fiel erst jetzt auf, dass er sie schon die ganze Zeit beim Vornamen genannt und geduzt hatte.

Falls sie noch irgendwelche Zweifel bezüglich der Ernsthaftigkeit der Verbindung zwischen Jessamine und Nate gehabt hatte, waren diese nun restlos ausgeräumt. Sie zwang sich zu einem Lächeln. »Aber gern.«

Das Orchester – eine Ansammlung kleiner purpurroter Männer in silberglänzendem Tüll – spielte gerade einen Walzer. Nate nahm Tessas Hand und zog sie auf die Tanzfläche.

Gott sei Dank, dachte Tessa. Gott sei Dank hatte ihr Bruder sie jahrelang in ihrem Wohnzimmer in Tante Harriets winziger Wohnung herumgewirbelt. Sie wusste genau, wie er tanzte, wusste, wie sie ihre Bewegungen den seinen anpassen musste, trotz ihres zierlichen, ungewohnten Körpers. Allerdings hatte er sie damals nicht auf diese Weise angesehen – zärtlich, mit leicht geöffneten Lippen. Gütiger Gott, was wäre, wenn er versuchte, sie zu *küssen?* An diese Möglichkeit hatte sie gar nicht gedacht. Sie würde sich auf der Stelle übergeben müssen. *O Gott, bitte, bitte mach, dass er es erst gar nicht probiert,* betete sie inständig.

Hastig holte sie Luft und sprudelte los: »Ich hatte heute furchtbare Mühe, mich ungesehen aus dem Institut zu schleichen. Sophie, dieses kleine neugierige Ding, hätte doch beinahe die Einladung entdeckt.«

Nates Hände verspannten sich und packten sie fester. »Aber das hat sie nicht, oder?« In seiner Stimme schwang eine unterschwellige Warnung mit.

Tessa spürte, dass sie kurz davor stand, einen fatalen Fehler zu begehen, und schaute sich rasch im Saal um. Wo steckte Will? Was hatte er noch gesagt? *Selbst wenn du mich nicht sehen solltest, werde ich immer in deiner Nähe sein?* Aber noch nie zuvor hatte sie sich derartig allein und auf sich selbst gestellt gefühlt. Sie atmete tief ein und warf den Kopf in den Nacken – die beste Imitation Jessamines, zu der sie fähig war. »Hältst du mich für eine Närrin? Natürlich nicht. Ich habe ihr mit dem Spiegel auf das dürre Handgelenk geschlagen, woraufhin sie den Umschlag sofort fallen ließ. Davon abgesehen kann sie vermutlich ohnehin nicht lesen.«

»Richtig«, pflichtete Nate ihr bei und entspannte sich sichtlich. »Man hätte dir wahrlich eine Kammerzofe besorgen können, die einer Lady würdig ist – eine, die Französisch spricht, nähen kann und …«

»Sophie kann nähen«, warf Tessa automatisch ein und hätte sich dafür am liebsten geohrfeigt. »Zumindest einigermaßen«, berichtigte sie sich und sah wimpernklimpernd zu Nate auf. »Und wie ist es dir seit unserer letzten Begegnung ergangen?« *Auch wenn ich nicht die leiseste Ahnung habe, wann das gewesen sein könnte.*

»Sehr gut. Offenbar stehe ich weiterhin in der Gunst des Magisters.«

»Ein kluger Mann«, hauchte Tessa. »Er erkennt einen wertvollen Schatz, wenn der ihm über den Weg läuft.«

Mit einem behandschuhten Finger berührte Nate ihr Gesicht, und Tessa musste sich zwingen, nicht zu erstarren. »Das verdanken wir alles dir, mein Liebling. Meine kleine, nie versiegende Quelle der Information.« Er rückte näher an sie heran. »Wie ich sehe, trägst du das Kleid, um das ich gebeten hatte«, flüsterte er. »Seit du das erste Mal davon sprachst, wie du es zu eurer letzten Weihnachtsfeier getragen hast, habe ich mich danach verzehrt, dich in diesem Kleid zu sehen. Und darf ich mir die Bemerkung erlauben, dass du eine blendende Figur darin machst?«

Tessa hatte das Gefühl, ihr Magen würde jeden Moment seinen Inhalt ruckartig von sich geben. Erneut suchte sie mit den Augen den Saal ab und entdeckte zu ihrer Bestürzung Gideon Lightwood, der in seinem Frack zwar recht stattlich aussah, aber steif an einer Wand stand. Er wirkte wie versteinert; nur sein Blick schweifte über die Gäste. Dagegen schlenderte Gabriel ungezwungen umher, ein Getränk in der Hand, das aussah wie Limonade, während er sich neugierig umschaute. Schließlich näherte er sich einer der jungen Damen mit den langen lavendelblauen Haaren und versuchte, sie in ein Gespräch zu verwickeln. *Von wegen die Lightwood-Brüder wissen nicht, was ihr Vater so treibt,* dachte Tessa und wandte gereizt den Blick ab. In dem Moment entdeckte sie Will.

Er lehnte an der gegenüberliegenden Wand, zwischen zwei leeren Stühlen. Trotz seiner Maske hatte Tessa den Eindruck, als könnte sie ihm direkt in die Augen sehen … als stünde er so nahe, dass sie ihn berühren konnte. Fast hatte sie erwartet, dass er angesichts ihrer misslichen Lage leicht belustigt schauen würde, doch das war nicht der Fall. Er wirkte angespannt und aufgebracht und …

»Gott, wie bin ich eifersüchtig auf jeden Mann, der dich auch nur ansieht«, sagte Nate. »Denn ich sollte der einzige sein, der dich ansehen darf.«

Du meine Güte, dachte Tessa. Funktionierten diese Sprüche bei den meisten Frauen denn wirklich? Wenn ihr Bruder zu ihr gekommen wäre und um Rat hinsichtlich dieser Sprachperlen gebeten hätte, dann hätte sie ihm unverblümt mitgeteilt, dass er wie ein Narr klang. Obwohl er möglicherweise nur in *ihren* Ohren wie ein Narr klang, weil er ihr Bruder war. Und verabscheuungswürdig. *Informationen,* ermahnte sie sich. *Ich muss ihm ein paar Informationen entlocken und dann zusehen, dass ich von hier fortkomme, ehe mir wirklich übel wird.*

Erneut schaute sie in Wills Richtung, doch er war verschwunden, so als hätte er nie dort gestanden. Trotzdem glaubte sie ihm nun, dass er sich tatsächlich *irgendwo* in der Nähe befand und über sie wachte, auch wenn sie ihn nicht sehen konnte. Sie fasste sich ein Herz und erwiderte: »Ach wirklich, Nate? Manchmal fürchte ich ja, du schätzt mich nur aufgrund der Informationen, die ich dir liefere.«

Abrupt hielt Nate inne, riss sie beide förmlich aus dem Tanz heraus. »Jessie! Wie kannst du nur so etwas denken? Du weißt doch, wie sehr ich dich anbete.« Er bedachte sie mit einem vorwurfsvollen Blick, während sie sich wieder in Bewegung setzten und dem Rhythmus der Musik folgten. »Es stimmt zwar, dass deine Verbindung zu den Nephilim des Instituts von unschätzbarem Wert ist – ohne dich hätten wir beispielsweise nie von ihrer Reise nach York erfahren. Aber ich hatte angenommen, dass du mir deshalb hilfst, weil es um unsere gemeinsame Zukunft geht. Wenn ich erst einmal die rechte Hand des Magisters bin, Liebling … denk doch nur, wie ich dann für dich sorgen kann.«

Tessa lachte nervös. »Du hast ja recht, Nate. Es ist nur so, dass ich manchmal Angst bekomme: Was wäre, wenn Charlotte herausfinden würde, dass ich sie in deinem Auftrag bespitzle? Was würden sie und die anderen mir dann antun?«

Nate schwang sie leicht im Kreis. »Gar nichts, mein Liebling, sie würden dir gar nichts tun. Du hast es selbst gesagt: Sie sind allesamt Feiglinge.« Sein Blick schweifte an ihr vorbei, und er hob missmutig eine Augenbraue. »Benedict – er kann es einfach nicht lassen«, bemerkte er. »Wie geschmacklos.«

Tessa drehte den Kopf und entdeckte Benedict Lightwood, der sich in der Nähe des Orchesters auf einem scharlachroten Samtsofa rekelte. Er hatte den Gehrock abgelegt, hielt ein Glas Rotwein in der Hand und schien mit halb geschlossenen Lidern der Musik zu lauschen. Doch dann sah Tessa zu ihrer Bestürzung, dass eine Frau rittlings auf seinem Schoß saß. Oder zumindest besaß das Wesen die Gestalt einer Frau: lange schwarze Haare und ein tief ausgeschnittenes schwarzes Samtkleid – doch statt Augen zuckten winzige Schlangen in den Augenhöhlen. Während Tessa wie gebannt zuschaute, fuhr eine der Schlangen zischelnd ihre lange, gespaltene Zunge aus und leckte Benedict Lightwoods Wange.

»Das ist eine Dämonin«, stieß Tessa atemlos hervor, wobei sie einen Moment lang aus ihrer Rolle als Jessamine fiel. »Habe ich recht?«

Glücklicherweise schien Nate an dieser Frage nichts merkwürdig zu finden. »Natürlich ist das eine Dämonin, mein Dummerchen. Danach verlangt es Benedict nun einmal – Dämoninnen.«

Plötzlich hörte Tessa wieder Wills Worte: *Es würde mich wundern, wenn die nächtlichen Besuche des alten Lightwood in einem gewissen Etablissement in Shadwell ihm nicht eine hässliche kleine Ansteckung mit Dämonenpocken beschert hätten.* »Igitt«, murmelte sie.

»In der Tat«, bestätigte Nate. »Und es entbehrt nicht einer gewissen Ironie, wenn man bedenkt, wie anmaßend und arrogant sich die Nephilim geben. Ich frage mich oft, warum Mortmain ihm so sehr gewogen ist und ihn unbedingt im Londoner Institut sehen will«, fügte er gereizt hinzu.

Obwohl Tessa längst geahnt hatte, dass Mortmain hinter Benedicts wilder Entschlossenheit steckte, Charlotte aus dem Institut zu verdrängen, traf sie die Bestätigung ihres Verdachts dennoch wie ein Schlag. »Ich verstehe einfach nicht, welchen *Nutzen* der Magister sich davon verspricht«, nörgelte sie in Jessamines typischem, quengeligem Tonfall. »Es ist doch nur ein großes, muffiges, altes Gebäude …«

Nate lachte nachsichtig. »Ihn interessiert doch nicht das Gebäude, mein kleines dummes Gänschen. Es geht ihm um die Position. Der Leiter des Londoner Instituts ist einer der mächtigsten Schattenjäger in ganz England, und der Magister dirigiert Benedict wie eine Marionette. Durch ihn kann er die Schattenjägerkongregation von innen heraus zersetzen, während seine Klockwerk-Armee sie von außen zerstört.«

Mit Schwung wirbelte er sie im Kreis, so wie der Tanz es erforderte, und nur das jahrelange Training mit ihrem Bruder verhinderte, dass Tessa das Gleichgewicht verlor. Denn seine Worte schockierten sie zutiefst.

»Außerdem stimmt es nicht ganz, dass sich im Institut nichts Bedeutsames befindet«, fuhr Nate fort. »Allein schon der Zugang zur Bibliothek wird für den Magister von unschätzbarem Wert sein. Ganz zu schweigen von der Waffenkammer …«

»Und Tessa.« Sie musste sich zusammenreißen, damit ihre Stimme nicht zitterte.

»Tessa?«

»Deine Schwester. Der Magister will sie doch noch immer in die Finger bekommen, oder nicht?«

Zum ersten Mal betrachtete Nate sie mit einem verwirrten Ausdruck im Gesicht. »Aber das haben wir doch schon besprochen, Jessamine«, sagte er erstaunt. »Tessa wird wegen illegalen Besitzes schwarzmagischer Objekte verhaftet und in die Stadt der Stille verbannt. Von dort wird Benedict sie holen und anschließend dem Magister übergeben. Das Ganze ist Teil der Vereinbarung, die die beiden getroffen haben, obwohl mir immer noch nicht klar ist, welchen Nutzen Benedict daraus zieht. Allerdings muss es sich um etwas ziemlich Wichtiges handeln, da er sich sonst wohl kaum derart bereitwillig gegen seine eigenen Leute wenden würde.«

Verhaftet? Wegen illegalen Besitzes schwarzmagischer Objekte? Tessa schwirrte der Kopf.

Nates Hand stahl sich in ihren Nacken, und obwohl ihr Bruder Handschuhe trug, hatte Tessa das Gefühl, als würde irgendetwas Schleimiges ihre Haut berühren. »Meine kleine Jessie«, murmelte er. »Du verhältst dich fast so, als hättest du deine eigene Beteiligung an diesem Plan völlig vergessen. Aber du hast doch das Weiße Buch im Zimmer meiner Schwester versteckt, so wie wir es vereinbart haben, oder etwa nicht?«

»Na… natürlich! Ich habe nur gescherzt, Nate.«

»Gut. Braves Mädchen.« Er beugte sich vor. Seine gesamte

Körperhaltung deutete daraufhin, dass er sie jeden Moment küssen würde – ein höchst unschickliches Benehmen, aber was konnte an diesem Ort schon als schicklich gelten …

In heller Panik stieß Tessa hervor: »Nate, mir ist nicht ganz wohl. Ich fühle mich so schwindlig … Ich glaube, das kommt von der Hitze hier im Saal. Wärst du so gütig und würdest mir eine kühle Limonade holen?«

Einen Moment lang schaute er zu ihr hinunter; sein Mund formte sich vor unterdrücktem Ärger zu einem dünnen Strich. Doch Tessa wusste, dass er sich nicht weigern konnte. Kein Gentleman würde eine solche Bitte abschlagen. Und tatsächlich richtete er sich auf, wischte sich ein imaginäres Staubkorn vom Ärmel und lächelte. »Selbstverständlich, meine Liebe«, sagte er mit einer Verbeugung. »Doch lass mich dich erst zu einem Sessel begleiten.«

Tessa protestierte, aber Nates Hand lag bereits an ihrem Ellbogen, und er führte sie zu einer Reihe von Polsterstühlen an einer der Wände. Nachdem er sie dort abgesetzt hatte, machte er kehrt und verschwand in der Menge. Tessa schaute ihm nach; sie zitterte am ganzen Körper. *Schwarze Magie.* Der Gedanke bereitete ihr Übelkeit und machte sie wütend. Am liebsten hätte sie ihren Bruder gepackt und so lange geschüttelt, bis er auch den Rest der Intrige preisgab, aber sie wusste, dass dies nicht möglich war.

»Sie müssen Tessa Gray sein«, sagte plötzlich eine sanfte Stimme. »Das wahrhaftige Ebenbild Ihrer Mutter.«

Tessa fuhr erschreckt hoch. Neben ihr stand eine große, schlanke Frau mit langen lavendelblauen Haaren und hellblauer Haut. Sie trug ein weites, locker schwingendes Gewand aus hauchdünner Seide, das ihr bis auf die Füße fiel, und zwischen ihren nackten Zehen schimmerten dunkelblaue, spinnwebartige Geflechte. Von plötzlicher Panik ergriffen, fasste Tessa sich ans Gesicht – *fiel ihre Tarnung etwa von ihr ab?*

Doch die blaue Frau lachte. »Es lag nicht in meiner Absicht, Ihnen einen Schrecken einzujagen, meine Kleine. Keine Sorge – Ihr Trugbild ist noch intakt. Es ist nur so, dass ich und meinesgleichen durch derartige Illusionen hindurchsehen können. Denn all das hier …« – sie zeigte vage auf Tessas blondes Haar, das weiße Kleid und die Perlen – » … ist wie der Dunst einer Wolke, und Sie sind der dahinterliegende Himmel. Haben Sie gewusst, dass Ihre Mutter dieselbe Augenfarbe besaß wie Sie – manchmal Grau und bei anderen Gelegenheiten Blau?«

Endlich fand Tessa ihre Stimme wieder: »Wer sind Sie?«

»Ach, unsere Art … wir geben unseren Namen nicht gern preis, aber Sie dürfen mich nennen, wie Sie wollen. Erfinden Sie doch einfach einen hübschen Namen für mich. Ihre Mutter hat mich übrigens immer Hyacinth gerufen.«

»Die Blume mit den blauen Blüten«, murmelte Tessa und fragte dann: »Wieso haben Sie meine Mutter gekannt? Sie sehen nicht älter aus als ich …«

»Nach unserer Jugendzeit können ich und meinesgleichen weder altern noch sterben. Dasselbe gilt für Sie, Sie Glückliche! Ich hoffe, Sie wissen den Dienst, den man Ihnen erwiesen hat, auch zu schätzen.«

Verwirrt schüttelte Tessa den Kopf. »Dienst? Welchen Dienst? Sprechen Sie von Mortmain? *Wissen Sie, was ich bin?*«

»Wissen Sie, was *ich* bin?«

Tessa dachte an den *Codex*. »Eine Elfe?«, mutmaßte sie.

»Und wissen Sie auch, was ein Wechselbalg ist?«

Erneut schüttelte Tessa den Kopf.

»Manchmal …«, setzte Hyacinth an und senkte ihre Stimme zu einem vertraulichen Flüstern, »wenn unser Feenblut an Kraft verloren hat, schleichen wir uns heimlich in das Haus einer Menschenfamilie, nehmen das beste, hübscheste und molligste Kind aus der Wiege und ersetzen es schnell wie der Wind durch einen unserer schwächelnden Säuglinge. Und während das

Menschenkind in unseren Gefilden wächst und gedeiht, sieht sich die Menschenfamilie mit einer kränklichen Kreatur beschwert, die sich vor Eisen fürchtet. Dagegen wird unsere Blutlinie gestärkt.«

»Wozu die Mühe?«, fragte Tessa fordernd. »Warum stehlen Sie das Menschenkind nicht einfach und lassen die Wiege leer?«

Hyacinths dunkelblaue Augen weiteten sich verwundert. »Nun ja, das wäre schließlich nicht *fair«*, erklärte sie. »Außerdem würde dies das Misstrauen der Irdischen wecken. Sie mögen zwar dumm sein, aber dennoch gibt es viele von ihnen. Es empfiehlt sich nicht, ihren Zorn zu erregen. Denn dann kommen sie mit Eisen und Fackeln«, fügte sie schaudernd hinzu.

»Einen Moment mal«, warf Tessa ein. »Wollen Sie mir damit sagen, dass ich ein *Wechselbalg* bin?«

Hyacinth lachte glockenhell. »Natürlich nicht! Welch eine absurde Vorstellung!« Während sie erneut auflachte, drückte sie die Hände an ihr Herz, und Tessa sah, dass auch ihre Finger durch feines blaues Gewebe miteinander verbunden waren. Plötzlich hielt Hyacinth jedoch inne, und ein amüsiertes Lächeln breitete sich auf ihrem Gesicht aus, sodass ihre glänzenden Zähne zum Vorschein kamen. »Dort drüben steht ein sehr gut aussehender junger Mann«, bemerkte sie. »So attraktiv wie ein Elbenfürst! Ich sollte Sie jetzt wohl besser wieder allein lassen.« Dann zwinkerte sie ihr noch einmal zu und tauchte wieder in der Menge unter, bevor Tessa auch nur protestieren konnte.

Erschüttert drehte sie sich um, in der Erwartung, dass es sich bei dem »sehr gut aussehenden jungen Mann« um Nate handelte – stattdessen entdeckte sie Will, der neben ihr an der Wand lehnte.

In dem Moment, in dem sich ihre Blicke trafen, wandte er sich leicht zur Seite und studierte eingehend die Tanzfläche. »Was hat diese Elfe von dir gewollt?«

»Ich weiß es nicht«, erklärte Tessa aufgebracht. »Offensichtlich wollte sie mir nur mitteilen, dass ich *kein* Wechselbalg bin.«

»Nun, das ist doch wunderbar. Dann können wir das schon einmal ausschließen.«

Tessa musste Will zugestehen, dass er es auf hervorragende Weise verstand, mit den dunklen Vorhängen hinter ihm förmlich zu verschmelzen, als wäre er überhaupt nicht da – vermutlich eine besondere Schattenjägergabe.

»Und, was hatte dein Bruder Neues zu berichten?«

Nachdenklich verschränkte Tessa die Hände und schaute zu Boden, während sie zusammenfasste: »Jessamine hat uns die ganze Zeit in Nates Auftrag bespitzelt, wobei ich nicht sagen kann, wie lange schon genau. Sie erzählt ihm alles. Offenbar glaubt sie, er würde sie lieben.«

Diese Feststellung schien Will nicht sehr zu überraschen. »Glaubst *du* denn, dass er sie liebt?«

»Ich glaube, dass Nate nur sich selbst liebt«, erklärte Tessa. »Aber das ist noch nicht das Schlimmste. Benedict Lightwood arbeitet für Mortmain. Aus diesem Grund schmiedet er auch irgendwelche Intrigen, um das Institut an sich zu reißen: Damit er es Mortmain übergeben kann ... die Leitung des Instituts. Und *mich*. Natürlich weiß Nate über all das Bescheid, aber es ist ihm egal.« Tessa betrachtete erneut ihre Hände. Jessamines Hände. Klein und zierlich in den eleganten weißen Glacéhandschuhen. *Ach, Nate*, dachte sie. *Tante Harriet hat dich immer als ihren Goldjungen bezeichnet.*

»Das war vermutlich, bevor er sie umgebracht hat«, bemerkte Will.

Erst in diesem Moment wurde Tessa bewusst, dass sie ihren Gedanken laut ausgesprochen haben musste.

»Und da kommt er auch schon wieder ...«, fügte Will raunend hinzu.

Tessa warf einen Blick auf die Menge und sah Nates hellblondes Haar aufleuchten. Er bewegte sich direkt in ihre Richtung, ein Glas orangegoldener Flüssigkeit in der Hand. Hastig wandte sie sich Will zu, um ihn zum Gehen zu drängen, doch er war bereits verschwunden.

»Brauselimonade«, sagte Nate, kam auf sie zu und drückte ihr das Getränk in die Hand.

Das eisgekühlte Glas fühlte sich auf Tessas erhitzter Haut sehr angenehm an. Vorsichtig nahm sie einen Schluck von der Limonade, die trotz der widrigen Umstände einfach köstlich schmeckte.

Nate strich ihr die Haare aus der Stirn. »Nun, wo waren wir stehen geblieben? Ach ja, du hast also das Buch im Zimmer meiner Schwester versteckt …«

»Ja, genau, wie du es mir aufgetragen hast«, schwindelte Tessa. »Natürlich ahnt sie nicht das Geringste.«

»Das will ich auch hoffen.«

»Nate …«

»Ja?«

»Weißt du, welche Absichten der Magister bezüglich deiner Schwester hegt?«

»Ich habe es dir doch schon einmal gesagt, sie ist nicht meine Schwester.« Nates Stimme klang angespannt. »Ich weiß nicht, was der Magister mit ihr vorhat, und es interessiert mich auch nicht. *Meine* Pläne drehen sich ausschließlich um meine … *unsere gemeinsame* Zukunft. Ich darf wohl annehmen, dass du dieses Ziel mit ebensolchem Eifer verfolgst?«

Tessa musste an Jessamine denken – daran, wie die junge Schattenjägerin zusammen mit den anderen Nephilim schmollend in einem Raum gesessen hatte, während sie die Dokumente und Zeitungsartikel über Mortmain sichteten; Jessamine, die lieber am Tisch einschlief, als den Raum zu verlassen, während Charlotte mit Ragnor Fell Pläne geschmiedet hatte. Und plötzlich empfand Tessa ein wenig Mitleid mit ihr, auch wenn sie

Nate hasste, ihn so sehr verabscheute, dass der Hass wie Feuer in ihrer Kehle brannte. *Ich habe es dir doch schon einmal gesagt, sie ist nicht meine Schwester.*

Bewusst riss Tessa die Augen auf und ließ ihre Unterlippe beben. »Ich tue mein Möglichstes, Nate«, sagte sie mit zitternder Stimme. »Glaubst du mir denn nicht?« Mit leichter Genugtuung beobachtete sie, wie ihr Bruder daraufhin seinen Ärger sichtlich hinunterschluckte.

»Natürlich, mein Liebling. Natürlich glaube ich dir.« Nate betrachtete prüfend Tessas Gesicht. »Fühlst du dich inzwischen etwas besser? Wollen wir weitertanzen?«

Entschlossen umklammerte Tessa das Glas in ihren Händen. »Ach, ich weiß nicht so recht …«

»Natürlich, ich verstehe«, lachte Nate leise in sich hinein, »es heißt schließlich, ein Gentleman solle nicht mehr als ein oder zwei Tänze mit seiner Ehefrau tanzen.«

Tessa erstarrte. Es schien ihr, als hätte die Zeit angehalten – um sie herum wirkte alles wie versteinert, selbst das affektierte Grinsen auf Nates Gesicht.

Ehefrau?

Nate und Jessamine waren *vermählt*?

»Was hast du, mein Engel?«, fragte Nate, der wie aus weiter Ferne zu ihr sprach. »Ist alles in Ordnung? Du bist ja plötzlich so bleich.«

»Mr Gray.« Eine dumpfe, mechanisch klingende Stimme dröhnte hinter Nates Schulter. Einer der gesichtslosen Klockwerk-Automaten hielt ihm ein Silbertablett entgegen, auf dem ein zusammengefalteter Zettel lag. »Ich habe eine Nachricht für Sie.«

Überrascht drehte Nate sich um und nahm das Papier vom Tablett; Tessa schaute zu, während er den Bogen auseinanderfaltete, die Mitteilung las, unterdrückt fluchte und den Zettel dann in seinen Tasche schob. »Na, so was«, sagte er. »Eine Nachricht von *ihm* persönlich.«

Er muss den Magister meinen, dachte Tessa.

»Anscheinend werde ich gebraucht. Eine höchst lästige Angelegenheit, aber was will man machen?« Nate nahm Tessas Hand, zog sie auf die Beine und beugte sich vor, um ihr einen sittsamen Kuss auf die Wange zu drücken. »Sprich mit Benedict; er wird dafür sorgen, dass man dich zu deiner Kutsche eskortiert, *Mrs Gray.«* Die beiden letzten Worte fügte er wispernd hinzu.

Tessa nickte wie betäubt.

»Braves Mädchen«, lobte Nate. Dann machte er auf dem Absatz kehrt und verschwand in der Menge, dicht gefolgt von dem Automaten.

Benommen schaute Tessa den beiden nach. *Das muss der Schock sein,* dachte sie: Der ganze Raum hatte sich verändert – alles wirkte irgendwie merkwürdig. Es schien, als könnte sie jeden einzelnen Lichtstrahl erkennen, der von den Glaskristallen des Lüsters funkelnd abstrahlte. Der Effekt war wunderschön, wenn auch seltsam und ein wenig schwindelerregend.

»Tessa.« Will saß plötzlich neben ihr, scheinbar wie aus dem Nichts aufgetaucht.

Langsam wandte Tessa sich ihm zu. Seine Wangen waren gerötet, als wäre er schnell gelaufen. *Ein weiterer wunderschöner, seltsamer Effekt,* überlegte sie: das schwarze Haar über der schwarzen Maske, die blauen Augen und die blasse Haut und dazu die leichte Röte auf seinen hohen Wangenknochen. Es erschien ihr, als würde sie ein Gemälde betrachten.

»Wie ich sehe, hat dein Bruder die Nachricht erhalten.«

»Ah.« Plötzlich fügten sich die Puzzleteile zusammen, und Tessa verstand. *»Du* hast die Mitteilung geschickt.«

»Ja«, bestätigte Will. Er wirkte recht zufrieden mit sich selbst, nahm ihr das Getränk aus der Hand, stürzte die restliche Limonade hinunter und stellte das Glas auf die Fensterbank. »Ich musste ihn doch irgendwie loswerden. Und wir sollten wahrscheinlich auch bald aufbrechen, ehe er erkennt, dass die Nachricht gefälscht war, und er hierher zurückkehrt. Obwohl ich ihn ja nach Vauxhall geschickt habe. Er wird eine halbe Ewigkeit benötigen, um von dort wieder herzukommen, daher haben wir vermutlich noch einen Augenblick Zeit ...« Will verstummte. Als er einen Moment später erneut ansetzte, konnte sie die plötzliche Beunruhigung in seinem Ton hören: »Tess ... Tessa? Ist alles in Ordnung?«

»Warum fragst du?« Tessas Stimme hallte in ihren Ohren.

»Sieh selbst.« Will streckte die Hand aus, fing eine herabbaumelnde Locke auf und zog sie nach vorn, damit Tessa sie sehen konnte.

Verwundert starrte sie auf die Strähne. Sie war dunkelbraun statt blond – sie blickte auf ihr eigenes Haar, nicht auf Jessamines. »O Gott.« Bestürzt legte sie eine Hand an die Wange und verspürte nun auch das vertraute Kribbeln, als die Maskerade von ihr abzufallen begann. »Wie lange ...?«

»Nicht sehr lange. Als ich mich neben dich gesetzt habe, warst du noch Jessamine.« Will nahm ihre Hand. »Komm. Schnell!« Mit großen Schritten strebte er zum Ausgang, doch der Weg quer durch den Ballsaal war lang.

Tessas gesamter Körper bebte und zitterte unter den Auswirkungen der Verwandlung. Gequält schnappte sie nach Luft, als eine besonders heftige Zuckung sie schüttelte. Sie sah, wie Will sich besorgt nach ihr umdrehte, spürte, wie er sie auffing, als sie strauchelte, und sie fast trug, während sie weiterhasteten. Der Saal um Tessa herum begann, sich zu drehen. *Ich darf jetzt nicht in Ohnmacht fallen. Bitte lass mich nicht in Ohnmacht fallen!*

Eine Woge kühler Luft streifte ihr Gesicht. Tessa war sich vage bewusst, dass Will sie durch eine Terrassentür geschoben hatte und dass sie nun auf einem der zahlreichen kleinen Balkone standen, die auf den Garten hinausgingen. Mühsam löste sie sich von ihm, riss sich die goldene Maske vom Gesicht und sank förmlich gegen die Steinbalustrade.

Nachdem Will die Terrassentür hinter ihnen zugeworfen hatte, machte er auf dem Absatz kehrt, eilte zu Tessa und legte ihr sanft eine Hand auf den Rücken. »Tessa?«

»Mir geht es gut.« Tessa war dankbar für das steinerne Geländer unter ihren Händen, dessen Festigkeit und raue Härte ihr ein beruhigendes Gefühl der Sicherheit schenkten. Auch die kühle Luft half, ihr Schwindelgefühl zu vertreiben. Als sie an sich hinunterblickte, erkannte sie, dass sie sich vollständig zurückverwandelt hatte – sie war wieder sie selbst. Das weiße Kleid war nun mehrere Zentimeter zu kurz und die Schnürung ihres Oberteils so eng, dass ihr Dekolleté nach oben gepresst wurde und aus dem tiefen Ausschnitt zu quellen drohte. Tessa wusste zwar, dass manche Damen sich besonders eng schnüren ließen, um genau diesen Effekt zu erzielen, aber es traf sie doch wie ein Schock, so viel ihrer eigenen Haut entblößt zu sehen.

Verlegen warf sie Will einen Seitenblick zu, dankbar für die kühle Luft, die ihre Wangen daran hinderte, flammend rot anzulaufen. »Ich … ich weiß nicht, was geschehen ist. So etwas ist mir noch nicht passiert … ich meine, ich habe mich nie zuvor unbemerkt zurückverwandelt. Es muss an der Überraschung und dem Schreck gelegen haben. Die beiden sind vermählt, hast du das gewusst? Nate und Jessamine. Vermählt! Dabei war Nate doch nie der Typ Mann, der bereitwillig den Bund der Ehe eingegangen wäre. Und er liebt sie auch gar nicht. Das spüre ich genau. Nate liebt niemanden außer sich selbst. Das war schon immer so.«

»Tess«, sagte Will erneut, dieses Mal viel sanfter als vorher. Auch er lehnte an der Balustrade, das Gesicht Tessa zugewandt. Nur ein kleiner Schritt trennte sie voneinander. Über ihnen schwebte der Mond durch die Wolken wie ein weißes Segelboot auf einem ruhigen tiefdunklen Meer.

Hastig schloss Tessa den Mund, und ihr war peinlich bewusst, dass sie zusammenhanglos vor sich hin geplappert hatte. »Es tut mir leid«, sagte sie leise und schaute weg.

Fast zögernd legte Will ihr eine Hand auf die Wange und drehte ihr Gesicht behutsam zu sich. Er hatte seine Handschuhe abgestreift, und seine langen Finger berührten ihre Haut. »Es gibt nichts, was dir leidtun müsste«, murmelte er. »Du warst dort drinnen einfach brillant, Tessa. Keine Sekunde nicht in deinem Element.«

Tessa spürte, wie ihre Wange unter seinen kühlen Fingern zu glühen begann. War dies wahrhaftig Will, der da zu ihr sprach? *Will*, der sich auf dem Dach des Instituts so abfällig geäußert hatte, als wäre sie Abschaum?

»Du hast deinen Bruder einmal wirklich geliebt, nicht wahr? Ich habe dein Gesicht gesehen, als er mit dir redete, und ich hätte ihm am liebsten den Hals umgedreht – dafür, dass er dir das Herz gebrochen hat.«

Du hast mir das Herz gebrochen, wollte Tessa erwidern, doch stattdessen erklärte sie: »Manchmal fehlt er mir sehr – so wie dir deine Schwester fehlt. Obwohl ich genau weiß, was und wie Nate ist, vermisse ich doch den Bruder, den ich einst zu haben glaubte. Er ist alles, was mir von meiner Familie geblieben ist.«

»Das Institut ist jetzt deine Familie.« Wills Stimme klang unfassbar sanft.

Verwundert warf Tessa ihm einen Blick zu. Sanftheit zählte nicht zu den Dingen, die ihr im Zusammenhang mit Will jemals in den Sinn gekommen wären. Doch nun konnte sie sie spüren – in der Berührung seiner Hand an ihrer Wange, im weichen Ton seiner Stimme und im Ausdruck seiner Augen. Genau so hatte sie es sich erhofft. Sie hatte immer davon geträumt, dass ein Junge sie einmal auf diese Weise anschauen würde. Allerdings hatte sie selbst in ihrer Fantasie niemanden gesehen, der so wunderschön war wie Will. Im Schein des Monds wirkte sein geschwungener, voller Mund unschuldig und perfekt, und seine Augen hinter der Maske schimmerten nahezu schwarz.

»Wir sollten besser wieder hineingehen«, brachte Tessa leise, fast im Flüsterton hervor. Dabei wollte sie gar nicht in den Ballsaal zurückkehren – sie wollte hier draußen bleiben, zusammen mit Will, der ihr quälend nah war und beinahe gegen sie lehnte. Sie konnte die Wärme spüren, die von seinem Körper ausging. Seine schwarzen Haare fielen über den Rand der Maske, verfingen sich in seinen langen Wimpern. »Uns bleibt nicht viel Zeit …«, murmelte sie, trat einen Schritt vor – und stolperte förmlich gegen Will, der sie auffing. Einen Moment lang erstarrte sie; dann legten sich ihre Arme um seinen Hals, und ihre Finger verschränkten sich wie von selbst in seinem Nacken. Ihr Gesicht lehnte an seiner Kehle, und sie spürte, wie seine weichen Haare ihre Finger streiften.

Tessa schloss die Augen, um die sich drehende Welt, das Licht hinter der Terrassentür und das Leuchten des Himmels auszuschließen. Sie wollte nichts anderes, als mit Will zusammen zu sein, hier in diesem Moment, jenseits von Raum und Zeit, seinen klaren, frischen Duft einatmen, den pulsierenden Schlag seines Herzens an ihrer Brust spüren, so ruhig und beständig wie das Wogen des Ozeans. Im nächsten Augenblick fühlte sie, wie er Luft holte.

»Tess«, sagte er. »Tess, sieh mich an.«

Langsam und widerstrebend schaute Tessa hoch, rechnete mit Wut oder Eiseskälte. Doch Will hatte seinen Blick auf sie geheftet. Seine dunkelblauen Augen mit den dichten schwarzen Wimpern schauten ernst und ohne die übliche kühle Unnahbarkeit; stattdessen waren sie klar wie Glas und voller Verlangen. Aber da war noch mehr als reines Verlangen – Tessa entdeckte in ihnen eine Zärtlichkeit, die sie nie zuvor an Will Herondale gesehen hatte und auch nicht mit ihm in Verbindung gebracht hätte. Dieser Blick ließ ihren Protest ersterben, als Will damit begann, die Perlennadeln aus ihrem Haar zu entfernen, eine nach der anderen.

Das hier ist nackter Irrsinn, dachte Tessa, als die erste Haarnadel zu Boden fiel. Anstatt hier zu verweilen, hätten sie fliehen, sich schnellstmöglich von diesem Ort entfernen sollen.

Stattdessen stand sie wortlos da, während Will Jessamines Perlenhaarnadeln achtlos beiseitewarf, als handelte es sich um Strassschmuck. Tessas lange braune Haare fielen herab und umspielten ihre Schultern, woraufhin Will seine Hände in ihre Locken schob und erleichtert seufzte, als hätte er monatelang den Atem angehalten und wagte erst jetzt, befreit auszuatmen. Wie gebannt schaute Tessa zu, wie Will ihr fülliges Haar nach vorn nahm, es über ihre Schulter drapierte und eine Strähne um seinen Finger wickelte.

»Meine Tessa«, murmelte er.

Und dieses Mal wehrte sie sich nicht dagegen, die Seine genannt zu werden. »Will«, wisperte sie, als er die Arme hob und ihre Hände sanft von seinem Nacken löste.

Langsam streifte er Tessas Handschuhe ab, die kurz darauf neben der Maske und den Haarnadeln auf dem Boden landeten. Dann nahm er seine eigene Maske ab, warf sie beiseite, fuhr sich mit den Händen durch die feuchten schwarzen Haare und schob sie sich aus der Stirn. Die untere Kante der Maske hatte leichte Vertiefungen auf seinen Wangen hinterlassen, wie helle Narben. Doch als Tessa die Rillen berühren wollte, fing er ihre Hände sanft ab. »Nein, nicht … Bitte lass mich dich zuerst berühren«, raunte er. »Ich habe mich so lange danach gesehnt …«

Und Tessa legte keinen Protest ein. Stattdessen stand sie reglos da und schaute ihn mit großen Augen an, während seine Fingerspitzen trotz der rauen Schwielen behutsam ihre Schläfen nachzeichneten, ihre Wangenknochen und dann die Konturen ihrer Lippen, als versuchte er, sich deren Form ins Gedächtnis zu prägen. Die Berührung ließ Tessas Herz bis in die Kehle schlagen. Sein Blick war fest auf sie geheftet, seine Augen so dunkel wie der Meeresboden, voller Verwunderung und atemloser Spannung.

Dann bewegten sich seine Finger von ihrem Mund fort und zeichneten eine heiße Spur über ihren Hals, hielten an ihrer Kehle inne, wanderten zu der Schleife am Kragen ihres Kleides und zogen an einem Ende des Seidenbandes. Tessas Lider senkten sich wie von selbst, als sich die Schleife löste und Wills warme Hand sich auf ihr Schlüsselbein legte. Sie erinnerte sich daran, wie sie während der Überfahrt von New York einmal beobachtet hatte, dass das Schiff Funken in seinem Kielsog hinterließ und eine Feuerspur durch den Ozean zog. Und es schien ihr, als würden Wills Hände das Gleiche auf ihrer Haut bewirken. Sie glühte, wo er sie berührte, und Tessa konnte die Stelle noch spüren, als seine Finger bereits weitergezogen waren.

Tastend glitten seine Hände tiefer, über ihr Mieder, sanft den Kurven ihrer Brüste folgend. Tessa schnappte nach Luft. Und dann umfing er ihre Taille und zog sie an sich, so fest, dass nichts ihre Körper mehr voneinander trennte.

Langsam beugte Will sich vor und presste seine Wange an Tessas. Sein warmer Atem an ihrem Ohr jagte ihr bei jedem Wort einen elektrisierenden Schauer durch den Körper: »Seit dem Tag, an dem ich dich kennenlernte, habe ich mich danach gesehnt, jeden Moment einer jeden Stunde in deiner Nähe zu sein. Aber das weißt du, nicht wahr? Das *musst* du doch wissen. Habe ich recht?«

Tessa schaute zu ihm hoch, öffnete verwirrt die Lippen. »Ich muss *was* wissen?«

Doch Will stieß einen leisen Seufzer aus, als gäbe er sich geschlagen, und küsste sie. Seine Lippen waren weich, unglaublich weich. Seine vorherigen Küsse waren wild und verzweifelt gewesen und hatten nach Blut geschmeckt, doch dieser Kuss hier war anders: bewusst, fast gelassen, als würde er stumm mit ihr sprechen, als würde er mit jeder Berührung seiner Lippen Dinge sagen, die er nicht in Worte fassen konnte. Langsam setzte er eine Spur federleichter Schmetterlingsküsse auf ihren Mund, jeder so wohlplatziert und rhythmisch wie ein Herzschlag – und jeder schien zu sagen: Du bist kostbar, unersetzlich und begehrenswert.

Tessa schaffte es nicht länger, sich zurückzuhalten. Sie hob die Hände, umfasste seinen Nacken, schob ihre Finger durch seine dunklen, seidigen Locken und spürte seinen hämmernden Pulsschlag an ihrer Handfläche.

Der Griff seiner Hände um ihre Taille verstärkte sich, als er ihren Mund mit den Lippen erkundete. Er schmeckte nach sprudelnder Limonade, süß und prickelnd. Die Bewegung seiner Zunge, die sanft über ihren Mund streifte, sandte himmlische kleine Schauer durch Tessas gesamten Körper; ihre Knochen schienen zu schmelzen, und ihre Nerven vibrierten.

Tessa sehnte sich danach, ihn an sich zu ziehen, aber er berührte sie so sanft, so unfassbar sanft – obwohl sie am Zittern seiner Hände und dem Hämmern seines Herzens genau spüren konnte, wie sehr er sie begehrte. Gewiss konnte jemand, dem sie auch nur einen Hauch weniger bedeutete, nicht mit solcher Sanftheit vorgehen. All die Teile ihres gebrochenen Herzens, die während der vergangenen Wochen bei Wills Anblick wie scharfkantige Scherben tief in ihrem Inneren geschmerzt hatten, fügten sich nun nahtlos zusammen und verheilten. Tessa fühlte sich leicht und beschwingt, als würde sie schweben.

»Will«, wisperte sie an seinen Lippen. Sie sehnte sich so sehr danach, ihn enger an sich zu spüren, dass es ihr fast wie ein körperlicher Schmerz erschien – ein heißes Verlangen, das sich von ihrem Bauch ausbreitete, ihren Puls beschleunigte und ihre Haut zum Glühen brachte. »Will«, flüsterte sie, während sie ihre Hände in seinen Haaren verschränkte, »du brauchst nicht so vorsichtig zu sein. Ich werde schon nicht zerbrechen.«

»Tessa«, stöhnte er in ihren leicht geöffneten Mund, doch sie konnte das Zögern in seiner Stimme hören. Sanft knabberte sie an seinen Lippen, neckte ihn, bis es ihm den Atem verschlug. Er spreizte die Hände, die auf ihrer Taille ruhten, schob sie weiter nach hinten und presste Tessa an sich, während seine Selbstbeherrschung dahinschmolz und sich die Sanftheit allmählich in ein drängendes Verlangen verwandelte.

Ihre Küsse wurden heißer und fordernder, als könnten sie einander atmen, verzehren, mit Haut und Haaren verschlingen. Tessa wusste, dass sie tief in ihrer Kehle kleine wimmernde Geräusche hervorbrachte, und dann schob Will sie zurück ... zurück gegen die Brüstung, auf eine Weise, die eigentlich hätte wehtun müssen, aber seltsamerweise keinen Schmerz verursachte. Seine Hände wanderten über das Mieder von Jessamines Kleid, zerdrückten die empfindlichen Seidenrosen. Wie aus weiter Ferne hörte Tessa, wie der Türknauf der Terrassentür gedreht wurde und die Flügel aufschwangen. Dennoch klammerten Will und sie sich aneinander, als zählte nichts anderes auf der Welt.

Dann ertönte Stimmengewirr, und jemand meinte vorwurfsvoll: »Hab ich's dir nicht gesagt, Edith? Hier siehst du, was passiert, wenn man von diesen rosafarbenen Getränken nippt.« Eine Sekunde später schloss sich die Tür wieder, und Tessa hörte, wie sich die Schritte entfernten.

Widerstrebend löste sie sich von Will. »O mein Gott«, stieß sie atemlos hervor. »Wie peinlich ...«

»Ist mir egal.« Will zog sie wieder an sich, schmiegte sich an ihren Hals, sein Gesicht glühend heiß auf ihrer kühlen Haut. Seine Lippen streiften ihren Mund. »Tess ...«

»Du sagst ständig meinen Namen«, murmelte sie, während sie ihm eine Hand auf die Brust legte und ihn leicht auf Abstand hielt, obwohl sie nicht wusste, wie lange sie ihn von sich fernhalten konnte. Denn ihr Körper sehnte sich nach ihm.

Die Zeit schien stillzustehen und jegliche Bedeutung zu verlieren – es gab nur noch diesen Moment, nur noch Will. Nie zuvor hatte Tessa etwas Vergleichbares empfunden, und sie fragte sich, ob Nate wohl etwas Ähnliches fühlte, wenn er betrunken war.

»Ich liebe deinen Namen. Liebe seinen Klang.« Auch Will wirkte angetrunken, sein Mund auf ihrem, während er sprach, sodass sie die himmlischen Bewegungen seiner Lippen spüren konnte.

Tessa atmete seinen Atem, sog ihn tief ein. Ihre Körper fügten sich perfekt zusammen; in Jessies weißen Satinschuhen war sie fast so groß wie er und brauchte den Kopf nur leicht anzuheben, um ihn zu küssen.

»Ich muss dich etwas fragen«, murmelte Will. »Ich muss wissen …«

»Also *hier* steckt ihr«, ertönte eine Stimme von der Terrassentür. »Und welch ein, mit Verlaub, spektakuläres Schauspiel ihr beiden bietet!«

Ruckartig fuhren Tessa und Will auseinander. Mitten im weit geöffneten Türrahmen – obwohl Tessa sich gar nicht an das Quietschen der Tür erinnern konnte – stand Magnus Bane, eine lange Zigarre zwischen den schlanken braunen Fingern.

»Lasst mich raten …«, setzte Magnus an und blies den Zigarrenqualm in die Luft. Der weiße Rauch nahm einen herzförmigen Umriss an, der sich jedoch mit jedem Zentimeter, den er sich von Magnus' Lippen entfernte, mehr und mehr verzog und so lange ausdehnte, bis die Form nicht länger zu erkennen war. »Ihr habt von der Limonade getrunken.«

Tessa und Will, die nun nebeneinanderstanden, warfen sich gegenseitig einen fragenden Blick zu. Und schließlich meinte Tessa: »Ich … ja. Nate hat mir ein Glas geholt.«

»Das Getränk war mit Hexenpulver versetzt«, erklärte Magnus. Er hatte sich von Kopf bis Fuß in Schwarz gekleidet und trug keinerlei Schmuck, bis auf die Ringe an jedem seiner Finger, die mit großen Edelsteinen in leuchtenden Farben bestückt waren – zitronengelber Zitrin, grüne Jade, roter Rubin und blauer Topas. »Die Sorte von Rauschgift, die die Hemmschwelle herabsetzt und zu Handlungen verleitet, die man normalerweise …«, er hüstelte taktvoll, » … eher bedenklich finden würde.«

»Oh«, murmelte Will und dann noch ein weiteres Mal: »Oh.« Darauf wandte er sich ab und stützte sich mit den Händen auf der Balustrade ab.

Tessa spürte, wie ihre Wangen zu glühen begannen.

»Du meine Güte, das ist ja ziemlich viel Busen, den Sie da präsentieren«, fuhr Magnus unbekümmert fort und zeigte mit der brennenden Zigarrenspitze auf Tessas Oberkörper. *»Tout le monde sur le balcon,* wie die Franzosen zu sagen pflegen«, fügte er hinzu und stellte mit beiden Händen einen riesigen Vorbau dar. »Wie passend, wo wir uns doch gerade tatsächlich auf einem Balkon befinden.«

»Lass sie in Ruhe«, brummte Will; sein Gesicht war nicht zu sehen, da er den Kopf gesenkt hatte. »Sie wusste schließlich nicht, was man ihr da zu trinken gegeben hatte.«

Tessa verschränkte die Arme, erkannte dann aber, dass diese Haltung das Problem des offenherzigen Dekolletés nur noch verschlimmerte, und ließ sie wieder sinken. »Das ist eines von Jessamines Kleidern, und sie ist halb so schmal wie ich«, fauchte sie. »Unter normalen Umständen würde ich niemals einen derartigen Ausschnitt tragen.«

Spöttisch zog Magnus eine Augenbraue hoch. »Dann haben Sie sich zurückverwandelt? Als die Wirkung der Limonade einsetzte?«

Tessa zog eine finstere Miene. Sie fühlte sich irgendwie bloßgestellt – weil man sie beim Küssen mit Will erwischt hatte und weil sie vor Magnus in einem Kleid stand, bei dessen Anblick ihre Tante auf der Stelle tot umgefallen wäre. Aber ein anderer

Teil von ihr wünschte, Magnus würde verschwinden, damit sie Will erneut küssen konnte. »Was treiben *Sie* eigentlich hier, wenn ich mir die Frage erlauben darf?«, fauchte sie schroff. »Und woher haben Sie gewusst, dass *wir* hier sein würden?«

»Ich habe so meine Quellen«, erwiderte Magnus leichthin und blies weiteren Rauch in die Luft. »Ich dachte, ihr zwei könntet möglicherweise auf ernsthafte Schwierigkeiten stoßen. Benedict Lightwood ist berüchtigt für seine Feste, die gern einmal gefährlich werden können. Als ich von eurer Anwesenheit hier erfuhr …«

»Wir sind für jede Gefahr gerüstet«, entgegnete Tessa schnippisch.

Magnus betrachtete ihren Busen nun unverhohlen. »Das sehe ich«, bemerkte er feinsinnig. »Bis zu den Zähnen bewaffnet, gewissermaßen.« Dann schnippte er seine aufgerauchte Zigarre über die Balkonbrüstung. »Einer von Camilles menschlichen Domestiken war hier und hat Will erkannt. Glücklicherweise hat er mir diese Nachricht zukommen lassen. Aber wie groß ist wohl die Chance, dass noch jemand anderes einen von euch beiden wiedererkennt? Es wird Zeit, dass ihr zwei euch unauffällig verabschiedet.«

»Was kümmert es dich denn, ob wir hier mit heiler Haut herauskommen oder nicht?«, warf Will gedämpft ein, den Kopf noch immer gesenkt.

»Du bist mir noch etwas schuldig«, entgegnete Magnus in hartem Ton. »Und ich gedenke, das mir Zustehende einzufordern.«

Langsam wandte Will Magnus den Kopf zu. Der Ausdruck auf seinem Gesicht bestürzte Tessa. Er wirkte bleich und angewidert. »Ich hätte wissen müssen, dass das der Grund ist«, stieß er hervor.

»Du darfst bei der Auswahl deiner Freunde wählerisch sein, aber nicht bei der deines unerwarteten Retters«, erklärte Magnus heiter. »Wollen wir dann mal? Oder möchtet ihr lieber hierbleiben und es darauf ankommen lassen? Wenn ihr wieder im Institut seid, könnt ihr ja mit dem Küssen dort fortfahren, wo ihr aufgehört habt …«

Will musterte ihn finster. »Bring uns hier raus.«

Sofort leuchteten Magnus' Katzenaugen auf. Er schnippte mit den Fingern, und plötzlich schien ein blauer Funkenregen vom Himmel zu fallen, der sie vollständig umhüllte.

Angespannt zuckte Tessa zusammen, in der Erwartung, die Funken würden ihre Haut versengen, doch sie spürte lediglich einen starken Windzug, der an ihrem Gesicht vorbeirauschte. Dann begannen ihre Haare, sich langsam zu erheben, während eine seltsame Kraft ihre Nerven vibrieren ließ. Tessa hörte, wie Will überrascht nach Luft schnappte – und einen Augenblick später standen sie auch schon auf einem der Gartenpfade in der Nähe des Zierteichs, und das Herrenhaus der Familie Lightwood ragte still und dunkel hinter ihnen auf.

»Na also«, meinte Magnus gelangweilt. »Das war doch gar nicht so schwer, oder?«

Will sah ihn an, jedoch ohne eine Spur von Dankbarkeit. »Magie«, murmelte er verächtlich.

Genervt riss Magnus die Hände in die Höhe. Zwischen seinen Fingern zuckten noch immer blaue Blitze, wie ein entferntes Wetterleuchten. »Und wofür hältst du dann deine ach so geschätzten Runenmale? Etwa *nicht* für Magie?«

»Pst! Seid leise«, zischte Tessa. Sie fühlte sich plötzlich unendlich erschöpft; das Korsett presste ihr die Rippen zusammen, und ihre Füße in Jessamines zu kleinen Schuhen bereiteten ihr Höllenqualen. »Hört auf zu streiten, alle beide! Ich glaube, da kommt jemand.«

Abrupt hielten Magnus und Will inne, und eine Sekunde später bog eine Gruppe plaudernder Gäste um die Hausecke. Tessa erstarrte. Selbst im wolkenverhangenen Mondlicht konnte sie erkennen, dass es sich dabei nicht um Menschen handelte. Und es waren auch keine Schattenweltler, sondern Dämonen: ein leichenfleddriges Skelett mit leeren schwarzen Augenhöhlen und schlurfendem Gang; eine zweite Gestalt, etwa halb so groß wie ein Mensch, mit echsenartigen Gesichtszügen, abgeflachtem Schlangenmaul und mit Hose und Wams bekleidet, unter denen blaue Haut und ein stachelbewehrter Schwanz zum Vorschein kamen; und ein dritter Dämon, der wie ein Feuerrad mit roten, sabbernden Mündern aussah.

Im nächsten Moment geschahen mehrere Dinge gleichzeitig.

Tessa presste sich den Handrücken vor den Mund, um nicht laut aufzuschreien. An eine Flucht war nicht zu denken, denn die Dämonen hatten sie inzwischen ebenfalls bemerkt und waren abrupt stehen geblieben. Ihr Gestank von Tod und Verwesung waberte in alle Richtungen und überlagerte den lieblichen Duft der Bäume.

Magnus hob eine Hand; blaue Flammen umkreisten jeden seiner Finger. Er murmelte leise vor sich hin und wirkte fassungsloser, als Tessa ihn je zuvor gesehen hatte.

Und Will – von dem Tessa erwartet hatte, er würde eine seiner Seraphklingen zücken – tat etwas vollkommen Unerwartetes: Zitternd hob er einen Finger, zeigte auf den blauhäutigen Dämon und keuchte: *»Du.«*

Der blaue Dämon blinzelte verwirrt. Seine beiden Kumpane standen reglos da und schauten sich verwundert an. Offenbar gab es irgendeine Art Vereinbarung, die sie davon abhielt, die menschlichen Gäste auf dem Ball anzugreifen, überlegte Tessa. Aber die Art und Weise, wie sich die roten, sabbernden Münder die Lippen leckten, gefiel ihr ganz und gar nicht.

»Verzeihung?«, setzte der blauhäutige Dämon mit überraschend normaler Stimme an. »Ich kann mich nicht entsinnen … das heißt, ich glaube nicht, dass ich bisher das Vergnügen Ihrer Bekanntschaft gehabt habe …«

»Lügner!« Will kam schwankend in Bewegung und ging dann zum Angriff über. Erstaunt schaute Tessa zu, wie er an den beiden anderen Dämonen vorbeistürmte und sich auf den blauen Dämon warf, der daraufhin einen hohen, schrillen Schrei ausstieß. Auch Magnus starrte mit offenem Mund auf die Szenerie vor ihm.

Trotz Tessas hektischer Rufe – »Will! *Will!*« – wälzte sich der junge Schattenjäger im nächsten Moment mit der blauhäutigen Kreatur im feuchten Gras. Doch der Dämon war erstaunlich flink. Obwohl Will ihn an der Rückenpasse seines Wamses zu fassen bekommen hatte, riss er sich los und flitzte davon, quer durch den Garten, dicht gefolgt von Will.

Auch Tessa versuchte, ihnen nachzusetzen, doch nach wenigen Schritten ließen ihre vor Schmerz pochenden Füße sie notgedrungen innehalten. Genervt schleuderte sie Jessamines Schuhe von sich und wollte gerade die Verfolgung aufnehmen, als ihr bewusst wurde, dass die beiden anderen Dämonen ein wütendes Sirren ausstießen, das sich gegen Magnus zu richten schien.

»Aber, aber, meine Herren. Nur eine kleine Meinungsverschiedenheit. Wegen einer Frau. So was kommt in den besten Kreisen vor«, säuselte der Hexenmeister, der sich wieder gefangen hatte und nun in die Richtung zeigte, in die Will verschwunden war.

Das wütende Sirren schwoll an. Ganz offensichtlich schenkten die Dämonen ihm keinen Glauben.

»Oder waren es doch Spielschulden?«, flötete Magnus. Gleichzeitig schnippte er mit den Fingern, und eine Flamme loderte in seiner Handfläche auf und tauchte den Garten in ein grelles Licht. »Ich schlage vor, dass Sie sich nicht allzu sehr damit befassen, Gentlemen. Im Haus locken Wein, Weib und Gesang.« Er zeigte auf die schmale Tür, die zum Ballsaal führte. »Wesentlich angenehmer als das, was Sie hier draußen erwartet, sollten Sie beschließen, länger zu verweilen.«

Diese Worte schienen die Dämonen zu überzeugen: Sie machten auf dem Absatz kehrt, marschierten sirrend und murrend in Richtung Tür und nahmen dabei ihren Verwesungsgestank mit sich.

Sofort wirbelte Tessa herum. »Schnell, wir müssen Will nach …«

Doch Magnus bückte sich in aller Ruhe, sammelte Tessas Schuhe auf, hielt sie an den Satinbändern hoch und erwiderte: »Nicht so hastig, Aschenputtel. Will ist ein Schattenjäger. Und ziemlich schnell. Den holen Sie nicht mehr ein.«

»Aber *Sie* können doch … bestimmt gibt es eine Art von Magie …?«

»Magie«, sagte Magnus und imitierte dabei Wills verächtlichen Ton. »Will befindet sich genau dort, wo er sein muss, und tut genau das, was er tun muss. Seine Aufgabe ist das Töten von Dämonen, Tessa.«

»Können … Sie Will denn nicht leiden?«, hakte Tessa zögernd nach. Die Frage mochte vielleicht ein wenig seltsam erscheinen, aber da war irgendetwas an der Art und Weise, in der Magnus Will ansah und mit ihm sprach, das sie nicht richtig deuten konnte.

Zu ihrer Überraschung nahm Magnus ihre Frage ernst. »Doch, ich kann ihn durchaus leiden«, erklärte er, »wenn auch eher gegen meinen Willen. Zu Anfang erschien er mir wie eine Art Königskobra: wunderschön, doch hochgiftig. Aber dann habe ich meine Meinung geändert. Hinter all dem Draufgängertum versteckt sich eine Seele. Und er ist wahrhaft *lebendig* … einer der lebendigsten Menschen, denen ich je begegnet bin. Wenn er etwas empfindet, dann spürt er das so hell und intensiv wie ein Blitz.«

»Aber wir *empfinden* doch alle«, erwiderte Tessa aufrichtig überrascht. Will sollte stärker empfinden als alle anderen? *Wilder* als alle anderen, vielleicht, aber intensiver?

»Nein, wir empfinden nicht auf diese Weise«, widersprach Magnus. »Glauben Sie mir, ich bin schon eine ganze Weile auf dieser Welt, und ich weiß, wovon ich rede.« Mit einem Blick, der nicht ohne Sympathie war, betrachtete er Tessa. »Auch Sie werden eines Tages feststellen, dass die Gefühle nachlassen, je älter Sie werden. Der betagteste Hexenmeister, dem ich je begegnet bin, war fast eintausend Jahre alt, und er erzählte mir, dass er sich nicht länger daran erinnern könne, wie sich Liebe anfühlte oder auch Hass. Auf meine Frage, warum er seinem Leben dann kein Ende setzen würde, erwiderte er, dass er durchaus noch zu einer Empfindung fähig sei – und diese eine Empfindung sei Angst. Die Angst vor dem, was nach dem Tod kommt. *›Das unentdeckte Land, von dess' Bezirk kein Wandrer wiederkehrt.‹*«

»Hamlet«, murmelte Tessa automatisch. Sie versuchte, den Gedanken an ihre eigene mögliche Unsterblichkeit zu verdrängen. Die Vorstellung war einfach zu groß und Furcht einflößend, um sie wahrhaftig zu begreifen. Und außerdem … möglicherweise traf das ja gar nicht auf sie zu.

»Wir, die Unsterblichen, sind mit einer goldenen Kette an dieses Leben gebunden und wagen es nicht, sie zu durchtrennen, aus Furcht vor dem, was hinter dem Abgrund lauern mag«, sagte Magnus. »Und nun kommen Sie bitte und missgönnen Sie Will nicht seine moralische Pflicht.« Er setzte sich in Bewegung und marschierte den Gartenpfad entlang.

Tessa beeilte sich, ihm zu folgen. »Aber Will hat sich so verhalten, als würde er den Dämon kennen …«

»Er hat wahrscheinlich schon mal versucht, ihn zu töten«, erwiderte Magnus. »Manchmal schaffen sie es zu entwischen.«

»Aber wie soll er denn zum Institut zurückkommen?«, jammerte Tessa.

»Ach, Will ist ein cleverer Bursche. Er wird schon einen Weg finden. Ich mache mir viel größere Sorgen darum, *Sie* rechtzeitig zum Institut zurückzubringen, ehe Ihre Abwesenheit bemerkt wird und die Hölle losbricht.«

Inzwischen hatten sie das Tor erreicht, an dem die Kutsche auf sie wartete; Cyril hockte friedlich auf dem Kutschbock, den Hut bis über die Augen gezogen.

Aufsässig funkelte Tessa Magnus an, als dieser den Schlag öffnete und ihr eine Hand entgegenstreckte, um ihr beim Einsteigen behilflich zu sein. »Woher wollen Sie wissen, dass Will und ich nicht Charlottes Erlaubnis hatten, heute Abend diesen Ball zu besuchen?«

»Also wirklich – Sie dürfen mir ruhig ein wenig mehr zutrauen, meine Liebe«, entgegnete Magnus und grinste auf eine solch ansteckende Weise, dass Tessa schließlich seufzte und ihm die Hand reichte. »So«, fuhr Magnus fort, »ich werde Sie jetzt zum Institut zurückbringen und auf dem Weg dorthin können Sie mir alles haarklein berichten.«

13
Das Engelsschwert

»Nimm meinen Teil eines launischen Herzens,
Teil einer Liebe, die schäbiger nicht könnt' sein:
Nimm es oder lass es, ganz nach Belieben,
Wasch ich doch meine Hände davon rein.«
CHRISTINA ROSETTI, »MAUDE CLARE«

»Ach du lieber Himmel!«, rief Sophie und fuhr von ihrem Stuhl hoch, als Tessa die Tür öffnete und Jessamines Zimmer betrat. »Miss Tessa, was ist *passiert?*«

»Pst! Nicht so laut!« Tessa hob warnend eine Hand, während sie die Tür hinter sich schloss. Das Zimmer war noch genau so, wie sie es verlassen hatte. Ihr Nachthemd und ihr Morgenmantel lagen ordentlich zusammengefaltet auf einem Stuhl, der zerbrochene Handspiegel ruhte auf der Frisierkommode, und Jessamine war noch immer bewusstlos, die Hände fest an die Pfosten ihres Betts gebunden.

Sophie, die wieder auf den Stuhl neben dem Kleiderschrank gesunken war, hatte offensichtlich die ganze Zeit hier gewartet. Sie hielt eine Haarbürste in der Hand – wahrscheinlich um Jessamine damit zu schlagen, falls diese vorzeitig aufwachte, dachte Tessa –, und ihre nussbraunen Augen wirkten in dem blassen Gesicht riesig groß. »Aber Miss …«, setzte Sophie erneut an, verstummte dann jedoch.

Denn Tessas Blick fiel in diesem Moment auf ihre eigene

Reflexion im Spiegel, und sie konnte nicht anders, als gebannt dorthin zu blicken: Ihre Frisur hatte sich vollständig aufgelöst, und ihre braunen Haare hingen in einem wirren Durcheinander über ihre Schultern; von Jessamines Perlenhaarnadeln war nicht eine einzige übrig, da Will sie alle gelöst und beiseitegeworfen hatte. Sie trug keine Schuhe und humpelte, ihre weißen Strümpfe waren schmutzig, und ihre Handschuhe hatte sie auf dem Balkon vergessen. Und zu allem Überfluss schnürte ihr das zu enge Kleid jegliche Luft ab.

»War es sehr schlimm?«, fragte Sophie voller Anteilnahme.

Unwillkürlich kehrten Tessas Gedanken zu dem Balkon zurück und zu Will, der sie fest im Arm gehalten hatte. *O mein Gott.* Energisch schob sie die Erinnerung beiseite und warf einen Blick auf Jessamine, die noch immer friedlich schlief. »Sophie, wir werden Charlotte wecken müssen. Uns bleibt keine andere Wahl.«

Sophie schaute sie mit großen Augen an, was Tessa ihr nicht verübeln konnte, da ihr selbst davor graute, Charlotte aus dem Schlaf zu reißen. Sie hatte sogar Magnus inständig gebeten, sie zu begleiten und ihr dabei zu helfen, Charlotte die Nachricht zu überbringen, doch er hatte sich geweigert – aus dem einfachen Grund, dass interne Schattenjägerdramen ihn nicht betrafen und er außerdem dringend nach Hause zurückkehren musste, weil dort noch ein ungelesener Gedichtband auf ihn wartete.

»Miss …«, protestierte Sophie zaghaft.

»Wir haben keine andere Wahl«, hielt Tessa ihr entgegen und fasste schnell die Ereignisse der Nacht zusammen, wobei sie die Szene auf dem Balkon mit Will geflissentlich überging. Davon brauchte schließlich niemand etwas zu erfahren. »Diese ganze Geschichte hat eine Dimension angenommen, die wir nicht mehr beherrschen können. Wir dürfen nicht länger über Charlottes Kopf hinweg handeln.«

Sophie seufzte resigniert, legte die Haarbürste auf die Frisierkommode, erhob sich und strich ihre Röcke glatt. »Dann werde ich Mrs Branwell wohl besser holen, Miss.«

Erschöpft ließ Tessa sich in den Sessel neben dem Bett sinken und zuckte gequält zusammen, als Jessamines Kleid sie zwickte. »Ich wünschte, du würdest mich mit ›Tessa‹ ansprechen statt mit ›Miss‹.«

»Ich weiß, Miss.« Sophie nickte, verließ dann das Zimmer und zog die Tür leise hinter sich ins Schloss.

Magnus lag auf dem Sofa im Salon, die Stiefel auf der Lehne, als er den Tumult in der Eingangshalle hörte. Archers laute Protestrufe und Wills entschlossenes Beharren zauberten ein breites Grinsen auf sein Gesicht, aber ansonsten rührte er sich nicht von der Stelle. Dann näherten sich Schritte dem Salon. Magnus blätterte gerade eine Seite in seinem Gedichtband um, als Will auch schon die Tür aufstieß und in den Raum platzte.

Er war kaum wiederzuerkennen: Sein eleganter Abendanzug hatte Risse und war mit Dreck beschmiert; sein Mantel hing halb zerfetzt von den Schultern, und seine Stiefel starrten vor Schmutz und Schlamm. Seine Haare standen wild in alle Richtungen, und sein Gesicht war über und über zerkratzt, als hätte ihn ein Dutzend Katzen gleichzeitig angefallen.

»Es tut mir leid, Sir!«, rief Archer verzweifelt. »Er hat sich einfach an mir vorbeigedrängt.«

»Hallo, Magnus«, begrüßte Will den Hexenmeister aufgeräumt. Magnus hatte ihn zwar schon zuvor grinsen sehen, doch jetzt lag aufrichtige Freude in Wills Lächeln, wodurch sich sein Gesicht vollständig verwandelte – von schön, aber unnahbar, zu strahlend.

»Sag dem kleinen Kriecher hier, er soll mich reinlassen.«

Resigniert wedelte Magnus mit einer Hand. »Lass ihn eintreten, Archer.«

Der menschliche Domestik verzog wütend das Gesicht und schlug dann die Tür hinter Will mit einem Knall zu.

»Magnus!« Will marschierte leicht taumelnd zum knisternden Feuer im Kamin. »Du wirst es nicht glauben, aber …«

»Pst«, unterbrach Magnus ihn und hob das Buch, das noch immer auf seinen Knien lag. »Hör dir das mal an:

Die Tränen sind gespendet,
Ich bin des Weinens müd,
Der Zeit, die kommt und endet,
Der Frucht, die keimt und blüht,
Der Tage müd, der Taten,
Der Sehnsucht und der Saaten,
Und nur des Schlafes Atem
Befliegt noch mein Gebiet.«

»Swinburne«, meinte Will prompt und lehnte sich gegen den Kaminsims. »Sentimental und überschätzt, wenn du mich fragst.«

»*Du* weißt ja nicht, was es bedeutet, unsterblich zu sein.« Magnus warf das Buch beiseite und setzte sich auf. »Und, weshalb bist du hier?«

Will zog wortlos seinen Ärmel hoch.

Der Anblick ließ Magnus überrascht schlucken. Eine lange, tiefe Wunde erstreckte sich über Wills Unterarm; Blut lief an seinem Handgelenk herab und tropfte von seinen Fingern. Und in dieser klaffenden Wunde steckte ein einzelner weißer Zahn, eingebettet wie ein Kristall in einer Höhlenwand. »Was zum Teufel …«, setzte Magnus an.

»Ein Dämonenzahn«, erklärte Will leicht kurzatmig. »Ich habe diesen blauen Mistkerl durch ganz Chiswick verfolgt, aber er ist mir entkommen – allerdings nicht, ohne mich vorher noch zu beißen. Dabei ist einer seiner Zähne abgebrochen und in meinem Arm stecken geblieben. Du kannst doch was damit anfangen, oder? Den Dämon damit heraufbeschwören, hab ich recht?« Will packte den Zahn und zog ihn mit einem Ruck aus dem Fleisch. Sofort schoss weiteres Blut aus der Wunde, lief über seinen Arm und tropfte auf den Boden.

»Camilles schöner Teppich!«, protestierte Magnus.

»Ist nur Blut«, erwiderte Will leichthin. »Sie dürfte entzückt sein.«

»Geht es dir auch gut?«, fragte Magnus und betrachtete Will mit einer gewissen Faszination. »Du blutest ziemlich stark. Hast du denn deine Stele nicht dabei? Kannst du keine Heilrune auftragen …?«

»Heilrunen interessieren mich nicht – mich interessiert nur das hier.« Will drückte Magnus den blutigen Dämonenzahn in die Hand. »Finde diesen Dämon. Ich weiß, dass du es kannst.«

Magnus warf einen Blick auf den Hauer und verzog angewidert den Mund. »Sehr wahrscheinlich dürfte mir das gelingen, aber …«

Das Licht in Wills Augen flackerte. »Aber *was?*«

»Aber nicht mehr heute Nacht«, verkündete Magnus. »Möglicherweise wird es ein paar Tage dauern. Du wirst also ein bisschen Geduld haben müssen.«

Will holte kurzatmig Luft. »Ich kann mich nicht gedulden. Nicht nach den Ereignissen dieser Nacht. Du verstehst das nicht …« Plötzlich taumelte er und konnte sich gerade noch am Kaminsims festhalten.

Beunruhigt erhob Magnus sich vom Sofa. »Alles in Ordnung?«

Aus Wills Gesicht war sämtliche Farbe gewichen, und sein Hemdkragen schimmerte dunkel vor Schweiß. »Ich weiß nicht …«, keuchte er. »Der Zahn. Vielleicht war er ja giftig …« Im nächsten Moment verstummte er, verdrehte die Augen und fiel nach vorn.

Mit einem überraschten Ausruf gelang es Magnus, Will gerade noch rechtzeitig aufzufangen, ehe dieser auf dem blutigen Teppich aufschlug. Ächzend hievte er ihn hoch und trug ihn zum Sofa, wo er ihn vorsichtig ablegte.

Tessa lehnte sich gegen den Sesselrücken, massierte sich die schmerzenden Rippen und seufzte. Das Korsett grub sich noch immer in ihren Oberkörper – sie wusste beim besten Willen nicht, wann sie endlich Gelegenheit haben würde, es abzulegen –, und ihre Füße pochten, aber am schlimmsten war der Schmerz in ihrer Seele. Das Wiedersehen mit ihrem Bruder hatte ein Gefühl hinterlassen, als hätte man ihr ein Messer in eine frische Wunde gerammt. Nate hatte mit »Jessamine« getanzt, mit ihr geflirtet und dabei beiläufig Tessas Schicksal diskutiert, das Los seiner Schwester, so als würde es ihm gar nichts bedeuten.

Eigentlich hätte sie darüber nicht überrascht sein dürfen. Im Grunde durfte sie überhaupt nichts mehr überraschen, was Nate betraf. Aber der Gedanke schmerzte dennoch.

Und Will … Diese wenigen Momente zusammen mit Will auf dem Balkon zählten zu den verwirrendsten Augenblicken ihres Lebens. Nach dem Gespräch auf dem Dach des Instituts hatte sie sich geschworen, ihm gegenüber nie wieder einen romantischen Gedanken zu hegen. Will war kein dunkler, grüblerischer Heathcliff, der in seinem Herzen eine geheime Leidenschaft nährte, hatte Tessa sich immer wieder ermahnt – er war lediglich ein junger Mann, der sich selbst als zu gut für sie erachtete. Doch die Art und Weise, in der er sie auf dem Balkon angesehen und ihr das Haar aus dem Gesicht gestrichen hatte, und dann das schwache Zittern seiner Hände, als er sie berührt hatte … all das konnte man doch nicht vortäuschen, oder?

Und sie hatte ihn auf dieselbe Weise berührt, hatte in diesen Augenblicken nichts und niemand anderen als Will begehrt. Hatte nichts außer Will gefühlt. Dabei hatte sie in der Nacht zuvor Jem gestreichelt und geküsst; sie hatte gespürt, dass sie ihn liebte, hatte ihm erlaubt, sie auf eine Weise zu sehen, wie niemand zuvor sie je zu Gesicht bekommen hatte. Und wenn sie nun an ihn dachte, an sein Schweigen beim Frühstück und seine Abwesenheit beim Abendessen, dann fehlte er ihr schrecklich – sie vermisste ihn mit einem körperlichen Schmerz, bei dem es sich unmöglich um eine Täuschung handeln konnte.

War es wirklich möglich, zwei Menschen gleichzeitig zu lieben? Konnte man sein Herz denn wahrhaftig teilen? Oder handelte es sich bei dem Moment mit Will auf dem Balkon nicht eher um einen von Hexendrogen hervorgerufenen Rausch? Hätte sie sich möglicherweise gegenüber *jedem Wildfremden* genauso verhalten? Der Gedanke ging ihr nicht aus dem Kopf.

»Tessa.«

Vor Schreck wäre Tessa beinahe aus dem Sessel gefallen.

Die Stimme war nur ein Wispern: Jessamine, die mit halb geöffneten Lidern dalag, während sich das Flackern des Feuers in ihren braunen Augen spiegelte.

Ruckartig setzte Tessa sich auf. »Jessamine. Geht es dir gut …«

»Was ist passiert?«, fragte die junge Schattenjägerin und rollte den Kopf auf dem Kissen kläglich hin und her. »Ich kann mich an nichts erinnern.«

Sie versuchte, sich aufzurichten, und schnappte bestürzt nach Luft, als sie feststellte, dass ihre Hände gefesselt waren. »Tessa! Warum um alles in der Welt …«

»Es ist nur zu deinem Besten, Jessamine.« Tessas Stimme zitterte leicht. »Charlotte hat ein paar Fragen an dich. Und es wäre besser für uns alle, wenn du sie freiwillig beantworten würdest.«

»Der Ball.« Jessamines Augen wanderten hektisch hin und her, als würde sie etwas sehen, das Tessa nicht wahrnehmen konnte. »Sophie, dieses Biest, hat in meinen Sachen herumgeschnüffelt. Ich hab sie mit der Einladung in der Hand erwischt.«

»Ja, der Ball«, bestätigte Tessa. »In Benedict Lightwoods Landhaus. Wo du dich mit Nate treffen wolltest.«

»Du hast seine Nachricht gelesen?« Jessamines Kopf peitschte herum. »Weißt du denn nicht, dass es furchtbar unhöflich und unschicklich ist, die private Korrespondenz eines anderen Menschen zu lesen?« Erneut versuchte sie, sich aufzusetzen, und fiel ein weiteres Mal zurück in die Kissen. »Aber wie auch immer – er hat die Nachricht nicht unterschrieben. Du hast also keinen Beweis …«

»Jessamine, es hat keinen Zweck zu lügen. Ich kann es durchaus beweisen, denn ich bin zu dem Ball gegangen und habe dort mit meinem Bruder gesprochen.«

Überrascht öffnete das Mädchen den Mund zu einem erstaunten »Oh …«. Und auch das Kleid, das Tessa noch immer trug, schien sie erst jetzt wahrzunehmen. »Mein Ballkleid«, murmelte sie. »Du hast dich verwandelt und als mich ausgegeben?«

Tessa nickte.

Sofort verfinsterten sich Jessamines Augen. »Du ungeheuerliche, widerliche Kreatur!«, stieß sie hervor. »Was hast du Nate angetan? Was hast du ihm erzählt?«

»Nate hat nicht den geringsten Zweifel daran gelassen, dass du uns im Auftrag von Mortmain bespitzelt hast«, erklärte Tessa und wünschte inständig, Sophie würde bald mit Charlotte zurückkehren. Wieso brauchten die beiden so lange? »Er hat mir klargemacht, dass du uns alle betrogen hast, jeden unserer Schritte weitergegeben hast, Mortmains Befehle ausgeführt hast …«

»Uns?«, kreischte Jessamine und zerrte an den Fesseln, um sich etwas aufzusetzen. »Du bist doch gar keine Schattenjägerin! Du schuldest ihnen keine Treue! Sie interessieren sich überhaupt nicht für dich, genauso wenig wie sie sich für mich interessieren. Nate ist der Einzige, dem etwas an mir liegt …«

»Mein Bruder«, sagte Tessa mit mühsam beherrschter Stimme, »ist ein Lügner und Mörder und zu Gefühlen überhaupt nicht fähig. Er mag dich zwar geheiratet haben, Jessamine, aber er liebt dich nicht. Dagegen haben die Nephilim sich um mich gekümmert und mich beschützt – genau wie sie sich um dich gekümmert haben. Und dennoch hast du dich in dem Moment, in dem mein Bruder mit den Fingern schnippte, wie ein Hund gegen sie gewandt. Nate wird dich sitzen lassen, falls er dich nicht vorher tötet.«

»Du Lügnerin!«, schrie Jessamine. »Du verstehst ihn nicht. Hast nie Verständnis für ihn gehabt! Seine Seele ist edel und rein …«

»So rein wie stinkendes Gossenwasser«, konterte Tessa. »Ich verstehe ihn wesentlich besser als du, denn du bist von seinem Charme geblendet. Mein Bruder interessiert sich nicht im Geringsten für dich.«

»Lüge … das ist eine Lüge …«

»Ich habe es in seinen Augen gelesen. *Ich habe gesehen, wie er dich angeschaut hat.*«

Jessamine keuchte empört. »Wie kannst du nur so grausam sein?«

Tessa schüttelte den Kopf. »Du bist wirklich nicht in der Lage, es zu erkennen, habe ich recht?«, fragte sie verwundert. »Für dich ist das alles nur ein Spiel, so wie mit den Puppen in deinem Puppenhaus: Du bewegst sie hin und her, lässt sie einander küssen und heiraten. Du wolltest unbedingt einen Irdischen zum Ehemann, und Nate war gut genug. Dabei siehst du nicht, welch hohen Preis dein Verrat diejenigen kostet, die sich immer um dich gekümmert haben.«

Wütend fletschte Jessamine die Zähne – in diesem Moment besaß sie eine solch große Ähnlichkeit mit einem in die Enge getriebenen Tier, dass Tessa fast vor ihr zurückgeschreckt wäre. »Ich liebe Nate«, fauchte sie. »Und er liebt mich. Du bist diejenige, die nicht versteht, was Liebe bedeutet. ›Oh, ich kann mich gar nicht entscheiden: Nehm ich Will oder doch lieber Jem? Was soll ich nur tun?‹«, höhnte sie mit hoher, verstellter Stimme, woraufhin Tessa rot anlief. »Was spielt es denn schon für eine Rolle, ob Mortmain die britischen Nephilim vernichten will? Soll er doch – von mir aus können sie alle in der Hölle schmoren.«

Bei diesen Worten schnappte Tessa entsetzt nach Luft. Im selben Augenblick flog hinter ihr die Tür auf, und Charlotte marschierte in den Raum. Sie wirkte abgespannt und matt vor Erschöpfung und trug ein graues Kleid, das zu den dunklen Schatten unter ihren Augen passte, aber ihre Haltung war aufrecht und ihr Blick klar. Hinter ihr huschte Sophie scheinbar verängstigt ins Zimmer – und einen Moment später sah Tessa auch, warum. Den beiden folgte eine Gestalt in einer pergamentfarbenen Robe, das Gesicht tief in den Schatten der Kapuze verborgen und mit einem glitzernden Schwert in der Hand: Bruder Enoch, einer der Brüder der Stille, der das Engelsschwert mit sich führte.

»Wir können alle in der Hölle schmoren? Waren das deine Worte, Jessamine?«, fragte Charlotte in einem schneidenden, harten Ton, der so untypisch für sie war, dass Tessa sie verblüfft anstarrte.

Jessamine keuchte. Ihre Augen waren fest auf Bruder Enochs Hand fixiert, auf das schwere Silberschwert mit dem Heft in Gestalt ausgebreiteter Schwingen. Der Bruder der Stille schwang die Klinge kurz in Jessamines Richtung, die erschrocken zurückzuckte, doch dann fielen die Fesseln von ihren Gelenken, und ihre Hände sanken kraftlos herab. Einen Moment starrte sie verwirrt darauf, schaute dann zur Institutsleiterin und sprudelte los: »Charlotte, Tessa ist eine Lügnerin. Sie ist ein verlogenes Schattenwesen …«

Charlotte blieb neben Jessamines Bett stehen und blickte kühl auf sie herab. »Das deckt sich aber nicht mit den Erfahrungen, die ich mit ihr gemacht habe, Jessamine. Und was ist mit Sophie? Sie war uns immer eine treue und ergebene Dienerin.«

»Das kleine Biest hat mich geschlagen! Mit einem Spiegel!«, stieß Jessamine mit hochrotem Gesicht hervor.

»Weil sie das hier gefunden hat.« Charlotte zog die Einladung, die Sophie ihr im Auftrag Tessas übergeben hatte, aus ihrer Tasche. »Kannst du mir das erklären, Jessamine?«

»Die Teilnahme an einem Ball verstößt wohl kaum gegen das Gesetz.« Die junge Schattenjägerin klang gleichermaßen aufsässig wie verängstigt. »Und Benedict Lightwood ist ein Schattenjäger.«

»Das hier ist Nathaniel Grays Handschrift.« Charlottes Stimme schien ihren gleichmäßigen, schneidenden Ton nicht eine Sekunde zu verlieren, was sie noch unerbittlicher wirken ließ. »Er ist ein Spion, der vom Rat gesucht wird, und du hast dich heimlich mit ihm getroffen. Kannst du mir dafür einen Grund nennen?«

Jessamine öffnete leicht den Mund, und Tessa rechnete bereits mit einem Haufen von Ausflüchten – *das sind alles nur Lügen; Sophie hat die Einladung gefälscht; ich habe mich nur deshalb mit Nate getroffen, um sein Vertrauen zu gewinnen* –, doch stattdessen brach das Mädchen in Tränen aus. »Ich liebe ihn«, schluchzte sie. »Und er liebt mich.«

»Also hast du uns verraten«, stellte Charlotte fest.

»Das hab ich nicht!«, protestierte Jessamine mit erhobener Stimme. »Was auch immer Tessa dir erzählt haben mag, es entspricht nicht der Wahrheit! Sie lügt. Sie war schon immer eifersüchtig auf mich, und sie lügt!«

Charlotte bedachte Tessa mit einem ruhigen Blick. »Tatsächlich? Und was ist mit Sophie?«

»Sophie hasst mich«, schluchzte Jessamine, was in der Tat zutraf. »Man sollte sie auf die Straße setzen, ohne jedes Empfehlungsschreiben …«

»Spar dir deine Tränen, Jessamine. Damit erreichst du gar nichts.« Charlottes Stimme schnitt wie eine Klinge durch das Schluchzen des Mädchens. Ruhig wandte sie sich an Enoch. »Die Wahrheit kommt ja doch ans Licht. Das Engelsschwert bitte, Bruder Enoch.«

Der Bruder der Stille trat schweigend vor, das Schwert auf Jessamine gerichtet. Entsetzt starrte Tessa ihn an. Beabsichtigte er etwa, das Mädchen im eigenen Bett zu *foltern,* vor aller Augen?

Sofort schrie Jessamine auf. »Nein! Nein! Halt ihn von mir fern! *Charlotte!«* Ihre Stimme steigerte sich zu einem schrecklichen wehklagenden Schrei, der gar kein Ende zu nehmen schien und Tessa durch Mark und Bein ging.

»Streck die Hände aus, Jessamine«, befahl Charlotte eisig.

Das Mädchen schüttelte wild den Kopf, sodass ihre Haare in alle Richtungen flogen.

»Charlotte, bitte nicht«, warf Tessa ein. »Bitte tu ihr nicht weh.«

»Misch dich nicht in Dinge ein, von denen du nichts verstehst, Tessa«, erwiderte Charlotte kurz angebunden. »Streck die Hände aus, Jessamine, oder es wird dir schlecht ergehen.«

Mit tränenüberströmtem Gesicht fügte Jessamine sich und streckte ihre Hände aus, die Handflächen nach oben. Der Anblick ließ Tessa erstarren; plötzlich wurde ihr übel, und sie bedauerte zutiefst, dass sie an dieser Geschichte überhaupt beteiligt war. Wenn Jessamine sich von Nate hatte täuschen lassen, dann galt für sie das Gleiche. Jessie verdiente nicht, so bestraft zu werden …

»Keine Angst, Miss«, murmelte eine Stimme an ihrer Seite. Sophie stand neben ihr. »Er wird ihr keine Schmerzen zufügen. Das Engelsschwert bringt die Schattenjäger nur dazu, die Wahrheit zu sagen.«

Bruder Enoch legte die Klinge des Engelsschwertes mit der flachen Seite auf Jessamines Handflächen; dabei ging er weder brutal noch sanft vor, sondern vollkommen nüchtern, so als würde er das Mädchen gar nicht als Person wahrnehmen. Dann trat er einen Schritt zurück, und selbst Jessamine bekam vor Überraschung große Augen – die Klinge schien wie von selbst auf ihren Händen zu balancieren, perfekt im Gleichgewicht und absolut reglos.

»Das Schwert ist kein Folterinstrument, Jessamine«, erläuterte Charlotte, die Hände vor dem Schoß verschränkt. »Wir setzen es nur deshalb ein, weil wir nicht darauf vertrauen können, dass du die Wahrheit sagst.« Erneut hielt sie die Einladung hoch. »Das hier gehört dir, habe ich recht?«

Jessamine schwieg. Sie starrte Bruder Enoch mit weit aufgerissenen, verängstigten Augen an, und ihre Brust hob und senkte sich fieberhaft. »Ich kann nicht nachdenken … jedenfalls nicht, solange dieses Monster hier im Raum ist …« Ihre Stimme zitterte.

Verärgert presste Charlotte die Lippen zusammen, doch dann wandte sie sich an Enoch und wechselte ein paar Worte mit ihm. Der Bruder der Stille nickte und zog sich geräuschlos aus dem Zimmer zurück. Als sich die Tür hinter ihm geschlossen hatte, sagte Charlotte: »So, bitte schön. Bruder Enoch wird draußen im Flur warten. Aber bilde dir nicht ein, er könnte dich nicht schnappen, falls du zu fliehen versuchen solltest, Jessamine.«

Die junge Schattenjägerin nickte. Sie schien sich in ihr Schicksal zu fügen und ließ den Kopf hängen, wie eine gebrochene Spielzeugpuppe.

Charlotte wedelte mit der Karte in ihrer Hand. »Also noch einmal: Diese Einladung gehört dir, stimmt's? Und du hast sie von Nathaniel Gray erhalten. Es ist seine Handschrift.«

»J…ja.« Es schien, als würde Jessamine das Wort gegen ihren Willen entlockt.

»Seit wann triffst du dich heimlich mit ihm?«

Jessamine presste den Mund fest zusammen, doch dann begann ihre Unterlippe zu zittern, und einen Moment später sprudelte eine Flut von Worten aus ihr heraus. Geschockt rasten ihre Augen hin und her, als könnte sie selbst nicht glauben, dass ihr die Worte über die Lippen kamen. »Nur wenige Tage nachdem Mortmain in das Institut eingedrungen ist, hat Nate mir eine Nachricht zukommen lassen. Darin entschuldigte er sich für sein Verhalten mir gegenüber. Er schrieb, er sei sehr dankbar dafür, dass ich ihn gesund gepflegt habe, und könne meine Güte und Schönheit einfach nicht vergessen. Anfangs wollte ich … da wollte ich ihn ja ignorieren, aber dann traf ein zweiter Brief ein und ein dritter … und schließlich willigte ich ein, mich mit ihm zu treffen. Ich schlich mich zu mitternächtlicher Stunde aus dem Institut, und wir trafen uns im Hydepark. Er küsste mich und …«

»Das reicht«, sagte Charlotte. »Wie lange hat es gedauert, bis er dich davon überzeugte, uns in seinem Auftrag zu bespitzeln?«

»Er meinte, er wolle nur so lange für Mortmain arbeiten, bis er genügend Geld für ein annehmbares Leben beiseitegelegt habe. Als ich ihm vorschlug, wir könnten doch von meinem Vermögen leben, wollte er nichts davon hören. Er bestand darauf, sein eigenes Geld zu verdienen, denn er wolle nicht auf Kosten seiner Frau leben, wie er sagte. Ist das nicht nobel?«

»Dann hatte er zu diesem Zeitpunkt also bereits um deine Hand angehalten?«

»Schon bei unserem zweiten Treffen hat Nate mir einen Heiratsantrag gemacht«, hauchte Jessamine. »Er sagte, er wisse genau, dass es für ihn keine andere Frau mehr geben werde. Und wenn er erst einmal genügend Geld beiseitegelegt habe, würde er mir genau das Leben bieten können, das ich mir immer gewünscht habe, und wir würden nie wieder finanzielle Sorgen haben. Und … und er sprach sogar von K…kindern.«

Sie schniefte.

»Ach, Jessamine.« Charlotte klang beinahe traurig.

Das Mädchen errötete. »Aber es ist wahr! Er liebt mich! Und er hat es bewiesen: Wir sind vermählt! Die Hochzeit fand, wie es sich gehört, in einer Kirche statt, mit einem Priester …«

»Wahrscheinlich handelte es sich um eine säkularisierte Kirche und irgendeinen Lakaien, der sich als Geistlicher verkleidet hatte«, erwiderte Charlotte. »Denn was verstehst du schon von den Hochzeitszeremonien der Irdischen, Jessie? Woher willst du wissen, wie eine richtige Eheschließung aussieht? Ich gebe dir mein Wort darauf, dass Nathaniel Gray dich nicht als seine rechtmäßige Ehefrau betrachtet.«

»Doch, das tut er wohl!«, kreischte Jessamine und versuchte, die Hände unter dem Schwert wegzuziehen. Doch die Klinge rührte sich keinen Millimeter, als wäre sie fest mit ihren Handflächen verwachsen. Jessamines Heulen steigerte sich um eine Oktave. »Ich bin Jessamine Gray!«

»Du bist eine Verräterin – du hast die Schattenjägergemeinschaft hintergangen. Was hast du Nathaniel sonst noch erzählt?«

»Alles … ich habe ihm alles erzählt«, keuchte Jessamine. »Wo ihr überall nach Mortmain gesucht habt und welche Schattenweltler ihr kontaktiert habt, um ihn aufzuspüren. Das ist auch der Grund, warum er nie dort war, wo ihr ihm nachgespürt habt. Außerdem habe ich ihn rechtzeitig über die Reise nach York informiert. Deshalb hat er die Klockwerk-Automaten zum Haus von Wills Familie geschickt. Mortmain wollte euch einen furchtbaren Schrecken einjagen, damit ihr die Suche einstellt. Er hält euch alle für ein lästiges Ärgernis. Aber er fürchtet sich nicht vor euch.« Jessamines Brust hob und senkte sich stoßweise. »Letztlich wird er euch alle besiegen. Er weiß es einfach. Und ich weiß es auch.«

Die Hände in die Hüften gestemmt, beugte Charlotte sich vor. »Aber es ist ihm nicht gelungen, uns von der Suche abzuschrecken«, entgegnete sie. »Die von ihm geschickten Automaten haben zwar versucht, Tessa zu entführen, doch vergebens …«

»Er hatte sie nicht geschickt, um Tessa zu verschleppen. Natürlich beabsichtigt er immer noch, sie in seine Gewalt zu bringen, aber nicht auf diese Weise, nicht jetzt sofort. Sein Plan steht kurz vor der Vollendung, und dann ist der Zeitpunkt gekommen, das Institut zu übernehmen, und Tessa …«

»Wie nahe ist er seinem Ziel? Hat er es geschafft, die Pyxis zu öffnen?«, fauchte Charlotte.

»Ich … weiß es nicht. Ich glaube nicht.«

»Das heißt also, dass *du* Nate alles erzählt hast, er *dir* aber nicht das Geringste. Was ist mit Benedict? Warum hat er eingewilligt, mit Mortmain zusammenzuarbeiten? Ich wusste zwar schon immer, dass er ein unangenehmer Mensch ist, aber es sieht ihm gar nicht ähnlich, den Rat derartig zu hintergehen.«

Jessamine schüttelte den Kopf; ihr war der Schweiß ausgebrochen, und ihr blondes Haar klebte an den Schläfen. »Mortmain hat irgendetwas gegen ihn in der Hand … irgendetwas, das Benedict haben will. Ich weiß nicht, worum es sich dabei handelt. Aber er würde alles tun, um es in seinen Besitz zu bringen.«

»Unter anderem würde er mich an Mortmain ausliefern«, bemerkte Tessa scharf. Überrascht schaute Charlotte auf und wollte sie wohl gerade unterbrechen, doch Tessa fuhr hastig fort: »Und was ist das für eine Geschichte, mich des illegalen Besitzes schwarzmagischer Objekte zu überführen? Auf welche Weise sollte das bewerkstelligt werden?«

»Das Weiße Buch«, stieß Jessamine gegen ihren Willen hervor. »Ich … habe es aus dem verschlossenen Schrank in der Bibliothek entwendet. Und in deinem Zimmer versteckt, als du gerade nicht da warst.«

»Wo genau in meinem Zimmer?«

»Unter einem lockeren Dielenbrett … in der Nähe des Kamins.« Jessamines Pupillen waren riesengroß. »Charlotte … bitte …«

Doch Charlotte blieb unerbittlich. »Wo ist Mortmain? Hat er

mit Nate über seine Pläne gesprochen? Darüber, was er mit der Pyxis beabsichtigt oder mit seinen Klockwerk-Automaten?«

»Ich …« Jessamine schnappte keuchend nach Luft; ihr Gesicht war inzwischen dunkelrot angelaufen. »Ich kann nicht.«

»Nate hat es ihr bestimmt nicht erzählt«, warf Tessa ein. »Er wird gewusst haben, dass man sie letztendlich erwischen musste und dass sie einer peinlichen Befragung nicht standhalten und alles preisgeben würde. Da bin ich mir absolut sicher.«

Jessamine warf ihr einen giftigen Blick zu. »Er hasst dich, nur dass du's weißt. Er meinte, du hättest sein ganzes Leben lang auf ihn herabgesehen, du und deine Tante mit euren lächerlichen spießbürgerlichen Moralvorstellungen, ihr habt jeden seiner Schritte verurteilt. Habt ihm ständig gesagt, was er tun und lassen solle. Habt nie gewollt, dass er im Leben vorankam. Weißt du eigentlich, wie er dich nennt? Nate …«

»Es interessiert mich nicht«, log Tessa, wobei ihre Stimme leicht zitterte. Trotz allem, was geschehen war, versetzte ihr die Mitteilung, dass ihr Bruder sie hasste, einen größeren Stich ins Herz, als sie für möglich gehalten hätte. »Hat er auch gesagt, *was* ich bin? Warum ich diese besondere Gabe besitze?«

»Nate sagte, dein Vater sei ein Dämon gewesen.« Jessamines Lippen zuckten unkontrolliert. »Und deine Mutter eine Schattenjägerin.«

Die Tür wurde leise geöffnet – so leise, dass das Geräusch Magnus nicht geweckt hätte, wenn er nicht schon die ganze Zeit zwischen Wachen und Schlafen hin und her gewechselt hätte.

Müde hob er den Kopf. Er saß in einem Ohrensessel am Kamin, weil sein Lieblingsplatz auf dem Sofa von Will belegt war. Der junge Schattenjäger war in den tiefen Schlaf derjenigen versunken, die medizinisch versorgt waren und nun heilen mussten. Sein Unterarm war bis zum Ellbogen bandagiert, seine Wangen leuchteten fiebrig, und sein Kopf ruhte auf seinem unverletzten Arm. Der Dämonenzahn, den er sich aus der klaffenden Wunde gezogen hatte, lag auf dem Beistelltisch neben ihm und schimmerte wie Elfenbein.

Hinter Will war die Tür zum Salon inzwischen weit aufgegangen, und im Türrahmen stand Camille.

Die Vampirdame trug ein schwarzes Reisecape über einem leuchtend grünen Kleid, das genau zur Farbe ihrer Augen passte. Ihr Haar war mit Smaragdkämmen hochgesteckt, und sie trug weiße Glacéhandschuhe, die sie – nach einem kurzen Blick auf den Hexenmeister – nun lasziv abstreifte und auf das Tischchen neben der Tür legte. »Magnus«, sagte sie, wobei ihre Stimme wie üblich silberhell klang. »Hab ich dir gefehlt?«

Magnus setzte sich auf. Der Schein des flackernden Feuers spiegelte sich auf Camilles glänzenden Haaren und ihrer makellosen weißen Haut wider. Sie war eine außerordentliche Schönheit. »Es war mir nicht bewusst, dass du mich heute Nacht mit deiner Anwesenheit beehren würdest«, erwiderte er.

Camille warf einen Blick auf Will, der noch immer friedlich auf dem Sofa schlief, und ein spöttisches Lächeln umspielte ihre Lippen. »Ganz offensichtlich.«

»Du hast mir keine Nachricht zukommen lassen. Genau genommen hast du seit deiner Abreise aus London überhaupt nichts von dir hören lassen.«

»Machst du mir etwa Vorwürfe, Magnus?« Camille klang belustigt. Fast geräuschlos bewegte sie sich zum Sofa, beugte sich über die Rückenlehne nach vorn und betrachtete Wills Gesicht. »Will Herondale«, stellte sie fest. »Er ist hinreißend, nicht wahr? Ist er dein neuester Zeitvertreib?«

Statt einer Antwort kreuzte Magnus nur die langen Beine. »Wo bist du gewesen?«, fragte er.

Camille beugte sich tiefer; wenn sie noch einen Atem gehabt hätte, dann hätte dieser nun die dunklen Locken auf Wills Stirn leicht bewegt. »Kann ich ihm einen Kuss geben?«

»Nein«, erwiderte Magnus. »Wo bist du gewesen, Camille? Ich habe jeden Abend hier auf dem Sofa gelegen, darauf gewartet, deine Schritte in der Eingangshalle zu hören, und mich die ganze Zeit gefragt, wo du wohl sein magst. Da könntest du es mir wenigstens jetzt verraten.«

Camille richtete sich auf und rollte mit den Augen. »Also gut, wenn du darauf bestehst: Ich war in Paris, ein paar neue Kleider anprobieren. Eine wohlverdiente Abwechslung zu den Dramen Londons.«

Eine Weile herrschte Stille im Raum. Dann meinte Magnus unvermittelt: »Du lügst.«

Erstaunt weiteten sich Camilles Augen. »Wie kommst du dazu, so etwas zu sagen?«

»Weil es der Wahrheit entspricht.« Magnus zog einen zerknitterten Brief aus der Tasche und warf ihn genau zwischen sich und Camille auf den Boden. »Man kann zwar keinen Vampir orten, seinen Domestiken aber durchaus. Du hast Walker mitgenommen. Es war ein Leichtes, seine Spuren bis nach Sankt Petersburg zu verfolgen, wo ich meine Informanten habe. Von ihnen erfuhr ich, dass du dort mit einem menschlichen Liebhaber zusammengelebt hast.«

Camille musterte ihn, und ein kleines Lächeln umspielte ihre Mundwinkel. »Und das hat dich eifersüchtig gemacht?«

»Wolltest du das denn gern?«

»Ça m'est égal«, entgegnete Camille auf Französisch – wie immer, wenn sie ihn wirklich verärgern wollte. »Mir ist das vollkommen einerlei. Der andere Mann hatte überhaupt nichts mit dir zu tun. Er war lediglich ein kleiner Zeitvertreib während meines Aufenthalts in Russland, nicht mehr und nicht weniger.«

»Und jetzt ist er …«

»Tot. Also wohl kaum Konkurrenz für dich. Du musst mir meine kleinen Zerstreuungen schon noch gönnen, Magnus.«

»Denn sonst?«

»Denn sonst werde ich sehr, sehr ungehalten.«

»So ungehalten wie gegenüber deinem menschlichen Liebhaber?«, hakte Magnus nach. »Den du daraufhin getötet hast? Aus Mitleid? Erbarmen? *Liebe?* Oder bist du zu dieser Emotion gar nicht fähig?«

»Selbstverständlich bin ich zu *Liebe* fähig«, erwiderte Camille entrüstet. »Du und ich, Magnus … wir, die wir die Zeit überdauern, bis in alle Ewigkeit, wir lieben auf eine Art und Weise, von der die Irdischen sich gar keine Vorstellung machen können: eine dunkle, beständige Flamme – im Gegensatz zu ihrem nur kurz aufflackernden Licht. Warum interessierst du dich überhaupt dafür? Treue ist ein rein menschliches Konzept, beruhend auf der Vorstellung, nur kurze Zeit auf Erden zu weilen. Du kannst von mir unmöglich verlangen, dass ich dir *bis in alle Ewigkeit* treu bin.«

»Wie dumm von mir. Das hab ich doch tatsächlich angenommen. Ich dachte, ich dürfte wenigstens darauf vertrauen, dass du mich nicht anlügst.«

»Du machst dich lächerlich«, schnaubte Camille. »Benimmst dich wie ein Kind. Du erwartest von mir, dass ich mich an irgendwelche menschlichen Moralvorstellungen halte, aber ich bin nun mal kein Mensch. Und du auch nicht. Aber wie dem auch sei, du wirst herzlich wenig daran ändern können. Ich lasse mir keine Vorschriften machen, und schon gar nicht von irgendeinem *Mischling*«, fügte sie verächtlich hinzu und benutzte bewusst den Schattenweltschimpfnamen für Hexenwesen. »Du bist mir hingebungsvoll ergeben, das hast du selbst gesagt. Also wird deine Hingabe meine kleinen Zerstreuungen einfach erdulden müssen – und dann werden wir ganz wunderbar miteinander auskommen. Andernfalls werde ich dich fallen lassen. Und ich kann mir nicht vorstellen, dass du *das* möchtest.« In ihrer Stimme schwang unüberhörbarer Spott mit.

Und dieser höhnische Unterton bewirkte, dass tief in Magnus' Innerem etwas zersprang. Er erinnerte sich wieder an den Kloß in seinem Hals, als der Brief aus Sankt Petersburg eingetroffen war. Dennoch hatte er auf Camilles Rückkehr gewartet, in der Hoffnung, sie würde alles erklären. Er hatte gehofft, sie würde sich entschuldigen und ihn bitten, sie dennoch zu lieben. Doch nun wurde ihm bewusst, dass er ihr diese Mühe nicht wert war, dass er ihr nie etwas bedeutet hatte … Plötzlich legte sich ein roter Schleier über seine Augen, und sein Verstand schien einen Moment auszusetzen, denn anders konnte er seine nächste Handlung nicht erklären. »Das spielt auch keine Rolle mehr«, beschied er Camille und erhob sich. »Denn ich habe ja jetzt Will.«

Überrascht öffnete die Vampirdame den Mund und starrte ihn an. »Das kann nicht dein Ernst sein. Ein *Schattenjäger?*«

»Du magst zwar unsterblich sein, Camille, aber deine Gefühle sind oberflächlich und seicht. Will dagegen versteht, was es bedeutet zu lieben.« Nachdem er seine von geistiger Umnachtung geprägte Antwort würdevoll vorgebracht hatte, durchquerte er den Raum und rüttelte Will an der Schulter. »Will. William. Wach auf.«

Verschlafen schlug Will die blauen Augen auf. Er lag auf dem Rücken, und das Erste, was er erblickte, war Camilles Gesicht, die sich erneut über die Rückenlehne beugte und ihn betrachtete. Ruckartig setzte er sich auf. »Beim Erzengel …«

»Ich muss doch sehr bitten«, erwiderte Camille träge und schenkte ihm ein feines Lächeln, bei dem nur die Spitzen ihrer Fangzähne zum Vorschein kamen. »Ich werd dir schon nichts tun, Nephilim.«

Magnus zog Will auf die Beine. »Die Dame des Hauses ist zurückgekehrt«, erklärte er.

»Das seh ich.« Wills Gesicht war gerötet, und sein Hemdkragen nass vor Schweiß. »Entzückend«, murmelte er, zu niemandem im Besonderen. Magnus konnte nicht sagen, ob Will über das Wiedersehen mit Camille entzückt war oder über die Wirkung des Linderungszaubers, den Magnus bei ihm angewendet hatte. Oder ob er einfach nur benommen vor sich hin plapperte – was durchaus nicht auszuschließen war.

»Und aus diesem Grund …«, setzte Magnus an und drückte Wills Arm bedeutungsvoll, »müssen wir jetzt gehen.«

Verwirrt blinzelte Will ihn an. »Gehen? Wohin?«

»Darüber zerbrich dir im Moment nicht den Kopf, mein Liebling.«

Will blinzelte erneut. »Wie bitte?« Dann schaute er sich um, als erwartete er weitere Leute im Raum, die das Ganze beobachteten. »Ich … wo ist mein Mantel?«

»Er war vollkommen mit Blut getränkt und nicht mehr zu gebrauchen«, erklärte Magnus. »Archer musste ihn wegwerfen.« Dann wandte er sich an Camille. »Will war die ganze Nacht auf der Dämonenjagd. Er ist ja so mutig.«

Der Ausdruck auf Camilles Gesicht zeigte eine Mischung aus Verwunderung und Verärgerung.

»Ich *bin* mutig«, bestätigte Will und wirkte sehr selbstzufrieden. Das schmerzstillende Tonikum hatte seine Pupillen vergrößert, und seine Augen wirkten riesig und dunkel.

»Ja, das bist du in der Tat«, säuselte Magnus – und dann küsste er ihn.

Es handelte sich zwar nicht um den dramatischsten Kuss, den die Welt je gesehen hatte, aber Will ruderte mit seinem unverletzten Arm, als wäre eine Biene darauf gelandet; Magnus konnte nur hoffen, dass Camille sein Verhalten für Leidenschaft halten würde. Als Magnus ihn wieder losließ, wirkte Will sprachlos. Das Gleiche galt für Camille.

»So«, sagte Magnus und hoffte inständig, dass Will sich daran erinnerte, dass er ihm einen Gefallen schuldete. »Nun sollten wir aber wirklich gehen.«

»Ich … aber …« Will drehte sich zur Seite. »Der Zahn!« Hastig eilte er zu dem Beistelltisch, schnappte sich den Zahn und schob ihn in Magnus' Westentasche. Dann schenkte er Camille ein Augenzwinkern – von dem nur Gott allein wusste, wie sie es interpretieren mochte, dachte Magnus – und schlenderte aus dem Raum.

»Camille …«, setzte Magnus an.

Doch die Vampirdame hatte die Arme vor der Brust verschränkt und musterte ihn giftig. »Du treibst es hinter meinem Rücken mit Schattenjägern«, sagte sie eisig, vollkommen ungerührt von der offensichtlichen Scheinheiligkeit ihres eigenen Verhaltens. »Noch dazu in meinem eigenen Haus! Also wirklich, Magnus.« Entschlossen zeigte sie auf die Tür. »Verlasse sofort mein Haus und wage es nicht, jemals zurückzukehren. Ich darf wohl darauf vertrauen, dass ich dich nicht zweimal darum bitten muss.«

Magnus kam ihrer Aufforderung nur zu gern nach. Wenige Minuten später gesellte er sich zu Will auf den Gehweg, warf seinen Mantel über – sein einziger Besitz, abgesehen vom Inhalt seiner Taschen – und knöpfte ihn zum Schutz vor der kühlen Nachtluft bis zum Kragen zu. Es würde nicht mehr lange dauern, bis das erste Grau des Morgens den Himmel erhellen würde, überlegte er.

»Hast du mich gerade eben geküsst?«, fragte Will.

Im Bruchteil einer Sekunde traf Magnus eine Entscheidung. »Nein.«

»Aber ich dachte …«

»Gelegentlich können die Nachwirkungen von Linderungszaubern zu den bizarrsten Halluzination führen.«

»Oh«, murmelte Will. »Wie eigenartig«, fügte er hinzu und schaute zum Haus zurück. Das Fenster des Salons war verschlossen, die roten Samtvorhänge fest zugezogen. »Und was machen wir jetzt? Ich meine, bezüglich des Dämons? Können wir irgendwo anders hin?«

»Ich kann eine Weile bei einem Freund unterkommen«, sagte Magnus und stieß ein stummes Dankesgebet aus, weil Will sich für nichts anderes interessierte als das Heraufbeschwören des Dämons. »Du kehrst am besten zum Institut zurück. Ich werde mich so schnell wie möglich mit diesem vermaledeiten Dämonenzahn befassen. Sobald ich Genaueres weiß, lasse ich dir eine Nachricht zukommen.«

Will nickte langsam und blickte dann zum nachtschwarzen Himmel hinauf. »Die Sterne …«, sagte er, »ich habe sie noch nie so funkeln sehen. Der Wind hat den Nebel vollkommen vertrieben.«

Magnus dachte an den Ausdruck der Freude auf Wills Gesicht, als er blutend in Camilles Salon gestanden hatte, den Dämonenzahn fest in der Hand. *Irgendwie glaube ich nicht, dass die Sterne diejenigen sind, die sich verändert haben.*

»Eine *Schattenjägerin?*«, keuchte Tessa. »Das kann nicht sein.« Sie wirbelte zu Charlotte herum, in deren Gesicht sich ein ebenso großer Schock spiegelte. »Das ist doch gar nicht möglich, oder? Will hat mir erzählt, dass die Kinder von Schattenjägern und Dämonen tot auf die Welt kommen.«

Charlotte schüttelte den Kopf. »Er hat recht. Das kann gar nicht sein.«

»Aber wenn Jessamine gezwungen ist, die Wahrheit zu sagen …« Tessas Stimme schwankte.

»Sie muss das preisgeben, was sie für die Wahrheit hält«, erläuterte Charlotte. »Wenn dein Bruder sie also belogen hat, sie ihm aber glaubt, wird sie uns das als ›Wahrheit‹ erzählen.«

»Nate würde mich niemals anlügen!«, fauchte Jessamine.

»Wenn Tessas Mutter eine Schattenjägerin war, dann ist auch Nate ein Schattenjäger«, entgegnete Charlotte kühl. »Das Blut der Nephilim ist immer dominant. Hat er das dir gegenüber vielleicht jemals erwähnt? Dass er ein Schattenjäger sei?«

Jessamine schaute empört. »*Nate* ist kein Schattenjäger!«, stieß sie aufgebracht hervor. »Das hätte ich schließlich gewusst! Ich hätte doch niemals einer Heirat mit einem …« Sie verstummte und biss sich auf die Lippe.

»Entweder oder, Jessamine«, sagte Charlotte. »Entweder du hast einen Schattenjäger geheiratet, was eine wahrhaft göttliche Ironie des Schicksals wäre, oder aber – und das ist sehr viel wahrscheinlicher – du hast einen Lügner zum Mann genommen, der dich benutzt und dann fallen gelassen hat. Nathaniel muss gewusst haben, dass wir dich letztendlich erwischen würden. Was hat er denn gesagt, was wir seiner Meinung nach dann mit dir machen würden?«

»Nichts … ihr würdet mir nichts tun.« Jessamine wirkte stark angeschlagen. »Er meinte, ihr wärt alle schwach. Und dass du mich nicht bestrafen würdest. Weil du es nicht fertigbrächtest, mir ernsthaft wehzutun.«

»Nun, da hat er sich geirrt«, beschied Charlotte ihr. »Du bist eine Verräterin. Das Gleiche gilt für Benedict Lightwood. Wenn der Konsul hiervon erfährt.«

Jessamine stieß ein dünnes, brüchiges Lachen aus. »Erzähl's ihm ruhig«, höhnte sie. »Das ist genau das, was Mortmain will.« Dann sprudelte sie hervor: »Spar dir die Mühe, mich nach dem Grund zu fragen. Ich kenne ihn nicht. Aber er will, dass du dich an den Konsul wendest. Also plaudere ruhig alles aus, Charlotte. Das wird nur dazu führen, dass er dich in seine Gewalt bekommt.«

Charlotte umklammerte das Fußbrett von Jessamines Bett derartig fest, dass ihre Fingerknöchel weiß hervortraten. »*Wo* ist Mortmain?«

Jessamine zitterte am ganzen Körper und schüttelte den Kopf so heftig, dass ihre Haare hin und her flogen. »Nein …«

»Wo ist Mortmain?«

»Er …«, keuchte sie. »Er …« Ihr Gesicht lief violett an, und ihre Augen traten fast aus den Höhlen. Sie umklammerte das Schwert mit solcher Kraft, dass Blut aus ihren Fingern quoll.

Entsetzt blickte Tessa in Charlottes Richtung.

»Idris«, japste Jessamine schließlich und sackte dann schwer in die Kissen zurück.

Charlotte erstarrte. »Idris?«, wiederholte sie. »Mortmain ist in Idris, unserem Heimatland?«

Jessamines Lider flatterten. »Nein. Dort ist er nicht.«

»Beim Erzengel! Jessamine!« Charlotte sah aus, als würde sie sich am liebsten auf das Mädchen stürzen und es schütteln, bis ihm die Zähne klapperten. »Wie kann er denn in Idris sein und dann wieder nicht? Jetzt tu dir selbst einen Gefallen und rück mit der Sprache raus, du dummes Mädchen. Sag uns endlich, wo er steckt!«

»Aufhören!«, schrie Jessamine laut auf. »Bitte hör auf, es tut so weh …«

Charlotte bedachte sie mit einem langen, harten Blick, dann ging sie zur Tür und kehrte einen Moment später mit Bruder Enoch zurück. Sie verschränkte die Arme vor der Brust und deutete mit dem Kinn auf Jessamine. »Irgendetwas stimmt nicht mit ihr, Bruder. Ich habe sie nach Mortmains Aufenthaltsort befragt, worauf sie meinte, er sei in Idris. Doch als ich nachgehakt habe, hat sie alles abgestritten.« Charlotte wandte sich erneut an die junge Schattenjägerin und fragte scharf: »Jessamine! Hat Mortmain die Schutzschilde von Idris durchbrochen?«

Jessamine brachte nur einen erstickten Laut hervor; ihr Atem ging pfeifend. »Nein, das hat er nicht … ich schwöre es … Charlotte, bitte …«

Charlotte, das reicht. Bruder Enochs feste Stimme hallte in Tessas Kopf wider. *Das Mädchen ist mit einer Art Blockade versehen … etwas, mit dem Mortmain ihren Verstand belegt hat. Er verspottet uns mit der Vorstellung, er könnte in Idris sein; gleichzeitig gesteht das Mädchen, dass er sich nicht dort befindet. Diese*

Blockade ist sehr stark. Wenn du sie weiterhin auf diese Weise verhörst, könnte das dazu führen, dass ihr Herz versagt.

Resigniert ließ Charlotte den Kopf hängen. »Und was schlägst du stattdessen vor …?«

Ich nehme sie mit in die Stadt der Stille. Wir haben unsere eigenen Mittel und Wege, einem Verstand seine Geheimnisse zu entlocken – Geheimnisse, von deren Existenz möglicherweise nicht einmal das Mädchen ahnt. Ruhig entwand Bruder Enoch Jessamine das Schwert, das sie mit beiden Händen umklammerte.

Sie schien ihn gar nicht wahrzunehmen – ihr panikerfüllter Blick war auf Charlotte geheftet. »In die Gebeinstadt?«, flüsterte sie. »Wo all die Toten liegen? Nein! Ich will da nicht hin! Ich kann diesen Ort nicht ertragen!«

»Dann sag uns, wo Mortmain ist«, entgegnete Charlotte mit eisiger Stimme.

Die junge Schattenjägerin brach in Tränen aus, aber Charlotte ignorierte sie. Als Bruder Enoch Jessamine auf die Beine zog, versuchte sie, sich zu wehren, doch er hielt sie eisern fest, während seine andere Hand auf dem Heft des Engelsschwertes ruhte.

»Charlotte!«, schrie Jessamine jämmerlich. »Charlotte, bitte, nicht die Stadt der Stille! Sperr mich in die Krypta, übergib mich dem Rat, aber schick mich bitte nicht allein in diese … diese Totengruft! Ich würde dort vor Angst umkommen!«

»Das hättest du dir überlegen sollen, ehe du uns verraten hast«, sagte Charlotte. »Bruder Enoch, bitte führ sie ab.«

Das Mädchen stieß einen schrillen Schrei aus, als der Bruder der Stille sie packte und sich über die Schulter warf. Mit großen Augen schaute Tessa zu, wie er Jessie aus dem Zimmer trug, deren Schreie noch durch den Korridor hallten, als sich die Tür längst hinter ihnen geschlossen hatte. Doch plötzlich verstummte das Kreischen abrupt.

»Jessamine …«, setzte Tessa an.

»Es geht ihr gut. Wahrscheinlich hat Enoch sie mit einer Schweigerune versehen. Das ist schon alles. Es besteht kein Grund zur Sorge«, erklärte Charlotte, ließ sich dann auf der Bettkante nieder und betrachtete ihre Hände mit einem verwunderten Ausdruck, als würden sie nicht ihr gehören. »Henry …«

»Soll ich ihn wecken, Mrs Branwell?«, fragte Sophie sanft.

»Er ist in der Krypta, arbeitet noch. Ich habe es nicht übers Herz gebracht, ihn zu holen.« Charlottes Stimme klang geistesabwesend. »Jessamine ist als kleines Mädchen zu uns gekommen. Das Verhör wäre zu viel für ihn gewesen, einfach zu viel. Er ist zu Grausamkeiten gar nicht fähig.«

»Charlotte.« Tessa berührte sie behutsam an der Schulter. »Charlotte, du bist auch nicht grausam.«

»Ich habe getan, was ich tun musste. Es besteht kein Grund zur Sorge«, sagte Charlotte erneut. Dann brach sie in Tränen aus.

14
Die Stadt der Stille

»Ich brenn' von innen!«, klagt sie an,
»Kein Murmeln, keine Antwort kommt.
Was ist es, das die Schuld mir nehmen kann,
Und vor dem Tod mich rettet prompt?«
ALFRED LORD TENNYSON, »THE PALACE OF ART«

»Jessamine«, murmelte Henry, bestimmt zum fünften oder sechsten Mal. »Ich kann es noch immer nicht glauben. Unsere Jessamine?«

Tessa sah, dass Charlottes Mund mit jedem Mal, das Henry seine Frage wiederholte, noch verkniffener wirkte.

»Ja«, bestätigte die Institutsleiterin erneut. »Jessamine. Sie hat uns bespitzelt und Nate über jeden unserer Schritte in Kenntnis gesetzt. Der hat diese Informationen wiederum an Mortmain weitergegeben. Muss ich es denn noch einmal sagen?«

Henry blinzelte. »Entschuldige bitte, meine Liebe. Ich habe durchaus zugehört. Es ist nur so, dass …« Er seufzte. »Ich wusste ja, dass Jessamine hier nicht sehr glücklich war. Aber ich hätte nie gedacht, dass sie uns hasst.«

»Ich glaube noch nicht einmal, dass sie uns hasst – oder es jemals getan hat«, bemerkte Jem, der am Kamin stand, einen Arm auf den Sims gestützt. Die Bewohner des Instituts hatten sich am Morgen nicht wie üblich im Speisesaal versammelt, sondern im Salon; zwar hatte es keine offizielle Begründung dafür gegeben, aber Tessa vermutete, dass Charlotte den Gedanken nicht ertragen konnte, einfach so zu tun, als sei nichts geschehen, und ungerührt das Frühstück einzunehmen, während Jessamines Platz leer blieb.

In der Nacht hatte Charlotte ihren Tränen nur kurz freien Lauf gelassen, sich danach wieder gefangen und Sophies und Tessas Bemühungen, ihr mit einem kühlen Tuch oder einem heißen Tee beizustehen, resolut widerstanden. Stattdessen hatte sie energisch den Kopf geschüttelt und sich wieder und wieder ermahnt, sie dürfe sich jetzt nicht gehen lassen, denn nun seien strategisches Denken und sorgfältige Planung erforderlich. Nach einer Weile war sie in Tessas Zimmer marschiert, dicht gefolgt von Sophie und Tessa, und hatte fieberhaft die Dielenbretter überprüft, bis sie endlich ein kleines Buch mit einem weißen Ledereinband zutage förderte, das die Größe einer Familienbibel besaß und in ein Stück Samt gewickelt war. Mit entschlossener Miene hatte sie das Buch eingesteckt, Tessas Fragen mit einer Handbewegung weggewischt und sich erhoben. Der Himmel jenseits der Fensterscheibe war bereits ins fahle Licht der Morgendämmerung übergegangen, als Charlotte Sophie auftrug, Bridget zu bitten, ein schnelles Frühstück im Salon zu servieren, und Cyril ebenfalls zu unterrichten, damit dieser die Männer des Hauses informieren konnte. Danach war sie wortlos gegangen.

Nachdem es Tessa gelungen war, sich mit Sophies Hilfe aus Jessamines Kleid zu befreien, hatte sie rasch ein Bad genommen und anschließend ihr gelbes Kleid übergestreift – das Kleid, das Jessamine ihr gekauft hatte. Tessa hatte gehofft, die leuchtende Farbe könnte vielleicht auch ihre Stimmung aufhellen, aber sie fühlte sich nach wie vor matt und müde.

Einen ähnlichen Ausdruck entdeckte sie auch auf Jems Gesicht, als sie kurz darauf den Salon betrat. Seine Augen waren überschattet, und er wandte schnell den Blick ab, was Tessa schmerzte und Erinnerungen an die Nacht zuvor mit Will auf dem Balkon weckte.

Aber das war etwas völlig anderes gewesen, versuchte sie sich zu beruhigen – das Ergebnis eines Hexenpulverrausches, ein Anfall von vorübergehender Unzurechnungsfähigkeit. Nicht mit dem zu vergleichen, was zwischen Jem und ihr vorgefallen war.

»Ich glaube wirklich nicht, dass sie uns gehasst hat oder jetzt hasst«, wiederholte Jem nun. »Jessamine war schon immer voller *Sehnsucht* … ganz verzweifelt auf der Suche.«

»Das ist alles meine Schuld«, sagte Charlotte leise. »Ich hätte nicht versuchen sollen, sie zur Schattenjägerin zu erziehen, wo sie diese Vorstellung doch so offensichtlich und von ganzem Herzen verabscheute.«

»Nein! Nein, das stimmt nicht!«, beeilte Henry sich, seiner Frau zu versichern. »Du bist immer nur gütig zu ihr gewesen. Hast alles in deiner Macht Stehende getan. Aber es gibt nun einmal bestimmte Mechanismen, die so … so kaputt sind, dass man sie nicht mehr reparieren kann.«

»Jessamine ist keine Uhr, Henry«, erwiderte Charlotte, aber ihr Ton klang distanziert. Tessa fragte sich, ob sie Henry wohl noch immer verübelte, dass er sie nicht zu dem Gespräch mit Woolsey Scott begleitet hatte, oder ob sie einfach auf die ganze Welt böse war. »Vielleicht sollte ich ja das Institut hübsch verpacken und Benedict Lightwood als Geschenk überreichen. Dies ist nun schon das zweite Mal, dass wir einen Spion in unserem Haus hatten, von dessen Existenz wir nichts ahnten, bis erheblicher Schaden angerichtet war. Ganz offensichtlich bin ich unfähig.«

»In gewisser Hinsicht war es ja nur *ein* Spion …«, setzte Henry an, verstummte dann aber, als Charlotte ihm einen Blick zuwarf, der Glas hätte schmelzen können.

»Wenn Benedict Lightwood für Mortmain arbeitet, kann ihm die Führung des Instituts nicht überantwortet werden«, sagte

Tessa. »Genau genommen müsste der Ball, den er letzte Nacht gegeben hat, ausreichen, um ihn zu disqualifizieren.«

»Das Problem wird sein, es ihm nachzuweisen«, gab Jem zu bedenken. »Benedict wird alles abstreiten, und sein Wort steht dann gegen deines – und du bist ein Schattenwesen …«

»Will ist doch auch noch da«, warf Charlotte ein und runzelte dann die Stirn. »Da wir gerade von ihm sprechen: Wo steckt er eigentlich?«

»Liegt zweifellos noch im Bett«, meinte Jem. »Und was seine Glaubwürdigkeit als Zeuge betrifft, nun ja, die meisten halten Will ohnehin für verrückt …«

»Ah«, erklang in diesem Moment eine Stimme an der Salontür, »veranstaltet ihr gerade euer jährliches Die-meisten-halten-Will-ohnehin-für-verrückt-Treffen?«

»Das findet halbjährlich statt«, erwiderte Jem gelassen. »Und ich kann dich beruhigen: Das hier ist eine andere Zusammenkunft.«

Wills Augen suchten quer durch den Raum Kontakt zu Tessa. »Wissen sie über Jessamine Bescheid?«

Er schien müde, jedoch nicht so erschöpft, wie Tessa angenommen hatte: Will war blass, strahlte aber eine Art unterdrückter Erregung aus, wodurch er fast *glücklich* schien. Tessa spürte, wie ihr Magen einen Satz machte, als die Erinnerungen an den Abend zuvor schlagartig zurückkehrten – die Sterne, der Balkon, die *Küsse*.

Wann war er letzte Nacht nach Hause gekommen?, fragte sie sich. Und auf welchem Wege? Und warum wirkte er so aufgeregt?

War er entsetzt über das, was zwischen ihnen auf dem Balkon vorgefallen war, oder eher belustigt? Und – gütiger Gott – hatte er *Jem* davon erzählt? Hexenrauschgift, redete sie sich wieder und wieder ein: Sie war nicht sie selbst gewesen, hatte nicht aus freiem Willen gehandelt. Das musste Jem doch gewiss verstehen. Es würde ihr das Herz brechen, ihm wehzutun. Falls es ihn überhaupt interessierte …

»Ja, sie wissen alle Bescheid«, versicherte Tessa hastig. »Jessamine wurde mithilfe des Engelsschwertes befragt und dann in die Stadt der Stille gebracht. Und wir besprechen gerade, was wir als Nächstes tun sollen, und das ist jetzt ganz entscheidend, und Charlotte hat das Ganze schrecklich mitgenommen.«

Charlotte warf ihr einen verwunderten Blick zu.

»Nun ja, das stimmt doch, oder nicht?«, plapperte Tessa atemlos weiter. »Und du hattest dich doch gerade nach Will erkundigt …«

»Und da bin ich!«, verkündete Will und warf sich in einen Sessel neben Jem. Einer seiner Arme war bandagiert, der Ärmel halb über den Verband gezogen. Getrocknetes Blut klebte unter seinen Fingernägeln. »Freut mich zu hören, dass Jessamine in der Stillen Stadt ist. Dort ist sie wirklich bestens aufgehoben. Wie sieht denn unser nächster Schritt aus?«

»Genau *das* wollten wir ja gerade besprechen«, erklärte Jem.

»Also gut: Wer weiß alles davon, dass sie sich dort befindet?«, fragte Will, wie immer praktisch denkend.

»Nur Bruder Enoch und wir«, sagte Charlotte. »Aber er hat sich bereit erklärt, den Rat vorläufig nicht zu informieren. Er gibt uns noch ein oder zwei Tage … bis wir beschlossen haben, wie wir weiter vorgehen wollen. Das erinnert mich daran, dass ich noch ein Wörtchen mit dir zu reden habe, Will: Dich einfach so zu Benedict Lightwoods Landsitz davonzumachen, mit Tessa im Schlepptau, ohne mich zu informieren.«

»Wir durften keine Zeit verlieren«, erwiderte Will. »Wenn wir dich erst hätten wecken und von unserem Plan überzeugen müssen, hätte Nathaniel schon längst über alle Berge sein können. Und du kannst nicht behaupten, dass das eine Schnapsidee war: Wir haben verdammt viel über Nathaniel und Benedict Lightwood in Erfahrung gebracht.«

»Nathaniel Gray und Benedict Lightwood sind aber nicht Mortmain.«

Will seufzte und zeichnete mit seinen langen, eleganten Fingern ein Muster in die Luft. »Mortmain ist wie die Spinne im Zentrum des Netzes«, sagte er. »Je mehr wir über ihn erfahren, desto genauer wissen wir, wie weit sich sein Einflussbereich erstreckt. Bis gestern Nacht hatten wir keine Ahnung, dass Mortmain mit Lightwood in Verbindung steht; heute wissen wir, dass Benedict seine Marionette ist. Ich schlage vor, wir gehen zum Rat und erstatten Bericht über Benedict und Jessamine. Soll Wayland sich doch um die beiden kümmern. Mal sehen, was Benedict mithilfe des Engelsschwertes so alles ausspuckt.«

Resigniert schüttelte Charlotte den Kopf. »Nein, ich … ich glaube nicht, dass wir das können.«

Will lehnte seinen Kopf gegen das Sesselpolster. »Und warum nicht?«

»Jessamine hat gesagt, das sei genau das, worauf Mortmain wartet – er hofft, dass wir diesen Schritt unternehmen. Und sie hat diese Aussage unter dem Einfluss des Engelsschwertes gemacht. Sie hat also nicht gelogen.«

»Aber sie könnte sich *geirrt* haben«, warf Will ein. »Möglicherweise hat Mortmain diese Umstände vorhergesehen und Nate veranlasst, ihr diesen Gedanken in den Kopf zu setzen, damit wir ihn dann dort entdecken.«

»Meinst du wirklich, er hat so weit vorausgedacht?«, fragte Henry.

»Mit Sicherheit«, erklärte Will. »Der Mann denkt strategisch.« Er tippte sich an die Schläfe. »Genau wie ich.«

»Dann meinst du also, wir sollten uns an den Rat wenden?«, hakte Jem nach.

»Auf keinen Fall!«, rief Will. »Was wäre, wenn seine Drohung doch der Wahrheit entspricht? Dann stünden wir ziemlich töricht da.«

Genervt riss Charlotte die Hände in die Höhe. »Aber du hast doch gerade gesagt …«

»Ich weiß, was ich *gesagt* habe«, erwiderte Will. »Aber man muss auch mal die Konsequenzen betrachten. Wenn wir jetzt zum Rat gehen und uns irren, dann haben wir Mortmain direkt in die Hände gespielt. Uns bleiben immer noch ein paar Tage bis zum Ablauf der gesetzten Frist. Ein vorzeitiger Gang zum Rat bringt uns gar nichts. Aber solange wir weitere Nachforschungen anstellen und handfeste Beweise sammeln können …«

»Und wie sollen wir deiner Meinung nach diese Nachforschungen betreiben?«, erkundigte Tessa sich.

Will drehte den Kopf, damit er sie ansehen konnte. Aus seinen kühlen blauen Augen sprach nichts, das an den jungen Mann von der Nacht zuvor erinnerte – an jenen Will, der Tessa mit unendlicher Sanftheit berührt, ihren Namen wie ein Geheimnis geflüstert hatte. »Das Problem bei der Befragung Jessamines ist doch, dass sie nur ein begrenztes Wissen über den Magister besitzt. Aber wir verfügen über eine weitere Verbindung zu Mortmain – es ist jemand, der wahrscheinlich sehr viel mehr wissen dürfte: dein Bruder Nate. Und über Jessamine können wir an ihn herankommen, denn er vertraut ihr noch immer. Wenn sie ihn um ein Rendezvous bittet, dann können wir ihn am vereinbarten Treffpunkt schnappen.«

»Jessamine würde diesem Vorhaben niemals zustimmen«, wandte Charlotte ein. »Nicht jetzt, nach allem …«

Will bedachte sie mit einem finsteren Blick. »Also ich bitte dich – denk doch einmal nach. *Natürlich* würde Jessamine nicht zustimmen. Stattdessen werden wir Tessa bitten, noch einmal in ihre berühmte Rolle zu schlüpfen: Jessamine, die treulose Mademoiselle der Mode.«

»Das klingt gefährlich«, gab Jem zu bedenken. »Zumindest für Tessa.«

Rasch warf Tessa ihm einen Blick zu und konnte gerade noch sehen, wie er seine silberhellen Augen wieder von ihr abwandte. Das war das erste Mal, dass er sie seit jener Nacht in seinem Zimmer angesehen hatte. Bildete sie sich das ein, dass in seiner Stimme Besorgnis mitschwang, als er von der potenziellen Gefahr für sie sprach – oder war es einfach nur die Sorge, die Anteilnahme, die Jem für *jedermann* empfand? Wahrscheinlich handelte es sich bei seinem Wunsch, sie keinem schrecklichen Schicksal ausgesetzt zu sehen, um reine Freundlichkeit – und nicht um das, was sie sich von ihm erhoffte.

Was auch immer das sein mochte. Hauptsache, er verachtete sie nicht …

»Tessa ist furchtlos«, widersprach Will. »Und sie wird nur einer geringen Gefahr ausgesetzt. Wir werden Nate eine Nachricht schicken und ein Treffen mit ihm an einem Ort vereinbaren, wo wir ihn mühelos und sofort ergreifen können. Und die Brüder der Stille können ihn dann peinigen, bis er alle Informationen von sich gegeben hat, die wir brauchen.«

»Peinigen?«, hakte Jem nach. »Hier geht es um Tessas Bruder …«

»Von mir aus, peinigt ihn«, verkündete Tessa. »Wenn das erforderlich ist, um Mortmain zu finden, gebe ich euch meine Erlaubnis.«

Schockiert schaute Charlotte sie an. »Das kann nicht dein Ernst sein!«

»Du hast gesagt, es gäbe eine Möglichkeit, seinen Verstand nach Geheimnissen zu durchforsten«, erklärte Tessa. »Damals habe ich dich gebeten, es nicht zu tun, und du bist meiner Bitte nachgekommen. Dafür danke ich dir, aber ich werde dich nicht länger an dein Versprechen binden. Durchforstet Nates Verstand, wenn es sein muss. Für mich steht einfach mehr auf dem Spiel als für euch. Für euch dreht sich alles um das Institut und die Sicherheit der Schattenjäger – und natürlich interessieren mich diese Aspekte ebenfalls, Charlotte. Aber Nate arbeitet für Mortmain. Mortmain, der mich in seine Gewalt bringen und meine Fähigkeit nutzen will – für Zwecke, die wir immer noch nicht kennen. Mortmain, der möglicherweise weiß, *was* ich bin. Nate hat Jessamine erzählt, mein Vater sei ein Dämon gewesen und meine Mutter eine Schattenjägerin …«

Ruckartig setzte Will sich auf. »Das ist unmöglich«, sagte er. »Schattenjäger und Dämonen … können sich nicht fortpflanzen. Sie können keinen lebenden Nachwuchs hervorbringen.«

»Möglicherweise handelt es sich ja um eine Lüge – genau wie die Lüge über Mortmains angeblichen Aufenthalt in Idris«, räumte Tessa ein. »Aber das bedeutet nicht, dass *Mortmain* die Wahrheit nicht kennt. Ich muss herausfinden, wer ich bin – denn ich glaube, dass dieses Wissen die Lösung für die Frage ist, warum er mich unbedingt in die Finger bekommen will.«

Jem betrachtete sie mit einem traurigen Ausdruck in den Augen, ehe er rasch den Blick abwandte. »Also schön«, sagte er. »Will, was schlägst du vor, auf welchem Wege wir Nate zu einem Treffen locken sollen? Meinst du nicht, er kennt Jessamines Handschrift? Müssen wir nicht davon ausgehen, dass die beiden ein geheimes Zeichen verabredet haben?«

»Jessamine muss davon überzeugt werden, uns zu helfen«, verkündete Will.

»Jetzt schlage bitte nicht vor, dass wir sie peinigen sollen«, erwiderte Jem gereizt. »Das Engelsschwert ist bereits zum Einsatz gekommen. Sie hat uns alles erzählt, was sie weiß …«

»Das Engelsschwert hat uns aber nicht ihren Treffpunkt oder irgendwelche Geheimzeichen oder Kosenamen verraten, die Nate und Jessamine möglicherweise nutzen«, entgegnete Will. »Verstehst du denn nicht? Das ist Jessamines letzte Chance. Ihre letzte Chance zur Kooperation … um Milde beim Rat zu erwirken, um Pardon gewährt zu bekommen. Selbst wenn Charlotte die Leitung des Instituts behält, glaubst du ernsthaft, der Rat würde die Entscheidung über Jessamines Schicksal uns überlassen? Nein, diesen Beschluss werden der Konsul und der Inquisitor treffen. Und die beiden werden gewiss keine Nachsicht haben. Wenn Jessamine uns jetzt hilft, könnte das ihr Überleben bedeuten.«

»Ich bin mir nicht so sicher, ob sie sich im Moment überhaupt für ihr Leben interessiert«, bemerkte Tessa leise.

»Unsinn – jeder interessiert sich dafür«, konterte Will. »Jeder will leben.«

Bei diesen Worten wandte Jem abrupt den Kopf ab und starrte in die Flammen des Kaminfeuers.

»Bleibt die Frage: Wen können wir schicken, um Jessamine zu überreden?«, meinte Charlotte. »Ich scheide aus. Denn sie hasst mich und gibt mir an allem die Schuld.«

»Ich könnte sie aufsuchen«, sagte Henry, dessen sanftes Gesicht von Sorgenfalten zerfurcht war. »Vielleicht gelingt es mir ja, das arme Mädchen zur Vernunft zu bringen. Ich könnte mit ihr über die Torheit junger Liebe reden … darüber, wie schnell diese dahinschwindet im Angesicht der rauen Realität des Lebens …«

»Nein.« Charlottes Ton ließ keinen Widerspruch zu.

»Nun ja, ich bezweifle, dass Jessamine *mich* sehen möchte«, sagte Will. »Es wird wohl darauf hinauslaufen, dass Jem geht. Ihn *kann* man gar nicht hassen – selbst dieser Teufel in Katzengestalt mag ihn.«

Jem, der noch immer in die Flammen starrte, seufzte. »Also schön, ich werde zur Stadt der Stille fahren«, willigte er ein. »Aber Tessa sollte mich begleiten.«

Verblüfft schaute Tessa auf. »O nein«, protestierte sie. »Ich glaube nicht, dass Jessamine mich sonderlich mag. Sie ist der Ansicht, ich hätte sie fürchterlich hintergangen, weil ich mich in sie verwandelt habe. Und ich kann es ihr noch nicht einmal verübeln.«

»Das mag sein«, räumte Jem ein. »Aber du bist Nates Schwester. Wenn sie ihn so sehr liebt, wie du sagst …« Jems Blick traf Tessas. »Du kennst Nate. Deine Aussagen über ihn haben Autorität. Möglicherweise kannst du sie überzeugen, wo ich es nicht mehr kann.«

»Also gut«, sagte Tessa. »Ich werde es versuchen.«

Das schien das Signal für das Ende des Frühstücks zu sein: Charlotte eilte davon, um eine Kutsche aus der Stadt der Stille herbeikommen zu lassen, da die Stillen Brüder diese Vorgehensweise bevorzugten. Henry kehrte in seine Krypta und zu seinen Erfindungen zurück, und Jem murmelte Tessa irgendetwas zu und machte sich dann auf, um Mantel und Hut zu holen. Nur Will blieb im Salon und starrte ins Kaminfeuer.

Als Tessa sah, dass er keine Anstalten machte, den Raum zu verlassen, wartete sie, bis sich die Tür hinter Jem geschlossen hatte. Dann erhob sie sich leise und stellte sich zwischen Will und die Flammen.

Langsam hob er den Kopf. Er trug noch immer dieselbe Kleidung wie beim Ball in der Nacht zuvor; allerdings war sein weißes Hemd blutgetränkt und sein Frack zerrissen. Auch auf seiner Wange, unterhalb seines linken Auges, leuchtete eine tiefe Schnittwunde.

»Will …«, setzte Tessa an.

»Wolltest du nicht zusammen mit Jem zur Stillen Stadt aufbrechen?«

»Doch – und das werde ich auch gleich«, erwiderte sie. »Aber zuerst muss ich dir ein Versprechen abnehmen.«

Wills Blick kehrte zum Feuer zurück; Tessa konnte sehen, wie sich die tanzenden Flammen in seinen Pupillen spiegelten. »Dann heraus damit, und zwar schnell. Denn ich muss mich wichtigen Geschäften widmen. Ich beabsichtige, den ganzen Nachmittag zu schmollen, gefolgt von einem Abend byronschen Brütens und einer Nacht voller Ausschweifungen.«

»Von mir aus kannst du ausschweifen, so viel du willst. Ich möchte nur dein Wort darauf, dass du niemandem davon erzählst, was letzte Nacht zwischen uns auf dem Balkon geschehen ist.«

»Ach, das warst *du*«, bemerkte Will in einem Ton, als würde er sich plötzlich wieder an ein überraschendes Detail erinnern.

»Verschone mich mit deinen Sprüchen!«, fauchte Tessa, die gegen ihren Willen getroffen war. »Wir standen unter Hexenpulvereinfluss. Es hatte nichts zu bedeuten. Ich mache dir keine Vorwürfe für das, was vorgefallen ist – da kannst du jetzt auch noch so gelangweilt tun. Aber es besteht kein Grund, dass irgendjemand anderes davon erfahren muss, und wenn du ein Gentleman wärst ...«

»Das bin ich aber nicht.«

»Aber du bist ein Schattenjäger«, entgegnete Tessa giftig. »Und für Schattenjäger, die mit Hexenwesen herumtändeln, gibt es keine Zukunft.«

Das Feuer tanzte in Wills Augen. »Dich zu necken, ist wirklich langweilig geworden, Tess.«

»Dann gib mir dein Wort, niemandem davon zu erzählen, nicht einmal Jem, und ich halte mich fern von dir und langweile dich nicht länger.«

»Ich gelobe es beim Erzengel«, sagte Will. »Ich hatte ohnehin nicht vor, damit zu prahlen. Warum du allerdings so großen Wert darauf legst, dass man dich nicht mangelnder Tugendhaftigkeit verdächtigt, weiß ich wirklich nicht.«

Vor Tessas innerem Auge tauchte kurz Jems Gesicht auf. »Nein, das weißt du wahrhaftig nicht«, erwiderte sie, machte auf dem Absatz kehrt und marschierte aus dem Salon, sodass Will allein zurückblieb und ihr vollkommen verwirrt nachschaute.

Sophie eilte die Piccadilly Street entlang, den Kopf gesenkt und die Augen auf den Gehweg geheftet. Sie war daran gewöhnt, dass viele Passanten leise tuschelten und sie gelegentlich sogar unverhohlen anstarrten, und hatte sich deshalb im Laufe der Zeit eine Technik angeeignet, die es ihr erlaubte, das Gesicht im Schatten ihres Hutes zu verstecken. Dabei schämte sie sich gar nicht für ihre Narbe, aber sie hasste die mitleidigen Blicke der anderen.

Sie trug eines von Jessamines alten Kleidern. Es war zwar noch längst nicht aus der Mode gekommen, aber Jessamine zählte zu jenen Mädchen, die jedes Gewand, das sie mehr als dreimal getragen hatten, als »antik« bezeichneten und es entweder fortwerfen oder umändern ließen. In dem grün-weiß gestreiften Moirékleid mit passendem Hut konnte Sophie durchaus als junge Dame von Stand durchgehen, zumal ihre vom vielen Arbeiten geröteten Hände in weißen Glacéhandschuhen steckten – wenn sie denn nicht allein unterwegs gewesen wäre.

Sophie entdeckte Gideon, bevor er sie sah. Er lehnte an einem Laternenpfahl vor der ausladenden hellgrünen Markise über dem Eingang zu *Fortnum & Mason*. Ihr Herz machte einen kleinen Satz, als sie ihn betrachtete: Er war attraktiv in seiner dunklen Kleidung, so wie er dastand und gelassen die Uhrzeit auf seiner goldenen Taschenuhr prüfte, die mit einer dünnen Kette an seiner Weste befestigt war. Sophie hielt einen Moment inne und beobachtete die vielen Passanten, die an ihm vorbeiströmten, im geschäftigen Treiben auf einer der viel befahrensten Straßen Londons, in der Gideon wie ein Fels in der Brandung wirkte. Alle Schattenjäger hatten etwas Derartiges an sich, überlegte Sophie, diese Reglosigkeit, diese dunkle Aura der Abgeschiedenheit, die sie vom hektischen Leben der Irdischen unterschied.

In dem Moment schaute Gideon auf und lächelte – jenes Lächeln, das sein ganzes Gesicht verzauberte. »Miss Collins«, sagte er und eilte auf sie zu.

Sophie ging ihm entgegen und hatte plötzlich das Gefühl, als würde sie seinen Kreis der Abgeschiedenheit betreten. Denn das beständige Rauschen des Straßenverkehrs und das Stimmengewirr der Passanten schienen zu schwinden, und zurück blieben nur noch sie und Gideon, die Gesichter einander zugewandt. »Mr Lightwood«, begrüßte sie ihn.

Der Ausdruck auf seinem Gesicht veränderte sich, zwar nur einen Hauch, aber Sophie bemerkte es dennoch. Und sie bemerkte auch, dass er etwas in seiner linken Hand hielt – einen Weidenkorb. Verwundert schaute sie zu dem Korb und dann wieder zu Gideon.

»Einer von *Fortnum & Masons* berühmten Picknickkörben«, erläuterte der junge Schattenjäger mit einem schiefen Grinsen. »Stiltonkäse, Wachteleier, Rosenblütengelee …«

»Mr Lightwood …«, setzte Sophie erneut an und unterbrach ihn damit zu ihrer eigenen Verwunderung. Ein Dienstmädchen durfte einen Gentleman *unter keinen Umständen* unterbrechen … »Ich war in großer Bedrängnis – ich meine, tief in meinem Inneren –, ob ich zu diesem Treffen heute überhaupt kommen sollte. Doch schließlich habe ich mich dazu durchgerungen … und sei es auch nur, um Ihnen persönlich mitzuteilen, dass ich Sie nicht mehr treffen kann. Ich dachte, so viel Anstand wäre ich Ihnen schuldig. Allerdings bin ich mir nicht mehr sicher.«

Verwirrt blickte Gideon sie an, und in diesem Augenblick sah Sophie nicht den Schattenjäger, sondern einen ganz normalen jungen Mann, wie Thomas oder Cyril, der einen Picknickkorb umklammerte und die Überraschung und Bestürzung in seinem Gesicht nicht verbergen konnte. »Miss Collins, falls ich irgendetwas getan habe, um Ihren Unmut zu erregen …«

»Ich kann mich einfach nicht mehr mit Ihnen treffen. Und das ist alles, was ich dazu zu sagen habe«, erwiderte Sophie und wandte sich zum Gehen. Sie wollte auf schnellstem Wege nach

Hause zurückkehren – vielleicht erwischte sie ja noch den nächsten Pferdebus in Richtung Institut …

»Miss Collins. Bitte.« Gideon tauchte an ihrer Seite auf; er wagte es nicht, sie zu berühren, lief aber mit aufgewühlter Miene neben ihr her. »Bitte sagen Sie mir, was ich getan habe.«

Stumm schüttelte Sophie den Kopf. Der Ausdruck auf seinem Gesicht, vielleicht war es ja ein Fehler gewesen herzukommen. Ihr Weg führte gerade an *Hatchards Bookshop* vorbei, und sie erwog, rasch in die Buchhandlung hineinzuhuschen. Gewiss würde Gideon ihr nicht folgen, nicht an einen öffentlichen Ort, wo andere ihr Gespräch mithören konnten. Andererseits würde er vielleicht doch genau das tun.

»Ich weiß, was los ist«, sagte Gideon abrupt. »Will. Er hat es Ihnen erzählt, habe ich recht?«

»Die Tatsache, dass Sie diese Frage stellen, verrät, dass es offensichtlich etwas zu erzählen gab.«

»Miss Collins, ich kann Ihnen alles erklären. Aber bitte begleiten Sie mich ein Stück … hier entlang.« Er ging vor, und Sophie folgte ihm, wenn auch argwöhnisch. Sie befanden sich nun vor der St. James's Church; Gideon führte sie um das Kirchengebäude herum und durch eine schmale Gasse, die die Lücke zwischen Piccadilly Street und Jermyn Street schloss. Hier war es zwar ruhiger, aber auch nicht menschenleer, und mehrere Passanten warfen ihnen neugierige Blicke zu – dem Mädchen mit der Narbe und dem attraktiven jungen Mann mit dem blassen Gesicht, der den Picknickkorb nun sorgfältig neben seinen Füßen abstellte.

»Diese ganze Geschichte hängt mit letzter Nacht zusammen, nicht wahr?«, fragte Gideon. »Der Ball im Landhaus meines Vaters, in Chiswick. Dann habe ich mich also nicht geirrt, als ich Will zu sehen glaubte. Ich hatte mich schon gefragt, ob er Ihnen und den anderen davon erzählen würde.«

»Dann geben Sie es also zu? Dass Sie dort waren, auf diesem verkommenen … diesem unschicklichen …«

»Unschicklich? Der Ball war mehr als nur unschicklich«, erwiderte Gideon, aufgebrachter als Sophie ihn je erlebt hatte. Hinter ihnen schlug die Kirchturmuhr die Stunde, doch er schien es nicht zu hören. »Miss Collins, ich kann nicht mehr tun, als Ihnen hoch und heilig zu versichern, dass ich bis gestern Nacht keine Ahnung hatte, in welch schlechter Gesellschaft mein Vater verkehrt und welch verheerende Gewohnheiten er angenommen hat. Ich habe die letzten sechs Monate in Spanien verbracht …«

»War er denn nicht schon vorher so?«, fragte Sophie skeptisch.

»Nein, jedenfalls nicht so extrem. Es ist schwer zu erklären.« Gideons Blick streifte an Sophie vorbei in die Ferne; der graugrüne Farbton seiner Augen wirkte stürmischer als je zuvor. »Mein Vater hat sich schon immer gern über Konventionen hinweggesetzt. Sich am Rande der Legalität bewegt. Er hat uns ständig eingehämmert, dass alle so verfahren würden, dass sämtliche Nephilim auf diese Weise lebten. Und wir – Gabriel und ich, die wir die Mutter schon früh verloren hatten – besaßen niemand anderen, dessen Beispiel wir hätten folgen können. Erst als ich in Madrid eintraf, wurde mir allmählich das Ausmaß von Vaters … Fehlverhalten bewusst. Nicht alle pfeifen auf das Gesetz und beugen das Recht, und man hat mich wie einen Aussätzigen behandelt, als wäre ich ein Monstrum, weil ich diese Ansicht vertrat – bis ich mein Verhalten geändert habe. Durch sorgfältige Beobachtung und Recherche bin ich schließlich zu der Überzeugung gelangt, dass man mich mit schlechten Wertvorstellungen aufgezogen hatte, und zwar mit Absicht. Als mir das erst einmal bewusst geworden war, hatte ich nur noch einen Gedanken: Gabriel. Und wie ich ihm diese Erfahrung ersparen oder ihm die Erkenntnis zumindest auf weniger schockierende Weise vermitteln könnte.«

»Und was ist mit Ihrer Schwester – Miss Lightwood?«

Gideon schüttelte den Kopf. »Meine Schwester ist vor alldem beschützt worden. Mein Vater vertritt die Ansicht, Frauen haben mit den dunkleren Aspekten der Schattenwelt nichts zu schaffen. Nein, sein Augenmerk liegt auf mir: Ich muss seiner Meinung nach mit all seinen finsteren Machenschaften vertraut gemacht werden, denn ich bin der älteste Sohn, der Erbe des Hauses Lightwood. Und mit dieser Absicht hat mein Vater mich gestern Nacht zu diesem Ball mitgenommen, wo Will mich vermutlich gesehen hat.«

»Dann haben Sie gewusst, dass er dort war?«

»Ich war so angewidert von dem Anblick, der sich mir im Saal bot, dass ich mir schließlich einen Weg durch die Menge gebahnt habe und hinaus in den Garten gegangen bin, um frische Luft zu schnappen. Der Gestank der Dämonen hatte mir Übelkeit bereitet. Und dort draußen, im Freien, sah ich dann eine mir vertraute Gestalt, die mit wilder Entschlossenheit einen blauen Dämon durch den Park jagte.«

»Mr Herondale?«

Gideon zuckte die Achseln. »Mir war vollkommen rätselhaft, was er dort tat. Ich wusste, dass er keine Einladung erhalten haben konnte, aber ich hatte keine Erklärung dafür, wie er von dem Ball erfahren hatte. Oder ob seine Dämonenjagd möglicherweise gar nicht damit zusammenhing. Erst als Sie mich eben anschauten und ich den Ausdruck in Ihren Augen sah, wandelte sich meine Vermutung in Gewissheit …«

»Aber haben Sie Ihrem Vater davon erzählt? Oder Gabriel?«, fragte Sophie in scharfem Ton. »Wissen die beiden Bescheid? Dass der junge Herr Herondale auf dem Ball war?«

Langsam schüttelte Gideon den Kopf. »Nein, ich habe ihnen nichts davon erzählt. Ich glaube nicht, dass sie mit Wills Anwesenheit überhaupt gerechnet hätten – die Schattenjäger des Instituts sollten doch eigentlich nach Mortmain suchen.«

»Das tun sie auch«, erwiderte Sophie gedehnt, und als Gideon sie verständnislos ansah, fügte sie hinzu: »Diese Klockwerk-Kreaturen auf dem Ball Ihres Vaters … was glauben Sie eigentlich, woher die stammen?«

»Ich habe nicht weiter darüber nachgedacht, hielt sie für irgendwelches Dämonenspielzeug …«

»Diese Kreaturen können nur von Mortmain kommen«, erklärte Sophie. »Sie mögen diese Automaten zwar noch nicht gesehen haben, aber Mr Herondale und Miss Gray sind ihnen schon mehrfach begegnet. Und sie waren sich absolut sicher.«

»Aber warum sollte mein Vater irgendetwas in seinem Haus haben, das Mortmain gehört?«

Sophie schüttelte den Kopf. »Vielleicht sollten Sie mir besser keine Fragen stellen, deren Antwort Ihnen möglicherweise nicht gefallen wird, Mr Lightwood.«

»Miss Collins.« Sein Haar war ihm über die Augen gefallen, und Gideon wischte sich mit einer ungeduldigen Handbewegung die Strähnen aus dem Gesicht. »Miss Collins, ich weiß: Was auch immer Sie mir sagen werden, es wird der Wahrheit entsprechen. In vielerlei Hinsicht und von allen Menschen, denen ich hier in London begegnet bin, halte ich Sie für die mit Abstand vertrauenswürdigste Person – vertrauenswürdiger als meine eigene Familie.«

»Das erscheint mir als sehr bedauerlich, Mr Lightwood, denn wir kennen uns schließlich erst seit kurzer Zeit.«

»Ich hoffe, dass ich das ändern kann. Bitte begleiten Sie mich wenigstens zum Park, Soph… Miss Collins. Und erzählen Sie mir, was Sie wissen. Wenn Sie danach noch immer jeden Kontakt zu mir abbrechen wollen, werde ich Ihren Wunsch selbstverständlich respektieren. Ich bitte Sie nur um eine Stunde … schenken Sie mir eine Stunde Ihrer Zeit.« Seine Augen schauten sie flehentlich an. »Bitte?«

Sofort verspürte Sophie, fast gegen ihren Willen, eine Woge der Sympathie für diesen jungen Mann mit den meeresstürmischen Augen, der so schrecklich allein wirkte. »Also schön«, sagte sie, »ich werde Sie in den Park begleiten.«

Die ganze Strecke allein mit Jem in einer Kutsche, dachte Tessa und spürte einen Knoten im Magen, während sie die Handschuhe überstreifte und einen letzten Blick in den hohen Spiegel zwischen den Fenstern warf. Vor gerade einmal zwei Tagen hatte die Vorstellung bei ihr keine neuen oder ungewohnten Gefühle ausgelöst – sie hatte sich um Will gesorgt und war neugierig auf Whitechapel gewesen, während Jem sie sanft mit lateinischen und griechischen Zitaten und seinen Erzählungen über *Parabatai* abgelenkt hatte.

Doch nun? Nun hatte sie das Gefühl, als flatterte ein ganzer Schwarm Schmetterlinge in ihrem Bauch – bei der Aussicht, ganz allein mit Jem in einem kleinen, abgeschlossenen Raum zu sitzen. Rasch warf sie einen Blick auf ihr blasses Gesicht im Spiegel, kniff sich in die Wangen und biss sich auf die Lippen, um ihnen ein wenig Farbe zu verleihen. Dann griff sie nach dem Hut, der auf dem Ständer neben der Frisierkommode ruhte. Während sie ihn aufsetzte, ertappte Tessa sich plötzlich bei dem Gedanken, wie gern sie solch goldene Locken wie Jessamine besitzen würde. Wäre das möglich?, fragte sie sich. *Könnte ich vielleicht nur einen kleinen Teil von mir verwandeln und mich mit seidigen Haaren oder einer schlankeren Taille oder volleren Lippen ausstatten?*

Kopfschüttelnd wandte sie sich vom Spiegel ab. Merkwürdig, dass sie nicht schon vorher daran gedacht hatte … Und dennoch erschien ihr die bloße Vorstellung bereits als Verrat an ihrem eigenen Gesicht. Das Verlangen, endlich herauszufinden, was sie war, brannte noch immer leidenschaftlich in ihr; aber wenn ihre Züge nicht mehr diejenigen wären, mit denen sie das Licht der Welt erblickt hatte, wie konnte sie dann noch diesen Wunsch rechtfertigen, dieses dringende Bedürfnis, mehr über ihre eigene

Natur zu erfahren? *Wann begreifen Sie endlich? Es gibt keine wahre Tessa Gray!*, hatte Mortmain ihr gesagt. Wenn sie nun ihre Gabe dazu nutzte, ihre Augenfarbe von Grau zu Blau zu ändern oder ihre Wimpern dunkler erscheinen zu lassen, würde sie seine Behauptung damit nicht bestätigen?

Erneut schüttelte sie den Kopf, um diese Gedanken zu vertreiben, und eilte dann aus dem Zimmer und zum Eingangsportal des Instituts. Im Innenhof wartete bereits eine schwarze Kutsche, ohne jedes Wappen oder sonstiges Emblem, mit zwei großen rauchschwarzen Pferden davor. Auf dem Kutschbock saß einer der Stillen Brüder; allerdings nicht Bruder Enoch, sondern jemand anderes, den Tessa nicht kannte und dessen Gesicht weniger Narben aufzuweisen schien – zumindest nach dem zu urteilen, was unter der Kapuze zu erkennen war.

Tessa stieg gerade die Stufen hinunter, als die Tür hinter ihr geöffnet wurde und Jem aus dem Institut trat. Er trug einen hellgrauen Mantel, der seine Haare und Augen noch silberner schimmern ließ. Jem warf einen kurzen Blick zum grauen Himmel, über den schwere düstere Wolken zogen und kalte Luft mit sich brachten, und meinte: »Wir sollten besser einsteigen, ehe es zu regnen beginnt.«

Obwohl an dieser Aussage nichts Ungewöhnliches war, war Tessa einen Moment sprachlos. Schweigend folgte sie Jem zur Kutsche und erlaubte ihm, ihr beim Einsteigen zu helfen. Als er hinter ihr in die Kutsche kletterte und den Schlag mit Schwung zuzog, bemerkte sie, dass er seinen Stockdegen, den Spazierstock mit der darin verborgenen Klinge, nicht bei sich trug.

Mit einem Ruck setzte sich die Kutsche in Bewegung. Tessa, die gerade aus dem Fenster geschaut hatte, stieß einen bestürzten Schrei aus. »Das Tor … es ist noch geschlossen! Die Kutsche wird …«

»Nur die Ruhe«, sagte Jem und legte Tessa besänftigend eine Hand auf den Arm.

Tessa konnte ein Keuchen nicht unterdrücken, als die Kutsche auf das verriegelte Eisentor zudonnerte – und die Gitterstäbe *passierte,* als wären sie nichts als Luft. Überrascht quietschte sie auf.

»Die Brüder der Stille verstehen sich auf wundersame Magie«, bemerkte Jem und ließ die Hand sinken.

In dem Augenblick setzte der Regen ein: Der Himmel öffnete seine Schleusen. Tessa schaute gebannt durch die silbernen Wasservorhänge, während die Kutsche durch irdische Passanten hindurchrollte, als handelte es sich lediglich um Gespenster. Dann quetschte sich das Fahrzeug zwischen den schmalsten Gebäudelücken hindurch, ratterte durch einen Innenhof und ein Lagerhaus, sodass sie einen Moment lang von hohen Kisten und Stapeln umgeben waren, und erreichte schließlich das Embankment entlang des Themseufers, das regennass glänzte, während die grauen Fluten des Flusses aufgepeitscht gegen die Böschung schwappten.

»O Gott«, murmelte Tessa und zog den Vorhang zu. »Bitte sag mir, dass wir nicht in die Themse rollen.«

Jem lachte – ein willkommenes Geräusch, das Tessas Schock etwas linderte. »Nein, nein. Soweit ich weiß, reisen die Kutschen der Stillen Stadt nur über Land; obwohl ich zugeben muss, dass diese Art des Transports durchaus außergewöhnlich ist. Die ersten ein oder zwei Male kann einem fast ein wenig schlecht davon werden, aber man gewöhnt sich daran.«

»Tatsächlich?« Tessa schaute Jem nun direkt an. Jetzt war der Moment gekommen: Sie musste es sagen, ehe ihre Freundschaft noch größeren Schaden nahm. Ehe die Situation noch peinlicher wurde. »Jem«, räusperte sie sich.

»Ja?«

»Ich … du musst wissen … wie viel mir deine Freundschaft bedeutet … «, setzte sie verlegen an. »Und …«

Ein schmerzlicher Ausdruck huschte über Jems Gesicht. »Bitte … bitte nicht!«

Vollkommen aus dem Konzept gebracht, blinzelte Tessa ihn nur verwirrt an. »Was meinst du?«

»Jedes Mal, wenn du dieses Wort – ›Freundschaft‹ –, sagst, trifft mich das wie ein Messerstich«, erklärte Jem. »Freundschaft ist etwas sehr Schönes, Tessa, und ich mache mich bestimmt nicht darüber lustig, aber seit so langer Zeit schon erhoffe ich mir, wir könnten mehr als nur Freunde sein. Und nach vorgestern Nacht hatte ich angenommen, meine Hoffnungen wären vielleicht nicht vergebens. Doch jetzt …«

»Doch jetzt habe ich alles ruiniert«, wisperte Tessa. »Es tut mir so leid.«

Jem schaute zum Fenster; Tessa konnte spüren, dass er innerlich mit sich zu kämpfen hatte. »Du solltest dich nicht dafür entschuldigen müssen, dass du meine Gefühle nicht erwiderst.«

»Aber *Jem* …«, warf Tessa bestürzt ein. Sie konnte an nichts anderes denken als daran, ihm den Schmerz zu nehmen, seinen Kummer zu lindern. »Ich wollte mich doch nur für mein Verhalten vorgestern Nacht entschuldigen. Es war unerhört und unverzeihlich. Ich weiß nicht, was du von mir denken musst …«

Überrascht schaute Jem auf. »Tessa, das kannst du doch nicht ernst meinen, oder? *Ich* bin derjenige, dessen Verhalten unverzeihlich war. Seitdem habe ich es kaum fertiggebracht, dich auch nur anzusehen, aus Furcht davor, wie sehr du mich verachten musst …«

»Ich könnte dich niemals verachten«, protestierte Tessa. »In meinem ganzen Leben bin ich niemandem begegnet, der so freundlich und gütig ist wie du. Ich dachte vielmehr, du wärst von *meinem* Verhalten abgestoßen. Und du würdest *mich* verachten.«

Jem wirkte aufrichtig geschockt. »Wie könnte ich dich verachten, wo doch meine eigene Gedankenlosigkeit zu dem geführt hat, was zwischen uns geschehen ist? Wenn ich nicht in einem solch schlechten Zustand gewesen wäre, hätte ich mehr Beherrschung gezeigt.«

Er meint, er hätte genügend Beherrschung besessen, um mich aufzuhalten, dachte Tessa. *Er erwartet von mir keine Schicklichkeit und Zurückhaltung, weil er annimmt, dass etwas Derartiges nicht in meiner Natur liegt.* Erneut starrte sie blind in Richtung Fenster, auf den schmalen Spalt zwischen den Vorhängen. Dahinter war der Fluss zu sehen, auf dem schwarze Boote tanzten, während sich der Regen mit den Fluten mischte.

»Tessa.« Jem kletterte hastig auf die andere Seite der Kutsche, sodass er direkt neben ihr sitzen konnte, sein besorgtes wunderschönes Gesicht ihrem ganz nah. »Ich weiß, dass man irdischen jungen Damen beibringt, es läge in ihrer Verantwortung, einen Mann nicht in Versuchung zu führen. Und dass Männer schwach seien und Frauen ihnen Einhalt gebieten müssten. Aber ich versichere dir, die Moralvorstellungen der Schattenjäger sind vollkommen anders … sie beruhen auf einer größeren Gleichberechtigung. Wir haben die Entscheidung, das zu tun, was wir getan haben, beide gleichermaßen getroffen.«

Stumm schaute Tessa Jem an. *Er ist so gütig,* dachte sie. Er schien die Befürchtungen in ihrem Herzen zu lesen und fühlte sich offenbar veranlasst, sie zu zerstreuen, bevor Tessa sie laut aussprechen konnte.

Dann dachte sie an Will und daran, was zwischen ihnen in der Nacht zuvor geschehen war. Entschlossen schob sie die Erinnerung beiseite – die Erinnerung an die kühle Nachtluft um sie herum, die Hitze ihrer Körper, während sie sich aneinandergeklammert hatten. Sie hatte unter dem Einfluss des Hexenpulvers gestanden, und das Gleiche galt für Will. Alles, was sie beide gesagt oder getan hatten, war ebenso bedeutungslos wie das zusammenhanglose Geschwätz eines Opiumabhängigen. Es gab keinen Grund, irgendjemandem davon zu erzählen; es hatte nichts zu bedeuten gehabt. Rein gar nichts.

»Bitte sag etwas, Tessa.« Jems Stimme zitterte. »Ich fürchte, du denkst, ich würde vorgestern Nacht bedauern. Aber das tue ich nicht.« Sein Daumen strich über ihr Handgelenk, über die nackte Haut zwischen Ärmel und Handschuh. »Ich bedaure lediglich, dass alles so schnell gegangen ist. Ich … ich hätte dir gern erst einmal den Hof gemacht. Dich vielleicht zu einem Ausflug mitgenommen, natürlich in Begleitung einer Anstandsdame.«

»Anstandsdame?« Tessa musste unwillkürlich lachen.

Doch Jem fuhr unbeirrt fort: »Ich hätte dir gern zuerst von meinen Gefühlen *erzählt*, ehe ich sie dir gezeigt hätte. Hätte Gedichte für dich verfasst.«

»Aber du magst Gedichte doch gar nicht«, warf Tessa ein, mit einer Mischung aus Erleichterung und Lachen in der Stimme.

»Nein. Aber du weckst in mir den Wunsch, welche zu schreiben. Zählt das denn gar nicht?«

Ein feines Lächeln umspielte Tessas Mundwinkel. Sie beugte sich vor und schaute Jem ins Gesicht, das ihr so nah war, dass sie die silbernen Wimpern einzeln erkennen konnte und die verblassten Narben an seiner Kehle, wo sich einst Runenmale befunden hatten. »Das klingt fast ein wenig routiniert, James Carstairs. Wie viele Mädchen hast du mit dieser Bemerkung schon zum Schwärmen gebracht?«

»Es gibt nur ein Mädchen, das ich gern ins Schwärmen bringen möchte«, erwiderte Jem. »Die Frage ist jedoch: Möchte sie es auch?«

Tessa schenkte ihm ein Lächeln. »Ja, sie möchte.«

Einen Moment später – Tessa hätte nicht sagen können, wie es geschah – küsste Jem sie, sein Mund weich auf ihren Lippen, seine Hand behutsam an ihrer Wange. Tessa hörte ein leises Rascheln und erkannte, dass es sich um das Knistern der Seidenblumen auf ihrem Hut handelte, die gegen die Kutschwand gedrückt wurden, als Jems Körper sich fest an ihren drängte. Und dann klammerte sie sich an die Aufschläge seines Mantels – um ihn ganz nah an sich heranzuziehen, aber auch, um das Gleichgewicht nicht zu verlieren.

Plötzlich hielt die Kutsche an. Jem löste sich von Tessa und zog sich zurück, einen glasigen Ausdruck in den Augen. »Beim Erzengel«, keuchte er. »Vielleicht brauchen wir wirklich eine Anstandsdame.«

»Jem, ich ...« Benommen schüttelte Tessa den Kopf.

Auch Jem konnte die Verwirrung nicht so schnell abschütteln. »Ich glaube, ich sollte mich besser auf die andere Seite setzen«, murmelte er und kletterte wieder auf den gegenüberliegenden Sitz.

Tessa warf einen raschen Blick zum Fenster; durch den Spalt zwischen den Vorhängen sah sie den Gebäudekomplex der Houses of Parliament, der vor ihnen aufragte und dessen Türme sich dunkel vor dem aufklarenden Himmel abzeichneten. Der Regen hatte inzwischen nachgelassen. Tessa wusste nicht, warum die Kutsche angehalten hatte, doch einen Moment später setzte sie sich erneut in Bewegung und steuerte direkt auf eine Art schwarze Grube zu, die sich vor ihnen scheinbar im Boden öffnete. Dieses Mal wusste sie Bescheid und keuchte nicht überrascht auf. Dunkelheit umfing sie – und dann rollten sie auch schon in den großen Sitzungssaal mit den schwarzen Basaltwänden und den brennenden Fackeln, den sie von der Ratsversammlung kannte.

Die Kutsche kam zum Stehen, und der Schlag wurde aufgerissen. Mehrere Brüder der Stille erwarteten sie, angeführt von Bruder Enoch, der von zwei weiteren Brüdern mit Elbenlichtfackeln flankiert wurde. Sämtliche Brüder hatten die Kapuzen zurückgeschlagen, und Tessa konnte erkennen, dass sie ebenfalls blind waren, obwohl nur bei einem von ihnen die Augen ganz zu fehlen schienen, ähnlich wie bei Bruder Enoch. Die anderen hatten die Augen geschlossen, mit schwarzen Runen auf den

Lidern. Doch bei ausnahmslos allen waren die Lippen mit dunklen Linien versehen, als wären sie zugenäht worden.

Wir heißen dich ein weiteres Mal in der Stadt der Stille willkommen, Tochter der Lilith, begrüßte Bruder Enoch Tessa.

Einen kurzen Augenblick hätte Tessa am liebsten hinter sich gegriffen, um Jems warme Hand zu spüren und sich aus der Kutsche helfen zu lassen. Aber dann dachte sie an Charlotte. Charlotte, die so klein und doch so stark war und niemanden brauchte, um sie zu stützen. Entschlossen fasste sie sich ein Herz und kletterte allein die Stufen hinunter, bis die Absätze ihrer Stiefel auf dem Basaltboden widerhallten. »Vielen Dank, Bruder Enoch«, sagte sie. »Wir sind hier, um Jessamine Lovelace zu besuchen. Würden Sie uns bitte zu ihr bringen?«

Der Zellentrakt der Stillen Stadt befand sich ein Geschoss tiefer, unterhalb des Platzes mit den Sprechenden Sternen. Eine dunkle Stiege führte hinunter. Die Brüder der Stille gingen voran, dicht gefolgt von Jem und Tessa, die seit dem Verlassen der Kutsche kein Wort mehr miteinander gewechselt hatten. Allerdings handelte es sich nicht um ein betretenes Schweigen: Die Stadt der Gebeine strahlte mit ihren wuchtigen Mausoleen und hoch aufragenden Steinbogen eine eindringliche Erhabenheit aus, die Tessa an ein Museum oder eine Kirche erinnerte, wo man sich als Besucher nur gedämpft unterhielt.

Am Fuß der Treppe teilte sich der Gang; die Brüder wandten sich nach links und führten Jem und Tessa fast bis zum Ende des Korridors. Auf dem Weg dorthin passierten sie eine ganze Reihe kleiner Zellen, allesamt mit einer verriegelten Gittertür versehen. Durch die Stäbe konnte Tessa jeweils ein Bett und einen Waschtisch erkennen – und sonst nichts. Das raue Mauerwerk verströmte einen feuchten, modrigen Geruch, und Tessa fragte sich, ob sie sich wohl unterhalb der Themse befanden oder eher an einem ganz anderen Ort.

Vor der vorletzten Tür im Gang hielten die Brüder inne. Bruder Enoch berührte kurz das Vorhängeschloss, das sich mit einem Klicken öffnete und die Kette freigab.

Ihr dürft jetzt eintreten, verkündete Enoch und bewegte sich einen Schritt zur Seite. *Wir warten hier draußen auf euch.*

Jem legte eine Hand auf die Tür, zögerte und schaute dann zu Tessa. »Vielleicht solltest du erst einen Moment allein mit Jessamine reden. Von Frau zu Frau.«

Tessa musterte ihn erschreckt. »Meinst du wirklich? Du kennst sie doch viel besser als ich …«

»Aber du kennst Nate«, erklärte Jem und wandte kurz den Blick ab.

Irgendwie hatte Tessa das Gefühl, dass er ihr etwas verschwieg. Und dieses Gefühl war sie von Jem so wenig gewohnt, dass sie nicht sicher wusste, wie sie reagieren sollte.

»Ich komme gleich nach, sobald du Jessamine ein wenig beruhigt hast«, fügte er hinzu.

Tessa nickte langsam. Während Bruder Enoch die Tür aufschwang, holte sie kurz Luft und betrat dann die Zelle, wobei sie ein wenig zusammenzuckte, als die schwere Tür krachend hinter ihr ins Schloss fiel.

Der Raum war winzig, genau wie die anderen Zellen. An einer der Steinmauern stand ein Waschtisch, und davor lagen zahlreiche Porzellanscherben, vermutlich die Überreste eines Wasserkrugs. Als hätte jemand ihn mit großer Wucht gegen die Wand geschleudert.

Auf dem schmalen Bett saß Jessamine in einem schlichten weißen Gewand, eine grobe Decke um die Schultern gewickelt. Ihre blonden Locken hingen ihr in wirren Strähnen über den Rücken, und ihre Augen waren gerötet. »Willkommen. Nettes Plätzchen zum Leben, findest du nicht?«, sagte sie zur Begrüßung. Ihre Stimme klang belegt, als wäre ihre Kehle vom vielen Weinen aufgeraut. Sie warf Tessa einen Blick zu und fragte dann mit zitternder Unterlippe: »Hat … hat Charlotte dich geschickt, um mich hier rauszuholen?«

Tessa schüttelte den Kopf. »Nein.«

»Aber …« Jessamine schossen Tränen in die Augen. »Sie kann mich doch nicht hier vergammeln lassen. Ich kann sie hören … die ganze Nacht kann ich sie hören.« Die Schattenjägerin schauderte und zog die Decke fester um ihre Schultern.

»Wen kannst du hören?«

»Die Toten«, stieß Jessamine hervor. »Wie sie in ihren Gräbern wispern. Wenn ich lange genug hier unten bleibe, werde ich mich bald zu ihnen gesellen. Das weiß ich genau.«

Tessa setzte sich auf die Bettkante und berührte vorsichtig Jessamines Haar, strich ihr behutsam über die verfilzten Strähnen. »Das wird nicht geschehen«, sagte sie, woraufhin Jessamine so heftig zu schluchzen begann, dass ihre Schultern bebten. Hilflos schaute Tessa sich in der Zelle um, als ob ihr irgendetwas in dem schäbigen Raum weiterhelfen könnte. »Jessamine«, sagte sie leise. »Ich habe dir etwas mitgebracht.«

Langsam hob das Mädchen das Gesicht. »Von Nate?«

»Nein«, erwiderte Tessa sanft, »etwas, das dir gehört.« Sie griff in ihre Tasche, holte etwas daraus hervor und streckte Jessamine die Hand entgegen. Auf ihrer Handfläche lag eine winzige Babypuppe, die sie aus der Krippe in Jessamines Puppenhaus genommen hatte. »Klein Jessie.«

Ein leises »Oh« brach tief aus Jessamines Kehle hervor. Dann riss sie die Puppe an sich und drückte sie fest an ihre Brust. Erneut flossen ihre Augen über, und die Tränen zogen eine feuchte Spur in den Schmutz auf ihren Wangen. Sie bot wirklich einen äußerst bemitleidenswerten Anblick, überlegte Tessa. Wenn sie doch nur …

»Jessamine …«, setzte Tessa erneut an. Sie hatte den Eindruck, als wäre das Mädchen wie ein verängstigtes Tier, das beruhigt werden musste, und es erschien ihr, als könnte das sanfte

Wiederholen ihres Namens irgendwie dazu beitragen. »Jessamine, wir brauchen deine Hilfe.«

»Um Nate zu hintergehen«, brauste die junge Schattenjägerin auf. »Aber ich weiß nichts. Ich weiß ja nicht einmal, warum ich hier bin.«

»Doch, das weißt du sehr wohl«, ertönte Jems Stimme von der Zellentür. Sein Gesicht war gerötet, und er wirkte etwas kurzatmig, als wäre er gelaufen. Er warf Tessa einen verschwörerischen Blick zu und schloss dann die Tür hinter sich. »Du weißt genau, warum du hier bist, Jessie …«

»Weil ich mich verliebt habe!«, fauchte Jessamine. *»Du* solltest doch eigentlich wissen, wie sich das anfühlt. Ich hab gesehen, auf welche Weise du Tessa immer anschaust.« Sie bedachte Tessa, deren Wangen rot angelaufen waren, mit einem giftigen Blick. »Wenigstens ist Nate ein Mensch.«

Doch Jem ließ sich nicht aus der Ruhe bringen. »Ich habe das Institut aber nicht wegen Tessa hintergangen«, erwiderte er. »Ich habe diejenigen, die sich seit dem Tod meiner Eltern um mich gekümmert haben, nicht belogen und in Gefahr gebracht.«

»Wenn du dazu nicht bereit bist, liebst du sie nicht wirklich«, schnaubte Jessamine.

»Wenn sie etwas Derartiges von mir verlangen würde, wüsste ich, dass sie *mich* nicht wirklich liebt«, sagte Jem.

Jessamine schnappte nach Luft und wandte das Gesicht ab, als hätte Jem sie geohrfeigt. »Du«, stieß sie mit gedämpfter Stimme hervor. »Ich habe immer gedacht, du wärst noch der Netteste von dem ganzen Haufen. Aber du bist gemein. Ihr seid alle gemein. Charlotte hat mich mit diesem Engelsschwert *gefoltert,* bis ich ihr alles erzählt habe. Was wollt ihr denn noch von mir? Ihr habt mich doch schon gezwungen, den Mann zu verraten, den ich liebe.«

Aus dem Augenwinkel sah Tessa, wie Jem mit den Augen rollte. Jessamines Verzweiflung hatte tatsächlich etwas Theatralisches an sich, wie im Grunde alles, was sie tat. Doch darunter – unter der Rolle der gekränkten Frau, der man ein Unrecht angetan hatte – verbarg sich aufrichtige Angst, das konnte Tessa spüren. »Ich weiß, dass du Nate liebst«, sagte Tessa. »Und ich weiß auch, dass ich dich nicht davon überzeugen kann, dass er deine Gefühle nicht erwidert.«

»Du bist doch nur eifersüchtig …«

»Jessamine, Nate kann dich nicht lieben. Mit ihm stimmt irgendetwas nicht – irgendetwas fehlt seinem Herzen. Meine Tante und ich haben weiß Gott versucht, diesen Umstand zu ignorieren. Wir haben uns immer wieder gegenseitig versichert, dass es sich nur um jugendliche Ausgelassenheit und Gedankenlosigkeit handelt. Aber Nate hat unsere Tante ermordet – hat er dir das eigentlich erzählt? Er hat die Frau umgebracht, die ihn großgezogen hat, und sich später mir gegenüber darüber lustig gemacht. Nate kann sich nicht in andere hineinversetzen; er ist nicht fähig, Dankbarkeit zu empfinden. Wenn du ihn nun deckst, wird er sich dafür nicht erkenntlich zeigen.«

»Es ist außerdem sehr unwahrscheinlich, dass du ihn jemals wieder zu Gesicht bekommen wirst«, fügte Jem hinzu. »Wenn du uns nicht hilfst, wird der Rat dich niemals freilassen. Du wirst bis in alle Ewigkeit hier unten hocken, nur du und die Toten – falls man dich nicht bestraft und mit einem Fluch belegt.«

»Nate hat mich gewarnt, dass ihr versuchen würdet, mir Angst einzujagen«, erwiderte Jessamine mit brüchiger Stimme.

»Nate hat aber auch behauptet, der Rat und Charlotte würden nichts unternehmen, weil sie alle schwach wären«, warf Tessa ein. »Und das hat sich ja als Unwahrheit herausgestellt. Nate hat dir nur die Dinge gesagt, die er sagen musste, damit du genau das getan hast, was er von dir wollte. Er ist mein Bruder, und ich versichere dir, er ist ein Lügner und Betrüger.«

»Wir möchten, dass du ihm einen Brief schreibst«, sagte Jem. »Schreib ihm, dass du Kenntnis von einem geheimen Schattenjägerplan gegen Mortmain hast und er sich heute Abend mit dir treffen soll …«

Jessamine schüttelte den Kopf und zupfte an den Fäden der groben Wolldecke. »Nein, ich werde ihn nicht hintergehen.«

»Jessie.« Jems Stimme klang sanft; Tessa wusste nicht, wie es Jessamine gelang, sich ihm zu widersetzen. »Komm schon, Jessie. Wir bitten dich doch nur, deine eigene Haut zu retten. Schick ihm diese Nachricht und verrate uns euren üblichen Treffpunkt. Das ist alles, worum wir bitten.«

Wieder schüttelte Jessamine den Kopf. »Mortmain … Mortmain wird euch alle besiegen. Dann sind die Brüder der Stille geschlagen, und Nate wird kommen und mich holen.«

»Also gut«, sagte Tessa. »Nehmen wir einmal an, dieser Fall tritt wirklich ein. Du sagst doch, Nate würde dich lieben. In diesem Fall würde er dir doch alles verzeihen, nicht wahr? Denn wenn ein Mann eine Frau wirklich liebt, versteht er, dass sie nur ein schwaches Wesen ist. Und dass sie sich nicht gegen Folter und Ähnliches behaupten kann, zumindest nicht auf die Art und Weise, wie er es könnte.«

Jessamine brachte einen wimmernden Laut hervor.

»Er versteht, dass sie zart und empfindlich ist und sich leicht beeinflussen lässt«, fuhr Tessa fort und berührte Jessamine behutsam am Arm. »Jessie, du siehst doch die Chance, die sich dir hier bietet, oder? Wenn du uns nicht hilfst, wird der Rat davon erfahren und sich dir gegenüber nicht nachsichtig zeigen. Aber wenn du uns unterstützt, wird Nate das verstehen. Wenn er dich wirklich liebt … bleibt ihm gar keine andere Wahl. Denn lieben heißt verzeihen.«

»Ich …« Wie ein verängstigtes Tier schaute Jessamine von Tessa zu Jem. »Würdest du Tessa verzeihen, wenn sie dich verraten hätte?«

»Ich würde Tessa alles verzeihen«, erwiderte Jem ernst.

Da Tessa in Jessamines Richtung schaute, konnte sie den Ausdruck auf seinem Gesicht nicht sehen, aber sie spürte, wie ihr einen Moment lang das Herz stockte. Und sie wagte es nicht, sich zu Jem umzudrehen, aus Furcht, ihre eigene Miene würde ihre Gefühle verraten. »Jessie, bitte«, sagte sie stattdessen.

Jessamine schwieg eine ganze Weile, und als sie sich schließlich räusperte, klang ihre Stimme angespannt und dünn. »Vermutlich willst du dich an meiner Stelle mit ihm treffen, in meiner Gestalt.«

Tessa nickte.

»Dann solltest du Männerkleidung tragen«, sagte Jessamine. »Wenn ich mich nachts mit ihm treffe, gehe ich immer als Mann getarnt. Auf diese Weise kann ich mich gefahrlos durch die Straßen bewegen. Nate wird mit dieser Kleidung rechnen.« Dann schaute sie auf und schob sich die verfilzten Haare aus dem Gesicht. »Hast du Stift und Papier dabei?«, fragte sie. »Ich werde die Nachricht aufsetzen.« Sie nahm die Schreibutensilien entgegen, die ihr Jem reichte, und begann zu schreiben. »Hierfür sollte ich eine Gegenleistung erhalten«, sagte sie. »Wenn die Brüder mich nicht freilassen …«

»Das werden sie nicht tun«, erklärte Jem, »zumindest nicht, solange nicht klar ist, dass deine Informationen etwas taugen.«

»Dann sollten sie mir wenigstens bessere Verpflegung geben. Das Essen ist hier schrecklich. Nur Haferschleim und hartes Brot.« Nachdem Jessamine die Nachricht verfasst hatte, reichte sie Tessa den Zettel. »Die Männerkleidung, die ich immer trage, liegt hinter meinem Puppenhaus. Aber sei vorsichtig, wenn du es verschiebst«, fügte sie hinzu, und einen Moment lang war sie wieder sie selbst – das stolze Mädchen mit dem hochmütigen Ausdruck in den Augen. »Und wenn es sein muss, kannst du auch ein paar meiner Kleidungsstücke leihen. Du trägst die vier Kleider, die ich dir im Juni gekauft habe, ja rund um die Uhr. Das gelbe dürfte inzwischen regelrecht antik sein. Und wenn du nicht willst, dass irgendjemand erfährt, dass du in einer Kutsche geknutscht hast, solltest du darauf verzichten, Hüte mit leicht zu zerknitternden Seidenblumen zu tragen. Die Leute sind schließlich nicht blind.«

»Was du nicht sagst«, erwiderte Jem mit großem Ernst, und als Tessa ihm einen Blick zuwarf, lächelte er – nur für sie.

15
Tausend weitre

Jene Blumen umgibt ein schreckliches Flair;
Diese, geknickt in meiner Hand, ward mitgerissen,
Er warf sie hinab; sie lebt keine Stunde mehr;
Tausend weitre warten; man wird keine Rose missen.
CHARLOTTE MEW, »IN NUNHEAD CEMETERY«

Der Rest des Tages verging in großer Anspannung, da sich die Schattenjäger auf die Konfrontation mit Nate am Abend vorbereiteten. Statt formale Mahlzeiten im Speisezimmer zu arrangieren, schleppte Bridget – wie immer mit einem melancholischen Lied auf den Lippen – schwer beladene Tabletts mit Sandwiches und Tee durch die Korridore, während in allen Räumen Waffen poliert, Kampfausrüstungen angelegt und Landkarten zurate gezogen wurden.

Wenn Sophie sie nicht aufgefordert hätte, wenigstens »eine Kleinigkeit« zu essen, hätte Tessa vermutlich gar nichts zu sich genommen; denn ihre Kehle war wie zugeschnürt, und sie bekam nur ein paar Bissen hinunter, ehe sie auch schon das Gefühl hatte, das Sandwich würde ihr im Halse stecken bleiben.

Heute Abend werde ich Nate wiedersehen, dachte sie und starrte in den Spiegel, während Sophie zu ihren Füßen kniete und ihr die Stiefel schnürte – Herrenstiefel aus Jessamines verborgener Schatzkiste mit Männerkleidung.

Und dann werde ich ihn verraten.

Tessas Gedanken kehrten zu jenem Abend zurück, als Nate in der Kutsche auf dem Rückweg von de Quinceys Villa bei ihr auf dem Schoß gelegen hatte. Sie erinnerte sich, wie er später ihren Namen geschrien und sich an sie geklammert hatte, als Bruder Enoch das Zimmer betrat, und sie fragte sich nun, wie viel davon wohl Show gewesen war. Vermutlich war Nate zumindest teilweise aufrichtig erschüttert gewesen – von Mortmain im Stich gelassen, von de Quincey gehasst, in den Händen von Schattenjägern, denen zu trauen er nicht den geringsten Anlass sah.

Obwohl Tessa ihm natürlich versichert hatte, dass die Nephilim vertrauenswürdig waren. Aber das kümmerte Nate nicht: Ihn interessierte nur das, was Mortmain ihm bot. Mehr als die Sicherheit seiner eigenen Schwester. Mehr als alles andere auf der Welt. All die gemeinsamen Jahre, die sie als Geschwister so miteinander verschweißt hatten, dass Tessa sie beide für unzertrennlich gehalten hatte, all das bedeutete Nate nichts.

»Sie sollten nicht länger grübeln, Miss«, sagte Sophie und wischte sich den Staub von den Händen. »Er ist es nicht … ich meine, das ist er gar nicht wert.«

»Wer ist es nicht wert?«

»Ihr Bruder. Über ihn hatten Sie doch gerade nachgedacht, oder?«

Tessa musterte das Dienstmädchen argwöhnisch. »Bist du in der Lage, meine Gedanken zu lesen … weil du das zweite Gesicht hast?«

Doch Sophie lachte. »Gütiger Gott, nein, Miss. Aber ich kann es an Ihrer Miene ablesen … wie aus einem Buch. Jedes Mal, wenn Sie an Mr Gray denken, haben Sie diesen Ausdruck auf dem Gesicht. Aber er ist ein übler Geselle, Miss, und nicht wert, dass Sie auch nur einen Gedanken an ihn verschwenden.«

»Er ist mein Bruder.«

»Das bedeutet aber nicht, dass Sie wie er sind«, erwiderte

Sophie entschieden. »Manche Menschen kommen schon böse auf die Welt – und mehr gibt es dazu nicht zu sagen.«

Irgendein »Alb der Perversheit« stachelte Tessa zu der Frage an: »Und was ist mit Will? Meinst du noch immer, er wäre böse zur Welt gekommen? Hübsch anzusehen, aber giftig wie eine Schlange … so ähnlich waren doch deine Worte.«

Sophie hob eine ihrer feinen Augenbrauen. »Der junge Herr Will hat etwas Rätselhaftes an sich, daran besteht kein Zweifel.«

Bevor Tessa darauf reagieren konnte, schwang die Tür auf, und Jem erschien im Türrahmen. »Charlotte hat mich geschickt, um dir mitzuteilen …«, setzte er an, verstummte dann aber und starrte Tessa mit großen Augen an.

Verwundert schaute Tessa an sich herab. Hose, Schuhe, Hemd, Weste … alles so, wie es sich gehörte. Natürlich war es ein merkwürdiges Gefühl, als Frau Männerkleidung zu tragen – die Sachen saßen an ungewohnten Stellen eng und an anderen sehr weit, und sie kratzten –, aber das erklärte wohl kaum den Ausdruck auf Jems Gesicht.

»Ich …«, stotterte Jem verlegen, und eine verräterische Röte breitete sich vom Hals bis zu den Wangen aus. »Charlotte hat mich geschickt, um dir mitzuteilen, dass wir in der Bibliothek auf dich warten«, brachte er schließlich hervor, machte dann auf dem Absatz kehrt und hastete aus dem Zimmer.

»Du meine Güte«, sagte Tessa verblüfft. »Was war das denn gerade?«

Sophie lachte leise. »Nun ja, sehen Sie sich doch einmal an.«

Verwirrt schaute Tessa in den Spiegel. Ihr Gesicht war leicht gerötet, und ihre Haare fielen offen über Hemd und Weste. Obwohl das Hemd bereits mit Rücksicht auf eine weibliche Figur geschneidert war und über dem Busen nicht gar so sehr spannte, wie Tessa befürchtet hatte, saß es dennoch recht knapp – aufgrund Jessamines zierlicherer Gestalt. Auch die Hose war eng geschnitten, ganz wie es der gängigen Mode entsprach, und schmiegte sich um ihre Beine. Tessa neigte den Kopf leicht zur Seite. Die Kleidung hatte tatsächlich etwas Unschickliches an sich … Ein Mann sollte eigentlich die Konturen der Oberschenkel oder Hüften einer Dame nicht erahnen können. Irgendetwas an dieser Herrenkleidung bewirkte, dass sie nicht maskulin aussah, sondern *unbekleidet.* »O mein Gott«, stieß Tessa hervor.

»In der Tat«, bestätigte Sophie. »Aber machen Sie sich keine Sorgen. Die Sachen werden viel besser passen, sobald Sie sich erst einmal verwandelt haben. Und außerdem findet er ohnehin Gefallen an Ihnen.«

»Ich … äh … meinst du wirklich, er mag mich?«

»O ja«, sagte Sophie gelassen. »Sie sollten einmal sehen, wie er Sie anblickt, wenn er sich unbeobachtet fühlt. Oder wie er aufschaut, wenn sich eine Zimmertür öffnet, und wie sich die Enttäuschung auf seinem Gesicht abzeichnet, wenn nicht Sie hereinkommen, sondern jemand anderes. Der junge Herr Jem ist nicht wie Mr Herondale. Er kann seine Gedanken und Gefühle nicht verbergen.«

»Und du bist nicht …« Tessa suchte nach den passenden Worten. »Sophie, du bist nicht verstimmt … über mich verärgert?«

»Warum sollte ich über Sie verärgert sein?« Der belustigte Unterton in Sophies Stimme war verschwunden, und sie klang nun sorgsam neutral.

Jetzt musst du mit der Sprache herausrücken, dachte Tessa resigniert. »Ich hatte nur angenommen, dass es vielleicht einmal eine Zeit gegeben hatte, als du Jem eine gewisse Bewunderung entgegengebracht hast. Das ist auch schon alles. Ich wollte damit nichts Unschickliches andeuten, Sophie.«

Das Dienstmädchen schwieg derart lange, dass Tessa überzeugt war, sie hätte Sophie verärgert, oder schlimmer noch, furchtbar gekränkt. Doch dann erklärte diese schließlich: »Es hat tatsächlich einmal eine Zeit gegeben, in der ich … den jungen Herrn Jem sehr geschätzt habe. Er war so sanft und gütig – ganz anders als die Männer, die ich bis dahin kannte. Und er sieht gut aus, und die Musik, die er spielt ...« Sophie schüttelte den Kopf, und ihre dunklen Locken wippten dabei. »Aber ich habe ihm nie etwas bedeutet. Weder mit Worten noch mit Gesten hat er mir je zu verstehen gegeben, dass er meine Bewunderung erwidern würde, obwohl er natürlich keine Sekunde lang unfreundlich war.«

»Sophie ...«, setzte Tessa leise an. »Seit meiner Ankunft hier im Institut bist du für mich immer mehr gewesen als nur ein Dienstmädchen. Du warst mir immer eine Freundin. Ich möchte auf keinen Fall irgendetwas tun, das deine Gefühle verletzen könnte.«

Langsam schaute Sophie auf. »Liegt Ihnen etwas an ihm?«

»Ich glaube schon«, erklärte Tessa verhalten.

»Gut.« Sophie atmete auf. »Er verdient es, glücklich zu sein, meine ich. Der junge Herr Will war schon immer der heller leuchtende Stern, der alle Aufmerksamkeit auf sich zieht, aber Jem ist wie eine beständige Flamme, unerschütterlich und aufrecht. Er könnte Sie glücklich machen.«

»Und du hättest nichts dagegen?«

»Dagegen?« Sophie schüttelte den Kopf. »Ach, Miss Tessa, es ist wirklich nett von Ihnen, sich darum Sorgen zu machen, was ich denke. Aber ich hätte ganz gewiss nichts dagegen. Die Zuneigung, die ich für ihn empfunden habe – und etwas anderes als mädchenhafte Schwärmerei ist es eigentlich nie gewesen –, hat sich in Freundschaft verwandelt. Ich wünsche mir nichts anderes, als dass er und Sie glücklich werden.«

Tessa war sprachlos. Die vielen Gedanken, die sie sich wegen Sophies Gefühlen gemacht hatte, und nun stellte sich heraus, dass das Mädchen überhaupt keinen Anstoß nahm. Irgendetwas hatte sich seit jener fatalen Nacht nach dem Spaziergang auf der Blackfriars Bridge – als Sophie Tränen über Jems Zustand vergossen hatte – entschieden verändert. Aber *was*? Es sei denn ...

»Triffst du dich mit jemandem? Ich meine mit einem Mann? Cyril oder …«

Sophie rollte mit den Augen. »Oh, Herr im Himmel hab Gnade! Zuerst Thomas und nun Cyril. Wann werden Sie endlich aufhören, mich mit dem erstbesten Mann verkuppeln zu wollen?«

»Aber es muss doch irgendjemanden geben.«

»Es gibt niemanden«, erwiderte Sophie bestimmt, erhob sich und drehte Tessa zum Spiegel. »So, fertig. Wenn Sie jetzt noch Ihre Haare zu einem Knoten drehen und unter Ihren Hut stecken, sind Sie das Musterbeispiel eines Gentlemans.«

Tessa nickte und folgte ihren Anweisungen.

Als Tessa die Bibliothek betrat, saß die kleine Gruppe der Institutsschattenjäger – Jem, Will, Henry und Charlotte – bereits in ihren Kampfmonturen um den großen Tisch versammelt.

Henry zeigte aufgeregt auf ein kleines rechteckiges Gerät aus Messing, das auf dem Tisch lag, und verkündete mit erhobener Stimme: *»Daran* habe ich die ganze Zeit gearbeitet. Für genau diese Situation. Das Gerät ist speziell als Waffe gegen Klockwerk-Attentäter konstruiert.«

»So langweilig Nate Gray auch sein mag«, warf Will ein, »sein Kopf besteht nicht aus Zahnrädern und Getrieben, Henry. Er ist ein Mensch.«

»Aber möglicherweise bringt er eine dieser Kreaturen zum Treffpunkt mit. Schließlich wissen wir nicht, ob er dort ohne Begleitung aufkreuzt. Und im Zweifelsfall hilft es gegen Mortmains Klockwerk-Kutscher …«

»Ich denke, Henry hat recht«, sagte Tessa, woraufhin sich alle Anwesenden zu ihr umdrehten. Jem errötete erneut, allerdings nicht mehr ganz so heftig wie kurz zuvor, und schenkte ihr ein schiefes Lächeln.

Dagegen ließ Will seinen Blick in aller Ruhe über Tessas Körper wandern, von Kopf bis Fuß, und konstatierte dann: »Du siehst überhaupt nicht wie ein Mann aus. Du siehst aus wie ein Mädchen in Männerkleidung.«

Tessa vermochte nicht zu sagen, ob er das anerkennend, missbilligend oder einfach nur sachlich meinte. »Ich versuche auch gar nicht, irgendjemandem etwas vorzumachen – ich muss nur auf den ersten Blick, für einen zufälligen Passanten, wie ein Mann aussehen«, entgegnete sie verärgert. »Nate weiß schließlich, dass Jessamine ein Mädchen ist. Und die Kleidung wird wesentlich besser passen, sobald ich mich in sie verwandelt habe.«

»Vermutlich solltest du das sofort tun«, schlug Will vor.

Wütend funkelte Tessa ihn an, schloss dann aber die Augen. Es fiel ihr leichter, sich in jemanden zu verwandeln, dessen Gestalt sie schon einmal angenommen hatte. Und sie benötigte dazu auch keinen Gegenstand aus dem Besitz desjenigen oder die Nähe der betreffenden Person. Diese Form der Verwandlung erschien ihr eher, als würde sie mit geschlossenen Augen in einen Kleiderschrank greifen, nach einem vertrauten Kleidungsstück tasten und es dann herausziehen. Sie holte kurz Luft und griff dann tief in ihrem Inneren nach Jessamine, holte sie hervor und hüllte sich in ihre Gestalt. Dabei spürte sie, wie die Luft aus ihrer Lunge wich, als ihr Brustkorb schrumpfte, und wie sich ihre Haare aus dem Knoten lösten und als helle, seidige Locken ihr Gesicht streiften. Tessa schob die Haare zurück unter den Hut und öffnete dann die Augen.

Die Schattenjäger starrten sie stumm an; Jem schenkte ihr als Einziger ein leises Lächeln, als Tessa gegen das Licht blinzelte.

»Geradezu unheimlich«, murmelte Henry, eine Hand auf dem Messingobjekt, das noch immer auf dem Bibliothekstisch lag.

Tessa, der die Blicke der anderen ein wenig unangenehm waren, ging einen Schritt darauf zu. »Was ist das?«, fragte sie neugierig.

»Eine Art … Höllengerät, das Henry konstruiert hat«, erläuterte Jem. »Es dient dazu, die internen Mechanismen zu unterbrechen, welche die Klockwerk-Kreaturen antreiben.«

»Man dreht hier … etwa so …« Henry tat so, als würde er die untere Hälfte des Geräts in die eine und die oberen Hälfte in die andere Richtung drehen. » … und dann wirft man es. Am besten zwischen die Zahnräder der Kreatur oder an eine andere Stelle, wo es stecken bleibt. Das Gerät unterbricht die mechanischen Strömungen, die durch die Kreaturen fließen, und bewirkt, dass diese auseinandergerissen werden. Da es nicht nur Klockwerk-Automaten Schaden zufügen kann, solltet ihr es nach dem Aktivieren nicht lange festhalten, sondern sofort werfen. Ich habe bisher nur zwei Stück fertiggestellt.« Eines der Geräte reichte er Jem und das andere Charlotte, die es wortlos an ihren Waffengürtel hängte.

»Ist die Nachricht verschickt worden?«, fragte Tessa.

»Ja. Wir warten jetzt nur noch auf die Antwort deines Bruders«, erklärte Charlotte, breitete eine Karte auf dem Bibliothekstisch aus und beschwerte die Enden mit kupfernen Zahnrädern, die Henry wohl dort vergessen hatte. »Dies ist ein Lageplan des Viertels, in dem Jessamine sich offenbar immer mit Nate verabredet hat. Bei dem Treffpunkt handelt es sich um ein Lagerhaus in der Mincing Lane, nahe der Lower Thames Street. Dort befand sich einst die Abpackanlage eines Teehändlers, bis das Unternehmen in Konkurs ging.«

»Mincing Lane«, sagte Jem nachdenklich. »Das Zentrum des Teehandels. Und des Opiumhandels. Es ergibt durchaus einen Sinn, dass Mortmain dort ein Lagerhaus unterhält.« Er fuhr mit seinem schlanken Finger über die Karte, folgte den Namen der umliegenden Straßen: Eastcheap, Gracechurch Street, Lower Thames Street, St. Swithin's Lane. »Trotzdem eine recht merkwürdige Gegend für Jessamine«, fügte er hinzu. »Sie hat doch immer von Glanz und Gloria geträumt – davon, bei Hofe eingeführt zu werden und elegante Bälle zu besuchen. Und eher weniger von heimlichen Treffen in irgendeinem heruntergekommenen Lagerhaus in der Nähe der Hafenkais.«

»Aber sie hat ihr Vorhaben in die Tat umgesetzt«, bemerkte Tessa. »Sie hat einen Mann geheiratet, der nicht aus den Kreisen der Nephilim stammt.«

Wills Mundwinkel verzogen sich zu einem schiefen Grinsen. »Wenn die Ehe rechtsgültig wäre, dann wäre sie jetzt deine Schwägerin.«

Tessa erschauderte. »Ich … es ist nicht so, als ob ich einen Groll gegen Jessamine hegen würde. Aber sie hat etwas Besseres verdient als meinen Bruder.«

»Jeder verdient etwas Besseres als ihn.« Will griff unter den Tisch und holte ein Stoffbündel zum Vorschein, das er neben der Karte ausrollte. Darin befanden sich mehrere lange, dünne Klingen, jeweils mit einer glänzenden Rune versehen. »Ich hatte fast vergessen, dass ich Thomas vor ein paar Wochen aufgetragen hatte, die hier für mich zu bestellen. Sie sind eben erst eingetroffen. Stilette – hervorragend geeignet zum gezielten Stoß zwischen die Gelenke dieser Kreaturen.«

»Dann bleibt allerdings immer noch die Frage …«, setzte Jem an, nahm eine der Waffen und studierte die Klinge, »sobald wir Tessa zu der Verabredung mit Nate in das Lagerhaus gebracht haben, wie sollen wir anderen das Treffen unbemerkt beobachten? Wir müssen in der Lage sein, jederzeit einzugreifen – insbesondere wenn sich herausstellen sollte, dass sein Misstrauen geweckt ist.«

»Uns bleibt nichts anderes, als vor ihm dort einzutreffen und uns irgendwo im Lager zu verstecken. Das ist die einzige Möglichkeit«, verkündete Will. »Und dann hören wir einfach zu, ob und was Nate Nützliches zu sagen hat.«

»Mir missfällt der Gedanke, dass Tessa überhaupt mit ihm reden muss«, murmelte Jem.

»Sie kann sich ganz gut behaupten; ich habe es selbst gesehen. Außerdem ist es sehr viel wahrscheinlicher, dass er offen spricht, wenn er sich in Sicherheit wähnt. Wenn wir ihn erst einmal gefasst haben, könnte es sein, dass die Brüder der Stille auf Blockaden in seinem Verstand stoßen, die Mortmain dort vorsorglich platziert hat, um sein Wissen zu schützen. Und es kann eine Weile dauern, diese aufzuheben.«

»Ich glaube ja, dass Mortmain Jessamine auf jeden Fall mit Blockaden versehen hat«, bemerkte Tessa. »Ich komme einfach nicht an ihre Gedanken heran.«

»Umso größer die Wahrscheinlichkeit, dass er bei Nate ähnlich vorgegangen ist«, erklärte Will.

»Dieser Grünschnabel ist so schwach wie ein Baby«, bemerkte Henry. »Er wird uns alles sagen, was wir wissen wollen. Und wenn nicht, habe ich da ein Gerät …«

»Henry!« Charlotte wirkte höchst beunruhigt. »Sag mir bitte, dass du nicht an der Entwicklung eines Folterinstruments gearbeitet hast.«

»Keineswegs. Ich nenne es den ›Verwirrer‹. Das Gerät sendet Vibrationen aus, die das menschliche Gehirn direkt beeinflussen und dafür sorgen, dass der Betreffende nicht mehr zwischen Fakt und Fiktion unterscheiden kann.« Mit stolzer Miene griff Henry nach einem Kästchen. »Nate wird einfach alles ausspucken, was sich in seinem Gehirn versteckt, ohne jeden Gedanken an mögliche Konsequenzen …«

Warnend hielt Charlotte eine Hand hoch. »Nicht jetzt, Henry. Falls wir den … Verwirrer bei Nate Gray einsetzen müssen, werden wir das tun, sobald wir ihn hierher ins Institut gebracht haben. Im Moment sollten wir uns darauf konzentrieren, wie wir vor Tessa zum Lagerhaus gelangen. Es ist nicht *so* furchtbar weit entfernt; ich schlage vor, Cyril bringt uns dorthin und kehrt dann zurück, um Tessa zu holen.«

»Nate wird die Kutsche des Instituts wiedererkennen«, gab

Tessa zu bedenken. »Als ich Jessamine dabei beobachtet habe, wie sie zu einem Treffen mit Nate aufbrach, war sie zu Fuß. Also werde auch ich zu Fuß gehen.«

»Du verirrst dich nur«, bemerkte Will.

»Nein, das werde ich nicht«, entgegnete Tessa und zeigte auf den Stadtplan. »Der Weg ist ziemlich einfach. Ich könnte von der Gracechurch Street in die Eastcheap abbiegen und dann zur Mincing Lane abkürzen.«

Daraufhin entbrannte eine Diskussion, bei der Jem sich zu Tessas Überraschung auf Wills Seite schlug und dagegen aussprach, dass Tessa allein durch die Straßen lief. Schließlich kam man zu dem Beschluss, dass Henry die Kutsche zur Mincing Lane steuern würde, während Tessa die Strecke zu Fuß zurücklegte. Cyril würde ihr dabei in diskretem Abstand folgen, damit sie sich in der dicht bevölkerten, dreckigen, lauten Stadt nicht verirrte.

Achselzuckend stimmte Tessa dem Plan zu – es erschien ihr weniger anstrengend, als noch länger zu diskutieren, und es machte ihr nichts aus, dass Cyril über sie wachen würde.

»Ich nehme nicht an, dass irgendeiner der hier Versammelten noch darauf hinweisen will, dass wir das Institut ein weiteres Mal ohne den Schutz eines Schattenjägers zurücklassen«, bemerkte Will.

Charlotte rollte die Karte wieder zusammen. »Und wer von uns sollte deiner Meinung nach hierbleiben, anstatt Tessa zu helfen?«

»Ich habe ja gar nicht gesagt, dass irgendjemand hierbleiben sollte«, erwiderte Will und senkte dann die Stimme: »Aber Cyril wird bei Tessa sein, Sophie ist nicht vollständig ausgebildet und Bridget …«

Tessa warf einen raschen Blick auf Sophie, die still in einer Ecke der Bibliothek saß, allerdings durch nichts zu erkennen gab, dass sie Wills Worte gehört hatte. In der Zwischenzeit drang Bridgets Stimme von der Küche herüber, mit einer weiteren todtraurigen Ballade:

Sie rangen, sie rangen auf und ab
Den langen Sommertag,
Bis Willie zog heraus sein Schwert,
Und schlug den Bruder jach.

»O heb' mich empor auf deinen Rücken,
Und trag' mich zum Quell daher,
Und wasche mit Fleiß meine blutigen Wunden,
Dass sie nicht bluten mehr.«

»Beim Erzengel«, stieß Charlotte hervor, »wir werden wirklich einmal etwas unternehmen müssen, ehe sie uns noch alle in den Wahnsinn treibt.«

Bevor irgendeiner darauf reagieren konnte, geschahen zwei Dinge gleichzeitig: Plötzlich klopfte etwas gegen die Fensterscheibe und erschreckte Tessa derartig, dass sie einen Schritt zurückwich, und gleichzeitig ertönte ein lauter, hallender Gong in der Eingangshalle – das Geläut der Türglocke. Charlotte wechselte kurz ein paar Worte mit Will, die Tessa im Dröhnen des Gongs aber nicht verstehen konnte, und dann verließ Will den Raum, während Charlotte zum Fenster marschierte, es öffnete und etwas auffing, das draußen vor der Scheibe schwebte.

Als sie zum Tisch zurückkehrte, flatterte ein Stück Papier in ihren Händen – der Anblick ließ Tessa an einen kleinen weißen Vogel denken, der nervös mit den Flügeln schlug. Die Brise, die vom Fenster kam, wehte Charlotte die Haare ins Gesicht und erinnerte Tessa wieder daran, wie jung die Institutsleiterin eigentlich noch war.

»Vermutlich von Nate«, sagte Charlotte. »Seine Nachricht an Jessamine.« Sie übergab das Papier an Tessa, die den cremeweißen Bogen der Länge nach aufriss, im hektischen Versuch, ihn möglichst schnell zu öffnen.

Tessa schaute auf. »Die Nachricht stammt tatsächlich von Nate«, bestätigte sie. »Er hat eingewilligt, sich mit Jessie bei Sonnenuntergang am üblichen Ort zu treffen …« Im nächsten Moment schnappte sie verwundert nach Luft, als die Nachricht – die offenbar erkannt hatte, dass ihr Inhalt gelesen war – plötzlich in hellen, aber wärmelosen Flammen aufging und sich selbst vernichtete, bis nur noch ein Film aus schwarzer Asche auf Tessas Fingern zurückblieb.

»Das lässt uns nur wenig Zeit«, stellte Henry fest. »Ich bitte Cyril besser sofort, die Kutsche bereit zu machen.« Er warf Charlotte einen Blick zu, als erwartete er ihre Zustimmung, doch sie nickte nur, ohne ihn anzusehen. Seufzend verließ Henry den Raum und wäre dabei fast mit Will zusammengestoßen, der von der Eingangshalle zurückkehrte, dicht gefolgt von einer Gestalt in einem Reiseumhang.

Einen Moment lang fragte Tessa sich, ob es sich dabei vielleicht um einen der Brüder der Stille handelte – aber dann schlug der Besucher die Kapuze zurück, und Tessa sah die vertrauten rotblonden Haare und grünen Augen. »Gideon Lightwood?«, stieß sie überrascht hervor.

»So, das wäre geregelt: Das Institut bleibt nicht ohne einen Schattenjäger zurück«, verkündete Charlotte zufrieden und schob die Karte in ihre Tasche.

Bei Gideons Anblick sprang Sophie hastig auf – und erstarrte dann, als wüsste sie nicht, wie sie sich abseits des Fechtsaals dem älteren der Lightwood-Brüder gegenüber verhalten sollte.

Gideon schaute sich in der Bibliothek um; seine grünen Augen wirkten wie üblich ruhig und gelassen. Dagegen schien Will vor Energie hell zu strahlen, obwohl er vollkommen reglos dastand. »Ihr habt mich gerufen?«, wandte Gideon sich an Tessa, der plötzlich bewusst wurde, dass er natürlich nicht sie, sondern

Jessamine sah. »Also bin ich hergekommen – obwohl ich wirklich nicht weiß, warum oder wozu.«

»Zunächst einmal, um Sophie zu trainieren«, erklärte Charlotte. »Aber auch, um während unserer Abwesenheit auf das Institut aufzupassen. Wir brauchen einen volljährigen Schattenjäger, der hier die Stellung hält, und du kommst dafür infrage. Genau genommen hat Sophie dich vorgeschlagen.«

»Und wie lange werdet ihr fort sein?«

»Zwei, drei Stunden. Auf keinen Fall die ganze Nacht.«

»In Ordnung.« Gideon knöpfte seinen Umhang auf; Staub haftete an seinen Stiefeln, und seine Haare wirkten zerzaust, als wäre er ohne Hut durch den kalten Wind gelaufen. »Mein Vater würde das als ein gutes Training bezeichnen – für den Zeitpunkt, wenn ich die Leitung des Instituts übernehme.«

Will murmelte etwas in sich hinein, das wie »unglaubliche Frechheit« klang, und warf Charlotte einen fragenden Blick zu.

Doch die Schattenjägerin schüttelte kaum merklich den Kopf. »Möglicherweise wirst du das Institut tatsächlich eines Tages leiten«, reagierte sie recht milde auf Gideons Bemerkung. »Auf jeden Fall sind wir dir sehr dankbar für deine Unterstützung. Das Institut obliegt schließlich der Verantwortung aller Nephilim. Diese Einrichtungen sind unsere Wohnsitze, unser Idris fern der Heimat.«

Gideon schaute fragend zu Sophie. »Sind Sie bereit für das Training?«

Das Mädchen nickte, und die Anwesenden verließen gemeinsam die Bibliothek: Gideon und Sophie wandten sich nach rechts in Richtung Fechtsaal, und die anderen eilten zum Treppenhaus.

Hier draußen klang Bridgets klagender Gesang noch lauter, und Tessa hörte, wie Gideon Sophie gegenüber eine Bemerkung machte und Sophie leise etwas darauf erwiderte, ehe die beiden auch schon außer Hörweite waren.

Tessa erschien es als das Natürlichste, sich Jem anzuschließen und neben ihm zu laufen, während sie schweigend das Hauptschiff des Kirchengebäudes durchquerten. Sie ging so nahe neben ihm, dass sie die Wärme seines Körpers spüren konnte und seine Hand, die ihre streifte, als sie hinaus auf die Stufen zum Innenhof traten. Die Sonne ging bereits unter, und der Himmel hatte die goldene Tönung kurz vor Anbruch der Abenddämmerung angenommen. Cyril wartete am Fuß der Treppe und besaß in diesem Moment eine solch große Ähnlichkeit mit Thomas, dass es Tessa einen Stich ins Herz versetzte. Er hielt einen langen, dünnen Dolch in der Hand, den er Will wortlos überreichte, damit dieser ihn sich in den Gürtel stecken konnte.

Charlotte drehte sich noch einmal um und legte Tessa eine Hand an die Wange. »Wir sehen uns dann im Lagerhaus«, sagte sie. »Keine Sorge, Tessa – wir werden gut auf dich aufpassen. Und nochmals danke, dass du das für uns auf dich nimmst.« Dann ließ sie die Hand sinken und lief die Steintreppe hinunter, dicht gefolgt von Henry und Will. Dagegen schien Jem einen Moment zu zögern …

Tessa erinnerte sich an jene Nacht, in der er noch einmal die Stufen hinaufgelaufen war, um sich von ihr zu verabschieden. Behutsam legte sie ihm jetzt die Hand aufs Handgelenk, murmelte *»Mizpa«* und hörte, wie er verwundert nach Luft schnappte.

Während die Schattenjäger in die Kutsche stiegen, drehte Jem sich zu Tessa um und küsste sie leicht auf die Wange, ehe er herumwirbelte und die Stufen hinablief. Die anderen schienen nichts bemerkt zu haben, doch Tessa legte ihre Hand an die Wange, als Jem als Letzter in die Kutsche stieg und Henry auf den Kutschbock kletterte. Dann schwang das Tor des Instituts auf, und die Kutsche ratterte hinaus in den späten Nachmittag.

»Wollen wir dann auch aufbrechen, Miss?«, fragte Cyril. Obwohl er seinem verstorbenen Bruder Thomas sehr stark ähnelte, wirkte er weniger schüchtern, überlegte Tessa. Denn er schaute ihr beim Reden direkt in die Augen, und seine Mundwinkel schien stets ein leises Lächeln zu umspielen. Tessa fragte sich, ob es wohl bei Brüdern immer einen gab, der ruhiger war, und einen, der nervöser, reizbarer schien – so wie bei Gideon und Gabriel Lightwood.

»Ja, von mir aus können wir …«, erklärte Tessa und setzte bereits einen Fuß auf die oberste Stufe, als sie plötzlich innehielt. Natürlich war es vollkommen lächerlich, das wusste sie genau, und dennoch … Sie hatte den Klockwerk-Engel abgelegt, als sie in Jessamines Kleidung geschlüpft war, und ihn nicht wieder übergestreift. Schließlich konnte sie den Engel nicht *tragen,* da Nate ihn sofort erkennen würde, aber sie hatte ihn in ihre Tasche stecken wollen, damit er ihr Glück brachte. Doch jetzt hatte sie ihn vergessen, und das ließ sie zögern: Hier ging es um mehr als um einen albernen Aberglauben, denn schon zweimal hatte ihr der Engel buchstäblich das Leben gerettet. Tessa machte kehrt. »Ich habe noch etwas vergessen. Warte bitte hier auf mich, Cyril. Ich bin in einer Minute zurück.«

Die Tür zum Institut stand noch immer weit auf. Tessa hastete hindurch und die Treppe hinauf, dann durch die Flure und in den Korridor, der zu Jessamines Zimmer führte – und blieb plötzlich wie erstarrt stehen.

Durch denselben Korridor gelangte man auch zu der Stiege, die hinauf zum Fechtsaal ging, und Tessa hatte wenige Minuten zuvor gesehen, wie Sophie und Gideon in diese Richtung verschwunden waren. Allerdings waren sie die Treppe nicht hinaufgestiegen, sondern standen noch immer im Flur. Im gedämpften Schein der Elbenlichtfackeln wirkten sie zwar nur wie zwei Schatten, doch Tessa konnte sie deutlich erkennen: Sophie lehnte an der Wand, und Gideon hielt ihre Hand.

Sofort wich Tessa einen Schritt zurück; das Herz klopfte ihr bis in den Hals. Weder Sophie noch Gideon hatten sie bemerkt.

Die beiden schienen nur Augen füreinander zu haben. Dann beugte Gideon sich vor, flüsterte Sophie etwas zu und strich ihr behutsam eine Haarsträhne aus dem Gesicht. Tessas Magen ballte sich zusammen, und sie machte so leise wie möglich kehrt und schlich sich lautlos davon.

Als sie wieder hinaus auf die Eingangsstufen vor der Institutstür trat, schien es ihr, als hätte der Himmel eine dunklere Farbe angenommen.

Cyril wartete bereits auf sie und pfiff leise und falsch vor sich hin. Doch beim Anblick von Tessas Gesichtsausdruck verstummte er abrupt. »Ist alles in Ordnung, Miss? Haben Sie gefunden, was Sie suchten?«

Tessa dachte an Gideon und daran, wie er Sophie die Haare aus dem Gesicht gestrichen hatte. Dann erinnerte sie sich wieder an Wills sanfte Hände auf ihren Hüften und Jems weiche Lippen an ihrer Wange. Plötzlich hatte sie das Gefühl, als würden sich ihre Gedanken überschlagen, und ihr wurde schwindlig. Woher nahm sie das Recht, Sophie zur Vorsicht zu ermahnen – und sei es auch nur stumm –, wenn sie selbst ihren eigenen Gefühlen nicht Einhalt gebieten konnte? »Ja«, schwindelte sie rasch. »Ich habe alles, was ich wollte. Danke, Cyril.«

Bei dem Lagerhaus in der Mincing Lane handelte es sich um ein großes Kalksteingebäude mit einem hohen schmiedeeisernen Zaun. Sämtliche Fenster waren mit Brettern zugenagelt, und ein schweres Vorhängeschloss verriegelte das Haupttor, über dem der Name *Mortmain and Co.* unter den vielen Ruß- und Schmutzschichten kaum noch zu lesen war.

Die Schattenjäger ließen die Kutsche am Straßenrand zurück, durch Zauberglanz kaschiert, damit sie nicht gestohlen oder von vorbeikommenden Irdischen beschädigt wurde – zumindest bis Cyril bei ihnen eintraf und auf die Kutsche aufpassen konnte. Will warf einen genaueren Blick auf das Vorhängeschloss am Tor und stellte fest, dass es kurz zuvor geölt worden war; eine rasch gezeichnete Rune ersetzte den fehlenden Schlüssel, und dann schlüpften die Schattenjäger durch das Tor und verschlossen dieses wieder sorgfältig.

Eine weitere Rune entriegelte die Eingangstür, hinter der ein Gang durch einen Bürotrakt führte. Allerdings war nur noch einer der Räume möbliert: ein Tisch, eine Bürolampe mit grünem Lampenschirm und ein Sofa mit Blumenmuster und einer hohen, geschwungenen Rückenlehne.

»Zweifellos der Ort, an dem Jessamine und Nate die meiste Zeit ihrer jungen Liebe verbracht haben dürften«, bemerkte Will spöttisch.

Jem schnaubte angewidert und stach mit seinem Spazierstock in das Polster des Sofas, während Charlotte sich über den Schreibtisch beugte und hastig die Schubladen durchsuchte.

»Ich wusste gar nicht, dass du solch eine ablehnende Haltung gegenüber junger Liebe eingenommen hast«, wandte Will sich an seinen Freund.

»Nicht prinzipiell. Aber die Vorstellung, dass Nate Gray irgendjemanden berührt …« Jem verzog das Gesicht. »Dabei ist Jessamine so fest davon überzeugt, er würde sie lieben. Du hättest sie sehen sollen, Will. Ich glaube, selbst *du* hättest Mitleid mit ihr empfunden.«

»Das bezweifle ich«, entgegnete Will. »Eine Liebe, die nicht erwidert wird, ist ein lächerlicher Zustand und führt zu lächerlichem Verhalten bei denjenigen, die sich in diesem Zustand befinden.« Er zupfte an dem Verband an seinem Arm, als bereitete er ihm Schmerzen, und wandte sich dann an Charlotte: »Und? Hast du irgendetwas gefunden?«

»Nichts.« Charlotte schob die Schubladen wieder zu. »Lediglich ein paar Unterlagen mit Preisen von Teelieferungen und Datumsangaben von Teeauktionen, aber ansonsten nur tote Spinnen.«

»Wie romantisch«, murmelte Will und folgte dann Jem, der bereits das nächste Büro erkundete und mit seinem Spazierstock ein paar Spinnweben beiseitefegte. Die angrenzenden Räume waren alle leer, und vom letzten Büro gelangte man durch eine Tür direkt in den ehemaligen Lagerraum – eine große, dämmrige Halle, deren hohe Decke in der Dunkelheit verschwand. Eine wacklige Holzstiege führte zu einer Empore. Jutesäcke lehnten an den Wänden und wirkten in den Schatten wie zusammengesackte Körper. Will hob seinen Elbenstein, der helle Lichtstrahlen durch die gesamte Halle warf.

Entschlossen marschierte Henry zu einem der Jutesäcke, um ihn genauer unter die Lupe zu nehmen, und kehrte nach einem Moment achselzuckend zurück. »Nur lose Teeblätter«, erklärte er. »Allem Anschein nach Orange Pekoe.«

Doch Jem schüttelte den Kopf und schaute sich prüfend um. »Ich bin durchaus bereit zu glauben, dass dies einst ein aktiver Umschlagplatz für Tee war. Aber das Unternehmen hat ganz offensichtlich bereits vor mehreren Jahren seine Pforten geschlossen … spätestens seit Mortmains Beschluss, sich lieber mit Uhrwerksmechanismen zu beschäftigen. Und dennoch liegt hier kein Flöckchen Staub.« Jem nahm Wills Handgelenk und dirigierte das Elbenlicht so, dass die Strahlen auf den Fußboden der Lagerhalle fielen. »Hier haben irgendwelche Aktivitäten stattgefunden – und damit meine ich nicht nur Jessamine und Nate, die sich in einem leer stehenden Büro getroffen haben.«

»Dahinten sind noch weitere Büroräume«, sagte Henry und zeigte auf das andere Ende der Halle. »Charlotte und ich kümmern uns darum. Will und Jem, ihr durchsucht die Empore.«

Die Tatsache, dass Henry einmal Befehle erteilte, war so ungewöhnlich und neu, dass Will seinem *Parabatai* nur einen verwunderten Blick zuwarf, dann breit grinste und die wackligen Stufen der Holzstiege erklomm. Die Treppe knarrte bei jedem

Schritt, selbst unter Jem, der Will unmittelbar folgte. Der Elbenstein in Wills Hand warf unregelmäßige Schattenmuster an die Wand, als er die oberste Stufe erreichte.

Vor ihm erstreckte sich eine Art Galerie, auf der man einst Teekisten gelagert hatte und von der aus der Werkmeister die Arbeiten in der unteren Lagerhalle überwachen konnte. Jetzt war die Galerie leer, bis auf eine einzelne Gestalt, die auf den Holzdielen lag – der Körper eines jungen, schlanken Mannes. Als Will näher kam, begann sein Herz wie wild zu schlagen, weil er diesen Anblick kannte, dieses Bild schon in seinen Angstträumen gesehen hatte: der erschlaffte Körper mit der dunklen Kleidung, die silbernen Haare, die geschlossenen, schattigen Lider mit den silbernen Wimpern.

»Will?« Jem stand direkt hinter ihm. Er schaute von Wills stummer, fassungsloser Miene zu der Gestalt auf dem Boden, schob sich resolut an seinem Freund vorbei und kniete sich neben den Mann. Er griff gerade nach dessen Handgelenk, als auch schon Charlottes Kopf über dem Rand der Empore erschien. Will warf ihr einen verwunderten Blick zu, denn ihr Gesicht glänzte vor Schweiß, und sie wirkte leicht grünlich. Gleichzeitig hörte er, wie Jem feststellte: »Er hat noch einen Puls.«

Will trat einen Schritt näher und kniete sich neben seinen Freund. Aus der Nähe ließ sich deutlich erkennen, dass es sich bei der Gestalt auf den Dielenbrettern nicht um Jem handelte. Der Mann war älter und stammte nicht aus Asien, sondern aus Europa; silberne Bartstoppeln bedeckten sein Kinn und seine Wangen, und seine Züge wirkten insgesamt breiter und weniger definiert. Wills Herzschlag normalisierte sich, als der Mann die Lider aufschlug.

Seine Augen erinnerten an große silberne Scheiben – genau wie Jems. Und in diesem Moment erkannte Will ihn: Plötzlich roch er wieder den süßsäuerlichen Geruch schwelender Hexendrogen, spürte wieder die Hitzewogen durch seine Adern rauschen und wusste nicht nur, dass er diesen Mann schon einmal gesehen hatte, sondern auch genau, wo das gewesen war. »Du bist ein Lykanthrop«, stieß er hervor. »Einer der rudellosen Werwölfe, die *Yin Fen* bei den Ifrit in Whitechapel gekauft haben, hab ich recht?«

Die Augen des Werwolfs schweiften über die beiden Schattenjäger, und sein Blick blieb an Jem hängen. Dann kniff er die Augen zu Schlitzen zusammen, und seine Hand schoss nach vorn und krallte sich in Jems Revers. »Du«, keuchte er pfeifend. »Du bis' einer von uns. Hast du was dabei … ich mein von dem Stoff …?«

Bestürzt wich Jem zurück. Gleichzeitig packte Will den Werwolf am Handgelenk und riss seine Hand von Jems Kragen, was ihm nicht schwerfiel, denn der Mann hatte kaum noch Kraft in den klammen Fingern. »Fass ihn nicht an!«, fauchte er und hörte dabei seine eigene Stimme wie aus großer Ferne, kalt und abgehackt. »Er hat nichts von deinem Dreckszeug. Bei uns Nephilim besitzt es nicht dieselbe Wirkung wie bei euch.«

»Will.« Ein leises Flehen schwang in Jems Stimme mit: *Bitte sei etwas gnädiger.*

»Du arbeitest für Mortmain«, fuhr Will fort. »Los, erzähl uns, was du für ihn machst. Sag uns, wo er sich versteckt.«

Doch der Werwolf lachte nur. Blut quoll über seine Lippen, lief ihm am Kinn hinab und tropfte teilweise auf Jems Kampfmontur. »Als ob … ich wüsste … wo der … Magister ist«, keuchte er. »Ihr verdammten … Narren. Ihr verdammten … nutzlosen Nephilim. Wenn ich noch … meine früheren … Kräfte hätte … würd ich euch … in Fetzen reißen …«

»Aber die hast du nicht mehr.« Will war unerbittlich. »Und vielleicht haben wir ja doch etwas von dem *Yin Fen* dabei.«

»Habt ihr nich'. Glaubst du, ich wüsste das nich'?« Der Blick des Werwolfs schweifte in die Ferne. »Als er mir … das Pulver zum ersten Mal gegeben hat, da hab ich Dinge gesehen … die könnt ihr euch nich' vorstellen, die große, gläserne Stadt, die himmlischen Türme …« Ein heftiger Hustenanfall schüttelte ihn, und weiteres Blut quoll ihm aus dem Mundwinkel. Es schimmerte silbern, wie Quecksilber.

Will tauschte einen raschen Blick mit Jem. *Die gläserne Stadt.* Er musste unwillkürlich an Alicante denken, obwohl er die Hauptstadt von Idris noch nie gesehen hatte.

»Ich dachte … ich würd ewig leben«, fuhr der Werwolf fort. »Ich konnte … ganze Tage und Nächte durcharbeiten … wurde nicht ein einziges Mal müde. Aber dann sind die Ersten von uns gestorben … einer nach dem anderen. Das Zeug bringt einen … auf Dauer um … aber davon hat er nie was gesagt. Ich bin hierher zurückgekommen, weil ich dachte, dass hier … vielleicht noch was von dem Stoff herumliegen würde … Aber hier ist nichts mehr … Und jetzt hat es keinen Zweck mehr noch woandershin zu gehen. Ich lieg eh im Sterben. Dann kann ich genauso gut auch hier abkratzen.«

»Der Magister hat genau gewusst, was er tat, als er euch das Pulver gegeben hat. Er wusste, dass es euch umbringen würde«, sagte Jem. »Er verdient es nicht, dass du ihn deckst. Sag uns, womit er sich beschäftigt, woran er euch Tag und Nacht hat arbeiten lassen.«

»Wir haben … diese *Dinger* zusammengebaut, diese Metallmänner. Die jagen einem zwar … 'nen eisigen Schauer über den Rücken … aber die Bezahlung war gut, und der Stoff noch viel besser …«

»Und welchen Nutzen bringt dir das viele Geld jetzt noch?!«, bemerkte Jem, dessen Stimme ungewöhnlich bitter klang. »Wie oft hat er euch das Zeug gegeben? Das silberne Pulver?«

»Sechs-, siebenmal am Tag.«

»Kein Wunder, dass die Vorräte in Whitechapel zur Neige gehen«, murmelte Will. »Mortmain kontrolliert sämtlichen Nachschub.«

»Solche Mengen hattet ihr auf keinen Fall konsumieren dürfen«, wandte Jem sich an den Mann. »Je mehr man davon nimmt, desto schneller stirbt man.«

Der Werwolf heftete seinen Blick auf Jem. Seine Augen waren blutunterlaufen. »Und du?«, keuchte er. »Wie lang hast *du* noch zu leben?«

Will drehte den Kopf. Charlotte stand noch immer reglos auf der obersten Treppenstufe und starrte auf die Szenerie vor sich. Will hob eine Hand, um sie zu sich heranzuwinken. »Charlotte, wenn wir ihn nach unten in die Halle schaffen, können die Stillen Brüder ihm vielleicht helfen. Wenn du bitte …«

Doch zu Wills Überraschung wurde Charlotte plötzlich ganz grün im Gesicht. Hektisch schlug sie sich die Hand vor den Mund und stürmte die Treppe hinunter.

»Charlotte!«, zischte Will; er wagte es nicht, ihr laut hinterherzurufen. »Oh, verflixt noch mal. Also gut, Jem: Wenn du seine Beine nimmst, kann ich ihn an den Schultern hochheben …«

»Spar dir die Mühe«, erwiderte Jem leise. »Er ist bereits tot.«

Will drehte sich zu dem Werwolf um. Und tatsächlich: Seine weit aufgerissenen silbrigen Augen starrten glasig an die Decke, und seine Brust hob und senkte sich nicht länger. Jem streckte die Hand aus, um seine Lider zu schließen, doch Will packte ihn am Handgelenk. »Nein. Nicht.«

»Ich hatte nicht vor, ihm die letzte Ölung zu erteilen, Will. Ich wollte nur seine Augen schließen.«

»Nicht mal das hat er verdient. Er hat für den Magister gearbeitet!« Wills verärgertes Wispern steigerte sich fast zu einem lauten Ruf.

»Er war dasselbe, was ich bin«, erwiderte Jem schlicht. »Ein Drogensüchtiger.«

Doch Will, der seinen Freund noch immer am Handgelenk hielt, warf ihm einen eindringlichen Blick zu. »Er war *keineswegs* das, was du bist. Und du wirst nicht auf diese Weise sterben.«

Überrascht öffnete Jem die Lippen. »Will …«

In dem Moment hörten beide das Quietschen einer Türangel, und dann rief eine Stimme Jessamines Namen. Sofort gab Will Jems Handgelenk frei. Beide Schattenjäger warfen sich flach auf den Boden und robbten sich zentimeterweise an die Kante der Empore heran, um einen Blick nach unten in die Lagerhalle zu werfen.

16
Menschenwut

Seh' ich zertrümmert von der Zeiten Hand
Die stolze Pracht aus längst vergangnen Tagen,
Den Turm geschleift, der einst so ragend stand,
Und ew'ges Erz von Menschenwut zerschlagen.
SHAKESPEARE, »SONETT 64«

Es war eine äußerst interessante Erfahrung, sich als Mann verkleidet durch die Straßen Londons zu bewegen, überlegte Tessa, während sie sich durch die Menschenmengen auf der Eastcheap schlängelte. Die Passanten, hauptsächlich Männer, die ihr entgegenkamen, würdigten sie kaum eines Blickes und schoben sich auf ihrem Weg zum nächsten Wirtshaus oder zur nächsten Straßenecke einfach an ihr vorbei. Wenn sie als junge Dame um diese Uhrzeit allein unterwegs gewesen wäre, hätte man sie unverhohlen angestarrt und ihr höhnische Bemerkungen nachgerufen. Aber als Mann schien sie praktisch unsichtbar. Tessa hatte nie darüber nachgedacht, wie es sich anfühlen musste, unbemerkt durch die Straßen zu laufen ... wie leicht und unbeschwert sie sich fühlte – oder eben gefühlt hätte, wenn sie sich nicht wie ein Adliger aus Dickens' *Eine Geschichte aus zwei Städten* auf dem Weg zur Guillotine vorgekommen wäre.

Nur ein einziges Mal konnte sie einen kurzen Blick auf Cyril werfen, als dieser in einer Gasse zwischen zwei Gebäuden verschwand, die schräg gegenüber von 32 Mincing Lane lag. Tessa blieb einen Moment stehen und betrachtete das Lagerhaus: ein großes Steingebäude, umgeben von einem schwarzen Eisengitter, das im schwindenden Licht der Abenddämmerung wie eine Reihe abgebrochener, fauliger Zähne aussah. Ein Vorhängeschloss baumelte von einem der Flügel des Haupttors herab, das einen Spalt geöffnet war. Tessa schlüpfte rasch hindurch und eilte die staubigen Stufen zur Eingangstür hinauf, die ebenfalls offen stand.

Im Inneren des Gebäudes fand sie eine Reihe von leeren, verlassenen Büroräumen vor, deren Fenster auf die Mincing Lane hinausgingen; an einer der Scheiben brummte eine Fliege, die sich wieder und wieder gegen das Glas warf, bis sie schließlich erschöpft auf die Fensterbank herabfiel. Tessa erschauderte kurz und hastete dann weiter.

Bei jedem Raum, den sie betrat, rechnete sie angespannt mit Nates Anwesenheit, doch er war nirgends zu sehen. Im letzten Büro führte eine Tür hinaus in die Lagerhalle. Gedämpftes bläuliches Licht fiel durch die Risse zwischen den Brettern, mit denen die Fenster vernagelt waren. Unschlüssig schaute Tessa sich um und wisperte dann: »Nate?«

In dem Moment trat er aus dem Schatten zwischen zwei Pfeilern, von denen bereits der Putz abbröckelte. Sein blondes Haar, das unter dem schwarzen Zylinder hervorschaute, leuchtete im bläulichen Licht. Nate trug einen Gehrock aus dunkelblauem Tweed, eine schwarze Hose und schwarze Stiefel, aber seine normalerweise tadellose Erscheinung wirkte ungepflegt. Mehrere Strähnen hingen ihm in die Augen, und eine breite Schmutzspur verlief über seine Wange. Seine Kleidung war zerknittert, als hätte er darin geschlafen. »Jessamine. Mein Schatz«, rief er erleichtert und breitete die Arme aus.

Langsam kam Tessa näher; ihr ganzer Körper stand unter Anspannung. Sie wollte nicht, dass Nate sie berührte, sah aber keine Möglichkeit, die Umarmung zu vermeiden. Nate schlang die Arme um sie, griff dann nach ihrem Hut und nahm ihn fort, sodass sich Jessamines blonde Locken über ihren Rücken ergossen. Unwillkürlich dachte Tessa an Will, daran, wie er die Perlennadeln aus ihren Haaren gelöst hatte, und ihr Magen ballte sich zusammen. »Ich muss herausfinden, wo der Magister ist«, setzte sie mit zittriger Stimme an. »Es ist furchtbar wichtig. Ich habe nämlich zufällig mitgehört, wie die anderen im Institut einen Plan geschmiedet haben. Und ich weiß ja, dass du mir seinen Aufenthaltsort nicht mitteilen wolltest, aber …«

Nate schob ihr die Haare aus dem Gesicht und ignorierte ihre Worte. »Ich verstehe«, sagte er mit tiefer, heiserer Stimme. »Aber zuerst …« Er legte einen Finger unter ihr Kinn und hob ihren Kopf an. *»Komm denn, Liebchen, küss mich herzig!«*

Tessa wünschte, er würde nicht Shakespeare zitieren – sie würde diese Zeile nie wieder hören können, ohne dabei das Gefühl zu haben, sich gleich übergeben zu müssen. Jede Faser ihres Körpers hätte sich am liebsten schreiend abgewandt, als er sich zu ihr hinabbeugte. Und sie betete, dass die Schattenjäger endlich herbeistürmen würden, während sie Nate gleichzeitig erlauben musste, ihren Kopf anzuheben, höher und höher …

Doch plötzlich brach Nate in Gelächter aus. Mit einer raschen Handbewegung schleuderte er ihren Hut in die Schatten; seine Finger packten ihr Kinn, und seine Nägel bohrten sich dabei in ihre Haut. »Ich bitte vielfach um Vergebung für mein ungestümes Verhalten«, höhnte er. »Aber ich war einfach neugierig und wollte doch zu gern herausfinden, wie weit du gehen würdest, um deine Schattenjägerfreunde zu schützen … kleines Schwesterlein.«

»Nate!« Tessa versuchte, sich loszureißen und von ihm fortzukommen, doch sein Griff war zu fest.

Dann schoss Nates andere Hand blitzschnell hervor, drehte sie herum und presste sie mit dem Rücken an sich, während er ihr seinen Unterarm gegen die Kehle drückte. Sein heißer Atem streifte ihr Ohr. Er roch säuerlich, nach Gin und altem Schweiß. »Hast du wirklich geglaubt, ich hätte keine Ahnung?«, knurrte er. »Nach dieser Nachricht auf Benedicts Ball, die mich für nichts und wieder nichts nach Vauxhall geschickt hat, ist es mir plötzlich klar geworden. Auf einmal ergab alles einen Sinn. Ich hätte wissen müssen, dass du es warst ... dass du dich als Jessamine verkleidet hattest. Du dummes, kleines Mädchen.«

»Dumm?«, fauchte Tessa. »Ich habe dich dazu gebracht, mir deine Geheimnisse zu verraten, Nate. Du hast mir bereitwillig alles erzählt. Hat Mortmain vielleicht davon erfahren? Ist das der Grund, warum du so aussiehst, als hättest du seit Tagen nicht geschlafen?«

Ruckartig verstärkte Nate den Druck seines Unterarms auf ihre Kehle, und Tessa keuchte vor Schmerz. »Du konntest es einfach nicht lassen. Du musstest ja unbedingt deine Nase in meine Angelegenheiten stecken. Und, freut es dich, mich jetzt am Boden zu sehen? Was für eine Art Schwester macht das aus dir, Tessie?«

»Du hättest mich getötet, wenn du die Gelegenheit dazu gehabt hättest. Spar dir deine Worte, Nate – du wirst mir nicht einreden können, ich hätte dich betrogen. Das hast du dir alles selbst zuzuschreiben, durch dein Bündnis mit Mortmain ...«

Nate schüttelte Tessa so heftig, dass ihre Zähne klapperten. »Als ob meine Bündnisse dich irgendetwas angingen. Ich hatte alles wunderbar im Griff, bis du mit deinen Nephilimfreunden aufgetaucht bist und ihr euch in alles eingemischt habt. Jetzt will der Magister meinen Kopf auf einem Silbertablett. Und das ist deine Schuld! Alles nur deine Schuld. Fast hatte ich die Hoffnung schon aufgegeben, bis ich dann plötzlich diese lächerliche Nachricht von Jessamine erhielt. Ich wusste natürlich sofort, dass du dahintersteckst. Die ganze Mühe, die ihr euch gemacht haben müsst. Jessamine so lange zu foltern, bis sie dieses alberne Schreiben verfasste.«

»Wir haben sie nicht gefoltert«, quetschte Tessa hervor und versuchte erneut, sich freizukämpfen, doch Nate verstärkte seinen eisernen Griff, sodass sich die Knöpfe seiner Weste in ihren Rücken drückten. »Sie hat uns freiwillig geholfen … sie wollte ihre eigene Haut retten«, keuchte Tessa pfeifend.

»Das glaub ich dir nicht.« Mit der freien Hand packte er ihr Kinn und versenkte seine Nägel in ihrer Haut, bis Tessa gequält aufjaulte. »Jessamine liebt mich.«

»Niemand könnte dich lieben«, fauchte Tessa. »Du bist zwar mein Bruder … und ich habe dich geliebt, aber du hast sogar diese Liebe getötet.«

Wütend beugte Nate seinen Kopf über sie und knurrte: *»Ich bin nicht dein Bruder.«*

»Na schön, dann eben mein Halbbruder, wenn du darauf bestehst.«

»Du bist nicht meine Schwester. Nicht mal im Entferntesten.« Ein grausames Vergnügen schwang in seinen Worten mit. »Deine Mutter und meine Mutter waren nicht dieselbe Person.«

»Das kann nicht sein«, wisperte Tessa. »Du lügst. Unsere Mutter war Elizabeth Gray …«

»Deine Mutter war Elizabeth Gray, geborene Elizabeth Moore«, erwiderte Nate. »Meine war Harriet Moore.«

»Tante Harriet?«

»Genau. Sie war mal verlobt. Hast du das gewusst? Nachdem unsere Eltern – deine Eltern – geheiratet hatten. Ihr Verlobter starb noch vor der Hochzeit. Aber da trug sie bereits ein Kind unter dem Herzen. Deine Mutter hat das Kind als ihr eigenes ausgegeben und großgezogen – sie wollte ihrer Schwester die Schande ersparen, dass alle Welt davon erfahren würde, dass sie die Ehe bereits vollzogen hatte, bevor diese überhaupt stattfinden konnte. Dass sie eine Hure war.« Nates Stimme klang so bitter wie Galle. »Ich bin nicht dein Bruder … bin es nie gewesen. Harriet hat mir nie verraten, dass sie meine leibliche Mutter ist. Ich habe erst aus den Briefen deiner Mutter davon erfahren. All die Jahre hat sie kein Sterbenswort verraten. Sie hat sich zu sehr geschämt.«

»Du hast sie getötet«, murmelte Tessa benommen. »Deine eigene Mutter.«

»*Weil* sie meine Mutter war. Weil sie mich verleugnet hat. Weil sie sich für mich geschämt hat. Weil ich niemals wissen werde, wer mein Vater war. Weil sie eine Hure war.« Nates Stimme klang hohl und nichtssagend.

Aber *Nate* war schon immer hohl und nichtssagend gewesen, erkannte Tessa in diesem Moment. Er war nie etwas anderes als eine hübsche Hülle gewesen, und sie und ihre Tante hatten ihm Einfühlungsvermögen und Mitgefühl und eine sympathische Schwäche angedichtet, weil sie sich so sehr wünschten, er würde diese Eigenschaften besitzen – und nicht, weil er sie tatsächlich besaß.

»Warum hast du Jessamine erzählt, meine Mutter sei eine Schattenjägerin gewesen?«, fragte Tessa fordernd. »Selbst wenn Tante Harriet deine leibliche Mutter gewesen ist – sie und meine Mutter waren schließlich Schwestern, und dementsprechend hätte Tante Harriet ebenfalls eine Schattenjägerin sein müssen. Und das Gleiche gilt für dich. Warum hast du also eine solch lächerliche Lüge verbreitet?«

Nate feixte. »Das wüsstest du wohl gern, was?« Sein Griff um ihre Kehle verstärkte sich weiter und drückte ihr die Luftröhre zu.

Tessa schnappte keuchend nach Luft und musste plötzlich an Gabriel denken und an seine Worte: *Richte deine Tritte gegen die Kniescheibe; der Schmerz wird unerträglich sein.* Im nächsten Moment hob Tessa den Fuß und trat nach hinten, sodass ihr Stiefelabsatz gegen Nates Knie traf und ein dumpfes, knirschendes Geräusch erzeugte.

Augenblicklich schrie Nate auf, und sein Bein gab unter ihm nach, aber auch als er zu Boden stürzte, hielt er Tessa weiterhin eisern fest und rammte ihr den Ellbogen in die Rippen, während sie über die Holzdielen rollten. Tessa fühlte einen stechenden Schmerz, schnappte nach Luft und spürte, wie ihr die Tränen in die Augen schossen.

Ein weiteres Mal trat sie nach Nate, während sie rückwärts von ihm fortzukrabbeln versuchte, und streifte ihn an der Schulter. Aber Nate setzte ihr nach und bekam sie an der Weste zu packen, deren Knöpfe der Reihe nach abplatzten, als er Tessa zu sich hinzog. Dann griff er ihr mit der anderen Hand in die Haare, während Tessa ihm die Nägel ins Gesicht schlug und seine Wange aufriss. Der Anblick des sofort hervorquellenden Bluts schenkte ihr ein Gefühl wilder Genugtuung.

»Lass mich los«, schnaufte sie. »Du kannst mich nicht töten. Der Magister will mich lebend …«

»›Lebend‹ bedeutet nicht ›unverletzt‹«, knurrte Nate, während ihm das Blut über das Gesicht lief und vom Kinn tropfte. Er verstärkte seinen Griff in ihren Haaren und schleifte Tessa hinter sich her, die vor Schmerz aufschrie und wütend nach ihm trat. Doch Nate war schnell und wich ihren Tritten geschickt aus.

Keuchend sandte Tessa ein Stoßgebet zum Himmel: *Jem, Will, Charlotte, Henry – wo seid ihr?*

»Fragst du dich gerade, wo deine Freunde bleiben?«, höhnte Nate und zerrte sie auf die Beine, eine Hand in ihren Haaren und eine umklammerte zur Faust geballt ihr Hemd im Rücken. »Nun ja, hier hätten wir schon mal einen von ihnen.«

Ein knirschendes Geräusch lenkte Tessas Aufmerksamkeit auf eine Bewegung in den Schatten.

Mit einem Ruck an ihren Haaren zog Nate ihren Kopf herum und schüttelte sie. »Sieh genau hin«, fauchte er. »Es wird Zeit, dass du kapierst, mit wem du es hier zu tun hast.«

Tessa starrte in die angewiesene Richtung: Das Ding, das aus den Schatten auftauchte, war riesig – bestimmt sechs Meter groß, schätzte sie – und vollständig aus Eisen gefertigt. Allerdings konnte sie kaum Gelenkverbindungen entdecken. Die Kreatur schien sich wie ein einziger, fließender Mechanismus zu bewegen, nahtlos und fast ohne erkennbare Züge. Die untere Hälfte war in zwei Beine unterteilt, die jeweils in einem mit Metallspitzen bewehrten Fuß endeten, während die langen Arme mit krallenartigen Händen bestückt waren. Das flache ovale Metallgesicht zeigte nur eine zickzackförmige, scharfkantige Vertiefung, die als eine Art Mund diente und an einen Riss in einer Eierschale erinnerte. Vom »Kopf« der Kreatur ragten zwei spiralförmige Hörner auf, zwischen denen knisternde blaue Funken hin und her sprangen. Und in seinen gewaltigen Klauen trug das Ding einen schlaffen Körper, vollständig in Kampfmontur gekleidet. Vor dem wuchtigen Rumpf des gigantischen Klockwerk-Automaten wirkte die Gestalt noch kleiner als sonst.

»Charlotte!«, schrie Tessa auf und verdoppelte ihre Anstrengungen, sich aus Nates Griff zu befreien. Wütend riss sie den Kopf zur Seite, wodurch sich einige Haare lösten und zu Boden rieselten – Jessamines blonde Locken, nun blutverklebt.

Nate revanchierte sich, indem er ihr so fest ins Gesicht schlug, dass Tessa Sternchen sah. Als sie zusammensackte, fing er sie auf, indem er ihr einen Arm so fest um die Kehle schlang, dass sich seine Ärmelknöpfe in Tessas Luftröhre bohrten. Dann lachte er leise. »Ein Prototyp«, flüsterte er ihr ins Ohr. »Vom Magister hier zurückgelassen. Zu groß und klobig für seine Zwecke. Aber genau richtig für mich.« Er hob die Stimme und rief laut: »Lass sie fallen.«

Der Automat öffnete die Metallklauen, und Charlotte stürzte im freien Fall zu Boden, wo sie mit einem grässlichen Dröhnen hart aufschlug und reglos liegen blieb. Aus dieser Entfernung konnte Tessa nicht erkennen, ob sich ihre Brust noch hob und senkte.

»Und nun zerquetsch sie«, befahl Nate.

Schwerfällig hob das Ding einen stachelbewehrten Metallfuß. Gleichzeitig schlug Tessa mit beiden Händen nach Nates Unterarm und schlitzte ihn mit ihren Nägeln der Länge nach auf.

»*Charlotte!*«

Einen Moment hielt Tessa die gellende Stimme für ihre eigene, doch dafür klang sie zu tief. Und einen Sekundenbruchteil später stürmte ein Schemen hinter dem Automaten hervor – eine vollständig in Schwarz gekleidete Gestalt, mit wirrem kupferrotem Haarschopf und einem dünnen Stilett in der Hand.

Henry.

Ohne auch nur einen Blick an Tessa oder Nate zu verschwenden, stürzte er sich auf den Automaten und holte mit seiner Klinge aus. Ein helles Klirren von Metall auf Metall ertönte, dann flogen Funken, und der Automat taumelte einen Schritt zurück. Sein Fuß fiel schwer herab und traf dröhnend auf dem Boden auf, nur Zentimeter von Charlottes reglosem Körper entfernt. Geschickt landete Henry auf den Beinen und warf sich sofort erneut gegen die Kreatur, wobei seine Waffe hell aufblitzte.

Dann zerbrach die Klinge. Einen Augenblick lang stand Henry einfach nur da und starrte wie betäubt auf die Reste des Stiletts, aber eine Sekunde später peitschte der Arm der Kreatur nach vorn und erwischte ihn am Ärmel. Henry schrie auf, als der Automat ihn anhob und dann mit unglaublicher Wucht gegen einen der Pfeiler schleuderte. Der Schattenjäger prallte dagegen, rutschte daran herab und blieb reglos und zusammengesackt auf dem Boden liegen.

Nate lachte. »Welch ergreifendes Beispiel ehelicher Zuneigung«, höhnte er. »Wer hätte das gedacht? Dabei hat Jessamine doch stets beteuert, dass Branwell seine Frau nicht ausstehen könne.«

»Du bist ein dreckiges Schwein«, stieß Tessa hervor und wand sich in seinem Griff. »Was weißt du denn schon, was Liebende füreinander tun? Wenn Jessamine bei lebendigem Leibe verbrennen würde, dann würdest du nicht einmal eine Sekunde von deinem Kartenspiel aufschauen. Du interessierst dich für nichts und niemanden außer für dich selbst.«

»Halt den Mund, oder ich schlag dich windelweich!« Nate schüttelte sie erneut und rief dann laut: »Komm her! Hier rüber. Halt sie fest, bis der Magister da ist.«

Mit einem metallischen Knirschen setzte der Automat sich in Gang, um den Befehl auszuführen. Er mochte zwar nicht so behände sein wie seine kleineren Brüder, aber seine schiere Größe bewirkte, dass Tessa seine Bewegungen wie gebannt verfolgte, von eisiger Furcht erfüllt. Und das war noch nicht alles – der Magister würde hierherkommen!

Tessa fragte sich, ob Nate ihn bereits informiert hatte und er sich schon auf dem Weg zur Lagerhalle befand. Mortmain – allein die Erinnerung an seine kalten Augen und sein eisiges, beherrschtes Lächeln drehte ihr den Magen um. »Lass mich los«, heulte sie und wehrte sich strampelnd. »Lass mich zu Charlotte …«

Nate versetzte Tessa einen solchen Stoß, dass sie nach vorn auf den Boden fiel und ihre Ellbogen und Knie hart über den splittrigen Holzboden schürften. Keuchend schnappte sie nach Luft und rollte sich zur Seite, in den Schatten unter der Empore, während der Automat auf sie zustakste. Entsetzt schrie Tessa auf.

Und im selben Moment sprangen Will und Jem von der Empore und landeten auf den Schultern der Kreatur. Der Automat fauchte dröhnend – ein Geräusch wie ein Blasebalg in einer Schmiede, der mit Kohlen befeuert wurde – und taumelte rückwärts, sodass Tessa sich von ihm fortrollen und aufrappeln konnte. Rasch schaute sie von Henry zu Charlotte: Henry lehnte zusammengesackt und reglos am Fuß eines Pfeilers, aber Charlotte, die noch immer dort lag, wo der Automat sie abgeworfen hatte, befand sich in akuter Gefahr, von der tobenden Maschine zertrampelt zu werden.

Tessa holte tief Luft und stürmte dann quer durch die Halle zu Charlotte. Rasch kniete sie sich neben sie und drückte ihr einen Finger an die Kehle – Charlotte hatte noch immer einen Puls, wenn auch schwach. Entschlossen schob Tessa die Hände unter Charlottes Arme und zog sie in Richtung Wand, weg aus der Mitte der Lagerhalle, wo der Automat sich wie verrückt drehte und Funken sprühte im Versuch, mit seinen Klauen nach Will und Jem zu schlagen. Doch die beiden waren viel zu schnell für ihn.

Behutsam legte Tessa Charlottes reglosen Körper zwischen die Jutesäcke voller Tee und warf einen Blick durch die Halle, um einen Weg zu finden, der sie möglichst schnell zu Henry brachte. Nate sprang wie von der Tarantel gestochen hin und her und brüllte fluchend auf die Kreatur ein, woraufhin Will eines der Hörner mit einem Hieb abtrennte und nach Tessas Bruder warf. Das Horn titschte Funken sprühend über die Holzdielen, und Nate sprang erschrocken zurück, was Will mit einem Lachen quittierte. In der Zwischenzeit klammerte Jem sich an den Hals der Kreatur und fummelte daran herum; allerdings konnte Tessa nicht erkennen, was er machte. Der Automat drehte sich weiterhin im Kreis und versuchte, sich zu wehren, aber seine Arme waren so konstruiert, dass er nur Dinge greifen konnte, die sich vor ihm befanden. Er war nicht in der Lage, sie zum Hals oder Nacken zu führen.

Der Anblick hätte Tessa beinahe laut auflachen lassen. Will und Jem waren wie zwei Mäuse, die blitzschnell am Körper einer Katze auf und ab kletterten und diese zur Raserei brachten. Doch sosehr die beiden Schattenjäger auch mit ihren Waffen auf den Automaten einschlugen, konnten sie dennoch kaum etwas ausrichten. Denn ihre Klingen, die normalerweise durch Eisen und Stahl gingen wie durch Butter, hinterließen nur Dellen und Kratzer auf der Oberfläche der Metallkreatur.

Unterdessen schrie und fluchte Nate wie wild. »Schüttle sie ab!«, brüllte er dem Automaten zu. »Schüttle sie ab, du dämliches Monster!«

Der Automat hielt einen Moment inne und begann dann, sich heftig zu schütteln. Will rutschte ab und konnte sich in letzter Sekunde am Hals der Kreatur festhalten, während Jem weniger Glück hatte: Er stieß seinen Stockdegen nach vorn, als wollte er dem Automaten die Waffe in den Korpus rammen, um seinen Sturz abzufangen, aber die Klinge glitt spurlos an der Metalloberfläche ab. Jem stürzte kopfüber zu Boden, wo er einen Moment liegen blieb, ein Bein in einem seltsamen Winkel unter dem Körper eingeklemmt.

»James!«, brüllte Will.

Mit schmerzverzerrtem Gesicht rappelte Jem sich auf und tastete nach der Stele an seinem Gürtel, doch der Automat schien seine Schwäche zu erkennen und stürmte mit ausgestreckten Klauen auf ihn zu. Taumelnd wich Jem ein paar Schritte zurück und fischte hastig einen glatten, rechteckigen Gegenstand aus seiner Tasche: das Metallgerät, das Henry ihm in der Bibliothek gegeben hatte. Jem holte aus, um das Gerät zu werfen – aber plötzlich war Nate hinter ihm und trat ihm mit Wucht gegen das verletzte, sehr wahrscheinlich gebrochene Bein. Obwohl Jem keinen Laut von sich gab, knickte sein Bein mit einem hässlichen Knacken unter ihm weg: Er schlug ein zweites Mal auf dem Boden auf, und das Gerät glitt ihm aus der Hand.

Tessa, die neben Charlotte gekauert hatte, sprang auf und stürmte darauf zu – im selben Moment wie Nate. Sie prallten gegeneinander, aber das höhere Gewicht ihres Bruders und seine Körpergröße bewirkten, dass Tessa das Gleichgewicht verlor. Sofort rollte sie sich ab, so wie Gabriel ihr es während des Trainings beigebracht hatte, aber trotzdem ließ der Aufprall sie nach Luft schnappen. Mit zitternden Fingern tastete sie nach dem Gerät, doch es rutschte weg. Wie aus der Ferne hörte sie Will ihren

Namen brüllen – er wollte, dass sie ihm das Gerät zuwarf. Angestrengt streckte Tessa die Hand noch weiter aus, bis sich ihre Finger um den Metallgegenstand schlossen – aber dann erwischte Nate sie an einem Bein und zog sie unerbittlich zu sich heran.

Er ist größer als ich. Stärker als ich. Skrupelloser als ich, überlegte Tessa fieberhaft. *Aber es gibt etwas, das ich kann, und er nicht.*

Im nächsten Moment verwandelte sie sich.

Ihr Verstand konzentrierte sich auf die Hand an ihrem Fußgelenk, wo kalte Finger ihre nackte Haut berührten. Tessa tastete nach der inhärenten Person, nach *Nate,* wie sie ihn seit ihrer Kindheit kannte – sie erfasste das Licht in ihm, das wie in jedem Menschen leise flackerte, ähnlich einer Kerze in der Dunkelheit. Tessa hörte, wie er bestürzt die Luft anhielt, und dann wurde sie von der Verwandlung übermannt, die ihre Haut kräuselte und ihre Knochen schmelzen ließ. Die Knöpfe am Kragen und den Ärmeln platzten ab, während sie wuchs und gleichzeitig unkontrollierte Zuckungen ihren Körper durchliefen und dabei ihr Bein aus Nates Griff befreiten. Keuchend rollte Tessa sich von ihrem Bruder fort, dann kam sie taumelnd auf die Beine und sah, wie sich seine Augen bei ihrem Anblick weiteten.

Sie war nun sein perfektes Ebenbild – abgesehen von der Kleidung.

Hastig wirbelte Tessa zu dem Automaten herum, der wie erstarrt dastand und auf weitere Befehle wartete. Will, der sich noch immer an dessen Rücken festklammerte, hob eine Hand, und Tessa warf ihm das Gerät zu, wobei sie ein stummes Dankesgebet an die vielen Wurftechnikstunden mit Gabriel und Gideon sandte. Das Gerät flog in einem perfekten Bogen durch die Halle, und Will fing es in der Luft auf.

In der Zwischenzeit hatte Nate sich aufgerappelt. »Tessa«, knurrte er. »Was zum Teufel glaubst du eigentlich, damit erreichen zu können …«

»Ergreif ihn!«, brüllte Tessa dem Automaten zu und zeigte auf Nate. »Schnapp ihn dir und halt ihn fest!«

Die Kreatur rührte sich nicht von der Stelle. Tessa hörte nur Nates kurzatmiges Schnaufen neben sich und ein metallisches Dröhnen, das von dem Automaten kam. Will war dahinter verschwunden und hantierte daran herum, aber Tessa konnte nicht verfolgen, was er machte.

»Tessa, du Närrin«, fauchte Nate. »Das wird nicht funktionieren. Diese Kreatur hört nur auf die Befehle von …«

»Ich bin Nathaniel Gray!«, brüllte Tessa dem Metallriesen zu. »Und im Namen des Magisters befehle ich dir, *diesen Mann zu ergreifen und ihn festzuhalten!*«

Wütend stürzte sich Nate auf sie. »Jetzt ist es aber genug mit deinen Spielchen, du dummes, kleines …«

Seine Worte erstarben ihm im Mund, als der Automat sich plötzlich bückte und ihn mit seinen spitzen Klauen packte. Dann hob er Nate hoch, immer höher, bis dieser sich direkt vor der schlitzartigen Mundöffnung befand, aus der begierige Klick- und Sirrgeräusche drangen. In dem Moment begann Nate zu schreien: Er kreischte und strampelte wie von Sinnen, während Will, der seine Aufgabe offenbar erledigt hatte, sich von der Kreatur abstieß, geschickt auf dem Boden landete und Tessa etwas zubrüllte, die blauen Augen weit aufgerissen …

Doch sie konnte ihn durch das Kreischen ihres Bruders nicht verstehen. Ihr Herz hämmerte wie wild in ihrer Brust, und sie spürte, wie ihre Haare herabfielen und weich und schwer auf ihren Schultern landeten. Sie war wieder sie selbst – der Schock der Ereignisse war einfach zu groß, um die Verwandlung länger aufrechtzuerhalten.

Nate schrie noch immer; die Kreatur hielt ihn unerbittlich in den spitzen Klauen. Will hatte sich gerade in Bewegung gesetzt, als der Automat Tessa anstarrte und sich brüllend erhob. Doch im nächsten Moment war Will bereits bei ihr, stieß sie zu Boden und warf sich mit seinem Körper schützend auf sie, als der Klockwerk-Automat auch schon detonierte und wie ein explodierender Stern auseinandergerissen wurde.

Die Kakofonie aus berstendem, knirschendem Metall war unbeschreiblich. Tessa versuchte, ihre Ohren zu bedecken, doch Wills Körper presste sie fest auf den Boden. Sie sah, wie er die Ellbogen links und rechts von ihrem Kopf in die Holzdielen rammte, spürte seinen warmen Atem in ihrem Nacken, fühlte sein wild pochendes Herz an ihrem Rücken. Dann hörte sie, wie ihr Bruder einen Schrei ausstieß, einen grässlichen, gurgelnden Schrei. Tessa drehte den Kopf und presste ihr Gesicht an Wills Schulter, während sein Körper über ihrem unkontrolliert zu zucken begann und der Boden unter ihnen bebte …

Und dann war alles vorbei. Langsam öffnete Tessa die Augen. Die Luft war erfüllt von Staub und Holzsplittern und Teeblättern aus den zerfetzten Jutesäcken. Große Metallstücke lagen willkürlich über den Boden verstreut, und mehrere Fensterscheiben waren geplatzt, durch die diesiges Abendlicht in die Halle fiel. Rasch schaute Tessa sich um und entdeckte Henry, der Charlotte im Schoß hielt und ihr bleiches Gesicht mit Küssen bedeckte, während diese verwundert zu ihm aufschaute. Dann fiel Tessas Blick auf Jem, der sich gerade mit der Stele in der Hand und Gipsstaub auf Haaren und Kleidung taumelnd aufrappelte, und schließlich auf Nate.

Im ersten Moment dachte Tessa, er würde an einem der Pfeiler lehnen. Doch dann sah sie den hellroten Blutfleck, der sich auf seiner Brust ausbreitete, und begriff schlagartig: Ein abgebrochenes Metallteil hatte ihn wie ein Speer durchbohrt und aufrecht an den Pfeiler gespießt. Nates Kopf war nach vorn gesackt, seine Hände schlugen kraftlos nach dem Metall in seiner Brust.

»*Nate!*«, schrie Tessa. Will rollte sich zur Seite, sie kam frei, rappelte sich blitzschnell auf und stürmte quer durch die Halle zu ihrem Bruder. Ihre Hände zitterten vor Entsetzen und Abscheu, doch schließlich gelang es ihr, sie um das Metallstück in seiner Brust zu schließen und dieses herauszuziehen. Hastig warf sie es beiseite und konnte Nate gerade noch auffangen, als dieser nach vorn sank und sie mit dem Gewicht seines reglosen Körpers zu Boden zog. Irgendwie schaffte Tessa es, sich an den Pfeiler zu lehnen, Nates schlaffen Leib quer über ihren Schoß gezerrt.

Plötzlich erinnerte sie sich wieder an jenen Abend in de Quinceys Villa, wo sie auf dem Boden gekauert und Nate in den Armen gehalten hatte. Damals hatte sie ihn geliebt. Ihm vertraut. Doch nun, während sie ihn umklammerte und sein Blut ihr Hemd und ihre Hose tränkte, hatte sie das Gefühl, als würde sie einer Gruppe von Schauspielern zusehen, die auf der Bühne standen, ihre Rollen spielten und Trauer darstellten.

»Nate«, wisperte sie.

Flatternd hob er die Lider. Ein heißer Schock fuhr Tessa durch die Glieder: Sie hatte gedacht, er sei bereits tot.

»Tessie …« Seine Stimme klang gedämpft, wie durch mehrere Wasserschichten. Nates Blick streifte über Tessas Gesicht, dann über das Blut auf ihrer Kleidung und blieb schließlich an seiner eigenen Brust haften, wo aus einem langen Riss in seinem Hemd rotes Blut pulsierte. Tessa schüttelte ihren Gehrock ab, knäuelte ihn zusammen und presste den Stoff fest auf die Wunde, während sie inständig hoffte, dass dies reichen würde, um den Blutfluss zu stoppen.

Doch es reichte nicht. Der Gehrock sog sich innerhalb von Sekunden voll, und das Blut lief in dünnen Rinnsalen auf beiden Seiten von Nates Brust herab. »O Gott«, wisperte Tessa, hob den Kopf und rief mit lauter Stimme: »Will …«

»Nicht.« Nates Hand griff nach Tessas Handgelenk, und seine Fingernägel gruben sich in ihre Haut.

»Aber, Nate …«

»Ich werde sterben, ich weiß es.« Er hustete – ein pfeifendes, gurgelndes Röcheln. »Verstehst du denn nicht? Ich habe den Magister im Stich gelassen. Er würde mich ohnehin töten. Und mir einen qualvollen, langsamen Tod bereiten.« Dann brachte er einen heiseren, unduldsamen Laut hervor. »Lass nur, Tessie. Ich versuche nicht, nobel zu sein. Du weißt, dass ich das nicht bin.«

Tessa holte kurz Luft. »Eigentlich sollte ich dich hier allein in deinem eigenen Blut sterben lassen. Denn das wäre genau das, was du mit mir machen würdest.«

»Tessie …« Ein Schwall Blut quoll aus Nates Mundwinkel. »Der Magister hatte nie beabsichtigt, dir wehzutun.«

»Mortmain«, flüsterte Tessa. »Nate, wo ist er? Bitte. Bitte sag mir, wo er ist.«

»Er …« Nate röchelte und schnappte keuchend nach Luft. Blutiger Schaum überschwemmte seine Lippen. Seine Augen wurden groß, schauten voller Angst und Entsetzen. »Tessie … ich … ich sterbe. Ich sterbe …«

Tausend Fragen schossen Tessa durch den Kopf. *Wo ist Mortmain? Wie kann es sein, dass meine Mutter eine Schattenjägerin war? Wenn mein Vater tatsächlich ein Dämon gewesen ist, wieso lebe ich dann noch immer, wo doch die Kinder von Schattenjägern und Dämonen tot auf die Welt kommen?* Doch die panische Furcht in Nates Augen ließ sie verstummen; und dann schlich sich ihre Hand in die ihres Bruders, trotz allem, was geschehen war. »Du brauchst keine Angst zu haben, Nate.«

»Du vielleicht nicht. Du bist schon immer die … die Gute von uns beiden gewesen. Aber ich werde in der Hölle schmoren, Tessie … Tessie, wo ist dein Engel?«

Reflexartig griff Tessa sich an den Hals, ließ dann aber die Hand sinken. »Ich konnte ihn nicht tragen. Ich hab doch vorgegeben, ich sei Jessamine.«

»Du … musst. Ihn … tragen.« Nate hustete. Ein weiterer

Schwall Blut quoll aus seinem Mund. »Du musst ihn immer tragen. Versprichst du das?«

Traurig schüttelte Tessa den Kopf. »Nate … *Ich kann dir nicht trauen, Nate!«*

»Ich weiß.« Seine Stimme war nur noch ein heiseres Röcheln. »Für die Dinge, die ich getan habe … tun musste, gibt es keine Entschuldigung … sie sind unverzeihlich.«

Tessa verstärkte den Griff um seine Hand, während sein Blut an ihren Fingern herablief. »Ich verzeihe dir«, wisperte sie, nicht wissend, ob das der Wahrheit entsprach. Aber es kümmerte sie auch nicht.

Nates blaue Augen wurden riesengroß. Sein Gesicht hatte inzwischen die Farbe von vergilbtem Pergament angenommen, seine Lippen schimmerten fast weiß. *»Du weißt nicht, was ich alles getan habe, Tessie.«*

Besorgt beugte Tessa sich vor. »Nate?«

Doch sie erhielt keine Antwort mehr. Nates Gesicht erschlaffte, seine weit aufgerissenen Augen drehten sich nach innen. Dann glitt seine Hand aus ihren blutverschmierten Fingern und schlug auf dem Boden auf.

»Nate«, sagte Tessa erneut und legte einen Finger an die Stelle, wo sein Herzschlag in der Kehle hätte pulsieren müssen. Doch sie wusste bereits, dass sie keinen Puls mehr finden würde.

Nate war tot.

Langsam stand Tessa auf. Ihre zerrissene Weste, ihre Hose, ihr Hemd und sogar die Spitzen ihrer langen Haare waren mit Nates Blut getränkt. Sie fühlte sich am ganzen Körper so taub, als hätte man sie in eiskaltes Wasser getaucht. Benommen drehte sie sich um und fragte sich nun zum ersten Mal, ob die anderen sie beobachtet, ihr Gespräch mit Nate mitgehört hatten …

Aber die Nephilim schauten nicht einmal in ihre Richtung: Charlotte, Jem und Henry knieten in einem Kreis um eine dunkle Gestalt am Boden, genau an der Stelle, an der Tessa kurz zuvor selbst gelegen hatte, mit Will schützend über ihr.

Will.

In ihren Albträumen hatte sie schon öfter solch ein Szenario durchlitten: Sie lief durch einen langen düsteren Flur, steuerte auf etwas Schreckliches zu – etwas, das sie zwar nicht sehen konnte, aber von dem sie genau wusste, dass es furchtbar und unerbittlich war. Und mit jedem Schritt war der Flur länger und länger geworden, hatte sich immer weiter in Dunkelheit und Entsetzen erstreckt. Genau dieses Gefühl der Angst und Ohnmacht überwältigte sie auch jetzt in diesem Moment, als sie sich in Bewegung setzte: jeder Schritt eine gefühlte Meile, bis sie den Kreis der knienden Schattenjäger erreichte und auf Will hinabblickte.

Er lag auf der Seite. Sein Gesicht war kreidebleich, sein Atem ging flach. Jem hatte ihm eine Hand auf die Schulter gelegt und sprach leise und besänftigend auf ihn ein, doch Will gab durch nichts zu verstehen, dass er ihn hören konnte. Unter ihm hatte sich eine Blutlache gebildet, die sich über den Boden ausbreitete. Einen Moment lang starrte Tessa ratlos darauf, unfähig zu begreifen, woher diese Blutmenge kam. Dann trat sie einen Schritt näher und konnte seinen Rücken sehen. Wills Kampfmontur war auf Höhe der Schulterblätter und entlang der Wirbelsäule vollständig zerrissen, das robuste Material von herumfliegenden, messerscharfen Metallsplittern zerfetzt. Blut strömte an seiner Haut herab, tränkte seine Haare.

»Will«, wisperte Tessa. Ihr war seltsam schwindlig zumute, als würde sie schweben.

Charlotte schaute zu ihr hoch. »Tessa«, sagte sie leise. »Was ist mit deinem Bruder …«

»Nate ist tot«, murmelte Tessa wie durch einen Nebel. »Aber Will …?«

»Er hat dich zu Boden gestoßen und sich dann mit seinem Körper auf dich geworfen, um dich vor der Explosion zu schützen«, erklärte Jem ohne den geringsten Vorwurf in der Stimme. »Aber er selbst war vollkommen ungeschützt. Ihr beide wart der Explosion am nächsten. Die Metallsplitter haben ihm den Rücken zerfetzt. Und er verliert sehr schnell sehr viel Blut.«

»Könnt ihr denn nichts dagegen unternehmen?«, fragte Tessa mit erhobener Stimme, trotz des Schwindelgefühls, das sie zu überwältigen drohte. »Was ist mit euren Heilrunen? Den *Iratzen?*«

»Wir haben ihn mit einer *Amissio* versehen, einer Rune, die den Blutfluss verringert, aber wenn wir versuchen würden, ihn mit einer Heilrune zu behandeln, würde sich seine Haut über den Metallsplittern schließen und diese noch tiefer in das Gewebe treiben«, erläuterte Henry tonlos. »Wir müssen ihn unbedingt ins Institut schaffen, auf unsere Krankenstation. Erst wenn die Splitter vollständig entfernt sind, kann er geheilt werden.«

»Worauf warten wir dann noch?«, rief Tessa mit zittriger Stimme. »Lasst uns aufbrechen ...«

»Tessa«, sagte Jem in diesem Moment. Seine Hand lag noch immer auf Wills Schulter, doch er starrte sie mit großen Augen an. »Weißt du, dass du verletzt bist?«

Ungeduldig zeigte Tessa auf ihr Hemd. »Das ist nicht mein Blut. Es ist Nates. Aber wir müssen jetzt wirklich ... Ist er denn transportfähig? Gibt es irgendetwas ...«

»Nein«, unterbrach Jem sie scharf, und sie blickte ihn überrascht an. »Ich meine nicht das Blut auf deiner Kleidung. Du hast eine tiefe Wunde am Kopf. Hier.« Er berührte seine eigene Schläfe.

»Mach dich nicht lächerlich«, widersprach Tessa. »Mir geht es hervorragend.« Wie zur Bestätigung legte sie eine Hand an ihre Schläfe und spürte, dass ihre Haare dick mit Blut verklebt waren – Blut, das auch an ihrer Wange hinabgelaufen war –, ehe ihre Fingerspitzen den abgerissenen Hautfetzen ertasteten, der von der Schläfe bis zum Wangenknochen herabhing. Im gleichen Augenblick schoss ihr ein stechender Schmerz durch den Kopf.

Und das war der Tropfen, der das Fass zum Überlaufen brachte. Vom Blutverlust und mehrfachen Momenten des tiefen Schocks geschwächt, spürte Tessa, wie sie zusammenbrach. Und bevor sie in eine tiefe Dunkelheit versank, nahm sie gerade noch wahr, wie Jems Arme sie auffingen.

17
Im Traume

Wenn du im Traume bei mir weilst,
Du damit meinen Kummer heilst.
Denn die Nacht wiegt auf – und noch viel mehr –
Des Tages Sehnsucht, die quält so sehr.
MATTHEW ARNOLD, »LONGING«

Ihr Bewusstsein kam und ging in einem hypnotischen Rhythmus – wie Meereswogen, die in stürmischer See über das Deck eines Kutters spülten. Tessa wusste, dass sie in einem frisch bezogenen Bett in der Mitte eines langen Saals lag, dass sich weitere, ebenfalls mit weißen Laken bezogene Betten links und rechts von ihr befanden und dass durch die hohen Fenster über ihr abwechselnd die Schatten der Nacht und schließlich das blutrote Licht der Morgendämmerung in den Raum fielen. Doch sie verschloss vor alldem die Augen und ließ sich erneut in die Dunkelheit sinken.

Wispernde Stimmen weckten sie. Besorgte Gesichter waren über sie gebeugt. Charlotte – die Haare sorgfältig hochgesteckt, aber noch immer in Kampfmontur – und neben ihr Bruder Enoch. Sein narbiges Gesicht erfüllte Tessa nicht länger mit Schrecken. Sie konnte seine Stimme in ihrem Geist hören. *Die Wunde an ihrem Kopf ist nur oberflächlich.*

»Aber sie hat das Bewusstsein verloren«, warf Charlotte ein, und zu Tessas Überraschung schwang in ihrer Stimme aufrichtige Sorge, beinahe Angst mit. »Dieser Schlag gegen den Kopf …«

Sie hat das Bewusstsein verloren, weil sie gleich mehrfach einen Schock erlitten hat. Hattest du nicht gesagt, ihr Bruder sei in ihren Armen gestorben? Und möglicherweise hatte sie angenommen, dass auch Will tot sei. Er hat sie während der Explosion mit seinem Körper abgeschirmt. Wenn er gestorben wäre, hätte er sein Leben für sie hingegeben. Dieser Gedanke ist eine große Bürde.

»Aber glaubst du, sie wird sich wieder erholen?«

Sobald ihr Körper und ihr Geist genügend geruht haben, wird sie wieder aufwachen. Allerdings kann ich dir nicht sagen, wann das sein wird.

»Meine arme Tessa.« Charlotte berührte behutsam Tessas Gesicht. Ihre Hände rochen nach Zitronenseife. »Nun hat sie niemanden mehr auf der ganzen Welt …«

Die Dunkelheit kehrte zurück, und Tessa ergab sich ihr – dankbar dafür, dass sie wenigstens vorübergehend vor dem grellen Licht und den wirbelnden Gedanken geschützt war. Sie hüllte sich in die Dunkelheit wie in eine Decke und ließ sich treiben, wie die Eisberge vor der Küste Labradors, vom Mondlicht beschienen und in eisiges schwarzes Wasser gebettet.

Ein tief aus der Kehle aufsteigender Schmerzensschrei zerriss ihren dunklen Traum. Auf der Seite liegend erwachte Tessa, halb verstrickt in die Laken, die sich um ihren Körper gewickelt hatten. Nur wenige Betten weiter lag Will auf dem Bauch. Tessa wurde bewusst, dass er wahrscheinlich nackt war – obwohl diese Erkenntnis sie in ihrem benommenen Zustand nur leicht schockierte. Die Bettdecke reichte ihm zwar bis zur Hüfte, aber Rücken und Brust waren unbedeckt. Er hatte die Arme auf den Kissen vor sich verschränkt und den Kopf daraufgelegt, doch sein Körper wirkte so angespannt wie eine Bogensehne. Blutspritzer sprenkelten das weiße Laken unter ihm.

Bruder Enoch stand neben dem Bett, während Jem sich mit besorgter Miene zu seinem Freund herabbeugte. »Will, bist du sicher, dass du keine weitere Linderungsrune möchtest?«, fragte er drängend.

»Nein … keine weitere«, stieß Will zwischen den Zähnen hervor. »Bringen wir's … endlich hinter uns.«

Bedächtig nahm Bruder Enoch einen Gegenstand von einem Tablett – eine gefährlich spitze Silberpinzette. Bei ihrem Anblick musste Will schlucken, und dann begrub er den Kopf in den Armen, wobei seine schwarzen Haare einen starken Kontrast zum Weiß der Bettwäsche bildeten. Jem erschauderte, als würde er den Schmerz am eigenen Leib erfahren, als sich die Pinzette tief in Wills Rücken bohrte und sich dessen gesamter Körper aufzubäumen schien: Die Muskeln unter der Haut verkrampften sich, und ein weiterer gedämpfter Schmerzensschrei drang aus den Kissen. Dann zog Bruder Enoch das Instrument zurück, einen blutverschmierten Metallsplitter zwischen den Greifbacken eingeklemmt.

Jem schob seine Finger in Wills Faust. »Nimm meine Hand. Das hilft dir, den Schmerz zu ertragen. Halt durch – es sind nicht mehr viele.«

»Du hast gut reden …«, keuchte Will, doch der feste Griff seines *Parabatai* schien ihn tatsächlich etwas zu besänftigen. Als Bruder Enoch sich wieder an die Arbeit machte, bäumte Will sich erneut auf, seine Ellbogen gruben sich in die Matratze, und sein Atem ging stoßweise.

Tessa wusste, dass sie eigentlich den Blick abwenden sollte, aber sie schaffte es einfach nicht. Ihr fiel auf, dass sie nie zuvor so viel eines unbedeckten Männerkörpers gesehen hatte, nicht einmal in jener Nacht mit Jem. Fasziniert beobachtete sie, wie sich die schlanken Muskeln unter Wills glatter Haut bewegten, und ihre Augen schweiften von den kräftigen Oberarmen zu seiner harten, flachen Bauchmuskulatur, die sich mit jedem Atemzug hob und senkte.

Die Pinzette blitzte ein weiteres Mal auf, und Wills Finger schlossen sich umgehend um Jems Hand, bis bei beiden die Fingerknöchel weiß hervortraten. Blut quoll aus der Wunde und rann über seine nackte Flanke. Der junge Schattenjäger gab keinen Ton von sich, aber Jem wirkte leicht blass um die Nase. Er hob die andere Hand, als wollte er sie Will auf die Schulter legen, besann sich dann aber eines Besseren und biss sich auf die Lippe.

Und das alles nur, weil Will mich mit seinem Körper beschützt hat, dachte Tessa. In der Tat eine ziemlich schwere Bürde, wie Bruder Enoch gesagt hatte.

Sie ruhte auf dem schmalen Bett in ihrem alten Zimmer in New York. Durch das Fenster konnte sie den grauen Himmel und die Dächer Manhattans sehen. Auf dem Bett lag einer von Tante Harriets farbenfrohen Patchworkquilts, den sie hastig über sich zog, als die Tür geöffnet wurde und ihre Tante das Zimmer betrat.

Mit ihrem neu erworbenen Wissen konnte Tessa die Ähnlichkeit nun deutlich erkennen: Tante Harriet hatte blaue Augen und leicht ergrautes blondes Haar; sogar die Gesichtsform entsprach exakt der von Nate. Lächelnd kam sie ans Bett, beugte sich über Tessa und legte ihr eine Hand auf die Stirn, angenehm kühl auf Tessas glühender Haut.

»Es tut mir so leid«, wisperte Tessa. »Nates Tod. Es ist meine Schuld, dass er nicht mehr lebt.«

»Scht«, beruhigte ihre Tante sie. »Das ist nicht deine Schuld. Er und ich, wir tragen beide die Schuld daran. Du musst wissen, Tessa, dass ich immer schreckliche Gewissensbisse gehabt habe. Ich war seine Mutter, aber nicht in der Lage, es ihm zu sagen. Deshalb habe ich ihm alles durchgehen lassen, ihm immer alles gegeben, was er wollte, bis er rettungslos verzogen war. Wenn ich ihm gesagt

hätte, dass ich seine richtige Mutter bin, hätte er sich nicht so hintergangen gefühlt, als die Wahrheit ans Licht kam. Und er hätte sich nicht gegen uns gewandt. Lügen und Geheimnisse, Tessa, sind wie Krebsgeschwüre in der Seele. Sie zerfressen alles, was gut ist, und lassen nur Zerstörung zurück.«

»Du fehlst mir so«, sagte Tessa. »Jetzt habe ich überhaupt keine Familie mehr …«

Tante Harriet beugte sich zu ihr hinab und küsste sie auf die Stirn. »Du hast mehr Familie, als du glaubst.«

»Nun werden wir das Institut ganz gewiss verlieren«, sagte Charlotte. Allerdings klang sie dabei nicht untröstlich, sondern eher kühl und distanziert.

Tessa schwebte wie ein Geist an der Decke der Krankenstation und schaute auf Charlotte hinab, die zusammen mit Jem am Fuß ihres Betts stand. Tessa konnte sich selbst sehen: die Augen geschlossen, die dunklen Haare wie ein Fächer über das Kissen gebreitet. Will lag ein paar Betten weiter, ebenfalls in tiefem Schlaf; sein nackter Rücken war mit Bandagen versehen, und eine *Iratze* zeichnete sich schwarz von der hellen Haut im Nacken ab. Am Fenster stand Sophie, in ihrem schwarzen Dienstbotenkleid und der weißen Haube, und wischte Staub.

»Wir haben Nathaniel Gray als Informationsquelle verloren, eine der Unsrigen hat sich als Spionin entpuppt, und wir sind auf der Suche nach Mortmain keinen Schritt weiter als vor vierzehn Tagen«, fuhr Charlotte fort.

»Nach allem, was wir unternommen und herausgefunden haben? Der Rat wird bestimmt Verständnis zeigen …«

»Nein, das wird er nicht. Was mich betrifft, ist er ohnehin am Ende seiner Geduld. Ich kann genauso gut zu Benedict Lightwood gehen und das Institut direkt auf seinen Namen überschreiben. Dann habe ich mit dieser ganzen Geschichte wenigstens nichts mehr zu tun.«

»Was sagt Henry denn dazu?«, fragte Jem. Sowohl er als auch Charlotte hatten ihre Kampfmontur inzwischen abgelegt: Der junge Schattenjäger trug ein weißes Hemd zu einer braunen Stoffhose, und Charlotte war in eines ihrer tristen dunklen Kleider geschlüpft. Als Jem jedoch mit der Hand gestikulierte, sah Tessa, dass Wills getrocknetes Blut noch immer daran klebte.

Charlotte schnaubte auf wenig damenhafte Weise. »Ach, Henry«, sagte sie erschöpft. »Ich glaube, er ist derartig geschockt, dass eine seiner Erfindungen tatsächlich einmal funktioniert hat, dass er gar nicht weiß, wohin mit sich. Und er bringt es einfach nicht über sich, hierher auf die Krankenstation zu kommen. Er glaubt, es sei seine Schuld, dass Will und Tessa verletzt wurden.«

»Ohne dieses Gerät wären wir möglicherweise alle tot, und Tessa befände sich in den Händen des Magisters«, wandte Jem ein.

»Du bist herzlich eingeladen, das Henry zu erklären. Ich habe inzwischen jeglichen Versuch aufgegeben.«

»Charlotte …« Jems Stimme klang sanft. »Ich weiß, was die Leute sagen. Ich weiß, dass du den grausamen Tratsch ebenfalls kennst. Aber Henry liebt dich wirklich. In dem Moment, als er dich verletzt glaubte, in der Lagerhalle, da ist er förmlich durchgedreht und hat sich wieder und wieder auf diesen Klockwerk-Automaten gestürzt …«

»James.« Unbeholfen tätschelte Charlotte Jems Schulter. »Ich weiß es wirklich zu schätzen, dass du mich zu trösten versuchst, aber Unwahrheiten nützen letztendlich niemandem. Ich habe schon vor langer Zeit akzeptiert, dass Henry zuallererst seine Erfindungen liebt und ich bei ihm an zweiter Stelle komme – wenn überhaupt.«

»Charlotte …«, setzte Jem müde an, doch noch bevor er etwas hinzufügen konnte, trat Sophie zu ihnen ans Bett, ein Staubtuch in der Hand.

»Mrs Branwell«, sagte sie mit leiser Stimme. »Wenn ich Sie wohl einen Moment sprechen dürfte …«

Überrascht musterte Charlotte das Dienstmädchen. »Sophie.«

»Bitte, Mrs Branwell.«

Charlotte legte Jem eine Hand auf die Schulter, raunte ihm etwas ins Ohr und nickte dann. »Also gut, Sophie. Wir gehen am besten in den Salon.«

Als Charlotte zusammen mit Sophie den Krankensaal verließ, stellte Tessa zu ihrer Überraschung fest, dass das Mädchen größer war als seine Dienstherrin. Charlotte besaß eine solch starke Ausstrahlung, dass man oft vergaß, wie klein sie tatsächlich war. Und das Dienstmädchen war so groß wie Tessa und gertenschlank. Vor ihrem inneren Auge sah Tessa Sophie wieder mit Gideon Lightwood, der sie an die Flurwand drückte, und konnte einen sorgenvollen Gedanken nicht verhindern.

Nachdem die Tür hinter den beiden ins Schloss gefallen war, beugte Jem sich vor und stützte die Arme auf das Fußteil von Tessas Messingbett. Er betrachtete Tessa; ein leicht schiefes Lächeln umspielte seine Mundwinkel, und seine Hände hingen locker herab – getrocknetes Blut haftete an seinen Knöcheln und unter seinen Fingernägeln. »Tessa, meine Tessa«, murmelte er leise und so sanft wie die Musik seiner Geige. »Ich weiß, dass du mich nicht hören kannst. Bruder Enoch sagt, dass du nicht schwer verwundet bist. Aber ich kann nicht behaupten, dass mich seine Worte hinreichend trösten würden. Es erscheint mir eher wie eine dieser Situationen, in denen Will mir versichert, dass wir uns nur ein kleines bisschen verirrt haben. In dem Moment weiß ich genau, was das bedeutet: Für die nächsten Stunden werden wir keine vertrauten Straßenzüge mehr zu Gesicht bekommen.«

Dann senkte er die Stimme und sprach so leise, dass Tessa sich nicht sicher war, ob er die Worte wirklich äußerte oder ob sie

Teil der Traumdunkelheit waren, die sie langsam wieder zu verschlucken drohte, obwohl sie sich dagegen sträubte.

»Dabei hat es mir nie etwas ausgemacht«, fuhr Jem fort. »Ich meine, mich zu verirren. Denn ich war schon immer der Ansicht, dass man sich nicht verirren, nicht wahrhaft verloren sein kann, wenn man sein eigenes Herz kennt. Aber ich fürchte, wenn ich dein Herz nicht kennenlernen darf, werde ich wahrhaft verloren sein.« Er schloss die Augen, wie von abgrundtiefer Müdigkeit erfasst, und Tessa konnte sehen, dass seine Lider dünn wie Pergament waren. *»Wo ai ni,* Tessa«, flüsterte er. *»Wo bu xiang shi qu ni.«*

Ohne sagen zu können, woher, wusste sie, was diese Worte bedeuteten.

Ich liebe dich.

Und ich will dich nicht verlieren.

Ich möchte dich auch nicht verlieren, wollte Tessa erwidern, aber die Worte kamen ihr nicht über die Lippen. Stattdessen wurde sie von einer Mattigkeit erfasst, die wie eine dunkle Woge über ihr zusammenschlug und sie in Schweigen hüllte.

Dunkelheit.

In der Zelle war es dunkel, und Tessa nahm als Erstes ein Gefühl großer Einsamkeit und Angst wahr. Jessamine lag auf dem schmalen Bett, die blonden Haare in verfilzten Strähnen über ihren Schultern. Tessa schwebte über ihr und hatte den Eindruck, ihren Verstand zu berühren. Sie konnte ein überwältigendes Gefühl des Verlusts spüren. Irgendwoher wusste Jessamine, dass Nate nicht mehr lebte. Bei Tessas vorherigen Versuchen, den Geist der Schattenjägerin zu berühren, war sie stets auf Widerstand gestoßen, doch nun empfand sie nur noch eine wachsende Traurigkeit, die sich ausbreitete wie ein schwarzer Tintentropfen in klarem Wasser.

Jessie hatte die braunen Augen geöffnet und starrte in die Dunkelheit. Mir ist nichts mehr geblieben. *Die Worte hallten so klar und deutlich wie Glockengeläut durch Tessas Verstand.* Ich habe mich für Nate statt für die Nephilim entschieden, und nun ist er tot, und Mortmain möchte mich auch tot sehen, und Charlotte verachtet mich. Ich habe alles aufs Spiel gesetzt und verloren.

Während Tessa von oben zuschaute, tastete Jessamine nach ihrem Hals und zog sich eine dünne Kette über den Kopf. Am Ende der Kette baumelte ein goldener Ring mit einem glitzernden weißen Stein – ein Diamant. Sie nahm den Ring zwischen Daumen und Zeigefinger und nutzte den Diamanten dazu, zwei Buchstaben in die Steinmauer zu ritzen.

JG.

Jessamine Gray.

Möglicherweise hatte sie noch etwas hinzufügen wollen, doch das sollte Tessa nicht mehr herausfinden, denn als Jessamine den Ring erneut gegen die Mauer drückte, zersplitterte der Diamant, und ihre Hand schlug so hart gegen die Steine, dass ihre Fingerknöchel aufgeschürft wurden.

Tessa brauchte Jessamines Verstand nicht zu berühren, um zu wissen, was das Mädchen in diesem Moment dachte – nicht einmal der Diamant war echt gewesen. Mit einem unterdrückten Schrei rollte Jessamine sich auf die Seite und begrub das Gesicht in der groben Decke.

Als Tessa erneut erwachte, war die Nacht angebrochen. Schwaches Sternenlicht fiel durch die hohen Fenster der Krankenstation, und auf dem Nachttisch an ihrem Bett brannte eine Elbenlichtlampe. Daneben standen eine Tasse mit dampfendem Kräutertee und ein kleiner Teller mit Gebäck. Vorsichtig setzte Tessa sich auf, um nach der Tasse zu greifen – und erstarrte dann.

Auf dem Bett nebenan saß Will, bekleidet mit einem weiten Hemd, einer dunklen Hose und einem schwarzen Morgenmantel. Seine Haut schimmerte blass im Sternenschein, aber selbst dieses gedämpfte Licht konnte das leuchtende Blau seiner Augen nicht schwächen.

»Will«, murmelte Tessa verwundert, »wieso bist du wach?« Hatte er sie etwa im Schlaf beobachtet, fragte sie sich. Wie merkwürdig und vollkommen untypisch für ihn.

»Ich habe dir einen Kräutertee gebracht«, erklärte Will, ein wenig unbeholfen. »Aber du hast so geklungen, als hättest du einen Albtraum gehabt.«

»Wirklich? Ich kann mich gar nicht erinnern, was ich geträumt habe.« Tessa zog die Bettdecke bis zum Kinn, obwohl ihr züchtiges Nachthemd sie vollständig bedeckte. »Es kam mir so vor, als hätte ich im Schlaf Zuflucht genommen … Das richtige Leben schien ein Albtraum zu sein und der Schlaf der Ort, an dem ich Ruhe und Frieden finden würde.«

Will griff nach der Teetasse und setzte sich auf Tessas Bett. »Hier. Trink das.«

Gehorsam nahm sie die Tasse entgegen und nippte daran. Der Kräuteraufguss besaß einen leicht herben, aber angenehmen Geschmack, wie die Schale von Zitronen. »Was ist das für ein Tee? Welche Wirkung hat er?«, erkundigte sie sich.

»Er beruhigt«, erklärte Will.

Tessa schaute ihn an, während sich der Zitronengeschmack in ihrem Mund ausbreitete. Irgendwie schien ein Schleier vor ihren Augen zu liegen – durch den Dunst betrachtet, wirkte Will wie eine Erscheinung aus einem Traum. »Was machen deine Verletzungen? Hast du große Schmerzen?«, fragte sie.

Will schüttelte den Kopf. »Nachdem alle Metallsplitter entfernt waren, konnte Bruder Enoch mich mit einer *Iratze* versehen«, erzählte er. »Die Wunden sind zwar noch nicht vollständig verheilt, aber das wird nicht mehr lange dauern. Morgen dürften davon nur noch Narben zu sehen sein.«

»Ich beneide dich.« Tessa nahm einen weiteren Schluck Kräutertee. Allmählich stieg ihr das Getränk zu Kopf und bereitete ihr ein leichtes Schwindelgefühl. Vorsichtig berührte sie den Verband an ihrer Stirn. »Ich glaube, das wird noch eine ganze Weile dauern, bevor der abgenommen werden kann.«

»In der Zwischenzeit kannst du dich ja an deiner Piratenbrauterscheinung erfreuen.«

Tessa lachte, doch es klang leicht zittrig. Will war ihr so nahe, dass sie die Hitze spüren konnte, die von seinem Körper abstrahlte.

Er glühte förmlich. »Hast du Fieber?«, fragte sie, noch ehe sie sich zurückhalten konnte.

»Die *Iratze* erhöht die Körpertemperatur. Das gehört zum Heilungsprozess.«

»Ich verstehe«, murmelte sie. Seine Nähe sandte kleine Schauer durch ihre Nervenenden, aber sie fühlte sich zu schwindlig, um von ihm abzurücken.

»Es tut mir leid … das, was mit deinem Bruder passiert ist«, sagte er leise, und sein warmer Atem streifte ihre Haare.

»Das kannst du nicht ernst meinen«, erwiderte Tessa bitter. »Ich weiß, du denkst, dass er dieses Schicksal verdient hat. Und vermutlich hat er das ja auch.«

»Meine Schwester ist vor vielen Jahren gestorben. Sie starb, und es gab nichts, was ich dagegen hätte tun können«, sagte Will, und aus seiner Stimme sprach tiefer Kummer. »Was mit deinem Bruder geschehen ist, tut mir aufrichtig leid.«

Tessa schaute zu Will auf. Seine Augen, groß und blau, das perfekt geformte Gesicht, die geschwungenen Konturen seiner Lippen, die besorgt herabgezogenen Mundwinkel. *Ihretwegen* besorgt. Plötzlich fühlte sich Tessas Haut heiß an und spannte, ihr war so leicht und schwindlig im Kopf, als würde sie schweben. »Will«, wisperte sie. »Will, mir ist so merkwürdig zumute.«

Will beugte sich vor, um die Tasse auf dem Nachttisch abzustellen, und streifte dabei Tessas Schulter. »Möchtest du, dass ich Charlotte hole?«

Doch Tessa schüttelte den Kopf. Sie träumte, dessen war sie sich jetzt ziemlich sicher. Denn sie empfand genau dasselbe Gefühl wie in ihrem Traum von Jessamine – es war, als ob sie sich gleichzeitig innerhalb und außerhalb ihres Körpers befand. Die Gewissheit, dass es sich um einen Traum handelte, ließ sie kühner werden. Will beugte sich noch immer leicht vor, einen Arm zum Nachttisch ausgestreckt; vorsichtig lehnte Tessa sich an ihn, schmiegte den Kopf an seine Schulter und schloss die Augen. Im nächsten Moment spürte sie, wie er überrascht zusammenzuckte.

»Oh, hab ich dir wehgetan?«, wisperte sie, da sie sich zu spät an seine Verletzungen erinnerte.

»Es ist mir egal«, erwiderte Will leidenschaftlich. »Es ist mir vollkommen egal.« Dann schlang er die Arme um sie und hielt sie fest.

Tessa bettete ihre Wange in seine warme Halsbeuge, hörte das leise Echo seines Pulsschlags und roch seinen Duft – Blut, Schweiß, Seife und Magie. Das Gefühl war anders als auf dem Balkon, wo sie beide vor Verlangen gebrannt hatten. Will hielt sie behutsam, legte seine Wange auf ihre Haare. Er zitterte, selbst als sich seine Brust hob und senkte, selbst als er zögernd einen Finger unter ihr Kinn schob und ihr Gesicht anhob …

»Will«, murmelte Tessa. »Ist schon in Ordnung. Es spielt keine Rolle, was du tust. Denn wir beide träumen.«

»Tess?« Will klang beunruhigt, und seine Arme schlossen sich fester um sie.

Tessa fühlte sich warm und geborgen und schwindlig. Wenn Will doch nur immer so wäre und nicht bloß in ihren Träumen, dachte sie träge. Das Bett unter ihr schwankte wie ein Schiff auf hoher See. Tessa schloss die Augen und ließ sich von der Dunkelheit umfangen.

Die Nachtluft war kalt, und der dichte Nebel schimmerte im Schein der Gaslaternen gelblich grün, während Will die King's

Road entlangging. Die Adresse, die Magnus ihm gegeben hatte, befand sich auf dem Cheyne Walk, in der Nähe des Chelsea Embankment, und Will konnte bereits den vertrauten Geruch des Flusses wahrnehmen – diese Mischung aus Schlick, Wasser, Schmutz und Fäulnis.

Er hatte das Gefühl, sein Herz versuchte vor Aufregung, seine Brust zu sprengen. Denn es schlug wie wild seit dem Moment, in dem er Magnus' Nachricht gefunden hatte, ordentlich zusammengefaltet auf einem Silbertablett, das auf seinem Nachttisch gewartet hatte. Auf dem Zettel hatte nichts außer einer hastig niedergekritzelten Adresse gestanden: *16 Cheyne Walk*. Will kannte diesen Weg und das umliegende Viertel. Chelsea, in unmittelbarer Nähe der Themse, war ein beliebter Treffpunkt für Künstler und Literaten, und die Fenster der Wirtshäuser, die er passierte, leuchteten warm und einladend.

Will zog seinen Mantel fester um sich, als er um eine Ecke bog und sich dann Richtung Süden wandte. Sein Rücken und seine Beine schmerzten noch von den erlittenen Verletzungen, trotz der *Iratze;* seine gesamte Rückenpartie war wund, als hätte ihn ein Dutzend Bienen gestochen. Und dennoch spürte er kaum etwas davon, denn seine Gedanken überschlugen sich förmlich, während er die verschiedenen Möglichkeiten durchspielte. Was hatte Magnus herausgefunden? Er würde ihn doch gewiss nicht ohne triftigen Grund zu sich bestellen, oder? Außerdem kreisten Wills Gedanken ständig um Tessa ... wie sie sich anfühlte, wie sie duftete. Seltsamerweise hatte sich nicht die Erinnerung an ihre Lippen während des Kusses auf dem Balkon am stärksten in sein Herz und sein Gedächtnis gebrannt, sondern die Art und Weise, wie sie sich im Krankensaal an ihn gelehnt hatte, ihr Kopf auf seiner Schulter, ihr weicher Atem an seinem Hals – als würde sie ihm bedingungslos vertrauen. Will hätte alles, was er je besaß und je besitzen würde, dafür gegeben, nur um neben ihr auf dem schmalen Krankenbett liegen und sie weiterhin in seinen Armen halten zu können, während sie schlief. Als er sich von ihr löste, erschien es ihm fast, als würde er sich selbst die Haut abziehen, aber ihm blieb keine andere Wahl.

So wie ihm nie eine andere Wahl geblieben war. So wie er sich ständig alles versagen musste, das er sich wünschte.

Aber möglicherweise … vielleicht nach dem Besuch bei Magnus …

Will erstickte den Gedanken im Keim, ehe dieser sich in seinem Kopf festsetzen konnte. Es war besser, nicht darüber nachzudenken, besser, keine Hoffnungen zu hegen, die dann enttäuscht werden könnten. Aufmerksam schaute er sich um: Er befand sich nun auf dem Cheyne Walk, mit den eleganten Häuserfronten im georgianischen Stil. Vor dem Haus mit der Nummer 16 hielt er inne. Das hohe Gebäude mit dem imposanten Erker war von einem schmiedeeisernen Zaun umgeben, dessen kunstvoll verziertes Tor einen Spalt offen stand. Will schlüpfte hindurch, lief zur Haustür und zog an der Eingangsglocke.

Zu seiner großen Überraschung wurde die Tür jedoch nicht von einem Lakaien geöffnet, sondern von Woolsey Scott, dem die blonden Haare wirr auf die Schultern fielen. Er trug einen dunkelgrünen Morgenrock aus chinesischem Seidenbrokat, unter dem eine dunkle Hose und seine nackte Brust zum Vorschein kamen. Ein goldenes Monokel klemmte im Auge, und in der linken Hand hielt er eine Pfeife. Während er den jungen Nephilim eingehend musterte, blies er eine süßlich duftende Wolke Rauch in die Luft, die Will in der Kehle reizte.

»Na, hast du deinen Widerstand aufgegeben und dir endlich eingestanden, dass du in mich verliebt bist?«, fragte er Will unverblümt. »Ich weiß diese überraschenden Liebesbezeugungen zu mitternächtlicher Stunde wirklich zu schätzen.« Der Werwolf lehnte sich an den Türrahmen und machte mit seiner schlanken, eleganten Hand eine einladende Geste. »Nur zu, keine falsche Scheu.«

Will war sprachlos – eine Situation, in der er sich nicht oft wiederfand, und er musste sich eingestehen, dass ihm das ganz und gar nicht gefiel.

»Ach, lass ihn in Ruhe, Woolsey«, rief eine vertraute Stimme in diesem Moment aus dem Inneren des Hauses. Eine Sekunde später erschien Magnus im Flur und schloss eilig die Manschettenknöpfe; seine schwarzen Haare standen wild in alle Richtungen ab. »Ich hab dir doch gesagt, dass Will vorbeikommen würde.«

Wills Blick wanderte von Magnus zu Woolsey und wieder zurück. Magnus war barfuß, genau wie der Werwolf, um dessen Hals eine schimmernde Goldkette lag. Daran hing ein Anhänger mit der Aufschrift *Beati Bellicosi,* »Selig sind die Krieger«, und dem Abdruck einer Wolfstatze. Scott bemerkte, dass Will darauf starrte, und grinste. »Gefällt dir, was du siehst?«, erkundigte er sich anzüglich.

»Woolsey«, stieß Magnus tadelnd hervor.

»Deine Nachricht hängt doch mit dem Heraufbeschwören von Dämonen zusammen, oder etwa nicht?«, wandte Will sich an den Hexenmeister. »Hierbei geht's doch nicht um … um den Gefallen, den ich dir noch schulde, oder?«

Magnus schüttelte den Kopf. »Nein. Das hier ist eine rein geschäftliche Angelegenheit. Woolsey war so freundlich, mich bei ihm übernachten zu lassen, während ich mir noch überlege, was ich nun machen soll.«

»Wir sollten nach Rom reisen«, meinte Scott. »Ich *liebe* Rom.«

»Schön und gut, aber zuerst muss ich von einem deiner Räume Gebrauch machen. Vorzugsweise ein Zimmer mit wenig oder gar keinem Mobiliar.«

Scott nahm das Monokel aus dem Auge und starrte Magnus an. »Und *was genau* beabsichtigst du in diesem Raum zu tun?« Sein Ton war mehr als eindeutig.

»Den Dämon Marbas heraufbeschwören«, erwiderte Magnus und schenkte ihm ein breites Grinsen.

Scott verschluckte sich fast am Rauch seiner Pfeife. »Ich schätze, wir haben alle unterschiedliche Vorstellungen davon, was eine gelungene Abendunterhaltung ausmacht …«

»Woolsey.« Magnus fuhr sich mit beiden Händen durch die zerzausten Haare. »So leid es mir tut, das jetzt zur Sprache bringen zu müssen, aber du schuldest mir noch einen Gefallen. Hamburg … 1863 …«

Resigniert riss Scott die Hände in die Höhe. »Also gut, von mir aus. Du kannst das Zimmer meines Bruders haben. Seit seinem Tod hat es niemand mehr benutzt. Viel Spaß. Ich warte dann im Salon, mit einem Glas Sherry und ein paar recht unanständigen Holzschnitten, die ich aus Rumänien habe kommen lassen.« Damit machte er kehrt und verschwand in den Tiefen des Flurs.

Magnus winkte Will herein, der nur zu gern eintrat und sich von der Wärme des Hauses wie von einer Decke umfangen ließ. Da der Werwolf offenbar keinen Wert auf einen Lakaien legte, schüttelte er seinen blauen Wollmantel selbst ab und warf ihn sich über den Arm, während Magnus ihn neugierig betrachtete. »Wie ich sehe, hast du nach dem Erhalt meiner Nachricht keine unnötige Zeit verstreichen lassen«, bemerkte er. »Eigentlich hatte ich dich nicht vor morgen früh erwartet.«

»Du weißt, was das hier für mich bedeutet«, erwiderte Will. »Hast du wirklich geglaubt, ich würde das Ganze auch nur eine Minute aufschieben?«

Magnus' Augen musterten Wills Gesicht. »Bist du darauf vorbereitet, dass dieser Versuch scheitern kann? Dass sich der Dämon vielleicht als der falsche entpuppt? Dass ich ihn möglicherweise überhaupt nicht heraufbeschwören kann?«

Einen Moment lang war Will nicht in der Lage, sich zu bewegen. Er konnte sein Gesicht im Spiegel neben der Tür sehen. Der Anblick bestürzte ihn – es schien, als wäre die Mauer zwischen der Welt und seinem innigsten Herzenswunsch nicht länger existent. »Nein«, sagte er. »Darauf bin ich nicht vorbereitet.«

Langsam schüttelte Magnus den Kopf. »Will …«, seufzte er. »Also gut, komm.« Mit raubtierhafter Eleganz machte er kehrt und lief durch den Flur zur geschwungenen Treppe.

Will folgte dem Hexenmeister die Stufen hinauf, wobei der dicke Treppenläufer mit dem orientalischen Muster seine Schritte dämpfte. Der Weg führte an mehreren Wandnischen vorbei, in denen kleine Marmorstatuen standen, deren Körper inniglich miteinander verschlungen waren. Hastig wandte Will den Blick ab – und schaute dann erneut auf die Statuetten. Magnus schien mit seinen Gedanken weit weg und nicht darauf zu achten, was Will tat, und dieser hätte sich im Leben nicht vorstellen können, dass zwei Menschen zu derartigen Stellungen überhaupt fähig waren – ganz zu schweigen davon, dass das Ganze dabei auch noch künstlerisch wertvoll aussah.

Als sie das erste Geschoss erreichten, ging Magnus vor und öffnete links und rechts des Korridors eine Tür nach der anderen, wobei er die ganze Zeit leise vor sich hin murmelte. Endlich fand er den gewünschten Raum, schwang die Tür weit auf und bedeutete Will, ihm zu folgen.

Das ehemalige Zimmer von Woolsey Scotts verstorbenem Bruder war düster und kalt und roch nach muffigem Staub. Automatisch tastete Will nach seinem Elbenlichtstein, doch Magnus winkte abschätzig ab, während blaue Funken knisternd zwischen seinen Fingerspitzen hin und her sprangen. Und plötzlich loderte ein flackerndes Feuer im Kamin auf und erhellte den Raum mit seinem Lichtschein. Das Zimmer war zwar möbliert, doch man hatte die Einrichtung – ein Bett, ein Kleiderschrank, eine Kommode, ein Waschtisch und zwei Stühle – mit weißen Tüchern abgehängt. Während Magnus durch den Raum ging, die Ärmel aufrollte und mit den Händen gestikulierte, begann das Mobiliar, sich in Bewegung zu setzen: Das

Bett wirbelte herum und legte sich flach an die Wand, während die Stühle und die anderen Möbelstücke sich in die Ecken des Raums drückten.

Will pfiff anerkennend.

Doch Magnus grinste nur und meinte, allerdings ein klein wenig außer Atem: »Du bist wirklich leicht zu beeindrucken.« Dann kniete er sich in der nun leeren Raummitte auf den Boden und zeichnete rasch ein Pentagramm. Anschließend versah er jede Spitze des okkulten Symbols mit einer Rune, die Will jedoch noch nie gesehen hatte – sie stammten definitiv nicht aus dem Grauen Buch.

Nach einem Moment hob Magnus die Arme und hielt sie über den Drudenfuß, dann begann er zu psalmodieren, und plötzlich riss die Haut an seinen Handgelenken auf, und Blut tropfte in die Mitte des fünfzackigen Sterns.

Will war aufs Äußerste gespannt, als das Blut auf dem Boden auftraf und in einem unheimlichen Blauton zu glühen und zu schwelen begann. Weiterhin psalmodierend trat Magnus aus dem Pentagramm heraus, griff in die Tasche und holte den Dämonenzahn hervor. Dann warf er ihn in die nun brennende Mitte des Sternenfünfecks.

Einen Moment geschah gar nichts. Doch dann bildete sich inmitten der Flammen eine dunkle Gestalt heraus. Magnus stand nun schweigend da, den Blick auf das Pentagramm und das Geschehen darin geheftet, während sich die Wunden an seinen Armen bereits wieder zu schließen begannen. Im Raum herrschte völlige Stille – bis auf das Knistern des Feuers und Wills stoßweises Atmen, das selbst in seinen eigenen Ohren laut klang.

Die dunkle Gestalt gewann an Größe … verdichtete sich und nahm schließlich eine massive, vertraute Gestalt an: der blaue Dämon von Benedicts Ball, allerdings nicht länger in Abendgarderobe gekleidet. Sein Körper war mit einander überlappenden blauen Schuppen bedeckt, und hinter ihm peitschte ein langer gelblicher Schwanz mit einem Stachel an der Spitze nervös hin und her. Der Dämon schaute von Magnus zu Will und kniff die scharlachroten Augen zu Schlitzen zusammen.

»Wer wagt es, den Dämon Marbas heraufzubeschwören?«, fragte er fordernd; seine Stimme klang, als hallten seine Worte vom Grund eines tiefen Brunnens.

Magnus schaute zu Will und zeigte mit dem Kinn auf das Pentagramm. Die Botschaft war eindeutig: Das hier war jetzt Wills Angelegenheit.

Sofort trat der junge Nephilim einen Schritt vor. »Du erinnerst dich wohl nicht an mich?«

»Doch, ich erinnere mich«, knurrte der Dämon. *»Du bist der Schattenjäger, der mich über das gesamte Anwesen von Lightwoods Landsitz gejagt hat. Der mir einen meiner Zähne ausgerissen hat.«* Marbas öffnete den Mund und zeigte die Lücke in seinem Gebiss. *»Ich habe dein Blut gekostet«*, zischte er. *»Und wenn ich diesem Pentagramm entkomme, werde ich es erneut kosten, Nephilim.«*

»Nein«, erwiderte Will unbeirrt. »Ich frage dich, *ob du dich an mich erinnerst?«*

Der Dämon schwieg. Seine roten Augen, in denen zuckende Flammen tanzten, waren unergründlich.

»Denke fünf Jahre zurück«, sagte Will. »Ein Kästchen. Eine Pyxis, um genau zu sein. Ich habe sie damals geöffnet, und du bist daraus entwichen. Wir waren in der Bibliothek meines Elternhauses. Du hast uns angegriffen, aber meine Schwester hat dich mit einer Seraphklinge abgewehrt. *Erinnerst du dich jetzt an mich?«*

Eine Weile herrschte Stille. Magnus hielt den Blick fest auf den Dämon geheftet, und aus seinen Katzenaugen sprach eine unterschwellige Drohung, die Will nur ahnen konnte. »Sag die Wahrheit«, befahl der Hexenmeister schließlich. »Oder es wird dir schlecht ergehen, Marbas.«

Der Kopf des Dämons wirbelte von Magnus zu Will herum. *»Du«*, knurrte er widerstrebend. *»Du bist dieser Junge. Edmund Herondales Sohn.«*

Will schnappte nach Luft. Auf einmal fühlte er sich schwindlig, als würde er jeden Moment das Bewusstsein verlieren. Entschlossen ballte er die Hände zur Faust, bis sich die Nägel in seine Handflächen bohrten und der Schmerz dafür sorgte, dass er wieder einen klaren Kopf bekam. »Du erinnerst dich also.«

»Ich war zwanzig Jahre in diesem Ding gefangen«, fauchte Marbas. *»Selbstverständlich erinnere ich mich an meine Freilassung. Stell es dir doch einmal vor, falls du dämlicher Sterblicher dazu überhaupt in der Lage bist: jahrelange Finsternis, kein Licht, keine Regung – und dann plötzlich ein Spalt, eine Öffnung. Und das Gesicht des Mannes, der mich eingesperrt hat, direkt über mir.«*

»Ich bin nicht der Mann, der dich eingesperrt hat …«

»Nein. Das war dein Vater. Aber für mich seht ihr alle gleich aus.« Der Dämon grinste höhnisch. *»Ich erinnere mich an deine Schwester. Tapferes Mädchen … hat doch tatsächlich versucht, mich mit dieser Klinge abzuwehren, mit der sie selbst kaum umgehen konnte.«*

»Sie konnte immerhin so gut damit umgehen, dass sie dich von uns ferngehalten hat. Aus diesem Grund hast du uns ja verflucht. *Mich* verflucht. Erinnerst du dich auch daran?«

Der Dämon lachte leise in sich hinein. *»›Ein jeder, der dich liebt, wird sterben. Die Liebe zu dir wird jeden Einzelnen vernichten. Es mag nur Momente dauern oder Jahre, aber alle, die dich mit Liebe betrachten, werden daran vergehen. Und mit ihr werde ich anfangen.‹«*

Will hatte das Gefühl, als würde er den heißen Atem eines lodernden Feuers einatmen. Sein ganzer Brustkorb schien in Flammen zu stehen. »Ja, genau.«

Spöttisch neigte der Dämon den Kopf zur Seite. *»Und jetzt hast du mich heraufbeschworen, damit wir uns in Erinnerungen* *über diese Begebenheit aus unserer gemeinsamen Vergangenheit ergehen können?«*

»Ich habe dich gerufen, du blauhäutiger Mistkerl, damit du den Fluch von mir nimmst. Meine Schwester – Ella – ist in jener Nacht gestorben. Ich habe meine Familie verlassen, um sie keiner Gefahr auszusetzen. Das ist nun fünf Jahre her. Jetzt reicht's. *Es reicht!«*

»Spar dir die Mühe, an mein Mitleid zu appellieren, Sterblicher«, erwiderte Marbas. *»Ich wurde zwanzig Jahre in diesem Kasten gefangen gehalten. Vielleicht solltest auch du zwanzig Jahre leiden. Oder zweihundert …«*

Wills ganzer Körper war verspannt und verkrampft. Doch bevor er sich auf den Dämon stürzen konnte, warf Magnus in ruhigem Ton ein: »Es gibt da etwas an dieser Geschichte, das mir merkwürdig erscheint, Marbas.«

Ruckartig richtete der Dämon seinen Blick auf den Hexenmeister. *»Und das wäre?«*

»Ein Dämon, der gerade aus einer Pyxis freikommt, ist normalerweise sehr geschwächt, da er schließlich während der gesamten Gefangenschaft hungern musste. Er ist zu schwach, um solch einen raffinierten und mächtigen Fluch auszusprechen, mit dem du angeblich Will belegt hast.«

Wütend zischte der Dämon etwas in einer Sprache, die Will nicht verstand – weder Cthonisch noch Purgatisch, sondern eine der weniger gebräuchlichen Dämonensprachen. Magnus verengte die Augen zu Schlitzen.

»Aber sie ist gestorben«, warf Will ein. »Marbas hat gesagt, dass meine Schwester sterben würde, und genau so ist es geschehen. Noch in derselben Nacht.«

Magnus' Blick war weiterhin fest auf den Dämon gerichtet. Zwischen den beiden fand eine Art stummer Machtkampf statt, jenseits von Wills Vorstellungskraft. Schließlich bemerkte Magnus leise: »Willst du dich mir wirklich widersetzen, Marbas?

Möchtest du tatsächlich den Zorn meines Vaters auf dich ziehen?«

Marbas fluchte unterdrückt und wandte sich an Will. Seine Schnauze zuckte. *»Dieser Mischling hat recht. Der Fluch war nur vorgetäuscht. Deine Schwester ist gestorben, weil ich sie mit meinem Stachel getroffen hatte.«* Sein gelblicher Schwanz peitschte hin und her, und Will erinnerte sich wieder daran, wie Ella von diesem Dämonenschwanz getroffen worden und zu Boden gegangen war, wobei ihr die Seraphklinge aus der Hand rutschte. *»Du bist nie mit einem Fluch belegt gewesen, Will Herondale. Jedenfalls nicht mit einem, den ich ausgestoßen habe.«*

»Nein«, flüsterte Will leise. »Nein, das kann nicht sein.« Er hatte das Gefühl, als würde ein heftiger Sturm in seinem Kopf toben. Dann erinnerte er sich an Jems Worte – *die Mauer bekommt allmählich Risse* – und sah vor seinem inneren Auge eine hohe Mauer, die ihn jahrelang umgeben und isoliert hatte und nun zu Staub zerfiel. Er war frei, aber allein, und ein eisiger Wind schnitt ihm wie ein Messer durch den Körper. »Nein.« Seine Stimme bekam einen fassungslosen, schrillen Ton. *»Magnus …«*

»Ist das eine Lüge, Marbas?«, fauchte Magnus. »Schwörst du bei Baal, dass du die Wahrheit sagst?«

»Ich schwöre es«, erwiderte Marbas und verdrehte genervt die roten Augen. *»Was würde es mir denn bringen zu lügen?«*

Will sank auf die Knie, die Hände auf den Magen gepresst, als müsste er sich daran hindern, sich ruckartig zu übergeben. *Fünf Jahre*, dachte er. *Fünf vergeudete Jahre.* Er hörte wieder, wie seine Eltern an die Tür des Instituts hämmerten und wie er Charlotte befahl, sie fortzuschicken. Und dabei hatten sie nie den Grund für all das erfahren. Seine Eltern hatten innerhalb eines Tages eine Tochter und den Sohn verloren und nie erfahren, warum. Und die anderen erst … Henry und Charlotte und Jem … und Tessa … und all die Dinge, die er getan hatte …

Jem ist mein schweres Vergehen.

»Will hat recht«, sagte Magnus in diesem Moment. »Marbas, du bist tatsächlich ein blauhäutiger Mistkerl. *Fahr zur Hölle und stirb!*«

Wie aus der Ferne nahm Will wahr, dass eine dunkelrote Stichflamme zur Decke emporschoss. Marbas kreischte plötzlich auf, dann verstummte sein Schmerzensschrei abrupt, und der Gestank von versengtem Dämonenfleisch erfüllte den Raum. Doch Will kauerte weiterhin auf dem Boden, mit keuchendem, stoßweisem Atem. *O Gott, o Gott, o Gott.*

Eine Hand berührte ihn sanft an der Schulter. »Will«, sagte Magnus leise, und aus seiner Stimme sprach keinerlei Spott, sondern eine erstaunliche Güte. »Will, es tut mir so leid.«

»Alles, was ich getan habe«, keuchte Will. Seine Lunge fühlte sich an, als würde er keine Luft bekommen. »All die Lügen, all die Menschen, die ich weggestoßen habe, meine Familie, die ich verlassen habe, die unverzeihlichen Worte, die ich gegenüber Tessa geäußert habe – alles umsonst. Was für eine jämmerliche Vergeudung. Und alles nur wegen einer Lüge, die ich in meiner Dummheit geglaubt habe.«

»Du warst damals zwölf. Deine Schwester hatte die Nacht nicht überlebt. Und Marbas war ein gerissener Mistkerl. Er hat schon mächtige Hexenmeister hereingelegt, ganz zu schweigen von einem kleinen Kind, das keinerlei Kenntnisse über die Verborgene Welt besaß.«

Benommen starrte Will auf seine Hände. »Mein ganzes Leben zerstört, ruiniert …«

»Du bist siebzehn«, warf Magnus ein. »Es kann gar nicht sein, dass du dein ganzes Leben zerstörst hast – schließlich bist du noch gar nicht so lange auf der Welt. Aber verstehst du denn nicht, was das bedeutet, Will? Du warst während der letzten fünf Jahre fest davon überzeugt, dass dich niemand lieben würde, denn anderenfalls hätte derjenige ja längst tot sein müssen. Die bloße Tatsache, dass die Betreffenden aber weiterlebten, war für dich der Beweis dafür, dass du ihnen gleichgültig sein musstest. Aber du hast dich die ganze Zeit geirrt. Charlotte, Henry, Jem ... deine Familie.«

Will atmete tief ein und ließ die Luft dann langsam aus seiner Lunge entweichen. Der Sturm in seinem Kopf legte sich allmählich. »Tessa«, sagte er.

»Nun ja ...«, setzte Magnus an, und jetzt schwang auch wieder Humor in seiner Stimme mit.

Verwundert stellte Will fest, dass der Hexenmeister neben ihm kniete. *Ich bin im Haus eines Werwolfs, werde von einem Hexenmeister getröstet ... und das alles nur Zentimeter von der Asche eines toten Dämons entfernt,* überlegte er. *Wer hätte das je gedacht?*

»Ich kann zwar nicht für Tessas Gefühle bürgen – sie ist fraglos eine sehr unabhängige junge Dame, falls du das noch nicht bemerkt haben solltest. Aber du hast nun eine Chance, ihre Liebe zu gewinnen, eine ebenso große Chance wie jeder andere Mann, Will. Und war das nicht dein größter Wunsch?« Magnus klopfte Will auf die Schulter, erhob sich dann und ragte als langer dunkler Schatten über ihm auf. »Falls es dir irgendein Trost ist: Nach dem zu urteilen, was ich in jener Ballnacht auf dem Balkon beobachtet habe, würde ich sagen, sie ist dir ziemlich zugetan.«

Magnus schaute Will nach, der über den schmalen Weg von der Haustür zum Gartentor lief. Als er das Tor erreichte, hielt er inne, eine Hand auf dem Riegel, als zögerte er an der Schwelle zu einer langen und beschwerlichen Reise. Der Mond war hinter den Wolken aufgetaucht und warf sein helles Licht auf Wills dichtes schwarzes Haar und seine hellen Hände.

»Äußerst eigenartig«, bemerkte Woolsey, der hinter Magnus im Türrahmen auftauchte. Der warme Schein der Flurlampe ließ die dunkelblonden Haare des Werwolfs hellgolden aufleuchten. Er wirkte zerzaust, als hätte er geschlafen. »Wenn ich es nicht besser wüsste, würde ich sagen, dir liegt etwas an dem Jungen.«

»In welcher Hinsicht ›besser wüsste‹, Woolsey?«, fragte Magnus geistesabwesend, den Blick noch immer auf Will geheftet, hinter dem sich das Mondlicht auf der Themse spiegelte.

»Er ist ein Nephilim«, erklärte Woolsey. »Und für die hast du eigentlich nie viel übriggehabt. Wie viel hat er dir dafür gezahlt, dass du Marbas für ihn heraufbeschworen hast?«

»Nichts«, sagte Magnus. Und nun sah er nichts mehr von dem, was vor ihm lag – weder Will noch den Fluss. Stattdessen erschien vor seinem inneren Auge eine Reihe verschwommener Bilder: Augen, Gesichter, Lippen, verblasste Erinnerungen, eine Liebe, die er nicht mehr mit einem Namen verbinden konnte. »Will hat mir einen Gefallen getan … einen Gefallen, an den er sich nicht einmal selbst erinnert«, fügte Magnus hinzu.

»Er ist sehr attraktiv – für einen Menschen«, stellte Woolsey fest.

»Er ist seelisch gebrochen«, erwiderte Magnus. »Wie eine schöne Vase, die jemand zertrümmert hat. Und die nur mit sehr viel Glück und Erfahrung wieder zusammengesetzt werden kann – so wie sie einst gewesen ist.«

»Mit Glück und Erfahrung oder mithilfe von Magie.«

»Ich habe alles in meiner Macht Stehende getan«, sagte Magnus leise, während Will endlich den Riegel herunterdrückte und das Tor aufschwang.

»Er sieht nicht sehr glücklich aus«, bemerkte Woolsey. »Was auch immer du für ihn getan haben magst …«

»Im Moment steht er unter Schock«, erläuterte Magnus. »Er hat fünf Jahre lang fest an etwas geglaubt, und nun ist ihm bewusst geworden, dass er die Welt die ganze Zeit aus einer falschen Perspektive gesehen hat – dass all die Dinge, die er im Namen dessen geopfert hat, was er für gut und nobel hielt, in

Wahrheit reinste Vergeudung waren und dass er dabei nur diejenigen verletzt hat, die er liebt.«

»Du meine Güte«, sagte Woolsey. »Bist du sicher, dass du ihm wirklich geholfen hast?«

Will trat hinaus auf den Gehweg und ließ das Tor hinter sich zufallen.

»Ja, ziemlich sicher«, erwiderte Magnus. »Es ist immer besser, mit der Wahrheit zu leben als mit einer Lüge. Und diese Lüge hätte bewirkt, dass er den Rest seines Lebens allein gewesen wäre. Möglicherweise hatte er fünf Jahre lang so gut wie nichts, doch nun kann er alles haben, was er sich wünscht. Ein junger Mann mit seinem Aussehen …«

Woolsey lachte leise.

»Obwohl er sein Herz bereits verschenkt hat«, fuhr Magnus fort. »Und vielleicht ist das auch gut so. Was er jetzt braucht, ist Liebe … jemanden zu lieben und seinerseits geliebt zu werden. Für einen so jungen Menschen hat er kein leichtes Leben gehabt. Ich kann nur hoffen, dass sie das verstehen wird.«

Selbst aus der Entfernung konnte Magnus erkennen, dass Will tief Luft holte, die Schultern straffte und sich dann auf den Weg machte. Und sein Schritt wirkte fast ein wenig federnd – da war Magnus sich ziemlich sicher.

»Du kannst nicht jeden aus dem Nest gefallenen Vogel retten«, bemerkte Woolsey, lehnte sich an die Wand im Flur und verschränkte die Arme vor der Brust. »Nicht einmal die attraktiven.«

»Einer würde schon reichen«, sagte Magnus, und als er Will nicht länger sehen konnte, ließ er die Haustür sanft ins Schloss fallen.

18
Bis in den Tod

Mein Leben lang lernt' ich zu lieben.
In dieser Stund', zur Kunst getrieben,
Verkünd' ich's ihr. Himmel, Hölle, was allemal?
Sie verweigert mir den Himmel? 's ist mir egal!
ROBERT BROWNING, »ONE WAY OF LOVE«

»Miss. Miss!«

Tessa erwachte langsam aus ihren Träumen. Sonnenlicht strömte durch die hohen Fenster über ihr.

Sophie stand an ihrem Bett, schüttelte sie an der Schulter und lächelte sie strahlend an. »Mrs Branwell hat mich geschickt, um Sie auf Ihr Zimmer zurückzubringen. Sie meinte, Sie könnten schließlich nicht ewig auf der Krankenstation bleiben.«

»O Gott, bloß nicht!« Tessa setzte sich auf und schloss dann hastig die Augen, als ein Schwindelanfall sie erfasste. »Ich glaube, du musst mir helfen, Sophie«, sagte sie entschuldigend. »Ich fühle mich noch nicht ganz sicher auf den Beinen.«

»Selbstverständlich, Miss.« Sophie half ihr beim Aufstehen. Trotz ihrer schlanken Gestalt war sie sehr kräftig. *Das musste sie auch sein*, überlegte Tessa, *nachdem sie tagein, tagaus große Wäschekörbe und schwere Kohleneimer durch das ganze Haus schleppte …*

Als Tessas nackte Füße den kalten Boden berührten, zuckte sie leicht zusammen und warf einen raschen Blick auf Wills Bett, um nachzusehen, ob er noch schlief.

Aber das Bett war leer.

»Ist mit Will alles in Ordnung?«, fragte Tessa, während Sophie ihr half, in die Pantoffeln zu schlüpfen. »Ich bin gestern kurz aufgewacht und habe gesehen, wie Bruder Enoch ihm die Metallsplitter aus dem Rücken entfernt hat. Ein fürchterlicher Anblick.«

Sophie schnaubte. »Sah wahrscheinlich schlimmer aus, als es war. Mr Herondale hat sich kaum noch eine *Iratze* auftragen lassen, ehe er auch schon aus dem Bett sprang und in die Nacht verschwand, um weiß der Teufel welchen Beschäftigungen nachzugehen.«

»Tatsächlich? Ich könnte schwören, ich hätte gestern Nacht noch mit ihm gesprochen.« Sie befanden sich inzwischen im Flur, und Sophie stützte Tessa sanft mit einer Hand auf dem Rücken. Plötzlich schossen Tessa mehrere Bilder durch den Kopf: Bilder von Will im Mondlicht, von ihr selbst, wie sie ihm versicherte, dass es keine Rolle spiele, was er tat … dass es nur ein Traum sei – und das war es doch auch gewesen, oder?

»Das müssen Sie geträumt haben, Miss«, sagte Sophie geistesabwesend. Sie standen nun vor Tessas Zimmertür, und Sophie versuchte, den Türknauf zu drehen, ohne die stützende Hand von ihr fortzunehmen.

»Ist schon in Ordnung, Sophie. Ich kann allein stehen.«

Sophie protestierte zwar, doch Tessa ließ sich nicht beirren. Und schließlich gab das Mädchen sie frei, um dann rasch die Tür zu öffnen und das Feuer im Kamin zu schüren, während Tessa sich in einen Sessel sinken ließ. Auf ihrem Nachttisch stand ein Tablett mit einer Kanne Tee und einem Stapel Sandwiches, an dem sie sich dankbar bediente. Ihr war zwar nicht länger schwindlig, aber sie fühlte sich unendlich müde – eine Erschöpfung, die eher seelischer als körperlicher Natur war. Tessa erinnerte sich an den herbfrischen Geschmack des Kräutertees, den Will ihr gegeben hatte, und daran, wie er sie in seinen Armen gehalten hatte – aber das hatte sie ja nur geträumt. Sie fragte sich, wie viel von dem, was sie in der vergangenen Nacht gesehen hatte, ebenfalls ein Traum gewesen war: Jem, der flüsternd am Fuß ihres Betts stand, Jessamine, die leise in die raue Wolldecke ihrer Zelle weinte …

»Ich habe gehört, was mit Ihrem Bruder geschehen ist, und es tut mir leid, Miss.« Sophie kniete vor dem Kamin, und die auflodernden Flammen zeichneten zuckende Muster auf ihr hübsches Gesicht. Da sie den Kopf leicht gesenkt hatte, war ihre Narbe nicht zu sehen.

»Du brauchst das nicht zu sagen, Sophie. Ich weiß, dass es seine Schuld war, dass Agatha und Thomas …«

»Aber er war Ihr Bruder«, warf Sophie mit fester Stimme ein. »Blut ist dicker als Wasser«, fügte sie hinzu und beugte sich noch tiefer über die Kohlen.

Der freundliche Ton in Sophies Stimme und die Art und Weise, wie sich ihre Haare im Nacken kringelten, dunkel und verletzlich, veranlassten Tessa nach kurzem Zögern zu der Bemerkung: »Sophie, ich habe dich letztens mit Gideon Lightwood gesehen.«

Sophie erstarrte sichtlich. Dann fragte sie, ohne Tessa dabei anzusehen: »Was meinen Sie damit, Miss?«

»Ich war noch einmal zurückgegangen, um meinen Anhänger zu holen«, erklärte Tessa. »Meinen Klockwerk-Engel, damit er mir Glück bringt. Und dabei habe ich dich mit Gideon im Flur gesehen.« Tessa schluckte. »Er … er hat deine Hand gedrückt. Wie ein Verehrer.«

Eine ganze Weile herrschte völlige Stille, während Sophie in die Flammen starrte. Schließlich holte sie Luft und fragte: »Werden Sie Mrs Branwell davon erzählen?«

Tessa zuckte betroffen zurück. »Wie bitte? Nein, Sophie, auf keinen Fall! Ich … wollte dich nur warnen.«

»Mich wovor warnen?«, fragte das Mädchen mit ausdrucksloser Stimme.

»Die Lightwoods …« Erneut musste Tessa schlucken. »Das sind keine netten Leute. Als ich in ihrem Haus war … mit Will … da habe ich schreckliche Dinge gesehen, wirklich furchtbar …«

»Das betrifft Mr Lightwood, aber nicht seine Söhne!«, unterbrach Sophie Tessa in derartig scharfem Ton, dass diese zusammenzuckte. »Seine Söhne sind nicht wie er!«

»Wie sehr können sie sich schon von ihm unterscheiden?«

Sophie erhob sich ruckartig, und der Schürhaken fiel krachend ins Feuer. »Halten Sie mich für eine solche Närrin, dass ich mir von irgendeinem Möchtegerngentleman den Kopf verdrehen ließe … nach allem, was ich durchgemacht habe, nach allem, was Mrs Branwell mich gelehrt hat? Gideon ist ein guter Mann …«

»Das ist eine Frage der Erziehung, Sophie! Kannst du dir vorstellen, dass er zu Benedict Lightwood geht und ihm mitteilt, er wolle eine Irdische zur Frau nehmen, noch dazu ein Dienstmädchen? Siehst du ihn das wirklich tun?«

Aufgebracht verzog Sophie das Gesicht. »Sie haben doch gar keine Ahnung«, fauchte sie. »Nicht die geringste Ahnung, was er alles für uns tun würde …«

»Du meinst das *Training*?«, fragte Tessa ungläubig. »Sophie, also wirklich …«

Doch Sophie schüttelte nur den Kopf, raffte die Röcke und rauschte aus dem Zimmer, wobei sie die Tür mit einem Knall hinter sich zuwarf.

Charlotte saß im Salon, die Ellbogen auf dem Tisch aufgestützt, seufzte und zerknüllte dann den x-ten Papierbogen und warf ihn ins Feuer. Einen Moment lang loderten die Flammen auf und fraßen sich gierig in das Papier, bis es schwarz wurde und schließlich zu Asche zerfiel.

Resigniert nahm Charlotte die Schreibfeder, tauchte die Spitze in das Tintenfass und setzte erneut an:

Hiermit reiche ich, Charlotte Mary Branwell, Tochter der Nephilim, in meinem eigenen Namen und im Namen meines Mannes, Henry Jocelyn Branwell, meine Kündigung als Leiterin des Londoner Instituts ein, und zwar mit sofortiger Wirkung …

»Charlotte?«

Ihre Hand zuckte und verteilte einen Tintenklecks über das Papier, sodass auch dieser sorgfältig aufgesetzte Brief ruiniert war. Charlotte schaute auf und entdeckte Henry, der mit einem besorgten Ausdruck auf seinem schmalen, sommersprossigen Gesicht unschlüssig vor ihrem Schreibtisch stand. Langsam legte Charlotte die Schreibfeder beiseite. Wie immer in Henrys Gegenwart – und selten zu anderen Gelegenheiten – empfand sie eine gewisse Befangenheit wegen ihres Erscheinungsbildes: ihr Haar, das sich aus dem Knoten gelöst hatte, das abgetragene Kleid mit dem Tintenfleck am Ärmel und ihre vom Weinen geröteten und geschwollenen Augen. »Was gibt es denn, Henry?«, fragte sie müde.

Henry zögerte. »Ich wollte dir eigentlich nur sagen, dass ich … Was schreibst du denn da, meine Liebe?« Er ging um den Tisch herum und schaute über ihre Schulter. »*Charlotte!*« Hastig schnappte er sich das Schreiben, das sich trotz der verschmierten Buchstaben noch gut lesen ließ. »Du willst kündigen? Wie kannst du nur?!«

»Es ist besser, ich kündige von mir aus, als von Konsul Wayland zwangsweise abgesetzt zu werden«, sagte Charlotte leise.

»Meintest du nicht ›wir‹?«, fragte Henry gekränkt. »Sollte ich bei dieser Entscheidung nicht auch ein Wörtchen mitreden dürfen?«

»Du hast dich doch bisher auch nicht für die Leitung des Instituts interessiert. Wieso dann jetzt auf einmal?«

Henry sah aus, als hätte seine Frau ihm eine Ohrfeige verpasst, und Charlotte musste sich zwingen, nicht aufzustehen, ihn in die Arme zu nehmen und seine sommersprossigen Wangen mit Küssen zu bedecken. Wehmütig dachte sie daran zurück, wie sie nach ihrem ersten Kennenlernen, als sie sich in ihn verliebt hatte, überlegt hatte, dass er sie an einen allerliebsten Welpen erinnerte – mit Händen, die ein wenig zu groß für den Rest seines Körpers waren, großen haselnussbraunen Augen und seinem eifrig bemühten Verhalten. Und sie war immer der Überzeugung gewesen, dass der Verstand, der sich hinter diesen Augen verbarg, ebenso scharf und intelligent war wie ihr eigener – ganz gleich, was andere denken mochten, die sich über Henrys exzentrisches Verhalten und seine verschrobenen Einfälle lustig machten. Charlotte hatte immer angenommen, dass es ihr reichen würde, wenigstens in seiner Nähe sein und ihm ihre Liebe schenken zu können, ob er diese nun erwiderte oder nicht. Aber das lag lange zurück.

»Charlotte …«, setzte Henry nun an. »Ich weiß, warum du so böse auf mich bist.«

Überrascht hob Charlotte das Kinn. War es möglich, dass er wirklich ein solch scharfes Wahrnehmungsvermögen besaß? Trotz ihres Gesprächs mit Bruder Enoch hatte sie gedacht, dass niemand sonst etwas bemerkt hätte – sie hatte ja selbst kaum darüber nachdenken können, geschweige denn über Henrys mögliche Reaktion, wenn er davon erfuhr. »Tatsächlich?«

»Ja. Weil ich dich nicht zu dem Gespräch mit Woolsey Scott begleitet habe.«

Erleichterung und Enttäuschung rangen in Charlottes Brust. »Henry«, seufzte sie. »Das ist wohl kaum …«

»Mir war das nicht bewusst«, fuhr er unbeirrt fort. »Manchmal bin ich mit meinen Gedanken einfach zu sehr bei meinen Erfindungen und Plänen. Aber das kennst du doch von mir, Lottie.«

Charlotte errötete; es kam so selten vor, dass er sie mit diesem Kosenamen ansprach.

»Wenn ich könnte, würde ich es sofort ändern. Ich habe immer gedacht, von allen Menschen auf dieser Welt würdest du das verstehen. Denn du weißt … dass das für mich nicht einfach nur Spielereien sind. Du weißt, dass ich etwas erschaffen möchte, das die Welt verbessert und den Nephilim das Leben erleichtert. Genau so, wie du es bei der Leitung dieses Instituts täglich versuchst. Und obwohl ich genau weiß, dass ich bei dir immer nur an zweiter Stelle kommen werde.«

»An zweiter Stelle?«, quietschte Charlotte ungläubig. *»Du* kommst bei *mir* an zweiter Stelle?«

»Das ist schon in Ordnung, Lottie«, erwiderte Henry mit unendlicher Sanftmut. »Schließlich kannte ich den Grund, als du damals meinen Heiratsantrag angenommen hast: Du brauchtest einen Ehemann, um das Institut übernehmen zu können, weil niemand eine alleinstehende Frau auf dem Posten der Institutsleitung akzeptiert hätte …«

»Henry!« Charlotte war aufgesprungen und zitterte am ganzen Körper. »Wie kannst du nur so etwas Schreckliches sagen?«

Verwirrt musterte Henry seine Frau. »Ich dachte, so lägen die Dinge nun mal …«

»Glaubst du wirklich, ich wüsste nicht, warum du mich geheiratet hast?«, rief Charlotte. »Denkst du, ich wüsste nicht, dass dein Vater meinem Vater Geld geschuldet hat und dass mein Vater versprach, ihm die Schulden zu erlassen, sobald du einwilligen würdest, mich zu heiraten? Er hatte sich immer einen Jungen gewünscht – jemanden, der nach ihm das Institut leiten konnte. Und da ihm dieser Wunsch nun einmal versagt geblieben ist, hat er sich wohl gedacht … nun ja, warum nicht einen armen Schlucker dafür bezahlen, dass er seine unvermählbare, unansehnliche, eigensinnige Tochter heiratet … irgendeinen armen Jungen, der auf diese Weise gegenüber seiner Familie seine Pflicht erfüllt.«

»Charlotte.« Jetzt war Henry hochrot angelaufen; Charlotte

hatte ihn noch nie so zornig gesehen. »WOVON ZUM TEUFEL REDEST DU DA?«

Charlotte stützte sich auf den Schreibtisch. »Du weißt sehr wohl, wovon ich rede«, erwiderte sie. »Das ist doch der Grund, warum du mich geheiratet hast, oder etwa nicht?«

»Davon hast du mir nie auch nur ein Wort gesagt!«

»Warum sollte ich auch? Schließlich war dir das nicht neu.«

»Doch! Genau das ist es aber.« Henrys Augen funkelten wütend. »Ich weiß nichts von einer angeblichen Schuld meines Vaters. Ich habe mich in gutem Glauben an deinen Vater gewandt und ihn gebeten, mir die Ehre zu erweisen, um deine Hand anhalten zu dürfen. Von Geld war dabei nie die Rede!«

Charlotte hielt den Atem an. In den ganzen Jahren ihrer Ehe hatte sie die Umstände ihrer Verlobung mit keinem Wort erwähnt – es hatte nie Veranlassung dazu bestanden, und sie hatte von Henry keine gestammelte Verleugnung der Wahrheit hören wollen. Denn hatte ihr Vater es nicht selbst gesagt, als er ihr von Henrys Antrag erzählte? *Er ist ein guter Mann, jedenfalls besser als sein Vater, und du brauchst einen Ehemann, Charlotte, wenn du die Leitung des Instituts übernehmen willst. Ich habe seinem Vater alle Schulden erlassen. Damit wäre diese Angelegenheit zwischen unseren Familien also geklärt.*

Natürlich hatte er dabei mit keinem Wort gesagt, dass das auch der *Grund* für Henrys Heiratsantrag war. Sie hatte es einfach angenommen …

»Du bist nicht unansehnlich«, sagte Henry in diesem Moment, noch immer mit aufgebracht funkelnden Augen. »Du bist wunderschön. Und ich habe bei deinem Vater nicht aus Pflichtgefühl um deine Hand angehalten; das habe ich aus Liebe getan. Ich habe dich immer geliebt. Ich bin dein *Ehemann.*«

»Ich dachte, du hättest das nie gewollt«, wisperte Charlotte.

Henry schüttelte den Kopf. »Ich weiß, dass die Leute mich als exzentrisch bezeichnen. Als sonderbar. Und sogar als verrückt.

Das hat mir nie etwas ausgemacht. Es war mir immer egal. Aber dass du mich für so willensschwach hältst … Liebst du mich eigentlich überhaupt?«

»Natürlich liebe ich dich!«, beteuerte Charlotte verzweifelt. »Daran hat nie ein Zweifel bestanden.«

»Ach, wirklich nicht? Glaubst du, ich würde nicht mitbekommen, was die Leute sagen? Sie reden über mich, als wäre ich gar nicht im Raum, als wäre ich irgendein tumber Trottel. Ich habe Benedict Lightwood oft genug sagen hören, du hättest mich nur geheiratet, damit du vorgeben kannst, ein Mann würde das Institut leiten …«

Bei diesen Worten wurde nun Charlotte zornig. »Und da wirfst du mir vor, ich würde dich für willensschwach halten!«, rief sie empört. »Henry, ich hätte dich niemals aus diesem Grund geheiratet, nicht in tausend Jahren. Ich würde das Institut jederzeit aufgeben, ehe ich …«

Henry schaute sie mit großen Augen an, und seine kupferroten Haare standen in alle Richtungen ab, als hätte er sie wie verrückt gerauft. »Ehe du *was?«*

»Ehe ich *dich* aufgeben würde«, sagte Charlotte. »Weißt du das denn nicht?«

Und dann sagte sie nichts mehr, denn Henry hatte sie an sich gerissen und küsste sie. Küsste sie auf eine Weise, dass sie sich nicht länger unansehnlich fühlte oder befangen wegen ihrer unordentlichen Haare oder der Tinte an ihrem Ärmel, sondern nur noch an Henry denken konnte – an den Mann, den sie schon immer geliebt hatte. Tränen schossen ihr in die Augen, liefen ihr über die Wangen, und als Henry sich sanft von ihr löste, strich er ihr verwundert über das feuchte Gesicht.

»Wirklich?«, fragte er. »Du liebst mich also auch, Lottie?«

»Natürlich liebe ich dich. Ich habe dich nicht geheiratet, damit ich jemanden habe, mit dem ich das Institut leiten kann, Henry. Ich habe dich geheiratet, weil … weil ich wusste, dass die

Schwierigkeiten der Institutsleitung mir dann nichts mehr ausmachen würden oder etwa, dass der Rat mich ungerecht behandeln würde. Solange ich nur wusste, dass ich dein Gesicht als letztes sehe, ehe ich mich abends schlafen lege …« Charlotte knuffte ihren Mann leicht gegen die Schulter. »Wir sind jetzt schon so viele Jahre verheiratet, Henry. Was hast du eigentlich gedacht, was ich für dich empfinde?«

Henry zuckte die Achseln und küsste sie auf den Scheitel. »Ich dachte, du wärst mir zugetan«, erklärte er mit rauer Stimme. »Und dass du mich im Laufe der Zeit vielleicht lieben lernen würdest.«

»Genau dasselbe hab ich von dir gedacht«, stellte Charlotte verwundert fest. »Ist es wirklich möglich, dass wir beide so dumm gewesen sind?«

»Nun ja, bei *mir* überrascht mich das ja nicht«, meinte Henry. »Aber, ehrlich, Charlotte, *du* hättest es eigentlich besser wissen müssen.«

Charlotte lachte erstickt. »Henry!« Dann drückte sie seinen Arm und flüsterte: »Da ist noch etwas, das ich dir erzählen muss, etwas sehr Wichtiges …«

In dem Moment flog die Tür des Salons auf, und Will stand im Türrahmen. Henry und Charlotte lösten sich hastig voneinander und starrten ihn an. Er wirkte erschöpft – bleich, mit dunklen Ringen unter den Augen –, aber sein Gesicht strahlte eine Klarheit aus, ein Leuchten, das Charlotte noch nie zuvor an ihm gesehen hatte. Sie wappnete sich gegen eine seiner sarkastischen Bemerkungen, doch stattdessen lächelte er freundlich. »Henry, Charlotte«, rief er. »Ihr habt nicht zufälligerweise Tessa gesehen?«

»Vermutlich ist sie in ihrem Zimmer«, erklärte Charlotte verwundert. »Will, ist alles in Ordnung? Solltest du nicht im Bett liegen und dich ausruhen? Nach den schweren Verletzungen, die du erlitten hast …«

Doch Will winkte ihre Bedenken fort. »Deine Heilrunen haben ihre hervorragende Wirkung entfaltet. Ich brauche keine Bettruhe. Ich will nur zu Tessa und sie fragen …« Er verstummte, als sein Blick auf Charlottes Brief fiel. Mit zwei Schritten war er am Schreibtisch, griff nach dem Schreiben und las es mit demselben bestürzten Ausdruck, der sich auch auf Henrys Gesicht abgezeichnet hatte. »Charlotte … das kannst du nicht tun. Du darfst das Institut nicht aufgeben!«

»Der Rat wird für dich ein anderes Zuhause finden«, sagte Charlotte. »Oder vielleicht kannst du bis zu deinem achtzehnten Geburtstag hierbleiben, obwohl die Lightwoods …«

»Ohne dich und Henry würde ich hier gar nicht leben *wollen*. Was glaubst du denn, warum ich überhaupt hier bin? Wegen der eleganten Atmosphäre?« Will schüttelte den Bogen, bis das Papier knisterte. »Ich vermisse ja sogar Jessamine … nun ja, wenigstens ein bisschen. Und die Lightwoods werden unsere Dienstboten entlassen und durch ihre eigenen ersetzen. Charlotte, das darfst du nicht zulassen. Dies ist unser Zuhause. Jems und Sophies Zuhause.«

Mit großen Augen starrte Charlotte ihn an. »Will, bist du sicher, dass du kein Fieber hast?«

»Charlotte.« Will knallte den Brief auf den Schreibtisch. »Ich verbiete dir, deine Stelle als Leiterin des Instituts zu kündigen. Hast du mich verstanden? In den vergangenen Jahren warst du immer für mich da, hast alles für mich getan, als wäre ich dein eigenes Fleisch und Blut. Und ich habe dir nie dafür gedankt. Dasselbe gilt auch für dich, Henry. Aber ich bin euch beiden sehr dankbar, und aus diesem Grund werde ich nicht zulassen, dass du diesen Fehler begehst.«

»Will«, seufzte Charlotte. »Die Sache ist entschieden. Uns bleiben nur noch drei Tage, um Mortmain zu finden, und das werden wir nicht schaffen. Dafür reicht die Zeit einfach nicht.«

»Zum Teufel mit Mortmain«, erwiderte Will. »Und das meine

ich sowohl im wörtlichen wie auch im übertragenen Sinne. Diese Zeitspanne von zwei Wochen zum Auftreiben von Mortmain diente Benedict Lightwood doch nur als Test – ein lachhafter Test, der sich zudem als Betrug entpuppt hat. Lightwood arbeitet für Mortmain. Mit diesem Test wollte er dir das Institut aus den Händen reißen. Aber wenn wir Benedict öffentlich entlarven und ihn als das bloßstellen, was er ist, als Mortmains Marionette, dann gehört das Institut wieder dir, und wir können die Suche nach Mortmain fortsetzen.«

»Wir wissen von Jessamine, dass wir Mortmain nur in die Hände spielen würden, wenn wir Benedict bloßstellen …«

»Aber wir können auch nicht *nichts* tun«, entgegnete Will fest. »Und ich denke, es würde sich lohnen, zumindest gemeinsam darüber zu reden, findest du nicht?«

Charlotte wusste nicht, was sie sagen sollte. Dieser Will war nicht der Will, den sie kannte: Er wirkte ruhig, entschlossen, konzentriert. Und Henrys Schweigen nach zu urteilen, war er mindestens so verblüfft wie sie selbst.

Will nickte, als würde er das Schweigen als Zustimmung werten. »Hervorragend«, meinte er, »dann werde ich Sophie bitten, die anderen herbeizuholen.« Und damit stürmte er aus dem Raum.

Mit erstaunten Augen schaute Charlotte zu ihrem Mann hoch – jeder Gedanke an die Neuigkeit, die sie ihm hatte mitteilen wollen, war weit in den Hintergrund gedrängt. »War das wirklich *Will?*«, fragte sie schließlich.

Verwundert zog Henry eine seiner kupferroten Augenbrauen hoch. »Vielleicht hat man ihn ja entführt und durch einen Klockwerk-Automaten ersetzt«, erwiderte er. »Es scheint durchaus möglich …«

Und Charlotte musste ihm ausnahmsweise einmal recht geben.

Bedrückt aß Tessa die restlichen Sandwiches. Während sie den letzten Schluck Tee trank, verwünschte sie innerlich ihre Unfähigkeit, ihre Nase aus fremden Angelegenheiten herauszuhalten. Als sie ihr Mahl beendet hatte, legte sie das blaue Kleid an, was ihr ohne Sophies Hilfe erstaunlich schwerfiel. Jetzt sieh dich doch mal an, dachte sie, schon nach wenigen Wochen mit einer eigenen Kammerzofe bist du vollkommen verzogen: kannst dich nicht mehr selbst ankleiden oder dich aus Dingen heraushalten, die dich nichts angehen. Es dauert nicht mehr lange, bis dich jemand mit einem silbernen Löffel füttern muss, damit du nicht verhungerst. Sie setzte sich an den Frisiertisch, schnitt sich selbst eine Grimasse im Spiegel und nahm die silberbeschlagene Haarbürste, um sich die langen braunen Locken zu kämmen.

Plötzlich klopfte es an der Tür. Sophie, dachte Tessa hoffnungsvoll. Bestimmt erwartet sie eine Entschuldigung – und die soll sie auch bekommen. Sofort warf sie die Bürste auf den Frisiertisch, eilte zur Tür und riss sie mit Schwung auf.

Genau wie sie einst Jem erwartet und zu ihrer Enttäuschung Sophie vor ihrer Tür entdeckt hatte, war sie nun ebenso überrascht beim Anblick des jungen Schattenjägers, der im Flur auf und ab ging. Er trug einen Anzug aus grauer Wolle, wodurch seine silbernen Haare fast weiß schimmerten.

»Jem«, stieß Tessa verblüfft hervor. »Ist alles in Ordnung?«

Seine hellgrauen Augen streiften über ihr Gesicht und die offenen Haare. »Du siehst aus, als hättest du jemand anderes erwartet.«

»Ja, Sophie«, seufzte Tessa und schob sich eine widerspenstige Locke hinters Ohr. »Ich fürchte, ich habe sie verletzt. Meine Angewohnheit, sofort loszuplappern, statt erst einmal nachzudenken, hat mich mal wieder ins Fettnäpfchen treten lassen.«

»Aha«, meinte Jem nur, mit einem für ihn völlig untypischen Desinteresse.

Normalerweise hätte er sich erkundigt, womit Tessa das Dienstmädchen denn beleidigt hatte, und dann hätte er sie getröstet oder ihr beim Schmieden eines Plans geholfen, um Sophie wieder gnädig zu stimmen. Der Mangel an Interesse, das er sonst allem und jedermann entgegenbrachte, beunruhigte Tessa ein wenig; außerdem wirkte Jem noch blasser als sonst und schaute ständig über ihre Schulter, als wollte er sichergehen, dass sie auch wirklich allein war.

»Ist jetzt ein … ich meine, ich würde dich gern unter vier Augen sprechen, Tessa. Fühlst du dich dafür wohl genug?«

»Das hängt ganz davon ab, was du mir mitteilen willst«, erwiderte Tessa lachend, aber als er nicht auch mit einem Lächeln darauf reagierte, wuchs ihre Besorgnis. »Jem – ist wirklich alles in Ordnung? Will …?«

»Bei diesem Gespräch geht es nicht um Will«, erklärte Jem. »Will läuft irgendwo draußen in der Weltgeschichte herum und amüsiert sich zweifellos prächtig. Hier geht es um … nun ja, ich denke, man kann es durchaus so sagen: Hier geht es um mich.« Rasch schaute er in beide Richtungen des Flurs. »Darf ich kurz eintreten?«

Tessa dachte einen flüchtigen Moment daran, was Tante Harriet wohl zu einer jungen Dame sagen würde, die einen nicht mit ihr verwandten jungen Gentleman in ihr Zimmer einließ. Aber andererseits war ihre Tante einst selbst verliebt gewesen, überlegte Tessa – so sehr verliebt, dass sie ihrem Verlobten gestattet hatte … nun ja, was auch immer eine Frau einem Mann gestatten mochte, damit sie anschließend ein Kind bekam. Wenn Tante Harriet noch gelebt hätte, wäre sie wohl kaum in der Lage gewesen, sich zu beschweren. Und außerdem galten unter Schattenjägern ganz andere Anstandsregeln. Entschlossen schwang Tessa die Tür weit auf. »Ja, komm ruhig herein.«

Rasch betrat Jem das Zimmer und schloss die Tür fest hinter sich. Dann ging er zum Kamin und lehnte sich an den Sims; aber nach einem kurzen Moment erschien ihm diese Haltung wohl als unbefriedigend, und er marschierte zu Tessa in die Raummitte und stellte sich direkt vor sie. »Tessa«, sagte er.

»Jem«, erwiderte sie, wobei sie seinen ernsten Ton nachahmte, ihn aber wieder nicht zum Lachen bringen konnte. »Jem …«, setzte sie erneut an, dieses Mal ruhiger. »Falls sich dieses Gespräch um deine Gesundheit, deine … Erkrankung dreht, dann erzähl es mir bitte. Ich werde alles in meiner Macht Stehende tun, um dir zu helfen.«

»Nein, es geht nicht um meine Erkrankung«, erklärte er und holte dann tief Luft. »Du weißt ja, dass wir Mortmain nicht gefunden haben«, sagte er. »In wenigen Tagen wird das Institut möglicherweise Benedict Lightwood übergeben. Zweifellos würde er Will und mir gestatten hierzubleiben, aber dir nicht. Und ich verspüre nicht den geringsten Wunsch, in einem von ihm geführten Haus zu wohnen. Außerdem würden Will und Gabriel sich innerhalb einer Minute gegenseitig umbringen. Das wäre das Ende unserer kleinen Gruppe. Charlotte und Henry würden bestimmt ein anderes Zuhause finden, daran zweifele ich nicht, und Will und ich könnten vielleicht bis zu unserem achtzehnten Geburtstag in Idris leben, und Jessie … nun ja, das hängt vermutlich davon ab, welche Strafe der Rat ihr auferlegt. Aber dich könnten wir nicht nach Idris mitnehmen. Du bist keine Nephilim.«

Tessas Herz hatte zu rasen begonnen, und sie musste sich auf die Bettkante setzen, weil ihr plötzlich ein wenig übel wurde. Sie erinnerte sich an Gabriels höhnische Bemerkung, dass die Lightwoods schon eine »sinnvolle Verwendung« für sie finden würden, und nach dem Besuch des Balls konnte sie sich kaum etwas Schlimmeres vorstellen. »Ich verstehe«, sagte sie. »Aber wo soll ich denn hin … Nein, du brauchst darauf nicht zu antworten. Du trägst mir gegenüber keinerlei Verantwortung. Trotzdem danke ich dir, dass du es mir wenigstens mitgeteilt hast.«

»Tessa …«

»Ihr seid bereits so gütig gewesen, wie es der Anstand erlaubt«, fuhr sie fort, »wenn man bedenkt, dass ihr euch in den Augen des Rats keinen Gefallen damit getan habt, mich hier wohnen zu lassen. Ich werde schon einen Platz zum Leben finden …«

»Dein Platz ist an meiner Seite«, sagte Jem. »Und dort wird er immer sein.«

»Was meinst du damit?«

Jem errötete, und die dunkle Gesichtsfarbe zeichnete sich deutlich von seiner ansonsten hellen Haut ab. »Ich meine damit Folgendes«, hob er an, »Tessa Gray, würdest du mir die Ehre erweisen, meine Frau zu werden?«

Ruckartig setzte Tessa sich auf. *»Jem!«*

Einen Moment starrten sie einander stumm an, dann krächzte Jem mit brüchiger Stimme und um einen leichten Ton bemüht: »Das war vermutlich kein Nein … allerdings auch kein Ja.«

»Das kann nicht dein Ernst sein.«

»Doch, ich meine es ernst.«

»Aber du kannst nicht … ich bin doch keine Nephilim. Man würde dich aus der Schattenjägergemeinschaft ausschließen …«

Jem trat einen Schritt näher, mit erwartungsvollen Augen. »Du magst zwar nicht gerade eine Schattenjägerin sein, aber du bist auch keine Irdische und vermutlich auch kein Schattenwesen. Deine Situation ist einzigartig, daher weiß ich nicht, wie der Rat reagieren wird. Aber er kann nichts verbieten, das vor dem Gesetz nicht verboten ist. Also wird der Rat sich mit deinem … unserem Sonderfall befassen müssen, und das könnte durchaus ein paar Monate dauern. Aber in der Zwischenzeit kann er unsere Verlobung nicht verhindern.«

»Du meinst es *wirklich* ernst.« Tessas Mund war ganz ausgetrocknet. »Jem, das ist wahrhaftig ein unfassbar gütiges Angebot, und es ehrt dich sehr. Aber ich kann nicht zulassen, dass du dich auf diese Weise für mich aufopferst.«

»*Aufopfern?* Tessa, ich liebe dich. Ich *möchte* dich heiraten.«

»Ich … Jem, es ist einfach so, dass du immer so freundlich, so selbstlos bist. Wie kann ich sichergehen, dass du das alles nicht nur mir zuliebe auf dich nimmst?«

Jem griff in seine Westentasche und holte etwas Glattes und Kreisrundes hervor: einen Anhänger aus hellgrüner Jade mit eingravierten chinesischen Schriftzeichen, die Tessa nicht lesen konnte. Er streckte ihr das Schmuckstück auf seiner leicht zitternden Handfläche entgegen. »Ich könnte dir ja meinen Familienring geben, aber der wird normalerweise bei der Vermählung zurückgereicht, im Tausch für Runen der Liebe und Hingabe«, erläuterte er. »Doch ich möchte dir gern etwas schenken, das für immer dir gehören wird.«

Tessa schüttelte den Kopf. »Das kann ich unmöglich …«

Aber Jem unterbrach sie: »Dies hat mein Vater meiner Mutter am Tag ihrer Hochzeit gegeben. Die Inschrift stammt aus dem I Ging, dem Buch der Wandlungen, und heißt übersetzt: *Doch wo zwei Menschen einig sind in ihrem innern Herzen. Da brechen sie die Stärke selbst von Eisen oder Erzen.«*

»Und du glaubst, das sind wir?«, fragte Tessa mit vor Verwirrung dünner Stimme. »Einig im inneren Herzen?«

Jem kniete vor ihr nieder und schaute zu ihr hoch, ihr direkt ins Gesicht. Tessa sah ihn wieder so, wie sie ihn auf der Blackfriars Bridge gesehen hatte: ein attraktiver silberner Schemen vor einem dunklen Himmel. »Ich wüsste nicht, wie ich meine Liebe erklären soll«, setzte er an. »Ich könnte dir nicht sagen, ob ich dich vom ersten Moment an geliebt habe oder vom zweiten, dritten oder vierten. Aber ich erinnere mich genau an den Augenblick, als du auf mich zugekommen bist und mir zum ersten Mal bewusst wurde, dass der Rest der Welt vollkommen in den Hintergrund zu rücken scheint, solange ich in deiner Gegenwart bin. Und dass all meine Gedanken, Gefühle und Handlungen nur um dich kreisen.«

Überwältigt schüttelte Tessa langsam den Kopf. »Jem, ich hätte nie gedacht …«

»Die Liebe verleiht unglaubliche Kraft und Stärke«, sagte Jem. »Genau das bedeutet diese Inschrift. Und die gleiche Aussage findet sich auch in der Hochzeitszeremonie der Nephilim wieder: *Denn Liebe ist stark wie der Tod*. Hast du denn nicht bemerkt, dass es mir seit den vergangenen Wochen deutlich besser geht, Tessa? Ich bin weniger krank gewesen, habe weniger gehustet. Ich fühle mich gesünder, benötige weniger Arzneimittel – und das nur deinetwegen. Denn meine Liebe zu dir gibt mir Kraft.«

Tessa starrte ihn an. War so etwas wirklich möglich, jenseits von Märchen und Sagen? Jems schmales Gesicht schien förmlich zu leuchten; es war ganz offensichtlich, dass er felsenfest daran glaubte. Und es ging ihm ja auch tatsächlich deutlich besser …

»Du hast eben von einem Opfer gesprochen, aber es geht nicht darum, dass ich mich für dich aufopfern würde, sondern um den umgekehrten Fall: Ich bitte *dich* um ein großes Opfer«, fuhr er fort. »Ich biete dir mein Leben, aber es wird keines von langer Dauer sein; ich biete dir mein Herz, auch wenn ich nicht weiß, wie viele Schläge ihm noch bleiben. Aber ich liebe dich so sehr, dass ich hoffe, es macht dir nichts aus, wenn ich egoistisch handle im Versuch, den Rest meines Lebens – wie lange das auch sein mag – glücklich zu verbringen, indem ich es mit dir teile. Ich möchte mit dir vermählt sein, Tessa. Ich wünsche es mir mehr als alles andere, mehr als ich mir jemals irgendetwas im Leben gewünscht habe.« Schüchtern schaute er durch den seidigen Vorhang seiner silbernen Haare zu Tessa auf. »Das heißt, falls du mich ebenfalls liebst.«

Tessa betrachtete Jem, der mit dem Anhänger in der Hand vor ihr kniete, und verstand nun endlich, was die Leute damit meinten, wenn sie davon sprachen, das Auge sei des Herzens Spiegel. Denn Jems Augen, seine leuchtenden, ausdrucksstarken

Augen, die Tessa schon immer für wunderschön gehalten hatte, waren voller Liebe und Hoffnung.

Und warum sollte er auch *nicht* hoffen? Sie hatte ihm allen Grund zu der Annahme gegeben, dass sie ihn liebte: ihre Freundschaft, ihre Zuversicht, ihr Vertrauen, ihre Dankbarkeit und sogar ihre Leidenschaft. Und falls sie tief in ihrem Inneren noch immer eine winzige Hoffnung nährte, Will nicht aufgeben zu müssen, dann schuldete sie es sich selbst mindestens so sehr wie Jem, alles in ihrer Macht Stehende zu tun, um diese Hoffnung zu zerstören.

Sehr langsam beugte Tessa sich vor und nahm Jem den Anhänger vorsichtig aus der Hand. Er schmiegte sich mit seiner goldenen Kette wie von selbst an ihren Hals, kühl wie Wasser, und ruhte in ihrer Halskehle, direkt oberhalb ihres Klockwerk-Engels. Als Tessa die Kette im Nacken geschlossen hatte und die Hände wieder herunternahm, sah sie, wie Hoffnung in Jems Augen aufleuchtete und zu einem beinahe unerträglichen Strahlen ungläubigen Glücks anschwoll. Plötzlich hatte sie den Eindruck, als hätte jemand in ihre Brust gegriffen und ein Kästchen entriegelt, das ihr Herz umschloss – und ein unendliches Gefühl der Zärtlichkeit strömte wie frisches Blut durch ihre Adern. Nie zuvor hatte sie solch ein überwältigendes Bedürfnis verspürt, einen anderen Menschen zu beschützen, die Arme um ihn zu schlingen und sich ganz dicht an ihn zu kuscheln, allein und weit weg vom Rest der Welt.

»Dann lautet meine Antwort: Ja«, sagte sie. »Ja, ich will deine Frau werden, James Carstairs. Ja.«

»Oh, Gott sei Dank«, stieß Jem hervor und atmete erleichtert auf. »Gott sei Dank.« Und dann begrub er sein Gesicht in ihrem Schoß und schlang die Arme um ihre Taille. Tessa beugte sich über ihn, streichelte seine Schultern, seinen Rücken, seine seidigen Haare. Sein Herz pochte wie wild an ihren Knien. Vor Verwunderung wurde Tessa ein wenig schwindlig: Sie hätte es niemals für möglich gehalten, dass sie die Fähigkeit besaß, einen anderen Menschen so glücklich zu machen. Und dabei ging es noch nicht einmal um eine magische Fähigkeit – sondern um eine rein menschliche.

Plötzlich klopfte es an der Tür, und Jem und Tessa lösten sich hastig voneinander. Tessa erhob sich rasch und eilte zur Tür, wo sie kurz innehielt, um ihre Haare zu glätten – und, wie sie hoffte, ihre innere Aufregung ein wenig abklingen zu lassen.

Dieses Mal stand tatsächlich Sophie vor der Tür. Allerdings ließ ihre rebellische Miene darauf schließen, dass sie nicht aus eigenem Antrieb gekommen war. »Mrs Branwell bittet Sie, in den Salon zu kommen, Miss«, murmelte sie. »Der junge Herr Will ist zurück, und Mrs Branwell möchte, dass alle zu einer Besprechung zusammenkommen.« Als sie an Tessa vorbei ins Zimmer schaute, verfinsterte sich ihre Miene zusätzlich. »Das gilt auch für Sie, Mr Carstairs.«

»Sophie …«, setzte Tessa an, aber das Mädchen hatte bereits auf dem Absatz kehrtgemacht und eilte davon, wobei ihre weiße Haube im dunklen Flur hell auf und ab wippte. Tessa umklammerte den Türknauf und schaute ihr nach. Sophie hatte zwar gesagt, dass ihr Jems Gefühle für Tessa nichts ausmachen würden, und Tessa wusste nun auch, dass Gideon der Grund dafür war, aber trotzdem …

Sie spürte, wie Jem hinter sie trat und seine Hand in ihre schob. Tessa schloss ihre Finger um seine und ließ den angehaltenen Atem aus ihrer Lunge entweichen. War das damit gemeint, wenn man jemanden liebte? Dass jedes Leid ein geteiltes Leid war? Dass der andere einen allein durch ein Wort oder eine Berührung zu trösten vermochte? Nachdenklich ließ Tessa den Kopf an Jems Schulter sinken, und er küsste ihre Schläfe.

»Wir werden es zuerst Charlotte mitteilen, sobald wir die Gelegenheit dazu haben«, sagte er, »und dann den anderen. Wenn das Schicksal des Instituts entschieden ist …«

»Du klingst so, als würde dir das, was momentan mit dem Institut geschieht, nichts ausmachen«, wunderte Tessa sich. »Würde es dir denn nicht fehlen? Dieses Haus ist doch dein Zuhause.«

Jems Finger streichelten sanft über ihr Handgelenk und jagten ihr einen wohligen Schauer durch den Körper. »Wo *du* bist, ist von nun an mein Zuhause.«

19
Wenn Verrat von Erfolg gekrönt ist

Verrat ist nie von Erfolg gekrönt.
Denn hätte Verrat Erfolg, käme niemand auf die Idee,
es länger Verrat zu nennen.
SIR JOHN HARRINGTON

Sophie schürte das knisternde Feuer im Kamin des Salons, bis der Raum richtig warm, fast schon stickig war. Charlotte saß an ihrem Schreibtisch, mit Henry an ihrer Seite. Will lümmelte in einem der Ohrensessel am Kamin, ein silbernes Teeservice auf einem Beistelltisch neben sich und eine Tasse in der Hand. Als Tessa durch die Tür trat, setzte er sich derartig abrupt auf, dass er etwas Tee auf seinen Ärmel verschüttete und die Tasse hastig abstellte – allerdings ohne Tessa auch nur eine Sekunde aus den Augen zu lassen.

Will machte einen erschöpften Eindruck, als wäre er die ganze Nacht auf den Beinen gewesen. Er trug noch immer seinen dunkelblauen Wollmantel mit dem roten Seidenfutter, und die Hosenbeine waren mit Schlammspritzern übersät. Das schwarze Haar wirkte feucht und zerzaust, und ein Schatten aus dunklen Bartstoppeln lag auf dem blassen Gesicht. Doch in der Sekunde, in der er Tessa sah, leuchteten seine Augen auf wie eine Gaslaterne bei der Berührung mit einem brennenden Kienspan. Sein gesamter Ausdruck schien sich zu verändern, und er betrachtete sie mit solch unerklärlicher Freude, dass Tessa verwundert innehielt – was wiederum dazu führte, dass Jem sie fast umgerannt hätte. Einen Moment lang war Tessa nicht in der Lage, den Blick von Will abzuwenden. Es schien, als würden seine Augen ihre nicht freigeben wollen, und Tessa erinnerte sich wieder an den Traum aus der Nacht zuvor, als er sie im Krankensaal behutsam in den Armen gehalten hatte. Konnte er die Erinnerung daran von ihrem Gesicht ablesen? War das der Grund, warum er sie so unverwandt anblickte?

Jem spähte über Tessas Schulter hinweg und meinte aufgeräumt: »Hallo, Will. Bist du sicher, dass es eine gute Idee war, die ganze Nacht im Regen zu verbringen, während deine Wunden immer noch verheilen?«

Widerstrebend riss Will sich von Tessas Anblick los und entgegnete dann mit fester Stimme: »Absolut. Ich musste einfach aus dem Haus … um einen klaren Kopf zu bekommen.«

»Und hast du jetzt einen klaren Kopf?«

»Kristallklar«, bestätigte Will und schaute erneut zu Tessa, woraufhin sich der Vorgang wiederholte: Es schien, als würden sich ihre Blicke treffen und einander gefangen halten.

Tessa musste die Augen bewusst von ihm abwenden und durchquerte dann den Raum, um sich auf das Sofa in der Nähe des Schreibtischs zu setzen, von wo aus sie keinen direkten Blickkontakt zu Will hatte. Jem folgte ihr und ließ sich neben ihr nieder, griff aber nicht nach ihrer Hand. Einen Moment fragte Tessa sich, was wohl geschehen würde, wenn sie beiläufig erwähnten, was sie eben beschlossen hatten: *Wir zwei werden übrigens heiraten.*

Aber Jem hatte recht; dies war nicht der richtige Zeitpunkt. Denn Charlotte sah – genau wie Will – so aus, als wäre sie die ganze Nacht wach gewesen: Ihr Teint wirkte leicht gelb, fast kränklich, und unter ihren Augen zeichneten sich dunkelbraune Schatten ab. Henry saß neben ihr am Schreibtisch, eine Hand schützend über ihre gelegt, während er seine Frau mit einem besorgten Ausdruck musterte.

»Also gut, dann wären wir jetzt ja alle versammelt«, sagte Charlotte forsch, und einen Moment lang wollte Tessa anmerken, dass das nicht stimmte – schließlich war Jessamine nicht bei ihnen. Doch sie konnte sich gerade noch einmal zurückhalten. »Wie ihr ja alle wisst, nähern wir uns dem Ende der zweiwöchigen Frist, die Konsul Wayland uns gesetzt hat. Bisher ist es uns nicht gelungen, Mortmains Aufenthaltsort festzustellen. Wie ich von Bruder Enoch erfahren habe, ist die Obduktion von Nathaniel Grays Leichnam in der Gebeinstadt ergebnislos verlaufen, und da er tot ist, können wir auf keine weiteren Informationen mehr hoffen.«

Und da er tot ist … Unwillkürlich musste Tessa an ihre gemeinsame Kindheit zurückdenken, als sie im Park Libellen nachgejagt waren. Dabei hatte Nate das Gleichgewicht verloren und war in den See gefallen. Tessa hatte ihrer Tante – seiner Mutter – geholfen, ihn wieder herauszuziehen; seine nassen Hände waren von den grünen Teichpflanzen ganz glitschig gewesen. Dann wanderten ihre Gedanken zu dem Moment im Lagerhaus zurück, als seine erschlafften, blutigen Finger kraftlos aus ihrer Hand gerutscht waren. *Du weißt nicht, was ich alles getan habe, Tessie.*

»Natürlich können wir unsere gesammelten Erkenntnisse über Benedict Lightwood dem Rat mitteilen«, sagte Charlotte gerade, als Tessa sich aus ihren Erinnerungen riss und wieder auf die Besprechung konzentrierte. »Das wäre zumindest der logische, vernünftige Schritt.«

Tessa musste schlucken. »Und was ist mit Jessamines Warnung? Dass wir damit nur Mortmain in die Hände spielen?«

»Wir können nicht einfach *nichts* tun«, warf Will ein. »Wir dürfen uns auf keinen Fall zurücklehnen und Benedict Lightwood und seinen beklagenswerten Sprösslingen einfach die Schlüssel zum Institut überreichen. Die Lightwoods *sind* Mortmain. Benedict ist seine Marionette. Wir müssen es wenigstens weiterhin *versuchen*. Beim Erzengel, haben wir denn nicht genügend Beweise gesammelt? Zumindest so viele Indizien, dass Benedict mithilfe des Engelsschwertes verhört werden sollte?«

»Als wir Jessamine mit dem Schwert befragt haben, sind wir auf Blockaden in ihrem Geist gestoßen, die Mortmain dort platziert hatte«, erwiderte Charlotte müde. »Glaubst du wirklich, Mortmain wäre so töricht, bei Benedict nicht dieselben Vorsichtsmaßnahmen zu ergreifen? Wir werden wie rechte Narren dastehen, wenn das Schwert nichts aus ihm herausbringen kann.«

Will fuhr sich mit beiden Händen durch die schwarzen Haare. »Mortmain rechnet damit, dass wir uns an den Rat wenden. Davon muss er schließlich ausgehen. Darüber hinaus zögert er nicht, sich skrupellos von Verbündeten zu trennen, für die er keine Verwendung mehr hat, wie beispielsweise de Quincey. Lightwood ist für ihn nicht unersetzlich, und das weiß er auch.« Will trommelte mit den Fingern auf seinen Knien. »Ich denke, wenn wir uns an den Rat wenden, könnten wir auf jeden Fall erreichen, dass Benedict seine Kandidatur für die Leitung des Instituts zurückziehen muss. Aber das ändert nichts daran, dass ihm ein Teil der Nephilim weiterhin treu ergeben sein wird, und wir können nicht mit Sicherheit sagen, wer alles zu seiner Anhängerschaft gehört. Es ist eine traurige Tatsache, dass wir nicht mehr wissen, wem wir noch vertrauen können. Das Institut ist bei uns in sicheren Händen, und wir dürfen nicht zulassen, dass es uns entrissen wird. Denn wo sonst wäre Tessa noch sicher?«

Tessa blinzelte verblüfft. »Ich?«

Einen Augenblick lang wirkte Will erstaunt, als wunderte er sich über seine eigenen Worte, doch dann fuhr er fort: »Nun ja, du bist ein wesentlicher Bestandteil von Mortmains Plan. Er giert danach, *dich* in die Finger zu bekommen. Denn allem Anschein nach *braucht* er dich. Und wir dürfen nicht zulassen, dass das passiert. Zweifellos wärst du in seinen Händen eine mächtige Waffe.«

»Das mag zwar alles stimmen, Will, und natürlich werde ich mich an den Rat wenden, aber als eine ganz normale Schattenjägerin und nicht in meiner Funktion als Leiterin des Instituts«, sagte Charlotte.

»Aber warum, Charlotte?«, fragte Jem drängend. »Du leistest hervorragende Arbeit …«

»Ach wirklich?«, konterte Charlotte. »Bereits zum zweiten Mal habe ich nicht bemerkt, dass wir einen Spion unter unserem Dach hatten; Will und Tessa haben sich mühelos meiner Obhut entzogen, um Benedicts Ball zu besuchen; unser Plan zur Ergreifung von Nathaniel Gray, in den wir den Konsul übrigens nicht eingeweiht hatten, ist fehlgeschlagen, wodurch ein potenziell wichtiger Zeuge gestorben ist …«

»Lottie!« Besänftigend legte Henry seiner Frau eine Hand auf den Arm.

»Ich bin nicht geeignet, dieses Institut zu leiten. Benedict hatte recht«, fuhr Charlotte fort. »Natürlich werde ich versuchen, den Rat von Benedicts Schuld zu überzeugen. In Zukunft wird jemand anderes dieses Institut weiterführen müssen. Hoffentlich nicht Benedict, aber ich werde es auch nicht sein …«

Plötzlich ertönte ein lautes metallisches Klirren. »Mrs Branwell!«, rief Sophie. Sie hatte den Schürhaken fallen lassen und drehte sich vom Kamin zu den anderen im Raum. »Sie können nicht kündigen, Ma'am. Das … das dürfen Sie nicht tun.«

»Sophie …«, setzte Charlotte sehr freundlich an. »Du brauchst dir keine Sorgen zu machen: Ganz gleich, wohin Henry und ich nach dieser Geschichte ziehen werden, wo auch immer wir einen neuen Haushalt gründen werden, wir werden dich auf jeden Fall mitnehmen …«

»Darum geht es gar nicht«, erwiderte Sophie mit dünner Stimme. Ihre Augen schweiften unstet durch den Raum. »Miss

Jessamine … sie hat … ich meine … sie hat die Wahrheit gesagt. Wenn Sie sich auf diese Weise an den Rat wenden, sorgt das nur dafür, dass Mortmains Pläne aufgehen.«

Verblüfft schaute Charlotte das Dienstmädchen an. »Was bringt dich zu dieser Überzeugung?«

»Ich … ich weiß es nicht genau«, druckste Sophie und schaute zu Boden. »Aber ich weiß, dass es der Wahrheit entspricht.«

»Sophie?«, hakte Charlotte gereizt nach, und Tessa wusste genau, was sie in diesem Moment dachte: *Hatten sie etwa noch einen Spion im Haus, eine weitere Schlange im Garten Eden?*

Auch Will beugte sich mit zusammengekniffenen Augen vor.

»Sophie sagt die Wahrheit«, warf Tessa unvermittelt ein. »Sie weiß es deshalb, weil … weil wir gehört haben, wie Gideon und Gabriel im Fechtsaal darüber sprachen.«

»Und da hast du beschlossen, es erst jetzt zu erwähnen?« Skeptisch zog Will die Augenbrauen hoch.

Auf einmal überfiel Tessa blinde Wut auf ihn, und sie fauchte: »Ach, halt doch den Mund, Will. Wenn du …«

»Ich treffe mich schon eine ganze Weile heimlich mit ihm«, unterbrach Sophie sie mit lauter Stimme. »Mit Gideon Lightwood. An meinem freien Tag habe ich mich schon mehrfach mit ihm verabredet.« Sie war kreidebleich im Gesicht. »Er ist derjenige, der mir davon erzählt hat. Gideon hat gehört, wie sein Vater sich darüber lustig gemacht hat: Mr Lightwood wusste, dass Jessamine enttarnt worden ist. Und er hoffte, Sie würden den Rat in Kenntnis setzen. Ich hätte schon früher etwas sagen sollen, aber eine ganze Weile schien es ja so, als ob Sie ohnehin nicht vorgehabt hätten, sich an den Rat zu wenden …«

»Verabredet?«, fragte Henry ungläubig. »Mit *Gideon Lightwood?*«

Doch Sophie hielt ihren Blick fest auf Charlotte gerichtet, die sie inzwischen mit großen Augen anstarrte. »Und ich weiß auch, was Mortmain gegenüber Mr Lightwood in der Hand hat«, erklärte sie. »Gideon hat es gerade erst herausgefunden. Und sein Vater weiß nicht, dass er davon Kenntnis hat.«

»Gütiger Gott, Mädchen, dann steh doch nicht einfach da – heraus mit der Sprache! Erzähl uns, was du weißt!«, rief Henry, der mindestens so verblüfft schaute wie seine Frau.

»Dämonenpocken«, sagte Sophie. »Mr Lightwood hat Dämonenpocken, schon seit Jahren, und ihm bleiben nur noch wenige Monate zu leben, wenn er kein Heilmittel erhält. Und Mortmain behauptet, er könne es ihm beschaffen.«

Im nächsten Moment brach im Salon ein regelrechter Tumult aus: Charlotte eilte zu Sophie, Henry rief ihr bestürzt nach, und Will sprang aus dem Sessel und tanzte wie von Sinnen im Kreis herum. Nur Tessa blieb sprachlos sitzen, mit Jem an ihrer Seite auf dem Sofa, der sich ebenfalls nicht rührte. Gleichzeitig stimmte Will einen lauten Gesang darüber an, dass er die ganze Zeit recht gehabt hatte:

»Dämonenpocken, Dämonenpocken,
Wo steckt man sich damit an?
Im schlimmsten Teil der großen Stadt
Locken Laster für jedermann.
Dämonenpocken, Dämonenpocken,
Ich hab es schon immer gesagt,
Und ihr lagt daneben und habt mich gescholten,
doch ich hab mich niemals beklagt.«

»Will!«, brüllte Charlotte über den Krach hinweg. »HAST DU DEN VERSTAND VERLOREN? HÖR MIT DIESEM HÖLLENLÄRM AUF! Jem …«

Sofort erhob Jem sich vom Sofa, marschierte zu Will und legte ihm eine Hand auf den Mund. »Versprichst du, dass du still sein wirst?«, zischte er seinem Freund ins Ohr.

Will nickte, und seine blauen Augen sprühten. Verwundert starrte Tessa ihn an, und sie war nicht die Einzige im Raum. Tessa hatte Will ja schon in vielen Gemütszuständen erlebt – belustigt, verbittert, herablassend, wütend, verächtlich –, aber noch nie zuvor derartig *ausgelassen.*

Jem gab seinen Freund frei. »Also gut.«

Grinsend ließ Will sich auf den Boden sinken, lehnte sich mit dem Rücken gegen den Sessel und riss die Arme in die Höhe. *»Die Dämonenpocken auf eure Häuser!«,* verkündete er und gähnte zufrieden.

»O Gott, jetzt bekommen wir wochenlang Shakespeare-Wortspiele zu hören – alles, was sich irgendwie auf Dämonenpocken ummünzen lässt«, stöhnte Jem.

»Das kann doch nicht wahr sein«, murmelte Charlotte. »Schlicht und einfach *Dämonenpocken?«*

»Woher wissen wir, dass Gideon Sophie nicht angelogen hat?«, fragte Jem in mildem Ton. »Es tut mir leid, Sophie, dass ich das jetzt ansprechen muss, aber die Lightwoods sind nicht vertrauenswürdig …«

»Ich habe gesehen, auf welche Weise Gideon Sophie anschaut«, warf Will ein. »Tessa hatte mich als Erste darauf aufmerksam gemacht, dass Gideon eine Schwäche für unsere Miss Collins hat. Daraufhin habe ich mir die verschiedenen Situationen wieder ins Gedächtnis gerufen, und mir ist klar geworden, dass das tatsächlich stimmt. Und ein in Liebe entbrannter Mann, ein in Liebe entbrannter Mann würde alles preisgeben. Würde jeden verraten.« Wills Augen waren fest auf Tessa geheftet.

Tessa erwiderte seinen Blick. Sie konnte einfach nicht anders – sie fühlte sich förmlich von seinen Augen angezogen. Die Art und Weise, wie er sie ansah, mit seinen blauen Augen, die wie kleine Stücke des Himmels zu sein schienen. Es war, als wollte er ihr irgendetwas mitteilen. Nur *was,* um alles in der Welt …?

Schlagartig wurde Tessa bewusst, dass er ihr das Leben gerettet hatte. Natürlich! Vielleicht wartete er schon die ganze Zeit darauf, dass sie sich bei ihm bedankte. Aber dazu hatte sie doch noch gar keine Möglichkeit gehabt. Tessa nahm sich vor, Will bei der nächstbesten Gelegenheit ihren Dank auszusprechen.

»Außerdem hat Benedict während des Balls eine Dämonin auf dem Schoß gehalten und geküsst«, fuhr Will fort und wandte den Blick von Tessa ab. »Eine Dämonin mit wimmelnden Schlangen statt Augen. *Chacun à son goût,* würde ich mal sagen. Na, jedenfalls kann man sich Dämonenpocken nur durch unschickliche Beziehungen mit einem Dämon zuziehen …«

»Nate hat mir ebenfalls erzählt, dass Mr Lightwood Dämoninnen bevorzugen würde«, bestätigte Tessa. »Ich nehme nicht an, dass seine Frau davon gewusst hat.«

»Moment mal«, meldete Jem sich plötzlich zu Wort. »Will, welche Symptome sind mit Dämonenpocken verbunden?«

»Ein ziemlich hässlicher Hautausschlag«, erklärte Will mit Wonne. »Es fängt mit einem schildförmigen Ausschlag auf dem Rücken an und breitet sich dann über den gesamten Körper aus, wobei Risse und Schrunden in der Haut entstehen …«

Jem schnappte nach Luft. »Ich … ich bin gleich wieder zurück«, stieß er hervor. »Gebt mir eine Minute. Beim Erzengel.« Und damit hastete er aus dem Raum und ließ die anderen verwundert zurück.

»Er wird sich doch wohl keine Dämonenpocken zugezogen haben, oder?«, warf Henry in die Runde, ohne irgendjemanden direkt anzuschauen.

Ich hoffe nicht, schließlich haben wir uns gerade erst verlobt, hätte Tessa am liebsten gerufen, aber nach einem Blick auf die Gesichter der Anwesenden verkniff sie sich die Bemerkung.

»Ach, sei doch still, Henry«, erwiderte Will und machte den Eindruck, als wollte er noch etwas hinzufügen.

Doch in dem Moment flog die Tür auf, und Jem kam zurück in den Salon gestürmt, eine Pergamentrolle in der Hand. »Ich habe das hier von den Stillen Brüdern bekommen«, schnaufte er, »als Tessa und ich Jessamine besuchten.« Er warf Tessa einen leicht schuldbewussten Blick zu, und sie erinnerte sich wieder, wie er sie vor Jessamines Zelle einen Moment allein gelassen hatte und wenige Minuten später mit einem nachdenklichen Ausdruck zurückgekehrt war. »Das ist der Obduktionsbericht von Barbara Lightwood. Nachdem Charlotte uns erzählt hatte, dass ihr Vater Silas Lightwood nicht beim Rat angezeigt hatte, dachte ich mir, ich erkundige mich mal bei den Brüdern der Stille, auf welche Weise Mrs Lightwood gestorben war. Ich wollte überprüfen, ob Benedict mit seiner Behauptung, sie sei vor Gram umgekommen, vielleicht ebenfalls gelogen hatte.«

»Und – hat er gelogen?« Fasziniert beugte Tessa sich vor.

»Ja. Denn seine Frau hatte sich in Wahrheit die Pulsadern aufgeschnitten. Doch da war noch etwas.« Jem warf einen Blick auf das Pergament in seiner Hand. *»Ein schildförmiger Hautausschlag auf der linken Schulter, typisch für den wappenartigen Schorf der Astriola.«* Er reichte das Dokument Will, der es entgegennahm und mit großen Augen überflog.

»Astriola«, sagte er. »Das ist der wissenschaftliche Name für Dämonenpocken. Du hattest den Beweis für die Existenz von Dämonenpocken und hast mir nichts davon gesagt?! *Et tu, Brutus!«* Will rollte das Pergament wieder zusammen und schlug seinem Freund damit auf den Schädel.

»Au!« Reumütig rieb Jem sich den Kopf. »Das Wort hat mir einfach nichts gesagt! Ich habe gedacht, es würde sich um irgendeine unbedeutende Hauterkrankung handeln. Und die schien ja wohl kaum als Todesursache infrage zu kommen. Schließlich hatte Mrs Lightwood sich die Pulsadern aufgeschlitzt. Aber wenn Benedict seine Kinder vor der Tatsache abschirmen wollte, dass ihre Mutter sich das Leben genommen hat …«

»Beim Erzengel«, murmelte Charlotte leise. »Kein Wunder, dass sie Selbstmord begangen hat. *Denn ihr Mann hat sie mit Dämonenpocken infiziert. Und sie hat es gewusst.*« Hektisch wirbelte sie zu Sophie herum. »Weiß Gideon darüber Bescheid?«

Sophie schüttelte den Kopf; sie hatte ganz große Augen bekommen. »Nein.«

»Aber wären die Stillen Brüder nicht verpflichtet gewesen, ihren Befund jemandem mitzuteilen?«, hakte Henry nach. »Alles andere erscheint mir … nun ja, gelinde gesagt, unverantwortlich …«

»Natürlich mussten sie das jemandem mitteilen – Mrs Lightwoods *Ehemann.* Was die Brüder zweifellos auch getan haben, aber zu welchem Nutzen? Benedict wusste es vermutlich ohnehin längst«, erklärte Will. »Es bestand sicherlich keine Veranlassung, Gideon, Gabriel und Tatiana davon zu unterrichten; denn der Hautausschlag blüht auf, wenn man sich gerade erst infiziert hat, und die Kinder waren bereits zu alt, um sich im Mutterleib oder während der Geburt mit der Krankheit angesteckt zu haben. Die Brüder der Stille haben Benedict unter Garantie informiert, der daraufhin wahrscheinlich ›Wie schockierend‹ gerufen und dann die ganze Angelegenheit unter den Teppich gekehrt hat. Schließlich kann man Tote nicht wegen unschicklicher Beziehungen mit Dämonen vor den Richter schleppen. Also hat man den Leichnam verbrannt, und damit war der Fall erledigt.«

»Und wie kommt es dann, dass Benedict noch immer lebt?«, fragte Tessa drängend. »Hätte die Krankheit ihn nicht längst umbringen müssen?«

»Mortmain«, warf Sophie ein. »Mortmain hat ihm die ganze Zeit Drogen gegeben, um den Krankheitsverlauf zu verzögern.«

»Zu verzögern, aber nicht vollständig aufzuhalten?«, hakte Will nach.

»Nein, man kann die Krankheit wohl nicht aufhalten. Mr Lightwood ist noch immer dem Tode geweiht, und der nähert sich mit immer schnelleren Schritten«, erläuterte Sophie. »Das ist auch der Grund, warum er so verzweifelt ist und alles tut, was Mortmain von ihm verlangt.«

»Dämonenpocken!«, flüsterte Will und schaute zu Charlotte. Trotz seiner offensichtlichen Schadenfreude blitzte in seinen blauen Augen ein Funken auf – ein Funken messerscharfer Intelligenz, wie bei einem Schachspieler, der seinen nächsten Zug genauestens auf mögliche Vor- oder Nachteile überprüft. »Wir müssen Benedict sofort kontaktieren«, sagte er. »Charlotte muss seine Eitelkeit geschickt ausnutzen. Er ist sich viel zu sicher, dass er die Leitung des Instituts erhalten wird. Charlotte muss ihm Folgendes weismachen: Obwohl der Konsul erst am Sonntag seinen offiziellen Beschluss fasst, sei ihr bewusst geworden, dass er, Benedict, als Sieger aus der Abstimmung hervorgehen würde und dass sie ihn gern privat treffen möchte, um vorher mit ihm Frieden zu schließen.«

»Benedict ist halsstarrig …«, setzte Charlotte an.

»Ja, aber noch viel stolzer«, warf Jem ein. »Benedict hat das Institut schon immer an sich reißen wollen, doch er möchte dich auch gern demütigen, Charlotte. Um zu beweisen, dass eine Frau nicht fähig ist, ein Institut zu führen. Er ist zwar davon überzeugt, dass der Konsul dir am Sonntag die Leitung des Instituts abnehmen wird, aber das bedeutet nicht, dass er sich die Gelegenheit entgehen ließe, dich privat vor ihm zu Kreuze kriechen zu sehen.«

»Doch zu welchem Zweck?«, fragte Henry. »Was genau erreichen wir damit, Charlotte zu Benedict zu schicken?«

»Wir können ihn erpressen«, erklärte Will. Seine Augen leuchteten vor Aufregung und Begeisterung. »Möglicherweise kommen wir im Moment nicht an Mortmain heran, aber an Benedict auf jeden Fall – und das könnte vorerst genügen.«

»Du meinst also, dass er sich kommentarlos zurückziehen und jeden Versuch aufgeben wird, das Institut in seine Finger zu bekommen? Ließe das nicht einfach nur Spielraum für einen seiner Anhänger, der dann in seine Fußstapfen tritt?«, hakte Jem nach.

»Wir versuchen ja gar nicht, Benedict loszuwerden. Stattdessen wollen wir erreichen, dass er Charlotte seine volle Unterstützung anbietet. Er soll seine Kandidatur zurückziehen und öffentlich erklären, sie sei für die Leitung des Instituts hervorragend geeignet. Seine Anhänger werden sich keinen Rat wissen, der Konsul wird zufrieden sein, und wir behalten das Institut. Und darüber hinaus können wir Benedict zwingen, uns alles zu verraten, was er über Mortmain weiß – seinen Aufenthaltsort, seine Geheimnisse, einfach alles.«

Skeptisch schüttelte Tessa den Kopf. »Ich bin mir ziemlich sicher, dass er Mortmain mehr fürchtet als uns, und außerdem braucht er das, was Mortmain ihm bieten kann. Denn sonst stirbt er.«

»Ja, er wird sterben. Aber das, was er getan hat – seine unschicklichen Beziehungen zu einem Dämon, die Infektion seiner Frau und seine Schuld an ihrem Tod –, gilt als vorsätzlicher Mord an einem anderen Nephilim. Und auch nicht nur einfach ›Mord‹, sondern ›Mord mithilfe dämonischer Kräfte‹. Das würde die schlimmste aller Strafen nach sich ziehen.«

»Was ist denn schlimmer als der Tod?«, fragte Tessa und bereute ihre Worte sofort, als sie sah, wie Jem kaum merklich die Lippen zusammenpresste und sein Mund schmal und verkniffen wirkte.

»Die Brüder der Stille würden Benedict alles entziehen, was ihn zu einem Nephilim macht. Er würde dann zu einem Forsaken mutieren«, erläuterte Will. »Seinen Söhnen würde man die Runenmale nehmen, sodass sie zu Irdischen würden. Und der Name Lightwood würde von der Liste der Schattenjägerfamilien gestrichen. Das wäre das Ende der Lightwoods in den Reihen der Nephilim. Und es gibt keine größere Schande. Diese Strafe würde sogar Benedict fürchten.«

»Und wenn nicht?«, fragte Jem mit leiser Stimme.

»Dann stehen wir auch nicht schlechter da als jetzt«, bemerkte Charlotte, deren Miene sich bei Wills Worten zunehmend verhärtet hatte. Sophie lehnte niedergeschlagen am Kaminsims, und Henry, der seiner Frau eine Hand auf die Schulter gelegt hatte, wirkte ungewöhnlich still. »Wir werden Benedict aufsuchen. Uns bleibt keine Zeit für eine offizielle Benachrichtigung; wir werden ihn wohl überraschen müssen. Also, wo sind die Visitenbillets?«

Sofort setzte Will sich auf. »Heißt das, wir führen meinen Plan durch?«

»Es ist jetzt mein Plan«, erwiderte Charlotte resolut. »Du darfst mich begleiten, Will, aber du wirst meine Anweisungen befolgen – und kein Wort über Dämonenpocken, bis ich es sage, verstanden?«

»Aber … aber …«, stammelte Will.

»Ach, komm schon, lass gut sein«, meinte Jem und stupste Will keineswegs unfreundlich gegen den Fußknöchel.

»Sie hat sich *meinen* Plan unter den Nagel gerissen!«

»Will«, sagte Tessa fest. »Ist es dir lieber, dass der Plan umgesetzt wird oder dass du die Anerkennung dafür erhältst?«

Hektisch zeigte Will mit dem Finger auf sie. »Genau das. Letzteres!«

Charlotte rollte mit den Augen. »William, diese Sache wird entweder zu meinen Bedingungen laufen oder gar nicht.«

Will holte tief Luft und schaute zu Jem, der ihn angrinste. Schließlich ließ er geschlagen die Schultern hängen und seufzte: »Also gut, Charlotte. Möchtest du, dass wir dich alle begleiten?«

»Du und Tessa auf jeden Fall. Ich benötige euch als Zeugen für die Geschehnisse auf dem Ball. Jem und Henry – eigentlich braucht ihr nicht mitzukommen, und wenigstens einer von euch sollte ohnehin hierbleiben, um über das Institut zu wachen.«

»Liebes …« Henry berührte seine Frau mit fragender Miene am Arm.

Überrascht wandte Charlotte sich ihm zu. »Ja?«

»Bist du sicher, dass ich dich nicht begleiten soll?«

Charlotte schenkte ihm ein freundliches Lächeln – ein Lächeln, das ihr erschöpftes, verhärmtes Gesicht vollständig verwandelte. »Absolut sicher, Henry; Jem ist zwar durchaus in der Lage, das Institut zu bewachen, aber streng genommen noch kein erwachsener Nephilim, und wenn wir ihn hier allein zurückließen, wäre das Wasser auf Benedicts Mühlen und würde seinen Beschwerden nur neue Nahrung geben. Trotzdem vielen Dank für dein Angebot.«

Tessa schaute Jem an, der ihr ein bedauerndes Lächeln zuwarf und verborgen hinter ihren Röcken rasch ihre Hand drückte. Seine Berührung schenkte ihr ein warmes Gefühl der Sicherheit, und sie erhob sich. Will stand ebenfalls auf und machte sich zum Aufbruch bereit. Währenddessen suchte Charlotte nach einem Federhalter, um eine Nachricht auf die Rückseite des Visitenbillets zu schreiben. Cyril würde dieses Billet dann direkt zustellen, während sie bereits in der Kutsche vor dem Haus der Lightwoods warteten.

»Ich hole nur schnell Mantel und Hut«, flüsterte Tessa Jem zu und eilte zur Tür, dicht gefolgt von Will. Und einen Moment später, als die Salontür hinter ihnen ins Schloss fiel, fand Tessa sich allein mit Will im Flur wieder. Sie wollte gerade zu ihrem Zimmer hasten, als sie Wills Schritte hinter sich hörte.

»Tessa!«, rief er, woraufhin sie sich zu ihm umdrehte. »Tessa, ich muss unbedingt mit dir reden.«

»Was, *jetzt?«,* fragte sie überrascht. »Ich hatte Charlotte so verstanden, dass diese Angelegenheit größte Eile hat …«

»Ach, zum Teufel mit der Eile«, erwiderte Will und kam näher. »Zum Teufel mit Benedict Lightwood und dem Institut und dieser ganzen Geschichte. Ich möchte mit *dir* reden.« Er grinste sie breit an. Will hatte schon immer etwas Wagemutiges an sich, doch diese Situation war anders: Dies war nicht der

Wagemut der Verzweiflung, sondern die Unbekümmertheit großen Glücks. Aber was für ein merkwürdiger Moment, um derartig glücklich zu sein!

»Hast du völlig den Verstand verloren?«, fragte Tessa. »Du redest von ›Dämonenpocken‹, wie jemand anderes vielleicht von einer ›unerwarteten Erbschaft‹ sprechen würde. Bist du wirklich so erfreut darüber?«

»Ich fühle mich in meinem Urteil bestätigt, aber nicht über alle Maßen erfreut … Und außerdem wollte ich gar nicht über Dämonenpocken reden, sondern über dich und mich.«

Im nächsten Moment schwang die Salontür auf, und Henry tauchte im Türrahmen auf, dicht gefolgt von Charlotte. Jem würde als Nächster den Salon verlassen, daher trat Tessa hastig einen Schritt zurück, fort von Will, obwohl eigentlich gar nichts Unschickliches zwischen ihnen geschehen war. *Außer in deinen Gedanken,* sagte eine kleine Stimme tief in ihrem Inneren, die Tessa aber geflissentlich ignorierte. »Will, nicht jetzt«, stieß sie leise hervor. »Ich glaube, ich weiß, was du mir sagen willst, und du hast jedes Recht dazu, doch jetzt ist weder der richtige Zeitpunkt noch der richtige Ort, meinst du nicht auch? Glaub mir, ich bin genauso begierig darauf, mit dir zu reden, denn das Ganze lastet schwer auf meiner Seele …«

»Tatsächlich? Du weißt es?« Will wirkte benommen, als hätte Tessa ihn mit einem Stein am Kopf getroffen.

»Nun ja – durchaus«, erwiderte Tessa und sah dann, wie Jem auf sie zukam. »Aber nicht *jetzt.*«

Will folgte ihrem Blick, schluckte und nickte widerstrebend. »Also gut, wann dann?«

»Später, wenn wir von dem Besuch bei den Lightwoods zurück sind. Komm in den Salon.«

»In den Salon?«

Tessa musterte ihn stirnrunzelnd. »Also wirklich, Will«, tadelte sie. »Musst du denn alles wiederholen, was ich sage?«

Inzwischen hatte Jem zu ihnen aufgeschlossen und hörte Tessas letzte Bemerkung. »Tessa, gönn Will doch eine Minute, damit er seine fünf Sinne wieder zusammensuchen kann«, grinste er. »Der arme Junge ist die ganze Nacht auf den Beinen gewesen und sieht so aus, als könnte er sich kaum noch an seinen eigenen Namen erinnern.« Freundlich legte Jem seinem *Parabatai* eine Hand auf den Arm. »Hier entlang, Herondale. Du machst auf mich den Eindruck, als könntest du eine Kraftrune brauchen – oder zwei oder drei ...«

Widerwillig löste Will den Blick von Tessa und ließ sich dann von Jem durch den Flur führen. Tessa schaute den beiden nach und schüttelte den Kopf. *Männer*, dachte sie. Sie würde sie nie verstehen.

Tessa hatte kaum ihr Zimmer betreten, als sie abrupt stehen blieb und auf ihr Bett starrte: Dort lag ein elegantes Ausgehkostüm aus creme-grau gestreifter Seide mit zierlicher Borte und silbernen Knöpfen, dazu passende graue Samthandschuhe mit einem silberdurchwirkten Blattmuster. Und davor warteten cremefarbene Knopfstiefeletten und modische Damenstrümpfe.

Einen Moment später wurde die Tür geöffnet, und Sophie betrat das Zimmer, einen hellgrauen Hut mit silbernen Beeren in der Hand. Ihr Gesicht wirkte bleich, ihre Augen waren geschwollen und gerötet, und sie vermied jeden Blickkontakt mit Tessa. »Ein neues Kleid, Miss«, verkündete das Dienstmädchen mit ausdrucksloser Stimme. »Der Stoff gehörte ursprünglich zu Mrs Branwells Aussteuer, aber vor ein paar Wochen hat sie mich beauftragt, daraus ein Kostüm für Sie schneidern zu lassen. Vermutlich hat sie gedacht, Sie benötigten noch andere Kleidung als nur die, die Miss Jessamine Ihnen gekauft hat. Sie hoffte, dass Sie sich dadurch ... wohler fühlen würden. Diese Sachen sind heute Morgen geliefert worden, und ich hatte Bridget gebeten, sie für Sie auf dem Bett auszubreiten.«

Tessa spürte, wie ihr die Tränen in die Augen stiegen, und setzte sich hastig auf die Bettkante. Der Gedanke, dass Charlotte bei all ihren Problemen trotzdem an Tessas Wohlbehagen gedacht hatte, rührte sie über alle Maßen. Doch sie schluckte die Tränen hinunter und sagte dann mit zitternder Stimme: »Sophie, ich sollte … nein, ich *muss* mich bei dir entschuldigen.«

»Bei mir entschuldigen, Miss?«, fragte Sophie tonlos und legte den Hut auf das Bett.

Einen Moment lang abgelenkt, starrte Tessa auf die Kopfbedeckung. Charlotte trug selbst immer so schlichte Kleidung, dass Tessa nie auf die Idee gekommen wäre, die junge Institutsleiterin würde auch nur einen Gedanken an derartig schöne und geschmackvolle Accessoires verschwenden. Doch dann konzentrierte Tessa sich wieder auf Sophie: »Es war falsch von mir, dir gegenüber auf diese Weise von Gideon zu sprechen. Ich habe meine Nase in Angelegenheiten gesteckt, die mich absolut nichts angehen, und du hattest vollkommen recht, Sophie: Man darf einen Mann nicht nach den Sünden seiner Familie beurteilen. Außerdem hätte ich dir noch sagen müssen … obwohl ich Gideon an jenem Abend auf dem Ball gesehen habe, kann ich nicht behaupten, dass er sich an den Feierlichkeiten beteiligt hätte. Genau genommen kann ich nicht in seinen Kopf hineinschauen, um festzustellen, was er denkt, und ich hätte mich nicht so verhalten dürfen, als wäre ich dazu in der Lage. Ich besitze keineswegs mehr Erfahrung als du, Sophie, und in Bezug auf Gentlemen bin ich vollkommen unwissend. Deshalb möchte ich mich dafür entschuldigen, dass ich mich so überheblich benommen habe. Es wird nicht wieder vorkommen … wenn du mir nur verzeihst.«

Sophie ging zum Kleiderschrank, hinter dessen Tür ein zweites Kostüm hing – aus dunkelblauem Taft, mit goldenen Samtlitzen und eingearbeiteten Volants aus heller Ripsseide. »So hübsch«, sagte sie ein wenig wehmütig und strich mit der Hand leicht über das Gewebe. Dann wandte sie sich Tessa zu. »Das … das war eine sehr nette Entschuldigung, Miss, und ich verzeihe Ihnen. Ehrlich gesagt habe ich Ihnen schon im Salon verziehen, als Sie für mich gelogen haben. Normalerweise halte ich nichts von Lügen, aber ich weiß, dass Sie es nur gut gemeint haben.«

»Das war sehr tapfer … das, was du getan hast«, erwiderte Tessa. »Ich meine damit, Charlotte die Wahrheit zu sagen. Ich weiß, wie sehr du dich davor gefürchtet hast, sie könnte wütend werden.«

Sophie lächelte traurig. »Sie ist nicht wütend. Sie ist enttäuscht. Ich weiß es einfach. Sie meinte, sie könne im Moment nicht mit mir reden, aber sie würde das später nachholen. Und ich konnte es an ihrem Gesicht erkennen. Irgendwie ist das schlimmer als jede Wut.«

»Ach, Sophie. Charlotte ist von Will ständig enttäuscht!«

»Na ja, wer ist das nicht?!«

»So habe ich das nicht gemeint. Ich meinte vielmehr, dass Charlotte dich liebt, auf dieselbe Weise wie Will oder Jem oder … nun ja, du verstehst schon. Selbst wenn sie von dir enttäuscht sein sollte, musst du aufhören, dir Sorgen darüber zu machen, dass sie dich entlassen könnte. Denn das wird sie nicht. Sie hält dich nämlich für wunderbar, und das tue ich auch.«

Sophie riss verwundert die Augen auf. »Miss Tessa!«

»Ja, das tue ich wirklich«, sagte Tessa rebellisch. »Du bist mutig und selbstlos und liebenswert. Genau wie Charlotte.«

Sophies Augen schimmerten feucht, und sie wischte sie hastig mit dem Zipfel ihrer Schürze. »So, jetzt ist es aber genug«, sagte sie forsch, musste jedoch noch ein paarmal hinter den tränenfeuchten Wimpern blinzeln. »Es wird Zeit, dass wir Sie ankleiden und ausgehbereit machen, bevor Cyril die Kutsche vorfährt, denn ich weiß, dass Mrs Branwell keine Zeit vergeuden möchte.«

Gehorsam trat Tessa vor und schlüpfte mit Sophies Hilfe in das creme-grau gestreifte Kostüm.

»Und seien Sie bitte vorsichtig – das ist alles, was ich dazu zu sagen habe«, mahnte Sophie, während sie geschickt den Stiefelknöpfer schwang. »Der alte Mr Lightwood ist ein unangenehmer Bursche, vergessen Sie das nicht. Und er ist streng: Er nimmt die beiden Jungs sehr hart ran.«

Die beiden Jungs. Sophies Worte klangen, als würde sie nicht nur für Gideon, sondern auch für Gabriel Sympathie empfinden. Tessa fragte sich, was Gideon wohl von seinem jüngeren Bruder und seiner Schwester halten mochte. Doch sie hakte nicht nach, während Sophie ihr die Haare kämmte und zu Locken legte und ihre Schläfen mit Lavendelwasser betupfte.

»So, nun schauen Sie sich einmal im Spiegel an, Miss. Finden Sie nicht auch, dass Sie ganz zauberhaft aussehen?«, sagte Sophie stolz, als sie ihr Werk vollendet hatte.

Und Tessa musste sich eingestehen, dass Charlotte ganze Arbeit geleistet und exakt den richtigen Schnitt für sie ausgewählt hatte – er schmeichelte ihrer Figur ganz hervorragend, genau wie der Grauton des Kostüms. Dadurch wirkten ihre Augen größer und blauer, ihre Taille und ihre Arme schlanker und ihr Busen voller.

»Da wäre nur noch eines …«, setzte das Dienstmädchen an.

»Was denn, Sophie?«

»Der junge Herr Jem«, sagte Sophie, woraufhin Tessa verwundert aufschaute. »Bitte, was auch immer Sie tun mögen, Miss.« Das Mädchen warf einen bezeichnenden Blick auf die Kette mit dem Jadeanhänger, der vorne in Tessas Kleid steckte, und biss sich auf die Lippen. »Bitte brechen Sie ihm nicht das Herz.«

20
Die bittere Wurzel

Doch wir sind entzweit, geh du morgenwärts,
Leib seines Leibs, meines Herzens Herz,
Und die Wurzel ist bitter, doch süß war im Hag
Die Blüte, der Wind vertilgt ihre Spur.
ALGERNON CHARLES SWINBURNE,
»DER TRIUMPH DER ZEIT«

Tessa streifte ihre Samthandschuhe über, während sie auf die Stufen vor dem Institut hinaustrat. Ein kräftiger Wind wehte vom Fluss hoch und wirbelte einen Haufen Blätter durch den Innenhof. Der Himmel hatte sich zugezogen, dunkelgraue Gewitterwolken lagen drückend über der Stadt.

Will stand am Fuß der Treppe, die Hände in den Taschen, und schaute hinauf zur Kirchturmspitze. Da er keinen Hut trug, fuhr ihm die Brise durch die schwarzen Haare und blies sie aus seinem Gesicht. Er schien Tessa nicht zu bemerken.

Einen Moment lang hielt Tessa inne und betrachtete ihn. Sie wusste zwar, dass das nicht richtig war – Jem gehörte nun zu ihr und sie zu ihm, und andere Männer sollten für sie eigentlich nicht länger existieren –, aber sie konnte es einfach nicht lassen, die beiden Freunde miteinander zu vergleichen: Jem mit seiner ganz eigenen Mischung aus Feingliedrigkeit und Stärke, Will dagegen wie ein Sturm auf hoher See, schieferblau und schwarz, mit grell aufflackernden Wutausbrüchen wie helles Wetterleuchten. Tessa fragte sich, ob jemals der Moment kommen würde, in dem sein Anblick ihr *kein* Herzflattern mehr bereiten würde, und ob dieses Gefühl vielleicht schwinden würde, je mehr sie sich an die Vorstellung gewöhnte, mit Jem verlobt zu sein. Der Gedanke war noch so neu, dass er ihr auch jetzt irgendwie unwirklich erschien. Doch eines hatte sich bereits verändert: Wenn sie Will nun betrachtete, verspürte sie nicht länger diesen furchtbaren Schmerz.

In dem Moment entdeckte Will Tessa und lächelte sie durch die windzerzausten Haare an. »Dieses Kostüm ist neu, hab ich recht?«, bemerkte er und schob sich ein paar Strähnen aus dem Gesicht, als Tessa die Stufen hinabschritt. »Keines von Jessamines Kleidern.«

Tessa nickte und wartete resigniert auf einen seiner sarkastischen Kommentare – über sie, Jessamine, das Kostüm oder alles zusammen.

»Es steht dir. Seltsam, dass dieser Grauton deine Augen blauer erscheinen lässt …«

Verwundert schaute sie ihn an, aber bevor sie auch nur den Mund öffnen könnte, um ihn zu fragen, ob es ihm wirklich gut gehe, ratterte die Institutskutsche um die Ecke des Gebäudes. Cyril brachte die beiden Pferde vor den Stufen zum Stehen, und der Kutschschlag schwang auf.

Charlotte saß bereits in der Kutsche. Sie trug ein weinrotes Samtkostüm, dazu einen Hut mit einem getrockneten Blütenzweig, und sie wirkte nervöser, als Tessa sie je erlebt hatte. »Schnell, schnell, steigt ein«, rief sie und hielt ihren Hut mit einer Hand fest, als sie sich leicht aus dem Fahrzeug beugte. »Ich glaube, es fängt jeden Moment an zu regnen.«

Zu Tessas Überraschung fuhr Cyril sie nicht zum Landsitz der Lightwoods in Chiswick, sondern zu einem eleganten Stadthaus in Pimlico, in dem die Familie Lightwood unter der Woche residierte. Es hatte tatsächlich zu regnen begonnen, und ein schmallippiger Lakai nahm ihnen ihre feuchten Mäntel, Hüte und Handschuhe ab, ehe man sie durch lange Flure mit glänzenden Marmorböden zu einer großen Bibliothek führte, wo ein prasselndes Feuer in einem imposanten Kamin brannte.

Hinter einem wuchtigen Eichenschreibtisch saß Benedict Lightwood, dessen hageres Profil durch das Spiel von Licht und Schatten im Raum noch kantiger wirkte als üblich. Die Vorhänge vor den hohen Fenstern waren geschlossen, und an den Wänden reihten sich Regale mit schweren ledergebundenen Wälzern, deren Rücken mit Goldlettern bedruckt waren. Der alte Lightwood wurde von seinen Söhnen flankiert: Gideon stand rechts neben ihm, seine Miene hinter den ins Gesicht gekämmten Haaren sorgfältig verborgen und die Arme vor der breiten Brust verschränkt. Links von seinem Vater wartete Gabriel, in dessen grünen Augen sich ein Ausdruck überheblicher Belustigung spiegelte; er hatte die Hände in die Hosentaschen gesteckt und sah aus, als würde er jeden Moment vergnügt zu pfeifen beginnen.

»Charlotte!«, rief Benedict zur Begrüßung. »Will. Miss Gray. Wie stets ein Vergnügen.« Mit einer Handbewegung lud er sie ein, auf den Stühlen vor seinem Schreibtisch Platz zu nehmen.

Gabriel schenkte Will ein gehässiges Grinsen, als dieser sich setzte. Doch Will warf ihm nur einen vollkommen ausdruckslosen Blick zu und schaute dann weg.

Ohne jede sarkastische Bemerkung, dachte Tessa verblüfft. *Ohne Gabriel auch nur finster anzustarren. Was geht hier vor?*

»Vielen Dank, Benedict.« Charlotte, die kerzengerade dasaß, sprach mit perfekter Selbstbeherrschung. »Vielen Dank, dass du dich bereit erklärt hast, uns so kurzfristig in deinem Haus zu empfangen.«

»Das ist doch selbstverständlich.« Benedict lächelte. »Aber dir ist hoffentlich bewusst, dass dieser Besuch nichts am Ergebnis der Zusammenkunft nächsten Sonntag ändern wird. Schließlich habe ich keinen Einfluss auf die Entscheidung. Das muss der Rat ganz allein beschließen.«

Charlotte neigte leicht den Kopf zur Seite. »In der Tat, Benedict. Aber du bist derjenige, der das alles veranlasst hat. Wenn du Konsul Wayland nicht gezwungen hättest, mich öffentlich zu bestrafen, dann bräuchte nächsten Sonntag überhaupt keine Entscheidung gefällt zu werden.«

Achtlos zuckte Benedict die Achseln. »Ach, Charlotte. Ich erinnere mich noch gut an die Zeit, als du noch Charlotte Fairchild geheißen hast. Was für ein entzückendes kleines Mädchen du warst ... Und ob du es nun glaubst oder nicht, aber ich bin dir auch heute noch recht zugetan. Doch meine Kandidatur ist im Interesse des Instituts und des Rats. Eine Frau kann nun einmal kein Institut leiten. Es liegt einfach nicht in ihrer Natur. Glaub mir, eines nicht allzu fernen Tages wirst du mir noch dankbar sein – nämlich dann, wenn du zu Hause am heimischen Herd sitzt und mit Henry die nächste Generation von Schattenjägern großziehst, wie es deine ureigenste Aufgabe ist. Der Gedanke mag deinen Stolz verletzen, aber tief in deinem Herzen weißt du, dass ich recht habe.«

Charlottes Brust hob und senkte sich stoßweise. »Wenn du deine Kandidatur für die Institutsleitung noch vor der Entscheidung des Rats zurückziehen würdest, denkst du wirklich, dass das solch eine Katastrophe wäre, wenn ich das Institut weiterführen würde?«

»Nun ja, das werden wir wohl nie herausfinden, oder?«

»Oh, da bin ich mir nicht so sicher«, erwiderte Charlotte. »Ich glaube nämlich, dass die meisten Ratsmitglieder eine Frau einem verkommenen Subjekt vorziehen würden, einem zügellosen Schurken, der nicht nur mit Schattenwesen fraternisiert, sondern auch mit Dämonen.«

Einen Moment lang herrschte absolute Stille. Benedict zuckte nicht mit der Wimper; auch Gideon rührte sich nicht von der Stelle. Nur Gabriel starrte Charlotte finster an.

Schließlich bequemte Benedict sich zu einer Antwort, wobei in seiner samtigen Stimme nun eine gewisse Schärfe mitschwang: »Alles nur Gerüchte und Verleumdungen.«

»Nein, Wahrheit und Beobachtung«, konterte Charlotte. »Will und Tessa waren bei deinem letzten Ball in Chiswick. Und dort gab es eine Menge zu beobachten.«

»Diese Dämonin, mit der Sie sich auf dem Diwan gerekelt haben …«, setzte Will an. »Würden Sie die als eine Freundin bezeichnen oder eher als Geschäftspartnerin?«

Benedicts dunkle Augen bekamen einen harten Glanz. »Du unverschämtes Jüngelchen …«

»Ach, ich würde sagen, die Dame war eine Freundin«, warf Tessa ein. »Denn normalerweise lässt man sich von Geschäftspartnern ja nicht das Gesicht ablecken. Aber ich könnte mich natürlich auch irren. Denn was verstehe ich schon von diesen Dingen? Ich bin doch nur ein kleines dummes Frauchen.«

Ein feines Lächeln umspielte Wills Mundwinkel. Gabriel starrte die Gäste noch immer finster an, während Gideon die Augen starr auf den Boden heftete. Dagegen saß Charlotte vollkommen ruhig da, die Hände entspannt im Schoß.

»Ihr seid alle drei ziemlich töricht«, spottete Benedict und machte eine abschätzige Handbewegung. Dabei konnte Tessa einen kurzen Blick auf sein Handgelenk werfen, auf dem eine Art Schatten zu liegen schien, wie der Reif eines Damenarmbands, ehe der Ärmel die Haut wieder verdeckte. »Sehr töricht, wenn ihr denkt, dass der Rat einer eurer Lügen Glauben schenken würde«, schnaubte er und schaute dann verächtlich in Tessas Richtung. »Du bist nur ein Schattenwesen; dein Wort ist keinen Pfifferling wert. Und du …« Nun zeigte er anklagend auf Will. »Du bist nichts als ein unzurechnungsfähiger Irrer, der sich mit Hexenwesen verbrüdert. Und zwar nicht nur mit dieser Göre hier, sondern auch mit Magnus Bane. Wenn man mich mithilfe des Engelsschwertes befragt und ich deine Beschuldigungen widerlege, wem von uns beiden wird der Rat dann wohl glauben, dir oder mir?«

Will tauschte einen raschen Blick mit Charlotte und Tessa. Dann hatten sie also richtig vermutet: Benedict fürchtete das Schwert nicht. »Es gibt noch andere Beweise, Benedict«, erwiderte Will.

»Ach wirklich?« Lightwood verzog die Lippen zu einem höhnischen Grinsen. »Und das wäre?«

»Der Beweis, den dein eigenes infiziertes Blut liefert«, erklärte Charlotte. »Gerade eben, als du in unsere Richtung gestikuliert hast, konnte ich kurz dein Handgelenk sehen. Wie weit ist die Zersetzung der Haut schon fortgeschritten? Es beginnt am Rumpf, nicht wahr? Und breitet sich dann über die Arme und Beine aus …«

»Wovon redet sie?«, fragte Gabriel, aus dessen Stimme eine Mischung aus Wut und Entsetzen sprach. »Vater?«

»Dämonenpocken«, erläuterte Will mit der Genugtuung derjenigen, die sich wahrhaft bestätigt sehen.

»Welch eine widerwärtige Anschuldigung …«, setzte Benedict an.

»Dann widerlege sie doch«, forderte Charlotte ihn auf. »Zieh deinen Ärmel hoch und zeig uns deinen Arm.«

Benedicts Kiefer mahlte, und ein Muskel an seinem Mundwinkel zuckte. Fasziniert beobachtete Tessa den alten Lightwood, der ihr im Gegensatz zu Mortmain keine Angst einjagte, sondern sie eher anwiderte – wie ein fetter Wurm, der sich durch den Garten schlängelte. Im nächsten Moment wirbelte Benedict zu seinem älteren Sohn herum. »Du …«, knurrte er. *»Du* hast es ihnen erzählt. Du hast mich verraten.«

»Das habe ich in der Tat«, sagte Gideon, hob den Kopf und löste die bis dahin verschränkten Arme. »Und ich würde es jederzeit wieder tun.«

»Gideon? Vater?«, rief Gabriel verwirrt. »Wovon redet ihr?«

»Dein Bruder hat uns hintergangen, Gabriel. Er hat unsere Geheimnisse den Branwells verraten«, fauchte Benedict giftig. Dann wandte er sich wieder an seinen Ältesten; sein Gesicht wirkte nun deutlich älter, die Falten an den Mundwinkeln gruben sich tief in die Haut, aber sein eisiger Ton war unverändert. »Gideon Arthur Lightwood … ich schlage vor, du denkst einmal gründlich darüber nach, was du getan hast und was du als Nächstes zu tun gedenkst.«

»Das habe ich bereits«, antwortete Gideon mit seiner sanften, leisen Stimme. »Seit meiner Rückkehr aus Spanien habe ich ununterbrochen nachgedacht. Als Kind hatte ich immer angenommen, dass alle Schattenjäger so leben würden wie wir: Dämonen am Tage verurteilen und verdammen, aber sich im Schutz der Nacht mit ihnen verbrüdern. Ich musste erst ins Ausland gehen, um zu begreifen, dass das nicht stimmt. Nicht wir *alle* leben nach dieser Devise, Vater, sondern nur *du*. Du hast Schimpf und Schande über den Namen Lightwood gebracht.«

»Es besteht nicht der geringste Grund, gleich melodramatisch zu werden …«

»Melodramatisch?« Aus Gideons sonst so ruhiger Stimme sprach tiefe Verachtung. »Vater, ich fürchte um die Zukunft der Brigade, solltest du das Institut in die Finger bekommen. Und ich sage dir hier und jetzt unmissverständlich: Ich werde bei der Ratssitzung gegen dich aussagen. Ich werde das Engelsschwert in meinen Händen halten und Konsul Wayland mitteilen, warum ich der Ansicht bin, dass Charlotte tausendmal besser als du zur Führung des Instituts geeignet ist. Ich werde jedem einzelnen Ratsmitglied erzählen, was hier nachts vor sich geht. Ich werde ihnen verraten, dass du für Mortmain arbeitest. Und ich werde ihnen den *Grund* dafür nennen.«

»Gideon!«, unterbrach Gabriel seinen Bruder scharf. »Du weißt, dass die Verwaltung des Instituts Mutters letzter Wunsch war. Und die Fairchilds sind schuld, dass sie überhaupt gestorben ist.«

»Das ist eine Lüge«, sagte Charlotte. »In Wahrheit hat sie sich das Leben genommen – aber nicht deshalb, weil *mein* Vater irgendetwas getan hätte.« Sie schaute Benedict nun direkt ins Gesicht. »Es lag eher daran, was *dein* Vater getan hat.«

»Was wollen Sie damit sagen?«, rief Gabriel mit erhobener Stimme. »Wie können Sie so etwas behaupten? Vater …«

»Halt den Mund, Gabriel«, befahl Benedict barsch, aber in seinen Augen stand zum ersten Mal auch Furcht. »Charlotte, was willst du damit sagen?«

»Du weißt ganz genau, was ich damit sagen will, Benedict«, entgegnete Charlotte. »Bleibt die Frage: Möchtest du, dass ich mein Wissen mit dem Rat teile? Und mit deinen Kindern? Du weißt, was das für sie bedeuten würde.«

Benedict lehnte sich zurück. »Und ich weiß auch, wie Erpressung aussieht, Charlotte. Was also willst du von mir?«

Sofort meldete Will sich zu Wort, unfähig, sich länger zurückzuhalten: »Ziehen Sie Ihre Kandidatur zurück. Treten Sie vor dem Rat für Charlotte ein. Teilen Sie ihm mit, warum Sie der Überzeugung sind, dass das Institut bei Charlotte in guten Händen ist. Sie sind ein wortgewandter Mann. Ihnen wird schon etwas einfallen, da bin ich mir ganz sicher.«

Langsam schaute Benedict von Will zu Charlotte. Dann verzog er spöttisch die Lippen. »Sind das eure Bedingungen?«

Noch bevor Will reagieren konnte, warf Charlotte ein: »Nein, nicht alle. Wir müssen außerdem wissen, auf welche Weise du mit Mortmain kommuniziert hast und wo er sich befindet.«

Benedict lachte leise in sich hinein. »Ich habe über Nathaniel Gray mit ihm kommuniziert. Aber da ihr den ja getötet habt, dürfte er als Informationsquelle wohl ausfallen.«

»Soll das heißen, niemand sonst weiß, wo Mortmain steckt?«, fragte Charlotte bestürzt.

»*Ich* weiß es jedenfalls nicht«, erwiderte Benedict. »Mortmain ist nicht dumm – zu eurem Pech. Er wollte, dass ich das Institut übernehme, um die Gemeinschaft der Nephilim von innen heraus zu zerschlagen. Aber das war nur einer seiner vielen Pläne, ein Faden seines Netzes. Mortmain wartet schon sehr lange auf diesen Moment: Er wird den Rat besiegen. Und er wird *sie* in seinen Besitz bringen.« Benedicts Augen ruhten auf Tessa.

»Und was hat er dann mit mir vor?«, fragte Tessa fordernd.

»Keine Ahnung«, erklärte Benedict mit einem verschlagenen Lächeln. »Ich weiß lediglich, dass er sich ständig nach deinem Wohlergehen erkundigt hat. Wie rührend, solche Besorgnis bei einem zukünftigen Bräutigam zu sehen!«

»Er behauptet, er hätte mich erschaffen«, sagte Tessa. »Was meint er damit?«

»Ich habe nicht die leiseste Ahnung. Ihr irrt euch gründlich, wenn ihr glaubt, er hätte mich ins Vertrauen gezogen.«

»Richtig«, bemerkte Will, »denn ihr beide scheint nicht viel gemein zu haben, abgesehen von einer Vorliebe für Dämoninnen und üble Machenschaften.«

»Will!«, fauchte Tessa.

»Ich hab doch nicht *dich* gemeint«, sagte Will, mit einem überraschten Ausdruck auf dem Gesicht. »Ich meinte damit den Pandemonium Club …«

»Falls ihr mit eurem Geplänkel fertig seid, würde ich meinem Sohn gern etwas unmissverständlich deutlich machen«, unterbrach Benedict die beiden und wandte sich an seinen Ältesten: »Gideon, sei dir über eines im Klaren: Wenn du Charlotte Branwell in dieser Angelegenheit unterstützt, wirst du in meinem Haus nicht länger willkommen sein. Es heißt nicht umsonst, dass ein Mann niemals nur einen Nachfolger haben sollte.«

Statt einer Antwort hob Gideon die Hände, fast wie zum Gebet. Aber Schattenjäger beteten nicht, und Tessa erkannte recht schnell, was er tatsächlich tat: Er zog einen Silberring von seinem Finger. Einen Ring, der Jems Ring sehr ähnelte, allerdings war er mit einem umlaufenden Flammenmuster statt mit Zinnen versehen – der Familienring der Lightwoods. Bedächtig platzierte er ihn auf den Schreibtisch seines Vaters und wandte sich anschließend an seinen Bruder: »Gabriel, wirst du mich begleiten?«

Gabriels grüne Augen funkelten vor Zorn. »Du weißt, dass ich das nicht kann.«

»Doch, das kannst du.« Gideon streckte seinem Bruder die Hand entgegen.

Benedict schaute hastig von Gideon zu Gabriel. Er war sichtlich bleich geworden, als habe er plötzlich erkannt, dass er möglicherweise nicht nur einen, sondern gleich beide Söhne verlieren könnte. Seine Hände umklammerten die Schreibtischkante, bis die Knöchel weiß hervortraten. Tessa schaffte es nicht, den Blick von Benedicts breitem Hautstreifen abzuwenden, der unter dem hochgerutschten Ärmel zum Vorschein gekommen war. Die Haut war sehr blass und mit schwarzen Riefen und Striemen versehen, die sich um das Handgelenk wanden. Irgendetwas an diesem Anblick bereitete Tessa Übelkeit, und sie erhob sich abrupt von ihrem Stuhl. Will war ebenfalls aufgesprungen, nur Charlotte saß noch immer vollkommen ruhig da, so untadelig und gelassen wie immer.

»Gabriel, bitte«, sagte Gideon. »Bitte, komm mit mir mit.«

»Und wer soll sich dann um Vater kümmern? Was werden die Leute sagen, wenn sie erfahren, dass wir beide ihn verlassen haben?«, erwiderte Gabriel, aus dessen Stimme Verbitterung und Verzweiflung sprachen. »Wer soll unser Anwesen verwalten, wer den Sitz im Rat …«

»Ich weiß es nicht«, erklärte Gideon. »Aber das heißt nicht, dass du notwendigerweise derjenige sein musst. Das Gesetz …«

Doch Gabriel schüttelte den Kopf und entgegnete mit brüchiger Stimme: »Blut kommt vor Recht, Gideon.« Einen Moment trafen sich die Blicke der Brüder, dann schaute Gabriel weg, biss sich auf die Lippen und stellte sich hinter seinen Vater, eine Hand auf der Rückenlehne des schweren Eichenstuhls.

Ein Lächeln zeichnete sich auf Benedicts Gesicht ab – wenigstens in dieser Hinsicht hatte er gesiegt.

Charlotte erhob sich, das Kinn entschlossen in die Höhe gereckt. »Ich darf wohl davon ausgehen, dass wir uns am Sonntag im Sitzungssaal sehen, Benedict – und dass du weißt, was du zu tun hast«, beschied sie ihm und rauschte dann aus dem Raum, dicht gefolgt von Gideon und Tessa. Nur Will zögerte noch einen Moment an der Tür und schaute zu Gabriel. Doch als dieser nicht aufblickte, zuckte Will schließlich die Achseln und folgte den anderen hinaus, wobei er die Tür der Bibliothek fest hinter sich zuzog.

Schweigend fuhren sie zum Institut zurück, während der Regen gegen die Scheiben der Kutsche prasselte. Charlotte bemühte sich mehrfach, mit Gideon ins Gespräch zu kommen, doch er blieb stumm und schaute starr aus dem Fenster, auf die nassen Straßen und die verschwommene Umgebung. Tessa vermochte nicht zu sagen, ob er wütend war oder aber seine Vorgehensweise bedauerte oder möglicherweise sogar Erleichterung empfand. Er wirkte unbewegt und ruhig, so wie stets – selbst als Charlotte ihm erklärte, dass im Institut immer Platz für ihn sei und sie ihre Dankbarkeit für das, was er getan habe, kaum zum Ausdruck bringen könne. Nach einer Weile, als sie gerade in den *Strand* einbogen, sagte er schließlich: »Ich hatte wirklich gedacht, Gabriel würde sich mir anschließen. Nachdem er von Mortmain erfahren hatte …«

»Er versteht das alles noch nicht richtig«, erklärte Charlotte. »Gib ihm etwas Zeit.«

»Woher hast *du* denn davon gewusst?« Will musterte Gideon neugierig. »Wir hatten doch selbst gerade erst herausgefunden, was mit deiner Mutter geschehen war. Und Sophie meinte, du hättest keine Ahnung …«

»Ich hatte Cyril beauftragt, zwei Nachrichten zuzustellen«, erläuterte Charlotte. »Eine für Benedict und eine für Gideon.«

»Er hat sie mir rasch in die Hand gedrückt, als mein Vater gerade nicht hinsah«, fügte Gideon hinzu. »Ich konnte die Nachricht gerade noch lesen, bevor ihr auch schon hereinkamt.«

»Und du hast uns geglaubt?«, fragte Tessa. »Einfach so?«

Erneut schaute Gideon aus dem regennassen Fenster; ein Muskel an seinem Kiefer zuckte. »Vaters Geschichte über den Tod unserer Mutter hat für mich nie einen Sinn ergeben. Im Gegensatz zu Charlottes Nachricht.«

Eingekeilt in der engen Kutsche und nur wenige Zentimeter von Gideon entfernt, verspürte Tessa plötzlich das merkwürdige Bedürfnis, sich zu ihm vorzubeugen und ihm mitzuteilen, dass auch sie einen Bruder gehabt hatte, den sie geliebt und dann verloren hatte. Dass sie verstehen würde … Mittlerweile konnte sie erkennen, was Sophie so an Gideon schätzte: die Verwundbarkeit unter der äußerlich gelassenen Haltung, die aufrechte Ehrlichkeit in seinen attraktiven Augen. Aber nach einem Moment beschloss sie zu schweigen, denn sie spürte, dass ihre Worte nicht willkommen sein würden.

Will dagegen, der neben ihr saß, wirkte in der Zwischenzeit wie ein ganzes Bündel aufgestauter Energie. Hin und wieder bemerkte sie, wie seine blauen Augen ihr einen Blick zuwarfen und wie er ihr ein Lächeln schenkte, ein überraschend *liebes* Lächeln, das fast schon ausgelassen wirkte – eine Eigenschaft, die sie mit Will bisher nicht in Verbindung gebracht hatte. Es schien, als würde er einen Witz mit ihr teilen, den nur sie beide verstanden. Das Problem war nur, dass Tessa nicht wusste, um welchen Witz es sich dabei handeln sollte. Dennoch übertrug sich seine nervöse Aufregung derartig auf sie, dass ihre eigene ruhige Gelassenheit – oder das, was bis dahin noch davon übrig war – vollständig dahingeschwunden war, als sie endlich das Institut erreichten.

Kurz darauf kam Cyril – bis auf die Haut durchnässt, aber freundlich wie immer – um die Kutsche herum, öffnete den Schlag und half zuerst Charlotte und dann Tessa beim Aussteigen. Eine Sekunde später war Will auch schon an ihrer Seite, nachdem er aus der Kutsche gesprungen war und dabei eine Pfütze nur um Haaresbreite verfehlt hatte. Der Regen hatte aufgehört, Will warf einen prüfenden Blick zum Himmel hinauf und nahm dann Tessa am Arm. »Komm mit«, wisperte er und dirigierte sie zur Eingangstür des Instituts.

Tessa schaute sich rasch zu Charlotte um, die am Fuß der Treppe stand. Offenbar war es ihr gelungen, Gideon endlich in ein Gespräch zu verwickeln, denn sie gestikulierte angeregt mit den Händen. »Sollten wir nicht auf sie warten …?«, setzte Tessa an.

Doch Will schüttelte entschieden den Kopf. »Charlotte wird eine halbe Ewigkeit auf ihn einreden … welches Zimmer er gern haben möchte und wie dankbar sie für seine Unterstützung ist und so weiter und so fort. Aber das interessiert mich alles nicht – ich will unbedingt mit dir reden.«

Tessa starrte ihn verwundert an, während sie das Institut betraten. Will wollte mit ihr reden. Sicher, das hatte er auch schon vor dem Besuch bei den Lightwoods gesagt, aber es war trotzdem untypisch für ihn, seinen Wunsch so unverblümt zu äußern. Plötzlich kam Tessa ein Gedanke. Hatte Jem ihm von ihrer Verlobung erzählt? War Will vielleicht der Ansicht, sie sei es nicht wert, seinen Freund zu heiraten? Aber wann hatte Jem denn überhaupt Gelegenheit gehabt, mit ihm zu reden? Möglicherweise während sie sich umgekleidet hatte … Andererseits wirkte Will gar nicht verärgert.

»Ich kann es kaum erwarten, Jem von unserem Treffen mit den Lightwoods zu berichten«, fuhr Will fort, während sie die Stufen hinaufstiegen. »Das glaubt er uns nie, dass Gideon sich derart gegen seinen Vater gewendet hat! Es ist eine Sache, Sophie ein Geheimnis anzuvertrauen, aber etwas vollkommen anderes, der eigenen Familie den Gehorsam aufzusagen. Und dennoch hat er seinen Familienring einfach abgelegt.«

»Es ist so, wie du gesagt hast …«, bemerkte Tessa, als sie das Ende der Treppe erreichten und dem Flur folgten. Wills Hand lag warm auf ihrem Arm. »Gideon ist in Sophie verliebt. Und für die Liebe würde ein Mensch alles tun.«

Will sah sie an, als hätten ihre Worte ihm einen Schock versetzt, und dann schenkte er ihr erneut ein Lächeln – dieses zum Verrücktwerden liebe Lächeln, mit dem er sie auch schon in der Kutsche bedacht hatte. »Einfach erstaunlich, nicht wahr?«, fragte er.

Tessa setzte zu einer Antwort an, aber inzwischen hatten sie den Salon erreicht. Der Raum war vom Schein der Elbenlichtkerzen hell erleuchtet, und im Kamin brannte ein knisterndes Feuer. Zwischen den zurückgezogenen Vorhängen kam ein Stück bleigrauer Himmel zum Vorschein. Tessa nahm Hut und Handschuhe ab und legte sie gerade auf einen kleinen Mosaiktisch, als sie bemerkte, wie Will die Tür schloss und von innen den Riegel vorschob. Verwundert schaute Tessa ihn an. »Will, warum schließt du die Tür …« Doch sie sollte keine Gelegenheit bekommen, ihren Satz zu beenden.

Denn mit zwei großen Schritten überbrückte Will den Abstand zwischen ihnen beiden und zog sie an sich. Überrascht schnappte Tessa nach Luft, als er sie an den Armen packte und sie rückwärts durch den Raum schob, bis sie fast mit der Wand kollidierte und ihre Tournüre protestierte.

»Will«, stieß sie erstaunt hervor, doch er drückte sie mit seinem Körper gegen die Wand. Seine Hände wanderten zu ihren Schultern hinauf, schoben sich in ihre feuchten Haare, während sich sein Mund abrupt und heiß auf ihre Lippen senkte. Tessa wurde schwindlig; sie taumelte und versank in seinem Kuss. Wills Lippen

waren weich; sein Körper presste sich hart gegen ihren, und er schmeckte nach Regen. Ein heißes Gefühl breitete sich in ihrem Bauch aus, als sein Mund sie drängte, den Kuss zu erwidern.

Doch plötzlich blitzte Jems Gesicht vor Tessas innerem Auge auf. Im nächsten Moment drückte sie Will die Hände auf die Brust und schob ihn von sich, so fest sie nur konnte. Ihr Atem kehrte abrupt zurück, und sie stieß nur einen einzigen, ungestümen Laut aus: »Nein!«

Überrascht wich Will einen Schritt zurück. Seine Stimme klang tief und heiser: »Aber was ist mit letzter Nacht? Im Krankensaal? Ich … du hast mich umarmt …«

Hab ich das tatsächlich? Schlagartig wurde Tessa bewusst, dass das, was sie für ein Hirngespinst gehalten hatte, keineswegs ein Traum gewesen war. Oder log er vielleicht? Nein – es bestand nicht die geringste Möglichkeit, dass er von ihrem Traum wissen konnte. »Ich …«, stotterte sie, und dann überschlugen sich ihre Worte förmlich: »Ich dachte, ich hätte geträumt …«

Der benommene Ausdruck heißen Verlangens schwand aus Wills Augen und wich einer Mischung aus Schmerz und Verwirrung. Und dann sprudelte er hervor: »Aber was war denn mit heute Vormittag …? Ich dachte, du … Du hast doch selbst gesagt, du seist genauso begierig darauf wie ich, mit mir zu reden … mit mir allein zu sein …«

»Ich habe gedacht, du erwartest eine Entschuldigung von mir … weil ich mich noch nicht bedankt hatte. Du hast mir in diesem Lagerhaus das Leben gerettet, und dafür bin ich dir sehr dankbar, Will. Ich dachte, du wolltest eine Dankesbezeugung von mir hören …«

Will starrte sie an, als hätte sie ihn geschlagen. »Ich habe dir nicht das Leben gerettet, damit du mir *dankbar* bist!«

»Aus welchem Grund denn dann?«, fragte Tessa mit erhobener Stimme. »Weil das deine Aufgabe als Nephilim ist? Weil das Gesetz es verlangt …«

»Ich habe es getan, weil ich dich liebe!«, stieß er laut hervor, und als er den schockierten Ausdruck in Tessas Gesicht sah, fügte er mit gedämpfter Stimme hinzu: »Ich liebe dich, Tessa, und ich habe dich schon immer geliebt, im Grunde seit dem ersten Augenblick … seit dem Augenblick, in dem ich dich kennengelernt habe.«

Betroffen verschränkte Tessa die Hände; sie waren eiskalt. »Ich hätte gedacht, du könntest nicht noch grausamer sein als an jenem Abend oben auf dem Dach. Aber da habe ich mich geirrt. Dies hier ist noch grausamer.«

Will stand reglos da. Dann schüttelte er langsam den Kopf, wie ein Patient, der die tödliche Diagnose seines Arztes nicht wahrhaben will. »Du … glaubst mir nicht?«

»Natürlich glaube ich dir nicht. Nach allem, was du gesagt hast … wie du mich behandelt hast.«

»Das *musste* ich doch. Ich hatte keine andere Wahl«, stieß Will hervor. »Tessa, bitte hör mir zu!« Doch sie bewegte sich bereits auf die Tür zu, und er verstellte ihr hastig den Weg, während seine blauen Augen glühten. »Bitte hör mich an. *Bitte.«*

Tessa zögerte. Die Art und Weise, wie er »Bitte« sagte, dieses Stocken in der Stimme – das hier war nicht mit der Situation auf dem Dach zu vergleichen. Damals hatte Will sie kaum ansehen können. Doch nun schaute er ihr verzweifelt in die Augen, als könnte er sie allein durch seinen innigen Wunsch zum Bleiben bewegen.

Die Stimme tief in Tessas Innerem, die ihr zuschrie, er würde sie doch nur wieder verletzen und er könne es gar nicht ernst meinen, wurde leiser und mehr und mehr von einer anderen, verräterischen Stimme übertönt, die sie aufforderte, zu bleiben und sich anzuhören, was er ihr zu sagen hatte.

»Tessa.« Will fuhr sich mit beiden Händen durch die schwarzen Haare, wobei seine schlanken Finger vor Anspannung zitterten. Tessa erinnerte sich wieder daran, wie es sich anfühlte, diese

Haare zu berühren, ihre Finger darin einzutauchen … wie Rohseide auf nackter Haut. »Was ich dir jetzt erzählen werde, habe ich noch keiner Menschenseele anvertraut – mit Ausnahme von Magnus; aber auch nur, weil ich seine Hilfe brauchte. Ich habe nicht einmal Jem davon erzählt.« Will holte tief Luft. »Als ich zwölf war und noch bei meinen Eltern in Wales lebte, habe ich eines Tages in der Bibliothek meines Vaters eine Pyxis gefunden.«

Tessa war sich nicht sicher, welche Erklärung sie von Will erwartet hatte – aber ganz gewiss nicht so etwas. »Eine *Pyxis?* Aus welchem Grund hatte dein Vater denn eine Pyxis aufbewahrt?«

»Vielleicht als Erinnerungsstück an seine Schattenjägerzeiten? Wer kann das schon sagen? Aber du erinnerst dich doch an den Abschnitt im *Codex,* der sich mit Flüchen und Verwünschungen befasst, oder? Na, jedenfalls habe ich das Kästchen geöffnet und damit einen Dämon namens Marbas befreit, der mich daraufhin verfluchte. Er schwor, dass jeder, der mich lieben würde, unweigerlich dem Tode geweiht wäre. Möglicherweise hätte ich ihm nicht geglaubt – ich war in solchen Dingen wie Magie und dergleichen nicht sehr bewandert –, aber in jener Nacht ist meine ältere Schwester gestorben, und zwar auf ganz schreckliche Weise. Und da dachte ich, das sei die erste Auswirkung des Fluchs. Daraufhin habe ich meine Familie Hals über Kopf verlassen und bin hierhergeflohen. Es schien mir die einzige Möglichkeit zu sein, meine Eltern und meine jüngere Schwester nicht länger einer tödlichen Gefahr auszusetzen … die einzige Möglichkeit, um zu verhindern, dass sie einer nach dem anderen sterben würden. Anfangs war mir nicht bewusst, dass ich hier im Institut eine zweite Familie vorfinden würde. Henry, Charlotte, selbst die verflixte Jessamine … Ich musste einfach sicherstellen, dass niemand mich jemals lieben würde, denn andernfalls würde ich denjenigen in tödliche Gefahr bringen. Also habe ich jahrelang jeden auf Abstand gehalten – jeden, den ich nicht gänzlich vertreiben konnte.«

Sprachlos starrte Tessa ihn an. Die Worte hallten durch ihren Kopf: *Jeden auf Abstand gehalten – jeden, den ich nicht gänzlich vertreiben konnte* … Unwillkürlich musste sie an Wills Lügen denken, seine nächtlichen Ausflüge, sein unfreundliches Benehmen gegenüber Charlotte und Henry, seine grausamen Bemerkungen und Kommentare, die immer irgendwie erzwungen wirkten … Tessa erinnerte sich sogar an die Geschichte mit Tatiana, die zwar nur wie ein kleines Mädchen für Will geschwärmt hatte, aber deren Zuneigung er dennoch brutal zerstört hatte. Und schließlich war da noch … »Jem«, wisperte sie.

Will warf ihr einen unglücklichen Blick zu. »Bei Jem sieht die Sache anders aus«, flüsterte er.

»Ja, denn er hat nicht mehr lange zu leben. Hast du Jem an dich herangelassen, weil er ohnehin dem Tode nahe ist? Weil du gedacht hast, der Fluch könnte ihn nicht treffen?«

»Mit jedem Jahr, das verstrich und in dem Jem weiterhin am Leben blieb, schien diese Annahme wahrscheinlicher. Ich habe gedacht, ich könnte lernen, auf diese Weise zu leben. Ich dachte, wenn Jem einmal nicht mehr ist und ich volljährig bin, könnte ich hier ausziehen und fortan allein leben, damit mein Fluch niemand anderen mehr treffen kann. Aber dann hat sich plötzlich alles verändert. Deinetwegen.«

»Meinetwegen?«, fragte Tessa mit leiser, verwunderter Stimme.

Der Hauch eines Lächelns umspielte Wills Mundwinkel. »Als ich dich das erste Mal gesehen habe, dachte ich sofort, dass du anders bist als jeder andere Mensch, dem ich jemals begegnet war. Du hast mich zum Lachen gebracht. Und das war niemandem außer Jem gelungen – jedenfalls nicht in den vergangenen … gütiger Gott, lass mich nachdenken, nicht in fünf Jahren. Aber du hast es geschafft … als wäre es das Normalste auf der Welt.«

»Damals hast du mich doch noch nicht einmal richtig gekannt, Will.«

»Frag Magnus. Er wird es dir bestätigen. Denn nach jenem Abend auf dem Dach bin ich zu ihm gegangen. Ich hatte dich von mir gestoßen, weil ich dachte, dir wäre allmählich bewusst geworden, was ich für dich empfinde. Als ich dich an jenem Tag im Sanktuarium fand und dich im ersten Moment für tot hielt ... kurz darauf ist mir klar geworden, dass du meine Gefühle für dich auf meinem Gesicht gelesen haben musstest. Daraufhin überfiel mich eine furchtbare Angst. Ich musste dafür sorgen, dass du mich hasst, Tessa. Also habe ich es versucht. Und danach wäre ich am liebsten gestorben. Ich hatte gedacht, ich könnte den Gedanken ertragen, dass du mich hasst, aber das war ein Irrtum. Mir wurde bewusst, dass du im Institut wohnen bleiben würdest und dass ich mich bei deinem Anblick jedes Mal wieder auf das Dach zurückversetzt fühlen würde, als ich dich dazu bringen musste, mich zu verabscheuen, und gleichzeitig das Gefühl hatte, ich würde reinstes Gift schlucken.

Also habe ich mich an Magnus gewandt und von ihm verlangt, mir bei der Suche nach dem Dämon zu helfen, der mich verflucht hatte, damit dieser den Fluch aufheben könnte. Denn dann, so dachte ich, könnte ich vielleicht noch einmal von vorne anfangen. Möglicherweise würde es lange dauern und schmerzhafter und schwieriger werden als erwartet, wenn nicht gar unmöglich, aber ich habe gedacht, ich könnte dich dazu bewegen, erneut etwas für mich zu empfinden – wenn es mir nur gelang, dir die Wahrheit zu sagen. Ich dachte, ich könnte dein Vertrauen zurückgewinnen, langsam eine Beziehung mit dir aufbauen.«

»Willst du damit sagen, dass der Fluch aufgehoben ist? Dass er nicht länger auf dir lastet?«

»Auf mir hat nie ein Fluch gelastet, Tessa. Der Dämon hat mich hereingelegt. Es hat nie einen Fluch gegeben. All die Jahre bin ich ein Narr gewesen. Aber kein so großer Narr, dass ich nicht genau wusste, was ich zu tun hatte, nachdem ich die Wahrheit erfahren hatte: Ich musste dir sofort mitteilen, was ich wirklich für dich empfinde.« Vorsichtig trat er einen Schritt näher, und Tessa wich nicht zurück.

Sie schaute Will an – die blasse, fast transparente Haut unter seinen Augen, die dunklen Haare, die sich an den Schläfen und in seinem Nacken kringelten, das Blau seiner Augen und die geschwungenen Konturen seiner Lippen. Tessa sah ihn auf eine Weise an, wie sie vielleicht auch einen geliebten Ort betrachtet hätte, von dem sie nicht sicher wusste, ob sie ihn jemals wieder zu sehen bekommen würde: Sie versuchte, sich jedes Detail einzuprägen, damit sie sich diese wieder vor Augen rufen konnte, wenn sie nachts die Lider schloss. Wie aus großer Ferne hörte sie ihre eigene Stimme: »Warum ich? Warum ich, Will?«

Er zögerte und erklärte dann: »Als wir dich aus dem Dunklen Haus hierher ins Institut gebracht hatten … nachdem Charlotte die Briefe an deinen Bruder gefunden hatte … da hab ich sie gelesen.«

Tessa hörte sich ruhig, sehr ruhig antworten: »Ich weiß, dass du sie gelesen hast. Ich habe sie in deinem Zimmer gefunden, als ich mit Jem nach dir gesucht habe.«

Verwundert starrte Will sie an. »Davon hast du mir nie etwas erzählt.«

»Anfangs war ich durchaus aufgebracht«, räumte Tessa ein. »Aber das war in derselben Nacht, in der wir dich dann in der Schattendrogenhöhle fanden. Und da hast du mir leidgetan, vermute ich mal. Und ich habe mir gesagt, dass du die Briefe wahrscheinlich nur aus Neugier gelesen hast oder weil Charlotte dich darum gebeten hatte.«

»Nein, das hat sie nicht«, erklärte Will. »Ich habe die Briefe selbst aus dem Feuer gefischt. Und jeden einzelnen gelesen. Jedes deiner Worte. Du und ich, Tess, wir sind einander sehr ähnlich. Wir leben nur für das geschriebene Wort. Denn es waren Bücher, die mich davon abgehalten haben, mir das Leben zu nehmen, als ich dachte, ich würde niemals jemanden lieben können, niemals geliebt werden. Es waren Bücher, die mir das Gefühl schenkten, dass ich vielleicht doch nicht ganz allein auf der Welt bin. Bücher konnten mir die Wahrheit sagen und ich ihnen. Als ich deine Worte las – das, was du geschrieben hast … dass du manchmal einsam warst und Angst hattest, dabei aber immer tapfer und mutig geblieben bist … die Art und Weise, wie du die Welt gesehen hast, ihre Farben und Strukturen und Geräusche … da hatte ich das Gefühl … das Gefühl, genauso zu empfinden wie du. Ich dachte, hoffte, fühlte, träumte wie du. Ich spürte, dass ich zusammen *mit* dir träumte, dachte und fühlte. Ich träumte von den Dingen, von denen du träumtest, wollte alles, was du wolltest – und dann ist mir bewusst geworden, dass ich im Grunde *dich* wollte, nur dich. Das Mädchen, das sich hinter diesen Briefen verbarg. Ich habe dich vom ersten Moment an geliebt, von dem Moment, in dem ich deine Briefe las. Und ich liebe dich noch immer.«

Tessa hatte zu zittern begonnen. Dies waren die Worte, die sie ihr Leben lang von einem Mann hatte hören wollen. Die sie, tief in ihrem Herzen, von *Will* hatte hören wollen. Will, der dieselben Bücher liebte wie sie, dieselben Gedichte, der sie zum Lachen brachte, auch wenn sie furchtbar wütend war. Und nun stand er direkt vor ihr, sagte ihr, dass er die Worte liebte, die ihr aus dem Herzen gekommen waren, das Abbild ihrer Seele. Er sagte ihr etwas, von dem sie nie gedacht hätte, es jemals von einem anderen Menschen zu hören. Etwas, das sie nie wieder zu hören bekommen würde, nicht auf diese Weise. Und nicht von ihm.

Aber es spielte keine Rolle.

»Es ist zu spät«, wisperte sie.

»Bitte sag doch nicht so etwas.« Auch Wills Stimme war nur noch ein Flüstern. »Ich liebe dich, Tessa. Ich liebe dich.«

Tessa schüttelte den Kopf. »Will … hör auf.«

Verzweifelt holte Will Luft. »Mir war bewusst, dass du mir nur widerstrebend glauben würdest«, setzte er an. »Tessa, bitte, liegt es daran, dass du mir nicht glaubst? Oder daran, dass du dir nicht vorstellen kannst, meine Liebe jemals wieder erwidern zu können? Denn in letzterem Falle …«

»Will. Es spielt keine Rolle … das ist jetzt nicht mehr wichtig …«

»Nichts ist wichtiger als das!« Seine Stimme bekam wieder mehr Kraft. »Ich *weiß* doch: Falls du mich wirklich hasst, dann nur, weil ich dich dazu gezwungen habe. Ich *weiß*, dass du nicht die geringste Veranlassung hast, mir noch eine zweite Chance zu geben, die Chance, mich dir in einem anderen Licht zu zeigen. Aber ich bitte dich inständig, mir diese Chance zu gewähren. Ich werde alles tun, was du willst. *Alles*«, fügte er mit brechender Stimme hinzu.

Und in dem Moment hörte Tessa das Echo einer anderen Stimme in ihrem Inneren. Und sie sah Jem, der zu ihr hinabblickte, sah all die Liebe, das Licht, die Zuversicht und die Hoffnung in seinen Augen. »Nein«, wisperte sie. »Das wird nicht möglich sein.«

»Aber es ist … es *muss* möglich sein«, erwiderte Will verzweifelt. »So sehr kannst du mich doch gar nicht hassen …«

»Ich hasse dich überhaupt nicht«, sagte Tessa mit großem Schmerz in der Stimme. »Ich habe es versucht, Will. Aber ich konnte dich einfach nicht hassen.«

»Dann … dann besteht also doch noch Hoffnung.« Zuversicht keimte in seinen Augen auf.

Tessa schüttelte den Kopf. Sie hätte nicht so sanft mit ihm reden dürfen – o Gott, gab es denn keine Möglichkeit, diese ganze Situation weniger schrecklich zu machen? Sie musste es ihm sagen. Jetzt. Sofort. Unmissverständlich.

»Tessa, wenn du mich nicht hasst, dann besteht ja vielleicht doch die Chance, dass du …«

»Jem hat um meine Hand angehalten«, platzte Tessa heraus. »Und ich habe Ja gesagt.«

»Was?«

»Ich sagte, Jem hat um meine Hand angehalten«, wisperte Tessa. »Er hat mich gefragt, ob ich seine Frau werden möchte. Und ich habe eingewilligt.«

Bei diesen Worten war Will kreidebleich geworden, und er fragte fassungslos: »Jem. *Mein* Jem?«

Tessa nickte stumm. Sie wusste nicht mehr, was sie sagen sollte.

Will taumelte und musste sich an der Rückenlehne eines Stuhls abstützen. Er sah aus, als hätte er einen brutalen Tritt in den Magen bekommen. »Wann?«

»Heute Morgen. Aber wir sind uns schon eine ganze Weile nähergekommen, viel näher … schon sehr lange.«

»Du … und Jem?« Will erweckte den Eindruck, als verlangte man von ihm, etwas vollkommen Unmögliches zu glauben: Schnee im Sommer, ein Londoner Winter ohne Regen.

Statt einer Antwort holte Tessa mit bebenden Fingern den Jadeanhänger hervor. »Jem hat mir das hier geschenkt«, sagte sie sehr leise. »Der Anhänger war das Hochzeitsgeschenk seiner Mutter.«

Will starrte auf das Schmuckstück, auf die chinesischen Schriftzeichen, als handelte es sich um eine Schlange, die Tessa an ihrem Busen nährte. »Jem hat mir nie davon erzählt. Hat dich mit keinem Wort erwähnt. Nicht auf diese Weise.« Er schob sich die Haare aus dem Gesicht, mit jener charakteristischen Geste, die Tessa schon Tausende Male bei ihm beobachtet hatte – nur dieses Mal zitterte seine Hand sichtlich. »Liebst du ihn?«, fragte er.

»Ja, ich liebe ihn«, erwiderte Tessa und sah, wie Will zusammenzuckte. »Du denn nicht?«

»Aber er würde es verstehen«, murmelte Will benommen. »Wenn wir es ihm erklären würden. Wenn wir es ihm sagen würden … Er würde es verstehen.«

Einen Moment lang stellte Tessa sich vor, wie sie die Kette mit dem Anhänger abnahm, wie sie durch den Flur ging und dann an Jems Zimmertür klopfte. Wie sie ihm das Schmuckstück zurückgab. Und ihm sagte, dass sie einen Fehler begangen habe und dass sie ihn nicht heiraten könne. Sie könnte ihm alles erzählen, alles über Will und sie – dass sie sich nicht sicher sei, dass sie Zeit bräuchte, dass sie ihm nicht ihr ganzes Herz schenken könne, dass ein kleiner Teil von ihr immer Will gehört hatte und ihm immer gehören würde.

Doch dann musste sie an die ersten Worte denken, die sie je von Jem vernommen hatte – als er in seinem Zimmer saß, mit geschlossenen Augen, das Gesicht dem Mondschein zugewandt und mit dem Rücken zu ihr. *Will? Will, bist du das?* Und sie dachte daran, wie Wills Stimme und sein Gesicht in Jems Gegenwart so sanft wurden wie sonst nie; wie Jem Wills Hand gehalten hatte, während Bruder Enoch die Metallsplitter aus seinem Rücken entfernte; wie Will bestürzt *James!* gerufen hatte, als der Klockwerk-Automat Jem zu Boden warf.

Ich kann sie nicht voneinander trennen, ihre Freundschaft nicht zerstören, dachte Tessa. *Für so etwas kann ich nicht die Verantwortung übernehmen. Und ich kann keinem von beiden die Wahrheit sagen.*

Vor ihrem inneren Auge stellte sie sich Jems Gesicht vor – in dem Moment, in dem sie die Verlobung lösen würde. Er würde freundlich bleiben. Jem war immer freundlich. Aber sie würde damit etwas sehr Kostbares in seinem Inneren zerstören, etwas Wesentliches. Jem würde danach nicht mehr derselbe sein, und Will wäre nicht für ihn da, um ihn zu trösten. Und dabei blieb Jem doch nur noch so wenig Zeit.

Und Will? Wie würde er reagieren? Ganz gleich, was er jetzt auch denken mochte: Selbst wenn sie die Verlobung mit Jem löste, würde er sie nicht anfassen. Er würde nicht mit ihr zusammen sein, ganz gleich, wie sehr er sie auch liebte. Denn wie konnte er seine Liebe vor Jem zur Schau stellen, wenn er doch wusste, dass sein Glück zulasten seines besten Freundes ging, mit dessen Schmerz erkauft war? Selbst wenn Will sich einredete, dass er damit schon klarkäme, würde sie für ihn immer das Mädchen sein, das Jem liebte – und zwar bis zu Jems Tod. Bis zu *ihrem eigenen* Tod. Denn Will würde Jem nicht betrügen, nicht einmal nach dem Tod. Wenn es doch nur um jemand anderen ginge, irgendjemand anderen … aber sie liebte nun einmal nicht irgendjemand anderen. Diese beiden Freunde waren diejenigen, die sie liebte. In Freud und Leid. In guten wie in schlechten Tagen.

Zitternd holte Tessa Luft und zwang sich, ihre Stimme möglichst kalt klingen zu lassen. Und ruhig. »Wenn wir ihm *was* sagen würden?«

Will schaute sie nur stumm an. Das Licht, das in seinen Augen geleuchtet hatte – auf der Treppe, beim Verriegeln der Tür und bei seinem Kuss –, dieses strahlende, glückliche Licht schwand nun dahin wie der letzte Atemhauch eines Sterbenden.

Tessa dachte an Nate zurück, der in ihren Armen verblutet war. In dem Moment hatte sie sich vollkommen ohnmächtig gefühlt, unfähig, ihm zu helfen. Genau wie jetzt. Sie hatte das Gefühl, als würde sie zusehen, wie sämtliches Leben aus Will Herondale wich – und es gab nichts, was sie dagegen tun konnte.

»Jem würde mir verzeihen«, murmelte Will, doch schon jetzt sprach Hoffnungslosigkeit aus seiner Stimme und seinem Gesicht. *Er hat aufgegeben,* dachte Tessa, *Will, der niemals aufgab, der keinen Kampf aufgab, ehe dieser überhaupt begonnen hatte.* »Jem würde …«

»Ja, er würde dir verzeihen«, sagte Tessa. »Jem könnte dir nicht lange böse sein, Will; dafür liebt er dich viel zu sehr. Und ich glaube auch noch nicht einmal, dass er auf mich böse wäre. Aber heute Morgen hat er mir erzählt, dass er dachte, er müsse sterben, ohne jemals die Liebe empfinden zu können, die sein

Vater für seine Mutter empfunden hatte. Ohne jemals auf diese Weise wiedergeliebt zu werden. Möchtest du wirklich, dass ich zu ihm gehe, an seine Tür klopfe und ihm das nehme? Und würdest du mich auch noch lieben, wenn ich das täte?«

Will schaute sie lange schweigend an. Und dann schien er innerlich zusammenzubrechen, geknickt wie Papier. Er sank in einen Sessel und vergrub das Gesicht in den Händen. »Versprich mir …«, setzte er an. »Versprich mir, dass du ihn liebst. Dass du ihn genügend liebst, um ihn zu heiraten und ihn glücklich zu machen.«

»Ja«, sagte Tessa.

»In dem Fall … wenn du ihn liebst … dann sag ihm bitte nicht, was ich dir gerade gesagt habe«, bat Will leise. »Bitte sag ihm nicht, dass ich dich liebe.«

»Und der Fluch? Er weiß nichts davon …«

»Bitte erzähl ihm auch nichts von dem Fluch. Weder Jem noch Henry oder Charlotte – niemandem. Ich muss es ihnen mitteilen, wenn ich sicher bin, dass der richtige Moment dafür gekommen ist. Tu einfach so, als hätte ich nichts gesagt. Wenn dir auch nur ein bisschen an mir liegt, Tessa …«

»Ich werde niemandem davon erzählen«, versicherte Tessa hastig. »Das verspreche ich. Ich schwöre es bei meinem Klockwerk-Engel, beim Engel meiner Mutter. Und, Will …«

Langsam ließ Will die Hände sinken, aber er schien Tessa noch immer nicht ansehen zu können. Seine Hände schlossen sich um die Sessellehnen und umklammerten sie, bis seine Fingerknöchel weiß hervortraten. »Ich glaube, du solltest jetzt besser gehen, Tessa.«

Aber das konnte Tessa nicht. Sie konnte ihn nicht allein lassen, solange er so aussah, als würde er innerlich sterben. Am liebsten wäre sie zu ihm gelaufen, hätte die Arme um ihn geschlungen, ihn auf die Augenlider geküsst und versucht, ihn wieder zum Lächeln zu bringen. Stattdessen sagte sie nur: »Was du seit deinem zwölften Lebensjahr erdulden musstest, hätte die meisten anderen Menschen umgebracht. Du hast immer geglaubt, dass niemand dich lieben würde, dass niemand dich lieben *könnte* – denn die Tatsache, dass diejenigen noch lebten, war dir Beweis genug. Aber Charlotte liebt dich. Und Henry. Und Jem. Und deine Familie. Sie haben dich die ganze Zeit geliebt, Will Herondale, denn sosehr du es auch versuchen magst: Du kannst nicht verbergen, welch guter Kern in dir steckt.«

Langsam hob Will den Kopf und schaute Tessa an. Sie konnte die Reflexion der flackernden Flammen in seinen Augen sehen. »Und du? Liebst *du* mich?«

Tessa ballte die Hände, bis sich die Fingernägel in ihre Handflächen gruben. »Will«, sagte sie leise.

Er starrte sie an, fast blind, als würde er durch sie hindurchschauen. *»Liebst du mich?«*

»Ich …« Tessa holte tief Luft. Es schmerzte. »Jem hat die ganze Zeit recht gehabt: Du bist wirklich besser, als ich von dir angenommen hatte, und dafür möchte ich mich entschuldigen. Denn wenn du tatsächlich der Mensch bist, als der du dich mir hier offenbart hast – und davon bin ich überzeugt –, dann wirst du keine Schwierigkeiten haben, jemanden zu finden, der dich liebt, Will. Jemanden, in dessen Herzen du immer den wichtigsten Platz einnehmen wirst.«

Will stieß einen unterdrückten Laut aus, eine Mischung aus ersticktem Lachen und Schnauben. »›Den wichtigsten Platz im Herzen‹«, wiederholte er. »Ob du es glaubst oder nicht, aber das ist nicht das erste Mal, dass du das zu mir sagst.«

Verwirrt schüttelte Tessa den Kopf. »Will, das habe ich nicht.«

»Du kannst mich niemals lieben«, sagte Will mit ausdrucksloser Stimme, und als Tessa nicht reagierte, nichts darauf erwiderte, durchlief ein Schaudern seinen Körper. Ohne Tessa noch eines Blickes zu würdigen, stemmte er sich aus dem Sessel, stakste steif zur Tür und tastete nach dem Riegel.

Bestürzt schlug Tessa sich eine Hand vor den Mund und schaute zu, wie er eine halbe Ewigkeit daran herumfummelte, bis er den Riegel endlich aufbekam, hinaus in den Flur trat und die Tür hinter sich zuschlug.

Will, dachte sie. *Will, bist du das?* Tessas Augen begannen zu brennen. Einen Moment später fand sie sich auf dem Boden vor dem Kamin wieder und starrte in die Flammen – wartete darauf, dass die Tränen kamen. Doch nichts geschah. Nachdem sie die so lange unterdrückt hatte, schien es jetzt, als hätte sie die Fähigkeit zum Weinen verloren.

Blind nahm sie den Schürhaken aus der Halterung am Kamin und schob ihn in die Mitte der glühenden Kohlen, spürte die Hitze des auflodernden Feuers auf ihrem Gesicht. Der Jadeanhänger an ihrem Hals nahm die Wärme auf und schien ihr beinahe die Haut zu versengen.

Tessa zog den Schürhaken aus den Flammen. Er glühte rot wie ein Herz. Langsam schloss sie die Hand um die Eisenspitze.

Einen Moment lang spürte sie rein gar nichts. Und dann, wie aus großer Entfernung, hörte sie sich selbst aufschreien – und plötzlich schien es, als würde sich ein Schlüssel in ihrem Herzen drehen und die Tränen endlich freigeben. Klirrend fiel der Schürhaken zu Boden.

Als Sophie den Schrei hörte und in den Salon gestürmt kam, fand sie Tessa auf den Knien vor dem Kamin vor, die verbrannte Hand an die Brust gepresst und derartig in Tränen aufgelöst, als würde ihr jeden Moment das Herz brechen.

Sophie war diejenige, die Tessa auf ihr Zimmer brachte, ihr das Nachthemd überstreifte, sie ins Bett steckte und ihr die verbrannte Hand mit einem kühlen Handtuch wusch und dann mit einer Salbe versah, die nach Kräutern und Gewürzen roch. Die gleiche Salbe, die Charlotte auch bei ihr angewandt hatte, erzählte Sophie, auf ihrer entzündeten Wange, als sie ganz neu ins Institut gekommen war.

»Glaubst du, ich werde eine Narbe zurückbehalten?«, fragte Tessa, eher aus Neugierde, denn im Grunde war es ihr egal. Die Verbrennung und die darauf folgende Tränenflut schienen sie völlig ausgelaugt zu haben. Sie fühlte sich leicht und hohl wie eine Muschel.

»Möglicherweise eine kleine Narbe, nicht so auffällig wie meine«, erwiderte Sophie offen und verknotete die Enden von Tessas Verband. »Verbrennungen schmerzen mehr, als sie eigentlich sollten – wenn Sie verstehen, was ich meine –, und ich habe Sie ja auch schnell mit der Salbe verarzten können. Sie werden sich bald wieder besser fühlen.«

»Nein, das werde ich nicht«, widersprach Tessa, schaute auf ihre bandagierte Hand und dann zu Sophie. Sophie, die in ihrem schwarzen Dienstmädchenkleid und der weißen Haube auf den dunklen Locken lieblich wie immer aussah und ruhig und geduldig dastand. »Ich möchte mich noch einmal bei dir entschuldigen, Sophie«, sagte Tessa. »Du hattest vollkommen recht, was Gideon betrifft – ich habe mich gründlich in ihm getäuscht. Ich hätte auf dich hören sollen. Du bist die Letzte, die bei Männern unüberlegt handeln würde. Wenn du das nächste Mal sagst, dass jemand vertrauenswürdig ist, dann werde ich dir einfach glauben.«

Sophie schenkte ihr ein strahlendes Lächeln, ein Lächeln, das selbst Fremde die Narbe auf ihrer Wange vergessen ließ. »Ich verstehe, wieso Sie mich warnen wollten.«

»Ich hätte dir vertrauen sollen …«

»Und ich hätte nicht so wütend werden dürfen«, erwiderte Sophie. »Aber ehrlich gesagt war ich mir selbst nicht sicher, wie Gideon reagieren würde. Erst als er mit Ihnen allen in der Kutsche vorfuhr, wusste ich, dass er letztendlich doch auf unserer Seite steht.«

»Es muss doch nett sein … ich meine die Tatsache, dass er ab jetzt hier leben wird«, sagte Tessa und fummelte an ihrem Nachthemd. »Er wird ständig in deiner Nähe sein …«

»Das ist das Schlimmste, was passieren konnte«, platzte Sophie heraus, und Tränen schossen ihr in die Augen.

Tessa erstarrte und fragte sich entsetzt, was sie wohl Falsches gesagt haben mochte.

Die Tränen glitzerten in Sophies Augen und ließen diese grün schimmern. »Wenn er hier lebt, wird er mich als das sehen, was ich wirklich bin: ein Dienstmädchen«, erklärte sie mit brechender Stimme. »Ich weiß, ich hätte einem Treffen mit ihm niemals zustimmen dürfen. Mrs Branwell ist zwar nicht die Sorte von Mensch, die ihre Dienstboten dafür bestraft, dass sie einen Verehrer haben, aber ich wusste, dass es ohnehin nicht richtig war, denn er ist er, und ich bin ich, und wir gehören nicht zusammen.« Rasch wischte sie sich die Augen, doch sie konnte nicht verhindern, dass ihr die Tränen über die Wangen liefen. »Ich könnte alles verlieren, wenn ich mich darauf einlasse … Und was hat er schon zu verlieren? Nichts.«

»So ist Gideon nicht.«

»Er ist seines Vaters Sohn«, erwiderte Sophie. »Und wer sagt, dass das keine Rolle spielen würde? Es ist zwar nicht so, als ob er vorgehabt hätte, eine Irdische zu heiraten, aber mich nun auf diese Weise zu sehen … wenn ich das Feuer in seinem Zimmer anzünde, das Geschirr abtrage und den Abwasch mache …«

»Wenn er dich liebt, wird ihm das nichts ausmachen.«

»Doch, es macht *immer* etwas aus. Die Menschen sind nicht so edelmütig, wie Sie glauben.«

Tessa musste an Will denken, wie er das Gesicht in den Händen verborgen und sie gebeten hatte: *Wenn du ihn liebst, dann sag ihm bitte nicht, was ich dir gerade gesagt habe.* »Manchmal findet man Edelmut dort, wo man es nie erwartet hätte, Sophie.

Und außerdem, möchtest du *wirklich* gern eine Nephilim sein? Würdest du nicht lieber …«

»Aber genau das möchte ich«, unterbrach Sophie sie. »Mehr als alles andere auf der Welt. Es war schon immer mein sehnlichster Wunsch.«

»Das wusste ich ja gar nicht«, sagte Tessa erstaunt.

»Ich hab immer gedacht, wenn ich den jungen Herrn Jem heiraten würde …« Sophie zupfte an Tessas Bettdecke, schaute dann auf und lächelte matt. »Sie haben ihm doch noch nicht das Herz gebrochen, oder?«

»Nein«, sagte Tessa, »ich hab ihm überhaupt nicht das Herz gebrochen.« *Nur mein eigenes entzweigerissen.*

21
Ihre Glut ist feurig

Oh Bruder, die Götter waren dir gut,
Schlafe, fahrwohl, lass die Welt sich drehn,
Sei gestillt in dir, schlafe wohlgemut
Und dank dem Leben für Lieb und Lehn
Und dank deinen Göttern für Liebe und Tod,
Für den letzten Gruß, den die Liebe dir bot,
Sie wird dich hegen in sanfter Hut,
Mit Tränen und Küssen, und mit dir gehen.
ALGERNON CHARLES SWINBURNE,
»DER TRIUMPH DER ZEIT«

Musik drang aus Jems Kammer, die Tür stand einen Spalt offen. Will lehnte mit der Schulter an der Flurwand, eine Hand auf dem Türknauf. Er fühlte sich unendlich müde, erschöpfter als je zuvor in seinem Leben. Seit er das Haus am Cheyne Walk verlassen hatte, war er von einer drängenden, brennenden Energie erfüllt gewesen, doch die war nun dahingeschwunden und hatte nichts als Leere und Dunkelheit zurückgelassen.

Er hatte auf Tessa gewartet, hatte gehofft, sie würde ihm nachlaufen, ihm nachrufen, als er die Tür des Salons hinter sich zuschlug, doch sie war nicht gekommen. Vor seinem inneren Auge konnte er sie sehen – wie sie ihn anschaute mit diesen Augen, die ihn an mächtige graue Sturmwolken erinnerten.

Jem hat um meine Hand angehalten. Und ich habe Ja gesagt.

Liebst du ihn?

Ja, ich liebe ihn.

Und dennoch stand er nun hier, vor Jems Tür. Will wusste nicht, ob er hergekommen war, weil er versuchen wollte, Jem die Verlobung mit Tessa auszureden – falls so etwas überhaupt möglich war –, oder aus dem viel wahrscheinlicheren Grund, dass er seit jeher diesen Weg genommen hatte, wenn er Trost suchte: eine Gewohnheit, die sich nach so vielen Jahren nicht einfach ablegen ließ.

Langsam drückte er die Tür auf. Elbenlicht strömte in den Korridor, und Will fasste sich ein Herz und betrat Jems Zimmer.

Jem saß auf der Truhe am Fuß seines Betts, die Geige an die Schulter gedrückt. Er hielt die Augen geschlossen, während der Bogen über die Saiten glitt, aber ein Lächeln umspielte die Mundwinkel, als sein *Parabatai* ins Zimmer kam, und er fragte: »Will? Will, bist du das?«

»Ja«, bestätigte Will. Er hatte nur einen Schritt in den Raum gesetzt – weiter konnte er einfach nicht gehen.

Jem unterbrach sein Violinspiel und öffnete die Augen. »Telemann«, sagte er. »Fantasia Nr. 7 Es-Dur.« Dann legte er Geige und Bogen beiseite und meinte: »Na, komm schon rein. Du machst mich nervös, wenn du da so herumstehst.«

Will zwang sich, noch ein paar Schritte in das Zimmer zu setzen. Er hatte so viel Zeit in diesem Raum verbracht, dass er ihn wie seine Westentasche kannte: Jems Notensammlungen. Der Koffer, in dem die Geige immer ruhte, wenn Jem sie nicht gerade spielte. Die Fenster, durch die rechteckige Flecken hellen Sonnenlichts hereinfielen. Die Truhe, die mit Jem zusammen aus Shanghai gekommen war. Der Stockdegen mit dem Jadeknauf, der jetzt an der Wand lehnte. Das Kästchen mit der Abbildung von Guānyīn, in dem Jem sein Arzneimittel aufbewahrte. Der Sessel, in dem Will zahllose Nächte verbracht hatte, während er über seinen schlafenden Freund wachte, dessen Atemzüge zählte und betete.

Jem schaute Will nun direkt an. Seine Augen leuchteten, ungetrübt von jedem Argwohn, einfach nur erfreut, seinen *Parabatai* zu sehen. »Schön, dass du vorbeigekommen bist«, sagte er.

»Ich freue mich auch«, erwiderte Will mit rauer Stimme. Er fühlte sich unbehaglich und fragte sich, ob Jem das vielleicht spüren konnte. Nie zuvor hatte er sich in Gegenwart seines Freundes derartig unwohl gefühlt. Es musste an den Worten liegen, dachte er – an den Worten, die ihm auf der Zungenspitze lagen und inständig drängten, geäußert zu werden.

Du verstehst das doch, oder, James? Ohne Tessa bleibt mir nichts mehr – keine Freude, kein Licht, kein Leben. Wenn du mich lieben würdest, dann würdest du zu meinen Gunsten auf sie verzichten. Du kannst sie nicht so sehr lieben wie ich. Niemand kann das. Wenn du wahrhaftig mein Bruder bist, dann würdest du das für mich tun.

Doch diese Worte blieben ungesagt.

Im selben Moment beugte Jem sich vor und meinte mit leiser, vertraulicher Stimme: »Will. Es gibt da etwas, was ich dir schon die ganze Zeit sagen wollte, aber nicht vor allen anderen.«

Will wappnete sich. Jetzt war der Moment gekommen: Jem würde ihm von seiner Verlobung erzählen, und er musste vorgeben, sich zu freuen, statt sich aus dem Fenster zu beugen und sich zu übergeben – wonach ihm eigentlich zumute war. Schroff schob er die Hände in die Hosentaschen. »Und das wäre?«

Jems silberne Haare reflektierten die Sonne, als er den Kopf senkte. »Eigentlich hätte ich schon längst mit dir reden sollen. Aber wir haben ja noch nie über das Thema Liebe gesprochen, oder? Und da du ein solcher Zyniker bist …« Er grinste. »Ich dachte, du würdest dich bestimmt über mich lustig machen. Und außerdem hätte ich im Leben nicht damit gerechnet, dass sie meine Gefühle jemals erwidern würde.«

»Tessa«, sagte Will. Ihr Name schmerzte in seinem Mund wie ein Messerstich.

Jems Lächeln strahlte; sein ganzes Gesicht schien aufzuleuchten. Und jede Hoffnung, die Will in einem geheimen Kämmerchen seines Herzen noch genährt haben mochte – die Hoffnung, dass Jem Tessa vielleicht doch nicht richtig liebte –, schwand dahin, fortgefegt wie eine Nebelwand bei Sturm. »Du hast dich nie vor deinen Pflichten gedrückt«, setzte Jem an. »Und ich weiß, dass du alles in deiner Macht Stehende getan hättest, um Tessa in diesem Lagerhaus zu retten, ganz gleich, wer sie auch ist. Aber ich vermute, dass du vielleicht deshalb so wild entschlossen warst, ihr Leben zu schützen, weil du wusstest, wie viel sie mir bedeutet.« Er legte den Kopf leicht in den Nacken und strahlte Will an. »Habe ich richtig geraten, oder bin ich ein törichter Dummkopf?«

»Du bist ein Dummkopf«, erwiderte Will und musste wegen seiner trockenen Kehle hart schlucken. »Aber ... du hast recht. Ich weiß, wie viel sie dir bedeutet.«

Jem grinste. Die Freude stand ihm ins Gesicht geschrieben, überlegte Will; nie zuvor hatte er ihn mit derartig glücklich funkelnden Augen gesehen. Er hatte Jem immer für einen ruhigen und friedfertigen Charakter gehalten ... für jemanden, für den Freude oder auch Zorn einfach zu extreme und zu menschliche Gefühlsregungen waren. Doch nun erkannte Will, dass er sich geirrt hatte, denn Jem war schlichtweg noch nie so glücklich gewesen wie in diesem Moment. Jedenfalls nicht seit dem Tod seiner Eltern. Aber Will hatte nie darüber nachgedacht – er hatte sich immer nur damit befasst, ob Jem in Gefahr schwebte und ob er überleben würde, aber nie, ob er *glücklich* war.

Jem ist mein schweres Vergehen.

Tessa hatte recht gehabt, dachte Will. Er hatte sich gewünscht, sie würde ihre Verbindung mit Jem lösen, koste es, was es wolle. Aber nun erkannte er, dass er selbst auch nicht dazu in der Lage war, es einfach nicht konnte. *Vielleicht könntest du dann ja wenigstens glauben, dass ich weiß, was Ehre bedeutet – Ehre und Schuld*, hatte er zu Jem gesagt und es auch so gemeint. Er verdankte Jem sein Leben. Und er konnte ihm nicht das Einzige nehmen, was dieser sich mehr als alles andere wünschte. Selbst wenn das bedeutete, dass Will dafür sein eigenes Glück opfern musste. Denn Jem war nicht nur jemand, in dessen Schuld er stand – eine Schuld, die er niemals würde begleichen können –, er liebte ihn auch wie sein eigen Herz, so wie es im Bund vereinbart war. Und Jem wirkte nicht nur glücklicher, sondern sah auch kräftiger aus, erkannte Will: Seine Wangen besaßen eine gesunde Farbe, und er hielt sich aufrecht.

»Ich muss mich bei dir entschuldigen«, sagte Jem. »Ich war zu harsch, was die Schattendrogenhöhle betrifft. Denn ich weiß doch, dass du nur Trost gesucht hast.«

»Nein, du hattest jedes Recht, mich …«

»Das hatte ich nicht«, unterbrach Jem ihn und stand auf. »Wenn ich mich im Ton vergriffen habe, dann nur, weil ich nicht mit ansehen kann, dass du dich selbst behandelst, als wärst du nichts wert. Welchen Anschein du nach außen hin auch immer erwecken willst – ich sehe dich so, wie du wirklich bist, mein Blutsbruder: Nicht nur besser, als du vorgibst, sondern auch besser, als die meisten Menschen von sich selbst erhoffen dürfen.« Sanft legte er Will eine Hand auf die Schulter. »Du bist alles wert, was man sich nur wünschen kann, Will.«

Einen Moment lang schloss Will die Augen und sah den Sitzungssaal vor sich: zwei brennende Kreise auf dem schwarzen Basaltboden, Jem, der von seinem Kreis in Wills Kreis trat, sodass sie beide denselben Raum einnahmen, umgeben von einem Feuerkranz. Damals waren Jems Augen noch schwarz gewesen und riesengroß in dem blassen Gesicht. Will erinnerte sich wieder an den Wortlaut des *Parabatai-Eids: Denn wo du hingehst, da gehe ich hin. Wo du stirbst, sterbe ich, und da will ich begraben sein: Der Erzengel tue mir an, was er will – nur der Tod soll mich und dich scheiden!*

Dieselbe Stimme wandte sich auch nun wieder an ihn. »Danke für das, was du für Tessa getan hast«, sagte Jem.

Will schaffte es nicht, Jem anzusehen; stattdessen schaute er zur Wand, wo ihre Schatten miteinander verschmolzen, sodass sich nicht mehr sagen ließ, wo der eine endete und der andere begann. »Danke, dass du zugesehen hast, wie Bruder Enoch mir die Metallsplitter aus dem Rücken entfernt hat«, erwiderte er.

Jem lachte. »Wofür sonst sind *Parabatai* da?«

Der Sitzungssaal war mit roten Stoffbahnen dekoriert, die schwarze Runen trugen; Jem flüsterte Tessa leise zu, dass es sich dabei um Runen für Entschlusskraft und Urteilsvermögen handelte. Dann nahmen er und Tessa ihre Plätze ein, in einer der vorderen Reihen, wo bereits Henry, Gideon, Charlotte und Will saßen.

Tessa hatte seit dem gestrigen Tag nicht mit Will gesprochen: Er war nicht zum Frühstück erschienen und hatte sich ihnen erst spät im Innenhof des Instituts angeschlossen. Während er hinter ihnen die Stufen hinablief, knöpfte er sich noch hastig den Mantel zu; seine dunklen Haare waren zerzaust, und er sah aus, als hätte er die ganze Nacht nicht geschlafen. Er schien jeden Blickkontakt mit Tessa vermeiden zu wollen, und sie bemühte sich ihrerseits, nicht zurückzuschauen, obwohl sie seine Augen hin und wieder kurz auf sich ruhen spürte wie heiße Ascheflocken auf ihrer Haut.

Jem zeigte sich als perfekter Gentleman: Ihre Verlobung war noch immer ein Geheimnis, und bis auf ein Lächeln, das er ihr jedes Mal schenkte, wenn sie ihn anschaute, verhielt er sich in keinster Weise anders als sonst. Als sie sich auf den Sitzplätzen im Ratssaal niederließen, spürte Tessa, wie er ihren Arm sanft mit den Fingerknöcheln seiner rechten Hand streifte, ehe er sie wieder wegnahm.

Tessa konnte fühlen, wie Will sie vom anderen Ende der Reihe aus beobachtete, doch sie erwiderte seinen Blick nicht.

Auf dem erhöhten Podium in der Saalmitte saß Benedict Lightwood, das Adlergesicht von der Menge abgewandt, die Kiefer fest zusammengepresst. Neben ihm hockte Gabriel auf einem der Holzstühle – genau wie Will wirkte auch er erschöpft, und er war unrasiert. Als sein älterer Bruder den Saal betrat, warf er ihm einen kurzen Blick zu, schaute dann aber rasch wieder fort, als Gideon sich ganz selbstverständlich zu den Schattenjägern des Instituts setzte. Gabriel biss sich auf die Lippe und blickte zu Boden, rührte sich aber nicht von der Stelle.

Tessa erkannte noch ein paar weitere vertraute Gesichter in der Menge: Charlottes Tante Callida war da, genau wie Aloysius Starkweather – obwohl man ihn auch dieses Mal bestimmt nicht eingeladen hatte. Als sein Blick auf Tessa fiel, verengten sich seine Augen zu Schlitzen, woraufhin Tessa sich hastig wieder nach vorn drehte.

»Wir sind heute hier zusammengekommen …«, begann Konsul Wayland, nachdem er seinen Platz am Rednerpult eingenommen hatte, »um zu überprüfen, inwiefern Charlotte und Henry Branwell während der vergangenen vierzehn Tage ihrer Aufgabe nachgekommen sind, den Aufenthaltsort von Axel Mortmain zu bestimmen – und ob das Londoner Institut, wie Benedict Lightwood es gefordert hat, in anderen Händen besser aufgehoben wäre.«

Inquisitor Whitelaw, der links vom Konsul saß, erhob sich; er hielt etwas in den Händen, das schwarz und silbern glänzte. »Charlotte Branwell, bitte tritt vor«, forderte er.

Charlotte stand auf und stieg die Stufen zum Podium hinauf. Der Inquisitor senkte das Engelsschwert, und Charlotte nahm es und legte die Hände um die Klinge. Dann fasste sie mit leiser Stimme die Ereignisse der vergangenen zwei Wochen zusammen: die Suche nach Mortmain mithilfe von Zeitungsartikeln und alten Dokumenten, der Besuch in Yorkshire, die Bedrohung der Familie Herondale, die Entdeckung von Jessamines Verrat, der Kampf im Lagerhaus und Nates Tod. Dabei log sie kein einziges Mal, obwohl Tessa durchaus bemerkte, dass sie hier und dort ein Detail ausließ. Offenbar bot das Engelsschwert doch Spielräume, wenn auch nur in ganz begrenztem Rahmen.

Während Charlotte Bericht erstattete, reagierte die Menge ein paarmal vernehmlich. Tessa hörte, wie manche Nephilim scharf die Luft anhielten oder mit den Füßen scharrten, vor allem, als Jessamines Rolle am Verlauf der Geschehnisse offenbar wurde. »Ich habe noch ihre Eltern gekannt«, klagte Charlottes Tante Callida von einer der hinteren Sitzreihen. »Schreckliche Sache, das – einfach schrecklich!«

»Und wo ist das Mädchen jetzt?«, verlangte der Inquisitor zu wissen.

»Sie befindet sich in einer der Zellen in der Stillen Stadt, wo sie die Strafe für ihr Verbrechen erwartet«, erklärte Charlotte. »Ich habe den Konsul über den gesamten Vorgang informiert.«

Der Inquisitor, der die ganze Zeit unruhig hin und her gelaufen war, hielt abrupt inne und musterte Charlotte scharf. »Du sagst, dieses Mädchen wäre für dich wie eine Tochter gewesen«, bohrte er nach, »und dennoch hast du sie den Brüdern der Stille bereitwillig ausgehändigt? Warum solltest du so etwas tun?«

»Das Gesetz ist hart, aber es ist das Gesetz«, erwiderte Charlotte.

Ein feines Lächeln umspielte Konsul Waylands Mundwinkel. »Und da behauptest du, sie wäre gegenüber Missetätern zu nachgiebig, Benedict«, bemerkte er. »Hast du dazu irgendetwas zu sagen?«

Langsam erhob Benedict sich von seinem Stuhl. Offensichtlich hatte er beim Ankleiden beschlossen, ein Hemd mit Manschetten anzulegen, denn diese ragten schneeweiß aus den Ärmeln seiner dunklen Tweedjacke hervor. »Ich habe in der Tat etwas zu sagen«, verkündete er. »Ich unterstütze Charlotte Branwell voll und ganz bei der Leitung des Instituts und ziehe meine Kandidatur für den Posten zurück.«

Ein ungläubiges Raunen ging durch den Saal.

Benedict lächelte freundlich.

Der Inquisitor drehte sich zu ihm um und musterte ihn argwöhnisch. »Soll das heißen: *Obwohl* diese Schattenjäger Nathaniel Gray getötet haben oder zumindest für seinen Tod verantwortlich sind – unserer einzigen Verbindung zu Mortmain – und *obwohl* sie ein weiteres Mal einen Spitzel unter ihrem Dach beherbergt haben und immer noch nicht wissen, wo Mortmain sich zurzeit aufhält, würdest du Charlotte und Henry Branwell als Leiter des Instituts empfehlen?«

»Sie mögen vielleicht nicht wissen, wo Mortmain ist, aber sie wissen, *wer* er ist«, erklärte Benedict. »Und wie schon der große irdische Militärstratege Sunzi in seinem Werk *Die Kunst des Krieges* sagte: ›Wenn du den Feind und dich selbst kennst, brauchst du den Ausgang von hundert Schlachten nicht zu fürchten.‹ Wir wissen, wer Mortmain wirklich ist: ein Irdischer, kein übernatürliches Wesen; ein Mann, der den Tod fürchtet; ein Mann, der auf Rache brennt für das, was er als ungerechtfertigten Mord an seiner Familie auffasst. Ein Mann, der umgekehrt keinerlei Erbarmen mit Schattenweltlern kennt: Er missbrauchte Werwölfe, damit sie ihm beim Errichten seiner Klockwerk-Armee halfen, indem er ihnen Drogen gab, die sie rund um die Uhr schuften ließen. Dabei wusste er genau, dass die Drogen die Männer letztendlich umbringen und somit ihr Stillschweigen sichern würden.

Der Größe des Lagerhauses und der Anzahl der eingesetzten Arbeiter nach zu urteilen, wird seine Klockwerk-Armee einen beträchtlichen Umfang aufweisen. Und wenn man sich seine Motive ansieht und die Zahl der Jahre, in deren Verlauf er seine

Rachepläne verfeinern konnte, dann müssen wir davon ausgehen, dass Mortmain jemand ist, der nicht mit sich reden lässt, der von seinem Vorhaben nicht abzubringen ist, der nicht aufgehalten werden kann. Wir müssen uns auf einen Krieg vorbereiten. Und *das* haben wir vorher nicht gewusst.«

Whitelaw musterte Benedict schmallippig, als hegte er den Verdacht, dass hier irgendetwas Unrechtmäßiges vor sich ging, was er aber nicht genau benennen konnte. »Auf einen Krieg vorbereiten? Und wie, schlägst du vor, sollen wir das machen – natürlich basierend auf den angeblich so wertvollen Informationen, die die Branwells zusammengetragen haben?«

Benedict zuckte die Achseln. »Nun ja, darüber muss selbstverständlich der Rat entscheiden. Aber Mortmain hat versucht, mächtige Schattenweltler wie Woolsey Scott und Camille Belcourt auf seine Seite zu bringen. Wir wissen vielleicht nicht, wo er sich aufhält, aber wir kennen seine Vorgehensweise und können ihm auf diesem Wege eine Falle stellen. Beispielsweise dadurch, dass wir uns selbst mit einigen der mächtigeren Anführer der Schattenwelt verbünden. Und Charlotte scheint sie alle ziemlich gut im Griff zu haben, nicht wahr?«

Ein zaghaftes, zustimmendes Lachen ging durch die Reihen. Gabriel warf seinem Vater einen Blick zu, und seine grünen Augen glühten.

»Und was ist mit dem Spitzel im Institut? Würdest du das nicht als exemplarisch für Charlotte Branwells Fahrlässigkeit bezeichnen?«, hakte der Inquisitor nach.

»Keineswegs«, entgegnete Benedict. »Sie hat in dieser Angelegenheit unverzüglich und mitleidslos gehandelt.« Er schenkte Charlotte ein rasierklingenscharfes Lächeln. »Ich ziehe meine frühere Aussage über ihre Weichherzigkeit zurück. Sie ist ganz eindeutig in der Lage, ohne Sentimentalitäten der Gerechtigkeit Genüge zu tun – und zwar ebenso gut wie ein Mann es vermag.«

Charlotte erbleichte, schwieg aber. Ihre kleinen Hände hielten noch immer das Engelsschwert.

Konsul Wayland stieß einen lauten Seufzer aus. »Ich wünschte, du wärst schon vor vierzehn Tagen zu diesem Schluss gekommen, Benedict, und hättest uns diesen ganzen Ärger erspart.«

Lässig zuckte Benedict die Achseln. »Ich war der Auffassung, dass sie einer Prüfung unterzogen werden musste«, sagte er. »Und glücklicherweise hat sie diese Prüfung bestanden.«

Wayland schüttelte den Kopf. »Also schön. Dann lasst uns nun abstimmen«, verkündete er und reichte Whitelaw einen Gegenstand, der wie eine Urne aus Milchglas aussah.

Der Inquisitor nahm das Gefäß, stieg vom Podium hinunter und übergab es einer Schattenjägerin, die auf dem ersten Platz in der ersten Reihe saß. Fasziniert schaute Tessa zu, wie die Frau den Kopf vorbeugte, in die Urne hineinflüsterte und diese dann an den Mann neben ihr weiterreichte.

Während die Urne die Runde durch den Saal machte, spürte Tessa, wie Jem nach ihrer Hand tastete. Erschrocken zuckte sie zusammen, obwohl ihre voluminösen Röcke ihre Hände sicherlich größtenteils verbergen würden. Doch dann verschränkte sie ihre Finger mit Jems schlanken, feingliedrigen Fingern und schloss die Augen. *Ich liebe ihn. Ich liebe ihn. Ich liebe ihn.* Und tatsächlich jagte seine Berührung ihr einen Schauer durch den Körper. Gleichzeitig weckte es in ihr jedoch den Wunsch, in Tränen auszubrechen – aus Liebe, aus Verwirrung, aus tiefem Kummer bei der Erinnerung an den Ausdruck auf Wills Gesicht, als sie ihm von ihrer Verlobung mit Jem erzählt hatte und jegliche Freude in seinen Augen erloschen war wie Feuer bei einem Regenguss.

Im nächsten Moment entzog Jem Tessa seine Hand, um die Urne von Gideon entgegenzunehmen. Sie hörte, wie er »Charlotte Branwell« flüsterte und dann das Gefäß an ihr vorbei zu Henry hinüberreichte.

Tessa schaute Jem an, der den traurigen, unglücklichen Ausdruck in ihren Augen offenbar missdeutete, denn er lächelte ihr aufmunternd zu und meinte: »Keine Sorge. Sie werden sich schon für Charlotte entscheiden.«

Als die Urne durch alle Reihen gegangen war, nahm der Inquisitor sie wieder an sich und überreichte sie dem Konsul mit einer schwungvollen Geste. Wayland platzierte die Urne auf dem Rednerpult vor ihm und trug mit seiner Stele eine Rune auf das Milchglas auf.

Im nächsten Moment begann die Urne zu beben wie ein kochender Wasserkessel. Weißer Dampf stieg aus der Öffnung – die gesammelten Stimmen Hunderter Nephilim – und verdichtete sich schließlich zu den Worten:

Charlotte BRANWELL.

Sofort ließ Charlotte die Hände vom Engelsschwert sinken und sackte vor Erleichterung fast in sich zusammen. Henry brach in Jubel aus und warf seinen Hut in die Luft. Gleichzeitig erhob sich ein Stimmengewirr im Saal, und viele Schattenjäger sprangen von ihren Plätzen und unterhielten sich mit ihren Nachbarn. Tessa konnte sich nicht verkneifen, einen kurzen Blick ans Ende der Reihe zu werfen: Will saß zusammengesunken auf seinem Stuhl, den Kopf in den Nacken gelegt und die Augen geschlossen. Er wirkte bleich und ausgelaugt, als hätte ihm diese Angelegenheit den letzten Rest an Energie aus dem Körper gesaugt.

Plötzlich durchbrach ein schriller Schrei den allgemeinen Tumult. Nun sprang auch Tessa auf und wirbelte herum: Charlottes Tante Callida kreischte laut. Sie hatte den Kopf mit der eleganten grauen Frisur in den Nacken gelegt und zeigte mit dem Finger an die Decke. Ein erschrockenes Raunen ging durch den Saal, als die anderen Schattenjäger ihrem Blick folgten. Die Luft über ihnen schwirrte vor brummenden Metallkreaturen, die mit ihren Kupferflügeln an gewaltige schwarze Käfer erinnerten, ziellos hin und her flogen und den Raum mit einem bedrohlichen metallischen Sirren erfüllten.

Auf einmal ging einer der Metallkäfer in den Sinkflug, schwebte einen Moment direkt vor Tessas Gesicht und erzeugte ein mechanisches Klickgeräusch, das von einer kreisrunden Glasplatte in der flachen Stirn der ansonsten augenlosen Kreatur zu kommen schien. Tessa spürte, wie Jem nach ihrem Arm tastete und sie zur Seite ziehen wollte, doch sie riss sich ungeduldig los, zog sich blitzschnell den Hut vom Kopf und stülpte ihn über den Metallkäfer, sodass dieser zwischen der Kopfbedeckung und dem Sitzplatz eingeklemmt war und unvermittelt in ein wütendes, hohes Sirren überging. »Henry!«, rief Tessa. »Henry, ich hab eines dieser Dinger gefangen …«

Sofort tauchte Henry neben ihr auf und starrte mit leicht gerötetem Gesicht auf den Hut: An der Seite des eleganten grauen Samtstoffs erschien ein kleines Loch, das die mechanische Kreatur herausfräste. Fluchend schlug Henry mit der Faust auf den Hut, sodass dieser mitsamt dem Metallkäfer gegen die Sitzfläche gedrückt und zerschmettert wurde. Das Sirren schwoll kurz an und erstarb dann.

Vorsichtig lüpfte Jem den zerknitterten Hut. Darunter kamen zertrümmerte Metallteile zum Vorschein – ein zermalmter Flügel, ein breit gequetschter Rumpf und einzelne abgebrochene Glieder von Kupferbeinen.

»Igitt«, stieß Tessa hervor. »Das Ding sieht aus wie ein … wie ein richtiger Käfer.« Sie schaute auf, als ein weiterer Schrei das Stimmengewirr durchbrach. Die insektenartigen Kreaturen hatten sich in der Mitte des Saals zu einem schwarzen Schwarm versammelt, schwirrten nun immer schneller im Kreis – und verschwanden dann plötzlich, wie schwarze Käfer, die in ein Abflussrohr gesaugt wurden.

»Tut mir leid wegen deines Huts … ich kauf dir einen neuen«, murmelte Henry.

»Mach dir um den Hut keine Gedanken«, erwiderte Tessa, während die Rufe der aufgebrachten Nephilim durch den Saal hallten. Tessa wandte sich zur Raummitte, wo der Konsul mit dem glühenden Engelsschwert in der Hand stand, hinter ihm Benedict, mit versteinertem Gesicht und eiskalten Augen. »Wir haben ganz eindeutig größere Sorgen.«

»Es handelt sich um eine Art Kamera«, erläuterte Henry, der die zertrümmerten Teile des zerquetschten Metallkäfers auf dem Schoß hielt, während die Kutsche zum Institut zurückfuhr. »Ohne Jessamine, Nate und Benedict müssen Mortmain die menschlichen Spitzel ausgegangen sein. Deshalb hat er diese Kreaturen geschickt, damit sie ihm berichten.« Vorsichtig stocherte er mit einem Finger in den Metallteilen herum, die in Tessas zerdrücktem Hut lagen.

»Benedict machte keinen allzu glücklichen Eindruck beim Anblick dieser Metallkäfer«, bemerkte Will. »Ihm muss klar geworden sein, dass Mortmain nun von seinem Treuebruch weiß.«

»Das war ohnehin nur eine Frage der Zeit«, erklärte Charlotte. »Henry, können diese Dinger auch Geräusche aufnehmen wie ein Phonograph oder einfach nur Bilder? Sie sind so schnell herumgeflogen …«

»Ich bin mir nicht ganz sicher.« Henry runzelte die Stirn. »Ich werde mir die Teile in meinem Labor einmal genauer ansehen müssen. Denn obwohl ich im Moment keinen Blendenverschluss oder etwas Ähnliches entdecken kann, bedeutet das noch nicht …« Als er die verständnislosen Blicke der anderen spürte, schaute er auf und zuckte die Achseln. »Na jedenfalls ist es gar nicht so schlimm, dass der Rat nun einmal selbst einen kleinen Vorgeschmack auf Mortmains Erfindungen bekommen hat. Schließlich ist es eine Sache, davon zu hören, aber etwas vollkommen anderes, sie mit eigenen Augen zu sehen und zu erleben, wozu er fähig ist. Meinst du nicht auch, Lottie?«

Charlotte erwiderte irgendetwas, doch Tessa hörte gar nicht zu, denn ihre Gedanken waren zu einer eigenartigen Begebenheit zurückgekehrt, die sich nach dem Verlassen des Sitzungssaals ereignet hatte: Während sie auf Cyril und die Kutsche warteten, hatte Jem sich kurz abgewandt und mit Will gesprochen. Und in diesem Moment hatte Tessa aus dem Augenwinkel einen flatternden schwarzen Umhang wahrgenommen, und Aloysius Starkweather war auf sie zugekommen, mit grimmig entschlossener Miene.

»Miss Gray«, blaffte er. »Diese Klockwerk-Kreatur … die Art und Weise, wie sie sich Ihnen genähert hat …«

Tessa stand nur schweigend da, schaute den alten Mann an und wartete – darauf, dass er ihr irgendetwas vorwarf, obwohl sie sich beim besten Willen nicht vorstellen konnte, was.

»Geht's Ihnen gut?«, fragte er abrupt, und sein Yorkshire-Akzent kam plötzlich deutlich zum Vorschein. »Das Ding hat Ihnen nix getan, oder?«

Langsam schüttelte Tessa den Kopf. »Nein, Mr Starkweather. Vielen Dank für die freundliche Nachfrage, aber es hat mir keinen Schaden zugefügt.«

Inzwischen hatten Jem und Will sich wieder umgedreht und starrten sie beide an. Starkweather schien zu spüren, dass er Aufmerksamkeit erregt hatte, nickte nur knapp, machte dann auf dem Absatz kehrt und marschierte davon, wobei sein schwarzer Umhang hinter ihm herflatterte.

Tessa konnte sich die ganze Geschichte einfach nicht erklären. Sie dachte gerade über den kurzen Moment in Starkweathers Kopf nach – und sein Erstaunen, als er sie zum ersten Mal gesehen hatte –, als Cyril die Pferde vor dem Institut abrupt zum Stehen brachte. Erleichtert, der Enge des Fahrzeugs entkommen zu können, kletterten die Schattenjäger und Tessa hastig aus der Kutsche.

Durch eine Lücke in der grauen Wolkendecke fiel zitronengelbes Sonnenlicht auf die Stadt herab und ließ die Eingangsstufen glänzen. Charlotte wollte die Treppe gerade hinaufsteigen, doch Henry hielt sie auf und zog sie mit einem Arm an sich, während er mit der anderen Hand noch immer Tessas ruinierten Hut umklammerte. Tessa beobachtete die beiden mit dem ersten Hauch von Glücksgefühl, das sie seit dem Vortag verspürte. Sie hatte Charlotte und Henry inzwischen wirklich ins Herz geschlossen und erkannte nun, dass sie sie gern glücklich sehen wollte.

»Bei allen Sorgen wegen Mortmain sollten wir nicht vergessen, dass heute alles so gut verlaufen ist, wie wir es nur erhoffen konnten«, sagte Henry und hielt seine Frau fest im Arm. »Ich bin so stolz auf dich, Liebes.«

Spätestens zu diesem Zeitpunkt hätte Tessa eine sarkastische Bemerkung von Will erwartet, doch er starrte gedankenverloren zum Tor, während Gideon peinlich berührt und Jem sehr erfreut schien.

Charlotte löste sich von Henry, errötete bis über beide Ohren und richtete ihren Hut, machte aber einen sehr glücklichen Eindruck dabei. »Meinst du das ernst, Henry?«

»Absolut! Meine Frau ist nicht nur wunderschön, sondern auch scharfsinnig, und dieser Scharfsinn sollte gewürdigt werden!«

»Das ist jetzt der Moment ...«, setzte Will an, den Blick noch immer auf das Tor geheftet, »in dem Jessamine euch aufgefordert hätte, damit aufzuhören, weil ihr sonst schlecht werden würde.«

Das Lächeln erstarb in Charlottes Gesicht. »Die arme Jessie ...«

Doch Henrys Miene war ungewöhnlich hart. »Sie hätte das, was sie getan hat, einfach nicht tun dürfen, Lottie. Es ist nicht deine Schuld. Wir können nur hoffen, dass der Rat Nachsicht mit ihr üben wird.« Dann räusperte er sich und fügte in etwas fröhlicherem Ton hinzu: »Aber heute wollen wir nicht mehr über Jessamine reden, einverstanden? Heute Abend wollen wir feiern. Das Institut gehört noch immer uns!«

Charlotte strahlte Henry mit so viel Liebe in den Augen an, dass Tessa den Blick abwenden musste, zum Institutsgebäude schaute und dann blinzelte. Aus dem Augenwinkel erhaschte sie in einem der oberen Fenster eine Bewegung: Ein Vorhang wurde leicht beiseitegeschoben, und Tessa erkannte ein bleiches Gesicht, das in den Innenhof hinunterspähte. Sophie, auf der Suche nach Gideon?

Tessa war sich nicht ganz sicher – das Gesicht war genauso schnell wieder verschwunden, wie es erschienen war.

Tessa kleidete sich an diesem Abend mit besonderer Sorgfalt und schlüpfte in eines der neuen Gewänder, die Charlotte ihr zur Verfügung gestellt hatte: ein blaues Satinkleid mit einem herzförmigen Schößchen und einem runden, tief ausgeschnittenen Dekolleté, das mit einer Chemisette aus Mechelner Spitzen bedeckt war. Die kurzen Rüschenärmel brachten Tessas lange weiße Arme besonders gut zur Geltung, und Sophie hatte ihr die Haare zu Locken gelegt und hochgesteckt – eine elegante Frisur, die zusätzlich mit dunkelblauen Stiefmütterchen verziert war. Doch erst als Sophie die Blüten sorgfältig in Tessas Haaren befestigt hatte, wurde Tessa schlagartig bewusst, dass die Blütenblätter dieselbe Farbe besaßen wie Wills Augen. Plötzlich verspürte sie den dringenden Wunsch, sie alle wieder herauszureißen, doch sie nahm sich zusammen, dankte Sophie für ihre Mühe und machte ihr ein ernst gemeintes Kompliment über ihren geschickten Umgang mit Bürste, Brennschere und Haarnadeln.

Nachdem Sophie alles erledigt hatte, ließ sie Tessa allein zurück, um Bridget in der Küche zur Hand zu gehen. Tessa setzte sich automatisch vor den Frisierspiegel, biss sich auf die Lippen und kniff sich in die Wangen. Sie konnte etwas Farbe gebrauchen, überlegte sie, denn sie war ungewöhnlich blass. Den Jadeanhänger hatte sie unter die Mechelner Spitzen geschoben, wo niemand ihn sehen konnte; beim Ankleiden hatte Sophie einen Blick darauf geworfen, aber nichts gesagt. Nun griff Tessa nach ihrem Klockwerk-Engel und legte ihn ebenfalls an. Er ruhte unter dem anderen Anhänger, direkt unterhalb ihres Schlüsselbeins, und schenkte ihr mit seinem beständigen Ticken ein beruhigendes Gefühl. Es gab keinen Grund, warum sie nicht beide tragen konnte, oder?

Als sie schließlich aus ihrem Zimmer trat, wartete Jem bereits im Flur auf sie. Bei ihrem Anblick leuchteten seine Augen auf, dann schaute er rasch in beide Richtungen des Korridors, zog Tessa an sich und küsste sie auf den Mund.

Tessa zwang sich, in seinem Kuss aufzugehen, sich an ihn zu schmiegen, wie sie es zuvor schon getan hatte. Sein süß schmeckender Mund war weich auf ihren Lippen, und seine Hand, die ihren Hals umfasste, war kräftig und sanft zugleich. Tessa drängte sich näher an ihn, wollte seinen Herzschlag spüren.

Atemlos zog er sich zurück. »Das war nicht meine Absicht …«

Tessa lächelte. »Ich glaube doch, James.«

»Aber erst, nachdem ich dich gesehen habe«, erklärte er. »Eigentlich wollte ich dich nur fragen, ob ich dich zum Abendessen hinunterbegleiten darf. Aber du siehst einfach so wunderschön aus.« Vorsichtig berührte er Tessas Haare mit den Blüten. »Allerdings fürchte ich, zu viel Leidenschaft könnte dafür sorgen, dass du die Blätter wie ein Baum im Herbststurm verlieren würdest.«

»Also gut, du darfst mich zum Diner hinunterbegleiten«, erwiderte Tessa.

»Danke.« Behutsam fuhr Jem ihr mit den Fingerspitzen über die Wangen. »Ich dachte, ich würde heute Morgen aufwachen und alles wäre nur ein Traum gewesen … ich meine die Tatsache, dass du mir dein Jawort zu unserer Verlobung gegeben hast. Aber das war kein Traum. Oder?« Seine Augen musterten Tessas Gesicht.

Tessa schüttelte den Kopf. Sie konnte spüren, wie die Tränen in ihrer Kehle saßen, und war froh, dass die Glacéhandschuhe die Verbrennung an ihrer linken Hand verbargen.

»Es tut mir leid, dass du mit mir ein solch schlechtes Geschäft machst, Tessa«, sagte Jem. »Ich meine damit die Anzahl der gemeinsamen Jahre. Dass du dich einfach an einen sterbenden Mann bindest, wo du gerade einmal sechzehn bist.«

»Du bist doch selbst erst siebzehn Jahre alt. Genügend Zeit, um ein Heilmittel zu finden«, wisperte Tessa. »Und das wird uns gelingen. Wir werden ein Mittel finden. Und ich werde bei dir sein. Für immer.«

»Das glaube ich sofort«, sagte Jem. »Wenn zwei Seelen eins sind, bleiben sie auf dem Lebensrad zusammen. Ich wurde in diese Welt hineingeboren, um dich zu lieben, und ich werde dich auch im nächsten Leben lieben und im darauf folgenden.«

Unwillkürlich musste Tessa an Magnus denken. *Wir, die Unsterblichen, sind mit einer goldenen Kette an dieses Leben gebunden und wagen es nicht, sie zu durchtrennen, aus Furcht vor dem, was hinter dem Abgrund lauern mag.*

Jetzt verstand sie, was er damit gemeint hatte. Unsterblichkeit war ein Geschenk, aber keines, das nicht mit Konsequenzen verbunden gewesen wäre. *Denn wenn ich unsterblich bin,* dachte sie, *dann habe ich nur dieses eine Leben. Ich werde nicht am ewigen Kreislauf des Lebens teilnehmen, so wie du, James. Ich werde dich nicht im Himmel wiedersehen oder an den Ufern des großen Flusses oder wo auch immer dein nächstes Leben stattfindet.*

Doch sie schwieg. Ihre Worte würden ihn nur verletzen, und wenn es irgendetwas gab, woran überhaupt kein Zweifel bestand, dann war es die Gewissheit, dass sie tief in sich ein wild entschlossenes Bedürfnis verspürte, Jem vor Schaden zu bewahren, sich zwischen ihn und Enttäuschungen zu stellen, zwischen ihn und Schmerz, zwischen ihn und den Tod – und gegen all dies anzukämpfen, wie Boadicea gegen die heranstürmenden Römer gekämpft hatte. Tessa berührte sanft Jems Wange, und er drückte sein Gesicht in ihre Haare – in ihre Haare, in denen Blüten von der Farbe von Wills Augen steckten. Und auf diese Weise standen sie aneinandergeklammert und vollkommen reglos da, bis der zweite Gong ertönte und sie zum Abendessen rief.

Bridget, deren trauriger Gesang aus der Küche drang, hatte sich selbst übertroffen: Der Speisesaal glänzte im hellen Schein der Kerzen, welche in silbernen Ständern über den gesamten Raum verteilt waren. Rosen- und Orchideenblüten schwammen in silbernen Schalen auf der festlich gedeckten Tafel. Henry und Charlotte hatten am Kopf des Tischs Platz genommen; daneben saß Gideon, in elegantem Abendanzug, und verfolgte Sophie jedes Mal mit den Augen, sobald sie den Raum betrat – wohingegen sie seine Blicke geflissentlich mied. Und neben dem jungen Lightwood hatte Will sich niedergelassen.

Ich liebe Jem. Ich werde Jem heiraten. Gebetsmühlenartig hatte Tessa diese Worte wiederholt, während sie mit Jem zum Speisesaal ging, aber es spielte keine Rolle: Ihr Herz machte einen schmerzhaften Satz, als sie Will erblickte. Seit der Ballnacht hatte sie ihn nicht im Frack gesehen, doch obwohl er blass und leicht grünlich um die Nase war, wirkte er darin immer noch atemberaubend attraktiv.

»Singt eure Köchin eigentlich *immerzu?*«, fragte Gideon gerade verwundert, als Jem und Tessa den Speisesaal betraten.

Henry schaute auf, und als er sie sah, breitete sich ein Lächeln auf seinem freundlichen, sommersprossigen Gesicht aus. »Wir hatten uns schon gefragt, wo ihr zwei wohl steckt …«, setzte er an.

»Tessa und ich haben Neuigkeiten«, platzte Jem heraus. Seine Hand suchte und fand Tessas Hand und hielt sie fest. Tessa stand wie erstarrt da, während sich drei neugierige Gesichter ihnen zuwandten – vier, wenn man Sophie mitzählte, die gerade den Raum betreten hatte. Will rührte sich nicht von seinem Stuhl und blickte starr auf die Silberschale vor ihm; eine weiße Rose trieb darin, und er schien geneigt, die Blüte so lange anzustarren, bis sie unterging. In der Küche sang Bridget eine weitere ihrer furchtbar traurigen Balladen, und ihre Stimme schwebte durch die Tür:

»Maid Margaret saß in ihrem Gemach,
In ihrem Gemach allein,
Da hörte sie gar einen traurigen Ton,
Wie's Mitternacht mochte sein.
›Oh bist du mein Vater, bist du meine Mutter
Oder mein Bruder Johann?
Oder süß Willie, mein eigen Treulieb,
kommen von Engeland an?‹«

Ich bringe sie um, dachte Tessa, *dann kann sie darüber ein Lied singen.*

»Also dann, schieß los, Jem«, sagte Charlotte lächelnd. »Spann uns nicht unnötig auf die Folter!«

Jem hob ihre miteinander verschränkten Finger und verkündete dann: »Tessa und ich haben uns verlobt. Ich habe um ihre Hand angehalten, und … und sie hat meinen Antrag angenommen.«

Plötzlich herrschte eine geschockte Stille im Saal. Gideon schaute erstaunt – Tessa empfand fast ein wenig Mitleid mit ihm –, und Sophie stand mit offenem Mund da, einen Krug mit Sahnesoße in der Hand. Sowohl Henry als auch Charlotte schienen vollkommen sprachlos. Damit konnten sie auf keinen Fall gerechnet haben, dachte Tessa – denn auch wenn Jessamine von Tessas Mutter behauptet hatte, sie sei eine Nephilim gewesen, so blieb sie selbst immer noch ein Schattenwesen. Und Schattenjäger vermählten sich nun mal nicht mit Schattenweltlern. Diese Situation hatte Tessa nicht vorhergesehen. Sie war davon ausgegangen, dass sie es den anderen einzeln und behutsam mitteilen würden – und nicht, dass Jem in einem Anfall überschwänglicher Freude damit im Speisesaal herausplatzen würde. Plötzlich war sie nur noch von einem Gedanken beherrscht: *Bitte, bitte lächelt. Bitte gratuliert uns. Bitte verderbt ihm nicht diesen Moment. Bitte.*

Jems Lächeln begann gerade zu schwinden, als Will sich von seinem Stuhl erhob. Tessa holte tief Luft. Natürlich war er wunderschön in seiner eleganten Abendkleidung, schließlich war er ja immer wunderschön; doch nun strahlte er noch etwas anderes aus: Seine blauen Augen schienen tiefgründiger, und die harte, perfekte Rüstung, die ihn normalerweise umgab, hatte Risse bekommen, durch die jetzt ein strahlendes Licht fiel. Dies hier war ein neuer Will, ein anderer Will, ein Will, von dem Tessa immer nur einen Hauch gesehen hatte – ein Will, den vermutlich nur Jem bisher gekannt hatte. Doch nun würde sie diesen Will niemals richtig kennenlernen. Der Gedanke erfüllte sie mit einer derartig tiefen Trauer wie sonst nur die Erinnerung an einen lieben Verstorbenen.

Will hob sein Glas. »Ich kenne keine feineren Menschen als euch beide und könnte mir keine besseren Neuigkeiten vorstellen«, verkündete er. »Möget ihr lange und glücklich zusammenleben!« Seine Augen suchten rasch Tessas, doch dann wanderte sein Blick weiter und heftete sich auf Jem. »Meinen herzlichen Glückwunsch, Bruder.«

Im nächsten Moment erhob sich ein freudiges Stimmengewirr. Sophie stellte den Soßenkrug ab, lief zu Tessa und umarmte sie; Henry und Gideon schüttelten Jem die Hand, und

Will stand ruhig da, das Glas noch immer erhoben, und beobachtete das ganze Geschehen. Nur Charlotte blieb seltsam stumm, eine Hand an die Brust gedrückt.

Besorgt beugte Tessa sich zu ihr hinunter. »Charlotte, ist alles in Ordnung?«

»Ja«, murmelte Charlotte, und dann sagte sie mit lauterer Stimme: *»Ja.* Es ist nur so – ich habe selbst auch Neuigkeiten. Gute Neuigkeiten.«

»Natürlich, Liebes«, bestätigte Henry. »Wir haben das Institut zurückgewonnen! Aber das wissen wir doch bereits …«

»Nein, das meine ich nicht, Henry. Du …« Charlotte brachte einen erstickten Laut hervor, eine Mischung aus Lachen und Weinen. »Henry und ich werden ein Kind bekommen. Einen Jungen. Bruder Enoch hat es mir bestätigt. Eigentlich wollte ich ja noch nichts sagen, aber …«

Der Rest ihrer Worte ging in einem lauten Jubelgebrüll unter: Henry hob seine Frau von ihrem Stuhl und schlang die Arme um sie. »Liebes, das ist wundervoll, einfach wundervoll …«

Sophie stieß einen kleinen Freudenschrei aus und klatschte in die Hände. Gideon sah aus, als wollte er vor Verlegenheit am liebsten im Boden versinken, und Will und Jem tauschten erst verwirrte Blicke und grinsten dann. Auch Tessa konnte ein Lächeln nicht unterdrücken – Henrys Freude war einfach zu ansteckend. Er hatte sich Charlotte geschnappt und tanzte mit ihr durch den Raum, als er plötzlich abrupt innehielt, aus Sorge, der Walzer könnte dem Baby möglicherweise schaden. Hastig trug er seine Frau zum nächstbesten Stuhl und setzte sie dort ab.

»Henry, ich bin absolut in der Lage, mich auf meinen eigenen Beinen zu bewegen«, protestierte Charlotte entrüstet. »Ich kann sogar tanzen.«

»Aber, meine Liebe, du bist in anderen Umständen! Du musst die nächsten acht Monate strikte Bettruhe halten. Der kleine Buford …«

»Ich werde *nicht* zulassen, dass unser Kind Buford getauft wird. Es ist mir egal, ob das der Name deines Vaters war oder ob es sich um einen traditionellen Männernamen aus Yorkshire handelt …«, setzte Charlotte aufgebracht an.

Doch dann ertönte ein kurzes Klopfen, und Cyril steckte den zerzausten Kopf durch die Tür. Erstaunt betrachtete er die ausgelassene Runde vor ihm und meinte dann zögernd: »Mr Branwell, hier ist jemand, der Sie alle sprechen möchte.«

Henry blinzelte verwirrt. »Jemand, der uns sprechen möchte? Aber das ist eine private Feier, Cyril. Und ich habe die Türglocke gar nicht läuten hören …«

»Nein, die Glocke hat auch nicht geläutet. Die Besucherin ist eine Nephilim«, erklärte Cyril. »Und sie sagt, es sei sehr wichtig. Und dass sie nicht warten könne.«

Henry und Charlotte tauschten verwunderte Blicke. »Also gut«, meinte Henry schließlich. »Dann bitte sie herein, aber sag ihr, dass sie sich kurz fassen muss.«

Während Cyril zur Eingangshalle zurückkehrte, erhob Charlotte sich von ihrem Stuhl, strich ihr Kleid glatt und fuhr sich mit den Händen durch die leicht derangierte Frisur. »Vielleicht Tante Callida?«, rätselte sie verwirrt. »Ich könnte mir nicht vorstellen, wer sonst …«

In dem Moment öffnete sich die Tür ein weiteres Mal, und Cyril betrat erneut den Speisesaal, dicht gefolgt von einem jungen Mädchen. Sie mochte um die fünfzehn Jahre alt sein und trug einen schwarzen Reiseumhang über einem grünen Kleid.

Selbst wenn Tessa dem Mädchen nicht bereits zuvor begegnet gewesen wäre, hätte sie die junge Schattenjägerin sofort erkannt – die schwarzen Haare, die veilchenblauen Augen, der anmutig geschwungene Hals, die eleganten Wangenknochen, die vollen, sinnlichen Lippen. Hinter sich hörte sie, wie Will plötzlich scharf die Luft einsog.

»Guten Abend«, sagte das Mädchen, deren Stimme überraschend sanft und überraschend fest zugleich klang. »Ich bitte um Entschuldigung, dass ich zu dieser späten Stunde hier hereinplatze, aber ich kann sonst nirgendwohin. Mein Name ist Cecily Herondale, und ich bin hergekommen, um mich zur Schattenjägerin ausbilden zu lassen.«

Danksagung

Wie immer möchte ich meiner Familie danken – meiner Mutter und meinem Vater – sowie Jim Hill und Kate Connor; Nao, Tim, David und Ben; Melanie, Jonathan und Helen Lewis; Florence und Joyce. Mein weiterer Dank gilt denjenigen, die unermüdlich gelesen, rezensiert und Anachronismen oder Widersprüche aufgezeigt haben: Kelly Link, Clary, Delia Sherman, Holly Black, Sarah Rees Brennan, Justine Larbalestier, Robin Wasserman, Maureen Johnson. Ich danke der Recherche-Expertin Lisa Gold* für ihre Hilfe, Joey Yeung und Huan Yu für die Übersetzungen aus dem Mandarin sowie Wayne Miller für seine Unterstützung bei den griechischen und lateinischen Zitaten. Mein immerwährender Dank gilt meinem Agenten Barry Goldblatt, meiner Lektorin Karen Wojtyla und den Teams bei *Simon & Schuster* und *Walker Books* – dafür, dass sie dieses Buch überhaupt erst ermöglicht haben. Und zum Schluss möchte ich natürlich meinem Mann Josh danken, der unsere Katzen Linus und Lucy tapfer daran gehindert hat, das Manuskript aufzufressen.

* http://lisagoldresearch.wordpress.com

Anmerkungen zu Tessas London

Die Stadt London in *Clockwork Prince* ist genau wie in *Clockwork Angel* eine Mischung aus Fakt und Fiktion, aus Berühmtem und Vergessenem (so gibt es beispielsweise tatsächlich eine Pyx Chamber in der Westminster Abbey). Dabei habe ich mich nach Kräften bemüht, die Geografie der viktorianischen Metropole weitestgehend beizubehalten, was allerdings nicht immer möglich war.

Ein Hinweis für alle, die sich für die Lage des Instituts interessieren: In London gab es tatsächlich eine Kirche namens All-Hallows-the-Less, die während des Großen Brandes im Jahr 1666 bis auf die Grundmauern niederbrannte; allerdings stand sie an der Upper Thames Street und nicht in der Nähe der Fleet Street, wo ich sie habe wiedererstehen lassen. Wer sich mit dem Londoner Stadtbild einigermaßen auskennt, wird anhand des Standorts und der charakteristischen Dachform sicherlich erkannt haben, dass es sich bei der Beschreibung des Instituts in Wahrheit um Londons berühmte Kirche St. Bride handelt, die sich bei Zeitungsverlegern und Journalisten großer Beliebtheit erfreut (und die in diesem Buch nicht erwähnt wird, weil das Institut ihren Platz eingenommen hat). Und noch ein Hinweis für alle, die sich für das Yorker Institut interessieren: Als Modell diente dafür die Holy Trinity Goodramgate, eine Kirche, die noch heute in York zu besichtigen ist.

Das Landhaus der Lightwoods in Chiswick befindet sich in einem Stadtteil, der im sechzehnten und siebzehnten Jahrhundert so weit von Londons schmutzigem und verseuchtem Zentrum entfernt lag, dass viele wohlhabende Familien dort einen Landsitz unterhielten, um sich in der gesunden Luft erholen zu können. Das Anwesen der Lightwoods basiert in groben Zügen auf dem berühmten Chiswick House.

Woolsey Scotts Domizil – 16 Cheyne Walk – diente im neunzehnten Jahrhundert Algernon Charles Swinburne, Dante Gabriel Rossetti und George Meredith als gemeinsamer Wohnsitz; die drei gehörten der Bewegung des Ästhetizismus an und hätten das Motto auf Woolseys Ring – *»L'art pour l'art«* oder »Kunst um der Kunst willen« – sicher zu würdigen gewusst.

Was die Opiumhöhlen in Whitechapel betrifft, wurden zwar viele Studien zu diesem Thema durchgeführt, doch bis heute fehlt der Beweis, dass diese bei Sherlock-Holmes-Fans und Gothic-Anhängern so beliebten Drogenumschlagplätze überhaupt existiert haben. In *Clockwork Prince* wurde daraus eine Schattendrogenhöhle, für deren Existenz es zwar auch keine Beweise gibt – aber auch nichts, was dagegenspräche.

Und noch ein letzter Hinweis für alle, die sich fragen, was Will vor dem Landhaus in Chiswick Tessa zugeraunt hat: *Caelum denique* war der Schlachtruf der Kreuzfahrer und bedeutet »Der Himmel, endlich!«.

Quellenverzeichnis

Vorwort

S. 7: Charles Dickens: Eine Geschichte aus zwei Städten, Übersetzung: Carl Kolb, zitiert nach Projekt Gutenberg-DE

Kapitel 1

S. 19: Francis Beaumont: »Auf die königlichen Gräber in Westminster«, Übersetzer unbekannt, Internetquelle: www.gedichte-fuer-alle-faelle.de

Kapitel 2

S. 40: Alexander Pope: »Heloise an Abelard«, nach Pope frei übersetzt von J. Rothstein, Zürich, Orell, Füssli und Compagnie, 1803

S. 43: William Shakespeare: Hamlet, Prinz von Dänemark, Zweiter Aufzug, Zweite Szene, Übersetzung: August Wilhelm von Schlegel und Ludwig Tieck

Kapitel 3

S. 84: Charles Dickens: Eine Geschichte aus zwei Städten, Übersetzung: Carl Kolb, zitiert nach Projekt Gutenberg-DE

Kapitel 4

S. 94 f.: Aus: »Der grausame Bruder«, Schottische Volkslieder der Vorzeit. Im Versmaß des Originals übertragen von Rosa Warrens, Hamburg: Hoffmann und Campe, 1861

S. 95: Aus: »Edward«, Schottische Balladen, Deutsch von Karl

Knortz, Halle: Verlag der Buchhandlung des Waisenhauses, 1875

S. 110: Hohelied 8,6. Luther-Bibel 1912, Deutsche Bibelgesellschaft

S. 112: 1. Samuel, 18. Luther-Bibel 1912, Deutsche Bibelgesellschaft

Kapitel 5

S. 118: Aus: Edgar Allan Poes Werke. Gesamtausgabe der Dichtungen und Erzählungen, Band 1: Gedichte. Herausgegeben von Theodor Etzel, Berlin: Propyläen-Verlag, 1922

S. 135 f.: Sprüche 31,10. Nach der unrevidierten Elberfelder Übersetzung (1871), R. Brockhaus Verlag Wuppertal

Kapitel 6

S. 148: Charlotte Brontë, »Trost für die Abendstunden«, deutsche Übersetzung nach www.homo-amans.ch

Kapitel 7

S. 165: Samuel Taylor Coleridge, »Ballade vom alten Seemann«, Übersetzung: Dietrich Feldhausen, zitiert nach www.lyrik.ch

Kapitel 8

S. 190: Thomas de Quincey: Bekenntnisse eines englischen Opiumessers, Übersetzung von Leopold Heinemann, zitiert nach Projekt Gutenberg-DE

Kapitel 9

S. 219: Rolf Schilling: Ein verlassener Garten. Gedichte nach Algernon Charles Swinburne, Übersetzung: Rolf Schilling, Arnshaugk Verlag 1990, ISBN 978-3-926-37007-5, S. 69

S. 244: John Donne: »Abschied – Verbot zu trauern«, Aus: John Donne: Nacktes denkendes Herz, Aus seinen poetischen Schriften und Prosawerken. Ausgewählt, übersetzt und eingeleitet von Annemarie Schimmel, Köln: Jakob Hegner Verlag, 1969

Kapitel 11

S. 282: James Thomson: Nachtstadt und andere lichtscheue Schriften, übersetzt von Ulrich Horstmann unter Mitarbeit von Georg Heinemann, Zürich: Haffmans 1992, S. 168
S. 311: Alfred Lord Tennyson, »Maud«, übersetzt von Friedrich Wilhelm Weber, Paderborn: Ferdinand Schöningh, 1900

Kapitel 12

S. 320: Alfred Lord Tennyson, »Maud«, übersetzt von Friedrich Wilhelm Weber, Paderborn: Ferdinand Schöningh, 1900
S. 323: Emily Brontë: Die Sturmhöhe. Frankfurt: Insel Verlag, 1983. Aus dem Englischen von Grete Rambach
S. 356: William Shakespeare: Hamlet: Dritter Aufzug, Erste Szene, Übersetzung von August Wilhelm von Schlegel und Ludwig Tieck

Kapitel 13

S. 361: Algernon Charles Swinburne: Der Garten der Proserpina, Übersetzung: Rolf Schilling: Ein verlassener Garten, S. 83 (siehe Kapitel 9)

Kapitel 15

S. 430: Aus: »Die beiden Brüder«, Schottische Volkslieder der Vorzeit. Im Versmaß des Originals übertragen von Rosa Warrens, Hamburg: Hoffmann und Campe, 1861

Kapitel 16

S. 443: William Shakespeare, Sonett 64, Übersetzung: August Wilhelm von Schlegel und Ludwig Tieck
S. 445: William Shakespeare, Was ihr wollt, Zweiter Aufzug,

Dritte Szene, Übersetzung: August Wilhelm von Schlegel und Ludwig Tieck

Kapitel 18

S. 506: Der Text des I Ging in der Übersetzung von Richard Wilhelm: 13. Tung Jen / Tong Ren – Gemeinschaft mit Menschen; Neun auf fünftem Platz. Quelle: www.flyingstars-fengshui.com

Kapitel 19

S. 518: William Shakespeare: Romeo und Julia, Dritter Akt, Erste Szene. Aus: Shakespeare's Romeo und Julia von Johann Heinrich Voß. Mit Erläuterungen. F. A. Brockhaus, Leipzig 1818

Kapitel 20

S. 531: Algernon Charles Swinburne: Der Triumph der Zeit. Übersetzung: Rolf Schilling: Ein verlassener Garten, S. 30 (siehe Kapitel 9)

Kapitel 21

S. 562: Algernon Charles Swinburne: Der Triumph der Zeit. Übersetzung: Rolf Schilling, S. 30 (siehe Kapitel 9)
S. 566 f.: Ruth 1,16. Textbibel des Alten und Neuen Testaments, Emil Kautzsch, Carl Heinrich Weizsäcker, 1911
S. 570: Sunzi: Die Kunst des Krieges, zitiert nach folgender Internetquelle: http://opus.bsz-bw.de/hdms/volltexte/2004/408/
S. 582: Aus: »William's Geist«, Schottische Volkslieder der Vorzeit. Im Versmaß des Originals übertragen von Rosa Warrens, Hamburg: Hoffmann und Campe, 1861

Die Rechtschreibung wurde nach Bedarf an unsere Zeit angepasst.

Alle weiteren Quellen wurden von Franca Fritz und Heinrich Koop aus dem Amerikanischen übersetzt.

Wir danken für die freundliche Genehmigung zum Abdruck der Texte. Sollten trotz intensiver Nachforschungen des Verlags Rechteinhaber nicht ermittelt worden sein, so bitten wir diese, sich mit dem Verlag in Verbindung zu setzen.

Zusatzmaterial

Will Herondales Brief in »Clockwork Angel«

London
Das Institut
Im Jahr des Herrn 1878

Mutter, Vater, meine chwaer fach –

Heute ist mein siebzehnter Geburtstag.

Ich weiß, dass ich durch das Schreiben dieses Briefes gegen das Gesetz verstoße. Ich weiß, dass ich diesen Brief wahrscheinlich zerreiße, sobald ich ihn geschrieben habe – so wie an all den vergangenen Geburtstagen seit meinem zwölften Lebensjahr. Aber ich verfasse ihn trotzdem, zum Gedenken an das Ereignis, so wie andere einmal jährlich eine Pilgerreise zu einem Grab unternehmen, um des Todestages eines geliebten Menschen zu gedenken. Denn sind wir nicht tot füreinander?

Ich frage mich, ob Ihr heute Morgen aufgewacht seid und Euch daran erinnert habt, dass Euch heute vor siebzehn Jahren ein Sohn geboren wurde. Ich frage mich, ob Ihr an mich denkt und Euch das Leben hier im Londoner Institut vorzustellen versucht. Ich bezweifle, dass Ihr das je können werdet. Denn es ist hier so völlig anders als in unserem Haus, umgeben von Bergen, dem hohen, leuchtend blauen Himmel und der endlosen grünen Landschaft.

Hier ist alles schwarz und grau und braun und die Sonnenuntergänge sind in Rauch und Blut gemalt.

Ich frage mich, ob Ihr Euch Sorgen macht, dass ich einsam sein könnte oder – wie Mutter sich immer sorgte – dass ich zu dünn angezogen oder ohne Kappe hinaus in den Regen gelaufen bin. Um diese Details macht sich hier niemand Sorgen. Hier gibt es so viel, was uns jederzeit töten könnte, dass ein potenzieller Schnupfen kaum von Bedeutung erscheint.

Ich frage mich, ob Ihr wusstet, dass ich Euch an jenem Tag hören konnte, an dem Tag, als Ihr kamt, um mich zurückzuholen, damals, als ich zwölf war. Ich habe mich unter dem Bett verkrochen, um nicht zu hören, wie Ihr meinen Namen gerufen habt. Aber ich habe Euch gehört. Ich habe Mutter nach Ihrem fach, nach Ihrem Kleinen rufen hören. Ich habe mir auf die Hände gebissen, bis sie bluteten, aber ich bin nicht nach unten gegangen. Und schließlich hat Charlotte Euch überzeugt, lieber wieder zu gehen. Ich dachte, Ihr würdet vielleicht noch einmal wiederkommen, doch das habt Ihr nicht getan. Herondales sind nun mal sehr halsstarrig.

Ich erinnere mich an den großen Seufzer der Erleichterung, den Ihr beide nach jedem Besuch des Rats ausgestoßen habt, als der Gesandte mich fragte, ob ich meine Familie verlassen und mich den Nephilim anschließen wolle – eine Frage, die ich jedes Mal mit Nein beantwortete, ehe ich ihn dann fortschickte. Ich frage mich, ob Ihr wusstet, wie groß die Versuchung war – die Vorstellung eines Lebens voller Ruhm, Kampf und Tod, um andere zu schützen, so wie es sich für einen Mann gehört. Es liegt uns im Blut: der Ruf zu den Seraphklingen und Stelen, zu Runenmalen und Ungeheuern.

Ich frage mich, Vater, warum Du die Nephilim verlassen hast; ich frage mich, Mutter, warum Du Dich nicht dafür entschieden hast, zu aszendieren und zur Schattenjägerin aufzusteigen. Lag es daran, dass Ihr die Nephilim als kalt oder grausam empfunden habt? Ich habe sie nie so erlebt. Vor allem Charlotte ist freundlich zu mir, ahnt sie doch nicht, wie wenig ich das verdient habe. Henry ist vollkommen verrückt, aber ein guter Mensch: Er hätte Ella bestimmt zum Lachen gebracht. Über Jessamine lässt sich nicht viel Gutes sagen, aber sie ist harmlos. Und so wenig Gutes man über sie sagen kann, so viel lässt sich über Jem sagen: Er ist der Bruder, den Vater mir immer gewünscht hat, mein Blutsbruder, obwohl wir nicht miteinander verwandt sind. Und obwohl ich möglicherweise alles verloren habe, habe ich wenigstens seine Freundschaft gewonnen.

Es gibt auch jemand Neues im Institut. Ihr Name lautet Tessa. Ein hübscher Name, findet Ihr nicht auch? Wenn früher die Wolken vom Meer über die Berge zogen … genau solch ein Grau haben ihre Augen.

Und nun werde ich Euch eine schreckliche Wahrheit anvertrauen, denn ich beabsichtige nicht, diesen Brief abzuschicken. Ich bin hierher zum Institut gekommen, weil ich sonst nirgendwohin konnte. Ich habe nicht erwartet, dass es jemals mein Zuhause werden würde, doch im Laufe der Zeit habe ich herausgefunden, dass ich durch und durch ein Schattenjäger bin. In gewisser Hinsicht sagt mir mein Blut, dass dies die Aufgabe ist, für die ich geboren bin. Wenn ich das doch nur früher gewusst hätte und mit dem Ratsgesandten mitgegangen wäre, als er mich zum ersten Mal gefragt hat – vielleicht hätte ich dann Ellas Leben retten können. Vielleicht hätte ich dann mein eigenes Leben retten können.

Euer Sohn
Will

Autorin

CASSANDRA CLARE ist eine internationale Bestsellerautorin. Ihre Bücher wurden weltweit über 50 Millionen Mal verkauft und in 35 Sprachen übersetzt. Seit dem Überraschungserfolg der »Chroniken der Unterwelt« waren all ihre Romane große Bestseller. So auch die neueste Serie »Die Letzten Stunden«, deren Vorgeschichte die »Chroniken der Schattenjäger« erzählen. Cassandra Clare lebt in Massachusetts, USA.
Weitere Informationen unter www.CassandraClare.com sowie unter www.goldmann-verlag.de/CassandraClare.

Cassandra Clare im Goldmann Verlag:

Chroniken der Schattenjäger
Clockwork Angel. Chroniken der Schattenjäger 1. Roman
Clockwork Prince. Chroniken der Schattenjäger 2. Roman

Die Letzten Stunden
Chain of Gold. Die Letzten Stunden 1. Roman
Chain of Iron. Die Letzten Stunden 2. Roman

Chroniken der Unterwelt
City of Bones. Chroniken der Unterwelt 1. Roman
City of Ashes. Chroniken der Unterwelt 2. Roman
City of Glass. Chroniken der Unterwelt 3. Roman
City of Fallen Angels. Chroniken der Unterwelt 4. Roman

Die Dunklen Mächte
Lady Midnight. Die Dunklen Mächte 1. Roman
Lord of Shadows. Die Dunklen Mächte 2. Roman
Queen of Air and Darkness. Die Dunklen Mächte 3. Roman

Die Ältesten Flüche
Die Roten Schriftrollen. Die Ältesten Flüche 1. Roman
Das verlorene Buch. Die Ältesten Flüche 2. Roman

Die Geheimnisse des Schattenmarktes. Erzählungen

(alle auch als E-Book erhältlich)